MARIETTE LINDSTEIN
Der Kult – Sein Griff hält dich gefangen

Autorin

Mariette Lindstein war fünfundzwanzig Jahre lang Mitglied bei Scientology. Sie arbeitete unter anderem im Hauptquartier der Kirche in Los Angeles, bis sie die Gemeinschaft 2004 verließ. Heute ist sie mit dem Autor und Künstler Dan Koon verheiratet. Die beiden leben mit ihren drei Hunden in einem Wald außerhalb von Halmstad. Ihre Debütreihe »Die Sekte« eroberte die Spitzenplätze der internationalen Liste, wurde mehrfach prämiert und wird derzeit verfilmt. Mit »Der Kult« erschafft sie eine neue bedrohliche Reihe, die die Leser*innen fesselt. Neben dem Schreiben hält Mariette Vorträge über die Gefahren von Sekten.

Von Mariette Lindstein bereits erschienen

Die Sekte – Es gibt kein Entkommen
Die Sekte – Deine Angst ist erst der Anfang
Die Sekte – Dein Albtraum nimmt kein Ende
Die Sekte – Deine Welt steht in Flammen
Die Sekte – Dein Feind ist dir ganz nah

Besuchen Sie uns auch auf www.instagram.com/blanvalet.verlag und www.facebook.com/blanvalet.

MARIETTE LINDSTEIN

DER KULT

SEIN GRIFF HÄLT DICH GEFANGEN

THRILLER

Aus dem Schwedischen
von Stefanie Werner

blanvalet

Die Originalausgabe erschien 2018 unter dem Titel »Vit krypta«
bei Bokförlaget Forum, Stockholm.

MIX
Papier | Fördert
gute Waldnutzung
FSC® C014496
FSC
www.fsc.org

Klimaneutral*
Druckprodukt
ClimatePartner.com/14044-1912-1001

Penguin Random House Verlagsgruppe FSC® N001967

1. Auflage 2023

Redaktion: Joern Rauser
Umschlaggestaltung- und motiv: www.buerosued.de
JS · Herstellung: sam
Satz: KCFG – Medienagentur, Neuss
Druck und Bindung: GGP Media GmbH, Pößneck
Printed in Germany
ISBN 978-3-7341-1167-9

www.blanvalet.de

Für all jene, denen man die Freiheit geraubt hat.
Für all jene, denen man verwehrt hat,
frische Luft einzuatmen,
die Wärme der Sonne zu spüren,
jemanden zu lieben.
Für all jene habe ich dieses Buch geschrieben.

Zeitungsartikel: Aus der Lokalzeitung Mittelschonen

Am vergangenen Freitag demonstrierten rund fünfzig Umweltaktivisten trotz des Regens und des beißend kalten Nordwinds in der Innenstadt von Höör gegen die Restaurierung der Backaskogkapelle am Syrkhultasee. Die Demonstranten warnen davor, dass ein neuer Eigentümer das Gebiet ausbeuten könnte. Die Gemeinde hingegen begrüßt, dass sich endlich jemand um den Erhalt der alten Kapelle bemüht.

Im Dezember vergangenen Jahres nahm das Bauamt Verhandlungen mit einem anonymen Kaufinteressenten auf, der die Backaskogkapelle erwerben möchte. Voraussichtlich wird die Gemeinde die Genehmigung zur Restaurierung des Gebäudes sowie zu einem Ausbau erteilen.

Die kleine Kapelle, die sich auf einer Anhöhe oberhalb der Sumpfgebiete am Syrkhultasee befindet, wurde 1920 von Graf Erik Rosenborg erbaut, der sie ursprünglich für private Andachten nutzte. Das Grundstück hinter dem Gebäude wurde vom Geschlecht der Rosenborgs als Friedhof genutzt. Aus zuverlässiger Quelle ist bekannt geworden, dass die Geschichte dieses mystischen Ortes der Grund für das Kaufinteresse der potenziellen Käufer ist. Seit die Familie Rosenborg im Jahr 1970 das Anwesen veräußert hatte, wurde die Kapelle nicht mehr benutzt und ist mit den Jahren verfallen. Das Gebiet, in dem sich das Gebäude befindet, steht mittlerweile unter Naturschutz.

Finanzielle Probleme verhindern Abriss

Die Provinzialregierung sieht sich nicht in der Lage, für den Erhalt der Kapelle aufzukommen. Ein Abriss wäre mit hohen Kosten verbunden, da die Kapelle aus Kalkstein besteht und – wie es heißt – auch eine Krypta besitzt. Die Demonstranten behaupten, dass die Gemeinde den geltenden Naturschutzgesetzen zuwiderhandle, wenn sie einer Privatperson eine Baugenehmigung in diesem Gebiet erteile, das unter Naturschutz steht.

Annika Berg, Sprecherin des Bauamts in Höör, betrachtet die Lage zuversichtlich:

»Es ist ein Segen, dass es jemanden gibt, der bereit ist, in dieses baufällige Objekt zu investieren. Wenn man es verfallen lässt, stellt es ein erhebliches Umweltrisiko dar.«

Martin Svedman, Umweltaktivist, behauptet, dass sämtliche Entscheider nur eines im Sinn haben:

»Wie immer dreht sich alles nur ums Geld. Es ist unverantwortlich, das Bauwerk nicht abzureißen und die Natur rundherum zu schützen. Die Renovierungsarbeiten werden die Tiere, besonders die Vögel, die ihren Lebensraum in diesem Gebiet haben, stark beeinträchtigen. Und wer weiß, was die Käufer tatsächlich vorhaben. Wir befürchten, dass dies erst der Anfang eines Beutezugs durch das gesamte Tal sein wird.«

Lebensräume rund um den See

Rund um den Syrkhultasee befindet sich ein artenreiches Naturschutzgebiet, allerdings in einer Randlage und von dichtem Wald umgeben. Im Frühjahr können Besucher, denen es gelingt, bis dorthin vorzudringen, den Tanz der Kraniche am See beobachten und den Gesängen der Singschwäne, der Birkhühner und der Misteldrosseln lauschen. Der Sumpf, an dessen Randgebieten die Glockenheide blüht, bildet außerdem für den seltenen Gemeinen Heufalter eine Lebensgrundlage.

Wie es mit diesem Projekt weitergehen wird, bleibt abzuwarten, doch Martin Svedman verfolgt die Pläne des Bauamtes mit großer Sorge.

»Wir können uns die Stimme heiser schreien, weil alle, die die Entscheidungsgewalt haben, auf der Netzhaut nur Dollarzeichen sehen. Ich schlage vor, dass sie ihre Scheuklappen endlich ablegen und sich die Zeit für einen Spaziergang durch dieses wunderschöne Naturschutzgebiet nehmen, bevor sie eine Entscheidung fällen.«

Prolog

Der Mann mit der Sturmhaube wird eins mit den Schatten der Bäume. Jetzt steht er hier schon seit über einer Stunde. Es ist nicht vollkommen dunkel, und das wird es auch nicht mehr werden. Die matten Sonnenstrahlen haben den Meeresspiegel bereits ein letztes Mal geküsst. Das Sommerhaus, an dem er Wache hält, liegt auf einem Hügel. Doch auch schon vor dem Grundstück hat man einen großartigen Blick aufs Meer. Der Mann versteckt sich zwischen den eng stehenden Birkenstämmen vor dem Gartentor, ruhelos und ungeduldig, unaufhaltsam pumpt sein Körper Adrenalin in die Blutbahnen. Er weiß, dass sie gleich auftauchen wird, denn sie geht immer als Erste nach Hause. Sie hält es auf Partys nie länger als ein oder zwei Stunden aus. Die andere dagegen wird sicher erst irgendwann in den frühen Morgenstunden herausgetorkelt kommen.

Er beobachtet sie beide schon seit einer längeren Zeit, kennt ihre Gewohnheiten und Eigenarten. Er weiß, welche er sich zuerst schnappen wird.

Und jetzt sieht er vor sich, wie ihr das lange, glänzende Haar über den Rücken fiel, als sie auf dem Weg zum Strand gewesen war. Er hat den Duft ihres Parfüms noch in der Nase. Sieht noch den kleinen Anhänger, der an ihrer Fußkette über dem hübschen Knöchel baumelte, die Kurven ihrer Brüste unter dem Spitzenhemd. Die Verheißung, die die sanft schwingenden Hüften ahnen ließen. All diese süßen Details.

Und die Prophezeiung würde bald in Erfüllung gehen. Allein bei dem Gedanken daran erschauert er vor Lust.

Aufgeregte Stimmen und schrilles Lachen dringen vom Strand herüber und stören ihn, als er in seinen Gedanken schwelgt. Er schüttelt den Kopf und denkt, dass diese Mittsommerfeste eine echte Plage sind. So unglaublich geschmacklos. Heidnisch. Widerwärtig.

Jetzt knirscht es auf dem Kiesweg, und die Umrisse von zwei Personen werden sichtbar, doch es sind nur zwei angetrunkene Jungs. Sie stinken nach Alkohol, das riecht er, als sie dicht an seinem Versteck vorbeitaumeln.

Einer von ihnen dreht sich zum Meer um und ruft mit belegter Stimme:

»Dani! Komm doch noch mit in die Kneipe!«

»Vergiss es«, schnaubt der andere. »Die kriegst du nie ins Bett.«

Der Mann mit der Sturmhaube spürt, wie sein Herz höherschlägt. Jetzt ist sie auf dem Weg, er kann ihre Silhouette schon in der Ferne erkennen. In Gedanken beschwört er die Jungs, aus ihrem Sichtfeld zu verschwinden, und wie auf Bestellung legen sie tatsächlich einen Schritt zu und sind fort.

Gleich wird sie ihm gehören, doch er kostet diesen Moment unmittelbar vor dem Zugriff ganz besonders aus. Nichts ist so wunderbar wie eine Jagd, bei der die Beute selten und schwer einzufangen ist. Eine heftige Erregung überkommt ihn, sein Haaransatz wird schweißnass. Ein Gesichtsmuskel zuckt spastisch, das ist ein Tic, den er nicht unter Kontrolle bekommt. Für einen Moment schließt er die Augen und atmet tief durch die Nase ein. So bringt er sich wieder zur Ruhe, entwickelt höchste Konzentration. Das hier ist die Jagd. Und dort ist die Beute.

Die Stimmen der Jungs verklingen, und nun ist sie auf der

Straße zu sehen. Sie sieht so ahnungslos aus, sie weiß nicht, dass sie beobachtet wird. Und die Auserwählte ist. Er muss ein paar Schritte zurückgehen, die richtige Position einnehmen. Das Geräusch seiner Bewegung lässt sie aufmerken. Es ist ein fast lautloses Rascheln, aber im Dunkeln erkennt er, dass sie unter Hochspannung steht. Ganz überraschend hoppelt ein Kaninchen aus dem Buschwerk. Sein weißes Stummelschwänzchen leuchtet, als es über die Straße läuft und auf einem anderen Grundstück verschwindet. Sie zuckt zusammen, steht einen Augenblick wie angewurzelt da, dann atmet sie erleichtert auf. Schnell bewegt sie sich auf das Sommerhaus zu. Er erlaubt sich, noch eine Sekunde zu zögern. Seelenruhig steht er da, besonnen. Sie legt die Hand auf das Gartentor.

Das ist genau der richtige Moment. Zwei Schritte vor, und in Windeseile hat er das Tuch aus der Tasche gezogen. Er presst es ihr auf Mund und Nase und hält sie an der Taille fest. Obwohl er ihr Gesicht nicht sehen kann, spürt er ihre Gedanken, die verzweifelt um die Suche nach einem Fluchtweg kreisen. Doch es gibt keinen. Er fühlt, wie sich ihre Lippen unter seiner Hand öffnen, sie will schreien. Doch es gelingt ihr nicht.

In Filmen und Büchern strampeln, schreien und schlagen sie wie die Wildkatzen um sich. Im richtigen Leben aber erstarren sie eher vor Schreck. Ihr Körper zittert bereits an seiner Brust. Dann erschlafft er, unterwirft sich, und der Geruch nach Urin mischt sich mit den süßlichen Düften der Sommernacht. Er spürt das Gewicht ihres Körpers, als sie ohnmächtig wird, merkt, wie das Leben aus ihren Muskeln weicht – dasselbe pulsierende Leben, das immer wieder von Neuem geboren werden wird, wenn sie erst in seiner Gewalt ist.

Er trägt sie zu seinem Jeep und legt sie rücklings in den offenen Kofferraum. Dann sieht er sich um, blickt in jede Richtung, doch er kann niemanden entdecken. Zur Sicherheit legt er ihr ein Seil um den Hals, befestigt es an einem Haken und zieht eine Plane über ihren Körper.

Eine Weile lässt er seinen Blick über den Strand schweifen. Der Wind hat nachgelassen. Am Horizont lässt sich schon die Morgendämmerung erahnen. Er atmet den Duft des Meeres ein, einen Duft, der eine großartige Zukunft verheißen kann. Es ist eine selten schöne Mittsommernacht.

Schönheit, Stille und ein Hauch von Wehmut. All das ihm zu Ehren.

Er denkt an die Gesetze der Natur und daran, wie Männer nach manchen intellektuellen Höhenflügen doch immer wieder auf ihre allerprimitivsten Triebe zurückkommen. Jagd, Hunger und Lust. Die Energie der Menschen ist niemals größer, als wenn es um die ureigensten Bedürfnisse geht.

Dann entfährt seinem Mund ein ausgedehnter, sehnsüchtiger Seufzer, und er steigt in den Wagen.

1

Erst als ich begriffen hatte, dass wirklich alle die Hoffnung aufgegeben hatten, brach meine Welt zusammen.

Anfangs habe ich mich noch hartnäckig geweigert, das Schlimmste anzunehmen, und sämtliche Fakten, die ich im Internet gelesen habe, verdrängt.

Die ersten achtundvierzig Stunden sind die wichtigsten. Personen, die gekidnappt werden, werden zumeist zwischen dem ersten und dem dritten Tag getötet. Die Täter sind häufig innerhalb der Familie oder im Freundeskreis des Opfers zu finden.

Natürlich war das alles beängstigend, doch es zog mir nicht den Boden unter den Füßen weg. Ich war von der Vorstellung, dass wir Dani wiederfinden würden, geradezu besessen. Davon, dass sie eines Tages wieder auftauchen würde … mit irgendeiner Erklärung. Denn eine Erklärung musste es ja geben. Bei allem, was sie tat, verfolgte sie immer eine Absicht. In ihrem Leben gab es keine Zufälle. Sie würde plötzlich vor meiner Tür stehen und erklären, dass sie eine Zeit lang hatte verschwinden müssen – dass der Druck der Prüfungen einfach zu groß geworden war. Aber es waren nur noch wenige Tage bis zu unserem dreiundzwanzigsten Geburtstag. Es wirkte so grausam, so unwirklich, dass sie gerade zu diesem Zeitpunkt verschwinden sollte.

Dann aber, als sie verschollen blieb, begann ich zu glauben, dass eigentlich ich diejenige hätte sein sollen, die man hatte kidnappen wollen. Ich hatte mich selbst dermaßen in diesen

Gedanken hineingesteigert, dass ich nachts wach lag und in die Dunkelheit flüsterte. *Komm und hol mich. Bring Dani zurück. Du kannst mich haben, Hauptsache, du lässt sie frei. Ach, guter Gott, lass sie doch frei!* Ich lag da auf meiner Bettdecke wie ein Opferlamm und flüsterte mich heiser. Manchmal hörte ich ein Rascheln von den Büschen draußen vor dem Fenster. Einmal sah ich auch den Schatten eines Mannes, wie er über den Rasen verschwand. Ich war überzeugt davon, dass der Täter draußen im Dunkeln lauerte, vielleicht auch schon in Danis Bett schlief und mich finden würde. Aber ihr Duft, der noch immer überall hing – in ihrem Kissen, dem Betttuch und in der Luft –, ließ mich nicht los, und Nacht für Nacht weinte ich mich in den Schlaf.

Als wir an diesem Abend zum Strand gegangen waren, hatte sie die Handtasche im Sommerhaus zurückgelassen. Immer wieder rief ich sie an und ließ es klingeln, bis ihre Mailbox übernahm. Einfach nur, um ihre Stimme zu hören. Und dann sah ich sie ganz deutlich vor mir stehen, das war wie ein Faustschlag in den Magen. Nirgendwo wurde ich die Gedanken an sie wieder los.

Wir, Alexandra und Daniella, waren zu Alex und Dani geworden, noch bevor wir zu sprechen lernten. Und ich bin froh, dass wir nicht auf solche Namen wie »Mondschein« oder »Raureif« getauft wurden. Zu unseren Eltern hätte das nämlich gepasst.

Als kleine Kinder sahen Dani und ich uns ganz ähnlich, so wie alle eineiigen Zwillinge. Aber unterschiedliche Charaktere hatten wir schon damals. Dani war ein braves Kind und gehorchte. Ich war ein Wildfang. Meine Mutter hat einmal gesagt, dass Danis erstes Wort »Danke« gewesen sei und meines »Nein«. So waren wir.

In der Teenagerzeit kamen unsere verschiedenen Persönlichkeiten noch deutlicher zum Vorschein – damals nämlich, als wir unsere Eltern verloren.

In den meisten Familien, in denen Kinder ihre Eltern verlieren, sind es tragische Umstände, die dazu führen. Ein schrecklicher Unfall, vielleicht auch Misshandlungen, Krebs oder eine andere schreckliche Krankheit.

Unsere Eltern allerdings haben uns verlassen, um in einer Sekte zu leben.

Wir haben ihre religiösen Ideen nie richtig ernst genommen, dieses Gefasel von einer Lehre, die zum ewigen Leben führen soll. Andachten, Handauflegen, New-Age-Gruppen, das Erstellen von Horoskopen und Séancen, all das haben wir in unserem Wohnzimmer erlebt. Urlaubsreisen an spirituelle Orte. Ihre manisch verzerrten Augen, wenn sie von Reinkarnation sprachen und von Erlebnissen außerhalb der eigenen Körperhülle. Alles war so absurd, man wusste nicht, was man glauben sollte. Eine Verrücktheit löste die nächste ab, die noch abgefahrener war, wir haben uns nie dafür interessiert. Wären unsere Eltern nur Mitglieder einer Freikirche gewesen, hätten wir uns ihnen vermutlich angeschlossen. Doch sie waren viel zu gierig, um bei einer einzigen Lehre zu bleiben, sie waren ständig auf der Jagd nach neuen Antworten auf das Mysterium des Lebens. *Hör niemals auf, nach dem Sinn des Lebens zu suchen.* Das Lieblingsmotto meiner Mutter. Es wurde zu ihrem Mantra.

Wir dachten erst, dass das alles nur eine Art Zeitvertreib für sie war. Ein Hobby, dem sie ihre Freizeit widmeten, so wie andere Eltern Golf spielten oder Kochkurse besuchten.

Und in unserer Kindheit hat es auch schöne Erlebnisse gegeben. Dank ihrer Frömmigkeit behandelten unsere Eltern uns zärtlich und wie eigenständige Individuen. Sie stritten fast nie. Und sie zwangen uns auch nicht, etwas zu tun, das wir nicht selber wollten.

Aber als sie eines Tages nach Hause kamen und uns von Ammata Kumar erzählten, habe ich gleich gemerkt, dass es diesmal ernst wurde. Am Blick meiner Mutter hatte sich etwas verändert. Sie hat uns gar nicht mehr wahrgenommen. Ihr Bewusstsein hatte sich bereits von unserer kleinen Welt entfernt. Mein Vater machte ein ganz feierliches Gesicht, wie er da saß, in der Ecke, und Mama das Wort überließ.

Dani und ich, wir waren fünfzehn. Die darauf folgenden Monate waren die schlimmsten unseres Lebens. Unsere Eltern versuchten, uns zu überreden, alle Beziehungen abzubrechen, mit ihnen nach Indien zu gehen und uns der Sekte in ihrem Hauptquartier in der Nähe von Neu Delhi anzuschließen. Dani und ich lehnten das jedoch konsequent ab. Für uns war es der völlig falsche Zeitpunkt. Wir befanden uns in der Pubertät, wurden von starken Gefühlen hin und her gerissen. Freunde und die erste Liebe waren Grund genug, in Schweden bleiben zu wollen. Ich widersprach besonders lautstark. Ich würde mit Sicherheit nicht auf die andere Seite der Erdkugel ziehen – in so ein Loch. Bis zur letzten Minute stritten wir furchtbar miteinander.

Zwei Tage nach unserem sechzehnten Geburtstag verschwanden unsere Eltern. Auf dem Küchentisch hinterließen sie uns einen Brief. Ich habe zwar nicht mehr alles im Kopf, was sie geschrieben haben, aber die Quintessenz war, dass sie ein paar Monate fort sein würden, um nach der Lehre von Ammata Kumar zu leben, und dass sich unsere Tante Anita um uns kümmern würde. Es sollte eine Probezeit sein. Wenn es ihnen dort nicht gefiel, konnten sie jederzeit wieder zurückkehren. *Logo*, dachte ich.

Bei Ammata Kumar durfte man seine Angehörigen nur

anrufen, wenn man in Not war. In den ersten Monaten bestand der Kontakt zu unseren Eltern ausschließlich aus handgeschriebenen Bekehrerbriefen, auf die wir nie eine Antwort schrieben. Am Ende postete ich auf Facebook einen wütenden Kommentar, in dem ich unter anderem erklärte, dass unsere Eltern einer Gehirnwäsche unterzogen worden seien. Meine Freunde teilten den Beitrag unzählige Male, und der Post ging viral. Daraufhin nahm ein Vertreter von Ammata Kumar sofort Kontakt zu mir auf und wies mich an, den Beitrag unverzüglich zu löschen und eine öffentliche Entschuldigung an meine Eltern zu formulieren. Ich weigerte mich entschlossen, das zu tun, Dani ebenso.

Ein paar Wochen später erhielten wir einen weiteren handgeschriebenen Brief meiner Eltern. Diesmal hatte sich ihr Tonfall komplett verändert. Da wir nun Feinde von Ammata Kumar seien, hätten sie beschlossen, den Kontakt zu uns abzubrechen.

Und dann wurde unser Leben ganz schrecklich und auch furchtbar traurig. Dani und ich weinten viel und lebten nur noch in den Erinnerungen an unsere Eltern. Sie hatten bei ihrer Abreise bloß ein paar Koffer mitgenommen, daher befanden sich viele ihrer Alltagsgegenstände weiterhin im Haus. Mutters Bürste, die noch voller Haare war. Und Vaters ausgewaschener Morgenmantel mit dem Peace-Zeichen auf dem Rücken. Regalweise Heilkräuter und Vitamine, Cremes und Salben, die nach Mutters Händen dufteten. Wir sahen uns der Reihe nach ihre Sachen an, nahmen sie in die Hand und hielten sie uns unter die Nase.

»Es ist, als wären sie immer noch da«, flüsterte Dani.

»Sind sie aber nicht«, sagte ich. »Und sie werden auch nicht wieder heimkommen. Wir müssen uns an den Gedanken gewöhnen.«

In unserem Viertel hatte es viel Gerede gegeben, als unsere Eltern verschwunden waren. Im Laden hörte ich einmal, wie sich ein paar Frauen darüber unterhielten. Ob sie gar nicht gemerkt hatten, dass ich da in der Schlange stand, nur ein paar Meter hinter ihnen? Natürlich hatten sie die ganze Zeit schon geahnt, dass an unserer Familie etwas faul war.

Dani und ich hatten uns ein Spiel ausgedacht. Wir stellten uns einander gegenüber und taten so, als wären wir jeweils das Spiegelbild der anderen. Das war ein Gefühl, als ob man sich selber sah. Aber eines Tages funktionierte es nicht mehr. Die Gesichtszüge passten zwar noch – unsere langen hellblonden Mähnen, die vollen Lippen, der dezente Überbiss. Die schmalen Nasen, die ein kleines bisschen zu lang waren. Die Sommersprossen von der Nasenwurzel bis über die Wangenknochen. Doch Danis Augen waren nicht mehr meine. Sie wirkte jetzt mehr in sich gekehrt, hatte sich irgendwie entfernt.

Das war der Moment, als mir klar wurde, dass wir anfingen, uns zu verändern.

Mit einem Mal hatten wir unterschiedliche Interessen. Dani entschied sich, Medizin zu studieren. Ich entwickelte einen etwas ungesunden Appetit auf Jungs und Klamotten. Aber im Grunde spielte es keine Rolle. Wenn Dani von ihrem Studium erzählte und medizinische Fremdworte benutzte, hörte ich ihr fasziniert zu. Und sie hing an meinen Lippen, wenn ich von Mode und Männern schwärmte.

Die Träume der jeweils anderen machten uns high.

Als wir den Verlust unserer Eltern verkraften mussten, trösteten wir uns gegenseitig. Und als die Sehnsucht nach ihnen überhandnahm, dachte ich mir ein Mantra aus: *Manche Menschen haben gar keine Familie. Aber ich habe Dani. Ich habe Dani. Ich habe Dani.*

Man kann sich an fast alles gewöhnen, und Anita gab sich die größte Mühe mit uns. Dani und ich mochten sie. Und obwohl sie und Mama eineiige Zwillinge waren, war es nie ein Problem gewesen, die beiden auseinanderzuhalten. Anita trug schöne Kleider und hatte eine moderne Frisur. Mutter lief meist in Jeans und weiten Shirts herum und hatte ihr graues Haar wachsen lassen. Mit Anita konnten wir wirklich über alles reden: Mode, Jungs und Sex. Sie war spannend. Aber sie verhielt sich nicht wie eine Mutter, eher wie eine Freundin. Sie reiste viel, und oft mussten wir allein zurechtkommen. Einmal hatte ich gehört, wie meine Mutter ihre Schwester hinter ihrem Rücken als »ein bisschen schlampig« bezeichnete. In ihrem Leben kamen und gingen die Männer. Aus Rücksicht auf uns brachte sie die Typen aber nie mit nach Hause, sondern ging lieber abends fort, und das häufig.

Aber dann wurde uns auch unser Elternhaus genommen. Meine Eltern hatten beschlossen, es zu verkaufen und Ammata Kumar eine große Spende zukommen zu lassen. Die Immobilie war viel wert, sie befand sich im Stadtzentrum von Lund und hatte einen großen, wild gewachsenen Garten. Ob sie es aus Fürsorge taten oder um wenigstens einen Rest Anstand zu wahren, wir würden es niemals erfahren, doch immerhin überwiesen sie die Hälfte des Erlöses auf unsere Bankkonten. Davon kauften wir uns in Lund eine Wohnung. Wir behielten das Sommerhäuschen in Lomma und verbrachten dort weiterhin die Sommerferien.

So kamen wir einigermaßen zurecht, aber der Gedanke an meine Eltern ließ mich nie los. Häufig kamen Erinnerungen an sie hoch, und dies meist ganz unerwartet – wenn ich unter der Dusche stand, frühstückte oder in einer Bar hockte. Dabei wollte ich gar nicht an sie denken. Die Bilder waren einfach plötzlich da. Manchmal versuchte ich mir auszumalen, wie es in Ammata Kumar aussehen mochte. Auf der Homepage wurden einem hysterisch grinsende Menschen in kunterbunten Kleidern und mit Kränzen im Haar präsentiert. Aber das konnte doch nicht die Wirklichkeit sein.

Dani wurde mit der Zeit immer verschlossener. Sie lächelte kaum noch. Meist hatte sie die Nase in ihren Büchern vergraben oder las irgendeinen Aufsatz. Manchmal entdeckte ich auch Wehmut in ihren Augen. Unsere Lebenswelten wurden immer unterschiedlicher, und doch empfanden wir uns gegenseitig nie als fremd. Manchmal witzelten wir darüber, dass wir zwei Gehirne besaßen, uns aber dasselbe Herz teilten.

An dem Tag, als sie verschwand, wurde mir dieses Herz aus der Brust gerissen.

Als Erstes sprach die Polizei den Verdacht aus, dass Ammata Kumar Dani gekidnappt haben könnte, doch die Polizei in Neu Delhi durchsuchte ihre Besitztümer und fand Dani dort nicht. Und mitten in diesem emotionalen Chaos, als ich schon völlig hysterisch und außer mir war, wurde mir gleichzeitig bewusst, dass unsere Eltern das Interesse an uns vollkommen verloren hatten. Anita telefonierte mit meiner Mutter und hatte den Lautsprecher eingeschaltet.

»Wir glauben nicht, dass Dani gekidnappt worden ist«, sagte meine Mutter. »Wahrscheinlich ist sie einfach bloß verreist. Dani und Alex sind immer schon sehr impulsiv und wild gewesen. Für uns existieren die beiden eigentlich nicht mehr. Warum in Gottes Namen sollten wir denn eine von ihnen entführen? Wir haben doch alles, was wir brauchen.«

Ihre Stimme klang roboterartig, nicht wie die meiner Mutter. Und da schrie ich, ganz laut, damit sie es auch durch das Telefon hören konnte:

»FAHR ZUM TEUFEL, FAHR ZUM TEUFEL, FAHR ZUM TEUFEL!«

Dann rannte ich ins Bad und stürzte zum Klo. Der bittere Geschmack von Galle füllte meinen Mund, und ich brach, bis mein Magen nur noch krampfte.

Anita kam und legte mir sanft die Hand auf die Stirn.

»Sie meint es nicht so«, sagte sie. »Du darfst nicht vergessen, dass sie im Zuge dieser Gehirnwäsche ihre Gefühle betäubt haben. Sie liebt euch von ganzem Herzen. Eines Tages wird sie wieder aufwachen.«

Nach einem Monat gab es noch immer keine Spur von Dani, obwohl Suchtrupps der Polizei und der Organisation Missing People unterwegs waren. Ihr Foto flackerte in den Nachrichtensendungen sicher hundert Mal über den Bildschirm.

Überall hingen die Plakate mit der Vermisstenanzeige. Immer wieder kam es vor, dass mich Leute mit ihr verwechselten, sie sprachen mich auf der Straße an, erst zögernd, doch dann voller Hoffnung.

»Sind Sie nicht die junge Frau, nach der in den Nachrichten gesucht wurde?«

»Nein, das ist meine Zwillingsschwester.«

Bei diesem Satz erstarb ihr Lächeln dann.

»Ist sie denn inzwischen gefunden worden?«

»Nein, noch nicht.«

»Bestimmt findet die Polizei sie bald. Geben Sie die Hoffnung nicht auf!«

Immer derselbe abgedroschene Satz, wenn sie auch nicht weiterwussten. Ich hatte eine Ahnung, was in ihren Köpfen vor sich ging. Nämlich dass es in Wirklichkeit kaum noch Hoffnung gab.

Der letzte Besuch bei der Polizei hat mich dann völlig aus der Bahn geworfen. Ich war zu einem Termin einbestellt worden, um über den aktuellen Stand der Ermittlungen informiert zu werden. In dem Zimmer begegneten mir blasse Gesichter. Als ich den mitleidigen Gesichtsausdruck des Polizeibeamten sah, wusste ich sofort, was er verkünden würde. Zudem flüsterte er Danis Namen nur. Sein Blick wich meinem ständig aus.

»Wir haben die Gegend unzählige Male durchkämmt«, erklärte er. »Das komplette Wohngebiet, den Strand und die Straßen, doch wir haben nicht die geringste Spur von Daniella gefunden. Natürlich gab es Reifenspuren und Fußabdrücke am Strand, aber schließlich war Mittsommer und der Strand voller Menschen.«

Ich wollte gerade den Mund aufmachen, da hob er die Hand.

»Niemand in der Umgebung hat irgendetwas Verdächtiges bemerkt. Sie müssen das verstehen, wir nehmen die Angelegenheit wirklich ernst, aber jetzt haben wir keine Anhaltspunkte mehr, wir können nicht weiter ermitteln. Wir werden den Fall zwar nicht zu den Akten legen, aber wir haben auch nicht die Manpower, um die Suche nach Ihrer Schwester weiter aktiv voranzutreiben. Im Moment prüfen wir andere Möglichkeiten.«

»Und welche?«

»Dass Daniella vielleicht ganz einfach verschwinden *wollte*.«

»Niemals!«

»Das ist natürlich nur eine Möglichkeit, wie ich schon sagte. Wir tun alles, was in unserer Macht steht, um sie ausfindig zu machen.«

Und dann noch schnell dieser Schlusssatz: »Wir geben die Hoffnung nie auf!«

Mit einem Mal kam ich mir so idiotisch vor, wie ich da stand, kein Wort herausbrachte und mir die Tränen in die Augen schossen. Über der Polizeiwache zog ein düsterer grauer Himmel auf. Ich sprang hastig auf. Auf dem Weg aus dem Gebäude suchte ich die Toilette auf, und beim Händewaschen fiel mein Blick auf mein Gesicht im Spiegel. Ich war bleich, meine Haare waren strähnig und meine Augen weit aufgerissen.

Der Anblick einer Verrückten.

In dem Moment wurde mir klar, dass ich jetzt ganz allein auf der Welt war.

Diese Gewissheit wirkte anfangs wie ein irrsinniges Jucken überall auf der Haut. In meinen Ohren hörte ich das Blut rauschen. Dann öffnete sich unter mir ein großes schwarzes Loch. Ich hörte mich selbst schreien. Es gab einen Knall, als ich auf den Boden schlug, und es knackte unheimlich, als mein Schädel auf der Toilettenbrille aufkam. Trotzdem schrie ich immer weiter, es war ein eintöniges Heulen wie das eines Steppenwolfs.

Sie mussten mir Beruhigungsmittel geben. Die Dunkelheit überkam mich Knall auf Fall, und dann schlief ich vierundzwanzig Stunden lang den Schlaf der Gerechten. Als ich aufwachte, lag ich in einem Krankenhausbett. Durch das Fenster erkannte ich die Silhouette der Stadt.

Und draußen tobte ein unbezähmbarer, böser Wind.

2

Als sie aufwacht, hat sie keine Ahnung, wo sie sich befindet, welche Uhrzeit es ist, welcher Tag überhaupt, nicht einmal an die Jahreszeit erinnert sie sich. Sie ist wie bewusstlos und in höchster Alarmbereitschaft zugleich. Ihre Gedanken bewegen sich frei, doch ihr Körper fühlt sich betäubt an. In Armen und Beinen hat sie keinerlei Gefühl. Ihre Augen reiben sich vor Trockenheit wie Sandpapier an den Lidern, und ihre Kehle tut weh.

Eine vage Erinnerung kommt hoch – daran, dass alles wackelt. Und an einen Schmerz in der Magengegend. Derbe Hände, die sie hochheben, und ein Schatten, der das Licht verdeckt. Ihr Kopf wird mit Gewalt vor- und zurückgeschleudert. Am Ende verschwinden die Tannenwipfel in tiefen aschgrauen Wolken.

Sie versucht zu begreifen, was passiert ist, gräbt in den Tiefen der Erinnerung, doch sie kann sich nur noch an eine laue Sommernacht erinnern. An den warmen Seewind in ihrem Gesicht. Den Geschmack von Salz auf ihren Lippen – und den Duft des Geißblatts, als sie auf dem Schotterweg nach Hause lief.

Langsam zwingt sie ihre Augenlider, sich zu heben, und stellt fest, dass da gar kein Licht ist. Sie ist eine Gefangene in einer undurchdringlichen Dunkelheit. Trotzdem fühlt sie, dass sie sich in einem Raum befindet. *Irgendwo.* Es ist ein Gefühl, als läge sie in einem Sarg begraben, tief in der Erde. Ein muffiger, stechender Geruch dringt ihr in die Nase. Sie zwingt sich, sowohl die miefige Luft einzuatmen als auch die Gerüche, die von ihrem eigenen Körper stammen. Auf ihrem Gesicht liegt etwas Weiches, vermutlich ist es eine Augenbinde. Indem sie tief und konzentriert einatmet, gelingt es ihr, den rasenden Puls zu beruhigen. Sie versucht, ihre Sinne zu schärfen, und dann nimmt sie das Geräusch von rieselndem Wasser wahr. Ein Duft von frisch poliertem Messing hängt irgendwo weiter oben in der Luft.

Da erklingen schwere Schritte, die bedrohlich widerhallen. Die Schritte haben etwas an sich, das ihren Puls wieder in die Höhe schnellen lässt. Dann erklingt das Geräusch eines Schlüssels, der in einem Schloss umgedreht wird, und sie spürt einen Windzug, der von einer Tür herrührt, die sich öffnet. Wie ein Tier, das sich totstellt, zwingt sie ihre Muskeln, sich zu entspannen.

Sie hält die Luft an und wartet. Auf ein Wort. Eine Berührung. Irgendwas.

»Ich weiß, dass du wach bist, Daniella.«

Sie dreht den Kopf in die Richtung, aus der die Stimme kommt.

Er hat eine ruhige, neutrale Stimme.

»Willkommen. Ich werde dir jetzt die Regeln erklären, die hier gelten. Dein Leben ist auf etwas sehr Einfaches reduziert worden. Deine Welt ist jetzt unsere Welt, sie ist abhängig davon, wie wir sie definieren möchten. Du bist unser Werkzeug, und du wirst uns in jeder Hinsicht gehorchen.«

Sie holt tief Luft. Das darf nicht wahr sein. Es ist doch bloß ein Albtraum. Doch er fährt mit energischer Stimme fort.

»Einen Kampf gegen uns kannst du nicht gewinnen. Von der Zivilisation bist du weit entfernt. Von hier kannst du nicht fliehen. Niemand kann deine Schreie hören. Bald werden sie die Suche nach dir aufgeben. Du gehörst jetzt uns. Je eher du das einsiehst, desto erträglicher wird dein Leben hier sein.«

Sie versucht zu protestieren, doch ihr Mund öffnet sich nur ein paar Millimeter, stößt ein Wimmern aus.

Er spricht ganz gelassen weiter.

»Wir sind ein allmächtiger Orden. Wir haben Mitglieder auf der ganzen Welt. Der einzige Grund dafür, dass in dieser selbstgerechten, behäbigen Gesellschaft überhaupt etwas vorwärtsgeht, ist der, dass Menschen wie wir bereit sind zu tun, was getan werden muss. Gegen eine Superstruktur kann man nicht kämpfen. Deshalb hör auf unseren Rat, mit uns zusammenzuarbeiten. Du wirst über eine längere Zeit hier bei uns sein, länger, als du denkst.«

Eine Welle Adrenalin schießt durch ihren Körper, und ihr eines Bein erwacht zum Leben. Sie beginnt wild zu strampeln. Ein Tritt trifft ihn irgendwo, und er stöhnt überrascht auf. Sie versucht, etwas zu sagen, doch seine Hände um ihren Hals bringen sie schnell zum Schweigen. Die Berührung kommt so plötzlich, dass ihr ganzer Körper zuckt. Sie schlägt sich den Kopf an einem Gegenstand an, so heftig, dass sie Sterne sieht. Er drückt ganz fest zu. Sie hat keinen Sauerstoff mehr in der Lunge. Kleine Punkte tanzen jetzt hinter ihren Augenlidern.

Das darf nicht wahr sein. Lass es nicht wahr sein, bitte. Bitte Gott, hilf mir!

Ihre Konzentration lässt nach. Die Dunkelheit wird stärker, wird zu etwas Warmem, das sie ganz umhüllt. Für einen Augenblick fühlt sie sich völlig entspannt, als befände sie sich im Auge des Orkans. Das Einzige, was sie jetzt tun muss, ist loszulassen, mehr nicht. Doch sie kann immer noch Alex' Wärme spüren – irgendwo da draußen, ganz weit entfernt.

3

Als ich im Krankenhaus aufgewacht bin, fühlte ich mich wie ausgewrungen. In meinen Muskeln war jedes Fünkchen Kraft versiegt. Draußen auf der Straße war es still, nur das Geräusch der entfernten Schritte eines Fußgängers drang an mein Ohr. Ein Bus stoppte quietschend an einer Haltestelle. Irgendwo war auch eine Sirene zu hören. Ich starrte an die Decke. Ein Stoffvorhang bewegte sich vor dem halb geöffneten Fenster. Hellgrün. Die gleiche Farbe wie Danis Augen.

Sofort überkam mich eine unbändige Sehnsucht nach ihr, danach, sie zu umarmen. Von da an konnte ich nicht mehr aufhören, an sie zu denken. Kaum eine Sekunde verging ohne den Gedanken an sie. Wären meine Gesichtsmuskeln beweglicher gewesen, hätte ich wahrscheinlich hemmungslos geheult. Doch was jetzt kam, waren nur stille Tränen. Die Erinnerungen waren fragmentarisch, belanglose Dinge kamen mir in den Sinn. Diese Bilder konnten mich so mitnehmen, dass ich katatonisch wurde, mich völlig verkrampfte.

Und eine Erinnerung wirkte klarer als alle anderen: Es war im vergangenen Winter, wir sehnten uns nach dem Frühling, doch der finstere Himmel schüttete pausenlos dichte Schneeflocken auf uns nieder. Ich hatte keine Handschuhe, und Dani wärmte mir die Hände in ihren.

Was ganz unerklärlich war: Ich spürte, wie meine Hände warm wurden, als ich daran zurückdachte, doch gleichzeitig fror ich trotzdem bis auf den Grund meiner Seele.

Drei Wochen lang lag ich fast ausnahmslos auf dem Rücken, starrte die Decke an und konzentrierte mich auf Dani. In den Nächten war es am schlimmsten. Ich wachte auf, nachdem ich von ihr geträumt hatte, ich war außer mir, wusste nicht, wo ich war. Manchmal dachte ich ein paar Sekunden lang, sie wäre da. Doch dann holte mich die Wirklichkeit wieder ein, und zwar so heftig, dass meine Lunge keine Luft mehr bekam. Es war ein Gefühl, als würde ich bestraft werden. Ich fühlte mich ausgepeitscht, in Einzelteile zerfetzt. Ich hätte für alle Zeit in diesem Klinikbett liegen können. Jetzt war doch sowieso alles egal.

Es hätte mich treffen sollen. Dieser Gedanke ließ mich nicht los. Dani war doch die Fleißige von uns beiden, die Intelligente mit der vielversprechenden Zukunft. Ich hingegen hatte nur Flirts im Kopf und war unberechenbar, ich vergeudete mein Leben. Als wir noch Kinder waren, hatte Dani in der Schule immer bessere Zeugnisse gehabt als ich. Sie war klug und gewissenhaft. Ich hingegen launisch und trotzig. Jeder mochte Dani. Bei ihr war alles immer durchdacht und vernünftig. Ich hatte nie so viele Freunde wie sie. Verächtlich hatte ich damals behauptet, ich wollte gar nicht so viele haben. Die Lehrer hatten Dani ins Herz geschlossen, bei mir waren sie immer in Habtachtstellung, außerdem fürchteten sie mein loses Mundwerk.

Vielleicht habe ich mich deshalb mehr für Jungs interessiert. Auf diesem Gebiet konnte ich unschlagbar sein. Wenn es ums Flirten ging, hatte ich Dani schnell abgehängt, da war sie chancenlos, doch sie war auch nicht besonders interessiert daran. Wir gerieten nie in Konkurrenz zueinander, und aus diesem Grund war es für uns in Ordnung.

Ich hatte immer das Gefühl, in unserem Freundeskreis etwas außen vor zu sein. Alle anderen besaßen wenigstens eine

Mutter oder einen Vater. Ein Teil nahm an den Elternabenden teil, kam zu den Schulfesten und zum Abiball. In den Ferien gab es jemanden, der sie in den Urlaub mitnahm. Tante Anita flatterte in unser Leben hinein und wieder hinaus, so wie eine Libelle. Sie hatte selbst genug um die Ohren, und Elternabende und Schulfeste waren sowieso nicht ihr Ding. Sie war nie die Mutter für uns, eher eine große Schwester. Ihre Ermahnungen waren oft schwer zu verstehen:

»Kämpf doch nicht gegen die ganze Welt, Alex!«

»Sei mal ein bisschen locker, Dani!«

»Macht nicht den Fehler und verliebt euch. Wenn man sich verliebt, ist es, als wäre man stockbesoffen, und irgendwann wacht man auf und hat einen furchtbaren Kater.«

Aber am schlimmsten war es, wenn sich unsere Freunde nach unseren Eltern erkundigten:

»Wo sind eigentlich eure Eltern?«

»Verreist.«

»Jahrelang?«

»Jepp.«

»Aber … Kann man denn seine Kinder einfach so allein lassen?«

»Offensichtlich.«

»Oh je, ihr Armen …«

Mitleid ist eine echte Belastung. Das tut weh.

Als wir achtzehn wurden, wollte ich keine Freunde mehr haben. Die bohrenden Fragen der Jungs, was mit meiner Familie los war, konnte ich nicht mehr hören. Stattdessen besuchte ich Bars und Klubs und riss Männer für One-Night-Stands auf. Sex war für mich die Lösung, etwas fühlen zu können, ohne reden zu müssen. Mein Leben bestand an den Wochentagen aus Arbeit und an den Samstagabenden aus unkompliziertem Sex, während Dani immer den Kopf in die Bücher steckte. Manchmal verursachten meine nächtlichen Abenteuer eine unheimliche Leere in mir. Aber Dani meinte, das sei nur eine Phase, die bald vorbeigehen würde. Sie sprach davon, nach ihrer Ausbildung ein geregeltes Leben zu führen und eine Familie zu gründen. Eins stand für mich fest – auf keinen Fall wollte ich heiraten oder Kinder haben. Meine Eltern hatten hinreichend bewiesen, dass die Geborgenheit in der Kernfamilie eine Illusion war, die sich von einem Tag auf den anderen in Luft auflösen konnte.

Doch so unterschiedlich Dani und ich auch sein mochten, sie war mein Anker. Sie holte mich immer wieder auf den Boden zurück. Und als sie verschwand, war ich wie ein welkes Herbstblatt im Wind.

Ein Gespräch mit meinem Psychologen Mats Levinger gab schließlich den Ausschlag, dass ich mein Krankenhausbett verließ. Er war Mitte fünfzig, hatte den Kopf kahl rasiert und trug eine Brille mit dicken Gläsern, die seinen Augen etwas Insektenartiges verliehen. Zudem sonderte er einen unangenehmen Geruch nach Schweiß und Knoblauch ab. Doch er hatte eine hypnotisierende Stimme und einen eindringlichen Blick. In seiner Gegenwart wurde ich wie von selbst schlapp und gefügig.

»Denken Sie an Dani«, sagte er. »Versuchen Sie nicht herauszufinden, wo sie sich befindet. Versuchen Sie sich nicht auszumalen, was für schlimme Dinge sie erlebt haben könnte. Was hätte Dani gesagt, wenn sie wüsste, dass Sie hier im Bett liegen, anstatt Ihr Leben in die Hand zu nehmen?«

Er legte eine Pause ein, beugte sich vor und blickte mir in die Augen.

»Sie müssen den Gedanken zulassen, dass Dani nicht mehr zurückkommt«, sagte er und machte ein ernstes Gesicht.

»Das kann ich nicht. Niemals.«

»Mit der Zeit werden Sie es trotzdem lernen. Hätte sie nicht gewollt, dass Sie einen Schlussstrich ziehen und nach vorn schauen?«

»Ich habe überhaupt nicht vor, nach vorn zu schauen, bis ich Dani gefunden habe.«

»Können Sie sich vorstellen, dass es Ihnen helfen würde, zu dem Strand zu gehen, an dem sie verschwunden ist?«, schlug er vor. »Sie könnten dort eine Gedenkstunde einlegen und ein paar Blumen hinlegen?«

»Wie bitte? Eine Gedenkstunde? Sie ist doch nicht tot!«

»Okay, dann ist es dafür vielleicht noch etwas zu früh. Aber versuchen Sie, sich daran zu gewöhnen, ohne Dani zu leben, einen Tag nach dem anderen. Es mag vielleicht schwer zu glauben sein, wenn man trauert, aber die Zeit heilt die Wunden der Seele.«

Meine Wunden werden niemals heilen, dachte ich verächtlich – die Zeit streut nur noch Salz hinein. Auf diesen Vorschlag, mich mit Danis Tod abzufinden, bin ich nie eingegangen. Akzeptanz. Typisches Psychologengeschwätz.

Später kam Mats Levinger wieder in mein Zimmer. Er setzte sich auf die Bettkante und sah mich traurig an. Auf seiner Stirn bildete sich eine tiefe Falte, als er blinzelte.

»Alexandra. Darf ich mal des Teufels Advokat spielen?«, fragte er mich.

»Wofür soll das gut sein?«

»Hören Sie mir einfach zu.«

Ich wendete mich ab und seufzte.

»Okay.«

»Nehmen wir mal an, Sie haben recht, und Dani lebt. Sollten Sie dann nicht für sie da sein?«

»Wie meinen Sie das?«

Eine Weile sprachen wir nichts. Ich konnte fast zusehen, wie seine grauen Zellen arbeiteten. Ein hoch entwickelter Computer, der darauf programmiert war, mich zu überlisten.

»Hier sind Sie keine große Hilfe. Würde sie Sie hier finden, wenn sie unvermutet doch noch am Leben ist?«

Ich durchschaute seine neue Taktik sofort, aber eines gab mir zu denken: Hier bloß zu liegen und die Decke anzustarren, war wie ein stiller Verrat.

Mit einem Mal schossen mir Gedanken durch den Kopf, was ich alles einfach stehen und liegen gelassen hatte. Was geschah zum Beispiel mit unserer Wohnung? Mit der Post? Unserer Katze Zelda? Ich hatte Tante Anita überhaupt nicht nach der Katze gefragt, als sie zu Besuch gekommen war, ich hatte nur vor mich hingestiert und monoton auf ihre Fragen geantwortet. Jetzt bildete ich mir ein, dass Zelda verhungert sein musste und sicher auch Strom und Wasser in der Wohnung abgestellt sein würde, schließlich hatte ich keine Rechnung mehr bezahlt. Aber am allerschlimmsten war die Vorstellung, dass Dani vielleicht versucht hatte, nach Hause zu kommen, und mich nicht hatte finden können …

Mit einem Mal begriff ich, dass ich mich im letzten Monat in einem Schockzustand befunden hatte. Doch dann kam eine Erkenntnis völlig schlagartig. Mats Levinger war doch nur einer von vielen, die überzeugt waren, dass Dani tot sei. Auf ganz schonungslose Weise musste ich einsehen, dass ich also ihre letzte Hoffnung war. Und dann konnte es mit der Entlassung aus der Klinik gar nicht schnell genug für mich gehen.

»Er geht mir jetzt wirklich besser«, sagte ich also zaghaft zu Mats Levinger. »Wahrscheinlich haben Sie recht, es ist an der Zeit, nach vorn zu schauen.«

Ein paar Tage später entließ er mich.

Ich warf meine Sachen in einen Trolley, den Anita mir mitgebracht hatte. Ohne zu duschen, ohne Make-up machte ich mich auf den Weg aus dem Krankenhaus. So schnell wie möglich stieg ich die Treppen hinunter. Als ich durchs Foyer auf den Ausgang zulief, kamen mir plötzlich Zweifel. Da war ein Haufen Menschen, es war eng und laut. Ich bekam einen Schweißausbruch und wusste nicht, ob das an der Hitze lag oder ob ich in Panik geriet, weil ich nicht sicher war, ob ich die richtige Entscheidung getroffen hatte.

Doch dann musste ich daran denken, was ich mir selbst versprochen hatte. Ich wollte alles tun, was in meiner Macht stand, um Dani zu finden, ich würde niemals aufgeben. Ab dem heutigen Tag würde sich mein Leben nur noch darum drehen.

Ich bahnte mir einen Weg durch die Menschentraube am Eingang des Krankenhauses und wollte zur Bushaltestelle laufen. Doch ich war unachtsam und stieß eine Frau fast um, die im Rollstuhl saß. Sie schrie erschreckt auf, sodass ich unwillkürlich einen Satz zurück machte. Da spürte ich etwas Hartes an meinem Rücken, und mein Fuß landete auf dem Schuh einer anderen Person.

Ich fuhr herum und sah, dass ich einem auffällig attraktiven Mann mit hellblauen Augen auf den Fuß getreten war. Ein paar Sekunden lang sahen wir uns an. Eine Art Knistern, ganz unterschwellig. Dieser Mann hatte etwas, ich vergaß ganz, mich zu entschuldigen.

»Aua!«, sagte er schließlich. »Sie haben es offenbar ziemlich eilig?«

»Ja«, erwiderte ich kurz. »Entschuldigen Sie bitte, ich muss zum Bus.« Dann drehte ich mich um und wollte mich weiter durch den Menschenauflauf kämpfen.

»Warten Sie!«, rief er und berührte mich leicht am Arm. »Mit diesem Koffer werden Sie sich in der Rushhour schwertun.« Er warf einen Blick auf meinen Trolley. »Kann ich Sie vielleicht irgendwo hinbringen?«

Ich sah ihn misstrauisch an.

»Nein, danke«, antwortete ich. »Ich nehme den Bus.«

Aber aus irgendeinem Grund blieb ich stehen. Ich konnte keinen Schritt vorwärts tun.

Er stellte sich als Jim Zander vor und blickte mich ernst an, fast ein bisschen nachdenklich. Seine beinahe femininen Gesichtszüge – schmale Nase, große Augen, volle Lippen – wurden von einem markanten Kinn gerettet. Dazu perfekte Zahnreihen. Er war schlank, aber groß und muskulös. Seine Augen waren so blau, dass ich mich fragte, ob er wohl farbige Kontaktlinsen trug. Es bestand kein Zweifel, dass er gut situiert war. Ich hatte mich von meinem Job als Verkäuferin bei H&M hochgearbeitet und war nun in einer exklusiven Designer-Boutique angestellt, daher hatte ich mit Menschen zu tun, die Geld hatten. Und Jim Zander musste vermögend sein, das war nicht zu übersehen. Leicht amüsiert betrachtete er mein schlampiges Erscheinungsbild. Ich sah nach den Wochen im Krankenhaus vermutlich wie ein Straßenmädchen aus.

Er begann einen Small Talk, offenbar unbeeindruckt von all den Menschen, die an uns vorbeirauschten. Es hatte den Anschein, als hätte er alle Zeit der Welt, und irgendetwas strahlte er aus, das mich erdete. Seine tiefe Stimme und seine höfliche Art weckten Vertrauen in mir. Als wir dort standen, hörte ich ihm nur mit einem halben Ohr zu. Das Gefühl, wie ein ganz normaler Mensch und nicht wie ein psychisch Kranker behandelt zu werden, war so wohltuend.

Er stand so dicht vor mir, dass ich zwangsläufig überlegte, wie ich aussah, ich fühlte mich schmuddelig und verschwitzt. Durch die Glasscheiben am Eingang sah ich den Himmel grau und regenverhangen. Mir kam der Gedanke, dass es schön wäre, wenn es regnen würde, damit das Wasser mich reinwaschen würde, sobald ich auf die Straße kam.

Jim Zander sprach immer weiter, er sprach davon, dass die Wände im Krankenhaus die völlig falsche Farbe hätten. Er war der Auffassung, dass Weiß bei kranken Menschen ein Gefühl von Einsamkeit und Ausgegrenztsein hervorrufen könne. Ich biss mir auf die Lippe, um nicht lachen zu müssen – was war denn das für ein Typ? Als er seinen Gedankengang zu Ende geführt und ich nichts entgegnet hatte, entstand für den Moment ein peinlich berührtes Schweigen.

»Ja, dann möchte ich Sie nicht länger aufhalten«, sagte er. »Passen Sie gut auf sich auf.«

Ich stand da und wartete darauf, dass er ging. Als ich ihn dann durch die Eingangstür verschwinden sah, dachte ich, dass er ein besonderer Mensch war. Zum ersten Mal seit Ewigkeiten spürte ich die Sympathie eines anderen.

4

Als sie die Augen öffnet, ist alles verschwommen. Erst fühlt es sich wie ein schöner Traum an, ihr Körper ist angenehm warm und entspannt. Doch dann bewegt sie ein Bein und hört ein Plätschern, und da begreift sie, dass sie im Wasser liegt. Ihr Kopf ist in den Nacken gelegt. Als sie den Blick senkt, sieht sie ihre Arme auf dem Rand einer Badewanne. Ihre Brustwarzen durchstoßen die Wasseroberfläche.

Alles ist weiß: die Decke, die Wände und die Badewanne – so weiß, dass ihr Körper dagegen braun gebrannt aussieht, obwohl sie in diesem Sommer kaum dazu gekommen ist, sich in die Sonne zu legen. Sie versucht, den Kopf anzuheben, merkt aber, dass sie einen Riemen um den Hals hat. Das ist der Moment, in dem sie Panik bekommt. Sie krallt sich mit den Fingernägeln in die harte Oberfläche der Badewanne. Strampelt wild mit den Beinen, fuchtelt mit den Armen in der Luft herum und brüllt sich die Seele aus dem Leib. Doch die dicken Wände des Raums schlucken jedes Geräusch.

Eine kalte Hand legt sich auf ihre Stirn.

»Ich habe dich gebadet. Sag jetzt ›Danke, Meister‹.«

Die Stimme ist kühl und ganz ruhig.

Ein Mann, den sie noch nie in ihrem Leben gesehen hat, nimmt auf einem Hocker neben der Wanne Platz. Er muss etwa Mitte dreißig sein, hat einen durchtrainierten Oberkörper. Seine Augen fallen ihr auf. Wie leer sie sind. Er sieht sie an, sieht sie aber nicht. Und da kommt ihr der beklemmende

Gedanke, dass sie jetzt sein Gesicht gesehen hat. Dass sie deswegen sterben muss. Ist das in den Kinofilmen nicht immer so? Doch wenn er sie töten wird, warum badet er sie vorher?

Sie weint. Ist machtlos dagegen. Die Tränen laufen ihr über die Wangen.

Und in den nächsten Sekunden kommt die Erinnerung zurück. Sie hat das Grillfest am Strand wieder vor Augen. Sie ist als Erste nach Hause gegangen. Der süße Duft der Blüten auf dem Heimweg. Und dann dieser Wahnsinnsschrecken, als der Mann sie packte. Das Tuch auf dem Mund. Es war mit Chloroform getränkt. Sie kann sich wieder an den ekelhaften Geruch erinnern. Daher also diese heftige Übelkeit.

»Warum?« Mehr bringt sie nicht heraus. Und schon dieses eine Wort fällt ihr schwer, ihre Stimme ist heiser und ihr Hals ganz trocken.

»Du darfst keine Fragen stellen«, sagt er. »Weder mir noch irgendwem anders hier.«

Jetzt erkennt sie seine Stimme. Das ist der Mann, der sie fast erwürgt hat. Er beugt sich über sie, packt ihre Schultern und presst ihren Rücken gegen die Wanne.

»Sag ›Danke, Meister‹, dann darfst du aus der Wanne aussteigen.«

Hinter sich hört sie ein Geräusch. Jemand anders ist in den Raum gekommen.

»Lassen Sie mich los«, ruft sie. »Sie haben kein Recht ...«

Und dann geht es ganz schnell.

Bevor sie einen Gedanken fassen kann, wird ihr etwas Weiches auf Mund und Augen gedrückt. Ein heftiger Wasserfall überspült ihr Gesicht, strömt ihr in die Nasenlöcher, dringt durch ihre Lippen. Sie schluckt, so viel sie kann, doch es reicht nicht. Sie strampelt wie wild mit den Beinen, das Wasser spritzt überall hin. Sie zittert, und obwohl das Wasser warm ist, überkommt sie kalter Schweiß. Jemand greift an ihre Fußgelenke und hält sie fest.

Da wird der nasse Stoff von ihrem Gesicht genommen. Das Einzige, was sie erkennen kann, sind seine Augen. Kalt und durchdringend – aber sie sehen *sie* nicht wirklich an.

»Du weißt, was du sagen musst, damit wir aufhören.«

Sie presst die Lippen aufeinander. Ihre Kehle schnürt sich zu, während sie versucht, die Tränen zurückzuhalten.

Als er das Tuch wieder auf sie presst, spannt sie alle Muskeln ihres Körpers an. Dann wird alles pechschwarz. Sie bekommt keine Luft. Wasser, das nach Dreck und Seifenlauge schmeckt, läuft ihr den Schlund hinunter. Sie kann nicht mehr atmen, ihre Beine schlottern. Es hämmert in ihrem Kopf, jede Zelle in ihrem Körper schreit nach Sauerstoff. Sie muss Luft holen, und zwar schnell, bevor sie völlig kraftlos ist. Stechende Schmerzen schießen wie elektrische Schläge durch ihre Nervenbahnen. Sie verliert die Orientierung, hört auf zu strampeln und lässt sich vom Wasser wiegen.

Ihre Pupillen werden immer weiter. Jedes Fünkchen Kraft ist verbraucht.

Sie weiß nicht, wie lange dieser Zustand anhält. Zwanzig Sekunden? Mehrere Minuten?

Als der Druck auf ihrem Gesicht nachlässt, schwebt sein Gesicht über ihr. Sie ringt nach Luft, hustet, würgt, kann aber mit dem nach hinten überstreckten Kopf nicht erbrechen.

Jetzt lassen sie ihre Fußgelenke los. Ein anderer Mann erscheint.

»Oh Gott, tut das nicht noch einmal«, stöhnt sie.

»Dann sprich die Worte.«

Das Einzige, was sie hervorbringt, ist ein kraftloses Flüstern.

»Danke, Meister.«

Der Mann hebt sie aus der Badewanne und trocknet sie ab. Es ist ganz offensichtlich, dass dieser Mann, der sich »Meister« nennt, hier das Sagen hat. Der andere Mann scheint ein Untergebener zu sein, er schlägt die Augen nieder. Die harten Hände der Männer rubbeln über ihre Haut, aber sie wagt es nicht, auch nur einen Mucks von sich zu geben. Das Verhalten der Männer ist so merkwürdig. Sie geben keine Kommentare über ihren nackten Körper ab, begrapschen sie auch nicht. Mechanisch und gefühlskalt gehen sie mit ihr um, als wäre sie ein Tier auf dem Weg zur Schlachtbank. Sie setzen ihr eine neue, trockene Augenbinde auf und heben sie mit ihren starken Armen hoch. Am Ende legen sie sie auf eine Matratze.

Sie schalten das Licht aus. Die Dunkelheit ist undurchdringlich.

Vom Boden her steigt eine feuchte Kälte auf.

Schnell verliert sie das Zeitgefühl.

Sie fixiert sich ganz auf das Geräusch ihrer eigenen Atmung. Alle anderen Geräusche ihres Körpers empfindet sie als störend – das leise Pfeifen in den Ohren, das Klicken, wenn sie schluckt, die zischende Luft, die beim Ausatmen aus ihrer Nase dringt.

Sie friert, und dann schaltet sich ihr Hirn ab. Trotzdem hat sie nicht den Mut, loszulassen und sich dem Schlaf hinzugeben.

Wenn sie im Boden doch nur ein tiefes Loch graben könnte, um dort zur Ruhe zu kommen.

5

Auf dem Heimweg starrte ich die ganze Busfahrt lang nur aus dem Fenster. Die Stadt erschien mir kalt, schmutzig und trist. Aus dem stahlgrauen Himmel strömte der Regen. Er trommelte gegen die Scheiben, wo die Tropfen kleine Rinnsale bildeten, die über das Glas nach unten liefen. Am Ende peitschte das Wasser sogar wellenartig gegen die Fenster. Die ersten Momente auf der Straße hatte ich als befreiend empfunden. Endlich frische Luft in der Nase. Regentropfen auf dem Gesicht. Die beißende Kälte des Windes. Aber kaum hatte ich mich in den Bus gesetzt, überkam mich ein Gefühl von Traurigkeit, ein plötzliches Tief. Ich flüchtete vor den Menschen um mich herum, was ganz ungewohnt war. Ich mied selbst die Gesichter der anderen Fahrgäste.

Es war ein heftiges, aber kurzes Gewitter. Genau in dem Augenblick, als ich ausstieg, riss der Himmel auf und die Sonne kam zum Vorschein, doch es war eine trügerische Sonne, sie stach mir in die Augen. Das Wetter während der Busfahrt hatte meinem Gemütszustand mehr entsprochen.

Als ich die Wohnung betrat, kam mir eine verzückte Zelda entgegengesprungen. Ich hockte mich hin und bohrte meine Nase in ihr weiches Fell. Sie hörte gar nicht mehr auf zu schnurren. Dani hat Zelda geliebt, ihr hätte es nicht gefallen, dass ich sie einen ganzen Monat lang allein gelassen habe.

Ich hatte zu Mats Levinger gesagt, dass ich jetzt stabiler sei, doch das war gelogen. Im Bus war ich richtig apathisch gewesen. Jetzt fühlte ich mich unter Stress und leicht hysterisch. Mein Kopf hatte sich in einen Bienenstock verwandelt, in dem Gedankenfetzen hundertfach hin und her schwirrten. Aber einer übertönte all die anderen: *Ich muss Dani finden.*

Während ich mein Handy lud, überflog ich schnell die Post. Ich bezahlte die Rechnungen und öffnete meinen Posteingang absichtlich nicht, denn da erwartete mich ganz bestimmt eine Flut von Mails. Eigentlich hatte ich keinen Hunger, aber ich beschloss, trotzdem etwas zu essen. Aus dem Kühlschrank drang ein säuerlicher Geruch, also schloss ich die Tür schnell wieder. Lieber griff ich zu einer fertigen Nudelsuppe, die ich mir kurz aufwärmte und dann im Stehen aß.

Als ich ins Bad kam, fiel mein Blick auf mein Spiegelbild über dem Waschbecken. Ich war unnatürlich blass, aber in meinen Augen entdeckte ich eine neue Entschlossenheit. Schnell legte ich etwas Rouge auf, griff auch zu Lippenstift und Mascara. Ich versuchte, Anita anzurufen, allerdings ohne Erfolg, also hinterließ ich eine Nachricht auf ihrem Anrufbeantworter und teilte ihr mit, dass ich aus der psychiatrischen Klinik entlassen worden war. Bevor ich die Wohnung verließ, füllte ich Zeldas Fressnapf auf und lief dann eilig die Treppen hinunter zum Auto.

Schon im Krankenhaus hatte ich einen Entschluss gefasst, wohin ich als Erstes fahren würde. Zu unserem Sommerhaus in Lomma. Dorthin, wo alles begonnen hatte.

Der Sommer räumte allmählich seinen Platz. Hier und da tauchten die ersten gelben Blätter an den Bäumen auf. Bald schon würden sich dunkle Herbstschleier darüberlegen. Der Regen hatte den Duft verwelkter Blumen hervorgelockt, jetzt drang er durch die geöffnete Scheibe ins Wageninnere. Doch als ich vor unserem Sommerhaus in Lomma vorfuhr, konnte ich keinerlei Anzeichen des Herbstes erkennen. Alles sah noch genauso aus wie am Mittsommerabend. Die Birken im Wäldchen bogen sich im Wind. Das strahlend blaue Meer schlug seine Wellen ans Ufer.

Vor dem Gartenzaun blieb ich stehen.

Da gab es eine Sache, die ich verdrängt hatte, etwas, das mich beschäftigte. Dani und ich hatten Streit gehabt. Was normalerweise nie vorkam, doch gerade an diesem Abend. Es war meine Schuld gewesen, Dani hätte von sich aus nie Streit angefangen. Aber ich war sauer und verärgert, wahrscheinlich weil ich Anfang der Woche meinen Job verloren hatte. In der Boutique war eigentlich alles gut gelaufen bis zu dem Moment, in dem ich einen herablassenden Kommentar über die aktuelle Modekollektion vom Stapel gelassen hatte. Indem ich mich weigerte, mich zu entschuldigen, machte ich meiner vielversprechenden Karriere kurzerhand ein Ende. Und das war nicht das erste Mal gewesen. Anpacken konnte ich zwar, nicht aber mein loses Mundwerk zügeln.

Wie immer hatte Dani schon frühzeitig nach Hause gehen wollen. Im Alkoholrausch nannte ich sie eine Spaßbremse, bevor sie ging. Das waren meine letzten Worte zu ihr gewesen. Sie verzog das Gesicht, stand auf und verschwand. Das tat mir auch bald schon wieder leid, und ich sprang auf, um ihr hinterherzurennen und mich zu entschuldigen. Aber ich war zu betrunken, um schnell rennen zu können, und Dani war schon nicht mehr in Sicht, daher entschied ich mich, auf dem Fest zu bleiben. Und diese Tausendstelsekunde, nämlich die Zeit, in der ich das beschloss, sollte mein Leben vollkommen verändern.

Bei dieser Vorstellung lief mir ein eiskalter Schauer über den Rücken.

Ich ging durch das Gartentor und blieb für einen Moment direkt vor dem Haus stehen. Die Apfelbäume trugen jetzt Früchte. Die Herbstanemonen in den Beeten blühten. Es war ganz still hier, unheimlich still. Von den Baumkronen über mir war Geraschel zu hören. Säuselnde Stimmen flüsterten mit dem Wind. Die Hängematte schaukelte sanft vor und zurück. Dieser Anblick versetzte mich in die glücklichen Sommerabende mit Dani zurück. Wie oft hatten wir in dieser Hängematte gesessen und zugesehen, wie sich die Dämmerung über den Garten legte. Jetzt spürte ich, dass etwas kaputtgegangen war, etwas, das nie wieder heil werden würde. Ich musste mich sehr zusammenreißen, um nicht melancholisch zu werden.

Ich weiß, dass du lebst. Gib mir ein Zeichen. Irgendwas.

Bei einem plötzlichen Blätterrascheln in den Birken neben dem Gartentor fuhr ich herum. Mir blieb das Herz stehen. Doch es war nur eine Krähe, die hinabgeflogen kam und nun über den Kiesweg spazierte. Mein Herz begann wieder heftig zu pochen, doch es war viel zu schnell. Ich hatte Angst bekommen.

Langsam ging ich zum Haus und schloss die Tür auf. Muffige Luft schlug mir entgegen. Ich zog die Jalousien hoch und öffnete ein Fenster. Es war, als würde das ganze Häuschen erleichtert aufatmen, endlich strömte frische Luft hinein.

Ich begann, das Wohnzimmer systematisch zu durchsuchen. Irgendwo musste doch ein Hinweis zu finden sein, etwas, das allen entgangen war – ein Zeichen, das nur ich zuordnen konnte. Überall fand ich Haare, aber dann wurde mir schlagartig klar, dass selbst ein DNA-Test nicht würde klären können, ob es sich um meine oder Danis Haare handelte. Das machte mich irgendwie traurig. Ich war auf der Suche nach etwas, das eindeutig von *ihr* stammte. In dem Moment fiel mein Blick auf die Kaffeetasse auf der Fensterbank. Ich ging hin und hob sie hoch. Am Rand war kein Abdruck von Lippenstift, also musste Dani sie benutzt haben. Auf dem Boden war ein Kaffeerest eingetrocknet und leicht schimmlig, doch ich strich liebevoll über die Tasse und versuchte, Dani in Gedanken zu erreichen, ihr zu sagen, wie sehr sie mir fehlte. Stattdessen fing eine böse Stimme in meinem Hinterkopf zu schimpfen an. *Daran hättest du früher denken können. Du Idiotin.*

Glücklicherweise gelang es mir, mich auf meine Suche zu konzentrieren, doch obwohl ich eine Stunde lang alles intensiv durchkämmte, konnte ich im Haus nichts finden. Die Leere, die Dani hinterlassen hatte, wurde schließlich so erdrückend, dass ich in den Garten lief, um frische Luft zu schnappen. Als ich dort eine Weile auf dem Rasen stand, stieg in mir die Gewissheit auf, dass die Antworten irgendwo anders zu finden sein mussten – an einem Ort, an dem es niemandem in den Sinn kam zu suchen. Ich beschloss, zurück in die Stadt und in unsere Wohnung zu fahren, also ging ich wieder zum Haus und schloss die Tür ab. In diesem Augenblick klingelte mein Handy. Eine unbekannte Nummer.

»Jim Zander hier, wir sind uns zufällig am Krankenhaus über den Weg gelaufen«, sagte eine fremde Stimme.

Es dauerte ein paar Sekunden, bis ich mich wieder an ihn erinnerte.

»Woher haben Sie meine Handynummer?«

»Die findet man im Internet.«

»Aber woher wissen Sie, wer ich bin?«

»Na ja, ich hatte wirklich nicht die Absicht herumzuschnüffeln, aber als wir uns begegnet sind, hatte ich das Gefühl, Sie schon mal irgendwo gesehen zu haben. Ich habe ein bisschen gegoogelt, und jetzt weiß ich, welchen Albtraum Sie gerade erleben. Ich rufe nur an, um zu fragen, ob ich Ihnen irgendwie helfen kann.«

Mein erster Impuls war, das Gespräch schnellstmöglich zu beenden, doch er klang ehrlich, als würde er sich ernsthaft Sorgen machen. Außerdem hatte seine Stimme irgendwie eine beruhigende Wirkung – sie war tief, behaglich, und er sprach jedes Wort ganz deutlich aus. Zu meiner Überraschung musste ich feststellen, dass allein durch unsere kurze Begegnung eine gewisse Vertrautheit entstanden war.

»Danke, ich komme zurecht«, sagte ich. »Aber vielen Dank für Ihren Anruf.«

»Wissen Sie, meine Schwester hat vor gar nicht langer Zeit auch ein Trauma erlebt. Sie hat sich dann einer Selbsthilfegruppe angeschlossen, wo man sich alles von der Seele reden kann und Hilfe bekommt. Falls Sie interessiert sind, könnte ich Ihnen den Kontakt vermitteln …«

»Das ist nett, vielen Dank, aber für mich kommt das nicht infrage.«

Enttäuscht seufzte er.

»Okay. Bitte entschuldigen Sie, dass ich mich so aufdränge. Ich hatte das Gefühl, dass da irgendwie eine Verbindung zwischen uns war, und deshalb wollte ich mich noch einmal bei Ihnen melden.« Einen Moment lang schwiegen wir. Ich mochte es gar nicht, wenn Männer auf diese Art Kontakt zu mir suchten, das war nicht das erste Mal. Aber diesmal fühlte es sich anders an. Und so brachte ich es einfach nicht über mich, ihn abblitzen zu lassen. Dieses angenehme Gefühl in seiner Nähe, das wollte ich gern noch einmal erleben.

»Erlauben Sie mir wenigstens, Sie zum Essen einzuladen?«, fragte er dann. »Ach was, jetzt fühlen Sie sich bestimmt bedrängt, vielleicht ist es dafür tatsächlich noch viel zu früh?«

»Ja, es gefällt mir wirklich nicht, dass Sie mich ... so anrufen.«

»Sie gehen mir einfach nicht aus dem Kopf.«

»Und wissen Sie, auch wenn ich da vor dem Krankenhaus vielleicht merkwürdig ausgesehen habe, ich kann mir durchaus selbst etwas zu essen zu kaufen.«

»Selbstverständlich. Das bezweifle ich nicht, das wollte ich damit gar nicht sagen.«

»Und was wollten Sie dann?«

»Sie ein bisschen besser kennenlernen. Na ja, es ist nicht meine Art, um Krankenhäuser herumzustreifen und Frauen aufzureißen«, sagte er scherzend. »An dem Tag hatte ich einen Freund besucht. Es war also reiner Zufall, dass wir uns begegnet sind, und mir kommt es so vor, als hätte das etwas zu bedeuten. Sie haben das bestimmt auch schon mal erlebt, dass einem etwas nicht mehr aus dem Kopf will.«

»Und was soll das heißen?«

»Dass es den Sinn hatte, dass wir zwei uns wiedersehen sollten.«

»An so was glaube ich nicht.«

»Verstehe. Allerdings ist es manchmal ganz angenehm, mit Menschen zu sprechen, die einen nicht an die Vergangenheit erinnern.«

Ich stieß einen ärgerlichen Seufzer aus, obwohl ich im Grunde gar nicht verärgert war. Aber ich konnte nun nicht mehr auflegen.

»Jetzt nerven Sie.«

»Okay. Entschuldigung.«

Ich dachte kurz über seinen Vorschlag nach.

»Ich weiß nicht. Im Augenblick bin ich ganz durcheinander. Vielleicht rufen Sie einfach gegen Ende der Woche noch mal an?«, schlug ich vor.

»Gern. Passen Sie gut auf sich auf. Und wenn Sie doch jemanden zum Reden brauchen sollten, melden Sie sich – wann Sie wollen.«

Während unseres Telefonates war ich schon zum Wagen gelaufen. Die Sonne hatte sich inzwischen über dem Horizont gesenkt. Von den Regenwolken waren nur noch Fetzen am Himmel übrig geblieben. Die Abenddämmerung zog langsam über die Baumwipfel, doch sie machte mir keine Angst mehr.

Jim Zander. Warum tat es so gut, sich mit ihm zu unterhalten? Er behandelte mich wie einen ganz normalen Menschen. Ab jetzt würden mich alle, die ich kannte, nur noch als Opfer betrachten. Oder als Psychofall. Sie würden mich mit ihrem Mitleid erdrücken oder herumdrucksen, wenn wir auf Dani zu sprechen kämen, und es würde unerträglich werden. Mit Anita war das an sich kein Problem, doch mit ihr würden all die Erinnerungen an Dani wieder wach werden. Folglich gab es niemanden, dem ich mich anvertrauen konnte. Ich war ganz allein auf der Welt. So viele verdrängte Gefühle kamen mit einem Mal hoch, dass ich mitten auf dem Parkplatz in Tränen ausbrach. Ich lehnte mich gegen den Wagen und heulte wie ein Schlosshund. Doch schließlich riss ich mich zusammen, wischte mir die Augen trocken und stieg in mein Auto.

Als ich in unsere Wohnung zurückkam, hatte Anita noch immer nicht zurückgerufen. Die Luft fühlte sich drückend an, es war dunkel und still. Zelda lag schlafend auf dem Sofa. Mit einem Mal war die Einsamkeit wieder überwältigend.

Meine Gedanken wanderten zu Jim Zander zurück. Ich beschloss, mehr über ihn herauszufinden, und begann mit den üblichen Recherchen, die ich immer anstellte, wenn Männer in meinem Leben auftauchten. Ich gab seinen Namen in

Google ein, überprüfte seine Personennummer und fand weitere Informationen über seine finanzielle Situation und seinen Familienstand heraus. Ich sah mir seine Profile auf allen sozialen Medien an, auch seine Follower, und las die Kommentare zu seinen Posts. Facebook nach zu urteilen, war Jim Zander Single und wohnte in der Innenstadt. Er war Architekt. Das erklärte auch seinen kleinen Vortrag über die Wandfarbe im Krankenhaus.

An all den Informationen war nichts Verdächtiges zu finden – im Gegenteil, er machte fast einen zu guten Eindruck. Nichts Skandalöses, keine Pleiten, er war ein vielversprechender Architekt. Offenbar hatte er schon einige bedeutende Bauwerke entworfen.

Ich überlegte eine Weile.

Mein Bauchgefühl sagte mir, dass Jim als Freund nicht verkehrt sein konnte. Er machte einen zuverlässigen und vertrauenswürdigen Eindruck. Mein altes Leben wieder aufzunehmen – die Klubs, die One-Night-Stands –, das kam für mich nicht mehr infrage. Ab sofort musste ich aufmerksam sein und mich ganz darauf konzentrieren, Dani zu finden. Aber ich brauchte jemanden, der mir Halt gab. Also beschloss ich, Jim eine Chance zu geben. Das hieß, wenn er noch einmal anriefe. Nur ein einziges Mal. Nur eine Verabredung.

Vielleicht war er der Ausweg aus meiner Einsamkeit.

6

Plötzlich erhält das Wort *Ohnmacht* eine völlig neue Bedeutung. Es geht nicht um Ausweg- oder Hilflosigkeit, es ist eher das Gefühl, als wäre sie auf einem Bett voll glühender Kohle festgenagelt.

Wie sie da so allein im Dunkeln liegt, gehen ihr bittersüße Erinnerungen durch den Kopf. Ihre Gedanken fixieren den Augenblick unmittelbar vor dem Überfall. Die in Nebel gehüllten Dünen. Wie sich das taunasse Gras unter ihren nackten Fußsohlen anfühlte. Der Duft nach dem Harz der Kiefern. Wie sie fror, als die kühle Luft vom endlos weiten Meer aufs Land traf. Die salzige, frische Brise, die sie in leichten Windböen einhüllte. Wie die Dunkelheit von der Erde aufstieg, hinauf zum Himmel. Das leise quietschende Geräusch der Nachtfalter. Und wie die Sonne einzelne Tropfen golden färbte.

Dann kommt der Gedanke an den Tod, den schrecklichen Tod, der ihr all dies nehmen wird.

Das darf nicht wahr sein.

Darf nicht geschehen.

Nicht so.

Nein! Alex, hilf mir!

Ihre Unterlippe beginnt zu flattern, ihr schießen die Tränen in die Augen und durchfeuchten die Augenbinde.

Ganz plötzlich streichelt ihr jemand über die Wange. Sie schreckt zusammen. Jetzt sind die Männer da, sie hat sie gar nicht kommen hören. Die Stimme des Mannes, der sich Meister nennt, erkennt sie sofort.

»Wir haben dich beobachtet. Du darfst die Augenbinde abnehmen, wenn wir die Tür geschlossen haben. Iss, trink und schlafe. Du wirst deine Kraft in der kommenden Zeit brauchen.«

In einem Schloss wird ein Schlüssel umgedreht. Die schweren Schritte der Männer sind erst noch hörbar, dann verklingen sie. Wieder füllt die Stille den Raum. Als Dani die Augenbinde vom Gesicht zieht, wird sie von hellem Licht geblendet. Sie blinzelt, kann erst nach und nach erkennen, was sich da um sie herum befindet – ein Bettgestell, dicke Steinwände. Genau wie in dem Raum, in dem sie gebadet wurde, hier ist alles weiß, Decke, Wände und Boden. Sie liegt nackt auf einem schmalen Bett in einem Raum, der etwa fünfzehn Quadratmeter misst. Die Wände und der Boden sind aus Stein, die Decke ist hoch. An der einen Wand befindet sich eine massive Eisentür mit einem Gitter im oberen Bereich. An der gegenüberliegenden Wand sieht sie ein kleines Fenster. Sie befindet sich in einer Art Keller, der halb über, halb unter der Erde liegt. Sie versucht, sich aufzurichten, doch der Raum dreht sich um sie, sodass sie sich wieder zurück auf die Pritsche sacken lässt.

Zaghaft setzt sie noch einmal die Füße auf den Boden, und es gelingt ihr, ganz vorsichtig ein paar Schritte zu machen. Jetzt tragen ihre Beine wieder. Im Raum befindet sich noch eine andere Tür, so weit unten, dass sie sich hinhocken muss, um sie öffnen zu können. Dahinter verbergen sich eine Toilette und ein Waschbecken. Sie muss auf alle viere gehen, um in den Verhau hineinzukriechen. Darin ist so wenig Platz, dass sie sich kaum umdrehen kann. Trotzdem spürt sie eine Erleichterung, dass sie einen Ort gefunden hat, an dem sie ihre Notdurft verrichten kann. Sie stemmt sich auf den Toilettensitz hoch, lässt den Urinstrahl eine ganze Ewigkeit laufen, sinkt wieder auf den Boden und bleibt auf allen vieren hocken. Dann schreit sie, bis sich ihre Kehle wie eine offene Wunde anfühlt. Doch hier wird niemand sie hören. Niemand wird kommen. Das wird ihr jetzt klar.

Sie schließt die Augen und versucht sich einzureden, dass das alles nur ein böser Traum ist. Ihr wird kotzübel, sie richtet sich auf und übergibt sich in die Toilette. Die Brille fühlt sich kalt an ihrer Stirn an. Atmet sie eigentlich? Lebt sie überhaupt noch?

Sie fühlt sich so matt, wie ausgehöhlt, völlig fertig. Ihre Kraft reicht kaum aus, um wieder durch die Tür zu kriechen. Sie stellt sich hin, ihre Beine zittern. Der Raum vor ihr ist leer, bis auf das Bett und einen kleinen Holztisch in einer Ecke. Darauf befindet sich Essen: Obst, Gemüse, Wasser und Brot.

Sie stakst zu der Eisentür vor und sieht durch das Gitter hinaus. Sie erkennt einen großen Saal mit ovalen Fenstern, die sich teils über, teils unter der Erde befinden. Die Wände sind weiß und bestehen aus gewaltigen Steinblöcken. Gewölbte Pfeiler und mächtige Säulen tragen ein Kreuzgewölbe, das das Dach bildet. Manche Pfeiler sind gedreht, mit in Stein gemeißelten Figuren verziert. Zwei große Messingkronleuchter hängen von der Decke herab. In der einen Ecke sprudelt Wasser aus einem kleinen Springbrunnen.

Ihr wird klar, sie muss sich in einer Art unterirdischer Kapelle befinden. Ein flacher Stein steht mitten im Raum. Ein Opferaltar? Der Gedanke erfüllt sie mit Schrecken. Für einen Moment kommt es ihr so vor, als bekäme sie Halluzinationen oder drehe nun völlig durch. Wenn das der Fall ist – wird man dann sofort verrückt? Oder wird ein Teil ihres Bewusstseins noch begreifen, was mit ihr passiert? Verwirrt blinzelt sie mehrfach und reißt die Augen dann wieder weit auf.

Die Krypta vor ihr ist echt.

Sonnenstrahlen tasten sich durch die Fenster, fallen auf die Pfeiler und rufen die Illusion hervor, dass das Dach schwebe und jederzeit abheben könne.

Das Licht, das hereinströmt, ist voller Leben.

Doch die dicken Wände riechen nach Tod.

7

Eine Woche später rief Jim an. Er erwischte mich an einem meiner schlechten Tage. Die Einsamkeit quälte mich, deshalb stimmte ich einer Verabredung zum Essen zu. Ich vermutete, dass er mich in eins der angesagten Restaurants ausführen würde, doch er entschied sich für ein kleines, gemütliches Kellerrestaurant mit österreichischer Küche. Ich kannte es nicht, obwohl ich mein ganzes Leben in Lund verbracht hatte. Jim empfahl den Gulascheintopf, der so hervorragend war, dass ich mich dabei ertappte, wie ich das Essen in mich hineinschlang. Nach ein paar Gläsern Bier wurde mir wohlig warm, und ich begann zu erzählen wie noch nie, seit Dani verschwunden war.

Wir unterhielten uns stundenlang. Ich erzählte Jim von Dani und von meinem Zusammenbruch. Es fühlte sich ganz natürlich an, mich ihm anzuvertrauen. Er war ein wunderbarer Zuhörer, nie unterbrach er mich oder stellte Dinge infrage. Als wir uns verabschiedeten, gab er mir einen Kuss auf die Stirn und sagte, dass er mich sehr gern wiedersehen wolle. Und für mich stand fest, dass ich mehr über ihn wissen wollte.

Als mich meine Suche im Netz nicht weiterbrachte, griff ich zur Tageszeitung und blätterte planlos durch die Seiten. Todlangweilige Überschriften: *Aufwind für den Kletterverein. Fliegeninvasion in Seniorenheim.* Doch dann kam ich auf die Idee, die Stellenanzeigen zu lesen.

In der letzten Woche hatte ich vergeblich nach einem Job Ausschau gehalten. Lund ist keine besonders große Stadt, und Stellenangebote für Menschen wie mich, ohne Studium, ohne Berufsausbildung, sind rar gesät. Ich brauchte jetzt wirklich dringend einen Job. Mats Levinger hatte mich für einen Monat krankgeschrieben, aber ich hatte fast keinen Cent zurückgelegt. Der Psychologe hatte mich zwar davor gewarnt, mich allzu früh wieder ins Arbeitsleben zu stürzen, doch ich hatte es satt, in der Wohnung zu hocken und schlecht gelaunt zu sein. Noch nie hatte ich mich so isoliert gefühlt. Die Leere, die Dani hinterließ, bewirkte, dass ich mich am liebsten einsam in eine Ecke gekauert hätte, gleichzeitig vermisste ich die Menschen. Doch jedes Mal, wenn ich zum Handy griff, um jemanden anzurufen, überkamen mich Zweifel. Unsere Freunde würden entweder nur über Dani reden wollen oder unter Hochspannung stehen, um genau das zu vermeiden.

Ich fand, ich hatte den Job als Assistentin in der Boutique ziemlich gut gemacht, doch beim nächsten Mal musste ich darauf achten, dass ich einen besseren Chef bekam. Meine letzte Chefin, Sandra Ritter, war herrschsüchtig und gefühlskalt gewesen. Der Job als Assistentin war zur Sklavenarbeit geworden.

Und genau da fiel mein Blick auf die Anzeige, die so groß war, dass sie das Viertel einer ganzen Zeitungsseite einnahm. Dafür war sie allerdings anmaßend wortkarg. Was für eine Geldverschwendung, dachte ich spontan.

Ash & Coal suchen eine/n Assistenten/in in Halbzeit als
rechte Hand eines überarbeiteten CEOs.
Weitere Informationen unter www.ashandcoal.com

Das mit der »rechten Hand« klang zwar etwas abschreckend, aber im Grunde genommen war genau das meine Spezialität.

Multitasking machte mir überhaupt nichts aus, ich konnte ein wichtiges Gespräch führen, gleichzeitig ein Memo schreiben und nebenbei noch einen Latte macchiato balancieren. Außerdem hatte ich die Fähigkeit, zwei Menschen gleichzeitig aufmerksam zuhören zu können.

Auf der Website erfuhr ich, dass Ash & Coal ein Unternehmen für exklusive Dating-Dienstleistungen war. Für Bewerber gab es eine eigene Mailadresse sowie eine Telefonnummer. Ich wählte die Nummer und hörte einen Anrufbeantworter. *Derzeit sind all unsere Leitungen belegt. Der nächste freie Mitarbeiter ist für Sie reserviert. Bitte haben Sie einen Moment Geduld oder hinterlassen Sie uns eine Nachricht …* Ich beendete das Telefonat und wählte sofort noch einmal neu. Eine heisere Frauenstimme meldete sich und klang ein bisschen müde.

»Ash & Coal, wie kann ich Ihnen behilflich sein?«

»Ich möchte mich auf Ihre Stellenanzeige aus der heutigen Ausgabe der Tageszeitung bewerben«, antwortete ich.

»Die Anzeige war gestern in der Zeitung, und es haben sich schon sehr viele Bewerber gemeldet. Die Arbeit können Sie sich jetzt eigentlich sparen.«

»Ich möchte mich trotzdem noch bewerben. An welche Adresse darf ich meinen Lebenslauf schicken?«

Für einen Moment verstummte die Dame.

»Wir sind schon bei den Vorstellungsgesprächen.«

»Dann komme ich vorbei und stelle mich auch vor. Wann passt es Ihnen?«

Wieder eine Pause. Genervte Atemzüge in der Leitung.

»Mein Chef führt die Gespräche mit den Bewerbern. In einer Stunde macht er Feierabend.«

Mit einem Mal kam es mir vor, als würde mein Leben davon abhängen, diese Chance zu bekommen. Je mehr sie versuchte, mich abzuwimmeln, desto hartnäckiger wurde ich.

»Dann komme ich sofort.«

»Ich kann Ihnen nichts versprechen, aber mailen Sie mir doch bitte Ihren Namen, Ihre Adresse und Ihre Handynummer und fügen Sie Ihren Lebenslauf bei, dann können wir schon mal einen Blick darauf werfen, bevor Sie hier sind«, sagte sie und buchstabierte die Mailadresse.

»Sehr gern, dann mache ich mich sofort auf den Weg. Ich springe gleich ins Auto.«

Dann klickte ich das Telefon aus, noch bevor sie ein Wort erwidern konnte, denn ich hatte Angst, sie könnte es sich noch mal anders überlegen. Als ich ihr meinen Lebenslauf gemailt hatte, suchte ich die Adresse von Ash & Coal heraus und überschlug, dass die Autofahrt etwa zwanzig Minuten dauern würde. Das Unternehmen lag etwas außerhalb der Stadt, was mich ein bisschen überraschte.

Ich schmunzelte noch ein wenig bei dem Gedanken, welche Vorteile der Job in der Boutique mit sich gebracht hatte. Die Angestellten hatten die Designerklamotten der ausgelaufenen Kollektion zu hervorragenden Preisen bekommen. Schnell ging ich meine Kleider im Schrank durch und entschied mich für eins mit weitem Ausschnitt, eine Lederjacke und High Heels. Ich wollte feminin wirken, aber trotzdem straight und souverän. Dann packte ich den Inhalt meiner Handtasche in ein anderes, exklusiveres Exemplar, das ich nur für besondere Anlässe aus dem Schrank holte. Ich brachte meine Haare in Ordnung, schminkte mich auf die Schnelle und flitzte zum Auto. Auf diese geheimnisvolle Datingfirma war ich jetzt richtig neugierig geworden, zum ersten Mal hatten sich meine Gedanken gelöst und waren von etwas anderem absorbiert als der Grübelei über Danis Verschwinden.

Das Navigationssystem führte mich ein paar Kilometer aus der Stadt hinaus, bis ich zu einer eindrucksvollen Villa kam, die sich hinter einem hohen schmiedeeisernen Zaun befand. Zunächst dachte ich, ich hätte mich verfahren, denn ich hatte ein Bürogebäude erwartet, doch als ich die Adresse noch einmal kontrollierte, stellte ich fest, dass ich ganz richtig war. Ich drückte auf den Klingelknopf neben dem Tor, worauf eine Stimme erklang und mich nach meinem Anliegen fragte. Als ich meinen Namen nannte, öffnete sich das Tor. Ich stellte meinen Wagen auf einem nahezu leeren Parkplatz ab. Rund um das Haus befanden sich äußerst gepflegte Rasenflächen, und ausladende Rhododendronsträucher waren als Sichtschutz angelegt. Hinter dem Haus entdeckte ich einen lagunenförmigen Pool.

Ich trat ein und stand sofort in einer geräumigen Empfangshalle.

Die Dame an der Rezeption hatte etwas Geierartiges. Ihr Haar war rabenschwarz, die Nase auffallend gekrümmt, und die schmalen Lippen leuchteten knallrot. Ihre kobaltblauen Augen wirkten irgendwie stechend. Ihr schweres Parfüm hing unangenehm dominant in der Luft.

»Sind Sie Alexandra Brisell?«, fragte sie mit dieser heiseren Stimme, die ich schon von dem Telefonat kannte. Auf dem Namensschild auf ihrem Schreibtisch las ich »Edna Sandström«.

»Ja, genau. Danke, dass Sie mich noch empfangen.«

Sie zog die Augenbrauen hoch und musterte mich.

»Wir machen gleich Feierabend. Ich weiß nicht, ob mein Chef noch Zeit für ein Gespräch mit Ihnen hat. Ich frage mal nach«, sagte sie und griff zum Telefon.

Sie flüsterte etwas in den Hörer, und ihr Gesicht erstarrte.

»Ja, Sie können gleich zu ihm rein«, sagte sie schließlich.

Ich stand auf, aber sie gab mir ein Zeichen, mich gleich wieder hinzusetzen.

»Zuerst müssen Sie eine Verschwiegenheitserklärung unterzeichnen«, sagte sie und hielt mir ein Dokument hin.

»Wofür brauchen Sie das?«, fragte ich. »Ist das nicht erst nötig, wenn man einen Vertrag unterschreibt?«

»Bei uns nicht«, sagte sie. »Wir haben Kunden, die Wert darauf legen, anonym zu bleiben. Alles, was sich hier abspielt, unterliegt der Geheimhaltung. Jetzt machen Sie bitte. Er wartet.«

Ich überflog die Vereinbarung, die keineswegs unseriös erschien. *Hiermit verpflichte ich mich, keine Informationen von Ash & Coal preiszugeben* … Die üblichen Formulierungen. Ich unterschrieb und überreichte Edna Sandström das Papier. Dann zeigte sie auf eine Tür hinter der Empfangstheke.

»Dort finden Sie ihn.«

Ich erhob mich und ging auf die Tür zu. Doch noch bevor ich meine Hand auf die Klinke legen konnte, war Edna mit ein paar Sätzen neben mir und bohrte ihre langen, rot lackierten Nägel in meinen Arm.

»Nennen Sie ihn um Himmels willen nicht Cal oder Calle«, flüsterte sie. »Einfach bloß *Carl*, okay? *Carl Asher*.«

Er war attraktiv, das stach mir als Erstes ins Auge. Nicht klassisch schön, aber auf eine primitive Weise gutaussehend, die bei mir immer ankommt. Ich schätzte ihn auf Mitte dreißig, er war groß und kräftig. Sein kupferfarbenes Haar reichte bis auf die Schultern, und er hatte sich mindestens einige Tage lang nicht rasiert. Seine Behaarung an Armen und Beinen hatte dieselbe Farbe wie sein Kopfhaar. Das konnte ich deshalb feststellen, weil er nur Shorts und T-Shirt trug. Er besaß hohe Wangenknochen, eine ausgeprägte Kinnpartie und eine geradlinige Nase. Aber seine schiefergrauen Augen beeindruckten mich am meisten. Unter einer Augenbraue hatte er eine Narbe. Er wirkte entspannt, strahlte aber dennoch

Energie und eine gewisse Autorität aus. Als er mich ansah, musste ich den Blick abwenden. Ich spürte, wie ich innerlich schwach wurde, als würde sich da etwas Bahn brechen. Für einen Moment hatte ich das sonderbare, geradezu unheimliche Gefühl, er könnte gefährlich sein.

Der Kontrast zwischen unseren unterschiedlichen Kleidungsstilen machte mir sehr schnell klar, wie peinlich aufgedresst ich war. Wir gaben uns die Hand und stellten uns vor. Er bedeutete mir, ich solle vor seinem Schreibtisch Platz nehmen. Geräuschvoll zog ich den Stuhl vor und ließ mich nieder. Er sah mich lange und nachdenklich an.

»Sie müssen sich keine Mühe geben, Eindruck auf mich zu machen«, sagte er und stierte ganz bewusst auf mein Kleid. Ich nahm sein Zwinkern wahr und begriff, dass das nicht ganz ernst gemeint war. Trotzdem spürte ich den Impuls aufzuspringen, als Reaktion auf diese Beleidigung. Er machte ein Zeichen, ich solle sitzen bleiben.

»Nicht böse sein. Was ich sagen will, ist, dass wir uns hier ganz normal kleiden. Wir legen keinen größeren Wert darauf, gut auszusehen. Jetzt erzählen Sie mir doch mal, warum Sie bei uns arbeiten wollen, Frau Brisell.«

Dann feuerte er ein strahlendes Lächeln ab, und diese Charmeoffensive macht mich richtig nervös. In meinem Brustkorb kribbelte es.

»Ich habe keine Ahnung. Wie ist denn das Aufgabenprofil der Stelle?«

Da nahm er ein Papier von seinem Schreibtisch und hielt es mir hin. Eine Art Stellenbeschreibung in Stichworten.

Interne Meetings
Wöchentliche Berichte
Konkurrenzanalyse

Telefonkontakt nach San Francisco
Pflege von Website und PCs
»Mädchen-für-alles-Aufgaben« auf Zuruf

Ich sah auf, er beobachtete mich. Irgendwie kam mir Carl Asher bekannt vor. Ich hatte ihn schon einmal gesehen, und jetzt wusste ich auch, wo: in einem Werbespot für einen von Lunds In-Klubs. Drei Männer steigen mit drei Frauen in Cocktailkleidung aus einer Limousine aus. Sie laufen auf eine Bar zu und lassen sich in der Lounge auf ein Sofa sinken. Dann wird der Text eingeblendet: »Ash & Coal, Stammkunden«. Das Grüppchen reißt Witze und lacht, nebenbei wird eine Flasche exklusiver Wein serviert.

Ash & Coal war offensichtlich angesagt. Ich fragte mich, ob ich den Anforderungen dort gerecht werden würde, doch die Arbeitsplatzbeschreibung klang lächerlich simpel. Ich gab ihm das Blatt zurück.

»Diese Aufgaben erledige ich mit links.«

Eine Weile saß er nur schweigend da. Ich schluckte, wandte den Blick aber nicht ab.

»Bevor Sie gekommen sind, habe ich Ihre ehemalige Chefin angerufen, um mich nach Referenzen zu erkundigen«, sagte er schließlich. »Ich kenne sie nämlich.«

»Sandra Ritter?« Das nahm mir den Wind aus den Segeln.

»Exakt. Sie hat gemeint, wenn ich eine lästige Mitarbeiterin suche, die alles infrage stellt, dann soll ich Sie einstellen.«

Ich hatte schon den Mund geöffnet, um zu widersprechen, da hob er die Hände.

»Und genau da wurden Sie für mich interessant.«

»Und … warum?«

»Ich bin sicher auch nicht der einfachste Mensch auf der Welt«, antwortete er und schlug die Augen nieder.

»Aber Sandra Ritter ist eine aufgeblasene despotische Zimtzicke.«

Diese Bemerkung hob meine Stimmung sofort.

Nachdenklich starrte er auf die leere Wand in meinem Rücken.

Ich räusperte mich, und dann war er mit seiner Aufmerksamkeit wieder bei mir.

»Aber ganz nüchtern betrachtet, was tun Sie hier eigentlich? Kommen denn die Menschen, die Sie für den Datingservice einladen, hierher? Ich meine, veranstalten Sie Dates und so etwas?«

Er musste lachen.

»Nein, wir sind eine etwas andere Datingagentur. Wir sind hervorragend vernetzt, und so finden wir unsere Kunden. Dieses Vorgehen – dass ein Computerprogramm mithilfe eines Algorithmus verschiedene Profile abgleicht – ist vollkommen lächerlich. Das Dating per Internet ist grauenhaft.«

»Ja, und was machen Sie dann?«

»Angefangen haben wir als ganz normale Datingagentur. Wir hatten uns schnell einen guten Ruf erarbeitet, doch es war stinklangweilig. Heute arrangieren wir ganz exklusive Begegnungen zwischen schwedischen Frauen und Männern aus den USA. Man könnte sagen, wir verkaufen Träume.«

»Wie ist das zu verstehen?«, fragte ich skeptisch.

Er legte die Unterarme auf den Schreibtisch und beugte sich vor.

»Denken Sie mal an Ihre heißeste sexuelle Fantasie. In Wirklichkeit passiert so was nie, stimmt's?«

Das neue Gesprächsthema kam so überraschend, dass mir der Mund offenstand.

»Und genau das bieten wir an«, fuhr er fort. »Wir realisieren Träume. Diese Art von Dating steckt noch in den Kinderschuhen, aber ich kann Ihnen garantieren, dass wir davon in Zukunft noch mehr zu sehen bekommen werden.«

Meine Wangen wurden ganz heiß, aber ich verzog keine Miene.

»Das klingt nach einer Art Bordell. Mit so etwas möchte ich nichts zu tun haben.«

»Das sind wir aber auch nicht. Wir engagieren uns nur mehr als andere Vermittlungsinstitute. Man könnte sagen, wir erstellen eine Choreografie. Was unsere Klienten damit machen, ist ganz allein ihre Sache«, erklärte er achselzuckend.

Hätte ich mich nicht in einem so aufgewühlten Gemütszustand befunden, ich wäre wahrscheinlich aufgestanden und hätte mich für das Gespräch bedankt. Solche Typen – sexy, mit viel Kohle und ein bisschen selbstherrlich – waren gar nicht mein Ding. Aber jetzt hörte sich alles ziemlich verlockend an, die perfekte Ablenkung. Seit ich aus der psychiatrischen Klinik entlassen war, hatten sich meine Gedanken ausschließlich um Dani gedreht, und ich hatte viel geweint. Aber es half doch nichts. Ich musste mich zusammenreißen, etwas zustande bringen. Und von Carl Asher ging eine sonderbare Anziehungskraft aus, die mich daran hinderte, zu gehen.

»Ist das überhaupt legal?«, fragte ich ihn.

»Hundertprozentig. Aber wir achten sehr auf Diskretion. Wir hatten schon genug Ärger mit Reportern, die herumgeschnüffelt haben, und verschiedenen Spekulationen in den Medien. Doch wir erledigen alles von Grund auf in Einklang mit dem Gesetz. Sie werden das besser verstehen, wenn Sie erst hier arbeiten.«

»Hätte ich bei dem Job etwas mit diesen Arrangements zu tun?«

»Nicht, wenn Sie das nicht wollen. Ich brauche in erster Linie jemanden, der mir bei der Verwaltung hilft.«

»Warum heißen Sie eigentlich Ash & Coal?«

»Mein Partner in San Francisco heißt Brett Cole. Es ist einfach ein Spiel mit unseren Nachnamen.«

»Und wie kam es, dass Sie einen Werbespot gedreht haben, als wären Sie Promis? Ich habe Sie in einem Clip für einen Nachtklub gesehen.«

Verhalten lachte er.

»Das ist schon ein paar Jahre her und war nur ein Gag. Es begann damit, dass ich ein Buch geschrieben habe. Aber davon später, jetzt werde ich keine weiteren Ihrer neugierigen Fragen beantworten. Wollen Sie den Job oder nicht?«

»Aber … es hieß doch, es gebe so viele andere Bewerber?«

»Ja, aber die waren alle so anbiedernd. Die würden mir wahrscheinlich schnell auf die Nerven gehen.«

»Und warum ich?«

»Ich habe das Gefühl, Sie könnten zu uns passen.«

»Wie hoch wäre denn das Anfangsgehalt?«

»Vierzigtausend, ist das okay?«

»Ich dachte, es sei ein Halbtagsjob.«

»Ist es auch. An einigen Tagen von zehn bis zwei. An anderen von eins bis fünf.«

In meinem Kopf drehte sich alles. Vierzigtausend! Früher, als ich noch bei Verstand war, hätten sofort die Alarmglocken geläutet. Aber in diesem Augenblick schreckten mich Zugeständnisse oder Risiken nicht. Und ich brauchte das Geld ja auch dringend. Es war völlig egal, ob es hieß, ich solle Kaffee kochen, Treffen organisieren oder Memos für Sexbesessene schreiben. Mit einem Gehalt von vierzigtausend für einen Vier-Stunden-Tag konnte ich ohne Probleme meine Miete und die Rechnungen bezahlen und hätte sogar noch Geld und Zeit übrig, um weiter nach Dani zu suchen. Möglicherweise konnte ich davon auch einen Privatdetektiv beauftragen.

Carl Asher verließ seinen Platz am Schreibtisch und kam auf mich zu. Er setzte sich rittlings auf einen umgedrehten Stuhl. Sein Duft war ganz rein, nur eine Mischung aus Seife und sonnengebräunter Haut.

»Ich habe mir erlaubt, Sie ein bisschen zu googeln«, sagte er. »Es tut mir furchtbar leid, was mit Ihrer Schwester passiert ist. Aber ich möchte Ihnen sagen, dass ich keine Zeit habe, Ihnen die Taschentücher zu reichen. Ich habe alle Hände voll zu tun.«

Das gab den Ausschlag. Wie herzlos seine Worte auch klingen mochten, das war genau das, was ich hören wollte. Dieses Mitleid und die vielen Klagen, wie schrecklich alles war, hielt ich einfach nicht aus. Trotzdem fand ich seine Einstellung etwas provokant.

»Besonders überarbeitet wirken Sie aber nicht«, pladderte es aus mir heraus.

»Ach, auf eine Anzeige mit einem solchen Text antworten nur verrückte Optimisten. Also genau solche Menschen, mit denen ich gern zusammenarbeite.«

Zu meiner Überraschung hörte ich mich selber sagen:

»Okay. Wann kann ich anfangen?«

»Kommen Sie morgen gegen eins. Und am besten in anderen Klamotten«, schob er hinterher und lächelte unverschämt.

Ich stand etwas ungeschickt auf und stieß mit dem Knie gegen die Schreibtischkante.

Wir verabschiedeten uns. Meine mickrige Hand verschwand in seiner großen, kräftigen Faust.

Doch als ich die Villa verließ, saß mir Carl Ashers lebensgefährliches Lächeln noch immer wie ein Stachel im Nacken.

8

Sie versucht zu schlucken, doch das Volumen des Essens wird in ihrem Mund immer größer. Es hat ihr schon immer den Appetit verschlagen, wenn sie aufgewühlt war, doch nun herrscht vollkommenes Chaos. Sie ist unsagbar müde, kann die Bewegungen ihres Körpers kaum unter Kontrolle halten und hat Schwierigkeiten, ihn zum Bett zurückzubewegen. Als sie sich wieder auf ihre Pritsche gelegt hat, das Gesicht zur Wand, verschwimmt alles vor ihr. Sie reibt sich die Augen. So viel Weiß um sie herum. Ob sie blind wird?

Ihr Körper ist gefühllos, ihre Augenlider werden schwer, und sie fällt in einen tiefen Schlaf. Aber bald schon wälzt sie sich hin und her, hat schlimme Albträume. Halluzinationen von der normalen Welt kommen und gehen.

Sie erwacht von dem starken Gefühl, dass sie nicht mehr allein im Raum ist. Das Licht brennt. Ihre Haut glänzt von den Schweißausbrüchen, die die Träume verursacht haben.

Instinktiv dreht sie sich um. Vor ihrem Bett steht der Mann, der sich Meister nennt.

»Stell dich hin!«, brüllt er sie an.

Sie fährt so schnell hoch, dass sie mit einem Zeh gegen den harten Steinboden schlägt. Es tut höllisch weh, doch sie verkneift sich jeden Schmerzenslaut.

Er packt sie an den Handgelenken. Sie versucht sich herauszuwinden, doch er schleift sie zu dem Tisch in der Ecke hinüber. Der Anblick des Essens verursacht ihr Übelkeit. Das

Obst hat schon braune Stellen, auf einer Brotkruste hockt eine Fliege.

»Du isst jetzt alles auf«, sagt er unerbittlich. »Jeder Mensch hat eine Schmerzgrenze. Teste uns nicht. Wo deine Schmerzgrenze verläuft, wissen wir schon.«

Er packt sie grob an den Schultern. Wie Krallen bohren sich seine Finger in ihre Haut. Sie versucht den Impuls zu unterdrücken, sich loszureißen. Aber es ist schwer. Ihr Herz rast, ihr ist schwindelig vor Übelkeit. Mit ein paar Tricks, die sie im Studium gelernt hat, schafft sie es, die Situation zu ertragen. Sie zählt ihre Atemzüge und fokussiert sich ganz auf ihre Gedanken, um den Fluchtreflex zu unterdrücken. Die Angst schnürt ihr die Kehle zu, doch es gelingt ihr, sich zu beherrschen. Wenn sie jetzt nicht gehorcht, wird er sie schlagen. Sie zwingt sich, ein Stück Brot zu essen, kaut mechanisch und schluckt es hinunter, kämpft gegen den Würgereflex. Als sie das Gefühl hat, sie könne keinen Bissen mehr hinunterbringen, greift sie zum Wasserglas und hilft nach. Am Ende hat sie alles verzehrt und steht verunsichert vor ihm, peinlich berührt von ihrer Nacktheit.

Er packt sie an den Schultern und dreht sie um. Mit der einen Hand zerrt er ihren Kopf nach hinten, bis sie an die Decke sieht.

»Bitte, bitte«, entfährt es ihr. »Tut mir nicht weh.«

»Du denkst zu viel«, brummt er. »Benutze lieber deine Augen. Siehst du das da oben?«

Da erkennt sie eine Überwachungskamera ganz weit oben an der Wand. Die Linse ist direkt auf sie gerichtet.

»Du wirst hier in jedem Winkel überwacht.«

Seine Stimme ist rau wie Sandpapier.

Er lässt ihren Kopf los und dreht sie wieder zurück, bis sie ihm gegenübersteht.

»Ab sofort wirst du alles aufessen, was wir dir bringen.«

Sie steht keuchend und kaltschweißig vor ihm.

Beißt sich fest auf die Unterlippe, sodass sich der Blutgeschmack mit Speichel mischt.

Zitternd holt sie Luft.

»Ja, Meister«, antwortet sie piepsig, mit kraftloser Stimme.

9

Es war Zeit für den nächsten Termin bei meinem Psychologen Mats Levinger.

»Ich habe wieder einen Job«, rief ich gleich, als ich den Fuß in sein Behandlungszimmer setzte.

»Das sind ja gute Neuigkeiten!«, erwiderte er. »Und wie fühlt sich das an?«

»Echt gut«, antwortete ich und gab mir Mühe, unbeschwert zu klingen.

Im Grunde war das gelogen, doch er durchschaute mich nicht. Die erste Arbeitswoche bei Ash & Coal war nichts Besonderes gewesen. Da Carl Asher auf Geschäftsreise gewesen war, hatte ich im Großen und Ganzen nur langweilige Unterlagen zum Korrekturlesen bekommen. Aus dem Inhalt konnte ich nicht mehr entnehmen, als ich ohnehin schon wusste, und auch das interne Netzwerk im Computer verriet nicht mehr. Deshalb langweilte ich mich zu Tode. Ich versuchte, Edna mein Leid zu klagen, aber bei ihr stieß ich auf taube Ohren.

»Warte nur ab, bis Carl Asher wieder da ist«, sagte sie und grinste dabei schadenfroh.

An den Nachmittagen durchforstete ich das Internet fieberhaft nach Spuren von Dani, und es verging nicht ein Tag, an dem ich nicht zu unserem Sommerhaus nach Lomma fuhr. Ich klapperte die Gegend ab und suchte nach Anhaltspunkten. Lauschte dem Wind, ob er die Antwort wusste. Ich durchkämmte die Wiese bis hinunter zum Strand, die Dünen, den Grillplatz. Systematisch kontrollierte ich das gesamte Sommerhaus, immer und immer wieder: die Kleiderschränke, die Kisten und die Kommoden. Ich hob alle Kissen und Matratzen hoch. Bestimmt hundert Mal las ich die SMS in Danis Handy und ging alle Nummern durch, die sie gewählt hatte. Doch ich konnte nichts Auffälliges finden.

Ich besuchte quasi jede Porno-Website, die es gab, und durchforstete sie nach Bildern und Videos von ihr, für den Fall, dass jemand sie gekidnappt hatte und nun als Sexsklavin missbrauchte. Am Ende machte ich mir Sorgen, ich befürchtete, dass ich auch auf illegalen Websites gelandet sein könnte. Deshalb rief ich meine Freundin Evie an, die eine der besten Hackerinnen in ganz Lund war.

»Meinst du, du könntest dich in die Seiten von diesen Menschenhändlern einhacken und mich da einschleusen?«, fragte ich sie. »Es muss natürlich geheim bleiben, man darf mich nicht nachverfolgen können.«

»Warum um alles in der Welt willst du dir das antun?«

»Ich möchte nach Dani suchen.«

»So was ist verdammt riskant. Kannst du nicht lieber die Polizei bitten, das zu machen?«

»Die haben sie schon aufgegeben«, antwortete ich niedergeschlagen. »Bitte!«

Evie unternahm einen halbherzigen Versuch, doch nichts Interessantes tauchte auf. Und beim Betrachten dieser Bilder wurde mir richtig schlecht, außerdem bekam ich höllische Albträume.

Mein Bauchgefühl sagte mir, dass dies die völlig falsche Spur war, es teilte mir aber leider nicht mit, wo ich stattdessen suchen sollte. Und genau das war so frustrierend. Trotzdem war ich ganz sicher, dass Dani noch am Leben war. Das Band zwischen uns war wie ein gespannter Faden. Ich würde sofort spüren, wenn jemand ihn durchtrennte. Manchmal erwachte ich mitten in der Nacht, rang nach Luft und glaubte, sie habe im Schlaf nach mir gerufen. Aber wenn ich versuchte, zurück in diese Träume zu finden, war mir der Weg dorthin verwehrt.

Ich setzte mich vor Mats Levinger in den Sessel und zog die Beine an.

»Haben Sie das Gefühl, langsam an etwas anderes als immer nur an Dani denken zu können?«, fragte er mich.

Wenn er sprach, dann tat er das wohlüberlegt, kein Wort kam zufällig aus seinem Mund, und er sah mir dabei in die Augen.

»Immer mehr«, log ich. »Ich denke oft an sie, aber nicht mehr so intensiv wie noch am Anfang.«

Ich spürte, wie die Lügen ein Zittern auslösten, und zog meine Beine unter meinen oversized geschnittenen Pullover. Wovon ich ihm mit Sicherheit nicht erzählen würde, war der Rückschlag, den ich Anfang der Woche erlebt hatte. Einen ganzen Tag lang hatte ich nichts gegessen, ich hatte nicht schlafen können, hatte mich krank gemeldet und war von einer so großen Verzweiflung überwältigt worden, dass ich die ganze Zeit am Rande der Stadt umhergeirrt war, einen Schuh verloren und dann im Auto geschlafen hatte, weil ich zu fertig gewesen war, um nach Hause zu fahren. Am Boden zerstört, einsam und völlig verzweifelt. Doch als ich wieder aufgewacht war, riss ich mich am Riemen. Und das war das, was zählte.

»Ihre psychische Gesundheit ist zu wichtig, als dass wir sie durch voreilige Entscheidungen aufs Spiel setzen sollten«, sagte der Psychologe. »Es ist wichtig, dass man die einzelnen Phasen der Krise durchmacht, um das Erlebte annehmen zu können. Wir nennen das Neuorientierung, und die braucht ihre Zeit. Lassen Sie die Wunden in einem Tempo heilen, das Sie bewältigen können. Überfordern Sie sich nicht.«

Ich wusste, dass Mats Levinger jemand war, der nicht gleich beim ersten Versuch aufgab. Er hatte sich in den Kopf gesetzt, mich bis an einen bestimmten Punkt zu bringen, ich sollte akzeptieren, dass Dani tot war. Und ich brauchte die Fortschritte in unserer Gesprächspsychotherapie, damit er auch weiterhin für meine ambulante Behandlung plädierte. Deshalb musste ich überzeugend auf ihn wirken und am besten immer wieder von kleinen Fortschritten berichten, die glaubwürdig waren. In mir spürte ich allerdings eine brodelnde Verachtung ihm gegenüber, die ich auch allen anderen entgegenbrachte, die die Hoffnung so schnell aufgegeben hatten. Er konnte sagen, was er wollte. Ich wusste, dass Dani lebte. Und nichts, *gar nichts* konnte mich davon abbringen.

»Es ist nicht leicht gewesen«, sagte ich. »Aber die Arbeit tut mir gut. Sie bringt mich auf andere Gedanken.«

Seine dunklen Augen wurden zu schmalen Schlitzen.

»Man läuft sehr schnell Gefahr, dass man meint, mehr zu bewältigen, als es tatsächlich der Fall ist.«

Am liebsten hätte ich dagegengehalten, doch ich wusste mich zu beherrschen. Dieses Gespräch war wie eine Partie Schach. Erst ein rascher Zug, dann abwarten. Therapeutischer Raum – Psychologengeschwätz, das ich im Internet aufgetrieben habe. Schließlich setzte er ein schiefes Grinsen auf.

»Ich weiß nicht recht, wie ich mich ausdrücken soll, aber ich habe einige manisch-depressive Tendenzen bei Ihnen festgestellt, Alex. Vor ein paar Wochen noch waren Sie ja katatonisch, jetzt wirken Sie … eher überschwänglich. Ihre Stimmungsschwankungen sind offensichtlich.«

»Gibt es an meiner guten Stimmung etwas auszusetzen?«, konterte ich.

»Nein, überhaupt nicht. Solange Sie Ihre Gefühle im Griff haben, egal ob Sie high oder down sind, ist alles gut. Aber könnte es sein, dass Ihre manische Seite überzeugt ist, dass Ihre Schwester zurückkommen wird?«, erkundigte er sich vorsichtig.

»Ich habe ja gesagt, ich gewöhne mich allmählich an den Gedanken, dass sie nicht mehr da ist.«

»Okay, ja, gut. Soll ich Ihnen einen Tranquilizer aufschreiben, falls Sie unerwartet doch noch in so ein Loch fallen?«

»Nein, das brauche ich nicht, aber Schlaftabletten wären nicht schlecht. Manchmal fällt es mir so schwer einzuschlafen.«

»Ich stelle Ihnen ein Rezept aus«, sagte er und seufzte. »Hoffen wir mal, dass Ihr Zustand bei der stationären Aufnahme nur einer ausgedehnten psychotischen Phase zuzuschreiben ist und Sie sich langsam davon erholen. Dass Sie als Zwilling besonders unter Trennungsangst leiden, ist völlig normal.«

Ich sprang auf, aber bevor ich mich umdrehen konnte, sah er mir noch einmal in die Augen.

»Vor Ihnen liegt noch ein großer Berg der Trauerbewältigung«, sagte er. »Den müssen Sie erst einmal bewältigen. Der Heilungsprozess wird jedoch nicht beginnen, solange Sie ignorieren, dass es diesen Berg gibt.«

Eigentlich war Jim der Einzige, mit dem ich über Dani sprechen konnte. Nach und nach war er zu einem guten Freund geworden. Ich fühlte mich körperlich nicht von ihm angezogen, deutete dies aber so, dass der Schock nach Danis Verschwinden solche Gefühle erst einmal blockierte. Wir sahen uns mehrfach in der Woche. Er war zurückhaltend, hatte noch nicht einmal versucht, mich zu küssen. In seiner Gesellschaft konnte ich mich entspannen. Am meisten gefiel mir, dass er mich nicht über meine Eltern ausfragte, nicht einmal über Dani. Wenn ich diese Themen selbst ansprach, hörte er einfach nur aufmerksam zu. Er fiel mir nie ins Wort und gab auch keine wertenden Kommentare ab.

Als wir uns das letzte Mal getroffen hatten, hatte ich ihn gefragt, warum er sich eigentlich für mich interessierte. Ich hegte den Verdacht, dass er noch immer den barmherzigen Samariter spielte.

»Das ist schwer zu sagen«, antwortete er. »Ich habe mich zu dir hingezogen gefühlt, wie du so verloren da im Foyer des Krankenhauses standest. Und dann hast du diese märchenhaft schönen Augen. Du bist anders als alle Frauen, die mir bislang über den Weg gelaufen sind, Alex. Du wirkst irgendwie echter.«

Er bot mir an, einen Privatdetektiv mit der Suche nach Dani zu beauftragen, aber ich beschloss, seine finanzielle Hilfe vorerst nicht anzunehmen.

Carl Asher kam zu Beginn der darauffolgenden Woche von seiner Dienstreise zurück. An diesem Morgen hatte ich Edna überredet, ihr bei der Post helfen zu dürfen. Ich dachte, in der Post würde vielleicht etwas Interessantes auftauchen, doch ich hielt ausschließlich Rechnungen und Werbung in den Händen. Irgendwann bemerkte ich, dass Edna auf ihrem Computer eine Datei geöffnet hatte, und beugte mich etwas vor, um über ihre Schulter einen Blick auf den Bildschirm zu erhaschen. Es war eine Rechnung, die auf eine Privatperson ausgestellt war. Als ich den Betrag sah, blieb mir fast das Herz stehen. Zweihunderttausend. Ich zählte die Nullen noch einmal, dachte erst, ich hätte mich geirrt, vielleicht waren es zwanzigtausend oder zweitausend, aber nein, die Summe war korrekt gewesen. Edna war schon im Begriff, sich umzudrehen, also wich ich schnell zurück.

In meinem Kopf suchte ich nach Erklärungen für das, was ich gesehen hatte. Es konnte sich bei dieser Rechnung ja um alle möglichen Arten von Geschäften handeln, aber irgendwie war mir trotzdem klar, dass es eine Kundenrechnung sein musste.

Genau in diesem Moment stand Carl Asher in der Tür. Er hatte eine Umhängetasche über der Schulter und trug immer noch Shorts, obwohl wir bereits Mitte September hatten. Zuerst wandte er sich an Edna.

»Gibt's irgendwas Neues?«, fragte er.

Ednas Stimme begann zu vibrieren, wenn Carl in ihrer Nähe war.

»Nein, hier ist alles wie gehabt«, sagte sie.

»Super, Edna. Danke, dass du dich so hervorragend um alles kümmerst, wenn ich fort bin.«

Über Ednas Gesicht huschte ein Lächeln, was selten vorkam, und er erwiderte es. Offenbar herrschte ein unausgesprochenes Einvernehmen zwischen ihnen.

Dann drehte er sich um, nahm von meiner Kleidung Notiz und verzog den Mund. Ich trug ein T-Shirt, einen kurzen Rock und hohe Schnürboots. Keine Designermarken.

Sein Lächeln reichte bis zu den Ohren. Er hatte eine eigenartige Ausstrahlung, die mich ein wenig aus der Ruhe brachte. Als er mich ansah, war ich mir sicher, dass ich mir diese Vibes zwischen uns, die man nur spürt, wenn die Anziehung auf Gegenseitigkeit beruht, nicht einbildete. Irgendetwas hatte er, es war wie ein Kontakt, der mich in angenehme Schwingungen versetzte. Und da kam mir in den Sinn, vermutlich aus den Tiefen meines Unterbewusstseins, denn ich hatte keinerlei Einfluss darauf: *Ich möchte von ihm berührt werden.*

»Bitte kommen Sie mit in mein Büro, Alexandra«, sagte er.

»Jeder nennt mich Alex«, sagte ich.

»Gut, dann nennen Sie mich Carl«, erwiderte er lächelnd.

Ich sprang auf und folgte ihm.

Er schloss die Tür hinter uns, stellte seine Tasche auf dem Boden ab und sah sich im Büro um.

»Mist, ich hatte Edna beauftragt, Ihnen einen Schreibtisch zu besorgen.«

»Sie hat auch einen bestellt. Er soll heute geliefert werden«, sagte ich.

Doch er war verärgert.

»Er hätte längst da sein sollen. Na gut, dann werde ich Ihnen jetzt das Haus zeigen, ich hatte Edna nämlich gebeten, damit noch zu warten, bis ich zurück bin.«

»Was sind eigentlich Ednas Aufgaben hier im Büro?«, fragte ich ihn. »Sie scheint viel mehr zu erledigen als eine normale Empfangsdame.«

»Sie kümmert sich um die Buchhaltung und noch um einige andere Dinge. Ohne Edna würden wir untergehen. Ihr Wert ist nicht in Worte zu fassen. Jetzt kommen Sie, bringen wir das hinter uns.«

Vom Büro gingen zwei Türen ab – eine führte zur Rezeption, und die andere Tür öffnete er jetzt. Dahinter erstreckte sich ein lichtdurchfluteter Gang unter einem riesigen Fenster.

»Dieser Bereich besteht im Großen und Ganzen aus verschiedenen Zimmern, in denen wir die Sitzungen mit unseren Klienten abhalten«, erklärte er und öffnete eine der Türen.

Der Raum dahinter war so wunderschön, dass es mir die Sprache verschlug. Die Wände reichten bis unters Dach. Ein Erker mit großen, runden Fenstern, durch die die Sonne hereinschien. Die Möbel waren weiß und grau. Auf einem neu verlegten Fliesenboden, der nach Steinstaub roch, lagen weiße

Schaffelle. Außerdem befanden sich eine Bar und eine Musikanlage in dem Zimmer.

»Die Inneneinrichtung variiert nach den Vorlieben und Interessen unserer Kunden«, sagte Carl. »Dann haben wir noch einen speziell ausgestatteten Raum, den wir für Video-Chats und Skype-Meetings nutzen, den zeige ich Ihnen als Nächstes. Ich möchte, dass Sie sich um die komplette elektronische Ausstattung kümmern und dafür sorgen, dass die PCs mit den neusten Software-Programmen ausgerüstet werden. Damit kennen Sie sich hoffentlich aus?«

»Ja, natürlich!«

Er führte mich in den Computerraum. Mein Blick fiel sofort auf einen gigantischen Bildschirm, der fast so groß wie die ganze Wand war. An der anderen hing ein furchtbar hässliches Unternehmenslogo, die Buchstaben A und C ineinander verschlungen, auf einem Bett aus Feuer und Kohle.

»Sie brauchen unbedingt ein neues Logo«, sagte ich und freute mich, etwas gefunden zu haben, was verbessert werden konnte.

»Ah ja. Dann nehmen Sie das auf Ihre To-do-Liste auf. Beauftragen Sie eine professionelle Agentur.«

Mitten im Raum stand ein Tisch mit einigen Bildschirmen.

»Was ist das denn?«, fragte ich.

»Das sind verschiedene Geräte für die Aufnahmetechniken. In manchen Räumen befinden sich Kameras an der Decke, damit wir Begegnungen mit unseren Klienten aufzeichnen können.«

»Warum tun Sie das?«

»Als Nachweis, dass alles korrekt abläuft. Damit vermeiden wir Missverständnisse und haben Nachweise, sollte behauptet werden, man habe sich an Vereinbarungen nicht gehalten.«

Das alles hatte etwas Abschreckendes, aber – warum auch

immer – es jagte mir keine Angst ein. Stattdessen fand ich es fast erregend. Der Gedanke, Teil eines riskanten Vorhabens zu werden, hatte seinen Reiz. Und letzten Endes war jedes Erlebnis besser, als zu Hause zu hocken und vor Sehnsucht nach Dani fast zu vergehen.

Und dann brach es einfach aus mir heraus.

»Ich habe gesehen, dass Ihre Kunden zweihunderttausend Kronen bezahlen.«

Er fuhr herum und sah mich scharf an.

»Wo haben Sie das denn gehört?«

»Ich habe zufällig auf Ednas Bildschirm eine Rechnung gesehen«, erklärte ich und lief rot an.

»Aha. Und was würden Sie sagen, wie viel ist es wert, seine wildesten Fantasien erleben zu dürfen?«

»In meiner Fantasie dreht sich alles nur um eines«, sagte ich.

»Und das wäre?«

»Meine Schwester zu finden.«

»Dann wird es Ihnen bestimmt gelingen«, sagte er, ohne zu zögern, und ging schon wieder zur Tür.

Da fiel mir ein, dass er mich vor dem Bewerbungsgespräch ja gegoogelt hatte und also von meinem Schicksal wusste. Ob ich gerade deshalb den Job bekommen hatte? Aber ich beschloss, dem keine Bedeutung beizumessen. Ich war sowieso kein Mensch, der sich ausnutzen ließ.

»Was befindet sich denn im ersten und zweiten Stock?«, fragte ich ihn.

»Meine private Wohnung. Zutritt verboten.«

Mein Blick wanderte zu einer Tür ganz am Ende des Flurs.

»Und was verbirgt sich dahinter?«, fragte ich und wies auf die Tür.

»Das ist auch ein privater Raum. Wollen Sie ihn sehen?«

Ich nickte.

Er wartete und ließ mir den Vortritt. Dann ging er dicht hinter mir, ich spürte, wie er mir fast an den Fersen hing. Als ich vor der Tür stand, fasste er an meine Schultern. Bei der Berührung zuckte ich zusammen. Er streckte den Arm aus und tippte einen Zifferncode ein. 116315. Jetzt stand er so nah hinter mir, dass ich den warmen Hauch seines Atems im Nacken spürte. Sein reiner Duft hatte etwas Sinnliches. Er erinnerte mich daran, wie ich als Teenie die Liebe entdeckt hatte. Die heimlichen Küsse. Zum ersten Mal nackte Haut. Als er so nah bei mir stand, bekam ich Herzklopfen.

»Öffnen Sie!«, sagte er.

Langsam, ganz vorsichtig öffnete ich die Tür.

Er fuhr mit der Hand durch den Spalt und betätigte einen Lichtschalter.

Ich weiß nicht, was ich erwartet hatte. Vielleicht einen ganz coolen Raum oder eine beeindruckende Computeranlage. Stattdessen wurde ich von dem Licht im Raum, das die Wände reflektierten, geblendet. Alles war komplett weiß, Wände, Decke und Boden. In der Mitte des Raumes stand ein Bett. Das Zimmer wirkte wie ein weißer Würfel – und dieser Schlafplatz darin etwas verloren.

»Sie dürfen gern hineingehen.«

Ich machte ein paar Schritte in den Raum.

»Was tun Sie hier? Haben Sie hier Sex?«

Er musste lachen.

»Das hier ist meine kleine Oase. Manchmal komme ich hierher, wenn ich Luft zum Atmen brauche.«

Ich trat ein. Außer dem Bett, das ebenfalls weiß war, konnte ich keinen einzigen Gegenstand entdecken. Es war kaum erkennbar, wo die Wände aufhörten und die Decke begann. Links von dem Bett befand sich eine weiß gestrichene Tür, von der ich annahm, dass sie zu einer Toilette oder einem kleinen Abstellraum führte. Sogar die Türklinken waren weiß. Der Raum war vollständig geruchsneutral. Eine antiseptische Isolierzelle oder ein Zufluchtsort, je nachdem, wie man die Dinge betrachtete.

Von dem Zimmer ging jedoch eine starke Anziehungskraft aus, sodass ich noch ein paar Schritte weiter hineintrat.

Und in dem Augenblick geschah es.

Ich hörte eine Art Surren, als würde sich eine Biene vor meinem Trommelfell bewegen. Dann wurde mein Gesichtsfeld immer kleiner. Ich wich ein paar Schritte zurück und prallte auf Carl Asher. Als ich wieder Boden unter den Füßen hatte, war die ganze Umgebung wie ausradiert. Das Zimmer war fort, als wäre es nur Illusion gewesen.

Das Einzige, was noch geblieben war, war das Gefühl von Danis Anwesenheit. Es war so stark gewesen, dass ich einen Moment lang sogar glaubte, selbst Dani zu *sein*. Sie hatte Todesangst, und ihre Angst sprang auf mich über. Ich verstummte. Dafür gab es keine Worte. Ich spürte ein Stechen in meiner Brust und einen bitteren Geschmack auf der Zunge. Ich nahm wahr, wie meine Knie weich wurden.

Carl Asher beobachtete, wie ich torkelte, und hielt mich wieder an den Schultern fest.

Ich spürte es kaum.

Er fragte mich, ob alles in Ordnung sei.

Doch ich konnte seine Stimme nur unter großer Anstrengung hören.

Das Einzige, was zu mir drang, waren Danis Hilfeschreie.

10

In dieser Hölle haben sie ihr einen Alltag aufgezwungen, den sie mittlerweile zu ertragen gelernt hat. Tage und Nächte gehen ineinander über und werden zu einem Horrorfilm in Endlosschleife. Wenn man ihn oft genug gesehen hat, verliert man irgendwann die Angst davor. Und nun hat sie sich langsam an dieses einförmige, primitive Dasein gewöhnt, das nur eine schlechte Imitation des wirklichen Lebens ist. Ihr bleibt keine Wahl, sonst dreht sie durch. Dann zerspringt ihr Herz. Anfangs hat sie noch viel geweint, doch inzwischen sind die Tränen versiegt. Jeden Tag, den sie am Leben ist, versucht sie, als einen Schritt nach vorn zu betrachten. Sie haben sie nicht vergewaltigt, seit dem Vorfall beim Baden auch nicht mehr gefoltert. Sie haben sie nicht getötet. Noch nicht. Aber was wollen sie eigentlich von ihr?

Sie erinnert sich an eine Vorlesung an der Uni, in der es um die Bewältigung von Krisen ging, besonders an einen Aspekt. *Die Widerstandsfähigkeit, die der Mensch besitzt, zu stärken.* Sie ruft sich die Punkte auf dem Whiteboard in Erinnerung. *Hoffnung, Ruhe, Vertrauen, Geborgenheit, Zusammengehörigkeit stärken.* Jetzt wendet sie diese Methode an. Sie macht Atemübungen, um sich zu beruhigen, redet sich ein, sie sei in Sicherheit, wenn sie den Kopf unter die Decke hält, und versucht sich emotional mit den Bäumen und dem Himmel hinter dem kleinen Fenster zu verbinden.

Die Erinnerungen an die Welt draußen verblassen und

werden farblos. Manches verschwindet ganz. Sie tut sich schwer, sich an die Gesichtszüge ihrer Freunde zu erinnern. Nur Alex' Gesicht hat sie vor Augen. Alex ist eine Fackel in ihr, die niemals erlischt.

Zwei Männer kümmern sich um sie. Besonders derjenige, der sich Meister nennt und den sie für den »Anführer« hält. Sie hasst ihn. Man könnte meinen, sie sei frei von ihm, wenn er nicht bei ihr in der Zelle ist. Doch er ist überall. In den Wänden, im Boden, in der Decke, in ihren Haaren und auf ihrem Körper, den er mit seinen kalten Händen berührt hat. Sie kauert sich auf der Pritsche zusammen, doch sie wird ihn einfach nicht los. Ein Gefühl von Scham überkommt sie, weil sie ihn noch nicht genug hasst.

Manchmal betritt ein anderer Mann ihren Raum, der sich in Gegenwart des Meisters wie ein Untertan benimmt. Ihn hasst sie auch, aber nicht ebenso stark.

Die Männer bestimmen über Licht und Dunkelheit – wie Gott. Die Deckenbeleuchtung diktiert ihr, wann sie sich hinlegen und wann sie aufstehen soll. Ihre täglichen Fixpunkte sind die Morgendämmerung, die sie wahrnimmt, weil es ein Fenster gibt, das Schlüsselrasseln vor der Tür und später die Abenddämmerung.

Morgens isst sie ihr Frühstück, dann wird sie zum Baden geholt. Sie seifen sie ein und waschen sie gründlich. Sie gehen mit ihr um, als wäre sie ein Tier, keine Frau, sie begrapschen sie nicht und unterlassen sexuelle Anspielungen. Für sie ist sie lediglich ein Tier im Käfig. Indem sie an Alex denkt, versucht sie, die groben Hände der Männer zu vergessen.

Über die eigenartigsten Dinge zerbricht sie sich den Kopf. Dass Alex vergessen könnte, die Kaffeemaschine auszuschalten und so die Wohnung in Brand setzt, dass sie nicht an Zeldas Futter denkt, dass sie sich mit dem nächsten Chef überwirft und ihren Job wieder einmal verliert. Kurz kommt sie auf die Idee, dass Alex vielleicht noch immer um sie trauert, doch diesen Gedanken schlägt sie sich schnellstmöglich aus dem Kopf.

Nach dem Baden beginnt die Sporteinheit. Beim ersten Mal erklärt ihr der Meister ihre Übungen. Er gibt ihr uralte Zeichnungen, die Körperübungen beschreiben. Sie seien von Mönchen entwickelt worden, die in Zellen eingesperrt waren, erklärt er. Auf den Bildern sind Bewegungen von Armen, Beinen und dem Nacken aufgezeichnet. Übungen für die Gelenkigkeit und die Atmung. Jeden Tag muss sie dieses Programm absolvieren, während der Untertan sie überwacht. Nur die kleinste Abweichung von den Vorschriften oder zu wenig Intensität, und er fährt sie scharf an. Manchmal zuckt ihr Mund vor Lust, ihn anzuschreien und zu protestieren, doch ein durchtrainierter Körper kommt mit Stress und Anspannung besser zurecht. Daher trainiert sie eisern und genießt den Muskelkater.

Die restliche Zeit des Tages wandert sie ruhelos durch ihre Zelle. Manchmal legt sie sich aufs Bett und starrt vor sich hin, bis sich die Dunkelheit der Nacht über ihr enges Verlies legt. Oft schielt sie zu den Kameras, die sie von der Decke aus überwachen. Sie kann fast spüren, wie die Blicke sie verfolgen. Manchmal fühlt sich die Dunkelheit besser an als das Tageslicht. Im Hellen sind die harten Wände, das winzige Fenster und die schwere Eisentür so präsent. Da wird die Hoffnungslosigkeit noch größer.

Eines Tages steht der Meister da und hält einen Stapel Bücher in der Hand.

»Du hast dich bislang ganz gut angestellt«, sagt er. »Das ist deine Belohnung.«

In seinen Augen kann sie nichts Böses finden. Allerdings

sehen sie so leer aus, als fehlte darin etwas Grundlegendes, Menschliches. Manchmal kommt er ihr ganz normal vor, und das erschreckt sie noch mehr als alles andere.

Als sie einen Blick auf die Bücher wirft, stellt sie fest, dass das eine Buch eine Bibel ist und das andere ein sehr altes Buch mit dem Titel *Die natürliche Rolle der Frau in der Gesellschaft*. Auf dem Umschlag ist eine Frau mit gesenktem Kopf und einer Haube abgebildet. Und obwohl diese Auswahl der Bücher etwas Beklemmendes hat, beginnt sie zu lesen. Allein dies, etwas zu lesen zu haben, grenzt in ihrem klaustrophobischen Dasein an ein Wunder.

Nach und nach begreift sie, dass die Männer sie auf etwas vorbereiten. Wenn sie darüber fantasiert, was das sein könnte, wird ihr so schlecht, dass sie sich übergeben muss. Sie wölbt die Hände um den Mund und dreht sich mit dem Rücken zur Überwachungskamera. Ihr Essen bekommt sie in genau abgemessenen Rationen. Es ist strengstens verboten, auch nur einen Happen übrig zu lassen. Ständig juckt ihre Haut, trotz der vielen Lotion, mit der sie sie eincremen. An einer Hand hat sie inzwischen eine kleine, gerötete Stelle, eine juckende Erhöhung, die wie ein Geschwür aussieht.

Manchmal steht sie da und blickt durch das Gitter auf die Krypta. Die Säulen recken sich so stattlich hinauf zu der eindrucksvollen Decke. Durch die Fenster fällt Licht herein. Und wenn sie es vermeidet, auf den Altar zu starren, fühlt sie sich beinahe frei.

Eines Morgens wacht sie mit kaltem Schweiß und panisch vor Angst auf. Sie lauscht hochkonzentriert, doch in der Krypta ist alles still. Als sie die Augen schließt, hört sie einen monotonen Schrei in ihrem Inneren.

Diese Stimme klingt wie Alex. Dani wird eins mit Alex. Oder ist das in Wirklichkeit nur sie selbst? Eine von ihnen fällt und fällt, bis sie mit dem Kopf auf etwas Hartem aufschlägt. Alles wird wieder schwarz, und die Halluzination verblasst. Da versucht sie konzentriert, Alex mit ihren Gedanken zu erreichen, doch der Kontakt ist unterbrochen.

Die dicken Steinmauern schlucken jedes Geräusch. Jetzt ist die Stille so dicht und durchdringend, dass sie das Gefühl hat, taub zu sein. Sie beginnt, eine blöde Melodie zu summen, nur um die Angst fernzuhalten. Und dann spürt sie, wie eine große Ruhe sie überkommt. Sie kann hier sein. Einfach nur sein. Nicht für immer, aber eine gewisse Zeit lang … Bis etwas diesen Höllen-Alltag durchbricht. Vielleicht wird einer einen Fehler machen, die Tür nicht verriegeln, eine mikroskopisch kleine Chance gibt es immer.

Und mit einem Mal weiß sie, dass Alex an sie denkt, dass sie sich nach ihr sehnt und weiterhofft. Das nimmt eine schwere Last von ihr, sie kann wieder ganz normal atmen. Wie lange hat sie sich nicht mehr geborgen gefühlt! Doch in diesem Augenblick ist das Gefühl wieder da.

Durch das kleine Fenster, das in der Zellenwand ganz oben sitzt, kann sie ein Stückchen Natur erkennen. Eine Espe und einen Ahorn im Schatten einer großen Fichte. Ein kleines Stück Himmel. Und irgendwann nachts zeigt sich der Mond da draußen, erstaunlich hell und klar. Das Wundersame ist, dass Alex möglicherweise gerade auf denselben Mond sieht.

Als sie an diesem Morgen den Blick aufs Fenster richtet, hat der Ahorn über Nacht gelbe und rote Blätter bekommen.

Und ihr wird klar, dass der Herbst gekommen ist.

11

Der Raum nahm wieder Form an, und Carl hielt mich an den Unterarmen fest.

Das Gefühl, dass Dani anwesend war, ließ nach. Mein Gesicht war heiß, ein Schweißtropfen lief mir die Stirn herab. Mir war schwindelig, vermutlich von dem Schock, und mein Magen krampfte sich zusammen. Ich kämpfte gegen die Tränen, rieb mir die Augen, bevor sie feucht wurden.

»Hey, wie geht's dir?«, fragte Carl.

»Tut mir leid, ich habe heute Morgen mein Frühstück vergessen«, brachte ich zu meiner Entschuldigung hervor und wischte mir rasch über die Stirn. »Ich hab manchmal so niedrigen Blutzucker.«

Ich fuhr herum und lächelte ihn betreten an. An seinem Gesichtsausdruck konnte ich nicht ablesen, ob er meine Ausflüchte durchschaute. Eigentlich wirkte er eher besorgt. Ich löste mich aus seinem Griff und machte ein paar Schritte in das weiße Zimmer hinein.

»Wofür brauchst du diesen Raum?«, fragte ich ihn.

Er trat hinein, lehnte sich an eine Wand und sah mich an. Ich hoffte, dass er nicht bemerkte, wie zittrig meine Beine waren.

»Das ist einfach nur ein Raum, in dem man ganz für sich sein kann.«

»Wie meinst du das?«

»Wenn man sich hier aufhält, verschwindet die Welt komplett. Die Wände, die Decke und der Boden sind schalldicht. Und an der Einrichtung gibt es nichts, was einen stören könnte.«

»Aber was tust du hier?«

»Manchmal komme ich her, um in Ruhe nachdenken zu können. Manchmal nehme ich auch eine Frau mit in diesen Raum.«

»Könntest du aufhören, in Rätseln zu sprechen? Erklär mir das bitte.«

»Ich vertrete gewisse Theorien«, sagte er. »Sex ist ein uraltes, primitives Vergnügen. Aber wenn man den Vorgang verfeinert, ihn auf ein völlig neues Niveau hebt, dann gibt es nichts, was mit Sex als Entspannungstherapie mithalten kann.«

Mit offenem Mund starrte ich ihn an.

»Woher weißt du das?«

»Ich habe eine Studie gemacht. Weißt du, dass die meisten Paare nach ein paar Jahren keinen Sex mehr haben, auch wenn sie es in einer Umfrage niemals zugeben würden? Um so etwas überhaupt herauszufinden, muss man Tiefeninterviews machen. Und weißt du, warum sie keinen Sex mehr haben? Weil sie sich satthaben? Aus Stress? Weil sie sich in ihrem Körper unwohl fühlen?«

»Woher soll ich das wissen?«

»Sie trauen sich nie, ihrem Partner ehrlich zu sagen, worauf sie in Wirklichkeit abfahren. Das ist die ganze Wahrheit. Ist es zum Beispiel verwerflich, ein Dreiecksverhältnis zu haben, wenn einer der Partner darauf steht? Was sagst du dazu?«

»Keine Ahnung. Vielleicht solltest du deine Theorien mal veröffentlichen und der Allgemeinheit zugänglich machen«, schlug ich scherzend vor.

»Das habe ich bereits getan, in meinem Buch. Aber zurück zu diesem Raum. Manchmal komme ich hierher, um einfach ganz in Ruhe zu sein. Manchmal benutze ich das Zimmer, wenn ich meinem Partner ein besonders schönes Erlebnis bereiten will. Ich liebe es, jemandem Genuss zu verschaffen, ohne dafür etwas zurückzubekommen. Auf dieser Grundlage basiert unsere Tätigkeit.«

Dabei sah er sie todernst an.

»Du weißt schon, wie verrückt das klingt, oder?«, fragte ich.

Er lächelte nachsichtig.

»Eines Tages wirst du es selbst wissen wollen.«

Als er mein verschrecktes Gesicht sah, musste er lachen.

»Ich mach nur Spaß. Wie du siehst, ist das im Grunde bloß ein nackter Raum. Jetzt habe ich aber keine Zeit mehr für weitere Erklärungen, ich hab demnächst noch einen Termin.«

Ich war immer noch ganz durcheinander und versuchte, das alles zu begreifen – meine Reaktion, als ich den Raum zu Gesicht bekam, und die unangenehme Vorstellung, dass mein neuer Chef ganz und gar auf Sex fixiert zu sein schien.

»Und was soll ich jetzt machen?«, fragte ich ihn.

»Schau mal nach, ob dein Schreibtisch mittlerweile gekommen ist. Bestell alles, was du brauchst, auf unseren Firmennamen. Such dir auch einen neuen Laptop aus. Aber du darfst den Computer, den du hier benutzt, nie mit nach Hause nehmen. Verstanden?«

Wortlos nickte ich und stellte verwundert fest, dass ich leicht erregt war. Die Angst hatte sich verflüchtigt. Zum ersten Mal nach sehr langer Zeit spürte ich ein angenehmes, pochendes Gefühl in der Leistengegend. Diese skurrilen Momente hier waren ein krasser Gegensatz zu der Trostlosigkeit in meinem Alltag, die meine Gedanken immerzu auf Dani lenkte. Aber auf ganz sonderbare Weise war ich ihr in dem weißen Raum nähergekommen.

Ein Gedanke durchfuhr mich wie ein Blitz. *Hier werden*

Dinge geschehen, die ich nicht verhindern kann. Das gefiel mir. Ich war immer viel zu bemüht. Vielleicht entstand dadurch eine Wand zwischen Dani und mir. Ich musste mich ganz öffnen und entspannen, um ihre Gefühle und Sinneseindrücke empfangen zu können.

Eilig verließ ich den Raum und lief über den Flur zurück ins Büro. Der Schreibtisch war tatsächlich angekommen. Ich stellte eine Liste mit Dingen zusammen, die ich brauchte, und orderte alles im Internet per Eilzustellung. Die Bestellung eines neuen MacBooks war das Beste daran. Dann rief ich eine Werbeagentur an und vereinbarte einen Termin für ein Briefing, um ein neues Logo zu entwickeln. Ich stellte mich als Carl Ashers Assistentin vor und genoss es, wie mich die Dame in der Leitung mit einem Mal hofierte.

Das Mittagessen wurde immer in dem Saal serviert, der sich neben der Rezeption befand. Eine Frau namens Maja bestückte ein Büfett mit kaltem Aufschnitt, Brot und Salaten. Carl kam selten zum Essen. Maja war seine private Köchin und bereitete all seine Mahlzeiten zu.

Nach und nach lernte ich das übrige Personal kennen. Neben Maja gab es noch einen Gärtner und eine Putzfrau in der Hauswirtschaftsabteilung. Und dann waren da noch zwei Männer, die kamen und gingen. Es hatte den Anschein, als schwebten sie durch Zimmer und Flure, waren immer unter Strom, ständig unterwegs. Aus der Nachtklubreklame damals kannte ich die beiden bereits, Daniel Roman und Patrick Westergren. Edna hatte mir erzählt, dass das Carls Freunde seien. Und gleichzeitig waren sie auch bei ihm angestellt. Daniel wohnte in Stockholm und pendelte per Flugzeug zwischen Lund und der Hauptstadt. Wahrscheinlich akquirierte er dort die Klienten. Patrick wohnte in Lund und war Carls Stellvertreter.

Die verbleibende Zeit am Nachmittag schlug ich mit meiner öden Korrekturlesetätigkeit tot. Carl kam nicht mehr ins Büro zurück. Als ich nach Hause fuhr, wurde es schon langsam dunkel. Es war ein sehr schöner Tag gewesen, aber nun ging er seinem Ende entgegen, die Zeichen der Natur deuteten das an. Die Bäume wiegten sich leicht von dem sanften Wind. Die Dämmerung legte sich über die leuchtenden Farben des Sonnenuntergangs.

Als ich wieder in meine Wohnung kam, wanderten meine Gedanken noch einmal zu dem zurück, was ich in dem weißen Zimmer erlebt hatte. Mir fiel etwas ein, was meine Eltern häufiger gemacht hatten. Sie hatten sich in verschiedenen Räumen eingeschlossen und versucht, per Telepathie zu kommunizieren. Zum Beispiel hatte meine Mutter ein Buch gelesen und intensiv daran gedacht, und mein Vater hatte die Aufgabe, sich darauf zu konzentrieren, ihre Gedanken aufzunehmen. Oft hatten sie dabei richtig geraten – denn ich war mir sicher, dass sie nur rieten. Ich hatte das damals einfach nur für Blödsinn gehalten. Aber jetzt war ich für alles offen. Ich legte mich im Wohnzimmer aufs Sofa, schloss die Augen und versuchte, Dani in meinem Geist zu erreichen. Zuerst begab ich mich in Gedanken zu dem Strand an besagtem Abend. Ich rief meine Erinnerungen wieder auf. Der einschläfernde Rhythmus der brandenden Wellen. Der Steg, der sich ins Meer erstreckte und im Abendnebel verschwand. Die Rillen im Sand, die der Wind gezogen hatte. Ich versuchte, ihr Fragen zu stellen. *Was ist dann geschehen? Wo bist du hin? Wen hast du getroffen?* Doch es kamen keine Antworten. Dann versuchte ich, den Zustand wieder herzustellen, in den ich in dem weißen Raum geraten war. Das Rauschen in den Ohren, das Verschwinden der Umgebung um mich herum, dieses intensive Weiß. Als ich feststellen musste, dass es nicht gelang, war ich so frustriert, dass ich in Tränen ausbrach.

Genau in diesem Augenblick klopfte es, und vor der Tür stand ungeladen der liebe Jim.

»Ich wollte nur mal nach dir schauen. Du gehst ja nicht ans Handy. Aber was ist denn passiert? Du siehst ja total fertig aus!«

»Ach, nichts. Ich hab nur an Dani gedacht.«

Er nahm mich in die Arme.

»Bist du sicher, dass du nicht zu früh wieder angefangen hast zu arbeiten? Du weißt doch, dass ich dich gern bei den Mietzahlungen und den Nebenkosten unterstützen kann, zumindest für eine Weile. Das Wichtigste ist jetzt, dass du ganz gesund wirst.«

Energisch schüttelte ich den Kopf.

»Ich bin nicht krank. Die Arbeit tut mir gut, sie lenkt mich ab.«

Jim verzog das Gesicht und wirkte nachdenklich.

»Du, ich habe mir Carl Asher mal näher angesehen. Du weißt schon, dass er einen ziemlich schlechten Ruf hat? Kategorie Playboy. Steuern hinterzieht er vermutlich auch.«

Ich löste mich aus seiner Umarmung. Wahrscheinlich hatten meine Augen böse gefunkelt, denn erschreckt zuckte er zusammen.

»Hör auf, mich zu bevormunden. Ich lasse mir nichts vorschreiben, von niemandem«, sagte ich und drückte ihm mit dem Finger leicht verärgert auf die Nasenspitze.

»Nein, das würde mir im Traum nicht einfallen. Aber sag Bescheid, bevor dir alles zu viel wird.«

Er legte seine Hand unter mein Kinn, hob meinen Kopf leicht an und küsste mich zum ersten Mal. Seine Zunge fühlte sich kühl und nicht schlecht an, aber der Kuss erregte mich kaum. Genau genommen fühlte ich gar nichts. Wir knutschten ein bisschen herum, aber bei mir tat sich einfach nichts. Schließlich löste ich mich vorsichtig.

»Dafür ist es vielleicht noch ein bisschen früh.«

»Entschuldige«, erwiderte er auf der Stelle.

Mit einem Mal wurde mir klar, welchen Eindruck er von mir haben musste – traumatisiert und gefühlskalt. Ganz unerwartet schossen mir bei der Vorstellung, ihn verletzt zu haben, Tränen in die Augen.

»An dir liegt es nicht«, sagte ich. »Es ist nur …«

»Du musst nichts erklären. Ich brauche wohl nicht zu sagen, dass ich warten kann?«

Das gefiel mir.

Als Jim gegangen war, wanderten meine Gedanken wieder zu Carl zurück.

Er ging mir einfach nicht aus dem Kopf. Tatsächlich musste ich mir eingestehen, dass ich auf seine starke Anziehungskraft reagierte. Es fühlte sich an, als strahlte ein starkes energetisches Feld von ihm aus.

Ihre heißeste sexuelle Fantasie. In Wirklichkeit passiert so was nie, stimmt's?

Das erregte mich derart, dass ich Schuldgefühle bekam. Wie konnte ich so etwas überhaupt fühlen, während Dani vermutlich Höllenqualen litt? Ich beschloss, Anita anzurufen. Obwohl sie als Ersatzmutter nicht richtig taugte, war sie eine gute Gesprächspartnerin, wenn es um Männer und Sex ging. Sie nahm sofort ab. Wir unterhielten uns über dieses und jenes. Schließlich schnitt ich das Thema an, das der Grund meines Anrufs war.

»Anita, darf ich dich mal was fragen? Seit Dani weg ist, habe ich niemanden, um persönliche Dinge zu besprechen.«

»Ja klar. Du kannst mich immer anrufen. Auch nachts.«

»Findest du es unmöglich von mir, wenn ich in der gegenwärtigen Situation an Sex denke?«

»Wie meinst du das?«

»An dem Abend, als Dani verschwunden ist, war ich stockbesoffen. Wir hatten Streit. Hätte ich sie auf dem Heimweg begleitet, wäre das alles nie passiert.«

»Meine liebe Alex. Hör bitte auf, dir Vorwürfe zu machen. An dem, was passiert ist, trifft dich keine Schuld. Du hättest es nicht verhindern können. Niemand hätte vorhersehen können, dass so etwas geschehen würde. Aber warum fragst du mich, ob das mit dem Sex okay ist?«

»Na ja, es gibt einen Mann, auf den ich gerade richtig abfahre. Dabei habe ich das Gefühl, dass das völlig verkehrt ist, jetzt, wo wir doch eigentlich nach Dani suchen. Ich schäme mich.«

»Mein Schatz, es gibt nichts, was *verkehrt ist*. Sexuelle Anziehungskraft kann rein physisch sein. Dafür muss man sich doch nicht schämen. Und wenn es jemand verdient hat, ein bisschen verwöhnt zu werden, dann bist du es. In der gegenwärtigen Situation würde es dir sicher guttun, einen Mann an deiner Seite zu haben.«

»Ja, ich habe auch einen besonders netten Mann kennengelernt, der mich sehr unterstützt«, sagte ich zaghaft. »Aber auf ihn reagiere ich überhaupt nicht. Dafür allerdings umso heftiger auf meinen neuen Chef.«

»Carl Asher?«

»Jepp.«

Anita verstummte.

»Okay, bei der Arbeit könnte das natürlich Probleme mit sich bringen. Aber ich habe Carl Ashers Buch gelesen, gleich als es erschienen ist, und ich fand es ziemlich gut. Kennst du es auch?«

»Nein, aber ich habe vor, es zu lesen.«

Sie seufzte so laut, dass es in der Leitung knackte.

»Du, Alex, ich weiß, dass ich nie eine gute Mutter für euch gewesen bin. Eine vernünftige Mama würde dich jetzt sicherlich warnen und wäre besorgt, dass er dich ausnutzen könnte, aber das werde ich nicht tun. Man könnte doch auch auf die Idee kommen, dass *du ihn* ausnutzt? Lies mal sein Buch. Sein Frauenbild ist völlig in Ordnung, ich glaube nicht, dass er dich schlecht behandeln wird. Sollen wir uns treffen und weiterreden?«

»Danke, vielleicht gegen Ende der Woche. Ich melde mich.«

Nach dem Telefonat war ich sonderbar aufgewühlt. Anitas Schlussfolgerung klang eigentlich ganz nachvollziehbar. Sich mit Schuldgefühlen zu belasten, stahl bloß Energie – und diese Energie brauchte ich dringend, um Dani ausfindig zu machen. Wenn ich mich in der Trauer vergrub, würde das Schwein, das sie gekidnappt hatte, gewinnen.

Aber ich kam zu dem Schluss, dass die Anziehungskraft, die von Carl ausging, viel zu gefährlich war. Ich wollte nicht unter seinen Einfluss geraten. Stattdessen hatte ich den Wunsch, mich näher mit Jim zu beschäftigen, ihn besser kennenzulernen und zuzulassen, dass er sich um mich kümmerte.

Und trotzdem glitten meine Gedanken immer wieder ab. Zu Carl.

Ich konnte noch spüren, wie sich seine Hände auf meinen nackten Armen angefühlt hatten.

Das weiße Zimmer.

12

Die Sonne brennt noch am Spätnachmittag und umschmeichelt die Säulen in der Krypta. Es ist dieses besondere Licht, das es nur im Herbst gibt. Sanft, warm, bernsteinfarben. Dani steht an der Tür, hält sich am Gitter fest und sieht zur Decke der Krypta hinauf. Sie sehnt sich so danach, hinauszukommen. So sehr, dass es wehtut.

Als sie am Morgen aufgewacht ist, hat sie bemerkt, dass die Blätter des Ahorns über Nacht dunkelrot geworden sind. Schon mehrfach hat sie vertrocknetes Herbstlaub vor dem kleinen Fenster vorbeiwehen sehen. Der Abend taucht die Krypta nun immer früher in Dunkelheit. Eine Frage verfolgt sie, quälend oft, bringt sie nachts um den Schlaf: *Was haben sie mit mir vor?*

Doch an diesem Tag ist etwas anders. Eine ausgelassene Stimmung im Gebäude macht sich bis hinunter in ihr kleines Loch bemerkbar. Mehr Männer als sonst befinden sich im Haus. Durch das Fenster hindurch kann sie ihre Schritte und die aufgeregten Stimmen hören. Warum kommen und gehen sie zu so verschiedenen Tageszeiten, was haben sie vor? Dann fragt sie sich, ob das, was da vorbereitet wird, irgendwie sie betrifft? Sie erschauert. *Vermutlich hat das gar nichts zu bedeuten, mach dich nicht verrückt*, redet sie sich selbst gut zu. Aber warum sind ihre Hände so zittrig? Sie muss die Gitterstäbe festhalten, bis die Knöchel weiß werden, damit das Zittern endlich vergeht.

Wenn sie sie doch einfach nur in Ruhe lassen könnten. Sie dort unten sterben, einfach verhungern oder verrotten ließen wie eines der vielen Herbstblätter.

Die Tür zur Krypta wird geöffnet, und da draußen sind die Männer jetzt zu sehen. Sie bewegen sich schnell auf ihre Zelle zu. Dani kann ihre Euphorie spüren. Fünf Männer sind es. Der Meister, der Untertan und noch drei andere, die sie nie zuvor gesehen hat. Erst erscheinen sie gesichtslos. Sie nimmt nur ihre schweren, wuchtigen Körper wahr und dass sie Stiefel und Parkas tragen. Sie sind in einer ausgelassenen Stimmung. Ihr Atem riecht nach Alkohol, die Wangen sind gerötet. Sie sind unrasiert. Hitzig. Und jetzt betrachten sie sie mit durchdringenden, machtlüsternen Mienen. Sie zieht sich ganz zurück, in die Dunkelheit ihrer kleinen Höhle, aber sie schließen die Tür auf und kommen herein, um sie zu holen. Einer von ihnen bindet ihr die Hände auf dem Rücken zusammen. Ein anderer beugt sich hinunter und zieht ihr Stoffturnschuhe an. Sie schubsen sie vor sich her, hinaus aus dem Raum, durch die Krypta, eine Steintreppe hinauf.

Mit einem Mal stehen sie in einer Kirche, die sich über der Krypta befindet. Der Innenraum ist beeindruckend schön. Die Wände und die Decke bestehen aus weißem Kalkstein. Eine Glaskuppel streckt sich dem blauen Himmel entgegen. Der Kirchenraum ist lichtdurchflutet, denn die Sonne strömt durch die riesigen Fenster. Alles sieht so großartig aus, dass sie ihre Angst für einen Augenblick vergisst. Das Glas der Kuppel reflektiert den klaren Himmel und bedeckt den Boden flächendeckend mit Licht. Von dem Altar ganz vorn kann sie nur wenig erkennen, doch die große Bronzeskulptur sieht sie, das ist ein Raubvogel, der seine ausgebreiteten Flügel zur Kuppel streckt.

Die Männer schieben sie vor sich her in Richtung Ausgang. Ein Funken Hoffnung kommt auf. Sie bringen sie raus, vielleicht kann sie jetzt erkennen, wo sie sich befindet. Bei dieser Vorstellung wird ihr ganz schwindelig vor Freude.

Einer der Männer öffnet die Tür sperrangelweit. Die kühle Luft der Welt da draußen strömt ihr entgegen. Die Sonne berührt ihr Gesicht. Sie wird geblendet, schließt kurz die Augen, hebt den Kopf an und reckt den Hals nach oben. Ganz vorsichtig blinzelt sie. Der Himmel öffnet sich, doch es ist ein trügerisch blauer Himmel. Der Wind ist eiskalt, sodass sie am ganzen Körper eine Gänsehaut bekommt. Von ihrem Mund ausgehend schwebt ein hauchdünner Schleier ihres Atems durch die Luft, nur einen Augenblick lang, dann verdunstet er und vergeht. Um ihre Füße raschelt das Laub. Und die verwelkten Gräser wiegen sich im Wind.

Obwohl die Sonne scheint, kann man den Mond als schmale Sichel am Himmel erkennen. Dani sieht sich verwirrt nach einem Fluchtweg um. Überall stehen Bäume, Fichten und auch ein paar Birken. In der Ferne entdeckt sie etwas, das wie Sumpfland aussieht, eine Art Tal.

Die Männer stellen sich vor ihr auf, sodass sie ihr die Sicht nehmen. Wer sind sie bloß? Und warum sind sie hier? Sie sagen kein Wort, sehen sie nur abschätzig an. Atmen flach. Warum sprechen sie nicht mit ihr? Sie möchte sie fragen: *Was wollt ihr denn?* Aber jedes Mal, wenn sie bisher den Mund aufmachte, wurde sie dafür bestraft. Dieses Risiko will sie nicht eingehen, jetzt, da sie sich draußen befinden. Sie ist zwar hilflos, war der Freiheit aber noch nie so nah wie jetzt.

Dicht vor ihr steht ein Mann, der mit seinen tiefsitzenden Augen und den schwarzen, buschigen Augenbrauen ein ganz ansprechendes Äußeres besitzt. Doch trotz seiner Attraktivität hat sein Blick etwas Heimtückisches, das sie an einen Hai erinnert. Er baut sich vor ihr auf und hebt ihr Kinn an, sodass sie seinem Blick nicht ausweichen kann.

»Und, ist es nicht schön, ein bisschen frische Luft zu schnappen?«, fragt er sie auf Englisch.

Sie antwortet mit einem Nicken. Der Meister sieht amüsiert aus. Er schiebt den Mann zur Seite, stellt sich vor sie und packt sie an den Schultern.

»Du bekommst jetzt zehn Minuten Vorsprung. Wenn du es schaffst, bist du wieder in Freiheit. Aber wenn dich einer von uns einfängt, dann bist du unsere Beute.«

Auch er spricht Englisch, was sie ganz eigenartig findet.

Die anderen Männer lachen herb.

»Irgendwann musst du ja mal Glück haben«, ergänzt der Hai.

Der Anführer schwingt die Arme, als wäre es ein Spiel. Und das ist es auch. Ihr Spiel.

Und in diesem Augenblick fällt der Groschen.

Herbst.

Jagd.

Und sie ist die Beute.

13

Als ich aufwachte, fühlte ich mich in meiner Haut gar nicht wohl. Mir war, als wären meine Nervenstränge verstimmte Saiten. In der Nacht hatte ich immer wieder vage und bruchstückartig von Dani geträumt. Ich fragte mich, ob sie versucht hatte, telepathisch eine Verbindung zu mir herzustellen, und ob ich vielleicht zu aufgewühlt gewesen war, um ihre Botschaften zu empfangen. Heute hatte ich die Spätschicht und den Morgen damit verbracht, im Internet über das Thema »Gedankenübertragung« zu recherchieren. Die Lektüre machte mich nicht wesentlich schlauer, allerdings habe ich erfahren, dass es Zwillingen häufiger gelingt, sich auf diesem Weg zu erreichen.

Ich duschte ausgiebig und schlüpfte in ein Kleid mit weitem Ausschnitt, nahm einen Blazer aus dem Schrank und zog hohe Schuhe an. Ash & Coals Dresscode hatte ich langsam satt.

Als ich ins Büro kam und feststellte, dass Carl nicht da war, kam ich auf die Idee, ein bisschen in den Unterlagen des Unternehmens zu stöbern. Die Arbeit, die Carl mir aufgetragen hatte, hatte meine Gedanken bereits in eine ganz bestimmte Richtung gelenkt.

Im Computerraum hatte ich schon gesehen, dass dort Gespräche mit Personen in den USA, die sehr auffällige Benutzernamen hatten, via Skype geführt wurden. Edna hatte erwähnt, dass ich auch beim Buchen der Flüge behilflich sein solle, und das hatte zu bedeuten, dass ich die richtigen Namen der Kunden benötigte – die Namen der Frauen, die ein Vermögen für diese Reisen ausgaben. Ich fragte mich, auf wen ich da stoßen würde, aber noch prickelnder war der Gedanke, zu erfahren, wie diese Abenteuer in der Praxis aussahen.

Ich begann, die Papiere auf Carls Schreibtisch durchzugehen, doch das meiste waren Quittungen von Restaurantbesuchen. Also sah ich mir die Bücherregale genauer an. Hauptsächlich waren es Titel aus der Psychologie und der Betriebswirtschaft. Auf dem Schreibtisch befand sich ein Notizblock, auf den er einen Namen geschrieben hatte, Evelyn Allander, daneben eine Handynummer. Ich googelte sie, erhielt jedoch keine Treffer von prominenten Personen. Ob diese Kunden ihre richtigen Namen angaben? Und warum war mir eigentlich bislang noch kein einziger Klient über den Weg gelaufen?

Ich ging vor zur Rezeption und versuchte, Edna auszufragen, doch sie schwieg wie ein Grab.

»Suchst du vielleicht Arbeit? Für den Fall hätte ich hier noch einen Stapel Post, der sortiert werden muss.«

Auf dem Rückweg stieß ich im Flur auf Maja, die Köchin. Ich sprach sie an und konnte sie dabei in eine Nische bewegen, sodass es möglich war, freier zu reden.

»Der Chef wird es dir schon selbst erzählen, aber sie arrangieren wirklich alles, verstehst du? Sie suchen Männer aus, also die passenden, und dann treffen sie sich an geheimen Orten in Kalifornien.«

Ihre Augenlider flackerten aufgeregt.

»In Schweden ist es ja illegal, Sex zu kaufen«, merkte ich an.

»Wir verkaufen hier keinen Sex. Wir sind eine Datingagentur. Was unsere Klienten tun, ist allein ihre Sache«, entgegnete sie oberschlau. Ganz sicher war das eine Standardantwort, die sie auswendig konnte.

»Aber was seid ihr dann, eine Begleitagentur?«, fragte ich.

»Nein. Wir sind etwas ganz Besonderes. Die Männer bekommen nämlich kein Geld dafür.«

»Sind sie von hier?«

»Nein, sie stammen aus den USA. Aber ich habe zufällig ein paar von ihnen auf Ednas Bildschirm gesehen.«

Sie griff mich am Arm und rückte näher.

»Sie finden heraus, wonach sich die Frauen sehnen, und servieren genau das in einer Luxusverpackung.«

»Ja, so viel habe ich auch schon kapiert, aber wieso ist das so teuer? Welche Frau bezahlt so hohe Summen, nur um im Ausland Sex zu haben?«, fragte ich sie.

Maja senkte die Stimme und flüsterte.

»Das sind mehr Damen, als du denkst. Und wie ich schon sagte, sie bezahlen nicht für Sex, sondern für die Reise und das ganze Arrangement. Du hast den Umfang und Wert des Ganzen noch nicht begriffen. Aber das kommt noch. Jetzt muss ich mich beeilen, denn ich soll das Essen für eine Klientin vorbereiten, die gleich hier sein wird.«

Und genau in dem Moment betrat eine Frau von der Werbeagentur das Büro. Sie wollte ihre Vorschläge für ein neues Logo mit mir besprechen. Ich führte sie zu meinem Schreibtisch und bat sie, Platz zu nehmen.

»Wir waren so frei, schon ein paar Vorschläge für Sie zu erstellen«, erklärte sie. »Für den Anfang nur ein paar Skizzen.«

Sie wirkte überarbeitet, hatte schwere Augenlider und eine anbiedernde Art. Insgeheim musste ich grinsen. Der Gedanke, dass sie vermutlich die halbe Nacht über den Entwürfen gebrütet hatte, angestachelt von einem unausstehlichen Chef, amüsierte mich. *Ash & Coal! Das darfst du auf keinen Fall vermasseln!*

Sie legte die Skizzen auf meinen Schreibtisch. Eine gefiel mir besonders, der Unternehmensname in halb fetter Typografie, umringt von den Konturen einer Flamme.

»Ich behalte Ihre Entwürfe gern hier und lege sie Herrn Asher vor«, sagte ich.

»Das sind eigentlich nur Skizzen, wir würden Herrn Asher lieber eine komplette Präsentation gegen Ende der Woche zeigen«, erwiderte sie enttäuscht.

»Aber ich bin jetzt verantwortlich für das neue Logo. Ich melde mich am Nachmittag bei Ihnen.«

Jetzt saß sie wie ein begossener Pudel da, offensichtlich hatte sie ein längeres Gespräch erwartet. Aber meine Gedanken drehten sich bereits um etwas anderes, etwas, das nicht warten konnte.

Ich legte Carl den besten Logo-Entwurf auf den Schreibtisch und flitzte auf den Flur hinaus. Hinter einer Tür konnte ich gedämpfte Stimmen hören, aber ich wagte es nicht, einen Blick ins Zimmer zu werfen, vielleicht fand gerade in diesem Moment ein Treffen statt. Lautlos schlich ich den Gang entlang bis zur allerletzten Tür.

Ich war nie eine glänzende Schülerin gewesen, aber auf meinen Kopf war Verlass, und mein Zahlengedächtnis war unfehlbar. In Mathematik hatte ich in der Schule immer die besten Noten gehabt, nur in diesem Fach war es mir gelungen, Dani zu übertrumpfen.

Ich tippte den Code ein. 116315. Langsam schob ich die Tür auf. Ein Fenster war gekippt. Ein seidener Vorhang flatterte im Windzug. Was war an diesem Raum so besonders? Kaum hatte ich ihn betreten, fühlte ich mich Dani ganz nahe. Ich ging vor ans Bett, legte die Hand auf den weißen Überwurf und schloss die Augen. Ich wartete darauf, dass sich dieses Rauschen wieder einstellen würde, stattdessen war mir aber, als ob ein dichter Nebel in meinen Kopf vordrang. Dann verflüchtigte er sich, und ein Bett kam zum Vorschein. Einen Moment lang dachte ich, ich hätte die Augen geöffnet und starrte nun auf das Bett vor mir. Doch dann veränderte sich die Perspektive, und ich lag selbst auf dem Bett, und in diesem Moment wurde mir klar, dass sich alles nur in meinem Kopf abspielte. Die Bilder waren fragmentarisch und der Eindruck nur flüchtig, dennoch hatte ich das Gefühl, es wäre echt. *Dani liegt in einem Bett.* Bei der Erkenntnis riss ich die Augen auf. Ich streichelte noch einmal über den Bettüberwurf, kniff die Augen zu und versuchte, das Bild erneut aufzurufen, doch hinter meinen Augenlidern blieb alles schwarz.

»Ich habe mir schon gedacht, dass ich dich hier finden würde«, erklang da Carls ernste Stimme hinter mir.

Ich erwachte aus der Trance und lachte nervös auf. Er hatte beobachtet, wie ich das Bett gestreichelt hatte, als wäre ich geisteskrank. Ich zog meine Hand zurück und murmelte etwas davon, dass ich mir den Raum nur noch einmal hatte anschauen wollen.

Er stand in der Tür und musterte mich. Mit seinen stahlgrauen Augen hatte er etwas Schlangenartiges. Ja, irgendwie war er wie eine zusammengerollte Schlange, die ihre Zeit abwartete, um im richtigen Moment zuzubeißen. Ich hatte das Gefühl, schnell etwas sagen zu müssen, damit sein durchdringender Blick mich entließ.

»Triffst du dich hier mit deinen Klienten?«, fragte ich.

»Ich habe nie Sex mit ihnen, falls es das ist, was du wissen möchtest«, sagte er und machte ein paar Schritte auf mich zu. »Oder mit meinen Angestellten«, schob er hinterher.

»Okay, das ist ja bewundernswert.«

Aber dieses verfluchte Bett hatte etwas, für das ich keinen Namen fand. Es zog meinen Blick immer wieder auf sich.

Plötzlich stand er neben mir.

»Ich könnte allerdings eine Ausnahme machen«, erklärte er und stellte sich so dicht neben mich, dass sein nackter Arm den meinen leicht berührte. Seine Haut gab eine ungewohnte Wärme ab. Bevor ich etwas antworten konnte, legte er seine Hand schon auf meine Schulter.

»Ich mach nur Spaß. Wenn wir zusammenarbeiten wollen, musst du meine Art von Humor verstehen lernen.«

Seine körperliche Nähe war so deutlich spürbar, dass meine Wangen ganz heiß wurden.

»Hast du schon mal etwas von einer orgiastischen Meditation gehört?«, fragte er mich.

Befremdet schüttelte ich den Kopf.

»Das ist eine Art Therapie, bei der ein fremder Mann die Klitoris einer Frau fünfzehn Minuten lang liebkost. Völliger Schwachsinn, wenn du meine Meinung hören willst. Aber es gibt eine Theorie, dass Frauen beim Sex oft ziemlich abgelenkt und mental angespannt sind, und das stimmt. Obwohl ich meine, dass das bei Männern genauso der Fall sein kann.«

»Ich verstehe nicht ganz, warum du mir das erzählst. Das ist doch krank.«

»Wenn du hier arbeitest, solltest du wissen, was wir machen. Weißt du, was dein Problem ist?«

»Ich habe keine Probleme, außer dass meine Schwester von irgendeinem verrückten Psychopathen gekidnappt wurde und niemand die Sache richtig ernst nimmt.«

»Das stimmt sicherlich. Aber dein eigentliches Problem besteht darin, dass da oben bei dir Chaos herrscht«, sagte er und tippte mir unangenehm an die Stirn. »Ich kann dir später gern dabei helfen, es zu beseitigen, aber eigentlich bin ich gekommen, um dir zu sagen, dass mir das Logo gefällt. Außerdem habe ich noch ein paar Aufgaben für dich. Hast du was zum Schreiben?«

»Nicht nötig. Mein Gedächtnis ist top.«

»Einen Notizblock solltest du immer bei dir haben«, erwiderte er ungehalten. »Ich möchte nicht, dass du irgendwas vergisst.«

»Probier es aus.«

»Okay. Nimm Kontakt zu der Werbeagentur auf und sag ihnen, dass wir das Logo nehmen, und bitte sie, die endgültige Version zu erstellen, und zwar für jeden Einsatzbereich: für die Wand, an der unser Logo zu sehen sein soll, für unsere langweiligen Handtücher, die Homepage, für alle Seiten in den sozialen Netzwerken. Und dann möchte ich, dass du eine Videokonferenz mit Brett in San Francisco arrangierst. Wir müssen unsere Aktivitäten für den Winter abstimmen. Morgen passt es mir gut. Und dann habe ich eine Klientin, die eigentlich mich sehen will. Ich möchte, dass du sie in Empfang nimmst und ihr ein Treffen mit Patrick schmackhaft machst. Sie heißt Evelyn Allander, und egal, was du denkst, wenn du sie siehst, sorg dafür, dass der Raum, in dem sie sich treffen, vorbereitet ist. Ihr gefällt das Zimmer Nummer sechs. Der Code ist 116319.«

»Ich kümmere mich darum. Sonst noch was?«

»Ich kann dir helfen, das Chaos in deinem Kopf zu beseitigen, aber vor allem könnte ich dir helfen, dich zu entspannen. Denk mal drüber nach. Und danke, dass du dich um das neue Logo gekümmert hast. Es ist richtig schön geworden.«

Und dann verschwand er. Genauso geräuschlos, wie er gekommen war.

Eigentlich wäre ich gern noch in dem Zimmer geblieben und hätte mich aufs Bett gelegt und versucht, mit Dani in

Kontakt zu treten. Doch nun rief die Pflicht. Aber bestimmt würden sich noch weitere Gelegenheiten finden.

Das Zimmer sechs war nicht ganz so beeindruckend wie das erste Zimmer, das Carl mir gezeigt hatte. Es war genauso kostspielig eingerichtet, aber nicht so stylish, eher verspielt. Eine Art Mädchenzimmer. Der Vorhangstoff und die Kissen mit Blumenmuster. Rokokostühle aus hellem Material. Ein hoher, weiß gekachelter Kamin. Es duftete auch noch nach einem blumigen Parfüm. Langsam war es dämmrig geworden, und im Fenster spiegelten sich die Möbel schemenhaft.

Ich ging durch das Zimmer und kontrollierte, ob alles gründlich geputzt war. Maja tauchte auf und brachte Häppchen, Obst und Mineralwasser, das sie dann in den Kühlschrank stellte. Ich stand still da und ließ meinen Blick ein letztes Mal über das Zimmer gleiten. Plötzlich bemerkte ich eine Bewegung, die die Fensterscheibe reflektierte. Patrick stand hinter mir. Ich hatte ihn vorher noch nie aus der Nähe gesehen. Er wirkte wie eine etwas blasse Kopie von Carl – er war schmaler, hatte braunes Haar und braune Augen. Der Anzug, den er trug, war mit Sicherheit maßgeschneidert. Er strahlte eine spürbare Nervosität aus.

»Ist alles so, wie ich es angeordnet habe?«, fragte er mit unerträglicher Chefmanier.

Bei mir entstand sofort der Eindruck, dass er der Typ war, der sein Ego aufpolierte, indem er Angestellte niedermachte. Daher sprudelte es einfach aus mir heraus:

»Ich habe keine Ahnung, wie Sie es gern hätten. Sie können ja gern selbst Hand anlegen, wenn etwas anders sein soll. Ich bin nicht Ihre Angestellte.«

Patrick Westergren hielt inne. Sein Gesicht verfinsterte sich kurzzeitig. Er starrte mich verblüfft an. An seiner Schläfe konnte ich eine Ader pulsieren sehen. Dann machte er auf dem Absatz kehrt und ging zurück in den Flur. Ich hörte, wie eine Tür aufging, und da war mir klar, dass er zu Carl ins Büro gegangen war.

Sofort bereute ich meine Reaktion. Warum hatte ich ihn so angefaucht? Jetzt würde er bestimmt von Carl verlangen, dass er mich feuerte. Aber vielleicht war das auch ganz gut so. Diese Agentur hatte etwas Verruchtes, daran bestand kein Zweifel. Ich huschte in den Flur hinaus und hielt das Ohr an die Tür von Carls Büro. Erst konnte ich nur dumpfes Gemurmel hören, doch dann verstand ich Carls laute Stimme klar und deutlich:

»Sie arbeitet für *mich*. Und du kommst zehn Minuten zu spät und siehst in diesem Anzug wie ein Zuhälter aus.«

Das ungute Gefühl in meinem Bauch legte sich wieder. Es hatte nicht den Anschein, als würde Carl auf Patricks Beschwerde eingehen.

Ich konnte gerade noch rechtzeitig von der Tür weghuschen, bevor sie aufsprang und Carl herauskam. Er stoppte kurz, als er mich erblickte, und verdrehte die Augen.

»Patrick hatte etwas falsche Vorstellungen von deiner Anstellung bei uns. Ich bin der Einzige, der Aufgaben an dich delegieren darf«, sagte er und wirkte leicht genervt. Das konnte ich wohl als eine Art Kompliment verstehen.

Carl verschwand, und Patrik kam mit leicht erröteten Wangen aus dem Büro.

»Das Zimmer sieht doch sehr gut aus, Alice!«, sagte er zu mir.

»Ich heiße *Alex*. Wissen Sie, wann die Klientin kommt?«

»Sie sitzt bereits an der Rezeption. Und wartet. Auf *Carl*.«

Also flitzte ich vor. Als ich die Tür aufriss, blieb ich wie angewurzelt stehen und traute meinen Augen nicht. Carl hatte gesagt, die Kundin heiße Evelyn Allander, aber es war eindeutig Cecilia Borgh, die Schauspielerin, die ungeduldig auf dem Sofa saß und wartete. Sie sprang auf, als sie mich erblickte. Im Grunde sah sie ganz normal aus, sie trug so etwas wie Sportklamotten. Tights, ein weit ausgeschnittenes Shirt und Turnschuhe. Die Haare hatte sie zu einem strengen Pferdeschwanz zusammengebunden. Ein paar Strähnen hatten sich gelöst, doch an ihr wirkte sogar das noch elegant.

»Ist Carl da? Ich warte schon eine ganze Weile«, sagte sie.

Anstatt zu antworten, öffnete ich die Tür zum Büro sperrangelweit und bat sie hinein. Ihr Blick blieb an Carls leerem Schreibtisch hängen. Sie seufzte enttäuscht und sah mich fragend an.

»Leider ist Carl verhindert, etwas sehr Eiliges kam dazwischen«, erklärte ich. »Patrick erwartet Sie im üblichen Zimmer.«

»Aber ich habe ausdrücklich darum gebeten, heute Carl zu treffen. Es gibt Dinge, die nur er verstehen kann.«

Ich drehte mich um und ging wieder hinaus in den Flur. Zu meiner Freude folgte sie mir. Patrick stand schon da und erwartete sie.

Ich lächelte Cecilia Borgh noch einmal höflich zu und wanderte ins Büro zurück. Die Tür ließ ich einen Spalt geöffnet, damit ich ihre Worte noch hören konnte. Schließlich wurden sie leiser und verstummten ganz. Dann fiel auch die Tür ins Schloss.

Ich ließ mich an meinem Schreibtisch nieder und atmete auf. Für einen kurzen Moment flatterten mir unheimliche Gedanken durch den Kopf. Cecilia Borgh war prominent. Für die Medien wäre ihr Besuch hier ein gefundenes Fressen. Ich könnte Unsummen verdienen, würde ich diese Nachricht verbreiten. Dazu ein paar heimlich aufgenommene Fotos. Doch dann musste ich daran denken, wie sich die Medien auf die

Nachricht von Danis Verschwinden gestürzt hatten, um sie irgendwann einfach komplett fallen zu lassen. Und dann gab es ja auch noch diese Geheimhaltungserklärung, die ich so leichtfertig unterzeichnet hatte. Ein Rechtsstreit mit Ash & Coal würde mit Sicherheit nicht gut ausgehen.

Als ich am Abend nach Hause kam, wirkte die Wohnung wie ausgestorben. Ich stand lange am Fenster und blickte hinaus. Es war dunkel und der Himmel schwer von unheimlichen Wolkenungetümen. Ein bleicher Mond erschien und verschwand bald wieder.

Der Herbst hatte so schnell Einzug gehalten. Der vergangene Sommer war mir abhandengekommen. Ich fragte mich, ob Dani irgendwo da draußen in der Dunkelheit war, ob sie denselben Mond sah, ob sie verängstigt war, einsam, ob sie fror. Als ich mir vorstellte, dass ihre sonst so warmen Hände sich jetzt wie Eisbrocken anfühlten, stiegen mir die Tränen in die Augen.

Irgendwo muss es doch einen Hinweis geben. *Es muss einfach.*

Meine Gedanken wanderten zu ihrem Schreibtisch, wo sie so viele Stunden verbracht hatte. Quasi aus dem Nichts bekam ich die Eingebung, zu ihm hinzugehen und die Hände daraufzulegen. Vielleicht könnte auf diese Art eine Form von Kontakt entstehen. Ihre medizinische Fachliteratur und verschiedene Notizen lagen immer noch auf dem Tisch. Ich setzte mich, legte eine Hand auf die Unterlagen und schloss die Augen. Nichts geschah.

Als ich wieder aufstand, stieß ich mit dem Fuß an ihren Papierkorb, den ich nicht geleert hatte, seit sie verschwunden war. Oft benutzte sie ihn gar nicht, meist arbeitete sie mit dem Computer. Wie hatte ich den Papierkorb übersehen können?

Ich kippte seinen Inhalt auf den Boden. Das meiste waren Notizen von ihren Vorlesungen. Doch dann fiel mir ein Umschlag ins Auge, der in der Mitte durchgerissen war. *Daniella Brisell* stand in Druckbuchstaben darauf. Fieberhaft suchte ich zwischen dem anderen Papier nach dem Inhalt dieses Briefes und fand einen Briefbogen, der auch in der Mitte zerrissen war. Ich legte beide Teile zusammen. Der Text war fett und kursiv gesetzt und in englischer sowie in lateinischer Sprache geschrieben, die ich nicht übersetzen konnte. Nur eine einzige Zeile.

Many are called. Only one is chosen. Ars Omnia Vincit.

Ich fragte mich, ob der Brief etwas mit Danis Medizinstudium zu tun haben könnte, eigentlich aber fand ich ihn zu mystisch. Dani war sehr pragmatisch. Ich googelte den letzten Satz. Es bedeutete »Kunst erobert alle Dinge«. Eine Theatergruppe? Ganz unten auf dem Briefpapier befand sich ein sonderbares Siegel: ein Raubvogel, der seine Flügel der Sonne entgegenstreckte. Das setzte meine Gedanken in Bewegung. War Dani Mitglied in einer geheimnisvollen Sekte geworden, hatte sich aber gescheut, mir davon zu erzählen? Oder machte sie bei einer lächerlichen Schulaufführung mit? Nichts von alledem erschien mir wahrscheinlich. Sie hatte sich voll und ganz auf ihr Medizinstudium konzentriert. Ich warf einen Blick auf das Datum des Poststempels auf der Briefmarke. Ich konnte »Lund, 23. Mai« entziffern, der Brief war also einen Monat, bevor sie verschwand, hier angekommen.

Ich holte mir aus der Küche eine Plastiktüte, steckte den Umschlag und den Brief ein und rief Jim an.

»Klingt verdächtig«, sagte er. »Der Text hat so etwas Elitäres, dafür hat sich deine Schwester doch bestimmt nicht interessiert. Ich finde auch, dass du den Brief der Polizei vorlegen solltest.«

»Ja, aber ich bin mir nicht sicher, ob die ihn überhaupt ernst nehmen.«

»Das müssen sie. Willst du, dass ich mitkomme und ein bisschen Druck mache?«

»Oh ja, bitte.«

Wir verabredeten uns für den kommenden Tag. Er wollte mich von der Arbeit abholen. Ich ging ins Badezimmer, um zu duschen und mir die Zähne zu putzen, und genau in dem Moment, als ich dann ins Bett gehen wollte, klopfte es an der Tür. Draußen stand ein Kurier mit einem riesigen Blumenstrauß von Jim. In diesem Augenblick beschloss ich, mich diesem fantastischen Mann hinzugeben. Morgen würden wir uns wiedersehen, und da wollte ich mich wirklich bemühen.

Ich kroch in mein Bett. Noch bis weit in die Nacht lag ich da und zerbrach mir den Kopf.

Schließlich fiel ich in den Schlaf, so als hätte man mich in ein finsteres Loch geworfen, in eines ohne Boden.

14

Sie rennt vor den Männern weg, rennt hinter die Kirche, damit sie nicht sehen können, welche Richtung sie einschlägt. Ihre Hände sind auf dem Rücken zusammengebunden, zu rennen fällt ihr schwer. Sie stolpert weiter, den Körper nach vorn gebeugt, es scheint, als könnte sie jederzeit kopfüber fallen.

Zehn Minuten!

Hinter der Kirche befindet sich ein verwilderter Friedhof. Efeu und Moos wachsen uferlos über die Grabsteine. Von den Tannenspitzen erklingt das heisere Krächzen der Krähen. Dani prallt gegen einen Grabstein und winselt wie ein verletztes Tier. Vor der Kirchenmauer ist im Boden ein tiefes Loch. Es scheint tief genug zu sein, um sich darin zu verstecken, doch die Männer würden es schnell merken, wenn sie sie nicht mehr laufen hörten.

Die Kirche ist von einer Mauer umgeben. Dani muss feststellen, dass es unmöglich ist, mit zusammengebundenen Händen zu springen, also drosselt sie ihr Tempo und überwindet das Hindernis, indem sie ein paar große Schritte macht und darübersteigt.

Es ist ein Gefühl, als bewegte sie sich in Sirup, und doch geht alles ganz schnell. Ohne wirklich zu begreifen, wie sie dorthin gelangt ist, befindet sie sich mit einem Mal in einem Wald. Sie rennt, stürzt, steht wieder auf und rennt weiter, nur von einem einzigen Gedanken angetrieben: *Ich muss ein Versteck finden.*

Der Wald wird dichter. Die tief herabhängenden Zweige zerkratzen ihr die Arme und hinterlassen Schnitte in ihrer Haut. Ihr Plan ist riskant: ein Versteck zu finden, in dem man sie nicht sehen kann. Die Zeit auszusitzen. Ganz egal, wie lange sie warten muss. Und wenn sie die Jagd nach ihr aufgegeben haben, wird sie durch den Wald irren, bis sie Hilfe findet. Immer noch besser, sich im Wald zu verlaufen und zu verhungern, als sich fangen zu lassen. Oder von einem Bären getötet zu werden. Ob es hier Bären gibt?

Die Bäume und das Buschwerk werden immer dichter, bis sie zu einer kleinen Anhöhe kommt, die sie keuchend besteigt. Vor ihr liegt etwas unterhalb eine Lichtung, eine kleine Wiese, und dann kommt wieder Wald, dichter Wald.

Hinter sich hört sie das Knacken von Ästen, die brechen. Doch sie sieht sich nicht um. Rennt blindlings die Böschung hinab. Stolpert über eine Wurzel, fällt vornüber und schlägt hart auf den Boden. An Brüsten und Beinen hat sie Schürfwunden. Aus einer Platzwunde am Knie tropft Blut. Schwindelnd kommt sie wieder hoch. Sieht sich panisch um, kann aber niemanden erkennen.

Sie inspiziert das Gebiet und entdeckt einen riesigen umgestürzten Baum. Wo er entwurzelt ist, klafft ein großes Loch. Windbruch. Sie läuft dorthin und sieht es sich näher an. Unter der Wurzel im Boden kommt eine Aushöhlung zum Vorschein, groß genug, dass ihr Körper darin Platz hat, wenn sie sich ganz klein macht, und so tief, dass man sie von Weitem nicht erkennt.

Sie kriecht in das Loch und kauert sich zusammen. Presst Arme und Beine ganz dicht an den Körper. Erst hört sie nur das laute Pochen ihres Pulsschlags, dann das Säuseln in den Baumkronen und einen kreischenden Vogel weit oben am Himmel. Von einem Sumpfgebiet dringt ein säuerlicher Geruch herüber. Der leichte Wind trägt den Duft von verrottetem Laub mit sich. Doch noch viel stärker steigt vom Boden der Grube der intensive Gestank von nasser, schimmeliger Erde auf.

Zehn Minuten.

Jetzt können sie sie nicht mehr aufspüren. Sie ist eins geworden mit der Natur. Unsichtbar. Lautlos.

Hab keine Angst. Angst hat einen Geruch, den Raubtiere erkennen.

Der Himmel ist dunkel geworden, bald wird die Dämmerung Einzug halten. Die letzten müden Sonnenstrahlen streicheln über die Bäume. Die Zeit steht still. Die engen Wände der Höhle halten sie versteckt, wiegen sie.

Ein winziger Hoffnungsschimmer bleibt. Sie werden sie nicht finden.

Nicht einmal, als Schritte erklingen, die sich nähern, bekommt sie Angst. Sie ist doch unsichtbar. Sie muss nur warten, bis sie vorbeigegangen sind. Sich nicht rühren, flach durch die Nase atmen.

Doch an den Schritten ist etwas verdächtig. Sie tasten sich nicht vorwärts, als wären sie auf der Suche, nein, sie sind zielstrebig und schnell. Feste Stiefel zerschlagen Zweige und Äste und bleiben genau vor ihrem Versteck stehen.

Sie hat aufgehört zu atmen. Auch die Natur hält die Luft an. Durch die abstehenden Fasern zwischen den Baumwurzeln erkennt sie einen Schuh.

Und dann geht alles blitzschnell.

Der Mann beugt sich hinab und hockt sich hin. Sein Gesicht taucht in ihrem Blickfeld auf. Ganz schnell holt er sein Handy aus der Jackentasche. Es ist wie eine grausame, bereits einstudierte Choreografie, als wäre es vorherbestimmt gewesen, dass die Jagd so enden würde. Sie ist vom Schrecken komplett überwältigt, versucht zu schreien, doch der Schock verhindert, dass ein Laut aus ihrem Hals dringt.

Der Mann drückt auf einen Knopf an seinem Smartphone.

»Ich habe die Beute gefangen!«, vermeldet er, wobei er bösartig grinst. Und seine Stimme klingt wie ein einziger Triumph.

15

Der Brief mit der eigenartigen Botschaft ging mir nicht aus dem Kopf. Er verfolgte mich bis in den Schlaf. Am nächsten Tag hatte ich wieder die Spätschicht im Büro. Ich verbrachte den Morgen damit, nach weiteren Informationen über den Wortlaut des Briefes zu suchen. Ich las und las, bis meine Augen tränten und mein Kopf sich ganz hohl anfühlte. Am Ende musste ich allerdings einsehen, dass es hoffnungslos war. Die Sätze waren zu allgemein. Dann versuchte ich, nach einem Bild zu googeln, das dem Siegel ähnelte. Es gab Hunderte von Gruppierungen, die einen Raubvogel im Logo trugen, aber keines von ihnen kombinierte ihn mit einer Sonne. Nachdem ich lange in ornithologischen Nachschlagewerken im Internet gesucht hatte, wurde mir klar, dass der abgebildete Vogel ein Wanderfalke sein musste. Ich hatte schon länger als eine Stunde gegoogelt, und eigentlich war es Zeitverschwendung, aber wenigstens das hatte ich in Erfahrung bringen können. Ich fotografierte das Siegel ab und postete es auf Facebook: *Kennt jemand dieses Bild?* Ich war nie besonders restriktiv gewesen, was meine Freunde auf Facebook anging, darum waren es mit der Zeit siebenhundert geworden. Es dauerte nur wenige Minuten, da trudelten die ersten Kommentare ein, einer bunter als der andere. Mal war es das Logo des American-Football-Klubs Atlanta Falcons, mal das Wappenschild einer Nazi-Vereinigung. Ich schaffte es kaum, all die idiotischen Kommentare von Leuten zu lesen, die glaubten, alles zu wissen.

Da rief mich Jim an.

»Ich muss für ein paar Tage auf Geschäftsreise fahren. Könnten wir vielleicht jetzt gleich zur Polizei gehen? Ich würde dich hinterher zur Arbeit bringen.«

Ich war ihm von Herzen dankbar, dass er mich von dieser frustrierenden Suche erlöste.

Der Polizeikommissar Michael Decker, der auch die Ermittlungen in Danis Fall geleitet hatte, empfing uns. Schon als wir uns setzten, fiel mir sein skeptischer Gesichtsausdruck auf. Als ich ihm den Brief und den Umschlag zeigte, zog er nur die Augenbrauen hoch.

»Das ist interessant, doch viel anfangen können wir damit nicht.«

Da spürte ich, wie ich schon wieder vor Wut zu kochen begann, doch bevor ich den Mund öffnen konnte, tat Jim etwas Unerwartetes. Er schlug mit der Faust auf den Schreibtisch, sprang auf und warf Decker einen vernichtenden Blick zu.

»Alex hat ihre Schwester verloren. Und es ist Ihre Aufgabe, sie zu finden. Und jetzt kümmern Sie sich verdammt noch mal endlich darum«, brüllte er.

Michael Decker wich zurück. Jim beugte sich über den Schreibtisch. Erst fürchtete ich, dass er handgreiflich werden könnte, doch dann machte er einen Schritt zurück.

»Nehmen Sie doch als Erstes einmal Fingerabdrücke von dem Brief. Der scheint doch wirklich verdächtig zu sein. Ist Ihr Vorgesetzter auch im Büro?«

So aufgebracht hatte ich Jim noch nie gesehen, ich wusste gar nicht, dass er derart aus der Haut fahren konnte, aber sein Auftreten bewirkte, dass Decker hinter seinem Schreibtisch immer kleiner wurde. Die halbe Abteilung war schon in Alarmstellung, jederzeit bereit aufzuspringen, falls Jim handgreiflich werden würde.

»Wir werden nächste Woche wiederkommen. Ich hoffe sehr, dass Sie der Sache nachgehen werden. Und jetzt möchte ich mich mal mit Ihrem Chef unterhalten.«

Langsam eroberte dieser Mann mein Herz. Wir konnten sogar mit dem Polizeidirektor, Dennis Neuman, sprechen. Er konnte seine Skepsis zwar auch nicht verbergen, doch er versicherte uns, dass sie den Brief auf Fingerabdrücke untersuchen und das Siegel genauer unter die Lupe nehmen würden.

Jim und ich umarmten uns lange und intensiv, als er mich eine Stunde später vor dem Büro ablieferte.

»Ich werde mich in meiner beruflichen Umgebung auch noch umhören«, versprach er. »Architekten haben schließlich einen Blick für ausgefallene Symbole.«

Carl war nicht im Büro, aber er hatte mir eine lange To-do-Liste hingelegt. Sie war in pedantisch perfekter Handschrift geschrieben. Darauf stand alles vom Leeren der Papierkörbe (als ob man so was auf einem Zettel festhalten musste) bis zur Kontaktaufnahme mit »Evelyn Allander« und der Buchung ihrer USA-Reise. Was bedeutete, dass er mir allmählich vertraute. Und seine Ordnungsmanie amüsierte mich. Als er mir zum ersten Mal eine Liste geschrieben hatte, hatte ich ihn darauf aufmerksam gemacht, dass ich durchaus selbst schreiben könne, und hatte ihn gefragt, warum er so kontrollsüchtig sei. Da hatte er geantwortet, dass ihn *Ordnung und Symmetrie sehr ansprächen*. Und darauf fiel mir dann nichts mehr ein.

Genau wie bei Jim hatte ich das Internet bereits nach Informationen über Carl durchforstet. Auf seinem Facebook-Profil hatte er seit einem Jahr nichts Neues gepostet, und die Beiträge, die existierten, waren unpersönlich gehalten, meist Bilder von Events und Veranstaltungen bei Ash & Coal. Einige Fotos waren auf einer luxuriösen Silvesterparty entstanden. Carl war weder auf Instagram noch auf Twitter. Und obwohl ich beim Googeln eine Menge Treffer auf seinen Namen erhielt, führten die Links meist zu Artikeln aus der Regenbogenpresse, in denen er erwähnt wurde. Es gab aber auch Verweise auf sein Buch, das er vor Jahren veröffentlicht hatte: *Was Frauen sich wünschen*. Er war ja eigentlich Psychologe. Das hätte ich nie geglaubt. Aber wie lange ich auch suchte, über seine Vergangenheit konnte ich nichts finden. Es war, als wäre er vor zehn Jahren erst aufgetaucht, als hätte er vorher gar nicht existiert. Ich wollte begreifen, was ihn antrieb, doch das Internet konnte mir darauf keine Antworten liefern.

Ich rief »Evelyn« an und speicherte ihre Nummer in meinem Handy. Sie nahm sofort ab, teilte mir mit, dass sie in der Business Class nach San Francisco fliegen wolle, und nannte mir die Reisedaten. Über eine Woche wollte sie bleiben. Als ich ihr anbot, auch ein Taxi zum Flughafen für sie zu buchen, war sie sehr erstaunt, da es in Kalifornien doch Personal für so was gäbe. Ob ich das nicht wüsste?

»Doch, natürlich«, erwiderte ich.

»Wie gut kennen Sie Carl?«, fragte sie mich.

»Ich bin seine Assistentin, warum fragen Sie?«

»Wissen Sie, ob er sich mit jemandem trifft?«

»Solche Informationen darf ich leider nicht weitergeben.«

»Okay«, sagte sie etwas enttäuscht. »Dann ist das alles, vielen Dank.«

Ihre Worte wirkten abgehackt, fast schon unhöflich, aber zwischen den Zeilen klang ein bisschen Humor mit.

Als Carl etwas später ins Büro kam, knöpfte ich ihn mir sofort vor.

»Deine Klienten werden mich für ziemlich blöd halten,

wenn ich keine Ahnung habe, wie alles funktioniert. Wer kümmert sich um die Abwicklung vor Ort in San Francisco?«

An diesem Tag sah er besonders gut aus, er trug eine Jeans und ein weißes T-Shirt. Ich meinte, an seinem Oberarm durch den dünnen Stoff seines Shirts ein Tattoo zu erkennen. Wieder strömte mir sein reiner Duft in die Nase. Später würde ich erfahren, dass er mehrmals am Tag duschte.

»Wenn du wissen möchtest, wie alles funktioniert, sollten wir das weiße Zimmer aufsuchen. Da gibt es etwas, das ich dir zeigen will.«

Ein leichtes Kribbeln durchfuhr meinen Körper.

»Wie schwer ist es, mit ein paar einfachen Sätzen zu erklären, was die Menschen hier kaufen?«

Er verzog den Mund.

»Muss ich dich daran erinnern, dass dies ein Gespräch zwischen einem Chef und seiner Angestellten ist? Und dass ich der Chef bin?«

»Mit Autoritäten tue ich mich immer schon schwer.«

»Das habe ich gemerkt.«

»Und ich wehre mich dagegen, von Leuten am Telefon wie ein Dummkopf behandelt zu werden. Wenn ich vor Kunden wie Evelyn Ash & Coal repräsentieren soll, muss ich genau wissen, was hier läuft.«

Er kam auf mich zu und fasste mich leicht am Handgelenk. Als er mich berührte, lag wieder so eine Spannung in der Luft wie vor einem Gewitter. Unsere Blicke trafen sich. Es fühlte sich an, als ob er mich decodierte, mich beeinflussen wollte. Ich durfte keinesfalls die Waffen strecken.

»Ich zeige dir was«, sagte er und zog mich auf den Gang hinaus. Dort ließ er mein Handgelenk los, steuerte eilig das weiße Zimmer an und gab den Türcode ein.

»Komm schon!«, sagte er ungeduldig.

Ich stellte mich genau in die Türöffnung. Und da war dieses Gefühl schon wieder, völlig überraschend. Die weiße Farbe blendete mich, mir wurde schwindelig. Es rauschte in meinen Ohren. Ich schluckte mehrmals, fixierte Carl mit meinem Blick und machte ein paar Schritte vorwärts.

»Warum meinst du, dass du beim ersten Mal, als du hier warst, so heftig reagiert hast?«, fragte er mich.

»Das habe ich gar nicht.«

»Ach was. Erzähl es mir einfach. Ich werde dich nicht auslachen.«

Ich zögerte.

»Glaubst du an Gedankenübertragung?«

Er sah kein bisschen überrascht aus. Es war, als hätte ich ihn gefragt, ob er seinen Kaffee mit oder ohne Milch trinke.

»Alle wissenschaftlichen Untersuchungen, die zu dem Thema gemacht wurden, liefen darauf hinaus, dass es sich dabei um eine Pseudowissenschaft handelt«, sagte er. »Aber ich bin mir trotzdem sicher, dass so was möglich ist.«

»Warum glaubst du das?«

»Es gibt eine experimentelle Gedankenübertragung, wenn sich beide Personen stark konzentrieren. Und es gibt eine spontane Gedankenübertragung, die ganz plötzlich vorkommt, ohne dass man sich sonderlich anstrengt …«

»Woher weißt du all das?«, unterbrach ich ihn.

»Ich bin Psychologe. Und dann haben manche Frauen hier in diesem Raum schon so einiges erlebt. Möglicherweise bilden sie es sich nur ein, doch es ist schon mehr als einmal passiert.«

»Erklär's mir.«

»Manche glauben, dass Gedankenübertragung ununterbrochen zwischen Menschen stattfindet, doch dass sie von der Reizüberflutung und einer Menge bewusster Gedanken maskiert wird. Deshalb fällt es einem leichter, wenn man entspannt ist – wie im Traum, wenn man hypnotisiert wird oder meditiert. Obwohl ich der Meinung bin, dass es noch einen anderen Sinneszustand gibt, in dem es genauso gut funktioniert.«

»Und welcher ist das …?«

»Nach einem großartigen Orgasmus.«

»Hör auf! Mir ist es unangenehm, wenn du solche Sachen sagst.«

»Daran musst du dich gewöhnen. Das ist unsere Arbeit. Es ist wissenschaftlich bewiesen – es gibt keine Tabletten, die sich auf die Gesundheit derart positiv auswirken wie ein guter Geschlechtsverkehr. Das Wohlfühlhormon Oxytocin wird im Körper freigesetzt, wenn man Sex hat, wusstest du das?«

Er verschwand aus meinem Gesichtsfeld und tauchte mit einem Mal hinter mir auf. Erst berührte er mit den Fingerspitzen meinen Kopf ganz leicht, so flüchtig, als wäre es unabsichtlich gewesen. Dann fuhr er mit seinen Fingern durch mein Haar und begann, meinen Nacken mit den Daumen zu bearbeiten. Er massierte meinen Rücken und ließ seine Hände die Nerven entlang bis zum Kreuz hinuntergleiten.

Ich war kurz davor, die Fassung zu verlieren. Tat er das jetzt wirklich, oder bildete ich es mir nur ein? Ich wollte ihn auffordern aufzuhören. Der Protest lag schon auf meinen Lippen. Doch diese Berührung kam so unerwartet und war so angenehm, dass mein Widerstand brach. Mein Körper sackte zusammen. Eine Verspannung in meinem Nacken, die mir gar nicht bewusst gewesen war, verschwand, und ich seufzte erleichtert auf.

»Entspann dich«, sagte er mit hypnotisierender Stimme. »Ich werde niemals versuchen, etwas mit dir anzustellen, das du nicht selbst willst.«

Jetzt passierte es noch schneller als beim ersten Mal. Ich stand fest auf dem Boden, und dennoch war mein Bewusstsein auf dem Bett. Die Umgebung um mich herum verschwamm immer mehr. Das Einzige, was noch spürbar war, waren Carls Hände an meinem Kreuz. Meine Perspektive änderte sich, plötzlich sah ich auf eine weiße Wand. Ganz weit oben war ein kleines Fenster. Genauso schnell, wie das Bild aufgetaucht war, verschwand es auch wieder. Ich nahm Carls warmen Atem in meinem Nacken wahr, seine Lippen, wie sie meine Haut berührten, und merkte, wie er mich langsam wieder losließ.

»Was passiert mit dir, wenn ich dich berühre?«

»Nichts Besonderes«, log ich. »Aber mir kam der Gedanke, dass Dani, meine Schwester, in einem weißen Raum gefangen gehalten wird. Ich habe Sinneseindrücke empfangen. Bitte sag mir, dass ich mir das nicht nur einbilde. Ich habe das noch niemandem erzählt.«

Eine Sorgenfalte bildete sich zwischen seinen Augenbrauen.

»Ich glaube keineswegs, dass du dir das einbildest. Aber … in einem weißen Raum? Der müsste leicht zu finden sein. Du könntest die Polizei doch bitten, alle weißen Räume in Schweden zu durchsuchen.«

»Mach dich nicht lustig.«

»Du weigerst dich loszulassen, stimmt's?«

»Ich werde mich auch noch an die letzte Hoffnung klammern, bis ich Dani gefunden habe.«

»Dann musst du dich daran gewöhnen, enttäuscht zu werden. Oder du lässt zu, dass ich dir helfe. Du bist verkrampft, Alex. Berührung oder vor allem auch Glücksgefühle helfen dir beim Entspannen. Danach siehst du klarer.«

»Warum reitest du so darauf herum? Ich könnte dich wegen sexueller Belästigung anzeigen.«

Er verzog den Mund.

»Das möchte ich nicht. Fühlst du dich belästigt?«

»Nein. Und dann würdest du es auch merken, darauf kannst du Gift nehmen. Gehst du mit deinen Assistentinnen immer so um?«

»Ich habe noch nie eine gehabt.«

»Und mit deinen anderen Angestellten?«

»Nein, noch nie. Ich nehme so etwas normalerweise äußerst ernst.«

»Dann verstehe ich nicht, warum du das hier tust.«

»Ich experimentiere unheimlich gern mit Berührung als Entspannungsmethode. Diese Form der Therapie wird leider so außerordentlich häufig missverstanden wie sonst keine andere und in der Praxis auch noch sträflich vernachlässigt«, sagte er und sah mich so forschend an, als wäre ich sein Versuchskaninchen.

Ich musste wieder an Dani denken. Ein halb unterdrücktes Schluchzen entfuhr mir. Mein Kinn zitterte, die Lippen verspannten sich. Im nächsten Augenblick warf ich mich an seine Brust und heulte, hemmungslos und untröstlich, wie ein Kind. Die Tränen kullerten mir die Wangen hinunter, die Nase lief, zwischendrin schnappte ich nach Luft. Carl hielt sein Versprechen, mir nicht die Tränen zu trocknen, er hielt mich ganz fest, sprach kein Wort, ließ mich einfach nur heulen. Ich brachte eine Entschuldigung hervor, doch es schien ihm nichts auszumachen, dass ich sein weißes T-Shirt vollgeschnoddert hatte.

»Niemandem wünscht man diese Hölle, die du gerade durchmachst«, sagte er. »Gibt es denn gar keine Spur, die dich weiterbringen könnte?«

Ich nahm mein Smartphone aus der Tasche und zeigte ihm die Bilder von dem Siegel.

Er riss die Augen auf.

»Diesen Vogel habe ich schon mal gesehen«, sagte er ganz spontan und voller Überzeugung.

»Was? Bist du dir sicher? Und wo?«

»Einer der Typen, die ich in San Francisco manchmal gebucht habe, trägt ein solches Zeichen als Tattoo.«

16

Schon ein paar Minuten später stehen auch die anderen Männer da. Der Hai hat die Beute gefunden. Er unternimmt keinen Versuch, sie aus ihrem Versteck zu holen, bevor die anderen da sind. Sie liegt einfach nur da, am Boden zerstört, und zittert. Sie kann es nicht aufhalten. Sie ist fassungslos, es geschieht jetzt tatsächlich. Ihr Körper befindet sich in einem Schockzustand, führt quasi ein Eigenleben.

Die Männer lachen, als sie sie erblicken. Und der Hass in ihr wird neu gesät, er sprießt und wächst, wird fast größer als die Furcht vor dem, was jetzt für sie kommt.

Mit gierigen Händen zerren sie sie aus dem Wurzelloch hervor. Sie ist dreckig, hat ein blutiges Knie und verdorrtes Gras in den Haaren. Doch dem Hai scheint das nichts auszumachen. Er hebt sie hoch und legt sie sich über die Schulter. Den ganzen Weg zurück zur Kirche hängt sie über seinem Rücken. Ein zweiter Mann hilft ihm, sie die Treppen zur Krypta hinunterzutragen. Da öffnen sie den Knoten in dem Seil, mit dem ihre Hände zusammengebunden waren, und legen sie auf dem flachen Stein ab, sodass sie im Vierfüßlerstand steht. Ihre Arme und Beine schlottern, fast geben sie unter ihr nach. Doch der Führer sieht sie streng an.

»Steh still. Wir haben gewonnen. Du hast verloren. Jetzt bekommst du deine Strafe.«

Der Hai berührt ihr Gesicht. Er hebt ihr Kinn an, sodass sie gezwungen ist, ihm in die Augen zu sehen. Er lächelt nicht. Sein Gesicht wirkt streng und verschlossen. Aus Hilflosigkeit und Angst schreit sie plötzlich auf. Ihm gefällt ihre Furcht, sie macht ihn an. Die anderen ebenso. In einem Halbkreis stehen sie hinter ihm und beobachten jede Handlung, ohne einzugreifen. Er lässt von ihrem Gesicht ab und geht um sie herum, bis er hinter ihr steht.

»Fünf Hiebe, und dann wird sie einen Tag hungern«, sagt der Meister.

Der Hai übernimmt die Strafe. Er schlägt sie auf die Pobacken. Es tut weh. Sie ist kurz davor, zusammenzubrechen. In dem Augenblick begreift sie, dass sie innerlich schon gebrochen ist. Ein Wrack, ein jämmerliches Häuflein Mensch. Denn sie schreit nicht einmal. Sie lässt ihn schlagen und öffnet kein einziges Mal die Lippen, um zu protestieren.

Als er fertig ist, packt er ihren Hintern mit den Händen.

»Pfoten weg!«, ruft der Meister. »Kein Begrapsche.«

Sie ist bezwungen worden. Sie schämt sich. Das Blut rauscht so laut in ihren Ohren, dass die Stimmen der Männer verzerrt klingen. Doch dann sagt der Meister etwas, das ihr durch Mark und Bein geht.

»Es dauert nicht mehr lange, dann können wir die Brüder zur Zeremonie herbeirufen.«

17

Wenn ich an die Zeit zurückdenke, in der ich ununterbrochen nach Dani gesucht habe, kommen mir einige Dinge völlig unlogisch vor. Ich war gar nicht mehr ich selbst. Mein Leben hing an einem seidenen Faden. Zeitweise bin ich ein wandelndes Wrack gewesen. Der Schock, den Danis Verschwinden ausgelöst hatte, hatte mich in einen Zustand der Verzweiflung versetzt, sodass ich ständig zwischen den Extremen pendelte. Mein Leben bestand nur noch aus Widersprüchen. Auf der einen Seite hatte es mir das Herz herausgerissen. Auf der anderen Seite hatte es das Schicksal gewollt, dass ich zwei attraktive Männer kennengelernt hatte, die mich beide auf ihre Art unterstützten. Immer wieder stellte ich mir die Frage: Warum gerade ich? Carl und Jim waren ganz anders als die Männer, mit denen ich mich üblicherweise abgab. Aber ich brauchte ihre Hilfe. Ich hätte alles getan, um Dani zu finden – wie besessen war ich von dem Gedanken, meine Schwester wiederzufinden, so wie ich früher besessen gewesen bin von Sex. Das war jetzt zweitrangig. Nun aber, im Nachhinein, sind mir die Beweggründe der beiden Männer völlig klar. Carl, der mich als brauchbares Versuchskaninchen für seine Experimente betrachtete. Für ihn war ich ein offenes Buch, das war das Problem. Und was er von allein nicht gleich erkannte, das fand er heraus, indem er mir hinterherspionierte. Da war es auch nicht gerade hilfreich, dass ich so auf ihn abfuhr. Und dann war da noch Jim, der sich viel zu viel Mühe gab und alles daransetzte, dass ich mich in ihn verliebte. Eigentlich war Dani den beiden ziemlich egal, heute weiß ich das. Aber hinterher ist man immer schlauer. Ich bereue keine meiner Entscheidungen.

Eigentlich bereue ich überhaupt nichts.

»Wer ist der Mann mit dem Falken-Tattoo?«, fragte ich Carl.

»Ich muss nur noch ein paar Dinge checken«, sagte er.

Wie gewohnt verhielt er sich wie eine Schlange. Ein rascher Angriff, und dann schlängelte er sich lautlos aus dem Raum. Und ich stand da und fragte mich, was da gerade passiert war. Jetzt war es mir peinlich, dass ich in Tränen ausgebrochen war und mich wie ein Kleinkind an ihn geklammert hatte.

Ich knipste schnell das Licht aus, schloss die Tür zum weißen Zimmer und ging ins Büro zurück. Carl saß bereits an seinem Schreibtisch und konzentrierte sich auf seinen Bildschirm.

»Erzähl mir von dem Mann mit dem Tattoo«, verlangte ich mit einer schrillen, aufgebrachten Stimme von ihm.

Er hielt die Hände hoch.

»Okay, okay! Aber setz dich hin«, sagte er und wies auf den Stuhl vor seinem Schreibtisch.

»Wo ist der Mann jetzt?«

»Es ist nicht so einfach, wie du denkst. Ich habe Männer in den USA, die sehr gut darin sind, die Bedürfnisse meiner Klientinnen zu erfüllen. Sie haben eine Vorliebc für kleine Abenteuer, aber sie sind immer zuverlässig und ehrlich. Zu diesem Mann habe ich allerdings keinen Kontakt mehr. Er ist mit meinen Klientinnen zu grob umgegangen.«

»Aber du hast doch seine Kontaktdaten?«

»Ich weiß, wie er heißt. Möglicherweise habe ich auch seine Adresse und Telefonnummer. Das bedeutet aber nicht, dass ich mit ihm sprechen möchte. Glaub mir, mit ihm willst du nichts zu tun haben.«

»Wie ist sein Name?«

Carl seufzte tief, so wie man es tut, wenn man sich über ein Kind ärgert.

»Meine Güte! Weißt du, wie viele Tattoos es auf der Welt gibt? Die Leute lassen sich wirklich jeden Mist stechen. Am naheliegendsten ist doch, dass er dieses Bild irgendwo gesehen hat und es einfach nur cool fand. Dass es reiner Zufall ist.«

»Ich glaube nicht an Zufälle. Ich möchte wissen, wie er heißt.«

Carl zuckte mit den Schultern.

»Er heißt Collin Delphi. Und jetzt beruhige dich wieder. Ich werde versuchen, ihn ausfindig zu machen und ihn nach seinem Tattoo zu fragen, wenn das für dich so wichtig ist. Und bis dahin legen wir diese Angelegenheit ad acta. Du hast sicherlich noch einiges von der Liste, die ich dir geschrieben habe, zu erledigen, oder?«

»Nur ein paar Kleinigkeiten.«

»Gut. Dann kannst du dich wieder an die Arbeit machen. Ich werde in die Stadt fahren und mit einem Freund Mittag essen. Vergiss nicht, alles wieder ordentlich zu hinterlassen und abzuschließen, bevor du gehst.«

»Hab ich das schon mal vergessen? Oder etwas anderes?«

Er blieb die Antwort schuldig, aber ich konnte in seinem Mundwinkel die Andeutung eines Lächelns erkennen. Schnell griff er sich seine Jacke, die am Kleiderständer hing.

»Na dann viel Spaß!«, sagte ich und lächelte zaghaft.

Er fuhr herum und schenkte mir ein wesentlich herzlicheres Lächeln. Zwischen uns lag etwas in der Luft, und ich war mir ganz sicher, dass ich mir das nicht nur einbildete.

Kaum hatte er die Tür hinter sich geschlossen, stürzte ich mich auf den Computer. Auf Facebook, Twitter oder Instagram gab es keinen einzigen Collin Delphi, auch auf anderen Social-Media-Plattformen nicht. Selbst bei Google kam nichts heraus. Da begann ich, mir Homepages von Tattoostudios in San Francisco anzusehen. Ich scrollte ihre Bilder durch und stieß auf ein Foto von einem Raubvogel, der auf einem Zweig vor einer Sonne saß, aber es hatte überhaupt keine Ähnlichkeit mit dem Siegel auf dem Briefpapier. Ich weitete meine Suche auf umliegende Städte aus und war sehr überrascht, wie viele solcher Studios es gab. Die Stadt Oakland zum Beispiel schien eine einzige riesige Tattoofabrik zu sein.

Vielleicht hatte Carl wirklich recht, dass das alles nur Zufall war. Der Brief war einen Monat vor dem Tag gekommen, an dem Dani verschwunden war. Vielleicht war es die Einladung zu einem Fest gewesen. Nicht dass Dani oft feiern ging, aber an der Uni gab es ja ständig Feste, und sie war ausgesprochen beliebt. Dennoch wurde ich den Gedanken nicht los, dass dieser Brief eine heiße Spur war.

Ich tigerte auf und ab. Und dabei fiel mein Blick auf den Schlüssel, der auf Carls Schreibtisch lag. Mir war sofort klar, dass er nur zu seiner Privatwohnung führen konnte. Man musste zwangsläufig an der Rezeption vorbeigehen, um dorthin zu kommen. Da brannte allerdings kein Licht mehr, denn Edna hatte schon Feierabend gemacht. Ganz vorsichtig stieg ich die Treppe hinauf, die ins obere Stockwerk führte. Der Schlüssel passte. Und die Tür sprang auf.

Der Anblick von Carls Wohnung war eine Überraschung. Ich hatte denselben Einrichtungsstil erwartet wie im unteren Stockwerk, doch seine Räume waren nur spartanisch möbliert. Nach einem großzügigen Flur kam ein Raum zum Vorschein, der mehr als hundert Quadratmeter groß sein musste. Das letzte Tageslicht drang durch die riesigen Bleiglasfenster. Auf dem Boden war dunkelbraunes, geöltes Eichenparkett verlegt, die Wände waren weiß und die meisten Möbel anthrazit. Ein bronzefarbener Kachelofen reichte bis zur Decke hinauf. Es gab zwei Sitzgruppen und Stahldrahtstühle, die auffallend kostspielig aussahen. Alles wirkte absichtlich etwas shabby, dabei funktionalistisch mit einem Hauch Eleganz. Das Badezimmer daneben verfügte über eine Badewanne und eine Dusche, es war ein kompakter Kasten aus Granit und Glas. Ich ging vor bis ans Fenster und sah hinaus auf den Garten, der hinter dem Haus lag und unendlich groß erschien. Ganz weit hinten entdeckte ich etwas Seltsames, da war etwas aufgebaut. Eine ziemlich hohe Holzmauer, Seile und Baumstämme, bis weit in den Wald hinein. Carl hatte tatsächlich seine eigene Hindernisbahn!

In der einen Ecke des riesigen Raumes befand sich ein Bett. An der Wand war eine lange Kleiderstange befestigt, an der Kleidungsstücke hingen. Es gab keinen Fernseher, nur eine Musikanlage. Obwohl mir die Wohnung ganz einzigartig schien, konnte ich nichts entdecken, was mir einen Anhaltspunkt gab, dass gerade Carl hier hauste. Die Räume wirkten unpersönlich. Der einzige Beweis dafür, dass die Wohnung überhaupt benutzt wurde, war ein T-Shirt, das mitten auf dem Bett lag.

Ich nahm es in die Hand und sog seinen reinen, frischen Duft ein. Dabei überkam mich das intensive Verlangen, von ihm berührt zu werden.

Was zum Teufel tue ich da?

Mit zitternden Händen legte ich das T-Shirt zurück aufs Bett und machte, dass ich aus der Wohnung kam. Ich sprang die Treppe hinab. Schnell legte ich den Schlüssel zurück auf Carls Schreibtisch, löschte das Licht und schloss das Büro ab.

An der Rezeption fiel mein Blick auf mein Spiegelbild, und ich war entsetzt darüber, wie mitgenommen ich aussah. Mein Blick war manisch und leer zugleich. Meine Haare waren wild zerzaust.

Auf dem Heimweg machte ich einen Abstecher zum Friseur und ließ mir die Haare schneiden – eigentlich so wie immer, doch das Styling machte diesmal mehr her. Ich fand auch ein Nagelstudio, das noch geöffnet war, und ließ mir Acrylnägel modellieren. Als ich zu Hause angekommen war, zog ich zum Schutz eine Plastiktüte über meine Frisur, ließ mir ein heißes Schaumbad ein und lag in der Wanne, bis das Wasser kühl wurde. Ich fuhr mit meinen Händen über meinen Bauch und stellte fest, dass ich abgenommen hatte. Normalerweise waren meine Rippen von einer kleinen Speckschicht bedeckt, jetzt ertastete ich sie direkt unter der Haut. Ich beschloss, regelmäßiger zu essen, mich nicht länger selbst zu malträtieren.

Anschließend machte ich es mir mit Kerzen und Musik in der Wohnung gemütlich. Eine Woge von Wohlbehagen durchflutete mich. Dieser rätselhafte Brief gab mir Hoffnung.

Ich legte mich aufs Sofa und schloss die Augen. Bislang hatten sich alle Fantasien immer darum gedreht, wie ich Dani ausfindig machen könnte. Nun aber hatten sich auch Bilder von Carl dazugemogelt. Etwas, womit er vollkommen recht hatte, war der Hinweis auf meine Gedankenwelt, die konfus war. Meine Unfähigkeit, etwas gezielt anzugehen, ging zulasten meiner Effektivität. Wenn ich Dani finden wollte, musste ich zur Ruhe kommen.

Ich stand auf, um ins Bett zu gehen, und begegnete im Flur noch einmal meinem Spiegelbild. Jetzt sahen meine Augen wieder viel lebendiger aus. Ich war mit meinem Aussehen zufrieden, schließlich wollte ich attraktiv sein, wenn Jim von seiner Geschäftsreise zurückkam. Doch tief in meinem Inneren war mir klar, für wen ich mich tatsächlich hübsch gemacht hatte.

In dieser Nacht erwachte ich von meinem eigenen Schreien. In dem Albtraum hatte mir ein Falke die Augen aushacken wollen. Es dauerte lange, bis ich richtig wach war. Anfangs erkannte ich das Zimmer und die Konturen meiner Möbel kaum wieder. Das Bett war schweißnass. Ich musste aufstehen und das Bettlaken wechseln. Mein Körper fühlte sich heiß an, dampfend. Ich bekam Durst, ging in die Küche, füllte ein Glas mit Leitungswasser voll und trank es in einem Zug. Als ich das zweite Glas Wasser hinunterkippte, musste ich mich an der Arbeitsplatte festhalten, denn mir war schwindelig, und ich fühlte mich fiebrig. Ich musste an die kühlen Hände meiner Mutter denken, wenn sie sie mir auf meine kleine Stirn gelegt hatte, sobald ich fieberte. Sie hatte mir dann immer Eistee gekocht, der nach Eukalyptus geduftet hatte. Ich hasste es, Sehnsucht nach ihr zu haben, aber in diesem Moment wünschte ich, sie wäre da und kümmerte sich um mich. Keiner konnte das so wie sie. Auf einmal fühlte ich mich ganz einsam, auf der Suche nach Liebe.

Es fiel mir schwer, wieder einzuschlafen.

Mich ließ das Gefühl nicht los, dass ich irgendetwas übersehen hatte.

Etwas ganz Offensichtliches.

18

Am Tag nach der Jagd bleibt sie ans Bett gefesselt, bei brennendem Licht. Das ist ein Teil der Strafe dafür, dass sie sich hat fangen lassen. Essen bekommt sie auch nicht. Nur zwei Mal kommt der Untertan und lässt sie auf die Toilette gehen und etwas Wasser trinken. Er erinnert sie an einen Falken, wie er da vollkommen bewegungslos steht, während er seinen Blick durch den Raum wandern lässt.

Die restliche Zeit liegt sie einfach nur da, in einer Finsternis, durch die kein Fünkchen Licht dringt.

Sie versucht sich zu entspannen, doch das Gefühl, lebendig begraben zu sein, wird immer stärker. Sie hat schon seit dem Vorabend nichts mehr zu essen bekommen, leidet unter Hunger und Magenkrämpfen. Sie wiegt sich im Bett vor und zurück. Kann weder zur Ruhe kommen noch einschlafen. Schon bei der kleinsten Bewegung schneiden ihr die Stricke in die Hand- und Fußgelenke. Stumm liegt sie da und starrt in die Dunkelheit, hat keinen Begriff mehr von Zeit und Raum. Alles fließt ineinander. Die Erinnerungen an die Welt da draußen und ihr Dasein in der Hölle. Das geht so weit, dass sie nicht einmal sagen kann, ob sie überhaupt noch am Leben ist.

Da beginnen ihre Hände und Füße zu jucken, und dann breitet sich der Juckreiz über den ganzen Körper aus. Am schlimmsten juckt die kleine Beule auf ihrer Hand, nämlich so stark, dass sie wimmert. Es gelingt ihr, einen Arm anzuheben und den Kopf so zu neigen, dass sie die Hand gegen ihre Stirn reiben kann. Und erst da bemerkt sie etwas Festes unter der Haut. Das ist keine Beule, es fühlt sich an, als ob da ein Plättchen unter der Haut liege. Und mit einem Mal begreift sie es. Jetzt explodiert die aufgestaute Wut in ihr. Die Jagd im Wald. Sie haben von Anfang an gewusst, wo sie sich befand. *Wie ungerecht. Sadistisch.* Und dann überkommt sie die Verzweiflung. Das macht jede Chance auf eine Flucht zunichte. *Zunichte.*

Die Tür springt auf. Wegen des scharfen Lichts blinzelt sie wie eine Eule. Der Meister steht vor ihr. Sie versucht, die Hand zu ihm auszustrecken.

»Bitte, entfernt das. Ich werde nicht weglaufen.« Sie versucht, ganz ruhig zu klingen, doch ihre Stimme versagt. Stattdessen klingt sie beschwichtigend. Das scheint ihm zu gefallen, er lächelt blass.

»Du kannst sowieso nicht fortlaufen«, korrigiert er sie. »Das ist ein Mikrochip. Für alle Fälle. Aber wir können ihn natürlich entfernen, sobald wir sicher sein können, dass du vertrauenswürdig bist.«

»Ihr könnt mir vertrauen«, verspricht sie.

»Hier wird dich noch in tausend Jahren niemand finden. Sie wüssten ja gar nicht, wo sie anfangen sollten zu suchen. Und mittlerweile glaubt sowieso jeder, dass du tot bist. Alle Mitglieder unseres Ordens sind solide Menschen und genießen ein hohes Ansehen in der Gesellschaft, sie sind über jeden Verdacht erhaben. Hast du das verstanden?«

Sie schluckt, nickt. Das ist der erste richtige Dialog mit ihm, und erstaunlicherweise überkommt sie dabei ein Gefühl von Wärme.

Sie möchte ihn fragen, welches Ziel sie mit alledem verfolgen, doch als sie den Mund öffnet, hebt er die Hand.

»Du darfst keine Fragen stellen. Ich erzähle dir alles, wenn die Zeit reif ist. Ich weiß, dass es schlimm für dich war. Aber du hast alle Prüfungen und Tests bestanden.«

»Prüfungen wofür?«

»Bei allen Orden von Bedeutung gibt es eine Prophezeiung. Aber unser Orden ist der mächtigste von allen. Und du bist ein entscheidender Teil davon. Wir haben Mitglieder auf der ganzen Welt. Alle wissen, dass du jetzt da bist. In Kürze wird eine Zeremonie stattfinden. Du kannst dich als etwas Besonderes fühlen, du bist auserwählt.«

Er setzt sich zu ihr aufs Bett und legt seine kalte Hand auf ihren Mund.

»Alles steht und fällt damit, wann es dir gelingt, dich zu unterwerfen und ob du unsere Erwartungen erfüllst.«

Langsam knotet er die Stricke auf und reibt ihre schmerzenden Handgelenke. Doch seine liebevolle Berührung hat etwas Schauderhaftes.

»Ich werde die Tür jetzt offen lassen. Ich muss noch etwas holen. Du bleibst hier liegen und kannst beweisen, dass ich dir vertrauen kann.«

Was für ein Idiot er ist. Als ob sie auf die Idee käme wegzurennen, mit diesem Chip in der Hand. Doch sie spielt mit. Liegt regungslos da, bis er zurück ist.

Jetzt trägt er etwas auf seinem Arm. Erst denkt sie, sie hat sich verguckt. Sie schließt die Augen kurz und öffnet sie wieder. Aber da sitzt immer noch ein riesiger Vogel auf seinem Unterarm. Sie setzt sich auf. Der Vogel betrachtet sie mit scharfen, goldenen Augen. Langsam öffnet er den Schnabel, als wollte er sie kosten. Majestätisch breitet er seine Flügel aus und senkt sie wieder.

Sie unterdrückt den Impuls, vor Schreck zu schreien. Sie hat eine Riesenangst vor aasfressenden Vögeln, sogar Krähen und Elstern sind ihr unheimlich. Ihre scharfen Krallen, aber ganz besonders diese Schnäbel versetzen sie in Panik, seit sie mal einen Horrorfilm gesehen hat, in dem Vogelschwärme Menschen jagten. Man könnte fast sagen, sie leide unter einer Vogelphobie.

»Das ist ein Wanderfalke«, erklärt der Meister. »Der Prinz unter den Vögeln. Er ist der Größte in der Familie der Falken und fliegt am höchsten. Das schnellste Tier der Erde, es kann eine Geschwindigkeit von dreihundertfünfzig Stundenkilometern erreichen, im Sturzflug. Mit anderen Worten: eine lebende Waffe. Ein Supervogel. Und jetzt ist er hier, um dich zu bewachen.«

Etwas Kühles läuft ihr den Rücken hinab. Kalter Schweiß. Es grummelt in ihrem Bauch. Vor ihren Augen tanzen weiße Flecken, aber sie sitzt ruhig da, ganz ruhig.

Der Falke stößt einen krächzenden Schrei aus, schlägt mit den Flügeln, und ehe sie es sich versieht, hat er seine nadelspitzen Krallen in ihre bloße Schulter gebohrt.

Ihr wird schwarz vor Augen, ihr Magen krampft, doch sie zwingt sich, nun einmal das, was sie über das Verhalten bei Panik gelernt hat, auch anzuwenden. Sie lenkt ihre Aufmerksamkeit auf die Angst, es fühlt sich an, als fiele sie in einen tiefen Brunnen, doch ihr ist klar, dass diese Furcht in ihr entsteht. Konzentriert zwingt sie sich, den Vogel nicht anzusehen, sie spürt nur seine scharfen Krallen und den Windzug an ihrer Wange, wenn er sich bewegt. Sie muss das durchstehen, auf keinen Fall darf sie vor dem Meister Schwäche zeigen.

Der Falke flattert erneut, schwingt sich auf und landet wieder auf der Schulter des Meisters. Sie zwingt sich, die Tränen der Erleichterung, die ihr in die Augen schießen, zurückzuhalten.

Sie hat es geschafft.

19

Ein paar Tage nach seiner Rückkehr führte Jim mich aus. Wir saßen in einem wintergartenähnlichen Straßencafé mit Heizstrahlern, farbigen Lämpchen und Livemusik. Vor der Glasscheibe lief ein Fußgänger nach dem anderen vorbei, sodass ich mir wie in einem Aquarium vorkam. Jim sah an diesem Abend in seinem schwarzen Sakko und der blauen Jeans wirklich blendend aus. Mir fiel auf, dass ein paar Mädchen von einem Tisch ein paar Meter entfernt ihm immer wieder flirtende Blicke zuwarfen.

Ich hatte mich aufgedresst. Zum ersten Mal seit Langem fühlte ich mich schön und war richtig gut drauf, gespannt, was die Nacht für mich bereithielt.

»Ich bin ein paar Tage in Stockholm gewesen«, erklärte er. »Unter anderem wollte ich mich dort mit einem Privatdetektiv unterhalten, der uns helfen könnte, Dani zu finden. Ich habe ihm alle Infos gegeben, die wir haben. Das kann schließlich nicht schaden, oder?«

Das fand ich so rührend, dass ich spontan aufsprang und mein Weinglas umriss. Ich beugte mich quer über den Tisch, um ihm einen Kuss zu geben. Während der Keller zu uns eilte, um den Wein aufzuwischen, lief ich um den Tisch und direkt in Jims Arme.

»Du bist wirklich so … großartig. Danke, dass du mich erträgst. Und tut mir leid, dass ich manchmal so abwesend bin.«

»Kein Problem. Allein mit dir zusammen sein zu dürfen, kommt mir wie ein Wunder vor.«

»Das Wunder bist du. Danke, dass du mir so viel hilfst. Aber den Privatdetektiv bezahle ich selbst.«

»Kommt gar nicht infrage. Wenn wir schon bei Wundern sind: Meine Eltern würden das Wunderwerk gerne kennenlernen, das ihren Sohn so liebeskrank gemacht hat. Sie wohnen auf einem Gutshof ein paar Kilometer draußen vor der Stadt. Ich möchte dich ihnen gern vorstellen, wenn das okay für dich ist?«

»Na ja ... ist es nicht ein bisschen früh für so was?«, fragte ich ihn überrascht. »Ich meine, wir gehen zwar miteinander aus, aber *so* ernst ist es doch eigentlich nicht?«

Meine Antwort schien ihn ziemlich zu enttäuschen.

»Ich meine, noch nicht«, schob ich hinterher.

»Ich könnte dich ja als mein Date vorstellen. Ein ganz besonderes Date«, schlug er vor. »Oder einfach als gute Bekannte, gefällt dir das besser?«

Jim hatte diesen ganz besonderen Jungscharme, dem ich nicht widerstehen konnte.

»Okay. Wenn es dir so wichtig ist.«

Als wir mit dem Essen gerade fertig waren, klingelte mein Handy. Auf dem Display las ich Carls Namen. Freitagabends, nach neun?

»Ich habe dir doch gesagt, du sollst es ausschalten«, sagte Jim genervt.

»Tut mir leid, das ist mein Chef, da muss ich rangehen.«

Jim runzelte die Stirn.

»Ich dachte, ich hatte heute um fünf schon Feierabend«, erwiderte ich den späten Anruf, noch bevor Carl ein Wort sagen konnte.

»Wenn du mehr über Collin Delphi erfahren möchtest,

musst du sofort herkommen. Ich habe am Montag keine Zeit. Im Grunde habe ich überhaupt keine Zeit für solche Sachen. Vielleicht sollte ich die Unterlagen einfach in den Schredder stecken und die ganze Angelegenheit vergessen.«

»Nein, ich komme! Bleib da. In einer Viertelstunde bin ich im Büro«, rief ich.

Missbilligend zog Jim die Augenbrauen hoch.

»Was wollte er denn?«

»Ich habe etwas im Büro vergessen. Deshalb muss ich leider noch mal hinfahren. Sorry.«

»Dann will ich dich nicht von der Arbeit abhalten«, sagte er und hielt die Hände hoch.

»Das ist allein meine Schuld«, sagte ich. »Und ein paar Überstunden hier und da sind nun mal ein notwendiges Übel.«

»Wieso notwendig?«, fragte er mich und sah mich eindringlich an.

»Ich werde da ziemlich gut bezahlt«, konterte ich.

»Alex, verschweigst du mir was?«

»Natürlich nicht.«

Allerdings hatte ich Jim nichts von Collin Delphi erzählt, und das würde ich auch nicht tun, solange nichts Konkretes auf dem Tisch lag. Er würde sich doch nur Sorgen machen. Und ich wollte um jeden Preis vermeiden, dass Jim dachte, Carl würde mich herumkommandieren. Dann würde er sofort ausflippen.

»Okay, ist kein Problem, wenn du noch arbeiten musst«, sagte er schließlich und seufzte. »Immerhin sind wir mit dem Essen fertig. Ich fahr dich hin.«

»Du hast doch getrunken.«

»Nur ein Glas. Es gefällt mir nicht, dass Carl Asher dich an einem Freitagabend noch belästigt. Meiner Meinung nach ist er ein Drecksack.«

»Das ist er vielleicht, aber diese Sache habe ich allein verbockt. Ich habe etwas vergessen, was morgen fertig sein muss«, log ich.

Jim fuhr ein bisschen zu schnell, als er mich ins Büro brachte. Er war ungewohnt still und wirkte verstimmt. War er jetzt sauer? Oder sogar eifersüchtig? Schwer zu sagen, ich nahm seine Stimmung nur am Rande wahr. Denn ich war mit meinen Gedanken schon längst bei Collin Delphi.

Es war ein stürmischer Abend Anfang Oktober, der Wind war böig und ungestüm. Als Jim mich vor der Villa absetzte, gab er mir einen flüchtigen Kuss auf die Stirn.

»Lass dich von diesem Sklaventreiber bitte nicht schikanieren«, sagte er und lächelte wie gewohnt charmant.

Dunkel und leer stand die Villa da, wie von finsteren Geheimnissen umhüllt. Nur von den Fenstern aus Carls Büro drang ein Lichtschein. Der Wind fuhr unter meinen Mantel, ich bekam an meinen nackten Beinen eine Gänsehaut. Es war so eisig, dass mir die Luft wie tausend Nadeln ins Gesicht stach. Eigentlich war es sinnlos, den aufziehenden Herbst zu ignorieren, die Zeit für Sommerkleider war längst vorbei. Ich sprang die Treppe zu unseren Büroräumen hinauf.

Als ich ins Büro kam, saß Carl an seinem Schreibtisch und las ein Buch. *Steinreich werden mit Aktien*. Nach einem Monat, den ich nun als Assistentin für ihn arbeitete, gab er mir immer noch Rätsel auf. Hatte er überhaupt ein Privatleben? Erst tat er so, als bemerkte er nicht, dass ich gekommen war. Ich hängte meinen Mantel auf und nahm auf dem Stuhl vor seinem Schreibtisch Platz. Dann sah er kurz auf und verzog den Mund, als er meinen Aufzug sah. Kurzer Rock, Shirt mit weitem Dekolletee und Sandaletten.

»Jetzt habe ich dich bestimmt bei etwas ziemlich Aufregendem gestört«, meinte er.

»Nichts, das nicht warten kann.«

Er nahm einen Ordner von seinem Schreibtisch und hielt ihn mir hin. Gierig blätterte ich die Unterlagen durch. Da stand alles, was ich von Collin Delphi wissen musste. Sogar noch mehr. Eine Adresse war notiert, 2667 Canyon Grove Drive, in der Stadt Palo Alto in Kalifornien, und auch eine Handynummer. Ein paar unscharfe Fotos von einem schlanken Mann, ungefähr Mitte dreißig, attraktiv, aber ein Macho-Typ. Eine Seite weiter stieß ich auf eine Kopie aus einem Strafregister. Er war zwei Mal angezeigt worden, seine Ex-Frau misshandelt zu haben, allerdings war die Anklage aus Mangel an Beweisen fallengelassen worden. Allein bei dieser Information sträubten sich mir die Nackenhaare.

»Danke!«, sagte ich, und dann stockte mir der Atem. »Wie bist du an all diese Unterlagen gekommen?«

»Das werde ich dir nicht verraten, aber du musst mir versprechen, dass du nicht versuchst, zu ihm Kontakt aufzunehmen. Ich kann seine Gewalttätigkeit Frauen gegenüber nur bestätigen. Googel ihn, so viel du willst, im Internet, aber ruf ihn nicht an.«

»Versprochen«, sagte ich und packte die Mappe in meine Handtasche.

»Gern geschehen. Aber ich halte einen Zusammenhang zwischen ihm und diesem Brief ehrlich gesagt eher für unwahrscheinlich.«

»Ich nicht«, sagte ich voller Überzeugung. »Das kann kein Zufall sein.«

Ich wusste nicht, was das Falkensymbol zu bedeuten hatte oder warum ich mich so sehr darauf fixierte. Es musste mit Danis Verschwinden zu tun haben – ich wusste noch nicht, wie, aber ich konnte es deutlich spüren.

»Jetzt bist du mir aber im Gegenzug etwas schuldig«, sagte

er und stand auf. »Lass uns rüber ins weiße Zimmer gehen. Ich möchte sehen, was passiert, wenn du dich aufs Bett legst.«

Ich antwortete nicht. Es kribbelte in meinem Bauch. *Hier geschehen Dinge, die ich nicht mehr unter Kontrolle habe.*

»Also … natürlich bekleidet«, fügte er hinzu.

Ich war stur und blieb sitzen, denn mir wollte Jims Warnung nicht aus dem Kopf gehen. Zugleich hatte sie mich aber noch neugieriger auf Carl gemacht. Und über dieses Bett hatte ich mir bereits den Kopf zerbrochen und darüber, was wohl passieren würde, wenn ich da lag und intensiv an Dani dachte.

Carl sah mich eindringlich an. Dann drehte er sich um, ging zu seinem Bücherregal. Als er sich in die dunkle Ecke verzog, hatten seine Bewegungen etwas Reptilienartiges. Er beugte sich vornüber und zog aus der untersten Reihe ein Buch heraus.

»Hier! Lies das. Betrachte es als Hausaufgabe.«

Das war das Buch, das er geschrieben hatte. *Was Frauen sich wünschen*, von Carl Asher, examinierter Psychologe. Auf dem Cover war er abgebildet, mit weißem Hemd und Krawatte. Er sah jünger aus, auch etwas schmächtiger, und nicht ganz so trotzig.

»Das Buch erklärt die Grundlagen dessen, was wir hier tun«, erläuterte er.

»Aber warum arbeitest du in diesem Bereich, wenn du eigentlich ausgebildeter Psychologe bist?«

»Psychologen hören sich gern reden. Also gibt es viel Gerede, aber wenig Ergebnisse. Und viel verdienen kann man in diesem Job auch nicht.«

Er kam auf mich zu, war nun gefährlich nah.

»Wann ist es erschienen?«

»Vor sieben Jahren.«

Ich rechnete kurz nach. Als er das Buch veröffentlicht hatte, war ich sechzehn und überhaupt nicht interessiert an Sachbüchern über Psychologie. Er war damals achtundzwanzig gewesen, was ich bemerkenswert fand. Ich verstaute das Buch schnell in meiner Handtasche.

»Aha. Und wie hat es sich verkauft?«

»Jedenfalls habe ich genug damit verdient, um dieses Unternehmen gründen zu können«, sagte er und breitete die Arme aus. Mit einer Hand traf er mich dabei am Arm, doch anstatt sie zurückzuziehen, griff er mich am Handgelenk.

»Ende der Fragestunde. Jetzt gehen wir rüber ins weiße Zimmer.«

Er zog mich hoch, wollte jetzt das Kommando übernehmen.

»Das ist doch völlig verrückt«, sagte ich lethargisch.

»Willst du nun versuchen zu verstehen, was deiner Schwester passiert ist, oder nicht?«

»Möglicherweise, aber erst möchte ich von dir wissen, warum du darauf so fixiert bist.«

»Weißt du, dass sich das Leben der meisten Menschen nur in ihrem Kopf abspielt? Sie leben mit so vielen mentalen Blockaden, dass sie ihre reale Umwelt gar nicht wahrnehmen.«

»Ich verstehe aber nicht, was das mit mir zu tun hat.«

»Doch, das verstehst du bestimmt. Komm, jetzt gehen wir rüber!«

Energisch packte er mich an den Schultern und schob mich zur Tür. Ich bremste und fuhr herum, so leicht würde ich mich doch nicht überreden lassen.

»Ich habe über deine Vermittlungsagentur eine eigene Meinung.«

Das schien ihn nur mäßig zu interessieren.

»Dann lass mal hören.«

»Was ist der Sinn der Sache? Ihr organisiert doch eigentlich nur eine Menge One-Night-Stands für privilegierte Kundschaft.«

Jetzt war sein Gesichtsausdruck absolut neutral, doch sein Blick wurde düster.

»Du hast nicht die geringste Ahnung von dem, was wir hier tun. Nur weil die Leute Geld haben, bedeutet das noch lange nicht, dass ihr Privatleben glamourös ist. Du hast doch Cecilia Borgh schon kennengelernt. Ihr Freund war ein bekannter Hockeyspieler. Er wurde eifersüchtig und ist mit einem Hockeyschläger auf sie losgegangen. Und jetzt kommt sie zu uns, um zu erleben, wie ihr jemand mit dem Respekt begegnet, den sie verdient hat.«

»Entschuldige«, erwiderte ich. »Das wusste ich nicht.«

Seine Stimme wurde eine Spur sanfter.

»Natürlich nicht. Wenn ich ganz sicher sein kann, dass ich mich auf dich verlassen kann, werde ich dir die Akten unserer Klienten zu lesen geben. Dann wirst du alles viel besser verstehen.«

Jetzt war die Härte aus seinen Augen verschwunden.

»Ich verspreche dir, dass ich dir am Montag genau erkläre, wie hier alles funktioniert, okay? Lies mein Buch übers Wochenende. Dann beantworte ich danach deine übrigen Fragen. Jetzt wird es langsam spät. Ich möchte nicht, dass du bei dieser Übung müde bist.«

»Ich lege mich auf das Bett, aber wehe, du fängst an, mich zu begrapschen.«

»Das kann ich nicht versprechen. Betrachte es als Massage. Du sollst einfach nur still daliegen und dich entspannen.«

»Ganz geheuer ist mir das nicht.«

»Genuss ist das Heilmittel für dein Problem, nur dass du es weißt, Alex.«

»Das wirst du mir niemals weismachen.«

»Wart einfach ab.«

Er gab den Code ein, öffnete die Tür und ließ mir den Vortritt. Zaghaft bewegte ich mich in Richtung Bett. Er gestikulierte, um mich anzutreiben.

»Leg dich auf den Rücken.«

Diesmal fühlte ich gar nichts, als ich den Raum betrat. Keine Nervosität, auch kein Rauschen in den Ohren. Stattdessen spürte ich, wie die Spannung von meinem Körper abließ. Vielleicht lag es daran, dass mich hier nichts ablenkte, keine Geräusche, nichts, was meinen Blick auf sich zog. Kaum hatte ich den Raum betreten, entspannte sich meine Muskulatur zusehends. Ich versuchte mir einzureden, dass ich nur wegen Dani mitgekommen war. Er hatte von »Massage« und »Entspannungstheorie« gesprochen. Ich ging zum Bett und legte mich darauf. Zog meinen kurzen Rock so weit wie möglich nach unten und schloss die Augen. Carls Schritte kamen näher.

In meinem Brustkorb begann es zu ziehen, als befände sich dort seit Danis Verschwinden eine offene Wunde. Es tat so weh, dass ich nach Luft schnappen musste. Plötzlich tauchten Carls Fingerspitzen auf meiner Stirn auf. Behutsam und beruhigend strich er darüber hinweg. Seine Berührungen nahmen den Druck von meiner Brust. Ich hatte noch den Gedanken, wie so grobe Hände so zärtlich sein konnten. Es tat derart gut, dass kein Protest über meine Lippen kam. Mein Körper wurde taub, aber mein Herz pochte ungewöhnlich schnell.

»Fahr jetzt mal runter«, flüsterte er. »Atme tief und ruhig.«

Dunkelheit überkam mich. Seine streichelnden Berührungen waren wie sanfte Wellen, die mich in den Schlaf wiegten. Über die Stirn, über den Hals und die Schultern, die Arme hinab. Dann trafen seine Fingerspitzen auf meine nackten

Oberschenkel. Er strich nach unten, die Nerven entlang. Suggestiv, aber vorsichtig. Ich fühlte mich schläfrig und leicht erregt. Er setzte seine Berührungen eine ganze Weile fort. Die Zeit verstrich. Seine Hände liefen über meine Brüste, meine Beine. Er wusste genau, wie er mich berühren musste, was mir gefiel. Das überraschte mich allerdings nicht. Es vermittelte mir ein Gefühl von Geborgenheit.

Am Ende wich die Dunkelheit einem leichten Dunst, der sich nach und nach wieder verzog, und nun hatte ich ein weißes Dach vor Augen. Dann aber wechselte die Perspektive, und jetzt sah ich eine weiße Wand. Weit oben erkannte ich ein Fenster, das vergittert war. Meine Aufmerksamkeit heftete sich ganz an dieses Fenster. Das Bild wurde unnatürlich scharf.

Der Adrenalinstoß war so heftig, dass Carl es gespürt haben musste. In meinem Hirn rauschte es stark, denn mit einem Mal begriff ich, dass das Bild gar nicht von einem weißen Raum in einem Haus stammte. Die dicken Wände, das Gitter vor dem winzigen Fenster. Die Schwere, die auf der Decke ruhte. Es war ein Gefühl, als würde Dani in einem unterirdischen Keller gefangen gehalten.

Ich schnellte hoch, und zwar so hastig, dass Carl zusammenzuckte und seine Hände sofort von meinen Beinen nahm. Danach erzählte ich ihm atemlos, was gerade passiert war.

»Und, was habe ich gesagt?«, erwiderte er triumphierend. »Wir machen doch Fortschritte.«

Ich war erleichtert, dass er mir zu glauben schien.

Und dann ließ er mich nach Hause gehen. Einfach so, anstandslos.

20

Fast vergisst sie schon, sich nach all dem zu sehnen, was man ihr genommen hat: frische Luft, Sonnenstrahlen, das Recht, sich auszutoben oder zu lieben. Sogar das eigene Spiegelbild wird ihr verwehrt.

Jetzt könnte sie aufgeben und versuchen, sich an das Leben hier zu gewöhnen. Sich diesen Männern einfach zu unterwerfen. Jeden Morgen, wenn sie aufwacht, könnte sie sich selbst einreden: *Das ist nun mein Leben. Ein anderes werde ich nie besitzen. Also muss ich mich fügen.*

Es gibt eigentlich nicht viel, was ihr von ihrem alten Leben geblieben ist. Ihre Eltern haben sie verlassen. Die Großeltern sind tot. Ihre Freunde vermissen sie vermutlich nicht einmal mehr. Doch tief in ihrem Inneren brennt Alex wie eine Fackel, die niemals erlischt. Ihre Liebe zu Alex wird nie vergehen. Und deshalb darf sie nicht loslassen, sie darf diese Sehnsucht nach dem richtigen Leben niemals aufgeben.

Doch nicht die Sehnsucht ist das Schlimmste, es ist die Sorge, dass es Alex schlecht gehen könnte. In ihrem kleinen Gefängnis, abgeschnitten vom Puls der Welt, bekommt sie so gut wie nichts mit. Doch eine Sache weiß sie ganz sicher: Alex geht es nicht gut.

Der Meister hat ein abgeschlagenes Stück Baum in ihre Zelle mitgebracht und in eine Ecke gestellt, auf dem kettet er den Falken über Nacht an.

»Er soll sich vor der Zeremonie an deinen Geruch und

deine Bewegungsmuster gewöhnen«, erklärt er ihr. Sie hat zwar gelernt, keine Fragen zu stellen, doch wenn sie die Augenbrauen hebt und ihn fragend ansieht, bringt sie ihn manchmal dazu, seine Monologe auszudehnen.

»Ein paar Wochen noch«, fügt er hinzu.

Oft versucht sie, Alex in ihren Gedanken zu erreichen. Eine von uns lebt richtig. Eine von uns atmet frische Luft. Sei nicht traurig, Alex. Ihre Denkweise ist die eines Wissenschaftlers, sie ist Realistin durch und durch, daher weiß sie, dass es nur Einbildung sein kann, wenn sie meint, dass Alex antworte. Umso sonderbarer fühlt es sich an, wenn sie das Gefühl hat, dass Alex neben ihr im Bett liegt. Doch diese Illusion macht das Leben erträglicher. Es gibt sie, damit sie es schafft, am nächsten Tag wieder aufzuwachen, zu atmen, sich zu bewegen, zu essen, zu schlafen und diese Sehnsucht nach der Welt da draußen auszuhalten. Die schönsten Augenblicke sind genau die zwischen Traum und Erwachen. Denn bevor sie aufwacht, kann sie in den Bildern von Alex, wie sie die Erinnerung ihr schenkt, verweilen. Sobald sie jedoch die Augen öffnet, ist diese Wirklichkeit wieder präsent und stülpt sich qualvoll über sie. Albträume hat sie fast keine mehr. Die Wirklichkeit ist jetzt zu ihrem Albtraum geworden.

Nachts bewacht der Falke sie, der in der Ecke hockt. Sie kann das leise Rascheln hören, wenn er sich die Flügel zurechtlegt, das Kratzen seiner Klauen auf dem Pflock, das Rasseln der Kette am Fuß, wenn er sich bewegt.

Der Meister hat seine Gewohnheiten geändert. Er kommt jetzt häufiger herein, um nach ihr zu sehen. Aber er hat sie kaum einmal berührt, er fasst sie nie an, auf ihre Nacktheit scheint er nicht zu reagieren.

Er beginnt, dem Falken beizubringen, auf ihrem Nacken zu sitzen, während sie auf allen vieren steht. Nackt und mit den

Krallen des Falkens tief in ihrer Haut fühlt sie sich so erniedrigt, dass ihr die Tränen kommen. Dem Meister gefällt es, wenn sie leise weint. Sie kann sogar hören, dass er dann schneller atmet. In einer Kiste hat er tote Kleinvögel gesammelt, mit denen er den Falken ab und zu belohnt. Das Tier soll die Flügel ausbreiten, wenn es auf ihr sitzt. Und wenn es das tut, bekommt es einen Star oder eine Taube zu fressen.

Eines Tages sagt der Meister etwas ganz Überraschendes.

»Du fragst dich sicher, wie es deiner Schwester geht?«

Allein bei dem Wort *Schwester* krampft sich ihr Herz zusammen. Kalte Schauer und Funken der Hoffnung rasen durch ihren Körper. Ob Alex etwas passiert ist? Oder werden sie ihr wirklich sagen, wie es Alex geht?

»Zu gegebener Zeit werdet ihr vielleicht wiedervereint«, sagt er. »Aber du darfst keine Fragen stellen.«

Doch diese knappe Mitteilung reicht schon aus, dass sie die Nacht über wach liegt und sich den Kopf zerbricht. Seinen unklaren Kommentar kann sie auf tausend verschiedene Arten deuten. Vereint? Im Tod? Oder im Leben? Oder an diesem gottverlassenen Ort?

Und auf einmal ist es mit ihrem Pragmatismus aus.

Sie ruft im Stillen, sie ruft nach innen. Schreit lautlos. Immer wieder, sie muss Alex warnen.

21

Von Ash & Coal fuhr ich mit einem Taxi nach Hause. Doch anstatt ins Bett zu gehen, suchte ich Informationen über Carls Buch im Internet. Da ich so jung gewesen war, als es erschien, war der Medienrummel damals komplett an mir vorübergegangen. Einige feministische Gruppierungen hatten ihm vorgeworfen, ein arroganter Idiot zu sein, der die Frechheit besaß, zu behaupten, er wisse, was Frauen gefalle. Andere wiederum meinten, er mache sich für die sexuellen Rechte der Frauen stark. Carl war in mehreren Fernsehsendungen zu Gast gewesen, hatte diskutiert, Zeitungsinterviews gegeben, und alles hatte darin gegipfelt, dass sich das Buch über ein Jahr lang auf den Bestsellerlisten hielt und sich erstaunlich gut verkaufte.

Es gab sogar ein paar Clips auf Youtube. Carl war ein begnadeter Redner und ein fesselnder Interviewpartner. Wenn er auf eine Frage nicht antworten wollte, lächelte er und bezog sich stattdessen auf etwas ganz anderes. Zudem schien er belesen und benutzte die medizinische Terminologie ganz unbefangen und mit einer gewissen Lässigkeit.

Doch warum hatte er eine Datingagentur gegründet, wenn er doch als Schriftsteller so großen Erfolg gehabt hatte?

Ich beschloss, das ganze Wochenende diesem Buch zu widmen, und schickte Jim eine SMS, in der ich vorgab, erkältet zu sein und mich ein paar Tage ausruhen zu müssen. Was ja nicht falsch war. Ich war müde und fror auch, aber das lag wahrscheinlich einfach daran, dass ich im Oktober noch in Sommerkleidern unterwegs gewesen war.

Eine Sache schob ich im Hinterkopf pausenlos hin und her. Ich hatte jetzt die Telefonnummer von Collin Delphi. Ich könnte ihn also anrufen und fragen, was er von dem Falken wusste. Das Schlimmste, was passieren konnte, war, dass er mich anschnauzte. Er befand sich ja auf der anderen Seite des Atlantiks. Carl musste es nicht erfahren. Ich griff zum Handy und tippte Delphis Nummer ein. Ich redete mir ein, ich müsste ja feststellen, ob die Nummer noch aktuell war. Es klingelte mehrmals, doch kein Anrufbeantworter sprang an. Dann wählte ich erneut. Eine heisere Frauenstimme meldete sich.

»What's up?«

Ich drückte das Gespräch weg. Was tat ich da eigentlich? Ich starrte das Handy eine Zeit lang an, doch niemand rief zurück.

Am folgenden Tag erwachte ich von der Sonne, die durch die Ritzen der Jalousie fiel und mich im Gesicht kitzelte. Ich beschloss, nach dem Frühstück nach Lomma zu fahren, das Sommerhaus zu putzen und es winterfest zu machen.

Ein wunderschöner Herbsttag. Die Luft war kühl, die Baumkronen leuchteten rot, orange und gelb. Der Himmel strahlte kornblumenblau. Es war windstill. Lund glitzerte so golden und klar, wie es nur das Herbstlicht zustande brachte. Der Anblick war wunderschön. Ich vergaß fast, an Dani zu denken.

Aber das Sommerhaus sah einsam und verlassen aus. Der Rasen war von Laub und vergorenen Äpfeln übersät. Ich beschloss, alles einfach liegen zu lassen. Irgendwann würde es verrottet sein und den Garten wieder zum Blühen bringen, wenn der Frühling kam.

Ich ging ins Haus, putzte die Küche und räumte das Schlafzimmer ordentlich auf. Als ich zurück ins Wohnzimmer kam, hielt ich inne, warum auch immer. Während ich da stand, beschlich mich ein befremdliches Gefühl. Die Stille war bedrückend. Über meinem Kopf huschte ein Schatten vorbei. Ich duckte mich und schrie auf, bemerkte dann jedoch recht schnell, dass da kein Mensch war. Irgendetwas war draußen vorbeigeflogen. Ich ging zum Fenster und blickte hinaus. Das Laub in der Esche zitterte, als ob soeben etwas hineingerauscht wäre. Ich öffnete das Fenster. Draußen war alles ruhig. Im Laub bewegte sich nichts mehr. Trotzdem war ich mir ganz sicher, dass da etwas gewesen sein musste. Mit einem Mal konnte ich das Haus nicht schnell genug verlassen. Ich flitzte durch die Zimmer und ließ alle Jalousien herunter.

Als ich durch die Haustür trat, wäre ich beinahe auf etwas Schwarzes getreten, das auf der obersten Treppenstufe lag. Mir entfuhr ein leiser Schrei. Es war eine tote Krähe, deren Kopf ganz unnatürlich vom Körper abstand. Mit zittrigen Knien machte ich einen großen Schritt über den Vogel und lief auf die Rasenfläche. Hinter mir erklang ein leises Rascheln, wie von Schritten. Ich fuhr herum. Doch niemand war da, vielleicht war es der Wind gewesen. Ich lief zur Hollywoodschaukel und setzte mich hinein. In meinem Kopf spielte sich eine leise Konversation mit mir selbst ab. *Du reagierst befremdlich. Du bist richtig überdreht. Dass Krähen sterben, ist nichts Besonderes.* Doch dann: *Nein! Damit wollte mich jemand erschrecken.* Ich war so in Gedanken versunken, dass es eine Weile dauerte, bis ich bemerkte, dass im Gebüsch auf der anderen Seite des Grundstücks eine Gestalt aufgetaucht war. Es war die Silhouette eines Menschen, der regungslos dastand und mich beobachtete. Doch mit einer einzigen schnellen

Bewegung war die Figur wieder hinter den Bäumen verschwunden. Ich bekam kaum noch Luft. Mein Herz schlug bis zum Hals. Durch die unnatürliche Stille nahm ich wieder dieses Rauschen in meinen Ohren wahr. Ich fischte das Handy aus der Jackentasche und rief Jim an. Erst erreichte ich nur die Mobilbox, doch als ich es ein zweites Mal probierte, nahm er ab.

»Jemand hat mir eine tote Krähe auf die Treppe vor unserem Sommerhaus gelegt«, sagte ich.

»Bist du dort? Ich dachte, du seist krank?«

»Ich bin immer noch schlapp, aber ich musste das Haus jetzt winterfest machen. Könntest du so nett sein und herkommen? Und die Krähe wegbringen? Ich trau mich nicht, sie anzufassen. Sie kann hier ja nicht liegen bleiben und verwesen.«

»Ich kümmere mich drum. Vielleicht ist sie gegen ein Fenster geflogen?«

»Keine Ahnung. Aber dann hätte ich es doch gehört. Jim, da stand jemand auf dem Grundstück und hat mich beobachtet, ich bin mir ganz sicher.«

»Ist die Person noch da?«

»Nein, jetzt ist sie weg.«

»Also nun mache ich mir doch langsam Sorgen. Spring ins Auto und fahr sofort nach Hause. Ich bin nicht in der Nähe, aber ich kann am Abend an deinem Sommerhaus nach dem Rechten sehen.«

»Glaubst du, dass mir jemand Angst einjagen will?«

»Möglicherweise. Ich werde mir den Vogel mal ansehen. Und ich finde, du solltest vorsichtig sein. Soll ich lieber zu dir in die Wohnung kommen?«

»Nein, alles gut. Ich muss mich jetzt für den Rest des Wochenendes ausruhen. Ich bin ehrlich gesagt völlig fertig.«

»Okay. Aber schließ deine Wohnungstür ab. Ich rufe dich an, wenn ich dort war. Und du …«

»Ja?«

»Du fehlst mir. Sehr sogar.«

»Du mir auch«, sagte ich, und das war nicht einmal gelogen.

Mit einem Mal hatte ich vor allem Angst. Vor der Dunkelheit hinter dem Garten, dem gespenstischen Rauschen des Windes in den Bäumen und den Schatten, die aus dem Unterholz wuchsen. Bisher war ich nicht auf die Idee gekommen, dass es jemand auch auf *mich* abgesehen haben könnte. Meine ganze Aufmerksamkeit hatte immer Dani gegolten. Schließlich war sie doch das Opfer gewesen. Doch als ich begann, mir zu überlegen, wie groß das Risiko war, dass sie auch mich kidnappten, bekam ich erstaunlicherweise gar keine Angst. Nichts konnte schlimmer sein als eine Zukunft ohne Dani. Ich würde alles aufgeben, um wieder mit ihr zusammen sein zu können.

Auf dem Heimweg kam ich an einem Thai-Restaurant vorbei und nahm etwas zu essen mit. Während ich dann später zu Hause am Tisch saß und aß, begann ich, in Carls Buch zu lesen. Zeitweilig war es durch seine sachliche Sprache etwas zäh, dennoch konnte ich es nicht aus der Hand legen. Es handelte von dem Unvermögen der Männer, Frauen zu befriedigen, und es war in kurze Kapitel unterteilt, deren Inhalt gut verständlich war. Es enthielt sehr viele Beispiele aus der Praxis und auch statistische Angaben. Carl behauptete, Hunderte von anonymen Interviews geführt zu haben, die die Grundlage seiner Schlussfolgerungen bildeten. Summa summarum ging es bei seiner Theorie darum, dass es viele Männer gar nicht interessierte, was Frauen erregte – und dass viele Frauen deshalb ihren Orgasmus nur vortäuschten.

Als ich das Buch fertig gelesen hatte, hätte ich gern sofort mit Carl über den Inhalt diskutiert. Ich wollte ihn besser verstehen. Warum war das so wichtig für ihn? Ich rief meine Freundin Evie an.

»Keine Sorge!«, sagte ich, kaum dass sie sich gemeldet hatte. »Ich will dich nicht bitten, noch mehr Pornoseiten zu hacken, aber du könntest mir in einer anderen Sache behilflich sein. Garantiert ungefährlich.«

»Kommt drauf an, worum es geht.«

»Bitte googel doch mal meinen neuen Chef, Carl Asher. Ich kann im Internet überhaupt nichts über seine Kindheit finden. Es hat den Anschein, als ob es ihn gar nicht gab, bevor er mit Anfang zwanzig an der Uni in Lund aufgetaucht ist.«

»Wie bitte? Carl Asher ist dein neuer Chef? Dann komme ich dich sofort mal im Büro besuchen!«, erwiderte sie und lachte.

»Warum kennt ihn eigentlich jeder, nur ich nicht?«

»Wenn man – so wie ich – als Hai in den sozialen Netzwerken unterwegs ist, stechen einem diese attraktiven Singles automatisch ins Auge. Und dann läuft doch die Gerüchteküche heiß, was sich da hinter den Kulissen von Ash & Coal abspielt. Natürlich helf ich dir.«

»Ach, das ist nur Gerede«, erwiderte ich, doch Evie schnaubte misstrauisch.

Später am Abend meldete sich Jim.

»Ich habe die Krähe weggeräumt. Du hattest übrigens recht – jemand hat ihr das Genick gebrochen. Waren das vielleicht ein paar Jugendliche, die dir einen Schreck einjagen wollten?«

»Aber in dieser Gegend stehen doch fast keine dauerhaft bewohnten Häuser. Da gibt es nur Sommerhäuser.«

»Verstehe. Die Tür hast du abgeschlossen?«

Ich bestätigte, dass ich darauf geachtet hatte, und wir verabredeten uns für Montagabend.

Eigentlich hätte ich merken müssen, dass Carl etwas mit mir vorhatte, als ich am Montag ins Büro kam. Er war richtig aufgekratzt, als er da an seinem Schreibtisch saß, frisch rasiert und nach Seife duftend. Er strahlte mich an, als hätte er auf mich gewartet. Er war bester Stimmung und auf Hochtouren. Aber ich war so fixiert darauf, mich mit ihm über das Buch zu unterhalten, dass ich gar nicht darauf reagierte.

»Ich habe dein Buch gelesen«, sagte ich aufgeregt. »Dass du behauptest, dass durchschnittlich sechs Minuten vom Vorspiel bis zur Penetration vergehen und fünf Minuten von der Penetration bis zum Orgasmus, ist völliger Schwachsinn.«

»Ach ja? Warum denn?«

»Die meisten Frauen können so schnell gar keinen Orgasmus bekommen, haben sie dir das in den Interviews nicht verraten?«

»Ich habe nie geschrieben, dass die Frauen überhaupt einen Höhepunkt hatten. Diese Angaben stammten nur von den Männern.«

Bevor ich darauf antworten konnte, wechselte er das Thema so elegant, dass ich es kaum bemerkte.

»Wir können später darüber diskutieren, aber jetzt fällt mir gerade ein, dass wir ein weiteres Arbeitszimmer haben, das du noch gar nicht kennst. Komm, ich zeige es dir.«

Er stand auf und ging zur Tür. Ich folgte ihm, ganz impulsiv, weil er so überschwänglich war. Er ließ mir den Vortritt und öffnete mir die Tür. Als wir in den Flur hinaustraten, legte er mir seine Hand ganz leicht ins Kreuz. Ich verspürte ein angenehmes Kribbeln. Jetzt fragte ich mich, ob diese

Schmetterlinge im Bauch möglicherweise gar nicht von der Nervosität herrührten, sondern von gegenseitiger Anziehung.

Und tatsächlich gab es da am Ende des Flurs ein Zimmer, das ich noch nicht gesehen hatte. Es war klein und nur mit einem Computertisch und mehreren Bildschirmen an der Wand ausgestattet.

»Wir haben einige Überwachungskameras im Haus installiert«, erklärte er mir.

Die Art, wie er das sagte, machte mich sofort hellhörig. Er zog mir einen Stuhl vom Tisch, setzte sich und tippte etwas in die Tastatur. Auf einem Bildschirm erschien ein Bild. Ich erkannte seine spartanische Wohnung aus der Vogelperspektive sofort. Und dann sank mir das Herz in die Hose. Ich sah, wie ich selbst dort auftauchte. Er spulte vor und stoppte die Aufnahme an der Stelle, wo ich sein T-Shirt unter meine Nase hielt.

»Hast du dazu irgendwas zu sagen?«

»Ich war allein im Büro und hatte das Gefühl, ich höre da oben Geräusche.«

»Und die kamen aus meinem Shirt?«

»Es roch etwas verschwitzt. Ich merke so was gleich.«

Die Worte kamen stakkatoartig aus meinem Mund.

Ich sah ihm in Augen. Je länger ich das tat, desto größer war die Wahrscheinlichkeit, dass ich ihn von meiner Unschuld würde überzeugen können. Doch dieses amüsierte Flackern in seinen Augen war erloschen. Sein Mund war jetzt angespannt. Er sprang auf, und reflexartig tat ich das auch.

»Jetzt hör mir mal gut zu, Alex«, sagte er. »Wenn ich dich jetzt rausschmeiße, dann wirst du demnächst nur noch Burger wenden.«

Mein Mund wurde trocken. Ein Bild flimmerte vor meinem inneren Auge, ich stehe vor dem Hamburgergrill, Schweiß tropft mir von der Stirn, und dabei habe ich diese lächerliche Cap auf dem Kopf.

»An solchen Jobs gibt es nichts auszusetzen, solche Leute braucht man auch«, murmelte ich, doch er schien nicht zuzuhören. Stattdessen blinzelte er und sah aus, als versuchte er meine Gedanken zu lesen. Ich stand vor ihm wie ein Kind, das zurechtgewiesen wurde. Meine Unehrlichkeit fiel immer wieder auf mich selbst zurück. Der letzte Rest meines Selbstwertgefühls war nun auch verschwunden.

»Entschuldige bitte. Was soll ich tun?«, fragte ich und erschauerte bei dieser etwas lächerlichen Frage. Sein kühler Blick setzte mir richtig zu. Ich schlug die Augen nieder, wusste nicht, wohin mit meinen Händen. Mein Magen zog sich zusammen.

»Mensch, Alex! Was du machst, das machst du richtig, so könnte man es sagen«, meinte er. »Schnüffelst schon nach ein paar Wochen in meiner Privatwohnung herum. Du könntest immerhin erst mal zugeben, dass du dich zu mir hingezogen fühlst.«

Ich wollte sofort entgegnen, dass das nicht stimmte, dass es nur *Neugier* gewesen sei, aber sein Gesicht war so unzugänglich, dass ich nicht mehr weiterwusste.

Da geschah etwas Unerwartetes. Es zuckte in seinen Mundwinkeln, und dann begann er zu lachen. Zunächst war es eher ein Glucksen, das immer lauter wurde, und schließlich stand er vor mir und bog sich vor Lachen.

»Du bist richtig komisch, weißt du das?«, brachte er schließlich heraus.

Da wusste ich nicht, ob ich jetzt beleidigt sein sollte oder erleichtert.

Den Rest des Tages verbrachte ich damit, meine Arbeit voller

Energie zu erledigen. Stück für Stück hakte ich Carls To-do-Listen ab, ich wollte mich unentbehrlich machen.

Meine heimliche Schnüffelei sprach er nicht mehr an.

Am Abend hatte ich keine Lust, immer noch so zu tun, als wäre ich erkältet, also rief ich Jim an und sagte, dass es mir inzwischen besser ginge, allerdings würde ich früh schlafen gehen. Dann vertrieb ich mir die Zeit mit Putzen. Carls Ordnungswahn hatte abgefärbt, ich ertrug die Unordnung zu Hause nicht mehr. Ich wischte die Küche, saugte Staub und brachte die ganze Wohnung auf Vordermann.

Bevor ich ins Bett ging, checkte ich noch einmal meine Nachrichten auf Facebook. Ich las weitere nichtssagende Kommentare zu meiner Frage über das Symbol mit dem Falken und der Sonne. Doch dann bemerkte ich, dass ich auch eine neue Nachricht erhalten hatte. Sie stammte von einem Mann namens Stan Goodban, der im Großraum San Francisco wohnte. Auf dem Profilbild war ein alter, grauhaariger Mann zu sehen. Mein Puls ging schlagartig hoch, als ich las, was er schrieb.

Ein Freund von mir hat Ihren Post über das Symbol mit dem Falken geteilt. Es hat seinen Ursprung in Haight-Ashbury und stammt aus den Sechzigerjahren. Mehr kann ich dazu nicht sagen.

Ich antwortete ihm sofort.

Können wir kurz telefonieren?

Stan Goodban saß offenbar gerade in diesem Augenblick an seinem Computer, denn er antwortete sofort.

Leider nein. Wenn Sie mehr darüber wissen wollen, müssen Sie herkommen.

Dann fiel mir etwas ein.

Wie wäre es mit Skype?

Jetzt ließ seine Antwort ein wenig auf sich warten.

Nur im persönlichen Gespräch. Es ist nicht ganz ungefährlich.

Ich wohne in Schweden!, teilte ich ihm mit. *Meine Schwester ist spurlos verschwunden, und dieses Siegel ist der einzige Anhaltspunkt, den wir haben. Bitte, sprechen Sie mit mir.*

Tut mir sehr leid. Es geht nicht. Ich kann mich nur mit Ihnen unterhalten, wenn Sie herkommen.

Mir kam der Gedanke, dass er vielleicht bloß notgeil war und mich zu sich locken wollte, doch irgendwie passte das nicht zusammen. Ich hatte bislang immer auf mein Bauchgefühl vertrauen können, und das sagte mir, dass Stan Goodban eine ganz heiße Spur war.

22

Eine richtige Bagatelle setzt alles Weitere in Gang. Vielleicht ist das normal, wenn man sich an einem Ort befindet, an dem die Zeit stillsteht. Kleinigkeiten befeuern große Ereignisse, so wie feuchte Luftmassen zur Bildung von Orkanen beitragen.

Auf der Toilette liegen Binden für die Tage ihrer Regelblutung. Dicke, große Binden, die man nicht hinunterspülen kann. Der Untertan leert immer den Mülleimer auf der Toilette, und an diesem Tag brummt er zufrieden, als er mit der Mülltüte in der Hand ankommt. Er ist ein verschrobener, unfreundlicher Typ, der oft vor sich hingrummelt. Bevor er durch die Tür verschwindet, dreht er sich zu ihr um.

»Bleib da. Der Meister will dich sehen«, sagt er.

Als ob sie irgendwohin gehen könnte.

Das Geräusch des Schlüssels, wenn er im Schloss umgedreht wird, verursacht ihr noch immer ein flaues Gefühl im Magen.

Sie legt sich aufs Bett, nimmt die Embryohaltung ein. Die dicken Wände kommen jetzt nicht mehr auf sie zu, auch das Gefühl, dass die Decke jederzeit herabstürzen könnte, stellt sich nicht mehr ein. Inzwischen fühlt sie sich von dem Fenster fast gestört. Es ist das Licht, das unaufhörlich hindurchdringt und einen Hauch Hoffnung verbreitet. Sie kann Ewigkeiten lang einfach nur daliegen und auf das Fenster starren. Ob man trotz allem durch das Fenster ins Freie gelangen könnte, wenn man etwas Scharfes hätte, um das Gitter damit durchzufeilen?

Ihre Gedanken werden unterbrochen, als sie den Schlüssel im Schloss hört.

Die Gestalt des Meisters erscheint, aber er ist nicht allein. Mehrere Männer treten in den Raum und stellen sich in einen Halbkreis hinter ihn. Sie tragen lange weiße Kutten, wie Priester. Ihre Gesichter wirken maskenhaft.

»Dies ist eine Verkündung«, leiert der Meister.

Sie setzt sich auf. Ein ungutes Gefühl beschleicht sie.

Die ganze Szenerie ist so absurd, dass sie es nicht fertigbringt, die Männer anzusehen. Sie hat gelesen, dass man sich auf Gerüche konzentrieren muss, wenn man seine Aufmerksamkeit ablenken will. Jetzt zwingt sie sich, den Rauchgeruch, den sie in den Raum getragen haben, einzusaugen.

»Du bist die Auserwählte. Deine Zeit ist gekommen. In vierzehn Tagen beginnt das Wunderwerk, das die Prophezeiung vollenden wird.«

Vierzehn Tage?

Ihre Unruhe nimmt zu.

»Unterwirfst du dich uns und deinem Schicksal, das dich hierhergeführt hat?«

Warum vierzehn Tage?

Verschiedene Gedankenfetzen schießen ihr durch den Kopf. Der Untertan. Der Mülleimer. Die Binden. Als sie es schließlich begreift, bricht sie in Panik aus. Sie spürt, wie sich ein Schrei in ihrer Kehle formt, doch sie kann sich beherrschen und ihn unterdrücken. Der Raum dreht sich um sie. Sie ruft sich alles ins Gedächtnis, was man tun kann, um zu verhindern, dass man in Ohnmacht fällt:

Leg dich hin.

Bewege Beine und Füße.

Hebe die Beine hoch über den Körper.

Atme tief ein und aus.

Atme!

Und doch fällt die Dunkelheit wieder wie ein dicker schwarzer Stoff auf sie herab.

23

Ich habe alles gelesen, was ich im Internet über Haight-Ashbury finden konnte. Eine Verbindung zu einem Falken konnte ich zwar nicht entdecken, aber eine interessante Lektüre war es trotzdem. Haight-Ashbury war ein Stadtteil von San Francisco und nach der Kreuzung der Haight Street mit der Ashbury Street benannt worden. In den Sechzigerjahren war dort die Hippie-Bewegung entstanden. Der Stadtteil wurde zum Symbol für eine alternative, idealisierende Lebensweise. Musik, Kunst und jede Menge Drogen. Psychedelic Rock. Anarchistische Gruppierungen. Instinktiv habe ich die Worte »Sekte« verknüpft mit »Haight-Ashbury« gegoogelt, bekam aber viel zu viele Treffer. Besonders viel fand ich über Charles Manson und seine Mördersekte, die ihre Wurzeln in der Hippiekultur der Sechzigerjahre hatte.

Doch dieser Zeitsprung hat mich irritiert. Wie konnte etwas, das so viele Jahre zurücklag, mit Danis heutigem Verschwinden zusammenhängen? Dieser Stan Goodban war sich so sicher gewesen. Ich musste mir etwas einfallen lassen, wie ich ihn dazu bewegen konnte, mir doch noch zu erzählen, was er wusste.

Als ich am nächsten Tag zur Arbeit kam, blieb ich draußen kurz stehen und atmete auf dem Rasen vor der Villa die frische Luft ganz tief ein. Beißend kalte Winde hatten alle Feuchtigkeit aus der Luft vertrieben. Es war so klar, dass man die Spitze der Domkirche unten in der Stadt sehen konnte.

Ein Lichtblick war in mir entfacht, ein Hoffnungsschimmer. Dass von Dani sonst jede Spur fehlte, war entsetzlich frustrierend. Doch jetzt hatte ich immerhin einen Hinweis gefunden, dem ich nachgehen konnte.

»Du bist fünf Minuten zu spät!«, schimpfte Edna, als ich auf die Empfangstheke zulief. »Carl möchte, dass du eine Telefonkonferenz mit San Francisco vorbereitest.«

»Entschuldigung. Ist bei dir alles in Ordnung?«

»Warum fragst du?« Sie klang argwöhnisch.

»Du hast wieder diesen Vorgesetzten-Tonfall.«

Ich ging zu ihr hin und legte meine Hand auf ihre, noch bevor sie reagieren konnte.

»War nur Spaß. Sorry, morgen werde ich pünktlich sein.«

Ich bereitete den Konferenzraum vor, fuhr die Computer hoch und öffnete Skype. Dann rief ich unter dem Vorwand, ich wolle ausprobieren, wie gut der Empfang war, Brett Cole an. Eigentlich flirtete ich gern mit ihm. Ich wollte nichts von ihm, aber er war so unwiderstehlich charmant. Er war Mitte dreißig, Afroamerikaner und immer so herrlich spontan. Carl hatte mich schon einige Male gebeten, mit ihm zu skypen. Ich habe ihn vom ersten Tag an gemocht. Er hat ein sympathisches Gesicht, eine warmherzige und offene Ausstrahlung.

»Hallo, Alex! Hey, was hast du mit deinen Haaren gemacht? Du siehst ja umwerfend aus!«, wurde ich von ihm begrüßt.

»Ich bin nur beim Friseur gewesen und hab sie ein bisschen gestylt.«

»Wann kommst du denn endlich mal her und besuchst mich in San Francisco? Bist du schon mal hier gewesen?«

»Nein, noch nie.«

»Dann musst du Carl dazu überreden, dass er dich herschickt. Da könntest du die Arbeit mit Sightseeing verbinden und außerdem ein paar tolle Restaurants und Klubs kennenlernen.«

Mit seinem letzten Satz setzte er mir dann noch einen Floh ins Ohr, und während der Besprechung wurde ich mir immer sicherer. Außer Brett und mir waren Carl und Patrick dabei. Bei der Telefonkonferenz ging es um verschiedene Klienten, und im Gespräch wurden konsequent nur die Decknamen benutzt. *Ist alles vorbereitet, kann Evelyn kommen? Wie ist es denn mit Esther gelaufen? Habt ihr schon ein Gebot für das Haus in Yosemite abgegeben?* Dann war eine Jahresversammlung Thema, die stattfinden sollte, wenn auch die Weihnachtsfeier geplant war.

Schließlich beendete Carl das Gespräch, das sehr konstruktiv gewesen war, und bedankte sich bei allen.

»Dank deiner entzückenden Assistentin«, erwiderte Brett und zwinkerte, schließlich wusste er, dass ich irgendwo im Hintergrund sitzen musste.

Carl sah mich scharf an, als wir ins Büro zurückgingen, aber er hielt den Mund.

Ich ließ ihn erst mal eine Weile in Ruhe arbeiten und versuchte, besonders fleißig zu wirken, wie ich da am PC saß. Später wollte ich ihn mit meiner Bitte überfallen. Er saß da und las die Tageszeitung, vermutlich den Wirtschaftsteil. Als er die Zeitung zur Seite legte, sprang ich schnell auf.

»Bitte, lieber Carl, gib mir einen Job in San Francisco!«

Erstaunt zog er die Augenbrauen hoch.

»Was ist denn mit dir los? Bist du high?«

»Nein, natürlich nicht. Ich möchte nur endlich richtig verstehen, wie ihr arbeitet.«

»Was willst du wissen?«

»Wie das alles in der Praxis funktioniert. Was auf diesen Reisen passiert.«

»Das sind geschmackvoll durchkomponierte Urlaube, jeweils an die Vorstellungen unserer Klientinnen angepasst. Das habe ich dir doch schon alles erklärt.«

»Du drückst dich aber immer so vage aus. Was hat das rein praktisch zu bedeuten? Gibt es auch flotte Dreier? Oder Vierer? Mit Männern und Frauen?«

»Alles, was die Klientin mag. Wir kümmern uns vor Ort auch um die Logistik, in Kalifornien besitzen wir einige Immobilien. Aber Sadomaso gibt es bei Ash & Coal nicht.«

»Darf ich fragen, warum?«

»Mir missfällt extreme Dominanz oder Gewalt im Zusammenhang mit sexuellen Beziehungen. Ich mag so was nicht einmal, wenn es freiwillig ist. Das hat einen Grund, den ich dir aber nicht verraten werde.«

»Das klingt nach Diskriminierung. Es gibt doch einige Leute, die darauf stehen.«

»Die müssen sich eben wen anders suchen. Wir nehmen Klientinnen nicht an, die nur Kicks brauchen und mit perversem Sex ihre Grenzen austesten wollen.«

»Aber wo verläuft die Grenze?«, fragte ich und seufzte ungeduldig. »Ich möchte den Klienten doch erklären können, wie das genau abläuft.«

»Um diesen Bereich kümmere allein ich mich. Alles, was du wissen solltest, ist, dass Ash & Coal eine geniale Geschäftsidee verfolgt und Frauen hilft, sich ihre Träume zu erfüllen.«

»Gewissen Frauen«, korrigiere ich ihn.

»Ich habe schon vor, das zu ändern, aber davon erzähle ich dir später mehr.«

Er klappte seinen Laptop zu, ein deutliches Zeichen, dass unsere Unterredung beendet war. Aber ich hatte nicht vor, klein beizugeben.

»Wer sind denn die Männer in Kalifornien?«, fragte ich ihn.

Da wandte er seinen Blick sofort ab und blickte zum Fernseher, der ohne Ton lief. Eine Art Nachrichtenmagazin. Schließlich wurde ich ärgerlich.

»Du hörst mir ja nicht einmal zu!«

»Jetzt reicht es mit diesen Fragen«, entgegnete er scharf. »Denkst du, ich habe nicht gemerkt, wie Brett mit dir geflirtet hat? Aber du wirst keinen Job in Kalifornien bekommen.«

Ich konnte nicht an mich halten und brach in Lachen aus.

»Denkst du, das ist der Grund für meinen Wunsch, dorthin zu fliegen? Ich habe an Brett als Mann überhaupt kein Interesse. Das hast du völlig falsch verstanden. Komisch, du sagst doch immer, du kennst mich.«

»Ich weiß, wie du bist.«

»Und wie bin ich?«

»Distanziert, einsam, verzweifelt«, sagte er und betonte jedes einzelne Wort.

Diese Beleidigung machte mich sprachlos, vermutlich weil seine Beschreibung der Wahrheit ziemlich nahekam. Ganz sicher war ich einsam und verzweifelt. Distanziert vielleicht nicht direkt, obwohl ich auch kein Mensch war, der zu anderen schnell eine emotionale Beziehung aufbauen konnte. Meine Eltern hatten mich gelehrt, wie wenig verlässlich so etwas war. Und ich hatte wirklich nicht vor, mich noch einmal von jemandem derart täuschen zu lassen.

Ich hielt an mich und reagierte nicht auf Carls Verunglimpfung. Stattdessen wechselte ich das Thema und erzählte von Stan Goodban und Haight-Ashbury. Ich hatte eigentlich erwartet, dass er alles bagatellisieren würde, stattdessen schien er ganz irritiert. Der leicht zynische Gesichtsausdruck löste sich, und einen Augenblick lang wirkte er fast verunsichert.

»Das ist ja unglaublich«, sagte er und starrte vor sich hin, dann trommelte er mit den Fingerkuppen auf dem Schreibtisch herum.

»Wie meinst du das?«, fragte ich ungeduldig nach.

»Ich habe von Haight-Ashbury vor Jahren schon mal etwas gehört. Das war in Lund, an der Uni. Aber vielleicht ist das auch reiner Zufall.«

Genau in diesem Moment kam eine Frau mit auffälligem Make-up und schwarz gemalten Augenbrauen, die fast wie angeklebt aussahen, hereingestürmt.

»Carl! Ich muss unbedingt mit dir über meine letzte Reise reden!«

Sie war in absoluter Hochstimmung, dann sah sie mich.

»Unter vier Augen, wenn möglich …«

»Das hat Vorrang«, sagte Carl und lächelte mich entschuldigend an.

Ich ging zur Rezeption hinüber und setzte mich auf einen Besucherstuhl. Edna war aschfahl im Gesicht.

»Ich habe natürlich versucht, sie aufzuhalten«, sagte sie, doch ich nahm ihre Worte kaum wahr. Ein Gedanke nach dem anderen wirbelte mir durch den Kopf. Carl hatte das Zeichen erkannt, und jetzt fiel ihm sogar eine weitläufige Verbindung zu Haight-Ashbury ein. Konnte es wirklich sein, dass es in dem Zusammenhang *zwei* Zufälle gab?

Die Frau mit den schwarz geschminkten Augen kam etwas später mit einem Lächeln auf den Lippen wieder heraus. Ich ging in das Zimmer zurück, schaltete den Fernseher aus und setzte mich vor Carl auf den Stuhl. Es gefiel ihm nicht, wenn man so etwas, ohne zu fragen, einfach tat, aber jetzt brauchte ich seine volle Aufmerksamkeit.

»Erzähl mir von Haight-Ashbury.«

»So ein Scheiß-Tag, ich komme zu gar nichts«, schimpfte

vor sich hin. »Das hat wahrscheinlich überhaupt nichts zu bedeuten, aber ein paar Jungs haben von diesem Ort geredet – damals, als ich an der Uni war. Sie hatten da so eine Art elitären Machoklub. Ich hatte zwar keinen Kontakt mit ihnen, dafür aber ein anderer Typ, den ich kannte. Allerdings hat er das auch nach einem Jahr beendet. Er hat gemeint, wenn man richtig reich werden wollte, dann bräuchte man nur eine neue Religion ins Leben zu rufen. Und das hat er getan.«

»Wie hieß er?«

»Lucas Ulvman.«

Von ihm hatte ich schon gehört. In der Regenbogenpresse wurde häufig über ihn geschrieben – das war der Sektenführer, der eine Lehre vertrat, die eine Mischung aus Hinduismus und Nacktyoga war. Die Vereinigung hatte ihren Hauptsitz in Göteborg und ein zweites Zentrum tief in den småländischen Wäldern. Lucas Ulvman war so ein typischer superschöner, charismatischer Visionär, auf den einige total abfuhren. Manche Kritiker hatten ihn im Internet zynisch den »Wolf« genannt, wegen seines Appetits auf sogenanntes Lammfleisch. Es ging das Gerücht um, dass er nur Jugendliche datete.

»Was? Und der ist dein Kumpel?«, fragte ich.

»*War* er. Aber das war lange, bevor er so ein Spinner wurde. Wir gingen zusammen in die Klubs und nahmen Mädchen mit nach Hause«, erklärte er und lächelte etwas verlegen.

»Oh bitte, ruf ihn an und frag ihn nach dem Siegel!«

»Das ist nicht so einfach. Das Letzte, was ich über ihn gehört habe, war, dass er sich auf einem Berggipfel befindet, um neue Inspiration zu sammeln.«

»Kannst du zu den anderen Mitgliedern dieses Klubs Kontakt aufnehmen?«

»Ich weiß gar nicht mehr, wer dabei gewesen ist.«

»Aber was haben die denn über Haight-Ashbury gesagt?«

»Wie soll ich das denn noch wissen?«, fragte er und zuckte mit den Schultern. »Ich habe das doch nur ganz am Rande mitbekommen. Diese Typen sind mir nur ein paar Mal begegnet.«

»Aber du wirst dich doch daran erinnern, wie die ausgesehen haben?«

»Kaum. Können wir dieses Gespräch jetzt bitte beenden? Das bringt uns doch sowieso nicht weiter.«

»Doch, ganz sicher! Das ist sogar unser einziger Anhaltspunkt. Begreifst du denn nicht, wie alles zusammenhängt? Collin Delphi mit der Tätowierung wohnt in Kalifornien, Stan Goodban auch, Haight-Ashbury ist ein Teil von San Francisco. Wir müssen diese Typen unbedingt auftreiben.«

Ich weiß nicht, was in diesem Moment mit Carl passierte. Vielleicht wurde ihm klar, dass daran wirklich etwas faul sein musste, oder er hatte meine Drängelei einfach satt. Aber vermutlich erkannte er die Gelegenheit, jetzt etwas von mir zurückzubekommen. Er seufzte resigniert und ließ sich wieder auf seinen Stuhl sinken.

»Okay, ich schreibe Lucas eine Mail und frage ihn nach diesem Siegel, dann werden wir ja sehen, was er antwortet. Aber ich finde, wir sollten im weißen Zimmer noch mal einen Versuch starten. Vielleicht schaffen wir es, noch etwas tiefer zu gehen. Bist du dabei?«

Er sah mir in die Augen. Ich hoffte, dass er mir nicht ansah, dass mein Puls zu rasen begann. Als ich die Augen niederschlug, fiel mein Blick auf seine Hände, die auf dem Schreibtisch ruhten. Ich spürte eine angenehme Erregung, eine rein körperliche Reaktion.

Er ist dein Chef. Wenn du mit ihm schläfst, ruinierst du auch noch den letzten Rest deines Lebens.

»Und wenn ich es mir so recht überlege, dann brauchen wir

tatsächlich jemanden, der in die USA fliegt und sich das Haus ansieht, das Brett in Yosemite kaufen möchte«, fügte er hinzu und lächelte.

Mir kam eine Fernsehsendung in den Sinn, in der eine schwarze Mamba gezeigt wurde, deren Biss innerhalb von zwanzig Minuten zum Tode führt, wenn man kein Gegengift bekommt. Das Büro fühlte sich mehr und mehr wie ein Terrarium an. Seine Worte *noch tiefer zu gehen* hatten bei mir Großalarm ausgelöst. Was er da vorschlug, war mit Sicherheit keine unschuldige Massage unter Freunden.

»Das ist emotionale Erpressung«, sagte ich.

»Ganz und gar nicht. Nur ein Chef, der alles gibt, um einer Angestellten zu helfen. Haben wir einen Deal?«

Meine Augen verrieten mich. Oder ich nickte unbewusst.

»Abgemacht«, sagte er kurz. »Und jetzt kannst du wieder an die Arbeit gehen.«

Das Handy klingelte um ein Uhr nachts. Das Display leuchtete auf und zeigte Evies Namen. Ich rieb mir den Schlaf aus den Augen und ging ran.

»Es war megaschwer, etwas über Carl Asher zu finden, aber jetzt hab ich was bei dir gut«, sagte sie.

»Hast du etwas Interessantes finden können?«, fragte ich sie aufgeregt.

»Jepp. Warum interessierst du dich eigentlich so für ihn?«

»Hat keinen besonderen Grund«, sagte ich, schloss die Augen und dachte: *wenn du wüsstest.*

»Auf der anderen Seite, wer ist *nicht* neugierig auf Carl Asher?«, sagte sie. »Was ich rausgekriegt habe, gehört allerdings in die Schmuddelecke. Klick mal den Link in der Nachricht an, die ich dir gerade geschickte habe. Ich glaube, der Typ in dem Artikel ist Carl. Ein Bild ist auch dabei.«

»Einen Moment«, sagte ich und öffnete den Artikel in ihrer SMS.

Der Zeitungsbericht war über zwanzig Jahre alt. Ich überflog den Text und betrachtete das Foto. Dann schreckte ich zusammen.

»Danke, Evie!«, sagte ich schließlich. »Ja, das ist er.«

Und bevor wir auflegten, musste sie mir mehrfach versprechen, keiner Menschenseele etwas davon zu erzählen.

24

Als sie wieder zu sich kommt, begreift sie, dass nun alles aus ist. Jetzt kommt nichts mehr, das zu ertragen wäre. Die mächtige Decke stürzt sich auf sie. Die Wände bersten und schrumpfen zusammen. Es fühlt sich an, als würde kein Blut mehr durch ihr Hirn fließen. Ein Aneurysma? Hinter den Augen spürt sie ihren Puls. Über ihr schweben unscharf die Gesichter der Männer. Deren Schweiß- und Rauchgeruch dringt ihr in die Nase.

Das wollen sie also von ihr. Am liebsten würde sie sich selbst auslöschen, so wie man die Schrift von einem Whiteboard wischt.

Ein Kind?

Kann man alles vergessen? Seinen Namen? Seine Familie? In einem Rutsch alle Erinnerungen löschen?

Der Meister beugt sich über sie und legt ihr eine Hand auf die Stirn. Ihr Herz schlägt quälend schnell. Sie bekommt kaum Luft. Sie haben jedes Quäntchen Sauerstoff herausgesogen. Sie möchte ihn wegschubsen, den Meister, hält seine Berührung nicht aus. Es ist, als hätte man ihr die obere Hautschicht weggeätzt.

Ein Kind?

Verzweifelt sucht sie nach Methoden, wie sie sich das Leben nehmen könnte. Doch von dem Tisch und dem Stuhl abgesehen ist der Raum leer. Sie fragt sich, ob man sich umbringen kann, indem man den Schädel gegen die Steinwände schlägt. Oder wenn sie den Kopf in die Toilette hält und dann die Spülung betätigt, ist es dann möglich zu ertrinken? Bevor die Überwachungskamera Alarm schlägt? Aber da erklingt in ihrem Kopf Alex' Stimme, aufgebracht und schrill: *Hör auf, Dani! Bist du jetzt völlig verrückt geworden?*

Der Meister gibt ihr eine leichte Ohrfeige, damit sie ihn ansieht.

»Von dreieinhalb Milliarden Frauen auf der ganzen Welt bist du die Auserwählte. Du solltest stolz sein und dich unterwerfen.«

Er dreht sich zum Untertan um.

»Es ist wichtig, dass sie sich nicht aufregt. Hast du ein Beruhigungsmittel?«

Der Untertan nickt, holt etwas aus der Tasche und überreicht es dem Meister.

»Die Dunkelheit ist deine Gebieterin. Ich bin dein Gott«, sagt er feierlich. »Ab sofort dürfen nur noch wir uns um dich kümmern.«

Er legt zwei kleine Pillen in seine Handfläche und schiebt sie ihr in den Mund. Dann zwingt er sie, die Tabletten mit Wasser hinunterzuspülen.

Das Licht wird ausgelöscht. Die Männer stellen sich im Dunkeln in einem Kreis um sie herum. Der Meister hat den Falken von seiner Fußfessel befreit und trägt ihn auf der Schulter.

Sie spürt die Wirkung der Tabletten sofort. Ein warmer Strom durchfließt ihren Körper. Das Wohlbehagen löst wellenartig alle Verspannungen in ihren Nerven. Der Druck auf der Brust lässt nach. Alle Geräusche rücken in weite Ferne.

Doch die Worte, die die Männer flüstern, nimmt sie trotzdem wahr.

Hast du alle zum Konvent einberufen?
Ja, Meister. Alle werden kommen.
Dann ist es an der Zeit, die Brüder zu unterrichten.

25

Ich habe den Zeitungsartikel noch einmal gelesen. Glücklicherweise saß ich auf dem Bett, denn mit einem Mal hatte ich das Gefühl, ein Vakuum entstehe in meinem Kopf, Blutleere. In dem Bericht ging es um das Verschwinden eines zwölfjährigen Jungen mit dem Namen Karl-Johan Ask. Er hatte mit seinen Eltern und einer jüngeren Schwester auf einem Bauernhof in Schonen gelebt. Es war bekannt, dass Karl-Johans Vater seine Ehefrau misshandelte. Mehrere Nachbarn bestätigten den Verdacht und zeigten ihn an.

Eines Morgens im Monat Mai brachte sich die Mutter um. Sie legte sich in die Badewanne und warf einen Haarföhn ins Wasser. Karl-Johan fand sie, als er von der Schule nach Hause kam. Was dann geschah, ließ sich nicht exakt rekonstruieren, doch es schien, als wäre der Sohn mit einem Feuerhaken auf den Vater losgegangen und hätte ihn fast getötet. Dann war Karl-Johan weggerannt und wurde den ganzen Sommer und Herbst über nicht mehr gesehen. Nach umfangreichen Suchaktionen hatte die Polizei schließlich aufgegeben, doch im Dezember wurde Karl-Johan von einem Jäger gefunden. Der Junge hatte mitten im Wald ein riesiges Loch gebuddelt, das er mit Zweigen und Laub getarnt hatte, und dort hatte er seither gehaust. Der Jäger gab an, dass der Junge halb verwildert gewesen sei. Doch trotz seiner Erfrierungen, Schnitt- und Schürfwunden hatte er auf wundersame Weise überlebt, und zwar ohne größere körperliche Schäden. Der Artikel endete mit der Information, dass sich nun das Jugendamt mit dem Fall befasse.

Evie hatte ein Foto dazugelegt, das nicht zu dem Artikel gehörte. Es sah aus, als hätte sie in alten Schulfotos gegraben. Ich betrachtete das Bild des Jungen und hielt die Luft an. Das war ohne jeden Zweifel Carl, ich erkannte seine Augen und das kupferfarbene Haar sofort.

Langsam und ganz tief holte ich Luft und vergaß fast, wieder auszuatmen. Als ich mir vorstellte, wie er mutterseelenallein und frierend in einem Loch tief im Wald saß, bekam ich einen Kloß im Hals. Dann fiel mir ein, was er über Gewalt in sexuellen Beziehungen gesagt hatte, und konnte seine Beweggründe mit einem Mal viel besser verstehen. Dass er seinen Vater beinahe umgebracht hatte, jagte mir keine Angst ein. Ich fühlte mich ihm dadurch sogar noch näher. Wenn jemand die maßlose Wut darüber, dass Eltern einen im Stich lassen, verstehen konnte, dann war ich es. Verlassen. Verraten.

Ich traf meine Entscheidung auf der Stelle. Niemandem würde ich jemals davon erzählen.

Mir kam zu keinem Zeitpunkt in den Sinn, dass Carl gefährlich sein könnte. Dass ich sein Geheimnis jetzt kannte, fand ich fast ein bisschen aufregend. Es gab mir ein Gefühl von Zusammengehörigkeit, ich freute mich darauf, ins Büro zu gehen und wieder in seiner Nähe zu sein.

Meinen nächsten Arbeitstag verbrachte ich in einem Zustand, der eine Mischung aus leichtem Schwindel und sexueller Erregung war. Carl teilte mir gleich zu Beginn mit, dass er den ganzen Tag beschäftigt sein würde, schlug aber vor, dass wir die »Therapie« am darauffolgenden Tag fortsetzen sollten. Wenn er keine Besprechungen hatte, stromerte er durchs Büro. Es war schwer, sich auf die Arbeit zu konzentrieren. Ich unternahm einen Versuch, die Homepage von Ash & Coal zu aktualisieren und das neue Logo hochzuladen, doch wählte ich unglücklicherweise die größte Datei mit maximaler Auflösung aus und brachte die Seite damit fast zum Absturz.

Carl kam vorbei und warf einen Blick auf meinen Bildschirm, was völlig überflüssig war. Manchmal streifte er im Vorbeigehen meinen Arm. Ich tat es ihm nach, stand auf, um ein Papier aus dem Drucker zu holen, und berührte dabei auch seinen Arm absichtlich, wenn ich ihm das Blatt auf den Schreibtisch legte. Einmal unterbrach er seine Arbeit und begann, mir die Schultern zu massieren.

»Du bist viel zu verspannt, Alex. Im Nacken hast du einen richtigen Knoten, gleich neben der Wirbelsäule.«

Zeitweise wirkten unsere Anspielungen so lächerlich, dass ich fast laut gelacht hätte. Unser Verhalten war unpassend. Das Ganze würde sicher ein peinliches, böses Ende nehmen. Und dann wäre ich wieder arbeitslos und ganz allein auf der Welt. Aber ich mochte den Körperkontakt zu Carl. Monatelang hatte sich mein Kopf wie ein Bienenstock angefühlt. Wenn er mich berührte, kehrte endlich Ruhe ein. Und nachdem ich den Artikel über seine schlimme Kindheit gelesen hatte, fühlte ich mich ihm nur noch näher.

Einmal versuchte ich, ihn über Cecilia Borgh auszufragen.

»Cecilia Borgh hat sich mehrfach nach dir erkundigt«, sagte ich. »Sie schien Interesse an dir persönlich zu haben.«

Ihn schien das nicht zu berühren.

»Meine liebe Alex. Meine Beziehungen zu Frauen sind völlig unkompliziert«, sagte er. »Wenn eine auftaucht, die mich in ihren Bann zieht, und dieses Gefühl gegenseitig ist, dann konzentriere ich mich ganz auf sie. Und ich kann dir versichern, dass diese Frau zurzeit nicht Cecilia Borgh ist.«

Und sein Blick, mit dem er mir dabei in die Augen sah, sagte alles.

Ich spürte, wie mir das Blut in die Wangen schoss, und schlug die Augen nieder.

Mir war völlig klar, wohin das führen würde – und ich *wollte* es.

Die Atmosphäre im Büro war aufgeheizt, auch Edna musste das gespürt haben, als sie ein paar Unterlagen brachte. Sie zuckte zusammen, als sie sah, wie Carl hinter mir stand und auf meinen Bildschirm blickte.

»Oh! Störe ich?«, fragte sie.

»Warum fragst du?«, sagte Carl. »Wir schauen uns gerade deine Buchhaltung aus dem letzten Monat an. Leider haben wir darin ein paar Fehler entdeckt.«

Edna verzog das Gesicht, als wäre ihr etwas im Hals stecken geblieben.

»Ich mache nur Spaß«, sagte er rasch, als er sah, mit welch entsetztem Gesichtsausdruck sie dastand. »Das ist alles ausgezeichnet, genauso wie immer. Hast du super gemacht. Nimm dir den Rest des Tages frei.«

»Und du auch«, sagte er zu mir. »Morgen haben wir einen langen Tag vor uns.«

Kaum hatte ich die Wohnungstür geöffnet, da spürte ich, dass etwas nicht stimmte. Die Stille, die über den Zimmern lag, hatte etwas Unheilverkündendes. Zelda kam angelaufen, stupste mich an den Beinen und maunzte wie gewohnt, doch sie erstarrte, als ich sie zu streicheln begann. Und sie schnurrte nicht.

Ich ging in die Küche. Irgendetwas war anders, aber ich wusste nicht gleich, was es war. Eine Küchenschublade stand offen, was auch mir hätte passieren können, allerdings war sie dafür viel zu weit herausgezogen. Es roch auch sonderbar. Meine Nase weitete sich, doch ich konnte diesen Geruch nicht zuordnen. Badezusatz? Brandgeruch? Doch dann fiel mir ein, wie es im Schlafzimmer meiner Eltern immer gerochen hatte. Dazu hatte diese Note von Weihrauch gehört. Der Geruch in meiner Wohnung hatte Ähnlichkeit damit.

Ich blieb stehen und kümmerte mich zuerst um Zelda, füllte Katzenfutter und Wasser nach. Sie zögerte, bevor sie zu ihrem Fressnapf gelaufen kam, und wich erneut zurück, als ich sie streicheln wollte.

»Was ist mit dir, Zelda?«

Noch war mir nicht in den Sinn gekommen, dass jemand in unsere Wohnung eindringen könnte. Für das Schloss am Tor benötigte man einen Code, und an der Haustür hatten wir ein Sicherheitsschloss. Doch dann spürte ich einen Windzug. Es war richtig kalt in der Küche. Hatte ich vielleicht die Heizung zugedreht? Nervös quasselte ich auf Zelda ein. Ich begann zu bibbern und traute mich auch nicht gleich ins Wohnzimmer. Schließlich zwang ich mich, hinüberzugehen und das Licht anzuschalten. Es war ein letzter warmer Tag gewesen, die Sonne hatte sich wieder blicken lassen, doch jetzt, nachdem sich die Dunkelheit über die Stadt gelegt hatte, war es draußen bitterkalt. Im Wohnzimmer schlug mir die Kälte wie eine Eismauer entgegen. Das Fenster stand weit offen. Ein paar Blumentöpfe, die auf dem Fensterbrett gestanden hatten, waren zu Boden gefallen, und auf dem Teppich lag Erde. Ich wusste sofort, dass irgendetwas Schlimmes passiert sein musste. Es dauerte einen Augenblick, bis ich bemerkte, dass die Türen meiner Vitrine geöffnet waren. Und dann roch ich wieder diesen eigenartigen Duft, hier noch stärker als in der Küche. Moschusöl? Weihrauch? Ich ging zum Sofa und hielt die Nase an eins der Dekokissen. Der

Geruch war jetzt so intensiv, dass sich die Erkenntnis wie ein Schlag auf den Hinterkopf anfühlte.

Meine innere Stimme sagte mir fortwährend, endlich 112 anzurufen, doch ich war unfähig, die Arme zu bewegen und das Smartphone aus der Jackentasche nehmen.

Die Tür zum Schlafzimmer, die ich grundsätzlich geschlossen hielt, stand offen. Mein Puls hämmerte an den Schläfen und am Hals. Mir schossen Tränen in die Augen. Hier war der Duft am stärksten, vom Bettüberwurf her stank es regelrecht. Die Tür meines Kleiderschranks stand sperrangelweit auf. Die Schubladen der Kommode, in der meine Unterwäsche lag, waren herausgezogen. Und auch hier stand das Fenster offen. Der Vorhang, der im Wind flatterte, löste Panik in mir aus. Ich schwankte und wankte zum Bett, um mich zu setzen. Nichts war kaputt. Kein Gegenstand umgeworfen. Nur überall dieser starke Geruch und diese offenen Fenster und Türen. Ich staunte, wie klar ich trotz der Panik noch denken konnte. Warum ließ jemand die Fenster offen, wenn er einen Duft verbreiten wollte? War jemand durchs Fenster in die Wohnung eingestiegen? Wenn man eine Leiter nahm, konnte das möglich sein. Vielleicht hatte ich ein Fenster gekippt gelassen?

Jetzt fuhr ich in meine Jackentasche und holte das Handy heraus. Mein Gehirn schrie förmlich, ich solle endlich die Polizei rufen, doch stattdessen versuchte ich, Jim zu erreichen. Das lag irgendwie näher. Fühlte sich vertrauter an. Meine Finger tippten so ungeschickt, dass ich zuerst eine Nummer wählte, die Jenny Person gehörte, einer Frau, zu der ich seit Jahren keinen Kontakt mehr hatte.

Als Jim abnahm, war ich stumm wie ein Fisch. Aus meinem Mund drang nur eine Art Räuspern.

»Alex? Was ist los?«, fragte Jim ganz erschrocken.

»Jemand war in meiner Wohnung«, brachte ich schließlich hervor. »Ein Einbruch, vermutlich sind sie durchs Fenster gekommen. Doch sie scheinen gar nichts geklaut zu haben, die ganze Wohnung ist nur von einem ekligen Geruch nach Weihrauch verpestet.«

»Was sagst du da?«

»Das klingt verrückt, oder? Komm her, wenn du mir nicht glaubst. Ach bitte, hilf mir und komm!«

»Bin schon unterwegs. In einer Viertelstunde kann ich bei dir sein. Fass nichts an, bis ich da bin, verstanden?«

»Soll ich die Polizei rufen?«

»Vermutlich wäre das gut. Wenn du dir sicher bist, dass wirklich ein Fremder in deiner Wohnung war?«

»Glaubst du mir etwa nicht? Komm her und sag mir, was du riechst. Hier stinkt es, als hätte jemand seinen ganzen Weihrauchvorrat abgefackelt!«

»Doch, natürlich glaube ich dir. Ja, ruf die Polizei. Ich versuche, bei dir zu sein, bevor sie eintrifft.«

Und Jim war tatsächlich vor der Polizei da. Er verzog das Gesicht, als er den Geruch wahrnahm, und schien so aufgebracht, dass er, als der Polizeibeamte ankam, auf ihn zustürzte und ihn anfauchte. Doch der Polizist ignorierte ihn einfach und hielt mir stattdessen zur Begrüßung die Hand hin.

Er machte einen Rundgang und inspizierte jedes Zimmer. Dabei stellte er fest, dass es abgesehen von den geöffneten Fenstern keinerlei Hinweise auf einen Einbruch gab. Wir kamen zu dem Schluss, dass keine Wertgegenstände fehlten. Dann stellte der Beamte eine Menge Fragen, die ich nur wirr beantworten konnte. Jim hielt mich dabei fest im Arm. Alles war so absurd, dass mir entsetzlich schwindelig wurde. Wie war es bloß dazu gekommen? Dani und ich waren ganz normale junge Frauen gewesen. Dani vor allem. Innerhalb von

Monaten hatte sich unser Leben in einen Horrorfilm verwandelt.

»Alex hat einen Schock«, sagte Jim. »Ich werde heute Nacht bei ihr bleiben, und morgen melden wir uns noch mal bei Ihnen.«

Der Polizist versprach, dass er jemanden von der Spurensicherung vorbeischicken und eventuelle Fingerabdrücke mit dem Polizeiregister abgleichen werde, doch ich bemerkte seinen skeptischen Blick, als er sich von uns verabschiedete.

»Übernachte doch heute bei mir«, sagte Jim. »Hier solltest du auf keinen Fall allein sein.«

Dieser Gedanke war allerdings wenig verlockend. All diese mysteriösen Dinge mussten mit Dani zu tun haben. Ich wollte lieber bleiben, für den Fall, dass diejenigen, die das getan hatten, zurückkämen. Und Jims Wohnung gefiel mir nicht besonders. Die gesamte Einrichtung war dort so kostbar, dass ich permanent Angst hatte, aus Versehen etwas kaputt zu machen. Außerdem roch es in der Wohnung wie in einer Bäckerei. Jim war Hobbybäcker und stellte sein eigenes Sauerteigbrot her, was so weit ging, dass er jeden Brotlaib, den er in den Ofen schob, als Kunstwerk betrachtete. Das fand ich zwar sympathisch, es hatte etwas Sanftes und zugleich Männliches – doch den Duft mochte ich nicht. Er erinnerte mich an meine Mutter, wenn sie Körnerbrot buk, das ekelhaft schmeckte. Dani und ich hatten oft am Küchentisch gesessen und mit ihr geplaudert, während sie buk. Die Erinnerung an diese Stunden war allerdings bittersüß, daher verdrängte ich sie lieber.

Hinter der eher coolen Fassade hatte Jim etwas Zerbrechliches, etwas, das mich davon abhielt, mich in ihn zu verlieben. Ich war schließlich selbst wie eine klaffende Wunde. Seine Empfindlichkeit war mir manchmal unangenehm.

»Schlaf doch lieber hier«, schlug ich daher vor.

»In diesem Gestank?«

»Wir lüften ordentlich. Und ich werfe die Bettwäsche in die Waschmaschine.«

Ich sah ihn mit Dackelblick an.

»Die Idee finde ich nicht gut, Alex. Komm lieber mit zu mir nach Hause, ich glaube, du wirst dich an einem anderen Ort viel besser erholen.«

»Ich möchte aber hierbleiben!« Mit einem Mal wurde ich wütend. »Ich habe das Gefühl, allen ist Dani völlig egal, dir auch.«

Jim blickte mich so verzweifelt an, als hätte ich ihm gerade eine Ohrfeige gegeben.

»Wie kannst du so was sagen? Ich mache mir viele Gedanken. Komm in meine Arme. Du stehst ja unter Schock.«

Er sah mir in die Augen, wollte feststellen, wie groß meine Angst war.

»Wir können doch hierbleiben, bitte«, schob ich hinterher.

Und nun willigte Jim ein. Der warmherzige Jim, der mir immerzu helfen wollte. Es wäre so einfach gewesen, ihm von Stan Goodban und Haight-Ashbury zu erzählen, damit er hätte verstehen können, warum ich so reagierte. Und außerdem befürchtete ich, er würde mich von einer Reise nach Kalifornien abhalten wollen.

»Könnte das alles etwas mit deinen Eltern zu tun haben?«, fragte er zaghaft. »Hattest du nicht mal erwähnt, dass sie sich so einer Sekte in Indien, die alle Hasch rauchen, angeschlossen haben?«

»Möglicherweise«, sagte ich und überlegte einen Moment. Ich hatte schon manchmal mit dem Gedanken gespielt, dass meine Eltern Dani gekidnappt haben könnten. Doch logisch war es eigentlich nicht. Warum dann nur Dani?

Tattoos, mysteriöse Briefe, Weihrauch und Männerbünde – all das begann sich in meinem Kopf zu drehen.

Jim sah mich betroffen an.

»Ich glaube, ich habe die Antwort, aber fragen muss ich dich trotzdem«, sagte er. »Du hattest doch kürzlich diesen Blackout? War das jetzt so ähnlich wie vor ein paar Monaten?«

»Glaubst du etwa, ich hätte das *selbst* gemacht?«

»Natürlich nicht, wie blöd von mir, dich zu fragen. Ich bin nur so verzweifelt, wenn ich mir vorstelle, dass du in Gefahr sein könntest.«

»Das ist das Werk irgendeines *Verrückten*. Ich bin aber nicht verrückt.«

»Das weiß ich doch«, sagte er und nahm mein Gesicht in seine Hände. »Tut mir leid. Nur eines noch …«

»Was denn?«

»Kannst du dich daran erinnern, ob du irgendein Fenster offen gelassen hast?«

»Nein.«

»Hast du keins offen gelassen?«

»Ich kann mich nicht erinnern.«

»Okay«, sagte er und überlegte kurz.

»Hatte deine Schwester ihren Wohnungsschlüssel bei sich, als sie verschwand? Es könnte ja vielleicht sein, dass sich der Täter oder jemand anders damit Zutritt zu deiner Wohnung verschafft hat.«

»Nein, er lag in ihrer Handtasche im Sommerhaus. Ich habe ihn als Reserveschlüssel benutzt.«

»Dann war bestimmt noch ein Fenster offen. Entweder musst du zu mir umziehen, oder wir müssen uns überlegen, wie wir dich schützen können. Derjenige, der das getan hat, ist ja völlig gestört.«

»Ja, ganz offensichtlich. Aber ich mag nicht von hier fort«, sagte ich stur.

»Meinst du, es täte dir gut, für ein paar Wochen zu verreisen, um ein bisschen Abstand von allem zu bekommen?«

»Wohin denn?«, fragte ich etwas erschrocken.

»Na ja, wir könnten einen kleinen Urlaub machen.«

»Nett von dir, dass du dir Gedanken machst, aber das geht nicht. Ich werde hierbleiben und kämpfen, bis ich Dani gefunden habe.«

Jim seufzte resigniert.

»Okay, jetzt legen wir uns erst mal hin. Du musst ja völlig erschöpft sein.«

Wir lüfteten die Wohnung, so gut es ging, und wechselten die Bettwäsche. Schließlich krochen wir gemeinsam in mein Bett.

Jims Fürsorge hatte mich zur Ruhe gebracht, und ich schlief sofort ein.

Als ich aufwachte, war Morgen, aber draußen war es noch dunkel. Jim war bereits zur Arbeit gegangen und hatte mich schlafen lassen. Ich stand auf und ging in die Küche. Zelda saß auf dem Boden und putzte mit ihrer kleinen rauen Zunge eifrig ihr Fall. Ein paar Mal musste sie niesen, vermutlich kam das von dem Weihrauch, der noch immer in der Luft hing. Da bemerkte ich eine Bewegung vor dem Fenster. Ich hatte sofort das Gefühl, dass mich jemand beobachtete. Meine Kopfhaut fing an zu jucken. Ich trat ans Fenster und blickte hinaus. Ein Schatten bewegte sich im Vorgarten. Zwei Bäume waren da extra gepflanzt worden, um die Sicht zu nehmen. Der Schatten verschwand hinter einem von ihnen. Ich starrte eine Weile hinaus, doch die Figur kam nicht zurück. Wie angewurzelt stand ich da. Es kam mir vor, als hätte ich das Gefühl in den Beinen vollkommen verloren. Vor Angst schossen mir die

Tränen in die Augen. Ich richtete den Blick nach oben zum Himmel, atmete tief durch und spürte, wie sich das beklemmende Gefühl nach und nach verzog.

Als ich mich wieder umdrehte, stach mir der Brief ins Auge. Am Abend zuvor hatte ich ihn nicht gesehen, wahrscheinlich hatte ich ihn in dem ganzen Tumult nicht bemerkt.

Er stand ordentlich an einen Kerzenständer gelehnt, der sich auf dem Kühlschrank befand. Auf dem Umschlag las ich meinen Namen, in ordentlichen Druckbuchstaben geschrieben. Der Anblick versetzte mich in Angst und Schrecken. Ich wollte zum Kühlschrank gehen und den Brief öffnen, doch dann stand ich wie angewurzelt da. In meinen Ohren begann es zu rauschen. Mein Körper war wieder einmal wie gelähmt.

Ich musste das Kuvert gar nicht öffnen.

Ich wusste schon, was sich darin verbarg.

26

Abends geben sie ihr Schlaftabletten, die sie müde und gefügig machen. Sie kämpft dagegen an, versucht, stärker zu sein, doch die Droge gewinnt jedes Mal. Ein Teil ihres Gehirns übernimmt die Regie über den Körper und schaltet alle Energie einfach ab. Die Augenlider werden schwer und fallen zu, als hingen sie an Scharnieren. Dann schläft sie, manchmal zwölf Stunden am Stück.

Sie zwingen sie auch, Folsäure zu schlucken.

Sie weiß, warum. Das soll die Fruchtbarkeit erhöhen.

Nervös wacht der Meister an ihrem Bett.

Manchmal sitzt er reglos auf einem Stuhl im Dunkeln, bis sie eingeschlafen ist.

Eines Tages, als er ihren Raum betritt, sieht er auf feierliche Weise ernst aus.

»In ein paar Tagen wird das, was vor fünfzig Jahren prophezeit worden ist, geschehen«, sagt er. »Es wird einen Konvent in der Kirche geben. Auserwählte Brüder aus der ganzen Welt werden anwesend sein. Das Ritual des Jahrhunderts. Und du bist die Krönung.«

Es klingt ganz und gar wahnsinnig, aber jetzt begreift sie, dass er jedes Wort ernst meint. Sie ist ein Tier in einem Käfig. Ein Objekt, das betrachtet und befruchtet werden soll.

Ein Kind.

Es wird geschehen. Sie wird nichts dagegen tun können.

Der bittere Geschmack der Niederlage steigt in ihr hoch.

»Die Festlichkeiten werden eine Woche lang anhalten«, fährt er fort. »Und jetzt hängt alles von dir ab. Im Augenblick bist du die bedeutendste Frau auf der ganzen Welt. Ich hoffe, du wirst dein Bestes geben.«

Sie nickt stumm. Was soll sie sagen? Schließlich ist er vollkommen verrückt, und deshalb wird kein logisches Argument greifen.

Als er die Zelle verlassen hat, legt sie sich auf den Rücken und versucht, sich zu entspannen.

Sehr oft fällt es ihr schwer, einen klaren Gedanken zu fassen, doch immer gelingt es ihr, im Geist bei Alex zu sein. Manchmal, in ihren Träumen, erlebt sie es, dass eine Stimme ihr flüsternd das Versprechen gibt, dass all das Böse vorbei sein wird, wenn sie aufwacht. Dann wird sie schläfrig blinzeln und Alex an ihrem Bett stehen sehen. Wenn sie allerdings ganz wach ist, fällt ihr Blick doch immer wieder auf diese Steinwand, und sie weint vor Enttäuschung bittere Tränen.

Doch an diesem Abend ist sie präsenter. Der Regen plätschert leise an die beschlagene Fensterscheibe. Es ist nasskalt im Zimmer. Sie fragt sich, ob sie sich nur einbildet, dass es vom Fenster her leicht zieht.

Es ist einer der wenigen Abende, an denen der Falke nicht da ist. Sie steht auf und schielt nervös auf die Überwachungskamera in der Ecke. Sie hat die Schritte der Männer gehört, als sie die Kirche verlassen haben, aber sie weiß nicht, ob einer von ihnen abgestellt wurde, um sie zu bewachen. Sie lauscht, kann jedoch nichts hören. Da ist nur das statische Rauschen der Stille, ein sanftes Summen.

Da beschließt sie, die Gelegenheit zu nutzen und den abgesägten Baumstumpf vor die Wand unterhalb des Fensters zu schleppen. Sie hält die Luft an und horcht, ob jemand in die Zelle gestürmt kommt. Doch nichts geschieht. Da nimmt sie all ihren Mut zusammen, klettert schwankend hinauf und stellt sich auf den Baumstumpf. Sie hält sich am Fensterrahmen fest und kommt wieder ins Gleichgewicht. Da spürt sie diesen kühlen Luftzug.

Ein mikroskopisch kleiner Hoffnungsschimmer tut sich auf.

27

Derselbe Brief. Dasselbe Siegel.

Many are called. Only one is chosen. Ars Omnia Vincit.

Mein erster Gedanke war, dass das nicht möglich sein konnte. Wenn nur *eine* ausgewählt war, wieso hatten dann Dani und ich beide diesen Brief erhalten? Meine Angst verlor sich. Ich wusste, dass es sich dabei um eine Drohung handelte, dass ich eigentlich Panik bekommen müsste, aber ich konnte sie nicht mehr *spüren*. Es fühlte sich an, als wäre die Verbindung zwischen Gehirn und Körper gekappt worden. Ich war vollkommen leer. Dann begann es in meinem Magen zu kribbeln, ein wundersames, unangebrachtes Glücksgefühl. Was war mit mir *verkehrt*? Der Einbruch hatte mich in Todesangst versetzt, aber der Brief bewirkte nun, dass ich mich Dani näher fühlte denn je. Dinge geschahen. Dinge, die Beweise dafür waren, dass ich nicht verrückt war. Jemand hatte Dani gekidnappt, und jetzt waren sie auch hinter mir her. Ich verspürte einen Stich in dem Teil meiner Seele, der mir alle Angst nahm.

Für einen kurzen Moment war mir, als stünde Dani neben mir. Ich spürte, wie sie mir über den Arm strich. Die Luftbewegung, die von ihr ausging, brachte mein dünnes Nachthemd zum Flattern. Natürlich war das reine Einbildung, aber gleichzeitig fühlte es sich so *echt* an. Ich war plötzlich derart ausgelassen, dass ich einen Augenblick lang in Erwägung zog, Mats Levingers Diagnose könne stimmen. Möglicherweise war ich doch manisch-depressiv und würde mich über kurz oder lang in der Hölle wiederfinden. Jim hatte Andeutungen gemacht, ich sei instabil. Und da beschloss ich sofort, ihm von dem Brief vorerst nichts zu erzählen. Er würde nur hysterisch reagieren und Druck auf mich ausüben, dass ich bei ihm wohnen solle.

Es gab einiges, was ich Jim nicht anvertraute. Er glaubte nach wie vor, dass Ash & Coal eine ganz normale Datingfirma für Elitesingles sei. Ich hatte auch nicht zugegeben, dass ich keine Lust hatte, seine Eltern kennenzulernen. Und natürlich hatte er keine Ahnung davon, wie sehr mich Carl in Schwingungen versetzte, wenn er in meiner Nähe war.

Ich steckte den Brief in meine Handtasche, weil ich dachte, ich könne ihn Carl zeigen, und dann würde er mich doch nach San Francisco schicken. Danach duschte ich ausgiebig. Schminkte mich dezent. Zog etwas Enges, weit Ausgeschnittenes an. Im Hinterkopf hatte ich noch das Versprechen, das ich Carl gegeben hatte. Bevor ich die Wohnung verließ, schrieb ich Jim eine Nachricht und bedankte mich für seine Hilfe nach dem Einbruch. Zuletzt schrieb ich, dass es heute bei der Arbeit leider spät werden würde. Er antwortete sofort. *Pass auf dich auf. Schließ die Tür ab und schließ auch die Fenster. Ruf mich an, bevor du schlafen gehst.* Und dann eine ganze Reihe Herzchen. Ich klebte einen Post-it-Zettel mit meiner Handynummer an die Tür, falls die Spurensicherung in der Zwischenzeit kam. Aber ich bezweifelte, dass mein Problem bei der Polizei ganz oben auf dem Stapel lag.

Es war ein kalter Oktobertag, besonders trockene Luft, die nach Kreide roch. Die Bäume warfen langsam ihr Laub ab, die Blätter, die noch an den Ästen hingen, leuchteten gelb und bernsteinfarben.

Als ich im Büro zur Rezeption kam, stach mir Ednas undefinierbares Lächeln sofort ins Auge. Sie hatte viel mehr Make-up aufgelegt als sonst. Ihr Mund sah wie eine glänzend rote Kirsche aus, und ihre Augen funkelten wie Sterne.

»Carl hat dir etwas auf den Schreibtisch gelegt«, flüsterte sie und schlug schnell die Augen nieder.

Ich ging ins Büro. Carl war nicht da. Mitten auf meinem Schreibtisch lagen der Ausdruck einer Mail und ein Umschlag, auf dem mein Name stand.

Die Mail las ich zuerst. Es war eine Konversation zwischen Carl und diesem Sektenführer Lucas Ulvman. Nachdem er in den ersten Zeilen stolz die vielen Erfolge seiner Sekte, die er ausdrücklich als *den Betrieb* betitelte, betont hatte, schrieb er, dass er leider nicht viele Informationen über diese Gruppierung, der er sich als Student angeschlossen hatte, habe. Aber ganz sicher verwendeten sie ein Siegel mit einem Falken und einer Sonne. Zwei Brüder hätten sie ins Leben gerufen, und während seines Studiums hatte Lucas einige Zeit bei ihnen verbracht. Ihr Vater hatte die Haight-Ashbury-Zeit noch miterlebt. Leider könne Lucas sich an die Namen der Brüder nicht mehr erinnern. Klar, dachte ich.

Die letzten Zeilen der Mail waren ausgesprochen interessant:

Ich konnte einfach nicht mehr hinter dem stehen, was sie damals taten. Sie haben es mit ihren religiösen Ritualen und diesem Kram völlig übertrieben. Waren ganz verrückt geworden. Und eine politische Agenda hatten sie auch – mich hat Politik aber noch nie interessiert. Ich habe mich also recht schnell von ihnen distanziert. Sie waren eine geschlossene Elitegruppe, und du weißt ja, dass ich für offene Mitgliedschaften plädiere und möchte, dass die Message jeden erreicht.

Er beendete seine Mail damit, Carl mitzuteilen, dass er jederzeit willkommen sei, seinen »Betrieb« zu besichtigen.

Mein Herz pochte inzwischen heftig. Jetzt hatten wir eine heiße Spur. Eine Sekte hatte Dani entführt, und offenbar war sie nun auch hinter mir her. Zur Freude des Triumphs gesellte sich allerdings ein ungutes Gefühl im Magen.

Ich öffnete den Umschlag, der neben dem Ausdruck auf meinem Schreibtisch lag. Darin fand ich ein Flugticket nach San Francisco, das auf meinen Namen ausgestellt war. Hin- und Rückflug. In drei Tagen sollte es losgehen. Mich überrollte solch eine Welle der Dankbarkeit, dass ich weiche Knie bekam und mich setzen musste. Ich fragte mich, wo Carl jetzt wohl sein mochte. Da es schon nach zehn Uhr war und er sich noch immer nicht hatte blicken lassen, ging ich durch die Räume und hielt nach ihm Ausschau. In den Konferenzräumen war er nicht. Versehentlich platzte ich in eine Besprechung, die Patrick abhielt, und ich entschuldigte mich sofort. Ganz zum Schluss suchte ich das weiße Zimmer auf. Erst dachte ich, es sei leer. Die weißen Wände hatten von der müden Herbstsonne, die durchs Fenster schien, eine goldgelbe Farbe angenommen. Ich machte ein paar Schritte in den Raum hinein, und schon lief mir ein Schauer über den Rücken. Jemand war hinter mir. Ich fuhr herum und stand Carl Auge in Auge gegenüber.

»Hast du mich erschreckt! Warum lauerst du mir auf und stehst hinter der Tür?«, fragte ich ihn.

»Ich glaube, das weißt du, Alex«, sagte er und sah mir in die Augen.

In einem einzigen endlosen Satz erzählte ich ihm atemlos

von dem Einbruch und dem Brief und betonte, dass alles, was Lucas Ulvman in der Mail mitteilte, dazu passte.

Carl unterbrach meinen Redefluss, indem er die Hand hob.

»Das klingt alles wirklich interessant. Wir werden später darüber reden.«

Er sah mich intensiv an. Sein Blick verhieß, dass er ganz andere Pläne hatte. Dann betrachtete er meinen sehr engen Minirock und mein Wickel-Top eingehend, und dabei kam mir der Gedanke, dass mein Outfit wie eine Wurstpelle anlag. Ich spürte, wie mir die Hitze in die Wangen schoss.

»Du musst diesen Lucas Ulvman dazu bringen, die Namen der Männer rauszurücken«, sagte ich.

Doch er kam noch näher und legte mir eine Hand auf die Schulter.

»Schschsch, kein Wort mehr darüber. Du kannst mir alles erzählen, wenn wir hier fertig sind.«

»Ich glaube, es ist jetzt nicht der richtige Zeitpunkt, ich bin nach diesem Einbruch noch ganz durcheinander.«

»Dann ist es genau der richtige Zeitpunkt. Dies ist die beste Art, den Kopf freizubekommen.«

Wegen der Klimaanlage war der Raum kühl, eigentlich sollte sie um diese Jahreszeit ausgeschaltet sein. Trotzdem waren meine Handflächen schweißnass. Ich konnte es nicht ausstehen, wenn er mich so nervös machte. Er ließ meine Schulter los, fuhr mit seiner Hand über meinen Arm, und dann griff er nach meiner Hand. Ich zog kurz in Erwägung, sie wegzuziehen, doch seine Hand fühlte sich unerwartet warm und angenehm an.

»Du wirst es bequemer haben, wenn du dein Oberteil und den Rock ablegst«, schlug er vor.

»Ich glaube nicht …« Doch dann wurde mein Kopf ganz leer. Etwas Warmes, Wunderbares begann in mir zu pochen.

Es war sehr lange her, dass ich dieses Gefühl so intensiv gespürt hatte, doch jetzt stand ich kurz davor, die Kontrolle abzugeben.

Vermutlich hätte ich mich ausgenutzt fühlen müssen, doch so war es nicht. Stattdessen tauchte die Stimme meiner Tante Anita in meinem Kopf auf. Wer sagt denn, dass nicht *du ihn* ausnutzt? Ich wollte es geschehen lassen. Das wusste ich schon länger. Früher oder später hätte ich doch selbst die Initiative ergriffen. Daher hatte ich nicht vor, mich allzu sehr zu wehren. Gewisse Vorbehalte hegte ich jedoch, und ein bisschen mulmig war mir nach wie vor. Meine Arme schienen eingeschlafen zu sein, trotzdem gelang es mir schließlich, mich von Rock und Shirt zu befreien.

»Wir machen jetzt ein Experiment, okay? Um festzustellen, ob ich auf diese Art eine Verbindung zu Dani herstellen kann. Kein richtiger Sex.«

»Therapie, Alex. Gewöhn dich daran, das Ganze als Therapie zu betrachten. Wenn ich nicht wüsste, dass du das willst, würde ich es nicht mal versuchen. Ich nehme solche Signale sehr genau wahr.«

»Signale? Anstatt mein Verhalten irgendwie zu interpretieren, kannst du mich doch einfach fragen.«

»Okay. Möchtest du das?«

»Jepp. Aber du musst mir versprechen, mich nicht hinterher rauszuschmeißen.«

Er musste lachen.

»Warum sollte ich das tun?«

»So endet das doch immer«, sagte ich und wurde rot, als ich merkte, wie albern meine Worte klangen.

»Nicht in unserem Fall. Du bist eine hervorragende Mitarbeiterin. Sorgfältig, kompetent und etwas Besonderes. Außerdem finde ich dich unglaublich unterhaltsam.«

Ich blickte ihm in die Augen. Blicke können vieles verbergen, doch Carl war eher ein offenes Buch. Und was fand ich da? Etwas zwar Vages, Unnahbares, doch zutiefst Menschliches.

»Okay. Aber die Unterwäsche musst du mir schon ausziehen«, sagte ich.

Er ging um mich herum und stellte sich hinter mich, öffnete den BH und legte seine Hände auf meine Brüste. Ich begann, leicht zu zittern, bekam eine Gänsehaut erst an den Armen, dann auch an den Beinen, als er mir den Slip abstreifte. Er sagte kein Wort über meinen Körper, schob mich nur ganz sanft vor sich her in Richtung Bett.

»Leg dich auf den Bauch. Und schließ die Augen.«

Ich streckte mich auf dem Bett aus, legte mir ein Kissen unter die Brust und schloss die Augen. Ich kam mir schon ein bisschen blöd vor, aber in erster Linie war ich erregt. Die Schuldgefühle, die sich bei dem Gedanken an Jim bemerkbar machten, verdrängte ich schnell.

Carl begann damit, meinen Nacken zu massieren, wanderte dann weiter den Rücken hinab. All meine Verspannungen lösten sich. Er wusste exakt, wo sie saßen. Wo es wehtat. Was die reine Wohltat war. Als er alle Verhärtungen weggeknetet hatte, wurden seine Hände behutsamer. Er streichelte mich so leicht, dass er mich kaum berührte. Ich sehnte mich nach mehr Druck, streckte meinen Rücken seinen Händen entgegen. Seine Finger flogen verspielt über die empfindsame Haut an meinen Pobacken.

Er bat mich, mich umzudrehen und auf den Rücken zu legen, doch ich war in solch ein angenehmes Dahindämmern versunken, dass ich mich nicht von der Stelle rühren konnte. Vorsichtig rollte er mich über die Seite auf den Rücken und begann, meine Brüste zu liebkosen, dann meinen Bauch und die Beine. Seine Finger liefen in einer einzigen, zärtlichen, nicht endenden Berührung über meinen Körper vor und zurück. Dies tat er eine ganze Zeit lang, veränderte Druck, Geschwindigkeit und die Körperteile, an denen er mich anfasste, sodass es nie eintönig wurde – es war wie eine Glut, die immer mehr wurde und sich wie ein Feuer über den gesamten Körper ergoss. Zunächst hielt ich es für ein ganz normales Vorspiel, doch das war es nicht. Das Gefühl, alle Zeit der Welt zu haben, machte es viel, viel besser. Heißer.

Das Bett gab unter seinem Gewicht etwas nach. Ich versuchte, zwischen meinen schwer gewordenen Augenlidern hindurchzulinsen. Meine Knie waren nach außen gekippt. Mit feuchten Lippen küsste er meinen Bauch und meine Brüste. In mir wuchs ganz stark der Wunsch, er möge mich überall berühren. Sein Mund streifte meine Fesseln, dann die Innenseite meiner Schenkel. In meinem Bauch kribbelte es. Sein Atem auf meinem Körper war heiß. Als er begann, mich zwischen den Beinen zu streicheln, wimmerte ich und warf mich von einer Seite auf die andere. Doch jedes Mal, ganz kurz bevor ich kam, zog er seine Finger wieder zurück. Es war ein langsames Herantasten an einen Orgasmus, der doch nie kommen durfte.

Er sagte zwar kein Wort, doch seine Atmung war heftiger geworden.

Ich sah, wie er sich rittlings auf mich setzte, im Kniestand, und wartete gespannt darauf, dass er seine Hose öffnen und in mich eindringen würde, doch stattdessen tauchten seine Hände erneut zwischen meinen Beinen auf. Er liebkoste mich, bis ich mich wand und stöhnte. Als er mich endlich kommen ließ, schob er zwei Finger in mich und presste seinen Brustkorb auf meinen, sodass ich seinen Herzschlag spüren konnte. Ich klammerte mich an ihm fest, so stark, dass meine Lunge fast keine Luft mehr hatte. Es war nicht die Intensität des Höhepunktes, die mir den Atem raubte, sondern seine Länge: wie eine Welle, die immer und immer wieder gegen die Klippen schlägt. Er blieb noch eine Weile auf mir liegen. Ich spürte seinen kräftigen, hämmernden Herzschlag, er war nicht so leicht pulsierend wie meiner. Völlig entkräftet lag ich da. Ich atmete seinen Duft ein, wollte so gern die Arme um ihn schlingen, doch mir fehlte die Kraft.

Dann stand er auf, viel zu schnell, beugte sich hinab und legte seinen Mund auf mein Ohr.

»Du bist schön, Alex«, flüsterte er.

Ich wollte protestieren, für ihn hatte ich ja gar nichts getan. Aber ich war derart müde und schlapp, dass ich nicht einmal den Mund öffnen konnte.

Die vielen schrecklichen Erlebnisse in meinem Bewusstsein waren auf einmal wie ausradiert, das Rauschen der diffusen Gedanken war verstummt. Alles blieb still.

Und da geschah es.

Vor meinem inneren Auge tauchte das Bild der weißen Wand wieder auf. Aber jetzt war es dreidimensional, sodass ich die Ausbuchtungen an Wänden und Fensterrahmen erkennen konnte – wie ein Regal aus Stein. *Eine Kirche*. Bei diesem Wort stockte mir der Atem. Ich spürte Danis Anwesenheit ganz stark und dazu einen nahezu unerträglichen Druck in meinem Kopf, der kurz darauf wieder verschwand. Meine Augen waren noch immer geschlossen, aber ich tastete durch die Luft und fand schließlich Carls Arm.

»Ich hatte das Gefühl, dass ich in einer Kirche war«, flüsterte ich.

»Was? Hat es dir nicht gutgetan?«

Ich öffnete die Augen. Er sah ein bisschen irritiert aus.

»Doch, es hat mir unglaublich gutgetan. Was ich meine, ist,

sie haben Dani in eine Kirche gebracht. Mir ist wieder so ein Bild erschienen. Die Wände bestehen aus massiven Steinblöcken.«

Jetzt lächelte er.

»Ich weiß nicht, ob es stimmt, aber das ist ungeheuer faszinierend.«

Ich schloss die Augen, denn ich wollte dieses Bild noch einmal aufrufen, doch es war nicht mehr greifbar. Dann versuchte ich, die Zeit zurückzudrehen bis zu dem Augenblick, in dem ich mich so vollständig in diesem Orgasmus verloren hatte. Doch auch die Verbindung war gekappt. Vor Enttäuschung bildete sich ein Kloß in meinem Hals.

Carl erhob sich, ging durch den Raum und sammelte meine Kleider ein, legte sie zusammen und hielt sie mir in einem ordentlichen Stapel vor die Nase. Das war so idiotisch und so typisch für ihn, dass ich lachen musste. Als ich mich wieder anzog, fragte ich mich, warum sich dieses Gefühl von Peinlichkeit, wenn man vor einem Mann halb nackt in seine zerknitterten Klamotten steigt, gar nicht einstellte. Stattdessen fand ich es erregend, dass er da in einer Ecke stand und mich beobachtete.

»Sollten wir nicht zur Polizei gehen und ihnen von Lucas Ulvmans Mail und dem Brief erzählen?«, fragte ich ihn.

»Das kannst du tun, wenn du es für richtig hältst, aber ich werde nicht mitkommen. Was erhoffst du dir davon? Dass sie sich jetzt auch noch mit einer alten Sekte befassen, die vermutlich nicht einmal mehr existiert?«

»Die Sekte gibt es noch!«, korrigierte ich ihn. »Sie haben Dani gekidnappt. Begreifst du denn nicht, wie das alles zusammenhängt? Eine Sekte, mysteriöse Briefe, das Siegel und jetzt auch noch eine Kirche. Das kann doch kein Zufall sein, dass das alles gleichzeitig passiert.«

»Ich glaube dir. Aber wenn du überreagierst, wirst du alles zerstören. Jetzt mal einen Schritt nach dem anderen. Fang mit diesem Goodman an.«

»*Goodban*. Ach ja, und danke, dass du mich nach San Francisco fliegen lässt.«

»Gern geschehen.«

»Und danke, dass du mir glaubst.«

»Jetzt reicht es aber. Jetzt geht's an die Arbeit. Wir haben noch einiges zu erledigen, bevor du fährst.«

Den restlichen Tag arbeiteten wir still vor uns hin. Es gab keine Spannung zwischen uns, so wie es häufig vorkommt, wenn man das erste Mal Sex hatte. Unsere Zusammenarbeit funktionierte einfach. Am Anfang der Woche hatte er mich gelobt und gemeint, es komme ihm vor, als wäre ich ihm immer einen Schritt voraus, und das gefiele ihm außerordentlich gut.

Nur einmal unterbrach er seine Arbeit und sah mir in die Augen.

»Ich möchte dich nicht benutzen, sondern dir helfen, ich hoffe, du weißt das«, sagte er.

»Ich weiß, dass du versuchst, mir zu helfen. Und in Wirklichkeit bin *ich* diejenige, die *dich* benutzt.«

Da brach er in Lachen aus, lachte lauthals.

»Stimmt! Und das, was heute geschehen ist, war nur das Warm-up. Das ist dir doch wohl klar?«

Bei seinen Worten überkam mich eine reine, unverfälschte Freude. Die Vorstellung, wie die Fortsetzung aussehen könnte, löste Kribbeln in meinem Bauch aus. In Carls Nähe kam meine Lebenslust zurück. Alle Farben wurden bunter, alle Geräusche kristallklar.

Als ich nach der Arbeit nach Hause ging, fühlte ich mich völlig entspannt, so wie wenn man in der Sauna war oder vom

Schwimmen kommt. Die orange Herbstsonne senkte sich am Horizont. Der Anblick war so überwältigend schön, dass ich innerlich erschauerte. Meine Schuldgefühle Jim gegenüber waren nicht mehr so stark. Ich hatte ihm ja nichts versprochen, und er musste auch nicht erfahren, was Carl und ich taten. Schließlich war es eine Therapie. Und sie funktionierte.

Kaum stand ich in meiner Wohnung, hatte ich das sichere Gefühl, dass sich niemand erneut Zutritt verschafft hatte. Ich hatte keine Angst. Jim rief an, kaum dass ich Schuhe und Mantel ausgezogen hatte.

»Du, ich werde nächste Woche für ein paar Tage verreisen. Zu einem Architektenkongress nach Stockholm. Hast du Lust, mich zu begleiten und vorher zu meinen Eltern mitzukommen? Am Sonntag zum Abendessen? Sie würden dich so gern kennenlernen.«

»Das ginge nur am Samstag. Am Sonntag muss ich packen, und am Montag sitze ich im Flieger nach San Francisco. Ich habe da ein paar Dinge zu erledigen. Cool, oder?«

»Was sollst du denn da?«, fragte er neugierig.

»Ein Haus in Yosemite, das die Firma vielleicht kaufen will, begutachten. Ist es nicht toll, wie viel Vertrauen Carl in mich setzt?«

»Du klingst ganz glücklich, zum ersten Mal seit Langem. Ich bin stolz auf dich.«

Doch in seiner Stimme hörte ich einen Unterton, der verriet, dass er nicht meinte, was er sagte. Oder war er eifersüchtig? Das war schwer zu unterscheiden. Wie auch immer, jedenfalls war Jim viel zu stolz, um das zuzugeben.

Ich war ungewohnt gut gelaunt. Meine Gedanken wanderten ständig zu dem zurück, was in dem weißen Zimmer geschehen war. Ich ertappte mich, wie ich dasaß und grinste. Gerade als ich mir zum ersten Mal in dieser Woche eine warme Mahlzeit zubereitete, klingelte mein Handy. Ich klemmte es zwischen Schulter und Ohr, während ich weiter in meiner Pfanne rührte.

Es war eine Frau, die sich als Leene Bergström vorstellte, von der Polizeidienststelle in Lund.

»Ich wollte fragen, ob Sie es einrichten können, morgen zu uns zu kommen«, sagte sie. »Wir haben einen Anruf von Ihrer Mutter erhalten.«

Ganz langsam erstarb das Lächeln auf meinen Lippen.

28

Von draußen sind die Geräusche der Männer zu hören, die angereist sind. Ausgelassenes Lachen. Der Geruch ihres aromatischen Parfüms sickert durch den Spalt im Fenster. Aus der Kirche dringt ein anderer Geruch. Weihrauch. Überall draußen brennen Fackeln, sodass die Decke wie ein Feuermeer aussieht. In der Krypta herrscht eine festliche, andächtige Stimmung. Sie erinnert sie an Feiertage … Weihnachts- und Neujahrsfeste, Feuerwerk, Gottesdienste.

Sie setzen sie täglich in ein Bad, das nach Blumen duftet, und ölen sie ausgiebig. Jede sexuelle Anspielung unterbleibt. Ihre Konzentration scheint einzig auf das gerichtet zu sein, was bevorsteht – was ihr dermaßen Angst einjagt, dass sie allein bei dem Gedanken daran vor Schreck erstarrt.

Früher hatten Alex und sie sich aus Spaß Mitteilungen auf Post-it-Zettel geschrieben und in der Wohnung verteilt. Auf dem Badezimmerspiegel, auf dem Kühlschrank, zwischen der Schmutzwäsche. Meist waren es komische Sprüche, unwichtige kleine Grüße, manchmal auch nur ein Herz oder ein Smiley. Hin und wieder wusste Dani, was Alex auf ihren Zettel geschrieben hatte, noch bevor sie den Zettel gelesen hatte. Als wäre der Gedanke schneller gewesen als die Wirklichkeit. Und jetzt wünschte sie, sie könnte auf Alex' Kopfkissen einen Post-it-Zettel hinterlassen.

Ich lebe. Ich liebe dich.

Wäre sie doch bloß etwas wachsamer gewesen, nicht so

absorbiert von ihrer Fachliteratur und den Prüfungen. Dann hätte sie diesen Brief vielleicht ernst genommen. Oder ihn wenigstens an den Kühlschrank geheftet wie die Post-it-Zettel. Hätte ihn nicht zerrissen und in den Papierkorb geschmissen mit dem Gedanken: *So ein Müll. Reklame. Scheiß Sekten*. Und Alex hätte den Brief gesehen und gesagt: »Du, an der Sache ist was faul.«

Manchmal stellt sie sich vor, dass sich dieses schreckliche Leben in einer anderen Welt abspielt. Sie hat mal etwas über Theorien von Parallelwelten gelesen. Dass man das Leben als einen Weg betrachten kann, der sich verzweigt, wenn man eine Entscheidung trifft, und dass das Leben, das man vor der Entscheidung geführt hat, in einem parallelen Universum weitergeht. In der Theorie kann man also zwei oder unzählig viele Leben gleichzeitig leben. In einer anderen Wirklichkeit lebt sie vielleicht immer noch ihr gewohntes Leben mit Alex in Lund, ohne auch nur zu ahnen, was ihr hier Böses widerfahren ist. Müsste sie vielleicht nur eine Verbindung zu der richtigen Welt herstellen, um das Böse zu vertreiben? Sie würde Alex alles erzählen. »Ich bin an einem anderen, furchtbaren Ort gewesen, oder es war ein Albtraum.« Und Alex würde irritiert blinzeln und sich den Schlaf aus den Augen reiben. Und dann würden sie zusammen über diesen Wahnsinnsalbtraum lachen, der wirklicher war als das richtige Leben.

In der letzten Zeit hat sie eigenartige Gedankengänge entwickelt, von denen der eine merkwürdiger ist als der andere.

Jetzt hört sie draußen in der Krypta Schritte und die Stimmen mehrerer Männer. Instinktiv möchte sie sich verstecken. Langsam weicht sie vom Gitter zurück und presst sich an die Wand. In ihrem Kopf beginnt es zu rauschen. Die großen, kraftstrotzenden Körper der Männer füllen nun den Raum, bis niemand mehr Platz hat.

Der Meister ist ganz vorn. Sein strenges Äußeres befindet sich in einem sonderbaren Gegensatz zu seinen Augen, die ungewöhnlich klar strahlen. Sie sieht, dass sich seine Lippen bewegen. Er spricht, doch sie kann ihn nicht verstehen. Durch das Rauschen in den Ohren schnappt sie nur einzelne Silben auf.

Er wiederholt seine Worte.

»Daniella. Es ist so weit! Komm her. Heute dürfen dich alle kennenlernen«, sagt er mit einem leidenschaftlichen Ton in der Stimme.

Ihre letzte, verzweifelte Hoffnung, das letzte kleine Flämmchen, ist damit zunichtegemacht.

Bis hierher war alles nur die Vorbereitung.

Doch jetzt. Die Männer sind wirklich da.

Sie sind gekommen, sie zu holen.

29

Leene Bergström war eine Frau in den Fünfzigern, hatte einen olivenfarbenen Teint und braune, wache Augen. Ihr schwarzes Haar, in dem sich ein paar graue Strähnen tummelten, war zu einem strengen Knoten zusammengebunden. Sie war so blass, wie Menschen es sind, die zu viel arbeiten.

»Ich will Ihnen wirklich keine falschen Hoffnungen machen«, begann sie unser Gespräch. »Möglicherweise bringt uns das kein Stück weiter. Aber ich möchte Ihnen mitteilen, dass Ihre Mutter, Sara Brisell, bei uns angerufen hat, um uns einen Tipp zu geben.«

Ich wurde wahnsinnig wütend auf Leene Bergström, die einfach dasaß und von meiner Mutter sprach, als hätte die etwas Wichtiges zu sagen, als ob sie – manipuliert, wie sie war – ein Recht auf dieses lächerliche Leben besaß. Früher hatte ich Magenschmerzen bekommen, wenn mich etwas an meine Mutter erinnerte. Aber irgendwann lernte ich, die alten Bilder schönzumalen. Bevor Dani verschwand, hatte ich nur selten an meine Mutter gedacht, aber seit ich allein war, wurde mir immer klarer, dass genau dies mein wunder Punkt war. Und Leene Bergström hatte jetzt eine empfindliche Stelle getroffen.

»Sie ist eine Verräterin, die ihre Kinder im Stich gelassen hat«, sagte ich. »Wissen Sie das überhaupt? Ich würde keines ihrer Worte ernst nehmen.«

Leene Bergström legte ihre Hand auf meine. Ich spürte,

dass ich gleich wieder in Tränen ausbrechen würde. Ich war wütend auf mich selbst und blinzelte die Tränen fort.

»Ich verstehe, dass das für Sie nicht leicht ist, Alexandra«, sagte sie. »Aber ich will Ihnen erzählen, was Ihre Mutter gesagt hat. Darf ich?«

Ich sah sie an und schluckte. Dann nickte ich und rieb mir über die Oberarme, quasi um mich selbst zu wärmen. Leene Bergström erhob sich, holte mir eine Tasse Kaffee und stellte sie vor mich auf den Tisch.

»Milch? Zucker?«, fragte sie und hielt zwei Tütchen in die Luft.

Ich schüttelte den Kopf.

»Ja, Ihre Mutter hat in ihrem Zimmer ein Foto von Ihnen und Ihrer Schwester stehen. Wie heißt diese Bewegung noch?«

»Ammata Kumar.«

»Ach ja. Sie sagt, dass sie regelmäßig Lebensenergie auf das Bild übertrage, um auf diese Weise eine Verbindung zu Ihnen herzustellen. Angeblich tut sie das jeden Abend. Wie auch immer, vor einem Jahr gab es bei Ammata Kumar einen Tag der offenen Tür für Menschen von anderen Sekten oder … *Vereinigungen*. Die Räumlichkeiten wurden vorgeführt, und ein Mann zeigte dabei ein übertrieben großes Interesse an diesem Foto.«

Von dem Augenblick an hatte Leene Bergström meine volle Aufmerksamkeit.

»Wer war das?«

»Das weiß sie nicht. Es waren mehrere Hundert Besucher da. Diese Sache ist Ihrer Mutter erst jetzt wieder eingefallen. Sie meinte, langsam mache sie sich um Dani ernsthaft Sorgen.«

»Ach, echt? Dani ist seit Monaten verschwunden!«

»Ich versuche nur das wiederzugeben, was Ihre Mutter gesagt hat.«

»Was hat sie mit ›übertrieben großem Interesse‹ gemeint?«

»Er wollte ihr wohl schmeicheln und hat gesagt, wie schön Sie seien. Er fragte, ob Sie eineiige Zwillinge seien, als würde man das nicht auf den ersten Blick sehen, und dann fragte er Ihre Mutter, ob sie auch ein eineiiger Zwilling sei. Ihre Mutter hat gefunden, dass er attraktiv gewesen sei. Und eines noch: Er hat sich mit ihr zwar auf Englisch unterhalten, hatte aber einen schwedischen Akzent.«

In meinem Kopf schossen die Gedanken nun kreuz und quer. Das konnte kein Zufall sein.

»Aber wer war das? Kann sie sich denn an irgendetwas erinnern?«

»Wahrscheinlich ist es ein Geschäftsmann auf der Durchreise gewesen. Mehr wusste sie auch nicht.«

»Aber warum sollte sich denn ein Geschäftsmann für eine so kleine, verrückte Sekte interessieren?«

»Soweit ich weiß, haben sie dort über tausend Mitglieder. Und unglaublich viel Geld.«

»Das klingt trotzdem unwahrscheinlich.«

»Das Ganze hat möglicherweise überhaupt nichts mit dem Verschwinden Ihrer Schwester zu tun«, sagte Leene Bergström. »Nicht dass Sie zu viel Hoffnung hineinsetzen.«

»Interessant, dass Sie das sagen. Als ich zuletzt hier war, hat jemand exakt das Gegenteil formuliert.«

»Sie verstehen doch, was ich meine. Wir haben die Polizei in Indien kontaktiert, die auf Grundlage der Aussagen Ihrer Mutter ein Phantombild erstellen wird.«

»Das wird bestimmt nicht leicht. Sie ist ziemlich verwirrt.«

Die Polizeibeamtin musste lachen und sah mit einem Mal zehn Jahre jünger aus.

»Ich möchte Ihre Mutter ja gar nicht verteidigen, ich will Ihnen nur helfen.«

»Entschuldigen Sie«, murmelte ich. »Sie sind ja nicht schuld daran, dass meine Mutter sich einer Gehirnwäsche unterzogen hat.«

»Sie müssen sich nicht entschuldigen«, sagte sie. »Leider wird die Sache einige Zeit in Anspruch nehmen. Die Polizei in Indien ist überlastet. Aber ich verspreche Ihnen, Sie zu benachrichtigen, sobald uns die Skizze vorliegt. Wir werden alles tun, was in unserer Macht steht, um Ihre Schwester zu finden.«

Jetzt kam die Wut in mir hoch. Ich fühlte mich verlassen und winzig klein.

»Dani ist jetzt meine einzige Familie«, sagte ich. »Bitte, treiben Sie diesen Mann auf.«

»Wir tun, was wir können«, versprach sie mir.

»Ich habe in Danis Papierkorb einen mysteriösen Brief gefunden«, sagte ich. »Den habe ich dem Polizeidirektor, Dennis Neuman, auch schon ausgehändigt. Und jetzt habe ich selbst auch so einen Brief erhalten. Jemand ist in meine Wohnung eingebrochen …«

»Ich weiß«, fiel Leene Bergström ihr ins Wort. »Ich habe den Polizeibericht des Kollegen gesehen, der bei Ihnen in der Wohnung war, und Dennis hat mir auch den Brief gezeigt. Leider gab es keine Fingerabdrücke, deshalb können wir damit nicht allzu viel anfangen. Wir nehmen uns jetzt als Erstes das Phantombild vor. Ich verspreche Ihnen, Sie auf dem Laufenden zu halten.«

Kaum hatte ich das Polizeigebäude verlassen, rief ich Anita an und erzählte ihr von dem Gespräch. Seit Danis Verschwinden war es zur Gewohnheit geworden, mehrmals wöchentlich mit ihr zu telefonieren.

»Darf ich dich mal etwas über Mama fragen?«, sagte ich gegen Ende unseres Telefonats.

»Ja, natürlich.«

»Hast du manchmal das Gefühl, dass du weißt, was sie denkt oder tut?«

»Du meinst, so wie bei Gedankenübertragung?«

»Ja, genau.«

»Als wir klein waren, kam es mir manchmal so vor. Ich spürte, wenn Sara auf dem Heimweg war, oder auch, wenn es ihr nicht gut ging. Bei Zwillingen ist so was ja nicht gerade selten, bei eineiigen Zwillingen kommt es besonders häufig vor, soweit ich weiß.«

»Spürst du das heute immer noch?«

»Nein. Sara interessiert sich ja inzwischen für viele spirituelle Dinge, und da fehlt mir der Zugang. Ich glaube, unsere Gedankenwelten haben sich auseinanderbewegt.«

»Aber bei Dani und mir ist es nicht so.«

»Wie meinst du das?«

»Ich bin mir absolut sicher, dass sie lebt. Es kommt mir so vor, als versuchte sie, mich zu erreichen, um mir mitzuteilen, wo sie ist.«

Anita war eine Weile still.

»Dann musst du fest daran glauben. Und weißt du was? Ich glaube nicht, dass Sara wirklich so gefühlskalt ist, wie sie scheint. Sie begreift vermutlich gar nicht, wie sehr sie euch verletzt hat. Diese Sekte hat ihr wohl genau diesen Teil des Hirns ausradiert.«

»Hat sie dich angerufen?«

»Ja, hat sie, erst vor ein paar Tagen. Doch ihre Gesprächsthemen waren relativ belanglos, deshalb hab ich dir gar nicht davon erzählt. Ich bin mir sicher, dass irgendwer aus der Sekte das Telefonat abgehört hat.«

»Aber was hat sie denn gesagt?«

Anita lachte.

»Das klingt ehrlich gesagt völlig bescheuert, aber sie bat mich, in eure Wohnung zu gehen und die Möbel mit Blumenwasser zu bespritzen. Und zwar aus einer Vase mit Lilien und Anemonen. Und dabei sollte ich an Dani denken. Aber natürlich habe ich das nicht gemacht.«

»Hat sie irgendwas von Weihrauch erwähnt?«

»Was? Nein, gar nicht. Aber sie meinte, das mit Dani wäre nie geschehen, wenn ihr beide nach Indien mitgekommen wärt.«

Die Würfel waren also gefallen. Meine Mutter würde diese lächerliche Sekte nicht verlassen. Und ich würde alles daransetzen, ihr nie mehr begegnen zu müssen.

Als ich ins Büro kam, verkündete Edna sofort, dass Carl nicht da sei.

»Wo ist er denn?«, fragte ich nach.

»Mit Daniel und Patrick auf der Hindernisbahn. Und den Rest des Tages hat er sich freigenommen.«

»Hat er was gesagt, wann er wieder hier sein wird?«

»Frühestens am Montag, aber dann bist du ja schon auf dem Weg nach San Francisco.«

Meine Enttäuschung war groß.

»Allerdings hat er etwas für dich hinterlegt«, sagte sie und lächelte verschmitzt.

Ich ging hinüber in mein Büro. Vermutlich hatte er mir eine To-do-Liste mit hundert Punkten auf dem Schreibtisch deponiert. Doch stattdessen lag da ein handgeschriebener Zettel, auf dem stand: *Gute Reise! Ich rufe dich am Sonntag an.* Und daneben zwei Kreditkarten.

Ich nahm die Karten und ging wieder zu Edna zurück.

»Wofür hat er die Karten dagelassen?«

»Die eine gehört zum Geschäftskonto, die nimmst du für Reisekosten und so. Die Platinkarte ist seine private Kreditkarte. Für Shopping und sonstiges Vergnügen.«

»Shit! Werden eure Angestellten immer mit seiner privaten Karte auf Geschäftsreisen geschickt?«

»Natürlich nicht. Er meinte, du solltest die Gelegenheit nutzen, ein bisschen Spaß zu haben, dich zu entspannen und etwas weniger durchgeknallt zurückzukommen. Genau das waren seine Worte.«

»Hat er gar keine Angst? Schließlich könnte ich die Karte nehmen und abhauen.«

»Dann würde er sie sperren lassen und eine neue beantragen. Mit der Zeit wirst du Carl besser kennenlernen. Mit seinem Geld nimmt er es nicht so genau.«

»Wo ist die Obergrenze?«

»Woher soll ich das wissen? Weit oben, würde ich sagen. Hast du nicht noch einiges zu tun, bevor du fährst?«

So langsam begann ich, Edna zu mögen. Irgendwie war es cool, mit ihr zusammenzuarbeiten.

Der Arbeitstag zog sich. Ohne Carl war es langweilig, und die Vorstellung, zum ersten Mal in meinem Leben nach Kalifornien zu reisen, machte mich ungeduldig und zappelig. Vor meinem inneren Auge ließ ich das, was in dem weißen Zimmer geschehen war, noch einmal Revue passieren, und das erregte mich derart, dass ich kaum stillsitzen konnte. Carls abgenutzte Jacke, aus einer Art Jeansstoff, hing noch über seinem Stuhl – und mir fiel nichts Besseres ein, als sie zu nehmen und mir an die Nase zu halten.

An diesem Wochenende lernte ich Jims Eltern kennen. Sie wohnten in einem protzigen Gutshof in Schonen. Der Vater,

Ernst Zander, war ein klein gewachsener Mann, glatzköpfig und mit blassen Augen. Sein Gesichtsausdruck hatte etwas Zerstreutes. Doch als er mit energischer Stimme zu sprechen begann, fokussierte sich sein Blick, und er dominierte die Unterhaltung. Die Mutter, Elisabeth Zander, war eine unsichere Frau und gestikulierte viel beim Sprechen. Sie hatte unseren Besuch bis ins kleinste Detail durchgeplant. In einem riesigen Wohnzimmer aßen wir zu Abend und saßen so weit voneinander entfernt, dass ich die Stimme heben musste, um verstanden zu werden. Sie hatten einen eigenen Kellner. Er servierte Hummer und Wein aus einer Flasche, auf der noch der Staub lag. Während des Essens redete Ernst fast ununterbrochen, während Elisabeth an seinen Lippen hing. Nur einmal sprach sie mich an.

»Was für ein schrecklicher Schock dieses Erlebnis für dich gewesen sein muss, Alexandra. Kein Wunder, dass du noch immer trauerst. Ich kann mir die Tragweite dessen kaum vorstellen.«

Ich versuchte, nicht zu reagieren. Es hatte keinen Sinn, ihr zu erklären, warum ich sicher war, dass Dani noch lebte.

»Ich hatte Bedenken, ob es vielleicht noch etwas zu früh ist, dich zu uns einzuladen«, fuhr sie fort. »Aber Jim hat so begeistert von dir erzählt.«

»Er hat erwähnt, du hättest einen neuen Job angetreten«, fiel Ernst ihr ins Wort. »Wenn man Sorgen im Privatleben hat, kann Arbeit wirklich eine große Hilfe sein.«

»Jetzt reicht es aber«, ging Jim mit scharfem Ton dazwischen. »Bitte lasst Alex mal in Ruhe essen, sie soll nicht auch noch über dieses Thema sprechen müssen.«

Zwischen Jim und seinem Vater war die Spannung deutlich spürbar. Ihr Umgang miteinander war unterkühlt und wortkarg.

Nach dem Essen führte Ernst mich herum. Er hatte eine beachtliche Kunstsammlung und zeigte mir Bilder von bekannten Künstlern, deren Namen ich noch nie gehört hatte.

Ernst und Elisabeth Zander hatten eine freundliche Art und versuchten wirklich, einen guten Eindruck auf mich zu machen. Und ich glaube zwar, ich tat das genauso, doch meine Gedanken waren viel zu sehr bei der bevorstehenden Reise, als dass ich diesen Besuch hätte genießen können. Ich versuchte, mich selbst dort zu sehen, möglicherweise als Schwiegertochter in dieser Familie. Doch die Vorstellung, an einem Ort, der wie ein Antiquitätengeschäft wirkte, Mittsommer oder Weihnachten zu feiern, war nicht gerade verlockend.

Als wir das Wohnzimmer betraten, fiel mir ein Familienporträt auf, das auf dem Kaminsims stand. In der Mitte saß eine auffallend schöne Frau, die Ähnlichkeit mit Jim hatte.

Ich fragte ihn, ob das seine Schwester sei.

»Ja, sie wohnt im Ausland«, murmelte er. »Wir haben nicht viel Kontakt.«

Später am hatten Jim und ich es uns auf dem Sofa gemütlich gemacht und nebenbei den Fernseher laufen. Dann kam eine Nachrichtensendung.

Auf einen solchen Bericht war ich nicht vorbereitet, vielleicht habe ich deshalb überreagiert. Der Nachrichtensprecher sagte, dass inzwischen vier Monate vergangen seien, seit Daniella Brisell spurlos verschwunden war und dass die Polizei nach wie vor keinerlei Spuren habe. Meine Hoffnung und die Wirklichkeit lagen jetzt nicht mehr nur ein bisschen auseinander, zwischen ihnen tat sich ein metertiefer Abgrund auf. Vier Monate? Was passiert mit einem Menschen in vier Monaten Gefangenschaft? Mein Herz begann wie wild zu schlagen und pumpte Schuldgefühle in meine Blutbahn. *Es hätte mich treffen müssen.*

Aber das Bild war das Schlimmste von allem. Bei diesem Bericht wurde nicht das Bild von Dani gezeigt, das sonst immer in den Medien auftauchte, auf dem sie etwas verlegen in die Kamera grinst, sondern ein Foto von uns beiden. Ich wusste sofort, woher es stammte. Wir standen auf den Sanddünen unterhalb unseres Sommerhauses. Danis Haare hatten sich an einem Knopf meiner Jeansjacke verheddert. Sie versuchte loszukommen, und der Fotograf hatte sie dazu bewegt, sich umzudrehen. Ihr Gesichtsausdruck auf dem Schnappschuss wirkt verblüfft, ihr Mund steht halb offen. Ich mache einen verärgerten Eindruck, habe mein übliches »Fuck-off-Gesicht« aufgesetzt. Aber Dani – sie sieht so unglaublich verletzlich aus. Als könnte sie jeder dazu bringen, so ziemlich alles zu tun.

Schreckliche, brutale Szenen strömten jetzt durch mein Hirn. Mit einem Mal war ich von einem Gefühl der Hoffnungslosigkeit überwältigt. Vielleicht hätte ich einfach aufgeben sollen. Die Idee war anfangs ganz verlockend, aber dann wurde mir schlecht, ich krümmte mich, heulte, schniefte und wimmerte.

Jim begriff, dass er mich nur festhalten und gar nichts sagen musste. Als ich ausgeweint hatte, wurde aus meiner Trauer Wut. Auf Gerechtigkeit zu hoffen, war einfach lachhaft. Doch eines wusste ich. Wer auch immer Dani entführt hatte, er würde seine Strafe bekommen. Seine gerechte Strafe.

Am darauffolgenden Morgen fuhr mich Jim nach Hause. Ich fing an zu packen, rief Anita an und bat sie, Zelda zu versorgen. Mein Enthusiasmus hatte sich inzwischen gelegt. Stattdessen fühlte ich mich zu nichts in der Lage, ich spielte mit dem Gedanken zu putzen, doch mir fehlte jede Energie. Was für einen Sinn hatte das, was ich da tat? Wie sollte ich San

Francisco genießen können, wenn Dani vielleicht gar nicht mehr lebte?

Ein paar Tage zuvor hatte ich Stan Goodban eine Nachricht geschickt, in der ich ihn um ein Treffen bat. Er hatte geantwortet, dass ihm jeder Tag recht sei. Meist sei er allein zu Hause, und er freue sich auf meinen Besuch. Ich beschloss, dass das der Grund meiner Reise sein sollte. Dani war nicht tot, und wenn Stan wirklich mehr über diese Sekte wusste, hätte sich der weite Weg gelohnt.

Später am Abend rief Carl an. Allein vom Klang seiner Stimme ging es mir gleich besser. Ich bekam unbändige Lust, mit ihm herumzufrotzeln.

»Wann überlässt du Frauen eigentlich deine Kreditkarte? Ist das eine Art Abschiedsgeschenk? Oder etwa Schmiergeld? Machst du das, um sie ins Bett zu kriegen?«

»Das kommt ganz drauf an. Aber jetzt hör mir mal gut zu und schreib ruhig mit. Am ersten Tag wirst du vom Jetlag ziemlich fertig sein, aber du kommst am Nachmittag an, und ich möchte, dass du dir das Haus in Yosemite noch am selben Abend anschaust. Achte besonders auf Gerüche, vor allem auf Schimmelgeruch. Es soll innen sehr schön sein, aber da kann man sich täuschen, wenn man nur Fotos zu sehen bekommt. Es ist wichtig, dass du dir alles ganz genau ansiehst und überlegst, ob es für uns das Richtige ist. Am zweiten Tag wird Brett dir San Francisco zeigen. Wenn du mit ihm ins Bett gehst, schmeiße ich euch beide raus. Am dritten Tag hast du freie Hand. Du kannst diesen Goodban besuchen, ich hab ihn übrigens von meinen Kontakten vor Ort mal durchchecken lassen. Er ist im Ruhestand, und im Strafregister gibt es keinen Eintrag über ihn, aber verabrede dich mit ihm nur an einem Ort, an dem noch mehr Menschen sind. Okay?«

»Klingt gut. Und soll ich dir von dort irgendwie Bericht erstatten?«

»Das ist nicht nötig. Aber eins solltest du tun. Brett wird dir einen USB-Stick mitgeben. Du sollst ihn an einem sicheren Ort deponieren und sofort an mich übergeben, wenn du wieder hier bist. Schieb ihn nicht in deinen Computer. Er darf weder mit der Post noch übers Internet verschickt werden. Falls du unerwartet im Zoll stecken bleibst, rufst du mich sofort an. Und verlier ihn um Himmels willen nicht! Vertanden?«

Ich wollte gerade den Mund öffnen.

»Und jede Frage nach dem, was darauf ist, ist streng verboten.«

»Oh! Das klingt ernst.«

»Das ist es überhaupt nicht«, sagte er und lachte geradezu ansteckend. »Es ist einfach nur Material, das der Geheimhaltung unterliegt.«

Ich erzählte ihm von dem Gespräch mit der Polizei. Es schien ihn wirklich zu interessieren. Kurz bevor wir das Telefonat beendeten, fiel mir noch auf, wie gut gelaunt er war.

Etwas in mir erwachte zum Leben.

Jetzt freute ich mich richtig auf den Trip.

30

Vier Männer heben sie mit kräftigen Armen in die Höhe – und tragen sie aus der Zelle hinaus, in die Krypta hinein. Überall brennen Fackeln. Die Flammen flackern und werfen ein wildes Schattenspiel an die Decke. Sie stellt sich vor, dass es sich so ähnlich anfühlen muss, ins Fegefeuer getragen zu werden. Die Schatten der Männer sind groß und bewegen sich rhythmisch.

Sie öffnen eine Tür und tragen sie die Treppe hinauf, die in die Kirche führt. Die Stufen liegen im Dunkeln, die Luft ist stickig. Einer der Männer öffnet ihnen eine schwere Tür mit geschmiedeten Beschlägen. Ihr wird klar, dass sie sich jetzt in der Kirche befinden, und sie blickt sich nervös um. An den Wänden entlang brennen Hunderte von Kerzen.

Die Kirche ist zwar nicht groß, aber diese Glaskuppel, die sich über den ganzen Altarraum spannt und in den nachtschwarzen Himmel reckt, verleiht ihr eine unheimliche Dimension – als befänden sie sich am Rande des Universums. Flüchtig nimmt sie Tausende von Sternen wahr, die hinter den vorbeiziehenden Wolken glitzern und funkeln.

Behutsam legen sie sie auf einen neu errichteten Glasaltar, der sich mitten in der Kirche befindet.

Sie haben nicht ein einziges Wort gesprochen. Jetzt bemerkt sie die Bronzeskulptur des Falken, der seine Flügel über ihr aufspannt. Sein Blick ist auf sie geheftet, die Beute. Sie dreht den Kopf zur Seite und verschafft sich in Windeseile einen Überblick über die Kirche. Hohe, bogenförmige Fenster. Prächtige Kronleuchter, die von der Decke herabhängen und den Schein der Fackeln reflektieren. Ein diffuses, bläuliches Licht fällt von der Kuppel auf den Gang zum Altar. In der Luft liegt ein Duft von Weihrauch.

Ein Scheinwerfer ist auf ihren nackten Körper gerichtet und lässt ihn glänzen wie Perlmutt.

Ihre Arme und Beine zittern. Es darf nicht wahr sein, was hier geschieht. Doch die Welt um sie herum ist keine Fantasie. Alles ist echt.

Jetzt ist sie außer sich vor Angst, versucht, die Tränen wegzublinzeln, und presst die Lippen aufeinander. Das ist wirklich erstaunlich. Sie kann atmen, aber viel mehr kann sie nicht.

Etwa ein Dutzend Männer umringen sie in einem Halbkreis. Sie sieht dem Meister in die Augen, der mit dem Falken auf der Schulter vor ihr steht. In seinem Blick liest sie eine Botschaft. *Unterwirf dich, dann wird alles gut*. Sonderbarerweise fällt damit ein wenig Anspannung von ihr ab. Der Meister nimmt ihre Arme und legt sie ihr über den Kopf, sodass sie völlig entblößt daliegt und die Männer sie begutachten können.

»In Kürze beginnt deine spirituelle Reise«, sagt er und streicht ihr über den Kopf.

Er legt seine Hand auf sie, woraufhin der Falke von seinem Arm auf ihren Bauch schreitet. Noch immer erschauert sie, wenn seine scharfen Krallen sie berühren. Der Falke spürt das und krallt sich noch intensiver fest.

»Und, was sagt ihr?«, fragt der Meister die anderen. »Ich habe sie gefügig gemacht und neu erschaffen. Sie ist fruchtbar und demütig. Wird sie die Voraussetzungen der Prophezeiung erfüllen?«

Eine Gestalt tritt aus der Gruppe hervor. Sie erkennt ihn. Es ist der Hai.

Auf seiner weißen Kutte sind eine Lilie und ein Palmenbäumchen aufgestickt. Sein schwarzes Haar ist mit Wachs nach hinten gekämmt. Er beugt sich über sie. In einer fließenden Bewegung ergreift er ihr Haar und zieht ihren Kopf so zur Seite, dass ihr Gesicht sich zu ihm dreht und sie ihm in die Augen sehen muss.

Sie wendet den Blick nicht ab, doch der Impuls, ihm ins Gesicht zu spucken, ist so stark, dass ihre Zunge im Mund zittert.

»Sie ist ein unvollendetes Kunstwerk«, sagt er.

»Kannst du sie vollkommen machen?«, fragt der Meister.

»Natürlich, Meister. Das wird mir gelingen.«

Sie versteht nicht, was sie damit meinen, doch bald weiß sie es.

31

Carl hatte mich sowohl vor dem Jetlag als auch vor Brett Cole gewarnt, doch keines von beidem brachte mich aus dem Takt.

Brett holte mich vom Flughafen in San Francisco ab. Als er mich in der Ankunftshalle erblickte, breitete er zum Willkommensgruß gleich die Arme aus. Ein paar Augenblicke lang betrachtete ich ihn genauer. Im wirklichen Leben war er noch attraktiver als auf dem Bildschirm. Ein vertrauenswürdiges Gesicht, goldbraune Haut und Augen, die erstaunlich hell waren und verschmitzt funkelten. Sein Lächeln war warmherzig. Der ordentlich gebügelte Anzug wirkte an ihm verblüffend leger.

Wir bewegten uns schnell aus der Ankunftshalle heraus. Die ungewohnte Hitze draußen auf der Straße hüllte mich wie eine Decke ein. Brett bewegte sich geschmeidig wie eine Katze, immer war er um mich herum und wahrte dennoch einen gewissen Abstand.

»Du möchtest bestimmt erst ins Hotel, bevor wir zu dem Haus rüberfahren«, sagte er. »Vielleicht willst du dich kurz aufs Ohr legen? Nach Yosemite sind wir vier Stunden unterwegs.«

»Nein, kein Problem. Wir können sofort los.«

Nicht einmal während der langen Autofahrt wurde ich müde. Wir unterhielten uns entspannt und hörten Musik. Dann war die CD zu Ende. Keiner von uns sprach ein Wort, und je länger die Stille anhielt, desto angenehmer wurde sie.

Lange betrachtete ich die Landschaft, dann kam mir die Idee, Brett ein bisschen auszufragen.

»Wie habt ihr euch eigentlich kennengelernt, Carl und du?«

»In einem Schwulenklub.«

»Ach komm! Carl ist doch nicht schwul.«

»Nein. Ich auch nicht. Aber wir haben beide Freunde, die gay sind. Carl hat damals noch in San Francisco gelebt. Wir sind ins Gespräch gekommen, und er hat mir von seinen Theorien über Sex als Entspannungstherapie erzählt. Dann kam eins zum anderen. Es lag nahe, das Unternehmen hier anzusiedeln, da ich gut vernetzt bin. Und die Frauen, die hierherkommen, lieben San Francisco. Es ist ein wunderbarer Ort, um Urlaub zu machen.«

»Bist du Partner in der Firma?«

»Ja, obwohl Carl den größeren Anteil Aktien hält. Hier haben wir kein Büro wie in Schweden. Ich kümmere mich um alle Arrangements in unseren Häusern.«

»Kannst du mir ein bisschen was über diese Arrangements erzählen?«

»Nein, eigentlich nicht. Das überlasse ich lieber Carl, wenn er es für richtig hält. Erzähl mir doch etwas von dir. Und ich würde auch gern mehr über Schweden erfahren.«

Er stellte keine einzige Frage zu Danis Schicksal, doch aus unserer Unterhaltung ging hervor, dass er Bescheid wusste, also mied er das Thema bewusst. Mir tat es gut, darüber nicht sprechen zu müssen. Ich beschloss, mit dem Grübeln aufzuhören und diese Gedanken erst wieder zuzulassen, wenn ich Stan Goodban traf. Ein bisschen frischer Wind in meinem Kopf konnte nicht schaden. Die neuen Eindrücke würden mir guttun, und ich wollte genießen, dass ich am Leben war.

Der Weg nach Yosemite war schwindelerregend schön. Je näher wir unserem Ziel kamen, desto beeindruckender wurde die Natur. Neben der Straße tauchten nun dichte Nadelwälder und rauschende Wasserfälle auf. In der Entfernung konnte ich schon schneebedeckte Berggipfel erkennen. Der Laubwald funkelte bunt in seinem Herbstgewand. An einer Stelle mussten wir sogar anhalten, um ein paar Bären über die Straße trotten zu lassen.

Das Haus befand sich gar nicht unten im Tal, sondern in einem kleinen Ort, der Tuolumne Meadows hieß. Das letzte Stück legten wir auf einem Schotterweg zurück. Das Hauptgebäude lag auf einer Anhöhe mit Blick auf den Wald. Doch als ich die angestrahlte Fassade erblickte, war ich auf Anhieb irritiert. Dieses Anwesen schien eher eine Luxusvilla zu sein, kein normales Haus. Als wir aus dem Wagen stiegen, sah ich, dass es sich um einen Neubau handelte. Und hier sollte ich auf Schimmelgeruch achten?

Innen war es noch schöner, sofern das möglich war. Ein riesiges Wohnzimmer, das durch die Panoramafenster in Licht badete. Parkettboden, darauf Perserteppiche. Eine moderne Küche. Zwei große Schlafzimmer und zwei Badezimmer, wovon eins einen großzügigen Whirlpool besaß. Alles duftete neu und sauber. Warum hatte Carl mich überhaupt hergeschickt?

Ich hielt Brett meine nach oben gerichteten Daumen vor die Nase, nachdem er mich durchs Haus geführt hatte. Er wirkte weder erleichtert noch besonders erfreut. Natürlich wusste er längst, dass es an diesem Objekt nichts zu beanstanden gab.

Als wir wieder hinauskamen, war die Luft kühler geworden. Brett erklärte mir, dass Yosemite wesentlich höher liege als San Francisco und auch ein anderes Klima habe. Während wir uns unterhielten, begann es zu schneien. Große, weiche, nasse Flocken fielen wie verirrte Wattebausche vom Abendhimmel. Auf dem Heimweg saßen wir lange einfach da und schwiegen. Die Schneeflocken tanzten im Scheinwerferlicht. Schließlich schlummerte ich bei sanfter Musik ein. Brett weckte mich behutsam, als wir vor dem Hotel in der City anhielten. Wir verabredeten uns zum Sightseeing für den kommenden Tag um zehn Uhr.

Als ich zur Rezeption ging, merkte ich gleich, dass ich mich in einem Fünf-Sterne-Hotel befand. Das lag nicht nur an der luxuriösen Ausstattung, sondern auch an der Atmosphäre, ich hatte instinktiv das Gefühl, hier war es angebracht zu flüstern. Das Personal behandelte mich, als wäre ich etwas Besonderes. Ich hatte ein Zimmer mit Meerblick und konnte die ganze San-Francisco-Bay sehen, wo sich Millionen von Lichtern auf der dunklen Wasseroberfläche spiegelten. Hier würde ich mich wohlfühlen, das spürte ich gleich. Leider war ich viel zu müde, um in der riesigen Wanne ein Bad zu nehmen und mich nach der Reise frisch zu machen. Ich schaffte es gerade noch, meine Kleider aufzuhängen und mein Necessaire ins Bad zu stellen, dann fiel ich todmüde ins Bett. In dieser Nacht schlief ich tief und fest, lag weder wach noch träumte ich von Dani.

Der leuchtend blaue Himmel war das Erste, was ich an dem darauffolgenden Morgen sah. Ich blieb noch lange gemütlich unter meiner Daunendecke liegen und sah ihn mit leicht blinzelnden Augen an. Nicht der Hauch einer Wolke. Langsam stieg ich aus dem Bett und ging zum Fenster. Die Aussicht auf die Bay – das türkisfarbene Wasser, die Häuser, die Schiffe, die Bäume, die sich wie in Slow Motion im Wind wiegten – all das strahlte eine unglaubliche Ruhe aus. Ein Bild voller Beschaulichkeit, wie der Anblick einer hübschen

Postkarte, und dennoch konnte ich das pulsierende Leben in der Stadt spüren. Hier würde ich gern leben, dachte ich. Und dann korrigierte ich mich selbst: *Hier werde ich irgendwann mal leben.*

Bis zu meiner Verabredung mit Brett hatte ich noch eine Stunde Zeit. Also griff ich zum Handy und wählte Collin Delphis Telefonnummer, die ich in meinen Kontakten gespeichert hatte. Ich hatte beschlossen, jetzt, da ich schon in Kalifornien war, die Gelegenheit zu nutzen und dieser Spur nachzugehen, immerhin trug er das Tattoo mit dem Falken. Eine Frau nahm den Hörer ab, ich erkannte ihre misstrauische Stimme sofort wieder. Beim ersten Anruf hatte ich einfach aufgelegt, aber jetzt war ich mutiger. Ich fragte, ob Collin zu sprechen sei, doch da war sie überrascht.

»Collin wohnt hier nicht mehr. Er ist ins Ausland gezogen.«

»Könnten Sie mir vielleicht seine Handynummer geben oder die neue Adresse?«

»Wenn ich ehrlich sein soll: Er hat sich in Luft aufgelöst. Sein Smartphone hat er hiergelassen. Wer sind Sie eigentlich?«, fragte sie argwöhnisch.

»Eine alte Freundin, wir haben uns lange nicht gesehen. Also wirklich nur eine Bekannte. Elsa, aus Schweden.«

»Diesen Namen hat er nie erwähnt. Aber – jedenfalls habe ich keinen blassen Schimmer, wo er steckt. Und es ist mir auch egal. Richten Sie ihm aus, er kann zum Teufel fahren, wenn Sie ihn finden.«

Leider musste ich feststellen, dass das eine Sackgasse war, also verabschiedete ich mich und hoffte bei meinem Treffen mit Stan Goodban auf mehr Glück.

Brett stand pünktlich vor der Tür.

»Es steht einiges auf dem Programm«, sagte er enthusiastisch.

»Super«, erwiderte ich. »Zeig mir, was du willst. Aber zuerst möchte ich nach Haight-Ashbury.«

Brett musste lachen.

»Ach, bist du im Grunde deines Herzens ein kleiner Hippie? Natürlich zeige ich dir Haight-Ashbury, aber ich habe schon eine Route ausgetüftelt. Könnten wir das auch nach dem Mittagsessen machen?«

»Kein Problem, Hauptsache, du versprichst, dass ich es zu sehen bekomme.«

Der Tag verging wie im Flug. Alles, was Brett mir zeigte, war faszinierend und wunderschön, doch am meisten gefiel mir das Wetter: Die Sonne, der blaue Himmel und der laue Wind machten mich so glücklich wie schon lange nicht mehr. Wenn ich an all diejenigen dachte, die zu Hause unter dem nasskalten Herbstwetter litten, kam fast so etwas wie Schadenfreude auf.

»Das Wetter ist hier vermutlich nicht immer so schön, oder?«, fragte ich Brett.

»Doch, im Herbst und im Winter ist es immer wunderbar. Kaum ein trüber Tag. Im Sommer legt sich der Nebel auf die Stadt.«

Wir standen lange auf der Golden Gate Bridge und betrachteten San Franciscos Skyline. Von hier aus sahen die Menschen wie Ameisen aus. Die Segelschiffe glitten federleicht über das indigoblaue Meer. Mich packte die pure Lebensfreude, ein heftiges Verlangen danach, meine Lunge mit frischer Luft zu füllen. Ich wollte gar nicht mehr weg.

»Ich habe einen Tisch reserviert, fürs Mittagessen«, sagte Brett.

»Storniere ihn, bitte! Ich würde viel lieber draußen sein und diese Muschelsuppe in Brotschale essen, die sie da unten am Kai verkaufen.«

Und so machten wir es, wir hockten uns auf eine Parkbank am Hafen, und dann beobachteten wir die Seelöwen und hörten den Straßenmusikanten zu. Nach einer kleinen Stadtrundfahrt mit dem Wagen landeten wir schließlich in Haight-Ashbury. Ich wusste nicht so richtig, was ich erwartet hatte, doch es war enttäuschend. Das Viertel bestand aus hübschen alten Häusern mit viktorianischem Charme, ein paar davon mit psychedelischen Farben und Motiven bemalt. Wir liefen sogar zu der Kreuzung von Haight Street und Ashbury Street mit ihren berühmten Straßenschildern. Doch die dort früher mal ansässige Hippie-Szene schien wie ausgestorben zu sein, und wo man versuchte, krampfhaft an sie zu erinnern, wirkte es irgendwie schräg: Geschäfte, in denen man Räucherstäbchen, Glöckchen, kitschige T-Shirts und Poster kaufen konnte. Schlagartig war mir klar, dass ich dort keine Antworten finden würde.

»Es gibt hier massenhaft Museen, die können wir nicht alle besuchen, du musst dich schon für eins entscheiden«, sagte Brett. Aber ich unterbrach ihn, bevor er begann, sie aufzuzählen.

»Können wir nicht lieber nach Alcatraz rüberfahren? Es gibt doch eine Fähre zur Insel?«

»Ich habe eine viel bessere Idee«, erwiderte Brett. »Ich organisiere uns ein Motorboot.«

Es geschah in einem der Gefängnislöcher von Alcatraz. Wir schlossen uns einer Führung an, aber ich landete ganz hinten, am Ende der Gruppe, trottete allen hinterher und betrat eine Zelle, die für Touristen geöffnet war. Drinnen stand ich dann ganz allein und gruselte mich. In meinem Kopf machte sich ein leichtes Säuseln bemerkbar, und ich dachte erst, das wären noch die Nachwirkungen des röhrenden Motorengeräuschs von Bretts Motorboot. Dann wurde mir schlecht, und ich schob es auf die Muschelsuppe. Meine Knie wurden weich, und da wusste ich mit einem Mal, dass irgendetwas mit mir geschah. Ich ging in die Hocke, rutschte mit dem Rücken an der Wand hinunter. Es fühlte sich an, als stürzte die Decke auf mich herab. Die Wände kamen immer näher. Die Türöffnung vor mir verschwand. Ich konnte alles nur noch verschwommen sehen. Am Ende erfüllte Danis Stimme meinen Kopf. Sie brüllte, rief nach mir, dann schrie sie um Hilfe.

Diese Offenbarung dauerte nur einen kurzen Moment. Plötzlich konnte ich wieder wie immer sehen, und nichts schien verändert, bis auf einen bohrenden Kopfschmerz, der mich nun plagte. Dann stand ich auf und merkte, dass meine Beine zitterten. Ich sah zu, dass ich aus der Zelle kam. Als ich Brett entdeckte, war ich noch ziemlich durcheinander, doch ich fing mich schnell. Er hatte mich schon gesucht, daher entschuldigte ich mich, dass ich mich von der Gruppe entfernt hatte.

»Bist du aus einer Zelle nicht mehr rausgekommen?«, fragte er scherzend.

»Nein, es ist nur so wahnsinnig interessant hier drinnen, all diese Gänge und kleinen Zimmer. Aber jetzt habe ich Kopfschmerzen bekommen. Wahrscheinlich vom Jetlag. Vielleicht sollten wir doch lieber zum Hotel fahren.«

Am Abend hatten wir einen Tisch in einem Restaurant mit dem Namen Gary Danko, das ein wunderbares Ambiente hat. Riesige Blumenarrangements zierten die Räume, und an den Wänden hing echte Kunst. Das Essen wurde auf kunstvoll dekorierten Tellern serviert und sah fast zu schön zum Essen aus. Ich wagte es kaum, die Preise auf der Speisekarte zu lesen.

Nach ein paar Gläsern Wein fühlte sich mein Kopf wieder besser an, mein Körper wurde wohlig warm, und ich genoss Bretts Gesellschaft. Doch als er vorschlug, mich anschließend noch in einen Klub mitzunehmen, lehnte ich dankend ab.

Als wir auf dem Rückweg noch im Wagen saßen und schon vor dem Hotel standen, ergriff er meine beiden Hände.

»Ich würde dich gern noch auf einen Absacker zu mir mitnehmen, aber ich bin mir nicht sicher, ob ich dann die Finger von dir lassen kann«, sagte er und lächelte etwas geniert.

»Warum ist das ein Problem?«

»Carl und ich schlafen nie mit denselben Frauen.«

»Warum?«

»Er findet das unangebracht, die Frauen sollen nicht das Gefühl bekommen, wir würden sie ausnutzen.«

»Das klingt eher nach einem von Carls seltsamen Grundsätzen.«

Brett musste lachen. In seinen Augen tanzte das Licht so schön.

»Ja, da hast du wohl recht. Carl kann ziemlich klare Regeln aufsetzen, aber im Grunde meint er es einfach nur gut, und er ist der spannendste Mensch, der mir je über den Weg gelaufen ist. Und außerdem ist er einer meiner besten Freunde.«

»Du brauchst ihn nicht zu entschuldigen. Aber um alle Missverständnisse auszuräumen, ich war gar nicht mit Carl im Bett. Und ich habe auch nicht vor, mit dir ins Bett zu gehen.«

»Du bist ein unglaublicher Gewinn für die Firma, Alex«, sagte er. »Und ich hoffe, das ist erst der Anfang einer ganz langen Freundschaft.«

Dabei sah er mich besonders lieb an. Es wäre so einfach gewesen, einfach zu ihm rüberzurutschen und sich auf seinen Schoß zu setzen. Ich war mir sicher, er hätte angebissen. Doch dieser Gedanke verschwand so schnell, wie er gekommen war.

»Soll ich dich morgen zu deiner Verabredung fahren?«, fragte Brett.

»Nein, ich finde es gar nicht schlecht, mal einen Tag allein organisieren zu müssen. Ich nehme mir einen Mietwagen mit Navi. Und wenn ich einen Tag später wieder zum Flughafen muss, springe ich in ein Taxi.«

»Heißt das, ich darf dich nicht noch mal sehen?«

»Du wirst doch bestimmt zur Jahresversammlung zu uns nach Schweden kommen?«

»Auf jeden Fall. Die lasse ich mir nie entgehen.«

Und da schlug er sich plötzlich die Hand vor die Stirn.

»Shit! Jetzt hätte ich fast vergessen, dir das hier zu geben«, sagte er, fuhr in die Innentasche seines Sakkos und zog einen USB-Stick heraus.

»Ja, Carl hat schon erwähnt, dass du mir einen Stick mitgeben würdest. Danke.«

»Ich glaube, Carl möchte nicht, dass du dir den Inhalt anschaust«, schob er vorsichtig hinterher.

In meinen Fingern kribbelte es, als ich den Stick in Empfang nahm.

Als wir uns zum Abschied in den Arm nahmen, kam ich mir etwas unbeholfen vor, meine Wange berührte seine, und sein ganz besonderer, würziger Duft war betörend.

Als ich wieder in meinem Hotelzimmer war, legte ich mich aufs Bett. Irgendetwas von unserem gemeinsamen Tag beschäftigte mich. Ich stellte mir vor, was an diesem Abend hätte geschehen können, wenn Dani nicht gekidnappt worden wäre. Ganz sicher hätte ich die coolsten Klubs von San Francisco kennengelernt, hätte mich maßlos betrunken, mit Brett die ganze Nacht lang Sex gehabt und wäre den darauffolgenden Tag mit einem schrecklichen Kater im Bett geblieben – viel zu fertig, um mich daran erinnern zu können, wie sich diese fantastische goldbraune Haut unter meinen Fingerspitzen angefühlt hatte.

Früher bin ich mit einer ordentlichen Portion Gleichgültigkeit durchs Leben gewandert, habe selten für Dinge wirklich gebrannt, nie einen echten Enthusiasmus entwickelt, war viel zu cool, um eine Gelegenheit auszulassen, mit einem attraktiven Mann ins Bett zu gehen. Jetzt war mir das nicht mehr wichtig. Ich hatte einen wunderschönen Tag mit Brett verbracht, und das war genug.

Seit Dani verschwunden war, hatte ich mich verändert.

Ich war nicht mehr so wütend, zumindest nicht ständig.

Zum ersten Mal im Leben lernte ich das Gefühl kennen, einen anderen Menschen so sehr zu vermissen, dass man sich selbst vergisst. Ich hatte keine Ahnung, wohin mich diese Entwicklung führen würde, ob sie gut oder schlecht war.

Aber vielleicht war sie ganz einfach notwendig.

32

Das Schreckliche, das Unausweichliche wird morgen geschehen. Nachdem sie von den Männern in der Kirche wie ein Stück Vieh begutachtet worden ist, ist sie noch verzweifelter. Sie haben sie hinterher zurück in die Zelle getragen, denn es war ja nur eine Art Übung. Aber jetzt weiß sie, was sie erwartet, sie kann es zumindest ahnen. In der Nacht hat sie sich den Kopf zerbrochen, ob sie durchs Fenster fliehen könnte. Aber der Falke sitzt auf dem Holzpflock, und sie wagt es nicht, in seine Nähe zu kommen. Je häufiger sie zum Fenster hinaufsieht, desto sicherer ist sie, dass sie sich nicht hindurchzwängen kann. Oder sie kommt bis zur Mitte und bleibt dann stecken – die eine Hälfte im Himmelreich, die andere in der Hölle.

In den besonders anstrengenden Phasen ihres Studiums hatte sie angefangen, sich mit Essen bei Laune zu halten, besonders in den Nächten vor einer Prüfung oder Klausur. Immerhin war das besser als die Aufputschmittel gewesen, die manche ihrer Kommilitonen nahmen, fand sie. Sie wurde nicht dick, aber insgesamt ein bisschen fülliger. Die Männer hier hatten bei den abgemessenen Essensportionen und Körperübungen darauf geachtet, dass sie ihre Kurven behielt.

Jetzt fragt sie sich, was Alex in ihrer Situation wohl täte. Bestimmt nicht in Panik geraten. Sie wäre schlauer. Sie würde mitspielen. Einen Plan schmieden, wie sie die Männer überlisten könnte. Und während sie das denkt, würde sie Alex am liebsten anschreien. *Mach dich zu Hause bloß nicht verrückt, lass dich nicht hängen!*

Am darauffolgenden Morgen steht der Meister schon früh vor ihrem Bett. Sie hat eine Entscheidung gefällt. Kaum steht er da vor ihr, öffnet sie den Mund, obwohl das streng verboten ist.

»Ich habe verstanden, dass Ihr ein Kind wollt.« Ihre Stimme stockt. »Und ich weiß, dass Ihr in bester Absicht handelt. Ich will für das Kind nur das Beste. Bevor ich hierhergekommen bin, habe ich Medizin studiert. Ich kann Euch also unterstützen.«

Verwundert sieht er sie an. Über sein Gesicht huscht ein Schatten.

»Es gibt Dinge, die du nicht sehen kannst, Systeme, die größer sind als du. Wir sind ein eher kleiner Orden, aber wir verfügen über ein riesiges Netzwerk. Eines Tages werden wir die Welt regieren. Begreifst du jetzt, mit wem du es zu tun hast?«, fragt er sie.

»Ja, und deshalb möchte ich mich Euch anschließen. Ich glaube, jetzt bin ich reif genug.«

Auch sie kann lügen. Auch sie kann täuschen. Alex könnte stolz auf sie sein.

Der Meister setzt sich auf die Bettkante. Jetzt zieht er die Mundwinkel hoch, doch sein Lächeln hat etwas Unheimliches. Immerhin kann sie sehen, dass sie mit ihren Worten zu ihm vorgedrungen ist. Ihr Herz schlägt einen kleinen Salto. Die Chance mag mikroskopisch klein sein, aber eine andere hat sie nicht.

»Vermisst du deine Schwester?«, fragt er sie.

»Ja«, antwortet sie wahrheitsgetreu.

»Willst du, dass sie herkommt?«

»Nein! … Ich meine, es wäre zwar schön für mich, aber ich glaube nicht, dass sie hierhergehört.«

»Warum nicht?«

»Es fällt ihr schwer, sich anzupassen. Sie ist viel oberflächlicher als ich.«

Der Meister lacht ein fast lautloses, zischendes Lachen. Als sie in seine gläsern wirkenden Augen blickt, schießt ihr ein eigenartiger Gedanke in den Kopf: *So intelligent ist er gar nicht.*

»Es sieht so aus, Daniella«, sagt er mit ernster Stimme. »Wenn alles nach Plan verläuft, brauchen wir deine Schwester nicht. Aber wenn doch etwas schiefgeht oder du versuchst, uns zu hintergehen, dann bin ich gezwungen, sie zu holen. Sie ist unser Plan B. Verstehst du?«

»Nicht ganz, ich weiß ja nicht genau, was morgen geschehen soll. Aber ich werde mein Bestes geben.«

Sie unterhält sich tatsächlich mit ihm, jetzt darf sie es nicht vermasseln.

»Gut. Wir haben Alex bereits vorgewarnt. Nur für den Notfall. Jetzt steht und fällt alles mit dir.«

Das versetzt ihr einen Stich ins Herz, es ist fast unerträglich zu hören, dass er Alex' Namen in den Mund nimmt.

Er streicht ihr eine Haarsträhne aus der Stirn und fährt ihr mit seiner Hand über den Arm.

»Weißt du, dass es die einzig wahre Rolle der Frau ist, sich allem zu unterwerfen?«

»Als ich Medizin studiert habe, habe ich verstanden, dass der Frauenkörper genau dafür gemacht ist. Das ist seine Natur.«

»Gut, Daniella. Deine medizinischen Kenntnisse können uns nützen«, sagt er und streichelt ihr übers Knie. »Aber unser Orden hat keine wissenschaftliche Ausrichtung, wir sind

Visionäre. Und da wir gerade davon sprechen, hier ist jemand, der darauf wartet, dich in das Kunstwerk des Jahrhunderts zu verwandeln.«

Sie dreht sich um, und da steht er in der Tür.

Der Hai.

Er hält eine große Ledertasche in der Hand. Seine Augen glühen, als wäre er auf Speed. Vielleicht ist er es sogar. Und dann grinst er breit. Obwohl sie es mit der Angst bekommt, gelingt es ihr, bis auf ein leichtes Zittern ganz still zu sein.

»Ich werde hierbleiben«, sagt der Meister. »Als Belohnung für deine Fortschritte. Und gebraucht werde ich ja auch noch.«

33

Am folgenden Morgen begrüßte mich derselbe strahlend blaue Himmel. Es war ein herrlicher Oktobertag, sonnig, doch nicht zu heiß, so wie in Schweden ein Frühlingstag. Einen Mietwagen zu organisieren, war einfach gewesen. Und die Firma hatte mir den Wagen buchstäblich vor die Tür gestellt. Die Adresse, die ich von Stan Goodban bekommen hatte, war Wavecrest Road in Half Moon Bay, ein Stellplatz für Dauercamper, wo die Leute rund ums Jahr wohnten, wie mir bald klar wurde. Laut Navi würde die Fahrt dorthin zweiundvierzig Minuten dauern. Was mir das Programm allerdings nicht mitteilte, war, dass sich die Straße in entsetzlich engen Haarnadelkurven zum Ziel hin schlängelte. Durchs offene Fenster strömte mir der würzige Geruch der Redwoodbäume in die Nase. Nach einer Weile kroch ein silbergrauer Nebel auf die Straße und nahm mir die Sicht, was nur bedeuten konnte, dass ich der Küste näher kam.

Ich rief mir noch einmal unsere Mails in Erinnerung und hoffte inständig, dass Stan wertvolle Informationen über das Siegel mit dem Falken und der Sonne für mich hatte.

Mit einer gewissen Erleichterung sah ich, dass der Campingplatz, auf dem er wohnte, eingezäunt war. Die Wohnwagen standen dicht an dicht. Ich würde nicht irgendwo in der Einöde mit ihm allein sein müssen.

Ich tippte den Zahlencode ein, den er mir genannt hatte. Als ich auf den Platz fuhr, stand er am Tor und zeigte mir, wo ich parken sollte. Zögernd stieg ich aus. Der kalte, feuchte Meeresnebel kroch unter meine Bluse. Ich hatte ein flaues Gefühl im Magen, doch Stan sah kein bisschen gefährlich aus. Er schien schon etwas über siebzig zu sein, klein und übergewichtig, und er bewegte sich schwerfällig. Das dünne Haar, das unter seiner Cap zum Vorschein kam, war vollkommen weiß. Sein Gesicht hatte tiefe Falten. Der linke Arm zitterte ständig, als hätte er chronische Beschwerden. Seine Stirn schien leicht schwitzig zu sein. Aber seine blassblauen Augen strahlten Ehrlichkeit aus. Ihm haftete etwas Zerbrechliches an, als ob er an einer seltenen, möglicherweise lebensbedrohlichen Krankheit litt.

Der Wohnwagen, zu dem er mich führte, hatte schon bessere Tage gesehen. Alles war abgenutzt – hier roch es definitiv nach Schimmel und auch nach dreckigen Kleidern. Aber es war ordentlich aufgeräumt, vielleicht auch nur, weil ich zu Besuch kam.

Aus Höflichkeit nahm ich sein Angebot, einen Kaffee mit ihm zu trinken, an. Wir setzten uns auf zwei klapprige Stühle an einen Tisch, den er von der Wohnwagenwand herunterklappte. Und dann kam er direkt zur Sache. Kein höflicher Small Talk. Er schien darauf gewartet zu haben, mit mir zu sprechen.

»Wahrscheinlich glauben Sie, dass diese Gruppierung mit dem Siegel eine Art Hippie-Grüppchen war, nur weil sie ihre Wurzeln in Haight-Ashbury hatte«, begann er seine Erzählung. »Doch das Gegenteil war der Fall. Sie war eher ein Gegenentwurf zu den Ereignissen der Sechzigerjahre, zu den Studentenrevolten, der Musik und den Drogen. Sie nannten sich einen *Orden*, aber ich werde jetzt nur noch das Wort Sekte benutzen, denn das entspricht den Tatsachen.«

Ich beugte mich vor, seine Stimme war etwas schwächer geworden, und sie war heiser.

»Die Sekte wurde von einer Reihe Künstler und Musiker ins Leben gerufen, die nach Haight-Ashbury kamen, um Antworten auf die großen Fragen des Lebens zu finden, und enttäuscht wurden. Die meinten, die Hippiekultur sei zu stark vom Drogenkonsum geprägt, von Dekadenz und zu viel dummem Geschwätz. Alle Mitglieder waren junge Männer in den Zwanzigern, sie trafen sich, um politische und gesellschaftliche Probleme zu diskutieren. Einer von ihnen, der später zu ihrem Anführer wurde, bewohnte ein großes Anwesen außerhalb von Sausalito. Das ist die Stadt, die Sie von der Brücke aus auf der anderen Seite von San Francisco sehen. Sein Haus wurde zum Aufenthaltsort der Gruppe. An manchen Abenden redeten sie sich die Köpfe heiß, mitunter fanden auch ausgelassene Feste statt. Später entwickelten sich daraus noch kränkere Dinge.«

»Moment mal, Entschuldigung, wenn ich Sie unterbreche, aber woher wissen Sie das alles?«

»Ich bin selbst Mitglied gewesen«, antwortete er und ließ die Worte erst einmal so stehen. »Sie dürfen jederzeit aufstehen und gehen, denn was ich als Nächstes zu erzählen habe, ist nicht besonders schön. Aber wenn Sie bleiben, versuchen Sie bitte zu verstehen, dass sich Menschen verändern können. Ich habe mich von dem, was wir in dieser Zeit getan haben, grundlegend distanziert.«

»Sprechen Sie bitte weiter. Ich möchte alles wissen.«

»Es ist wichtig, dass Sie meinen Namen im Zusammenhang mit dem, was ich Ihnen jetzt erzählen werde, niemals nennen. Verstanden?«

Ich schluckte, nickte und bat ihn fortzufahren.

»Als ich dabei war, hatten wir etwa zwanzig Mitglieder. Alle begeisterten sich für Kunst, Musik und Literatur. Mitglied wurde man nur über eine Einladung. Damals spielte ich in einer ziemlich bekannten Bluesband Bass. Außerdem waren meine Hauptfächer im Studium Politik und Sozialpädagogik, daher passte ich ins Bild. Und ich war unheimlich neugierig.«

»Wer war damals der Anführer?«

»Das werde ich Ihnen nicht verraten. Einerseits weil wir Decknamen benutzt haben, andererseits weil ich Sie nicht in Gefahr bringen möchte. Ich werde Ihnen nur von der Sekte erzählen. Wie sie entstanden ist. Okay?«

Ich nickte und nahm, höflich wie ich war, einen Schluck lauwarmen Kaffee.

»Wir diskutierten über Philosophie und verschiedene Weltanschauungen. Lasen Bücher. Für den Anfang Nietzsche, danach Platon. Schließlich wurde *Atlas wirft die Welt ab* von Ayn Rand zu einer Art Grundlagentext für uns. Im Grunde ist das abstrus, schließlich war sie eine Frau, doch uns gefielen ihre Ansichten. Und aus der ganzen Lektüre und unseren Diskussionen erwuchs eine Theorie. Etwas in der Art, dass die Welt nicht zu retten sei. Dass die Menschen, die etwas von Kultur verstanden, an der Macht sein sollten und nicht die vielen korrupten Politiker. Und dass die Welt am besten von einer Art Elitegruppe regiert würde, die aus kreativen Männern bestand. Superhelden. Eine unserer Schlussfolgerungen war, dass absolute Wahrheiten nicht existierten, nur verschiedene Ansichten, und je mehr idiotische Meinungen von Menschen mit wenig Intelligenz Gehör fanden, desto schlechter war es für die Gesellschaft. Unsere Haltung war durch und durch frauenfeindlich. Wir vertraten die Auffassung, dass Frauen niedere Wesen seien, deren einzige Funktion es war, den Männern zu gefallen.«

»Ich verstehe nicht ganz, was dieses Frauenbild mit Platon und Nietzsche zu tun hat?«

»Weder Nietzsche noch Platon oder Ayn Rand glaubten an

eine übergeordnete Rolle der Religion in der Gesellschaft, aber es gab einige wenige Mitglieder, die aus erzkonservativen Kreisen stammten – daher hat es auch gewisse religiöse Einflüsse gegeben. Sie glaubten felsenfest an die Schöpfungsgeschichte. Und außerdem antworteten wir auf die Frauenbewegung der Sechzigerjahre. All unsere Mitglieder waren waschechte Machos. Alphatiere.«

»Das ist eine ziemlich schlechte Ausrede, wissen Sie das? Haben Sie auch zu denen gehört?«

»Auf gewisse Weise schon. Vielleicht nicht so radikal wie die anderen Sektenmitglieder, aber zu der Zeit war ich noch ein ganz anderer Mensch. Wesentlich aufmüpfiger.«

Er machte eine Pause, stand auf und schenkte sich Kaffee nach. Ich lehnte dankend ab, als er mir auch nachschenken wollte, meine Tasse war noch halb voll. Irritiert blickte er durch das kleine Fenster des Wohnwagens, als hätte ihn da draußen etwas beunruhigt.

»Die behalten mich ständig im Auge«, brummte er. »Sie haben immer noch Angst, dass ich reden und sie entlarven könnte.«

Jetzt fragte ich mich, ob ich möglicherweise bei einem paranoiden, leicht verwirrten Verrückten gelandet war. Doch als er sich wieder setzte, war sein Blick ernst und ganz klar.

»Und was haben Sie bei diesen Versammlungen gemacht?«, fragte ich ihn.

»Gerade das war das Schlimmste. Es hat sich eine Art abartige Tradition entwickelt, nach unseren ausufernden Diskussionen regelmäßig gewalttätigen Sex zu haben. Das ging so weit, dass Frauen, die wir mit Drogen oder Alkohol gefügig gemacht hatten, von der Gruppe vergewaltigt wurden. Mir ist klar, Sie werden jetzt als Nächstes fragen, ob ich da mitgemacht habe. Ja, das habe ich. Und ich bin nicht stolz darauf.

Vielleicht ist das der Grund dafür, dass ich hier mit einer mickrigen Rente hocke, die nicht einmal reicht, um die Miete für diesen heruntergekommenen Wohnwagen zu bezahlen. Vielleicht ist das die Strafe des Universums für all meine Verfehlungen.«

Bei diesen Worten sprang ich instinktiv auf. Durch meine Beine ging ein Zucken. Aber Stan Goodban machte einen so erbärmlichen Eindruck, wie er da vor mir saß. Kein bisschen gefährlich.

»Ein guter Freund hat Ihren Post auf Facebook geteilt, deshalb habe ich mich entschlossen, Ihnen zu helfen«, fuhr er fort. »Immer wieder suche ich im Internet nach Leuten, die Opfer von Sekten geworden sind, und versuche, sie irgendwie zu unterstützen.«

Ich hatte angefangen zu frieren, obwohl es im Wohnwagen nicht kalt war. Mein Magen grummelte. Hartnäckig verdrängte ich alle Gedanken daran, wie das, was er erzählte, mit Danis Verschwinden zusammenhängen könnte. Erst wollte ich herausfinden, was er wusste. Und zwar alles.

»Erzählen Sie weiter«, sagte ich.

»Der Anführer selbst hat sich dieses Konzept ausgedacht, soweit ich mich erinnern kann. Er meinte: ›Stellt euch vor, man bildet eine Elitetruppe ohne Namen, ohne Adresse, die zwar in keinem staatlichen Register geführt wird, aber namhafte Mitglieder in der ganzen Welt hat.‹«

»Was soll das sein, eine heimliche Sekte?«

»So in der Art. Eine Sekte, die ganz im Verborgenen wirkte, aber dennoch unglaublich einflussreich war. Die Idee dahinter war, dass wir jederzeit, überall in Erscheinung treten könnten. Man wusste jedoch nie, wer alles Mitglied war.«

»Aber was bleibt, wenn man all das weglässt – einen Namen, eine Anschrift?«

»Das ist das Programm, Alex, und ein Kontaktnetz.«

»Ein Grüppchen bekiffter Männer, die beschließen, die Welt zu regieren, das klingt total strange.«

»So war es auch, zumindest am Anfang, doch mit den Jahren wuchs der Einfluss unserer Mitglieder in der Gesellschaft. Sie haben jetzt viel Zeit gehabt, Anhänger für ihre radikalen Ansichten zu werben. Und man weiß nie genau, wann man es mit einem Mitglied zu tun hat«, sagte er und wandte den Blick ab.

»Sie machen mir Angst.«

»Das war nicht meine Absicht. Ich versuche nur, die Gedankenwelt hinter alldem zu verdeutlichen.«

»Haben Sie die Adresse … wo das Haus des Anführers steht?«

»Es befand sich im Eucalyptus Drive in Sausalito. Wir haben diesen Ort Eucalyptus Circle genannt.«

Ich lehnte mich zurück und holte einmal tief Luft, der muffige Geruch im Wohnwagen war mehr als gewöhnungsbedürftig.

»Und wie kommt dieser Falke ins Bild?«

»Er wurde zu unserem Symbol. Das ist das schnellste Tier der Welt. Ein Supervogel.«

»Und was war die Idee dahinter? Das Ziel hinter alledem?«

»Unser Ziel war es, verschiedene Gesellschaftsschichten zu infiltrieren und Personen, die Einfluss besaßen, anzuwerben. Dahinter stand die Idee, das sogenannte Gesindel loszuwerden, damit erfolgreiche Menschen wieder Luft zum Atmen bekamen. Und die Korruption zu beseitigen, die in weiten Teilen in der Bürokratie der Regierungen herrscht. Einer unserer Glaubenssätze bestand darin, niemals jemandem zu helfen, der sich nicht selbst helfen konnte. Ein anderer lautete: diejenigen, die kreativ waren, voranzubringen.«

»Und wie passt das damit zusammen, Frauen zu vergewaltigen?«

»Das könnte man einen Ritus nennen, etwas Symbolisches. Frauen sollten auf ihre ursprüngliche Bestimmung reduziert werden, sie sollten nur den Männern dienen.«

Für einen kurzen Moment sahen seine Augen wirr aus, als könnte er selbst nicht begreifen, was er eben gesagt hatte. Ich war auch ziemlich durcheinander. Ich konnte gar nicht glauben, dass dieser bescheidene Mann, der mir mit zittrigen Armen gegenübersaß, an etwas so Widerlichem teilgenommen haben sollte. Er entschuldigte sich für die Pause.

»Ich musste nur kurz meine Gedanken ordnen«, sagte er. »Jedenfalls wurde das Haus des Anführers zu einer Art Zufluchtsort. Dort konnten wir alle Hemmungen ablegen. Der Plan war, dass alle Mitglieder irgendwann in der Zukunft die Grundidee der Sekte an ihre Söhne weitergeben würden. Doch dann geschah etwas. Der Anführer erkrankte an Syphilis, das war irgendwann in den Achtzigern. Es gab Komplikationen, und er hat sich nie mehr ganz davon erholt. Am Ende war er geistig verwirrt und verbrachte Monate im Krankenhaus. Seine engsten Vertrauten besuchten ihn und gaben Informationen an uns andere Mitglieder weiter.«

Plötzlich bekam er Luftnot und begann zu keuchen, er griff sich an die Brust. Ob er jetzt einen Herzinfarkt bekam?

»Sollen wir unterbrechen?«, fragte ich ihn.

»Nein, kein Problem«, erwiderte er. »Ich kriege nur manchmal schlecht Luft. Mein Asthma. Wie auch immer, uns ging jedenfalls auch die Luft aus. In der Sekte, meine ich. Aus Angst, wir könnten uns ebenfalls angesteckt haben und so.«

Enttäuscht starrte ich ihn an. Gab es diese Sekte jetzt gar nicht mehr?

»Dann haben Sie sich aufgelöst?«

»Nein, dazu kam es nicht. Der Anführer weissagte auf seinem Sterbebett … das war eine Art Prophezeiung. Es war etwas völlig Absurdes und sollte fünfzig Jahre nach der Gründung der Sekte geschehen. Am Ende war er sicher nicht mehr bei Verstand. Er bestimmte auch einen neuen Anführer. Aber damals hatte ich an einer sehr unheimlichen Zeremonie teilgenommen. Das hatte mir die Augen geöffnet, mir kamen Zweifel, ich zog mich zurück und wechselte meinen Wohnort, ging nach Oregon. Das heißt, nachdem ich ein Schweigegelöbnis abgelegt hatte und sie mir allen Ernstes gedroht hatten. Wenn ich irgendetwas davon preisgeben würde, dann wollten sie mich fertigmachen. Doch die Sekte bestand fort, manche Mitglieder bekamen Söhne, und soweit ich weiß, sind das diejenigen, die heute den Kopf der Sekte bilden.«

»Ich würde gern mehr über diese Prophezeiung wissen.«

»Die ist gar nicht wichtig. Wichtig ist, dass Sie begreifen, warum Sie sich von diesen Männern fernhalten müssen.«

»Aber was sollte denn nach fünfzig Jahren eintreten?«

»Etwas, das sowieso nicht geschehen wird. Das war bloß das Gefasel eines geisteskranken alten Mannes. Belassen wir es dabei.«

»Hatte die Sekte dann gar keinen Namen?«

»Eigentlich nicht. Man hätte uns nirgendwo finden können. Ein Netzwerk aus Supermännern, die überall auftauchen können, jederzeit. Aber manchmal nannten wir uns die Wächter des Wanderfalkens oder ganz einfach nur Die Wächter.«

»Bitte, erzählen Sie mir von der Prophezeiung.«

»Das kann ich nicht. Schon, dass ich mich mit Ihnen darüber unterhalte, bedeutet ein Risiko für uns beide. Das Einzige, was ich sagen kann, ist, dass diese Prophezeiung zum fünfzigsten Jubiläum der Sekte wahr werden soll. Und dies findet in diesem Jahr statt. Als mir das klar wurde, beschloss ich, Kontakt zu Ihnen aufzunehmen. Man weiß ja nie, was sich diese Verrückten in den Kopf setzen.«

»Gibt es jemanden, mit dem ich sonst noch sprechen könnte, der mehr weiß?«

»Nein, wenn jemand von der Sekte erfährt, dass ich mit Ihnen gesprochen habe, bin ich geliefert. Selbst meine bescheidene Existenz ist dann in Gefahr«, sagte er und schüttelte frustriert den Kopf.

Er legte seine Hand auf meine. Beugte sich vor, sodass der wackelige Tisch quietschte.

»Jetzt habe ich Ihnen alles erzählt, was ich weiß. Ich habe keine Ahnung, wie Sie auf all diese Fragen gekommen sind, aber Sie müssen auf mich hören. Eine junge, hübsche Frau wie Sie darf auf keinen Fall mit diesen Männern Kontakt aufnehmen. Sie leben alle ein ganz normales Leben, sind etabliert, aber ihr Herz ist durch und durch kaltblütig. Menschen sind nicht immer das, was sie vorgeben zu sein. Wenn sie nach wie vor aktiv sind, müssen Sie unbedingt einen großen Bogen um sie machen. Sie werden die Welt kaum übernehmen. Jetzt haben wir ein anderes politisches Klima als in den Sechzigerjahren. Glücklicherweise werden Übergriffe auf Frauen heute ganz anders geahndet als damals. Sie führen ja offenbar woanders ein gutes Leben. Zerstören Sie es nicht, indem Sie in den alten Geschichten wühlen.«

»Aber würden Sie mir noch eine Frage beantworten, ganz ehrlich?«

»Ich werde es versuchen.«

»Es ist doch keine von den Frauen je getötet worden?«

»Nein, das ganz sicher nicht. Nicht in der Zeit, als ich dabei war.«

»Glauben Sie, dass das in den Jahren danach vorgekommen sein könnte?«

»Sehr unwahrscheinlich. Die Frauen brauchten wir eher zur Selbstbestätigung. Stellen Sie sich ein Grüppchen geiler Schimpansen vor, die sich auf die Brust schlagen. So sind wir damals gewesen. Brünstig, aufgeheizt, wie ein Haufen Idioten, der sich vor einem Fußballspiel in Stimmung bringt.«

»Und aus welchem Grund ist keine dieser Frauen je zur Polizei gegangen?«

»Sie waren ja meist komplett zugekifft. Und es gibt immer Methoden, jemanden zum Schweigen zu bringen. Aber Ihnen sollte klar sein, dass die Vergewaltigungen gar nicht im Vordergrund standen. Es ging vielmehr ums Vergnügen, auch wenn ich es hasse, dieses Wort in einem solchen Zusammenhang in den Mund zu nehmen. Bei dem Spiel handelte es sich in Wirklichkeit darum, Gleichgesinnte zu finden und sie auf hohe Machtpositionen zu hieven. Und soweit ich das überblicken kann, ist ihnen das besser gelungen als gedacht.«

»Können Sie mir ein Beispiel geben?«

»Haben Sie sich nie gefragt, warum extreme, rechtsradikale Parteien heutzutage so viel Zulauf haben? Und warum bestimmte Schauspieler, die menschenverachtenden Sekten angehören, trotzdem Millionen mit ihren Filmen machen können? Und wieso im Internet ein Klima vorherrscht, das von solchen Menschen total infiltriert ist, die Fake News verbreiten? Stellen Sie sich diese Fragen, und Sie werden begreifen, dass irgendwas mit der Machtverteilung in der Welt nicht stimmen kann.«

Ich überlegte. Es klang wirklich unfassbar, doch das war eine interessante Erklärung für alles, was weltweit verkehrt lief oder einen ins Grübeln brachte.

»Hatte die Sache mit dem ›Gesindel‹ irgendwas mit Rassentheorien zu tun?«

»Nicht direkt. Was wir am meisten verabscheuten, waren

weiße Menschen in der untersten Gesellschaftsschicht, der sogenannte white trash. Schlecht ausgebildete, arme Menschen, die – so wie wir die Dinge sahen – von der Sozialhilfe lebten und die moderne Gesellschaft verpesteten. Heute weiß ich es natürlich besser und würde mich nie so ausdrücken. Doch die Maxime der Sekte war: Kreativität und Intelligenz. Wir haben gefunden, dass die Mehrheit der Menschen so unterbelichtet war, dass sie sogar das Recht auf Leben verwirkt hatte. Aber natürlich haben wir auch das N-Wort benutzt und noch andere rassistische Begriffe.«

Er sah mich eine Weile mit halb geschlossenen Augen an.

»Darf ich fragen, warum Sie das so interessiert?«

Ich erzählte ihm von Danis Verschwinden, den mysteriösen Briefen, dem Einbruch in meine Wohnung und dem Weihrauch.

»Ich möchte Ihnen jetzt keine Angst einjagen«, sagte er. »Aber das alles klingt sehr nach den Wächtern. Es ist nicht unwahrscheinlich, dass auch Sie in Gefahr sind.«

Meine Gedanken befanden sich im Leerlauf, irgendwas an der ganzen Geschichte war einfach nicht greifbar.

»Moment, es gibt noch eine Sache, die ich nicht verstehe«, sagte ich. »Rechtsradikale, machtgeile Alphatiere, die gleichzeitig religiöse Riten ausführen und an Prophezeiungen glauben? Und Weihrauch verwenden? Denken Sie sich das vielleicht alles nur aus?«

»Weihrauch ist gar nicht so flippig, wie man denken könnte. Ist Ihnen nicht bekannt, dass er auch bei vielen Zeremonien in der katholischen Kirche benutzt wird? Dort symbolisiert der Weihrauch die Gebete des Menschen, die zu Gott hinaufsteigen.«

»Und an so was glauben intelligente Menschen?«

»Glauben Sie, was Sie wollen. Anfangs waren die Rituale

vor allem zum Vergnügen da, wie ich schon gesagt habe. Doch der neue Anführer stammte aus einer tiefreligiösen Familie. Er hat der Sekte seinen eigenen Stempel aufgedrückt. Und Ihre Logik hat an der Stelle einen Haken. Dass sich einflussreiche Männer mit abstrusen, religiösen Dingen beschäftigen, ist doch an sich nichts Neues, oder? Wissen Sie nicht, dass die konservative Elite hier in den USA meist fanatisch religiös ist? Sie sind der Auffassung, dass sie ihre Kraft von einer höheren Macht erhalten. Ein Gott und eine Religion waren schon immer ein wunderbarer Deckmantel, um bestialische Handlungen zu vertuschen. Zu allen Zeiten sind mächtige Männer Mitglieder in Elite-Orden gewesen und haben mystische Rituale gefeiert. Es hat Ritterorden, Brudervereinigungen und Zusammenschlüsse wie den Illuminati-Orden gegeben, die Freimaurer und nicht zuletzt den Ku-Klux-Klan. Tausende von ganz ähnlichen Gruppierungen hat die Geschichte hervorgebracht, und viele von ihnen sind heute noch in unserer Gesellschaft lebendig. Und warum sind es fast immer Männer, die so was machen? Manchmal glaube ich, wir sind eine niedere Art.«

Durch meinen Kopf schossen zu viele Gedanken gleichzeitig und verursachten eine Art Kurzschluss. Und dann ergab auf einmal alles einen Sinn, wie bei einem riesigen Puzzle, bei dem sich vor meinen Augen ein Teil ans andere fügte. Die Briefe, das Siegel, Lucas Ulvmans Mail, die Kirche, die Steinwände, die Sekte, das Gefühl, dass Dani irgendwo gefangen gehalten wurde. Alles stimmte. Und doch gab es keinen einzigen Beweis dafür. Die Briefe könnten einfach ein schlechter Scherz gewesen sein. Hunderttausend Menschen hatten unser Schicksal in den Medien verfolgt. Die Welt war voll von Losern, denen nichts Besseres einfiel, als andere zu quälen. Doch als ich dasaß und in Stan Goodbans Augen starrte, war ich mir hundertprozentig sicher. Von diesem Augenblick an war ich felsenfest davon überzeugt, auf der richtigen Spur zu sein.

Ich bedankte mich bei Stan und gab ihm einen Hundertdollarschein, den ich schon vor der Reise eingetauscht und nicht gebraucht hatte. Seine Weigerung, das Geld anzunehmen, ignorierte ich. Wir gaben uns die Hand. Ich fragte ihn, ob ich ihn anschreiben dürfe, falls weitere Fragen aufkämen, und er sagte zu, allerdings nur über Facebook.

Bevor ich mich auf den Rückweg machte, ging ich zum Strand runter und zog mir die Schuhe aus.

Im Sand sanken meine Füße ein. Aus dem Nebel war ein leicht diesiger Schleier geworden, der über dem Meer lag. In Pfützen glitzerte das Licht. Ein langbeiniger weißer Vogel suchte am Meeresrand nach Fischen. Als er mich sah, bekam er Angst, breitete seine spitzen Flügel aus und hob ab. Hoch oben im Himmel kamen ein paar Pelikane angesegelt.

Ich versuchte, dieses Gefühl von Unbehagen, das Stan Goodbans Geschichten in mir ausgelöst hatten, loszuwerden. Rief mir in Erinnerung, was beruhigend war. *Er hat gesagt, sie hätten keine Frauen geopfert. Das bedeutet immerhin, dass sie am Leben ist. Guter Gott, lass es so sein.*

Jetzt brauchte ich definitiv jemanden zum Reden. Jim schloss ich sofort aus, er hätte sich nur Sorgen gemacht. So oft schon hätte ich eigentlich mit Jim sprechen müssen, hatte mich aber instinktiv dagegen entschieden. Manchmal hatte ich das Gefühl, ihn beschützen zu wollen, als wäre die Wahrheit zu viel für ihn.

Also rief ich Carl an, obwohl es, nachdem ich es kurz überschlagen hatte, in Schweden wohl schon zehn Uhr am Abend sein musste. Er ging nicht dran, also hinterließ ich eine Nachricht auf der Mobilbox und bat um einen Rückruf.

Langsam ging ich zurück zu meinem Wagen, fuhr bis zum Tor und tippte den Code ein.

Gerade als ich aussteigen wollte, um das Tor zu öffnen, tauchte plötzlich Stan hinter mir auf. Ich erschrak so sehr, dass ich einen Satz zurück machte und mit ihm zusammenstieß.

»Entschuldigung, dass ich Sie erschreckt habe«, sagte er. »Ich wollte mich nur vergewissern, ob alles klappt.«

Ich fasste ihn am Ärmel.

»Ich weiß, dass Sie davor zurückschrecken, bestimmte Dinge zu erzählen, und das respektiere ich auch«, sagte ich. »Aber wissen Sie vielleicht noch irgendetwas, das mir helfen könnte, meine Schwester zu finden? Das allerkleinste Detail könnte wichtig sein, um uns auf die richtige Spur zu bringen.«

Er überlegte einen Augenblick.

»Zum Eucalyptus Drive zu fahren, wird sich für Sie nicht lohnen, das Haus ist inzwischen ganz sicher abgerissen worden.«

»Dann haben sich die Mitglieder mit anderen Worten in Luft aufgelöst?«

»Könnte man sagen. Meine Kontaktperson meint, sie hätten ihre Jahresversammlungen nach Europa verlagert. Irgendwohin in den Norden, nach Norwegen, vielleicht war es auch Schweden. Und jetzt begreifen Sie hoffentlich, dass Sie besonders vorsichtig sein müssen.«

Er sprach immer weiter, doch ich hörte nichts mehr. Sein Mund war zu einem lautlosen Loch geworden. Und um mich herum drehte sich alles.

34

Der Hai betritt den Raum und stellt seine große Ledertasche auf den Boden. Wenn die Männer miteinander reden, sprechen sie sich niemals mit Namen an. Sie verstehen sich blind und sehen sich nur ganz kurz an. Blicke, die sagen: »Komm her!« – und jeder weiß sofort, wen der Meister damit meint.

Aus seiner Tasche holt der Hai eine dünne Plastikauflage.

»Steh auf!«, befiehlt ihr der Meister.

Hastig springt sie auf. Ihr schwant Böses. Ihr Angstgefühl verursacht sofort Übelkeit.

Darf mir nichts anmerken lassen. Darf das Vertrauen des Meisters in mich nicht zerstören.

Als die Plastikunterlage auf ihrem Bett liegt, soll sie sich wieder hinlegen. Der Meister stellt sich in eine Ecke des Raumes und sieht ihr dabei zu. Der Hai zieht einen Schemel heran und setzt sich neben ihr Bett, dann klappt er einen kleinen Tisch aus, den er mitgebracht hat. Er holt zahlreiche Gegenstände heraus. Dosen, Pinsel, Papierrollen, Tuben, und alles reiht er fein säuberlich auf dem kleinen Tisch auf.

Das Kunstwerk des Jahrhunderts.

Hochkonzentriert, mit einer so ernsten Miene, als führte er eine Operation durch, beginnt er mit seinem Handwerk. Er fängt an, ihren Körper, der nun immer stärker zittert, zu bemalen. Zuerst die Brustwarzen, dafür nimmt er silberne Farbe. Malt dann Schlangenlinien in Gold über ihren Bauch. Verzierungen um ihren Nabel herum. Oberhalb des Venusberges zeichnet er eine Sonne. Und sie liegt einfach da. Ist mal anwesend, mal abwesend, versucht, diesem absurden Geschehen in ihren Gedanken zu entfliehen, doch die Pinselstriche auf ihrer Haut holen sie immer wieder zurück in die Wirklichkeit.

Der Meister tritt an ihr Bett und legt ihr eine Hand auf die Stirn.

»Schau an die Decke! Wenn es fertig ist, darfst du dich im Spiegel ansehen. Es wird großartig werden! Du wirst sehen! Bleib still liegen und entspann dich.«

Die Andeutung eines Lächelns geht über seine Lippen.

Sie schließt die Augen. Spürt die Bewegungen des Pinsels, weich, kitzlig, aber von einer geübten Hand geführt, die weiß, was sie tut. Ihr kommt der Gedanke, wie eigenartig es ist, dass die Farbe gar nicht … nach Farbe riecht. In letzter Zeit hat sie sich immer wieder über ihre Gedankengänge wundern müssen. Sie schweift zu allem Möglichen ab, trotz der ernsten Lage, in der sie sich befindet.

Die Pinselspitze taucht jetzt an der Innenseite ihrer Schenkel auf, ihr Körper vibriert. *Hör auf!*

Der Meister legt ihr die Hand auf die Augen. Dann erklingt das Geräusch eines Gebläses, es wird heiß auf ihrer Haut, und da weiß sie, dass es ein Föhn sein muss.

»Dreh dich auf den Bauch!«

Jemand streicht ihr die Haare aus dem Nacken. Einen kurzen Augenblick lang passiert nichts. Doch dann taucht der Pinsel an ihrem Hals auf und beginnt, ihn zu bemalen. Er gleitet über die Wirbelsäule hinunter, bewegt sich in kreiselnden Bewegungen immer weiter, kommt nun zu den Pobacken. Der Hai brummt zufrieden und setzt seine Arbeit auf der Rückseite ihrer Oberschenkel fort.

Diese Prozedur zieht sich so lange hin, dass sie gefühllos

wird. Ihr Körper ist zu einer Leinwand geworden, er gehört ihr nicht mehr.

Der Hai schaltet den Haarföhn ein, jetzt wird es wieder heiß, er verbrennt sie fast.

»Setz dich aufrecht hin und schließ die Augen!«, sagt er, und sie tut das. Einer von ihnen föhnt ihre Haare, zieht und rupft so sehr daran, sodass ihre Kopfhaut brennt. Dann erklingt das zischende Geräusch einer Sprayflasche. Kleine, klebrige Tropfen dringen ihr in die Nase. Der Gestank ist plötzlich so heftig, dass sich ihre Nasenlöcher zusammenziehen. Als sie den Kopf bewegt, fühlen sich ihre Haare schwer und steif an.

Eine Weile stehen die Männer schweigend da. Obwohl sie die Augen noch geschlossen hält, spürt sie deren Blicke auf sich. Der heftige Drang überkommt sie, die Augen zu öffnen, doch sie zwingt sich, sie zusammenzukneifen.

Da packt sie eine fremde Hand derb an der Brust. Da haben sie sie bisher noch nie berührt. Das kommt so unerwartet und ist so unangenehm, dass sie zusammenzuckt.

»Du kannst jetzt die Augen öffnen.«

Der Hai sitzt auf einem Stuhl direkt neben ihr. Auf dem Tisch hat er ein schwarzes Samttuch ausgebreitet. Darauf liegen Instrumente, die wie ein Messschieber, eine dicke Nadel und eine Zange aussehen. In der einen Hand hält er einen goldenen Ring. Mit zwei Fingern der anderen Hand hat er ihre Brustwarze gedrückt.

»Es wird am besten sein, wenn du sie selbst festhältst, während ich das hier mache«, sagt er und sieht den Meister an.

Jetzt weiß sie, was sie vorhaben.

Jetzt ist es mit ihrer Beherrschung vorbei.

Jetzt schreit sie wie am Spieß.

35

Ich war kraftlos, mir war schwindelig, ich stand kurz davor, zu kollabieren. Die Luft an der Küste draußen war feucht. Kaum hatte Stan Goodban das Wort Schweden fallen lassen, hatte ich fürchterliche Beklemmungen bekommen, und jetzt schnappte ich nach Luft.

»Ist alles in Ordnung?«, fragte Stan Goodban besorgt.

»Absolut. Ich hab heute noch nicht viel gegessen«, erklärte ich und versuchte gleichzeitig, nicht zu hyperventilieren.

»Hätte ich Ihnen vielleicht ein Mittagessen anbieten sollen?«

»Nein, nein, vielen Dank. Ich muss jetzt zurück in die Stadt.«

Ich brachte ein zittriges Lächeln zustande.

»Okay, aber passen Sie auf sich auf«, sagte er und lächelte zurück.

Gerade als ich in den Wagen einsteigen wollte, wartete ich noch einen Augenblick und drehte mich um. Eine Sache musste ich noch wissen.

»Warum sind sie gerade nach Schweden ausgewichen?«

»Einige Mitglieder stammten aus Skandinavien. Die Visionen und Ideen der Wächter fielen in Schweden im Zuge der Etablierung des Wohlfahrtsstaates und des ausgeprägten Sozialismus in vielen Jahrzehnten auf sehr fruchtbaren Boden. Es gibt sicher mehr Menschen, als Sie sich vorstellen können, die mit den Zuständen in Ihrer Heimat unzufrieden sind.«

Als ich dann auf dem Fahrersitz Platz nahm, hob er die

Hand und winkte. Während ich zurückfuhr, bekam ich immer stärkere Kopfschmerzen. Mir war ganz sonderbar – als befände ich mich halb innerhalb, halb außerhalb meiner Körperhülle. Stan Goodbans Geschichte war so ungeheuerlich, dass ich mich fragte, ob er das alles frei erfunden haben könnte. Ich hatte schon von Leuten gehört, die ihr ganzes Leben damit verbrachten, im Netz Beiträge über Verschwörungstheorien zu posten. Aber hatte Lucas Ulvman in seiner Mail nicht im Großen und Ganzen dieselbe Sekte beschrieben? Er war auf keinen Fall ein abgedrehter Konspirationstheoretiker, er war davon besessen, dic Welt zu retten. Zwei Verrückte konnten doch unmöglich zu den gleichen Schlussfolgerungen kommen, schon gar nicht, wenn sie tausend Meilen voneinander entfernt waren.

Gemächlich fuhr ich nach San Francisco zurück. Durch die Sonne waren die feuchten Meeresnebel verdunstet. Rechts und links der Straße erhoben sich gewaltige Redwoodbäume. Obwohl es bereits mitten am Tag war, bewegte sich am Himmel über mir ein blasser Halbmond – er schien mich zu verfolgen. Als ich in den Rückspiegel sah, fiel mir ein schwarzer SUV auf, der unangenehm dicht auffuhr. Die Straßen waren eng und kurvig, hier war es unmöglich zu überholen. Ich bekam eine Gänsehaut. Wurde ich verfolgt, oder hatte sich Stans Paranoia schon auf mich übertragen? Als ich zur Autobahnauffahrt kam, überholte mich der Wagen sofort, und jetzt begriff ich, dass das einfach nur ein idiotischer Fahrer gewesen war.

Als ich ins Hotel zurückkam, hatte Carl sich noch nicht gemeldet. Ich war nach wie vor ziemlich durcheinander und setzte mich erst mal aufs Bett. Das Gespräch mit Stan hatte die Ereignisse in ein völlig neues Licht gerückt. Danis Verschwinden hatte nun eine andere, ganz entsetzliche Dimension bekommen, es gab Verbindungen in die ganze Welt, und das war zu viel für mich. Ich wünschte, die Erde würde für eine Weile stillstehen, sich nicht in diesem Tempo weiterdrehen, damit ich erst mal in Ruhe *denken* konnte. Mit Mühe ging ich alle Informationen noch einmal durch. Dani war von einer Sekte gekidnappt worden, die aus chauvinistischen Schweinen bestand. Sie hatten einen kranken Plan, und es gab eine Prophezeiung, die sich in diesem Jahr bewahrheiten sollte. Jemand hatte uns auf dem Bild bei Ammata Kumar entdeckt. Aber was wollten sie denn bloß mit Dani? Ich versuchte, mich in die Gedanken eines verrückten Sektenmitglieds hineinzuversetzen. Was sich ganz furchtbar anfühlte. Einzelne, aus dem Zusammenhang gerissene Sätze von Stan gingen mir durch den Kopf. Ich nahm einen Notizblock vom Nachttisch und schrieb alles auf, was er mir erzählt hatte, um nichts zu vergessen. Dann faltete ich den Zettel zusammen und deponierte ihn in meiner Handtasche. Ich beschloss, jetzt nicht hysterisch zu werden, sondern mich erst einmal zu beruhigen und meinen letzten Tag in San Francisco zu genießen. Auf dem Rückflug würde ich schlafen, neue Kraft sammeln, und wenn ich nach Hause kam, alles in Ruhe mit Carl zusammen durchgehen. Vielleicht auch mit Jim, wenn er nicht wieder überreagierte.

Ich fuhr zum Shoppingcenter am Union Square, obwohl ich mir eigentlich geschworen hatte, Carls Kreditkarte nicht zu benutzen. Es dauerte Ewigkeiten, bis ich einen Parkplatz gefunden hatte. Als ich dann endlich im Gebäude war, steuerte ich als Erstes ein Geschäft an, das sich Handmade Burgers nannte, und dort verschlang ich einen riesigen, üppig belegten Hamburger, worauf sich mein Kopfschmerz verzog. Das Angebot an Boutiquen fand ich wenig originell, da gab es wirklich nichts, was ich mir gern gekauft hätte. Während ich durch die Läden zog, kehrte mein Kopfweh zurück. Ich machte eine Pause auf einer Bank, warf einen Blick auf mein Handy und sah, dass eine SMS von Carl gekommen war.

Wo bist du?

Ich nahm an, dass er eine Frage bezüglich der Arbeit hatte, und antwortete auf der Stelle.

Union Square, bin shoppen.

Die Antwort kam postwendend.

Völlig falsch. Schreckliche Läden. Fahr lieber in die Union Street.

Seine SMS regte mich auf. Als hätte er mit seiner Platinkreditkarte irgendeine Macht über mich.

Egal. Aber das Gespräch mit Stan war sehr interessant. Erzähle alles, wenn ich zurück bin, schrieb ich.

Er antwortete mit Daumen hoch, was sonst gar nicht seine Art war. Normalerweise benutzte er weder Smileys noch Icons in seinen SMS. Mir kam der Gedanke, ob er vielleicht gar nicht mit mir sprechen wollte? Mein Unterbewusstsein war irritiert, irgendwas kam mir komisch vor, doch ich konnte es nicht benennen, der Kopfschmerz nahm mir meine Konzentration. Was hatte ich eigentlich in diesem nach Parfüm stinkenden Shoppingcenter zu suchen, wenn Dani von einer menschenverachtenden Sekte gekidnappt worden war? Ich beschloss, zum Hotel zurückzufahren und im Internet nach weiteren Hinweisen zu suchen. Ich wollte feststellen, ob ich ähnliche Dinge in Schweden finden konnte: Sekten, Kirchen, Opferriten.

Auf dem Weg zum Ausgang fiel mir ein Laden ins Auge, der T-Shirts mit außergewöhnlichen Motiven verkaufte. Das waren nicht die üblichen Souvenir-T-Shirts mit Glitzer und hässlichen Aufdrucken. Allerdings waren es auch keine Markenshirts. Spontan griff ich nach drei Teilen von einem Stapel, alle in der Größe L. Eins war mit Quallen mit langen Fäden bedruckt. Auf dem zweiten war ein Pentagramm abgebildet, in dem »Gratis Opium fürs Volk« stand. Und das dritte war ein besonders hässliches Ringelshirt, so wie es die Jugendlichen in den Fünfzigerjahren getragen hatten. Ich bezahlte alles mit meiner eigenen Kreditkarte.

Auf der Rückfahrt zum Hotel stand ich lange im Stau. Dann leitete mich das Navi auch noch fehl, sodass ich ein paar Mal im Kreis fuhr. Als ich schließlich an der Rezeption stand, gab ich den Schlüssel ab und bestellte für den kommenden Morgen ein Taxi zum Flughafen. In meinem Zimmer war es ausgesprochen ruhig. Die untergehende Sonne fiel durch die Panoramafenster und warf ein warmes glutrotes Licht aufs Parkett. Der leichte Luftzug aus dem halb offenen Fenster streichelte meine Arme. Da draußen, weit entfernt, glitzerte und kräuselte sich das Wasser. In der Dämmerung schimmerte die Golden-Gate-Bridge dunkelrot. Ganz plötzlich fühlte ich mich nahezu ausgeglichen und ruhig, zum ersten Mal an diesem Tag. Ich ließ mir ein Schaumbad ein und genoss es ausgiebig. Meine Angst nach dem Gespräch mit Stan war verschwunden. Trotz der missglückten Shoppingtour war ich mit meiner Reise sehr zufrieden. Ich hatte Brett kennengelernt, der schon jetzt wie ein Freund für mich war. Und die Informationen aus dem Gespräch mit Stan waren von unschätzbarem Wert.

Als ich aus der Badewanne stieg, rief ganz unerwartet Jim an, obwohl in Schweden noch Nacht war. Sofort machte sich das schlechte Gewissen bemerkbar, weil ich kaum einen Gedanken an ihn verschwendet hatte, seit ich in San Francisco angekommen war.

»Ich wollte nur deine Stimme hören«, sagte er sanft. »Wie läuft es denn bei dir … in San Francisco?«

»Fantastisch. Morgen fliege ich nach Hause. Ich erzähl dir alles, wenn wir uns sehen.«

»Du, ich habe einen neuen Auftrag. Ein Projekt in Göteborg. Ich werde also in nächster Zeit ziemlich beschäftigt sein, aber ich kann dich auf jeden Fall vom Flughafen abholen. Und weißt du … mit dem Geld von dem neuen Job könnte ich dich ein bisschen unterstützen, wenn du dir ein neues Auto kaufen willst, dann musst du nicht länger mit deinem klapprigen Mini herumfahren.«

»Das ist überhaupt nicht nötig«, entgegnete ich sofort. Ich liebte mein Vintage-Auto.

Als wir das Telefonat beendet hatten, beschloss ich, unten im Hotelrestaurant etwas essen zu gehen. Ich wollte das Smartphone gerade in die Handtasche legen, da fiel mir der USB-Stick ins Auge. Ich nahm ihn in die Hand und betrachtete ihn. Ich hatte ja noch Zeit totzuschlagen, Zeit, die ich darauf verwenden konnte, meinen Job besser zu verstehen. Carl hätte mir den USB-Stick niemals anvertraut, wenn er mir misstraut hätte. Aber wie sollte jemand merken, dass der USB-Stick ganz kurz an mein Notebook angeschlossen gewesen war?

Das musste niemand erfahren.

Also beschloss ich, mir Essen aufs Zimmer kommen zu lassen. Ich setzte mich aufs Bett, den Laptop auf dem Schoß und schob den Stick in den Anschluss. Auf dem Bildschirm tauchte ein Video auf. Ich klickte mit dem Cursor auf »play«, und es erschien ein Zimmer.

Als ich den Raum sah, war mir sofort klar, was mich erwartete. Es war so typisch Ash & Coal, dieses hübsche, aber reduzierte Interieur. Eine Frau, später würde ich sehen, dass es

Cecilia Borgh war, alias »Evelyn«, kam durch eine Tür. Anfangs war sie nur von hinten zu sehen. Bis auf einen String war sie nackt. Mitten im Zimmer stand ein großes Bett mit bronzefarbenem Kopfende. Sie legte sich bäuchlings auf den Überwurf. Dann passierte eine Weile gar nichts, also spulte ich vor. Kurz spielte ich mit dem Gedanken, den Stick wieder abzuziehen. Dann hätte ich ja noch nichts Intimes zu sehen bekommen. Doch ich entschied mich dagegen.

Zwei Männer traten durch die Tür. Einer war weiß, der andere ein Afroamerikaner. Ich hielt den Film an. Es war nicht Brett, aber er sah mindestens genauso gut aus. Die Männer trugen beide einen Anzug. Sie setzten sich links und rechts neben sie und begannen, sie zu streicheln – langsame, tastende, federleichte Berührungen, worauf sie leicht zitterte. Der Kontrast zwischen den komplett bekleideten Männern und dem nackten Körper der Frau war an sich schon erregend. Noch faszinierender war es zuzusehen, wie sie ihre Finger über ihre Haut laufen ließen, so behutsam, als wäre sie ein wertvolles Kunstwerk.

Der Film dauerte fast zwei Stunden. Als es vorbei war, hatten die Männer sie gebadet, sie zum Bett zurückgetragen, ihr bis zum letzten Tropfen das Wasser von der Haut geküsst, jeden Winkel ihres Körpers mit Händen und Lippen erforscht, mit ihr Sex in allen erdenklichen Stellungen gehabt und ihr mehrere Orgasmen verschafft. Irgendwie war es ihnen gelungen, ihre Kleider abzulegen, ohne dass ich es registriert hatte, sodass am Ende alle drei nackt, tief umschlungen und ermattet auf dem Bett lagen.

Ich hätte gern behauptet, dass das ein Pornofilm war. Doch das traf nicht zu.

Man bekam keine unbeteiligten Schauspieler und gespielte Höhepunkte zu sehen. Man hörte keine derben Schimpfworte, keinen Dirty Talk. Nichts von dem, was da vor sich ging, geschah unter Zwang, war übertrieben oder auch nur gekünstelt.

Es war ganz einfach nur schön.

Eines stand fest. Cecilia Borgh hatte es unglaublich genossen. Ich erinnerte mich an das, was mir Carl erzählt hatte: dass sie von ihrem Lebensgefährten misshandelt worden war. Als die Kamera ihren Rücken gefilmt hatte, war mir eine Narbe an ihrem Schulterblatt aufgefallen, etwas, das tatsächlich von einem Hockeyschläger stammen konnte. Daher kam mir der Gedanke, dass das, was ich gerade zu sehen bekommen hatte, nicht nur schön war – es war auch eine Art Wiedergutmachung. Mit einem Mal ging mir unsere Arbeit sehr nahe.

Als das Video zu Ende war, stellte ich fest, dass ich vergessen hatte, Essen zu bestellen. Mein Magen knurrte, doch hungrig war ich gar nicht. Der Film hatte mich unfreiwillig erregt, ich konnte nicht einmal stillsitzen. Ruhelos wanderte ich in meinem Zimmer auf und ab. Ich spielte sogar mit dem Gedanken, mir ein Taxi zu rufen, um in eine Bar oder einen Nachtklub zu fahren und einen Mann für die Nacht aufzureißen. Doch das würde sich einfach nur falsch anfühlen. Kein Vergleich zu dem Video.

Da begann ich, meinen Orgasmus mit Carl noch einmal durchzuspielen, immer und immer wieder. Seine Finger tief in mir, das Gefühl, als er seinen Oberkörper auf mich presste. Sein hämmernder Herzschlag. Es hatte ihn erregt, meine Glücksgefühle zu beobachten, ich konnte an gar nichts anderes mehr denken. Und genau da leuchtete das Display meines Handys auf, und die Büronummer erschien. In San Francisco war es Viertel nach zehn, zu Hause musste es gerade sieben Uhr morgens sein.

Carls Stimme klang vertraut und sanft, aber eine leicht unterschwellige Ironie war nicht zu überhören.

»Ich störe dich hoffentlich nicht gerade bei etwas Wichtigem?«

»Hier ist es fast Mitternacht, aber das weißt du wahrscheinlich? Ich wollte gerade ins Bett gehen.«

»Du hast mich gebeten zurückzurufen. Ich bin jetzt im Büro. Schade, dass du den ganzen Abend im Hotel verbringst.«

»Woher weißt du das?«

»So was weiß ich einfach, nennen wir es Intuition.«

»Ganz bestimmt nicht. Lässt du mich von jemandem beschatten?«

»So in der Art, ist aber nicht dramatisch. Ich erzähle es dir, wenn du zurück bist.«

»Es ist allein meine Sache, was ich nachts tue.«

»Du hast dir das Video auf dem Stick angeschaut, stimmt's?«

Ich gab keine Antwort. Ich brachte es nicht über mich, ihn anzulügen. Mein nervöses Atmen war in der Leitung deutlich zu hören. Am liebsten hätte ich das Gespräch weggedrückt und vorgegeben, der Empfang sei unterbrochen gewesen.

»Es ist furchtbar, wenn man Angestellte hat, denen man nicht vertrauen kann, weißt du das?«, sagte er. »Aber es macht die Dinge leichter, wenn sie so leicht durchschaubar sind wie du.«

Auch darauf blieb ich die Antwort schuldig.

»Wie sehr schämst du dich jetzt? Auf einer Skala von eins bis zehn?«

»Vielleicht so bei drei, nicht besonders.«

»Ach so. Und wie geil hat dich das Video gemacht, auf derselben Skala?«

Er genoss dieses Spielchen. Er sprach seelenruhig und unaufgeregt.

»Das behalte ich für mich.«

»Gut. Telefonsex mag ich auch nicht besonders.«

»Weiß Cecilia Borgh, dass ihr sie gefilmt habt?«

»Selbstverständlich. Das ist Standard und dient auch der Qualitätssicherung, sie hat nichts dagegen. Aber sie wusste nicht, dass du die Aufnahme anschauen würdest. Das hat sie nur mir erlaubt. Ich beneide dich nicht um das Vergnügen, sie darüber aufzuklären, dass du das Video heimlich angesehen hast.«

»Ich hatte nicht vor … also, das kann ich doch nicht …«

»Ach so, und jetzt soll *ich* mich darum kümmern, ja? Aber … was tut man nicht alles für seine Angestellten …« Er seufzte.

»Was ist denn in der übrigen Zeit ihres sogenannten Urlaubs passiert?«

»Ähnliche Dinge. Ich habe ja gesagt, diese Reisen sind sorgfältig komponierte Meisterwerke.«

»Ja, aber testen sich dann alle auf Geschlechtskrankheiten und so?«

»Manchmal bist du richtig naiv, Alex. Denkst du, unsere Klientinnen bezahlen so viel Geld, um sich dann Chlamydien einzufangen?«

»Und was ist mit dir?«

»Ich habe nie spontanen Sex mit Frauen, die ich nicht wiedersehe. Ich konzentriere mich immer auf eine Frau, und das für eine längere Zeit.«

Durch meinen Körper ging kribbelndes Wohlbehagen.

Unser Gespräch hatte etwas Berauschendes. Und es war erstaunlich amüsant.

»Und wer war deine *letzte Frau*?«

»Sie ist in den Fünfzigern gewesen – und bisexuell. Mehr werde ich aber nicht verraten. Dir kann man ja nichts anvertrauen.«

»Ich weiß nicht, ob ich damit etwas zu tun haben will.«

»Das willst du ganz sicher. Dafür hast du viel zu lange in den Bars und Klubs Männer aufgerissen, Alex. Jetzt spielst du in einer ganz neuen Liga. Versuch, dich daran zu erinnern.«

Ich wollte ihn gerade abfertigen, da brach er in Lachen aus.

Er schien mir kein bisschen böse zu sein, dass ich das Video abgespielt hatte.

Für ihn war alles nach Plan gelaufen.

Und ich, blöd wie ich war, war direkt in die Falle getappt.

36

Der Schmerz schneidet wie Messer durch ihre Brustwarzen. Es tut so höllisch weh, dass sie schon glaubt, ohnmächtig zu werden.

Aber die Ringe sind gesetzt, und der Meister lässt seine derben Hände von ihr ab.

»Morgen kannst du dich um Maniküre und Make-up kümmern«, sagt er zum Hai. »Jetzt muss sie sich beruhigen. Sie soll sich ausruhen. Sonst könnte sich die Wunde infizieren, oder?«

Seine Stimme ist zittrig, leicht nervös – wie bei einem Kind, das Angst hat, jemand könne sein Lieblingsspielzeug anfassen.

»Das wird es nicht«, sagt der Hai. »Und ganz sicher nicht vor der Zeremonie morgen.«

Sie ist vernichtet, kann nicht fassen, was gerade geschehen ist. All ihre Gefühle sind wie ausradiert, da ist nur ein leerer Raum, der über ihrem Bewusstsein schwebt, wie eine herannahende Dunkelheit. Ein Gefühl, als wäre ihr Innerstes zerbrochen. Ihr Schutzwall, den sie mit großer Mühe errichtet hat, jeder Stein ein Stückchen vorgegaukelte Geborgenheit, bricht nun ein.

»Lass sie noch einmal zur Toilette, bevor sie sich schlafen legt«, sagt der Meister. »Und gib ihr ein Beruhigungsmittel, damit sie auch wirklich einschlafen kann.«

Der Hai hilft ihr, sich im Bett aufzusetzen, und stellt sie auf die Füße.

»Ich möchte nicht, dass sie ihr Gesicht im Spiegel sieht, bevor ich fertig bin«, sagt er. Seine Stimme hat etwas Genervtes.

»Auf der Toilette gibt es doch gar keinen Spiegel!«, brüllt der Meister. »Jetzt beeil dich.«

Irgendetwas hat ihn aus der Fassung gebracht. Mit seiner Nervosität saugt er den ganzen Sauerstoff aus der Luft. Seine Gesichtsmuskulatur zuckt spastisch.

Sie bewegt sich steif, unbeholfen über den Boden. Mit jedem Schritt durchfährt sie der Schmerz in den Brüsten. Missmutig sieht sie an ihrem Körper herab. Sie haben alles so schön gemacht. Das ist das Schlimmste daran.

Sie kriecht in den kleinen Toilettenverhau und schließt die Tür. Verrichtet ihre Notdurft. Hört die aufgeregten Stimmen der Männer durch die Tür.

Alles ist hoffnungslos, wertlos, kaputt.

Als sie hinauskommt, steht der Meister direkt vor der Tür. Er packt sie an den Handgelenken. Seine Augen funkeln wie wahnsinnig.

»Nicht ein einziges Dankeschön hören wir von dir für all das, was wir für dich tun. Wir haben dich von einer Hure in eine Göttin verwandelt.«

Er krallt seine Finger in ihre Haut.

Bald wird er gewalttätig werden. Und zwar richtig.

»Entschuldigung«, wispert sie. »Danke für alles, was Ihr für mich getan habt.«

Das klingt so idiotisch, dass sie für einen kurzen Augenblick aus dieser Trance erwacht.

Danke.

Danke, dass Ihr mir mein Leben gestohlen habt.

Danke, dass Ihr mich vernichtet habt.

Danke, dass Ihr mir das Gefühl gegeben habt, vollkommen wertlos zu sein.

Danke für die verfluchten Ringe in meiner Brust.

Und dennoch wiederholt sie es. Dieses Mal eine Spur lauter.

»Danke, Meister.«

Er beruhigt sich und führt sie zu ihrem Bett, legt sie auf den Rücken, streichelt ihr über die Stirn. Der Hai steht mit gehörigem Abstand da und sieht ihm zu. Frustriert. Zurechtgewiesen.

Sie schluckt die Schlaftabletten, die der Meister ihr reicht, und schließt die Augen.

Kurze Zeit später verlassen die Männer ihre Zelle. Obwohl es warm im Raum ist, friert sie bis ins Mark. Sie fragt sich, ob ihr jemals wieder warm sein wird.

Ihr ganzes zerstörtes Leben flimmert unter ihren Augenlidern an ihr vorbei. Tausende von Stunden am Schreibtisch umsonst. Träume. Hoffnungen, die wie Herbstlaub an einem verregneten Tag in der Gosse landen.

Es ist so still in diesem kleinen, verhassten Raum. Ihre Hölle auf Erden. So still, dass sie ihren Pulsschlag hören kann. Das Blut, wie es in den Ohren rauscht, während es durch ihren Körper pumpt.

Aber dann denkt sie wieder an Alex und verspricht ihr, dass sie nie aufhören wird zu kämpfen.

37

An manchen Tagen erwache ich mit dem Gefühl, dass alles schiefgehen wird. Es beginnt mit einer gewissen Irritation, bis meine Haut mit Juckreiz reagiert. An solchen Tagen könnte ich gegen Möbelstücke rennen. Gegenstände fallen lassen. Andere Menschen wegen Kleinigkeiten anfrotzeln. Dinge, die wichtig sind, vollständig vergessen. Zum x-ten Mal meinen Job verlieren, weil ich die Klappe wieder nicht halten kann. Immer dann, wenn ich dieses komische Gefühl habe, ereilen mich schlechte Nachrichten, oder mir passiert ein Unfall. Ich verwandle mich in einen Magneten, der das Chaos permanent anzieht.

An meinem ersten Arbeitstag nach der San-Francisco-Reise schrieb ich dieses komische Gefühl fälschlicherweise dem Jetlag zu. Das war mein erster Fehler. Mein nächster bestand darin, dass ich viel zu sehr darauf fixiert war, Carl wiederzusehen. Und deshalb hörte ich nicht auf mein Bauchgefühl.

Am Tag zuvor hatte mich Jim vom Flughafen abgeholt. Als ich ihn sah, überkam mich ein Anflug von Zärtlichkeit. Kein Gefühl von Lust, eher von einer bedingungslosen Zuneigung, wie man sie spontan zum Beispiel für einen ausgesetzten Hund an der Autobahn-Raststätte empfinden kann. Er sah wie ein kleiner Junge aus. Der Tag war windig gewesen, seine Haare waren zerstrubbelt und standen ab. Er strahlte, als er mich sah. Wenn dir das Leben einen solchen Mann serviert, kannst du dich freuen. Ich schämte mich für mein Unvermögen, dieses Geschenk anzunehmen. Ich konnte nicht sagen, was ich eigentlich für ihn empfand. Es war weder Liebe noch Verlangen, eher der Wunsch, mich von ihm umsorgen zu lassen, beschützt und getröstet zu werden.

Er fuhr mich vom Flughafen in Kastrup zu meiner Wohnung in Lund. Auf dem Weg plauderten wir, und ich erzählte ihm von meiner Reise. Ich hatte beschlossen, das Treffen mit Stan Goodban nur am Rande zu erwähnen, ich schilderte es als eine eher flüchtige Begegnung. Alle unheimlichen Details, die die Sekte betrafen, behielt ich für mich. Und natürlich verschwieg ich die Tatsache, dass Stan in einem Wohnwagen hauste, und sagte stattdessen, wir hätten uns in einem Café getroffen. Jim hörte geduldig zu.

»Warum hast du mir nichts davon erzählt, bevor du geflogen bist?«, fragte er mich, als ich ausgesprochen hatte.

»Ich habe gedacht, du würdest dir Sorgen machen«, antwortete ich zerknirscht.

»Das hätte ich vielleicht getan, aber nun bist du ja wohlbehalten zurück. Und es klingt auch danach, als hättest du eine heiße Spur entdeckt. Die Sache mit dieser weltweit agierenden Sekte wirkt zwar ein bisschen weit hergeholt, aber natürlich besteht die Möglichkeit, dass jemand, der in den Sechzigerjahren in dieser Sekte aktiv war, heute hinter Danis Verschwinden steckt.«

»Aber was würdest du sagen, wie soll ich jetzt weitermachen?«

»Wir sollten Christian, den Privatdetektiv, zu dem ich in Stockholm Kontakt aufgenommen habe, darüber in Kenntnis setzen. Erinnerst du dich? Vielleicht findet er eine Verbindung nach Schweden. Und außerdem hat er mich gestern angerufen. Er hat mitgeteilt, er hätte einen ganz ähnlichen Fall aufgetan.«

»Was? Das hast du mir am Telefon aber nicht erzählt.«

»Nein, das war erst nach unserem Gespräch. Es gab da ein Mädchen in Norwegen, das fast vier Monate lang vermisst wurde. Sie ist von mehreren Männern entführt worden. Sie haben sie in einem Keller irgendwo im Wald gefangen gehalten und furchtbare Dinge mit ihr angestellt, aber dann ist es ihr gelungen zu fliehen. Leider hat man weder die Hütte noch die Männer jemals finden können.«

»Und das war keine Kirche?«

»So etwas ist sicherlich schwer festzustellen, wenn man gefangen gehalten wird. Aber Christian wollte sie heute treffen. Ich schlage vor, wir sprechen in den kommenden Tagen mit ihm, dann kannst du ihm alles erzählen, was du weißt. Wir werden die Wahrheit über Dani herausfinden, ich verspreche es dir.«

In diesem Augenblick hatte ich das Gefühl, an meinen Schuldgefühlen zu ersticken. Ich fragte mich, was Jim wohl dazu sagen würde, wenn er wüsste, was ich mit Carl angestellt hatte. Und das würde sich mit Sicherheit wiederholen. Mir kam der Gedanke, dass ich nie normal sein würde, nie ein monogames, inniges Verhältnis zu einem Mann haben konnte. Tief in mir musste es etwas unverbesserlich Primitives, Tierisches geben.

»Ich fühle mich noch nicht bereit dazu, mich zu binden«, rutschte es mir heraus. »Zum Beispiel gefällt mir die Vorstellung gar nicht, dass du mir ein Auto kaufen willst. Und diesen Privatdetektiv möchte ich auch gern selbst bezahlen.«

»Wenn du es so möchtest. Aber du bist mir nichts schuldig. Liebe Alex, versteh mich bitte nicht falsch. Mir tut es irgendwie gut, dir helfen zu können. In meiner Familie hatten wir schon immer viel Geld. Ich freue mich einfach, wenn es einen guten Zweck erfüllt.«

»Ich glaube nicht, dass ich zu einer festen Beziehung in der Lage sein werde.«

Er sah traurig aus, als hätte man ihm einen Faustschlag in den Magen verpasst, aber er bemühte sich sehr, seine Gesichtszüge unter Kontrolle zu halten.

»Dann sagen wir, dass wir einfach hin und wieder miteinander ausgehen. Okay?«

Das klang gut, denn im Grunde war mir klar, dass ich ihn nicht vergraulen wollte, er war trotz alledem eine unermessliche Hilfe für mich.

An diesem Abend las ich im Internet einige Artikel über Frauen, die mit ihrem Chef ins Bett gingen. Langsam gefiel mir mein Job immer mehr. Mein schlechtes Gewissen rumorte allerdings. Wie würde meine Zukunft aussehen, wenn ich mit Carl bis zum Äußersten ging? Die Artikel liefen alle darauf hinaus, dass eine solche Liaison nichts Gutes verhieß: *Geschmeichelt von der Aufmerksamkeit. Frauen werden unbewusst von Alphatypen angezogen. Die Hormone trüben jedes Urteilsvermögen. Fast immer geht es böse aus.* Und so weiter.

Am darauffolgenden Tag erwachte ich schon mit diesem unguten Gefühl im Magen. Aber ich fasste neuen Mut. Duschte, zog etwas Hübsches an und legte ein sorgfältiges Make-up auf. Ich steckte die T-Shirts, die ich am Union Square gekauft hatte, in eine Stofftüte und machte mich auf den Weg zur Arbeit.

Als ich ins Büro kam, saß Carl bereits an seinem Schreibtisch. Er schien erfreut zu sein, als er mich erblickte.

Ich legte den USB-Stick aus meiner Tasche vor ihm hin.

»Danke, dass du mich hast fahren lassen, die Reise war toll«, sagte ich. »Aber jetzt erklär mir mal, woher du die ganze Zeit gewusst hast, wo ich war.«

»Das kommt noch. Jetzt erst einmal ein großes Lob, dass du so einen guten Eindruck auf Brett gemacht hast. Er hat gesagt, du seist ein *unglaublicher* Gewinn für unsere Firma.«

Er klang amüsiert, aber nicht sarkastisch.

»Klar. Und du wusstest doch bestimmt schon, bevor ich geflogen bin, dass das Haus in einem Top-Zustand ist.«

Da fiel mir seine Kreditkarte ein, ich angelte sie aus meiner Tasche und legte sie ihm auf den Schreibtisch.

»Ich habe sie nicht benutzt, aber das hier habe ich von meinem Geld gekauft«, sagte ich und platzierte den Stapel T-Shirts vor seiner Nase.

Er war überrascht. Neugierig hob er eins nach dem anderen hoch, begutachtete sie, und dann zeichnete sich ein Lächeln auf seinen Lippen ab. Er machte eine Runde um den Schreibtisch, legte mir die Hände auf die Schultern und gab mir einen Kuss auf den Scheitel. Dann griff er nach dem Shirt mit den Streifen, dem allerhässlichsten, und hielt es sich vor den Körper.

»Das werde ich bei unserer Weihnachtsfeier tragen«, sagte er, und ich wusste, dass er es ernst meinte.

Ich nahm Platz und erzählte ihm alles von meiner Begegnung mit Stan Goodban. Carl hörte aufmerksam zu, aber zwischen seinen Augenbrauen bildete sich eine kleine Falte.

»Lass uns bitte später darüber sprechen«, sagte er. »Im Augenblick haben wir noch einiges zu erledigen.«

Sein mangelnder Enthusiasmus ärgerte mich, aber ich beschloss, erst nach Feierabend wieder auf dieses Thema zu sprechen zu kommen.

An diesem Tag lief die Arbeit zunächst sehr gut. Da ich

nun wusste, was sich hinter den verschlossenen Türen während dieser »Dates« abspielte, konnte Carl mir interessantere Aufträge anvertrauen. Er fragte mich, ob ich gern die Feedback-Interviews mit den Kunden führen würde, das war eine Maßnahme, um festzustellen, ob sie mit ihren Reisen zufrieden waren.

»Na klar«, antwortete ich. »Wann soll ich das erste Gespräch führen?«

»Evelyn kommt in einer Stunde. Es wäre gut, wenn du mit ihr sprechen würdest, bevor ich mir das Video ansehe. Geh mit ihr in Zimmer sechs.«

Cecilia Borgh, alias Evelyn, war knapp vierzig, sah aber noch sehr jung aus. Sie hatte ein rundliches, sympathisches Gesicht und glühende Wangen. Eine dichte Haarmähne fiel ihr in einem Wirrwarr aus Korkenzieherlocken auf die Schultern. Sie wirkte zwar selbstbewusst, aber nicht arrogant. Als sie mitbekam, dass nicht Carl, sondern ich das Gespräch führen würde, seufzte sie enttäuscht. Zum Glück waren wir uns auf Anhieb sympathisch. Als sie vor mir Platz nahm, hatte ich unwillkürlich die Szenen aus dem Video wieder vor Augen, und mir wurde ganz heiß.

»Macht Carl keine Interviews mehr?«, fragte sie mich. »Ist das neu?«

»Nein, er hat nur gerade sehr viel zu tun«, erklärte ich ihr.

»Er muss Ihnen vertrauen. Sie sind hier ziemlich schnell aufgestiegen«, meinte sie.

Ich bat sie, von ihrer Reise zu erzählen, Gutes wie Schlechtes. Das war, als hätte ich einen Wasserhahn aufgedreht, sie erzählte ohne Punkt und Komma, wie wunderbar alles gewesen sei. Ich achtete sehr darauf, sie ausreden zu lassen. Dann legte sie eine Pause ein und starrte gedankenverloren vor sich hin.

»Ich bin vor ein paar Jahren mit einem Mann zusammen gewesen, der mich misshandelt hat«, sagte sie. »Wussten Sie das?«

»Nein, das wusste ich nicht«, log ich.

»Danach habe ich mich nicht mehr getraut, mich zu binden, ich hatte höchstens One-Night-Stands. Aber wissen Sie was, ich glaube wirklich, dass kein Mann sich je die Mühe gemacht hat, herauszufinden, worauf ich wirklich stehe. Ob die vielleicht denken, sie wüssten schon alles? Es läuft doch immer auf die Missionarsstellung heraus und, wenn man Glück hat, noch ein bisschen Doggystyle. Und hinterher wird man immer gefragt, ob es gut war. Was soll man da antworten? Diese Reise ist genau das gewesen, was mir gefehlt hat.«

Ich konnte mir die Frage nicht verkneifen, obwohl sie nicht auf dem Fragebogen stand, den Carl mir gegeben hatte.

»Aber fühlt es sich nicht ein bisschen an wie … wie ein Bordell zu besuchen?«

Evelyn musste lachen.

»Nein, überhaupt nicht. Die Männer bekommen kein Geld dafür. Sie tun das, weil es ihnen gefällt, und das spürt man. Aber was spielt es für eine Rolle? Was würden *Sie* denn sagen, wofür soll ich mein Geld ausgeben? Noch mehr Kleider und Botox? Ein Haus in den Schären? Ich kann Ihnen nur vorschlagen, es selbst mal auszuprobieren, wenn Sie hier noch länger beschäftigt sind.«

Ich lief rot an und war mir sicher, dass sie das auch bemerkte.

»Aber das haben Sie ja vielleicht schon getan? Mit Carl …?«, fragte sie.

»Nein, wirklich nicht«, erwiderte ich und lachte ein bisschen schrill. »Jetzt kommen wir wieder auf Sie zu sprechen.«

»Ich bin wie gesagt sehr zufrieden. Es war irre. Vor Weihnachten werde ich bestimmt noch mal nach San Francisco fliegen. Mein Weihnachtsgeschenk an mich selbst«, sagte sie und lächelte.

Ich beendete das Interview und hatte ein gutes Gefühl. Alles in allem konnte ich mit dem Tag zufrieden sein. Ein paar Mal kam Carl vorbei und warf einen Blick auf die Unterlagen, die ich für ihn ins Reine schrieb. Er strich mir das Haar aus dem Nacken und legte eine Hand auf meine Schulter. Einmal beugte er sich vor, um etwas auf dem Bildschirm zu lesen, sodass sein Schritt meinen Rücken berührte. Ich war mir fast sicher, an den Schulterblättern etwas Hartes zu spüren.

»Hast du mich vermisst?«, fragte ich kokett.

»Möglich, ja. Es war recht still hier.«

Hormone trüben jedes Urteilsvermögen, hallte es in meinem Hinterkopf nach, aber wenn Carl in meiner Nähe war, überkam mich so ein berauschendes Gefühl, als wäre ich wieder sechzehn und heiß verliebt. Ich konnte nicht mehr klar denken. Und genau das war mein Problem.

Aber dann sagte er etwas, das dominoartig eine Enttäuschung nach der anderen auslöste.

»Ich habe vergessen zu erzählen, dass Lucas Ulvman zurückgerufen hat. Kaum zu glauben, dass er das wirklich gemacht hat, ich habe ihn sicher zehn Jahre lang nicht gesprochen. Wie auch immer, jedenfalls hat er gemeint, ich soll seine Mail nicht zu ernst nehmen. Er ist sich fast sicher, dass es diese Sekte nicht mehr gibt.«

»Ich sehe das aber nicht so«, sagte ich.

»Nein, ich weiß. Tut mir leid, Alex, aber ich finde, dass das, was Stan Goodban erzählt hat, auch ziemlich merkwürdig klingt. Intelligente, erfolgreiche Männer, die irgendwelche mystischen Rituale in Kirchen abhalten. Ich glaube dir natürlich, wenn du sagst, dass Dani von irgendjemandem gekidnappt worden ist, aber Weihrauch und Prophezeiungen? Sektenmitglieder, die in unserer Gesellschaft hohe Positionen bekleiden? Kann es nicht einfach irgendein Perverser sein, der sie entführt hat? Die Sache mit der Sekte klingt so abwegig.«

»Das ist überhaupt nicht abwegig! Stan hat mir alles erklärt. Schon immer hat es solche mystischen Orden in den Eliten gegeben.«

»Aha. Und die arbeiten dann mit Beschwörungen und Weihrauch? Du musst bitte entschuldigen, dass ich das anzweifle.«

»Aber verstehst du denn nicht? Sie glauben, dass sie ihre Macht von Gott erhalten. Weihrauch wird in der katholischen Kirche verwendet, und der Text in den Briefen, die wir bekommen haben, stand da doch auf Latein …«

»Ach, komm schon, Alex«, fiel er mir ins Wort. »Das klingt eher nach Konspirationstheorien. Wie kannst du nur dem Gefasel eines alten Mannes glauben? Woher willst du wissen, dass er sich nicht alles in seinem Hirn zusammenspinnt? Er könnte dement sein oder ein ausgekochter Lügner.«

»Er schien völlig klar im Kopf. Warum sollte er mich denn anlügen?«

»Um dir zu imponieren. Soweit ich weiß, ist er ziemlich einsam.«

»Und wie erklärst du dann diese Briefe?«

»Wer weiß, vielleicht hat er euch auf Facebook entdeckt, eure Adresse im Netz gefunden und sie selbst verschickt.«

»Danis Brief war in Lund abgestempelt.«

»Vielleicht hat er Kontakt zu irgendeinem anderen Idioten, der ihm hier in Schweden hilft. Du könntest wirklich völlig falschliegen. Diese Möglichkeit solltest du ernsthaft in Betracht ziehen, Alex.«

Tatsächlich *weigerte* ich mich, genau das zu denken. Langsam kochte ich innerlich. Es war weniger die Tatsache, dass er meine Überzeugung infrage stellte, als die gefühlskalte Weise, auf die er mich kritisierte.

»Jetzt hör mir doch mal zu!«, schrie ich, richtig laut. Doch dann riss ich mich zusammen und fuhr etwas beherrschter fort. »Das alles geschieht zur selben Zeit. Das ist kein Zufall. Lucas Ulvman hat sich doch auf genau dieselbe Sekte berufen.«

»Und er hat auch gesagt, dass es die nicht mehr gibt«, widersprach Carl. »Ich glaube ja gar nicht, dass Stan die Dinge, die in den Sechziger- und Siebzigerjahren passiert sind, falsch wiedergibt, aber dass so eine Vereinigung heute noch existiert, das halte ich für unwahrscheinlich. Liefere mir nur den kleinsten Beweis, dass es diese Sekte noch gibt.«

»Ich habe keine Beweise, aber ich glaube Stan. Es ist die einzige heiße Spur, die wir haben.«

»Die einzige heiße Spur, die *du* hast«, korrigierte er.

»Hör auf, mich so herablassend zu behandeln. Und ich habe gedacht, du wolltest mir helfen.«

»Das möchte ich auch«, sagte er. »Aber ich glaube leider, dass dieser Stan dir eine Menge Flöhe in die Ohren gesetzt hat. Bist du sicher, dass er nicht sogar high war?«

Alles brach gleichzeitig über mich herein. Es war so ungerecht. Ich bekam einen Kloß im Hals. Aber gerade als ich fast in Tränen ausgebrochen wäre, rettete mich mein Handy und klingelte. Leene Bergström von der Polizei war am Apparat.

»Ich habe leider schlechte Nachrichten für Sie«, sagte sie. »Die Polizei in Indien hat versucht, in Zusammenarbeit mit Ihrer Mutter ein Phantombild anzufertigen, es ist aber nicht viel dabei herausgekommen. Ihr Gedächtnis ist nicht besonders gut, das Bild wirkt viel zu allgemein. So hätte es genau genommen jeder sein können. Und jetzt gibt sie an, dass sie an besagtem Tag sogar mehrere Personen auf das Foto angesprochen hätten. Wir können uns also auf die Erinnerung Ihrer Mutter leider nicht verlassen. Das heißt, wir haben jetzt nichts, was uns weiterhelfen könnte.«

Ich hätte sie umbringen können. Nicht Leene Bergström, sondern meine Mutter. Nicht einmal das konnte sie für uns tun. Sich an ein Gesicht erinnern.

Ich berichtete kurz von den Informationen, die ich von Stan Goodban erhalten hatte, doch Leene Bergström seufzte nur resigniert.

»Aha, das klingt ja wirklich interessant, aber ich weiß nicht, ob uns das hilft. Uns fehlt leider die personelle Ausstattung, um solche Nachforschungen zu betreiben. Ich glaube, Sie müssen sich langsam mit der Möglichkeit auseinandersetzen, dass Daniella doch freiwillig untergetaucht ist, und es akzeptieren. So etwas kommt eben vor.«

Ich beendete das Gespräch. Während ich telefonierte, hatte Carl mein Büro schon verlassen. Bald war mein Arbeitstag vorbei. Ich war wütend auf alle – auf Leene Bergström, auf Carl und auch auf diesen verfluchten Sektenführer Lucas Ulvman, der sich so widersprüchlich geäußert hatte. Ich hatte keine Lust, Jim an diesem Abend zu sehen und sein Mitleid zu ertragen. Ich war derart außer mir, dass ich auf dem Heimweg beinahe mit einem Lastwagen kollidiert wäre.

Nachdem ich mich mit meinem iPad aufs Sofa gesetzt hatte, loggte ich mich auf Facebook ein und erhielt den Todesstoß.

Da war eine Message von Stan Goodban. Ich stierte auf den Text. In meinem Kopf drehte sich alles. Mir stockte der Atem. Stans Worte brannten in meinem Hirn.

Vergessen Sie alles, was ich Ihnen erzählt habe.

Das ist alles überhaupt nicht wahr, sondern bloß frei erfunden.
In der letzten Zeit war ich oft nicht ganz bei Sinnen.
Stan.

38

Die Schlaftabletten haben ihr den K.-o.-Schlag versetzt.

Die ganze Nacht lang schläft sie tief und fest, versinkt in einer traumlosen Finsternis.

Aber jetzt ist sie aufgewacht.

Jemand hat das Licht angeknipst.

Der Hai steht vor ihrem Bett und hält seine Ledertasche in der Hand. Heute wirkt er ernst und angespannt. Er ist nicht so aufgekratzt wie sonst, sondern bewegt sich ruhig und unauffällig. Doch der Anblick ihres bemalten Körpers hebt seine Stimmung, er lächelt. Er ist gekommen, um sein Meisterwerk zu vollenden.

Erst bindet er die Stricke los und lässt sie auf die Toilette gehen. Als sie zurückkommt, weist er sie an, sich aufs Bett zu setzen. Er betrachtet ihre Brustwarzen, die noch geschwollen sind, aber nicht mehr schmerzen.

Sorgfältig, langsam, malt er Silbermonde auf ihre Nägel. Sie öffnet den Mund, möchte etwas sagen, doch dann schließt sie ihn wieder. Er wird ihre Fragen ohnehin nicht beantworten.

Durch das Gitter kann sie ihr Spiegelbild schwach im Fensterglas erkennen. Der Anblick schmerzt. Ihre Augen scheinen jemandem zu gehören, der die Hoffnung längst aufgegeben hat. Diese Vorstellung macht ihr Angst. Sie versucht, sich Alex' Gesicht in Erinnerung zu rufen, ihre Augen, wenn sie lacht, aber das, was sie immer als deutliches Bild hat sehen können, ist auf einmal verzerrt und verschwommen.

Sie versucht herauszufinden, wie spät es ist. Die Sonne steht schon tief, das Licht ist golden, schimmert in Orangetönen. Sie muss den ganzen Tag geschlafen haben. Die Bäume, die sie flüchtig erkennen kann, wirken nackt. Ein Vogel fliegt vorbei. Eilig, er hat freie Bahn. Wie gern sie dieser Vogel wäre! Ihr ganzes Menschenleben würde sie eintauschen gegen ein Paar Flügel. Ihr war nicht bewusst gewesen, wie sich Freiheit anfühlt, bis sie ihr genommen wurde.

Ihre Finger liegen bewegungslos auf dem Knie des Hais. Er nimmt einen kleinen Föhn aus seiner Tasche, bläst warme Luft auf die Nägel. Ihr Gesicht studiert er bis ins kleinste Detail. Seine Augen sind klein und blinzeln, als er sie mit einem verkrampften Lächeln ansieht.

»Heb das Kinn.«

Sie folgt.

Da kommt ihr ein Gedanke.

»Wo ist der Meister?«

»Warum willst du das wissen?«

»Ich möchte ihm etwas sagen.«

»Bitte schön«, sagt er und dreht den Kopf in den Raum, und da begreift sie es.

Der Meister steht in der Tür. Sie hat ihn nicht kommen hören. Er beobachtet sie mit Interesse, sein Lächeln hat etwas Ungewohntes, es triumphiert.

»Was willst du mir sagen?«

»Ich möchte wissen, was geschehen wird. Was von mir erwartet wird.«

»Du hast unsere Erwartungen bereits alle erfüllt. Sieben Nächte wirst du mir dienen. Du wirst meine Göttlichkeit empfangen, die sich auf unser Kind übertragen wird. So wird es zu einem Ritual. Das ist die Zeremonie des Jahrhunderts. Wir haben schon darüber gesprochen.«

Er klingt geradezu enthusiastisch. Die Zeremonie. Das Ritual.

»Aber rein praktisch. Worauf muss ich achten?«

Er gluckst, macht ein paar Schritte in den Raum hinein.

»Nein, das wird nicht verraten. Eine Überraschung ist doch viel schöner?«

Beide Männer lachen laut.

Mit ein paar schnellen Schritten ist der Meister bei ihr.

»Kein Make-up«, sagt er zum Hai. »Ein bloßes Gesicht ist so unendlich verletzlicher.«

Dann nimmt er ihr Kinn und hebt ihr Gesicht an.

»Und du, meine Schöne, hörst auf, dir Sorgen zu machen. Alles wird gut werden, du wirst sehen.«

Kein Wort von mir kann sie stoppen.

Ich muss es geschehen lassen.

Ich schäme mich.

Mir ist schlecht vor Scham.

Langsam wird es dunkel.

Schon streckt die Nacht ihre kalten Tentakel in das Gefängnisloch.

39

Es fühlte sich an, als wäre mit einem Mal die ganze Welt gegen mich. Jede heiße Spur war innerhalb eines Tages zunichtegemacht worden. Das Einzige, was mir geblieben war, war mein Bauchgefühl – ich hatte zwar noch die Hoffnung, dass es mich auf den richtigen Weg führen werde, aber gleichzeitig konnte es auch sein, dass ich langsam durchdrehte. Ich war erschöpft. Frustriert. Und voller Ungeduld.

Am Morgen rief Jim an, doch jeder Versuch, mich aufzuheitern, brachte mich nur gegen ihn auf. *Das wird sich schon klären. Wir reden mit dem Privatdetektiv. In dieser schweren Zeit hast du ja noch mich.* Gerede, aber nichts Handfestes.

Carl blieb fast den ganzen Tag in Besprechungen. Ich schrieb das Protokoll eines internen Meetings und den wöchentlichen Bericht. Bei Ash & Coal mussten alle Angestellten einen solchen Bericht verfassen, und ich hatte keine Zweifel daran, dass Carl jedes einzelne Wort las. Als er wieder in mein Büro kam, war mein Arbeitstag schon fast zu Ende. Er wirkte leicht verärgert.

»Warum hockst du hier und ziehst ein langes Gesicht?«

Normalerweise hätte ich ihn angeblafft, aber das war zwecklos. Stattdessen erzählte ich ihm von dem Gespräch mit der Polizei und Stan Goodbans entmutigender Message.

»Jetzt weiß ich nicht mehr, was ich tun soll«, sagte ich schließlich. »Das Einzige, was ich noch habe, ist das Bild von dieser Wand, die mir in dem weißen Zimmer erschienen ist.

Und jetzt weiß ich nicht einmal, ob ich mich *darauf* noch verlassen kann.«

Carls Gereiztheit legte sich erst, als ich ihm mein Herz ausschüttete. Er winkte mich zu sich an seinen Schreibtisch. Ich wartete nur darauf, dass er etwas sagen würde, in der Art von: *Hab ich das nicht gleich gesagt?* Stattdessen starrte er eine Weile vor sich hin. Als er mir schließlich ins Gesicht sah, konnte ich seinen Blick nicht deuten.

»Dann bleibt wohl nur eins. Wir müssen mit der Entspannungstherapie weitermachen«, sagte er.

»Was hast du eigentlich mit mir vor?«, fragte ich ihn.

»Ich finde dich faszinierend. Und ich möchte dir helfen.«

»Ich habe nicht die geringste Lust, dein Versuchskaninchen zu sein. Aber so langsam bin ich wirklich verzweifelt. Wie können drei Menschen in verschiedenen Erdteilen ihre Aussagen an ein und demselben Tag einfach zurückziehen? Jetzt haben wir keinen einzigen Anhaltspunkt mehr.«

»Vielleicht ist genau dies der Anhaltspunkt.«

»Wie meinst du das?«

»Möglicherweise besteht ein Zusammenhang.«

Er stand auf, ging um den Schreibtisch herum und stellte mich auf die Füße.

»Jetzt denken wir mal für eine Weile nicht mehr daran. So löst man Probleme. Man lässt die Informationen im Gehirn einfach frei zirkulieren, bis von allein Verbindungen entstehen.«

Er streichelte mir mit dem Daumen über die Wange. Unfreiwillig flogen meine Gedanken zu Jim. Meine Unehrlichkeit fiel mir ein. Frauen, die mit ihren Chefs ins Bett gehen und ihre Karriere wegwerfen.

Okay, dachte ich, jetzt ist die Stunde der Wahrheit gekommen.

Doch als ich den Mund öffnete, war mein Hals wie zugeschnürt. Während einiger Schrecksekunden fragte ich mich, ob mit mir etwas nicht stimmte. Warum brachte ich plötzlich kein Wort mehr heraus?

Los jetzt. Du kriegst deine Klappe doch sonst immer auf.

»Es gibt da jemanden in meinem Leben, ich meine, schon bevor du mich eingestellt hast«, brachte ich unbeholfen hervor.

Carl zog eine Augenbraue hoch und ließ meine Hände los.

»Willst du sagen, du hast eine feste Beziehung mit ihm? Oder etwa mit ihr?«

»Was? Nein, es ist ein Mann. Und es ist auch nichts Ernstes.«

»Und warum fühlst du dich dann gezwungen, mir davon zu erzählen?«

Er würde es mir nicht leicht machen.

»Das weiß ich ehrlich gesagt selbst nicht.«

Er lachte auf, etwas bitter.

»Solltest du nicht lieber ihm erzählen, was wir beide miteinander tun?«

»Hör auf. Er ist nur ein Mann in meinem Leben, nicht *der Mann meines Lebens*. Verstehst du? Lass deine spitzen Bemerkungen.«

»Ich habe das Thema nicht angeschnitten. Weißt du, ich scheiße auf diesen Mann. Wer ist das eigentlich?«

»Er ist Architekt.«

»Wie langweilig und ordinär.«

»Du weißt doch überhaupt nichts von ihm.«

»Hör auf, Alex! Kannst du nicht ein einziges Mal ehrlich sein? Wenigstens dir selbst gegenüber? Hältst du deine Nase auch an seine T-Shirts?«

Ich bebte. Mit einer schnellen Handbewegung riss ich die

Kaffeetasse, die auf seinem Schreibtisch stand, um. Die braune Flüssigkeit spritzte auf seine Hosenbeine und den weißen Teppich neben dem Schreibtisch. Ich griff nach meiner Handtasche und rannte aus dem Zimmer. Erst hockte ich eine ganze Weile in meinem Wagen, dann fuhr ich los. Von meinen zittrigen Händen vibrierte sogar das Lenkrad.

Als ich schließlich wohlbehalten in der Wohnung angekommen war, legte ich mich aufs Sofa und starrte die Decke an. Ich bemerkte verschiedene Arten von Spinnennetzen, die mir vorher nie aufgefallen waren. Mein Wutanfall tat mir schon wieder leid. Mehrmals checkte ich das Handy, vielleicht hatte Carl mich anzurufen versucht. Meine Arbeit machte mir inzwischen richtig viel Spaß. Dieses außergewöhnliche kleine Universum, in dem mir die Welt so weit entfernt vorkam, gefiel mir. Warum konnte ich mich nicht einfach normal benehmen? Warum vermasselte ich alles, was in meinem Leben gut lief?

Stundenlang lag ich auf dem Sofa und starrte so an die Decke. Unaufhörlich glitten meine Gedanken zu Stan Goodban ab. Er mochte ja ein Loser sein, aber geistig verwirrt war er gewiss nicht. Mein Eindruck war eher, dass er vollkommen bei Verstand war. Er hatte kein wirres Zeug gefaselt, sondern alles nachvollziehbar erzählt, und er war sich seiner Sache sicher gewesen. Ich loggte mich in Facebook ein. Ich hatte auf seine Message sofort geantwortet, doch von ihm war nichts mehr zurückgekommen. Und jetzt sah ich, dass er mich als Freund gelöscht hatte. Ich suchte nach dem Campingplatz, wo er seinen Wohnwagen platziert hatte, ich konnte mich erinnern, dass er »Hill Top« hieß, und da fand ich eine Homepage, darauf war eine Telefonnummer vermerkt. In Kalifornien war es gerade elf Uhr am Vormittag. Ich tippte die Nummer ein, und nach ein paar Klingeltönen erklang die nasale

Stimme einer Frau. Höflich erklärte ich ihr, ich hätte ein eiliges Anliegen und müsse Stan Goodban erreichen. Leider hätte ich seine Telefonnummer nicht.

»Er hat auch kein Telefon, Ma'am«, sagte die Frau.

»Das wusste ich nicht. Bitte, könnten Sie mir einen Gefallen tun? Könnten Sie mal nachsehen, ob er gerade in seinem Wohnwagen ist? Ich muss ihn wirklich dringend sprechen, es ist wichtig.«

Die Frau räusperte sich. Dann war es ziemlich lange still in der Leitung.

»Sind Sie mit Stan verwandt?«, fragte sie mich.

»Nein, aber wir sind enge Freunde«, brachte ich schließlich heraus. »Bitte, seien Sie so nett, gehen Sie zu seinem Wohnwagen und richten Sie ihm aus, dass Alex aus Schweden mit ihm sprechen muss. Sagen Sie ihm, dass es wichtig ist.«

»Das kann ich leider nicht. Stan ist überfallen worden. Heute Nacht. Jemand hat sich Zutritt zum Gelände verschafft und hat ihn schwer misshandelt. Er liegt im Krankenhaus und schwebt in Lebensgefahr. Wir wissen nicht, ob er durchkommt.«

Es verschlug mir die Sprache, ich wollte etwas erwidern, aber ich brachte kein Wort heraus. Konnte einfach nicht sprechen.

»Hallo, Ma'am, sind Sie noch da?«

Ich konnte nur eine Art bejahenden Laut formen, aus den Tiefen meines Kehlkopfes.

»Entschuldigung, wenn das jetzt ein Schock für Sie ist«, sagte die Frau. »Soll ich Ihnen die Nummer des Krankenhauses geben? Vielleicht erfahren Sie dort mehr.«

Irgendwie gelang es mir, die Nummer zu notieren. Bevor ich dort anrief, machte ich Atemübungen, um mich zu beruhigen. Das Personal in der Klinik konnte nur bestätigen, dass sich Stan auf der Intensivstation befand, doch mehr Informationen bekam ich nicht.

Wie versteinert stand ich da, das Smartphone in der Hand. Ich brauchte lange, bis ich diese Nachricht fassen konnte. Da krümmte ich mich, wie eine Handpuppe, wenn man die Hand herauszieht. Jemand war hinter mir her. Jemand, der jetzt die Daumenschrauben anzog. Stan Goodban würde womöglich sterben, und ich war schuld. Und niemand auf der Welt glaubte mir.

Ich verspürte gleichzeitig einen Bärenhunger und Übelkeit. Der Kühlschrank war fast leer – außer einem teuren Schimmelkäse und einem Topf Suppe. Ich trank ein bisschen abgestandenes Mineralwasser direkt aus der halbvollen Flasche, goss die Suppe in eine Schüssel und stellte sie in die Mikrowelle. Dann wurde mir plötzlich so schlecht, dass ich kaum rechtzeitig zur Toilette kam. Ich sank auf die Knie und beugte mich über die Schüssel. Aber wie sehr ich es auch versuchte, ich konnte mich nicht übergeben. Ich hatte Schüttelfrost und kauerte mich auf dem Boden zusammen, bis das Zittern nachließ.

Während ich da lag, flimmerte vor meinem inneren Auge eine eigenartige Erinnerung an Dani vorbei. Sie stammte aus unserer Schulzeit. Am Ende der achten Klasse hatte sie in allen Fächern Bestnoten erreicht, und obwohl auch ich gute Noten hatte, musste ich nachsitzen, weil ich in einer Prüfung geschummelt hatte. In dem furchtbaren Fach Französisch. Da tat sie etwas ganz Besonderes. Sie kam zu mir ins Klassenzimmer, wo ich hockte und schmollte, und zerriss ihr Zeugnis vor meiner Nase.

»Das ist nur Papier, aber du lebst. Manche halten es einfach nicht aus, dass du so voller Leben bist, das ist das Problem.«

Wie kleine bösartige Würmer bohrten sich die Schuldgefühle in mein Herz. *Ich hätte mir mehr Mühe geben müssen. Hätte freundlicher zu ihr sein müssen, solange es noch möglich war.*

Ich stand auf und ging ins Wohnzimmer. Die Wohnung fühlte sich wie ein leeres Grab an. Noch nie hatte ich mich so dermaßen einsam gefühlt.

Ich ließ mich aufs Sofa sinken und wollte mich hinlegen, da fiel mir ein, dass das schon vorher keine gute Idee gewesen war, denn danach war dieser Zusammenbruch gekommen. Da beschloss ich, Jim anzurufen. Nach kurzer Zeit meldete er sich, äußerst schläfrig. Ohne mir zuzuhören, begann er zu reden.

»Alex, ich vergöttere dich, aber morgen muss ich sehr früh aufstehen. Könnten wir lieber morgen telefonieren?«

Ich drückte das Gespräch weg. Er rief zurück, dreimal, aber ich ging nicht mehr dran.

Dann bekam ich Zweifel, ob ich morgen wieder zur Arbeit kommen durfte. Wahrscheinlich war es am besten, vorher zu fragen. Es war schon spät und sicher ein bisschen frech, Carl jetzt noch anzurufen. Aber ich fühlte mich so allein und verzweifelt, dass ich doch zum Hörer griff. Er meldete sich sofort.

»Und, hast du dich beruhigt?«, fragte er.

Ich wollte ihm erzählen, was Stan Goodban passiert war, doch dann fielen mir die Kaffeeflecken auf dem weißen Teppich wieder ein, und es war mir entsetzlich peinlich.

»Ja, hab ich. Entschuldigung.«

»Mir ist vollkommen egal, was du mit deinem Freund machst. Nennst du ihn eigentlich deinen Freund? Egal. Ich mag dich, wie du bist, Alex. Mit oder ohne Freund. Ich könnte mir sogar vorstellen, dich um Entschuldigung zu bitten, dass ich dich so verärgert habe.«

Es tat gut zu spüren, dass er mir nicht mehr böse war, aber ich war viel zu erschöpft, als dass ich mich über seinen Kommentar richtig freuen konnte.

»Ich muss dir was erzählen. Bitte hör mir zu.«

Carl fiel mir nicht einmal ins Wort, als ich ihm von dem Telefonat mit der Frau vom Campingplatz erzählte. Schließlich hörte ich, dass er leise fluchte, und dann sagte er:

»Alles okay mit dir, Alex?«

»Nein, jetzt ist wirklich nichts mehr okay. Was hältst du von der Geschichte?«

»Ich glaube, da stimmt etwas nicht. Und ich fürchte, du bist in Gefahr.«

Seine Stimme wurde so ernst, dass ich eine Gänsehaut bekam.

»Ich werde Brett bitten, mehr über Stan Goodban in Erfahrung zu bringen«, sagte er. »Morgen unterhalten wir uns weiter. Du hast deine Wohnungstür hoffentlich abgeschlossen?«

Ich musste an Stans übelriechenden Wohnwagen denken und wie berührend ich es fand, dass er vor meinem Besuch extra geputzt hatte. Sein zitternder Arm und die traurigen Augen. Und jetzt war ich womöglich schuld an seinem Tod. Mit einem Mal fühlte sich alles so schrecklich an, dass ich anfing zu heulen. Heiseres, hässliches Schluchzen, das Carl offenbar Angst einjagte.

»Bist du traurig? Willst du, dass ich zu dir komme?«

»Ja bitte, komm.«

»Aber nur, wenn dein Freund nicht da ist.«

»Er ist nicht mein Freund, und er ist auch nicht da.«

»Okay, dann komme ich.«

»Ich wohne in der …«

»Ich weiß, wo du wohnst«, unterbrach er mich.

Ich schickte Jim eine SMS. *Alles okay. War nichts Wichtiges. Gehe jetzt schlafen*, und tippte noch ein »Küsschen«, obwohl das gar nicht meine Art war. Ich wollte nicht, dass er gerade jetzt auftauchte, wenn Carl bei mir war.

Mein Hirn hat die unglaubliche Fähigkeit, vollkommen unfreiwillig, fast zwanghaft, Bilder aufzurufen. Ganz verschiedene Dinge können das auslösen, Angst ist ein hervorragender Katalysator. Das Bild, das mich jetzt überfiel, zeigte Stan Goodban. Er lag regungslos in einem Krankenhausbett. Sein Gesicht war nichts als ein blutiger Brei. Seine Augen glänzten, wirkten leblos, wie die eines Toten. Sein zittriger Arm lag jetzt schlaff auf einer steifen Krankenhausbettdecke. Doch dann kam Bewegung in dieses Bild, und er versuchte, mir etwas zu sagen. Sein Mund, nur noch ein schwarzes Loch, öffnete sich, und ein zischender Laut drang heraus, etwas, das wie mein Name klang. Die Szene wiederholte sich ständig in meinem Kopf, wie in einer Endlosschleife.

Ich war dabei, komplett die Kontrolle zu verlieren. Aus der Küche roch es sehr sonderbar. Hühnerbouillon? Was war das? Da fiel mir meine Suppe in der Mikrowelle wieder ein. Aber ich konnte meinen Körper nicht in Bewegung setzen. Alles war kompliziert, sogar das Aufstehen fiel mir schwer. Ich sackte auf den Boden, war nur noch ein Häufchen Elend. Genau in dem Augenblick klingelte es an der Tür. Irgendwie gelang es mir aufzustehen, zur Tür zu taumeln und Carl zu öffnen. Er sah sich erstaunt um, als er meine kleine Wohnung betrat.

Glotz nur. So wohnen eben normale Menschen.

»Warum hast du kein Licht an?«, fragte er mich. »Das ist ja der reinste Horrorfilm.«

Ich atmete ganz sonderbar, sog die Luft stoßartig ein. Und dann bekam ich quasi gar keine Luft mehr. Er musste mich nur ansehen – und wusste sofort, was mit mir los war. Wahrscheinlich sah ich wie eine lebendige Leiche aus.

»Leg dich hin.«

»Auf den Boden?«

»Nein, auf dein Bett, Dummerchen. Du stehst unter Schock. Geh zu deinem kleinen Bett, leg dich hin und atme tief durch.«

»Sie haben Stan getötet. Sie haben Dani gekidnappt, und jetzt sind sie auch hinter mir her. Und keiner glaubt mir das.«

»Ich glaube dir. Du bist weiß wie das Betttuch, deine Pupillen sind vergrößert, und du keuchst wie ein 100-Meter-Läufer. Leg dich hin!«

Da konnte ich ihm nicht mehr antworten. Nichts war mehr möglich. Was ich sagen wollte, flog nur gedankenartig vorbei: Mit mir ist alles in Ordnung. Es ist nichts Ernstes. Mein Herz flatterte und schlug wie wild.

Plötzlich, ohne dass ich begriff, wie es dazu kam, hielt er mich in seinen Armen. Wie ein Äffchen klammerte ich mich an ihm fest. Er trug mich ins Schlafzimmer und legte mich sanft auf dem Bett ab. Dann spürte ich seine Hand auf der Stirn. Ich hatte wohl kalten Schweiß, denn er verzog das Gesicht.

»Wie geht es dir, Alex?«

»Sonderbar.«

Ich konnte also doch noch sprechen.

Er drehte meinen Kopf so, dass ich auf der Seite lag, legte mir ein Kissen unter die Füße, griff nach der Decke, die über dem Bettgestell hing, und legte sie über meinen Körper. Mir wurde warm. Ich spürte, wie sich mein Puls beruhigte, wie aus meinem Keuchen wieder eine gewöhnliche Atmung wurde. Mir schoss durch den Kopf, was hätte passieren können, wenn Carl nicht gekommen wäre. Wenn ich gestürzt wäre, mir einen Schädelbruch zugezogen hätte und nicht mehr ans Handy gekommen wäre. Mit meinen Freunden hatte ich fast keinen Kontakt mehr, seit Dani verschwunden war. Kein Mensch würde mich vermissen. Da erst begriff ich ganz, wie verzweifelt man sein muss, wenn man allein ist. So wie Dani jetzt.

»Wird es besser?«, fragte Carl. »Sonst rufe ich den Krankenwagen.«

»Nein, ist okay. Ich hab überreagiert. Mein Psychotherapeut behauptet ohnehin, dass ich manisch-depressiv bin.«

»So ein Idiot. Du machst nur etwas ganz Schreckliches durch.«

»Aber ich reagiere wirklich in jeder Situation viel zu stark.«

»Du lebst einfach ganz nah an deinen Gefühlen und hast eine gesunde Intuition. Was soll daran falsch sein?«

Genau diese Worte von ihm setzten sich in meinem Kopf fest und markierten eine Art Wendepunkt. Später, als ich mich von dem Schock erholt hatte, wurde mir klar, dass genau diese innere Stimme, die mich zum Aufgeben animierte, dieselbe Stimme war, die meine Hoffnung am Leben hielt. Mats Levinger mochte es nennen, wie er wollte, meine Stimmungsschwankungen waren wie Gegensätze, die Energie und Durchhaltevermögen erzeugten.

Carl streichelte mich über Nacken und Schultern.

»Wir befassen uns morgen damit, ganz in Ruhe. Jetzt musst du schlafen.«

»Bitte geh nicht!«

»Das habe ich auch nicht vor.«

Jetzt hörte ich, wie er seine Schuhe abstreifte, dann merkte ich, wie das Bett unter seinem Gewicht nachgab, und schließlich spürte ich die Wärme seines Brustkorbs an meinem Rücken. Sein Atem berührte meinen Nacken. Sein Arm legte sich um meine Taille und blieb dort. Sein Duft hüllte mich ein, seine Wärme umfing mich.

Als ich mitten in der Nacht aufwachte, lag er noch immer dicht an mich geschmiegt da.

An seiner tiefen Atmung erkannte ich, dass er schlief.

40

Es beginnt mit einem leichten Unwohlsein. Dann nimmt ihre Sehschärfe Stück für Stück ab. Darüber hat sie schon manches gelesen – Panik. Sie will sich abhärten. Versuchen, dagegen anzugehen. Aber nichts kann die Hysterie aufhalten, die doch von ganz allein immer stärker wird.

Ihre Glieder und Gesichtsmuskeln spannen sich an. In ihrem Mund verteilt sich ein Metallgeschmack.

Sie macht sich klein, nimmt die Embryo-Haltung ein, umschlingt ihren Körper mit den Armen, wiegt sich selbst.

In ihr stürmt ein Orkan.

Kurz bevor sie die Kontrolle verliert, wimmert sie: *Gott im Himmel!* – teils ist das ein Fluch über diese Männer, teils ein Hilfeschrei.

Doch jetzt wird ihr niemand helfen.

Sie hört sich selbst heulen, wie wahnsinnig. Wild trommelt sie mit den Fäusten auf die Matratze. Doch niemand kommt. Niemand wird kommen.

Ohne dass sie begreift, warum, wird alles still.

Und sie kann atmen.

Der Mond hat die Lücke zwischen den Bäumen gefunden. Um ihn herum ist ein Ring entstanden, er sieht aus wie ein Auge, das sie anstarrt. Nun kann sie ihren Körper von oben sehen, vor Gold und Silber glänzend. Und vor Schweiß.

Ihr Körper und ihre Seele haben sich getrennt. Ihr Bewusstsein ist federleicht.

Wie ein zarter Rauch schwebt sie über der Kirche.

Oktobernacht.

Der Raureif glitzert überall, in den Bäumen und auf der Erde.

Der dunkle Wald brütet unter dem verschleierten Mond.

Millionen Sterne funkeln am Himmel.

Sie kann sie alle sehen.

In diesem Zustand kann sie verweilen und tun, was sie will.

Und dann entscheidet sie, dass sie bei Alex sein will.

Allein der Gedanke – und schon ist sie dort.

Alex liegt in einem Bett.

Alex ruht in den Armen eines Mannes.

Von außen scheint sie friedlich und ruhig, doch tief in ihrem Inneren tobt ein Orkan.

Ich bin hier, Alex!

Sie stößt lautlose Schreie aus.

Alex kann sie nicht hören.

Sie sind Schiffe, die aneinander vorbeiziehen. In einer frostig kalten Oktobernacht.

41

Ich wachte von Vogelgezwitscher auf. Obwohl es schon spät im Herbst war, hockte ein armer Piepmatz auf der Fensterbank und meinte wohl, es sei Frühling. Sein reines, melodisches Gepiepse machte mich froh. Ich lag immer noch auf dem Bettüberwurf, nur eine leichte Wolldecke über dem Körper. Fasziniert beobachtete ich den Tanz der Staubkörner in den Sonnenstrahlen, die auf die Tischplatte fielen. Der Boden schien von dem warmen Licht zu flimmern. Ich spürte, dass ich durstig war, und bewegte mich langsam aus dem Bett. In der Küche fiel mein Blick auf die Uhr, es war schon Viertel nach zehn. So tief und fest hatte ich lange nicht mehr geschlafen, zuletzt in der psychiatrischen Klinik. Seit Carl fort war, fühlte sich meine Wohnung ganz leer an, aber auf dem Küchentisch lagen zwei Zettel, fein säuberlich hatte er etwas darauf geschrieben. Auf dem ersten stand nur: *Nimm dir einen Tag frei. Ich melde mich heute Abend.*

Auf dem zweiten stand eine To-do-Liste, er hatte, wie es seine Art war, alles sehr akkurat der Reihe nach durchnummeriert:

1. *Ruh dich aus, solange du irgend kannst.*
2. *Iss Frühstück, Mittagessen und Abendessen. Ein Bote wird dir etwas vom Supermarkt bringen (die Suppe in der Mikrowelle habe ich entsorgt).*
3. *Geh möglichst nicht ins Internet.*

4. *Lass niemanden in deine Wohnung, den du nicht kennst (außer dem Boten).*
5. *Trink so viel Wasser wie möglich!*

Es war offensichtlich, dass er das alles ernst meinte. Zwischen den Zeilen war kein Fünkchen Humor zu erkennen. Schon die Vorstellung, dass er mich anwies, mich auszuruhen, machte mich schlapp.

Es klingelte an der Tür, da stand ein Typ mit einer Einkaufstüte voller Lebensmittel. Die Rechnung war bereits beglichen. Ich trug das Essen in die Küche. Jetzt ging es mir schon besser, die Kraft kam langsam zurück. Den alten Käse und das Brot warf ich weg, dann räumte ich die frischen Lebensmittel in den Kühlschrank und in meine Vorratsschränke. Das Rezept, das bei den Einkäufen lag, warf ich auf der Stelle weg. Linsensuppe mit Roggenbrot und grünem Salat. Ich duschte ausgiebig und sehr heiß und musste ganz gerührt daran denken, wie Carl mich in der Nacht in seinen Armen gehalten hatte.

Das Gesicht, das mich im Spiegel über dem Waschbecken ansah, hatte einen leicht vorwurfsvollen Ausdruck. Ich hatte die Kontrolle verloren und mich ziemlich blamiert. Das durfte nicht noch einmal vorkommen. Ab sofort würde ich stark sein. Ich würde mich ganz darauf konzentrieren, Dani zu finden. Für etwas anderes wollte ich keine Energie mehr verschwenden. Alles, was in mir zerstört war, würde wieder heil werden, wenn Dani zurückkehrte.

Ich machte mir ein Omelett und deckte den Tisch, stellte Knäckebrot und ein Bier dazu. Gerade als ich anfangen wollte zu essen, rief Jim an.

»Sorry, dass ich gestern so kurz angebunden war. Ich musste heute sehr früh anfangen. Ist bei dir alles in Ordnung?«

»Absolut. Aber nach meiner Reise ist einiges liegen geblieben, ich hab viel zu tun. Vielleicht könnten wir uns am Wochenende sehen.«

»Ich dachte eigentlich an heute Abend? Na gut.«

Er klang ein bisschen enttäuscht, aber zugleich auch müde.

Fast den ganzen Tag lang suchte ich im Internet nach Kirchen. Ich hielt Ausschau nach Fotos von Innenräumen, die mit dem Bild von dieser Wand, die mir erschienen war, zusammenpassten. Während ich suchte, vergaß ich die Zeit und merkte gar nicht, dass es in der Wohnung schon ganz dunkel war, bis ich anfing zu blinzeln und mich der Bildschirm blendete. Leider blieb meine Suche erfolglos. Ich hätte es gespürt, wenn ich richtig gelegen hätte, mein Unterbewusstsein hätte ganz sicher angeschlagen. So begann ich nun, Kirchen in Norwegen, Dänemark und Finnland zu recherchieren.

Zum Abendessen aß ich Instantnudeln im Stehen. Eine Weile sah ich nebenbei fern und überhörte das Handyklingeln. Als ich auf das Display blickte, stand da Carls Name, er hatte es bereits mehrmals versucht. Ich nahm das Gespräch an.

»Wie geht's dir?«, fragte er.

»Besser. Eigentlich gut.«

»Schön zu hören. Du … wegen heute Nacht … ich habe mich natürlich als dein Psychologe um dich gekümmert.«

»Verstehe, klar.«

»Hast du die Anweisungen befolgt, die ich dir aufgeschrieben habe?«

»Haargenau.«

»Gut. Aber eigentlich rufe ich an, weil ich Neuigkeiten habe. Brett hat sich nach Stan Goodban erkundigt. Er ist jetzt außer Lebensgefahr. Sie haben ihn zwar übel zugerichtet, aber er wird überleben.«

»Gott, bin ich froh.«

»Die Polizei in San Francisco wird ihm für den Anfang sicher Personenschutz zur Verfügung stellen. Ich habe Brett gebeten, in deinem Namen Blumen in sein Krankenhauszimmer bringen zu lassen.«

»Danke, wie lieb von dir. Hat Stan denn ausgesagt, wer ihn misshandelt hat?«

»Er hat natürlich behauptet, er habe das Gesicht des Täters nicht gesehen, wir können also vergessen, dass er dir noch mehr verraten wird.«

»Schade. Ich könnte ihn ja besuchen, wenn es ihm besser geht.«

»Das wirst du *nicht*. Aber mir ist dieses Gespräch mit Lucas Ulvman nicht aus dem Kopf gegangen. Wir hatten so einen Tick in unserer gemeinsamen Zeit an der Uni. Wenn wir etwas mit einem besonderen Tonfall aussprachen, bedeutete es, dass wir das Gegenteil meinten. Nicht so, wie wenn man sarkastisch ist, es war eher eine Art Geheimsprache. Ich hatte den Eindruck, dass er mit genau diesem Tonfall bei unserem Telefonat gesprochen hat. Mir kam jetzt der Gedanke, dass er möglicherweise etwas erzählen wollte, das er nicht per Mail mitteilen oder am Telefon sagen kann. Verstehst du, was ich meine?«

»Ja, sprich weiter.«

»Ich habe ihn jedenfalls noch mal angerufen und gefragt, ob wir uns treffen könnten. Er hat sich inzwischen ganz zurückgezogen und entwickelt gerade eine neue Art Yoga oder so was Ähnliches. Aber er ist von Zeit zu Zeit in seinem Büro in Göteborg und hat mir versprochen, dass wir uns dort verabreden können. Und in meinem Kalender steht sowieso schon ein Termin mit einer potenziellen neuen Klientin in Göteborg. Du könntest mich doch begleiten, und dann machen wir gemeinsam einen Abstecher zu Lucas, bevor wir zurückfahren.«

»Das klingt ganz fantastisch.«

»Aber du musst mir versprechen, dir Mühe zu geben, einen guten Eindruck auf die neue Kundin zu machen. Keine spitzen Kommentare oder dummen Bemerkungen.«

»Würde mir im Traum nicht einfallen. Ich bin doch eine gute Assistentin, oder?«

»Bist du.«

»Werden wir auf der Geschäftsreise im selben Hotelzimmer schlafen?«

»Auf keinen Fall.«

»Schade. Ich habe gehört, dass diese Therapie, wenn die Psychotherapeuten im selben Bett wie ihre Patienten schlafen, häufiger wiederholt werden muss, um nachhaltig wirken zu können.«

Als er darauf nicht reagierte, fragte ich ihn, wann die Reise stattfinden solle.

»Schon morgen. Pack etwas zum Übernachten ein. Und zieh legere Klamotten an. Am besten Jeans.«

»Warum?«

»Unsere Kleidung hinterlässt auch einen Eindruck. Und wir wollen bei unserer Arbeit nicht arrogant wirken.«

Carl holte mich am nächsten Tag vor der Wohnung ab. Als er mich sah, machte er große Augen.

»Du siehst völlig okay aus. Vorgestern warst du …«

»So bin ich. Ich erhole mich schnell. Manisch-depressiv, weißt du.«

Ich hatte beschlossen, auf der Fahrt nach Göteborg mehr über Carl herauszubekommen. Bewusst sprach ich seine Kindheit nicht an, aber als ich ihn nach seiner Zeit an der

Universität fragte, machte er dicht. Und da rutschte es mir einfach heraus.

»Ich weiß, was geschehen ist, als du noch Karl-Johan Ask warst.«

Seine Kiefer spannten sich unwillkürlich an. Ohne ein Wort zu sagen, drückte er aufs Gaspedal. Der Motor heulte auf, als er den nächsthöheren Gang einlegte. Bäume und Häuser flogen schemenhaft und ruckartig an uns vorbei. Er sagte keinen Ton, stierte nur starr geradeaus. Es war ein Gefühl, als strömte Giftgas ins Wageninnere. Sein Gesicht wurde zu einer Gewitterwolke, und mich packte die Verzweiflung.

»Bitte, fahr langsamer! Entschuldige!«, flehte ich ihn an.

Wir waren auf der Autobahn zwischen Varberg und Kungsbacka. Er drosselte das Tempo unmittelbar, nahm die nächste Abfahrt und hielt auf einem Rastplatz an. Meine Tränen kamen völlig aus dem Nichts, denn jetzt erwartete ich, dass er mich auf der Stelle aus dem Wagen warf. Stattdessen beugte er sich zu mir und ergriff meine Hände.

»Das darfst du unter keinen Umständen irgendwem erzählen, ist das klar? Ich habe keine Ahnung, woher du das weißt, es steht nur in den Geheimakten. Brett ist der einzige Mensch, der die Geschichte meiner Kindheit kennt.«

»Entschuldige bitte. Ich werde das nicht verbreiten, ich …« Meine Stimme versagte.

Jetzt sah er nicht mehr wütend aus, eher verzweifelt.

»Wie hast du das rausgekriegt?«, fragte er.

»Man findet den Zeitungsartikel im Netz, wenn man ganz tief gräbt.«

»Mensch, Alex, warum musst du ständig herumspionieren? Ich mag dich wirklich, aber diese Seite an dir gefällt mir überhaupt nicht.«

»Ich verspreche dir, *nie mehr* herumzuschnüffeln, wenn ich meinen Job behalten darf. Ich mag dich auch, deshalb war ich ja so neugierig.«

Er ließ meine Hände los und seufzte.

»Dann stell jetzt deine Fragen, dann haben wir es hinter uns.«

»Hast du davon diese Narbe unter der Augenbraue?«

»Ja. Mein Vater hat versucht, sich zu wehren, und einen gusseisernen Kerzenleuchter auf mich geworfen.«

»Wie hast du die Monate im Wald überlebt?«

»Ich hatte einen Rucksack mitgenommen, darin waren ein paar nützliche Dinge. Ein Gewehr hatte ich auch dabei.«

»Aber du warst doch erst zwölf!«

»Richtig.«

»Was ist dann passiert?«

»Ich wurde von einer Pflegefamilie in die nächste geschleust, es waren mehr, als ich zählen konnte, und dann habe ich mich zu einer Art Rowdy entwickelt. Am Ende bin ich bei einem Paar gelandet, das gemerkt hat, dass ich ziemlich viel Grips habe. Bei ihnen habe ich gewohnt, bis ich mein Abitur gemacht habe. Dann habe ich mich an der Uni beworben und einen Studienplatz gekriegt. Mein Pflegevater hat mir dabei geholfen, eine neue Identität zu bekommen.«

»Dann ist Carl Asher ein angenommener Name?«

»Im Prinzip schon, allerdings hießen meine Pflegeeltern Henry und Karina Asher.«

»Und dein leiblicher Vater war schlimm?«

»Schlimmer, als du dir vorstellen kannst. Er hat meine Mutter wie einen Fußabtreter benutzt. Und sie war übertrieben sanft, besonders ihm gegenüber. Wenn er von der Arbeit auf dem Hof nach Hause kam, hat er sie zuallererst ins Schlafzimmer gezogen. Ich könnte schwören, dass er in fünf Minuten fertig war. Manchmal stand sein Hosenstall noch offen, wenn er aus der Tür kam. Mehrfach hat er sie vor meinen Augen und denen meiner Schwester misshandelt. Er hat sie pausenlos geschlagen. Meine Mutter hatte eine Heidenangst vor ihm. Es muss sich angefühlt haben, als würde man mit einem Mausoleum Sex haben, und trotzdem hat er sich jeden Tag über sie hergemacht.«

Er sah mich flüchtig an. Seine Augen glänzten vor Wut.

»Ich weiß eigentlich nicht, warum ich dir das alles erzähle, du hast ja immer wieder unter Beweis gestellt, dass man dir nicht vertrauen kann.«

»Das ist nicht wahr. Vielleicht habe ich einen Hang dazu, neugierig zu sein und im Netz zu viel zu googeln, aber ich bin keine Petze. Ich verspreche dir, dass ich das niemandem erzählen werde. Aber warum willst du es unbedingt geheim halten?«

»Ich habe ihn fast umgebracht.«

»Aber da warst du erst zwölf, und du hast deine Mutter verteidigt.«

»Sie war schon tot, als ich nach Hause kam. Eigentlich ging es um etwas ganz anderes. Ich habe eine Wahnsinnswut entwickelt, die nicht mehr zu stoppen war. Das kannst du dir nicht vorstellen.«

»Oh Gott, wie schrecklich«, sagte ich. Meine Stimme klang, als gäbe es von irgendwoher ein Echo.

»Ich habe das erst verstanden, als ich anfing, Psychologie zu studieren. Meine Mutter war psychisch krank, sie hat unter einer dependenten Persönlichkeitsstörung gelitten. Am Ende hat sich ihr Verhalten selbstzerstörerisch ausgewirkt. Und jetzt möchte ich nicht mehr darüber reden.«

Dann ließ er den Motor wieder an und fuhr zurück auf die Autobahn.

Die Stimmung im Wagen war nun gedrückt. Ich hatte mich immer schon schwer damit getan, schreckliche Tatsachen zu verarbeiten. Carl starrte stur auf die Straße, obwohl man ihm ansehen konnte, dass er mit seinen Gedanken ganz woanders war.

»Erzähl doch mal von deiner Familie«, sagte er schließlich. Und das tat ich dann auch. Ich übertrieb ein bisschen, als ich beschrieb, wie meine Eltern uns verlassen hatten, um nicht den Eindruck zu erwecken, nur bei ihm sei alles schiefgelaufen. Er hörte mir geduldig zu, aber irgendwie hatte ich den Eindruck, dass er das alles schon wusste.

»Eine Sache verstehe ich nicht«, sagte ich. »Wie passt es zusammen, dass ihr an der Uni Mädchen aufgerissen habt und du dann diese Theorien über Frauen aufgestellt hast?«

»Meine Güte, wir waren zwanzig! Wir wollten alles ausprobieren. Lucas hat wie ein Magnet auf Frauen gewirkt. Und ich konnte sie quasi zu allem überreden. Aber ich habe Frauen nie schlecht behandelt, nur dass du das weißt.«

»Aber was habt ihr gesucht?«

»Ein Mädchen, oder auch mehrere, je nachdem, wie wir am Abend drauf waren.«

»Das klingt wirklich ganz eklig sexistisch.«

»Hast du nie mit einer Freundin Jungs aufgerissen? Ach komm schon, Alex! Man ist auf der Suche. Die Welt ist ein einziges Chaos, und die Dinge sind meistens anders, als man denkt. Ich war damals zwanzig, es war eine Phase, aus der ich herausgewachsen bin.«

»Ich bin dreiundzwanzig. Heißt das, ich sollte mich jetzt noch in dieser Phase befinden?«

»Eher nicht. Lern lieber aus meinen Erfahrungen. Solche belanglosen One-Night-Stands kosten auf lange Sicht ziemlich viel Energie.«

»Ist das denn so ein großer Unterschied im Vergleich zu dem, was du jetzt machst?«

»Ja. Das ist wie Tag und Nacht, das wirst du noch verstehen. Jetzt wechseln wir aber mal das Thema. Ich erzähle dir ein bisschen von der Klientin, die auf uns wartet.«

Die Klientin hatte den Codenamen »Magda« bekommen, eine Frau aus der Finanzbranche, deren Namen ich noch nie gehört hatte. Carl sagte, sie sei ein Genie, stehe aber leider im Schatten ihrer Brüder, mit denen sie ein Unternehmen führte. Der Seitensprung ihres Mannes hatte sie besonders erniedrigt, zumal der Skandal in allen Zeitschriften breitgetreten worden war. Carl kannte sie schon länger. Sie hatte bereits Interesse an einer Reise nach San Francisco geäußert, bislang allerdings noch gezögert. Unser Job war es jetzt, sie zur Buchung zu bewegen.

Carl sagte, dass Magda sensibel, reizbar und eine eingefleischte Feministin sei, und wies mich an, sehr behutsam mit ihr umzugehen.

Wir trafen uns in einem eleganten Restaurant mit ihr. Kellner mit maskenhaften Gesichtern trugen das Essen an die hübsch gedeckten Tische. Ich war mit den verschiedenen Bestecken für die einzelnen Gänge fast überfordert. Dass wir beide hier in Jeans aufliefen, war zwar völlig verrückt, aber ich bemerkte Magdas Blick, der unsere Kleider mit Wohlwollen streifte. Vielleicht stellte man erst recht etwas dar, wenn man sich traute, in einem dermaßen schicken Restaurant so leger aufzulaufen. Vor dem Essen trank ich auf leeren Magen ein Glas Wein. Mir stieg der Alkohol sofort in den Kopf, und ich fühlte mich leicht berauscht.

Magda hatte ein schmales, blasses Gesicht und feine Lippen. Sie trug kein Make-up, nur etwas Mascara auf den langen Wimpern. Sie hatte leicht hervorstehende Augen und einen eindringlichen Blick. Sie sprach auffallend leise, dabei jedoch so deutlich, dass man jedes Wort verstand. Carl erzählte ausgesprochen lebhaft und skizzierte mit ein paar Sätzen die Reisen, die Ash & Coal organisierte.

Bald fiel ihm Magda ins Wort.

»Das habe ich alles schon von meinen Freundinnen gehört«, sagte sie und sprach mich direkt an. »Aber was meinen Sie dazu? Warum sollte ich für eine solche Reise so viel Geld ausgeben?«

Carl sah sich nervös in dem Restaurant um und warf mir einen ernsten Blick zu. *Das darfst du jetzt auf keinen Fall vermasseln.*

Ich gab im Großen und Ganzen das wieder, was Evelyn mir berichtet hatte. Als ich zu den Details kam, zu »Missionarsstellung und Doggystyle, wenn man Glück hat«, riss Carl verschreckt die Augen auf.

Magda starrte mich erstaunt an, lächelte aber.

»Da siehst du es, Carl! Hab ich nicht gesagt, du solltest bei Ash & Coal mehr Frauen einstellen?«, sagte sie.

Der Termin verlief erfolgreich, am Ende verabschiedeten sie sich, und Magda hatte einen Termin für ihre Reise nach San Francisco zugesagt.

Auf dem Weg zum Hotel war Carl bestens gelaunt. Er legte seinen Arm um meine Schulter, als wir die Lobby betraten, doch er weigerte sich standhaft, mich mit auf sein Zimmer zu nehmen.

»Wir sind auf Geschäftsreise und müssen morgen ausgeschlafen sein«, erklärte er. »Und du hattest erst vorgestern einen Zusammenbruch und musst dich immer noch erholen.«

»Eine Panikattacke«, korrigierte ich ihn. »Die *komplett* verschwunden ist, nachdem wir in einem Bett geschlafen haben.«

Doch das ließ ihn kalt.

»Es hat fast den Anschein, als würdest du dich schämen, dass du bei mir übernachtet hast«, sagte ich.

»So eine Beleidigung, das ist doch völlig absurd! Nein, ich bin einfach müde, Alex!«

Er sah mich an, und an genau diesen Blick würde ich mich noch lange erinnern, lange nach diesem Abend, lange nach dem, was später geschah. In ihm lag etwas Zärtliches, aber gleichzeitig auch Verlegenheit, als hätte ich ihn auf frischer Tat ertappt. Ich hatte das Gefühl, er wollte irgendetwas sagen, konnte es aber nicht. Dann lächelte er, kam näher und schloss mich in die Arme. Er küsste mich rasch auf den Mund, doch es war ein Kuss, der nicht der Auftakt zu etwas anderem sein sollte.

Carls gute Laune hielt auch an dem darauffolgenden Tag noch an. Auf dem Weg zu Lucas Ulvmans Büro unterhielt er mich mit netten Anekdoten von Ash & Coal.

»Ich finde unsere Zusammenarbeit wirklich großartig«, sagte er am Ende. »Was für ein Glück, dass ich dich gefunden habe.«

»Ich sollte vielleicht nach einer Gehaltserhöhung fragen«, erwiderte ich.

»Darüber können wir sprechen, wenn wir zurück sind. Ja, du solltest tatsächlich besser verdienen.«

Lucas Ulvmans Sekte hatte ihren Sitz in einem weiß verputzten Neubau mit einer riesigen Glastür in einem Vorort von Göteborg. Die Rezeption wirkte mit dem vielen Granit und Glas etwas einfallslos.

»Seine Sekte heißt Nuduveda«, flüsterte Carl. »So ein New-Age-Scheiß. Aber sag nichts Negatives darüber, sonst verscherzen wir es uns mit ihm sofort.«

Die Empfangsdame mit völlig übertriebenem Make-up führte uns in ein riesiges Besprechungszimmer mit Sesseln aus hellem Leder und Mahagonimobiliar. Das Licht in dem Raum war kalt weiß und wurde von dem Marmorboden reflektiert.

Mitten im Raum saß Lucas Ulvman an einem Schreibtisch.

Ich erkannte ziemlich schnell, dass ich einen Wolf vor mir hatte, keinen Menschen. Er hatte schwarzes, zurückgekämmtes Haar, und sein Teint wirkte auffällig gebräunt. Sein Lächeln legte die perfekten Raubtierzähne frei, als er Carl erblickte. Er trug ein schwarzes T-Shirt, das über dem massiven, muskulösen Oberkörper spannte. Er schien *außergewöhnlicher* zu sein als andere Menschen. Der Mann mit dem Wolfslächeln. Bestimmt gefährlich, aber nicht für mich. Das Leben hatte mich gelehrt, allem aus dem Weg zu gehen, was mit durchgeknallten Sekten zu tun hatte.

Nachdem er Carl herzlich begrüßt und ein paar ekelhafte Männerwitze über die »gute alte Zeit« vom Stapel gelassen hatte, kam er direkt zur Sache:

»Setzt euch. Ich habe eine Viertelstunde Zeit. Leider ist mein Terminkalender voll. Gut, dass du meine Andeutung verstanden hast, Carl. Am Telefon möchte ich lieber nicht über diese verrückte Sekte sprechen. Aber gut, dass ihr gekommen seid, sowohl für euch als auch für mich.«

Dann drehte er sich zu mir um und lächelte mich mitfühlend an.

»Tut mir leid, was mit Ihrer Schwester passiert ist.«

In seinen dunklen Augen hätte ich mich schnell verlieren können, daher wandte ich den Blick lieber ab und beäugte sein Büro.

»Es scheint sich zu lohnen, eine Sekte ins Leben zu rufen«, sagte ich. »Haben hier alle Angestellten so schöne Büros?«

Carl zog mich warnend am Blusenärmel. Doch Lucas Ulvman lächelte nur großmütig.

»Nuduveda, was im Übrigen gar keine Sekte ist, sondern eine *Bewegung*, läuft gut, wir bieten den Menschen etwas, das sie wirklich brauchen«, erklärte er. »Nämlich ihren Seelenfrieden.«

Er streckte seine langen Beine aus, sodass sein Fuß auf meinem landete. Das war wohl Absicht, wenn auch schwer zu sagen. Ich zog mein Bein zurück.

»Ich brauche keinen Seelenfrieden. Erst einmal müssen wir meine Schwester finden.«

Er sah amüsiert aus und wandte sich an Carl.

»Ich habe gerade etwas Größeres vor«, sagte er. »Es wird mehrere Jahre in Anspruch nehmen, aber wenn ich meinen Plan bekannt mache, wird Nuduveda in aller Munde sein. Ich kann keine Konkurrenz gebrauchen, darum habe ich mich entschieden, offen mit euch zu reden.«

Die Dame vom Empfang kam mit einem Tablett herein, auf dem Kaffee, Tee und Mineralwasser standen, und Lucas machte eine Pause.

»Jahrelang habe ich mit diesen Typen nichts zu tun gehabt«, fuhr er mit seinem Monolog fort. »Aber aus meinen Quellen habe ich einige Informationen über sie. Wie viel wisst ihr bereits über die Entstehungsgeschichte dieser Sekte?«

Ich beschrieb mit ein paar Worten dasselbe, was ich schon von Stan Goodban erfahren hatte.

»Das ist alles wahr. Die Jungs, die auch an der Universität studiert haben, waren die Söhne eines Mannes, der die Sekte gegründet hat. Einmal im Jahr hielten sie ein internationales Treffen mit Mitgliedern aus der ganzen Welt hier bei uns in Schweden ab. Ich habe mich nur dafür interessiert, was sie mit den Frauen gemacht haben, und ich habe mich in dem

Augenblick zurückgezogen, als die Sache mit den Ritualen überhandnahm. Obwohl das mit den Frauen für sie eigentlich Nebensache war«, sagte er und lächelte mich entschuldigend an. »Im Wesentlichen ging es darum, Verbündete in hohen Ämtern zu haben. Es ist eine kleine, elitäre Sekte. Und totalitär. Der Meister hat alle Macht. Sie haben sich den Namen Orden gegeben. Aber du weißt selbst, Carl, ich plädiere für offene Mitgliedschaften. Die Message soll jeden erreichen können.«

Wieder machte er eine Pause und trommelte mit den Fingerkuppen auf der Schreibtischplatte. Fasziniert betrachtete ich seine Hände. Lange, schmale Finger – wie ein Pianist. Er durchbohrte mich mit seinem Blick. Ich stierte demonstrativ zurück.

»Hatten sie einen Namen?«, fragte ich ihn.

»Manchmal haben sie sich die Wächter des Wanderfalken genannt.«

Mein Puls stieg.

»Sie haben eine Reihe Mitglieder, denen es sicherlich viel besser gehen würde, wenn sie die Lehre Nuduvedas annehmen würden. Einflussreiche Menschen. Sie haben die Illusion, dass die, die als Mitglieder ausgewählt werden, übermenschlich werden und ihre Kraft von einer höheren Macht erhalten. Sie nehmen Männer ins Visier, die reich sind und Einfluss besitzen. Wenn ihr also etwas unternehmen könnt, um diese Wahnsinnigen zu stoppen, dann würde mir das höchstwahrscheinlich auch zugutekommen. Einflussreiche Mitglieder sind die Eckpfeiler jeder geistlichen Bewegung.«

»Ich bin in keiner Weise daran interessiert, einen Sektenkrieg auszulösen«, sagte ich. »Ich möchte einfach nur meine Schwester finden. Glauben Sie, dass sie sie gekidnappt haben könnten?«

Schon wieder legte Carl mir seine Hand beschwichtigend auf die Schulter, doch Lucas Ulvman lächelte auch jetzt amüsiert.

»Bei ihnen gibt es eine Prophezeiung. Ich habe sie nie in Gänze gehört, aber es geht um ein göttliches Kind, das fünfzig Jahre nach der Gründung der Sekte gezeugt werden soll. Das klingt doch entsetzlich durchgeknallt, oder? Es war eine Art Legende, das Kind solle ein mystisches Geschenk sein, eine Belohnung für die harte Arbeit der Sektenmitglieder. Ich war nie abergläubisch, darum fand ich das alles nur geistesgestört. Aber irgendwo habe ich gelesen, dass in diesem Jahr das fünfzigjährige Jubiläum des ›Summer of Love‹ gefeiert wird, und genau zu dem Zeitpunkt wurde diese Bewegung damals in Haight-Ashbury gegründet. Da hat es bei mir Klick gemacht, und ich habe gleich Carls Nummer gewählt.«

»Oh Shit!«, entfuhr es mir, und ich schlug mit der Faust auf den Schreibtisch. »Passt das zusammen? Ob sie Dani entführt haben, um sie dafür zu missbrauchen?«

Ich drehte mich zu Carl um.

»Da hast du es! Stan hat exakt dasselbe gesagt. Ich bilde mir das alles nicht bloß ein. Glaubst du mir jetzt?«

»Beruhige dich, Alex«, sagte Carl. »Das ist nur ein Hirngespinst. Wir haben keinen einzigen Beweis dafür, dass diese Sekte etwas mit Danis Verschwinden zu tun hat.«

»Aber wir haben die Briefe mit ihrem Siegel. Reicht das nicht?«

»Die Typen, mit denen ich in Verbindung stand, könnten so was sehr wohl getan haben«, sagte Lucas Ulvman. »Und jetzt habe ich euch alles erzählt, was ich weiß. Sie sind überzeugt, dass sie die Welt regieren werden, aber das ist eine reine Illusion. Sie besitzen überhaupt nichts, das auch nur annähernd so viel ist wie Nuduveda. Aber sie sind ein Ärgernis.«

»Warum fünfzig Jahre?«, fragte ich.

»Keine Ahnung«, sagte er. »Ich war damals schon auf dem Absprung, als ich davon gehört habe, es interessierte mich nicht mehr.«

»Haben Sie nicht einige Kontaktpersonen, die darüber noch mehr wissen könnten?«, fragte ich.

»Mit so etwas befasse ich mich nicht. Aber Ihr Chef ist hervorragend vernetzt«, sagte er und nickte Carl zu.

»Wie heißen diese Brüder?«

Er sah mich verschmitzt an, öffnete den Mund, blieb jedoch stumm. Ich hätte ihm die Worte am liebsten mit Gewalt aus dem Mund gezogen.

»Ihr werdet es mir kaum glauben«, sagte er schließlich.

»Ich will ihre Namen wissen, testen Sie uns«, sagte ich.

»Viktor und Axel Tynell.«

Die Namen sagten mir gar nichts, doch Carl zuckte zusammen.

»Shit, das sind wirklich keine Unbekannten.«

»Jepp, einer ist Professor für Kunstgeschichte, der andere ein international gefeierter Geiger. Viele Sektenmitglieder gehören zur Elite im Kulturbereich. Obwohl ich euch nur den Rat geben kann, die Brüder nicht darauf anzusprechen. Setzt lieber jemanden auf sie an, der sie beschattet. Findet heraus, was sie treiben.«

»Wer ist der Anführer?«

»Das weiß ich nicht. Zu meiner Zeit war das einer aus der älteren Generation, der bei der Gründung in Haight-Ashbury auch schon Mitglied gewesen war. Seine Identität wird aber geheim gehalten.«

»Haben Sie noch andere Informationen, die uns helfen könnten? Bitte, denken Sie gut nach«, bettelte ich.

Lucas Ulvman beugte sich vor und legte seine warme,

trockene Hand auf meinen Handrücken. Das durfte er gern tun, wenn er etwas Wichtiges zu sagen hatte.

»Sie hatten eine Vorliebe für Kirchen. Sie hatten Spaß daran, sich dort mit Mädchen zu vergnügen. Einmal haben sie sogar die Erlaubnis bekommen, nachts die Krypta der Domkirche in Lund zu besuchen. Und was sich da abgespielt hat, möchte ich lieber nicht erzählen. Das wäre geschmacklos. Sie waren ganz vernarrt in diese Krypta. Der natürliche Lichteinfall durch die Fenster auf die Säulen hat sie fasziniert. Hinterher haben sie verlauten lassen, sie planten, irgendwann eine kleinere Version davon selbst zu besitzen.«

Ich wollte gerade weiterfragen, doch jetzt ging Carl dazwischen.

»Ich glaube, wir sollten uns mit diesen Informationen an die Polizei wenden, Alex. Hast du etwas dagegen, Lucas?«

»Überhaupt nicht. Je mehr Menschen versuchen, sie zu stoppen, umso besser. Die Polizei wird mich als Zeugen allerdings nicht für vertrauenswürdig halten«, sagte er und lachte.

»Danke für deine Hilfe, jetzt werden wir dich nicht länger stören«, sagte Carl.

»Ich hatte mal eine Sekretärin, an die Sie mich irgendwie erinnern, Alex«, sagte Lucas. »Darauf bin ich nicht besonders stolz, aber es endete damit, dass sie mich wegen sexueller Belästigung anzeigte.«

»Wundert mich nicht«, sagte Carl trocken.

»Ach was, das ist eine lange und komplizierte Geschichte. Ich hätte sie besser behandeln sollen. Manchmal fehlt sie mir. Die Quintessenz der Geschichte ist, dass Menschen wie Alex nicht auf den Bäumen wachsen.«

Dabei strahlte er mich breit grinsend an.

»Sollten Sie irgendwann keine Lust mehr haben, für einen manischen Pedanten wie Carl zu arbeiten, können Sie sich gern bei uns bewerben. Hier finden Sie hervorragende Arbeitsbedingungen. Und Sie hätten ein sehr schönes Büro.«

»Ich lasse es mir durch den Kopf gehen«, erwiderte ich und ignorierte Carls vorwurfsvollen Gesichtsausdruck.

Kaum standen wir wieder auf der Straße, hätte ich eigentlich gleich Carl auf diese Brüder ansprechen wollen, doch nun hatten Lucas Ulvmans letzte Worte meine ganze Aufmerksamkeit auf sich gezogen.

Kirchen und Krypten.

Das Sonnenlicht auf dem Parkplatz blendete mich. Es stach mir in die Augen, ich hatte das Gefühl, gleich nichts mehr sehen zu können. Es fühlte sich an, als würde ein kalter Wind direkt durch mich hindurchpusten. Meine Knie wurden weich. Ich spürte Carls Hand, die mich am Arm fasste. Doch er war meilenweit von meinem Bewusstsein entfernt.

In meinen Gedanken hatte ich mich zu der weißen Wand begeben, und diesmal konnte ich mich umdrehen.

Gegenüber von der Wand gab es eine Tür, eine Tür mit Gitter.

Dahinter tanzte ein sanftes Licht rund um hohe, verschnörkelte Säulen.

42

Sie muss bereit sein, wenn sie kommen, um sie zu holen.

Ohne jede Vorwarnung werden sie plötzlich dastehen.

Sie wird nicht davonkommen.

Deshalb muss sie bereit und willig sein.

Es gibt nichts, was sie tun kann, um es zu verhindern.

Es wird nur schlimmer, wenn sie sich sträubt.

Das Mondlicht tropft durchs Fenster. In der Scheibe spiegelt sich ihre gespenstische Gestalt.

In diesem Augenblick denkt sie nicht mehr an Alex.

Alex kann ihr jetzt nicht helfen.

Sie verspürt eine grenzenlose Angst, aber ebenso eine starke Entschlossenheit.

Ihre Gedanken haben sich in tausend kleine, glitzernde Regentropfen geteilt, die gegen die Sonne zu sehen sind. Deshalb hat die Angst jetzt weniger Macht über sie. Ein Nebelhauch hat sich über ihre Sinne gelegt. Sie muss nicht mehr nachdenken. Nachdenken hilft nicht mehr.

Von der Decke her hört sie pochende Geräusche.

Gedämpfte Stimmen hallen von der Krypta wider.

Und schon stehen die Männer im Halbkreis um sie herum, mit ihren leeren, kalten Augen.

Sie stellen sie auf die Füße und treiben sie vor sich her. Heraus aus der Zelle, durch die Krypta und die steile Treppe hinauf zur Kirche.

Sie wird alles tun, was sie ihr befehlen werden, und sie wird es akzeptieren. Sie muss sich fügen. Denn so ist es in der Natur. Frauen sind Eigentum der Männer.

Im Innenraum der Kirche schlägt ihr die Hitze entgegen. Kerzen und Fackeln leuchten überall.

Gut zwanzig Männer in Kutten erheben sich von ihren Plätzen. Sie wird auf dem Gang nach vorn getragen und auf allen vieren auf den Altar gestellt.

Der Chor stimmt ein Lied an. Klare, wohlklingende Männerstimmen steigen zur Kuppel hinauf, von wo aus die Sterne auf das makabere Schauspiel hinabblicken. Ein tiefer Bariton und ein hoher, heller Tenor verbinden sich zu einer monotonen, lateinischen Hymne.

Sie ist wach, doch wagt sie es nicht, sich zu rühren. Sie blinzelt unter den Augenlidern.

Eine Zeremonie.

Das Kunstwerk des Jahrhunderts.

Der Falke wird ihr in den Nacken gesetzt. Sie spürt den leichten Luftzug vom Schlag seiner Flügel.

Jemand spreizt ihr die Beine.

Das ist alles so unwirklich. Sie muss ihr Gehirn beschäftigen. Rechne jetzt! *Eins, zwei, drei, vier*, aber die Zahlen verschwimmen. Gleichzeitig nimmt sie ihre Umgebung auf schreckliche Weise gestochen scharf wahr.

Vor ihr steht ein großer Mann, den sie noch nie zuvor gesehen hat, in einer weißen Kutte. Er packt sie an den Haaren und leiert einen Psalm auf Englisch.

The falcon is in its temple. Many are called. Only one is chosen. Our triumph will reach the stars.

Ihre Haare werden nun stramm nach vorn gerissen, während sie von hinten brutal vom Meister penetriert wird.

Es tut unglaublich weh, und sie will schreien, doch kein einziger Laut kommt über ihre Lippen. Ein Gefühl, als ginge ein elektrischer Schock durch ihren ganzen Körper. Am liebsten möchte sie zusammensinken, doch starke Hände halten sie hoch. In ihrem Hirn kämpft sie um ihr Leben, aber in der Wirklichkeit erträgt sie die brutalen Stöße dieses Mannes.

Als er fertig ist und sich mit einem lang gezogenen Stöhnen aus ihrem Körper zieht, setzt der Chor ein. Um sie herum erklingen die himmlischen Stimmen, wie eine Rüge ihrer Verzweiflung.

Jetzt kann sie die Worte verstehen.

Ars Omnia Vincit.

Kunst erobert alle Dinge.

43

Ich hatte das Gefühl, in meinem Kopf entstehe eine unglaubliche Energie. *Konzentrier dich!* Der Druck ließ nach und wurde von einem sanften weißen Licht ersetzt. Das Bild verblasste und verschwand. Ich spürte Carls Hand an meinem Arm. Irgendwo hupte ein Autofahrer. Nach ein paar Sekunden der völligen Verwirrung befand ich mich wieder auf dem Parkplatz. Ein kalter Windstoß erfasste mich, und ich fröstelte. Die Sonne war mittlerweile hinter einer Wolke verschwunden.

»Hallo, alles in Ordnung mit dir?«, fragte Carl besorgt.

»Ich habe schon wieder so eine Erscheinung gehabt. Lucas hat doch etwas von einer Vorliebe für Kirchen und Krypten erwähnt. Ich habe eine Art unterirdisches Gewölbe mit Säulen gesehen. Und mich innendrin befunden, in einem Raum. Die Bilder kommen und gehen ganz schnell. Ich kann sie nicht festhalten.«

»Das ist okay«, sagte Carl. »Das kommt mit der Zeit.«

»Ich bin mir ganz sicher, dass sie Dani in einer Kirche gefangen halten. Kannst du mich in Hypnose versetzen?«

»Ich glaube nicht, dass Hypnose funktioniert, um Gedankenübertragung in Gang zu setzen.«

»Du denkst bestimmt, ich bin jetzt völlig durchgeknallt, nicht wahr?«

»Überhaupt nicht. Du bist nur verzweifelt auf der Suche nach deiner Schwester. Weißt du, viele glauben, dass Menschen, die Opfer einer Naturkatastrophe wurden, in erster

Linie medizinische Versorgung, Essen und Trinken brauchen – aber wenn du sie selbst fragst, nachdem sie gerettet wurden, wollen die meisten als Erstes ein Handy, um Kontakt zu ihren Angehörigen aufnehmen zu können. Das ist für uns Menschen offenbar das Allerwichtigste.«

Das hatte er so schön gesagt, dass ich ihm am liebsten um den Hals gefallen wäre, doch er drehte sich um und ging auf den Wagen zu.

Auf dem Heimweg überließ er mir das Lenkrad. Als wir auf die Autobahn fuhren, kam mir der Gedanke, dass sich zwischen Carl und mir etwas verändert hatte. Er saß gedankenverloren da, war still und blickte konzentriert durchs Fenster auf die Landschaft. Normalerweise mochte ich seine Konzentration, aber in diesem Moment kam er mir angespannt vor. Als sich ein Stau bildete, musste ich langsamer fahren. Unsere Blicke trafen sich, doch er sah irgendwie durch mich hindurch. Meine Gedanken wanderten zu der Begegnung mit Lucas Ulvman zurück. Vielleicht sollten wir Kontakt zu Alex oder Viktor Tynell aufnehmen und sie ohne Umschweife mit unseren Fragen konfrontieren. Carl schien meine Gedanken zu lesen.

»Wir werden diese Brüder schön *in Ruhe lassen*. Wenn wir nach Lund kommen, gehst du als Erstes zur Polizei. Ich nehme den Wagen und fahre zur Arbeit, und wenn du fertig bist, hol ich dich ab. Gib alles zu Protokoll, was Lucas erzählt hat. Aber bitte *kein Wort* über deine Bilder von Dani, und verkneif dir das Wort ›Gedankenübertragung‹. Versprich es mir.«

»Willst du nicht mitkommen?«, fragte ich enttäuscht.

»Nein, mit der Polizei in Lund stehe ich auf Kriegsfuß, seit sie mal eine Razzia bei mir im Büro gemacht haben.«

»Wirklich? Davon hast du noch gar nichts erzählt. Was ist dabei rausgekommen?«

»Nichts. Alle meine Klienten haben bezeugt, dass wir eine Datingagentur sind, denn das sind wir ja.«

Ich versuchte, eine Unterhaltung in Gang zu bringen, doch er antwortete nur einsilbig und kurz. Schließlich fragte ich ihn, was ihn beschäftige. Anstatt mir eine Antwort zu geben, wandte er sich demonstrativ ab und stierte aus dem Fenster.

»Hast du die Sprache verloren? Woran denkst du?«

»Ach nichts«, sagte er und lächelte auf eine ganz sonderbar neue, verkrampfte Weise.

»Doch, ganz sicher.«

»Mir gefällt Lucas' freche Art überhaupt nicht. Als könnte er dich vor meiner Nase abwerben. Beschissener Despot. Aber ein Wort von dir, und du kannst für ihn arbeiten.«

Ich brach in Lachen aus.

»Na ja, leicht ist es nicht immer mit einem Ordnungsfanatiker wie dir. Ich würde sagen, das hängt ganz von der Gehaltserhöhung ab, die du mir versprochen hast.«

Seine Gesichtszüge, die ihm wirklich entglitten waren, entspannten sich zusehends und formten ein Lächeln.

»Vor einiger Zeit habe ich eine Frau kennengelernt, die zu dieser Nuduveda-Sippe gehörte. Sie fuhr auf diese Scheiße richtig ab.«

»Aber ich nicht. Und das wird auch nicht passieren.«

An der Rezeption der Polizeiwache ließ man mich sehr lange warten. Am Ende hieß es, der Polizeichef Dennis Neuman wolle mich persönlich sprechen. Er empfing mich in einem Besucherzimmer, wo er hinter einem Schreibtisch saß. Er war mir schon unsympathisch gewesen, als ich ihm zum ersten Mal begegnet war, damals mit Jim. Aber da er nun mal die Leitung der Dienststelle innehatte, beschloss ich, richtig Druck zu machen.

Ich erzählte alles von Anfang an, von den Briefen mit dem

Siegel, Stan Goodban und den Enthüllungen von Lucas Ulvman. Dennis Neuman sah mir unentwegt ins Gesicht. Er verzog keine Miene. Sein Schweigen bewirkte, dass ich ohne Punkt und Komma redete, fast zwanghaft. So erzählte ich schließlich doch von meinen Erscheinungen, auch wenn Carl dringend davon abgeraten hatte.

»Interessant«, sagte Neuman und nickte. Noch immer sah er mich an, doch in seinen Augen konnte ich jetzt eine Spur Verächtlichkeit erkennen.

»Wirklich sehr interessant, Frau Brisell. Warten Sie bitte einen Moment, ich muss mal kurz telefonieren. Es gibt jemanden, der Sie hören sollte. Es dauert möglicherweise einen Moment. Möchten Sie einen Kaffee? Oder ein Glas Wasser?«

»Nein, danke. Wen soll ich denn sprechen?«

»Das werden Sie gleich sehen. Warten Sie kurz, es wird höchstens eine Viertelstunde dauern.«

Er sprang auf und schloss dann hinter sich die Tür.

Ich hatte ein komisches Gefühl. Dennis Neuman hatte meine Darlegungen nicht infrage gestellt, aber er wirkte so … eigenartig distanziert.

Im ganzen Raum war es still, nur das laute Ticken des Sekundenzeigers einer Wanduhr war zu hören. Neben dem Schreibtisch und zwei Stühlen befanden sich keine weiteren Möbel im Raum. Es war ein ernüchternder Ort, kleine dunkle Fenster, nackte Wände. Eigentlich wirkte er wie ein Vernehmungszimmer. Der Boden gab einen starken Geruch nach Putzmittel ab. Die Atmosphäre hatte etwas Klaustrophobisches.

Ich vertrieb mir die Zeit, indem ich auf dem Handy nach Kirchen mit Krypten suchte. In Schweden gab es gar nicht so viele. Die Domkirche in Lund konnte ich getrost vergessen.

Die anderen hatten keinerlei Ähnlichkeit mit den Bildern, die ich gesehen hatte.

Das Geräusch von der Tür, die geöffnet wurde, erschreckte mich derart, dass mir das Smartphone in den Schoß fiel.

Als ich mich umdrehte, stand Mats Levinger vor mir, mein Psychotherapeut. Dennis Neuman folgte ihm.

»Hallo, Alexandra! Ich habe gehört, es geht Ihnen nicht so gut«, sagte Levinger.

Zunächst begriff ich gar nichts. Meine Gedanken schossen kreuz und quer.

Neuman stellte sich neben ihn.

»Herr Levinger hat Kontakt zu uns aufgenommen. Er hat uns gewarnt, dass so etwas auftreten könnte.«

»Wovon sprechen Sie?«

»Sie projizieren den Verlust Ihrer Schwester auf eine fiktive Sekte, Alexandra«, sagte Levinger. »Das ist ganz normal. Ihr Unterbewusstsein sucht verzweifelt nach Gründen für ihr Verschwinden. Sie befinden sich in einer frei erfundenen Fantasiewelt.«

Mein Herz wurde schlagartig genauso kalt, wie ich es schon damals, als ich in der Psychiatrischen Klinik lag, erlebt hatte. Eingesperrt. Von Kameras überwacht.

»Diese Sekte ist *existent*. Sie haben Briefe an Dani und mich geschickt.«

»Das ist das Werk eines Verrückten gewesen«, korrigierte mich Dennis Neuman. »Ich möchte, dass Sie Herrn Levinger begleiten, damit Sie die Behandlung bekommen, die Sie benötigen. Er hat die Befürchtung, dass er Sie doch zu früh entlassen hat.«

»Sie haben das alles völlig falsch verstanden. Die sind absolut wahnsinnig! Haben Sie die Brüder Tynell mal überprüft?«

»Axel und Viktor Tynell sind Vorsitzende der Musikalischen Akademie und genießen einen ausgezeichneten Ruf«, erwiderte Neuman. »Ich kann Ihnen versichern, dass sie nichts mit Sekten zu tun haben.«

Sein Gesicht glich einer versteinerten Maske.

»Wahnvorstellungen und dezente Paranoia kommen nach Nervenzusammenbrüchen häufig vor, Alex«, ergänzte Mats Levinger.

Jetzt stand er neben mir, so nah, dass ich den ekelhaften Geruch seines nach Metall riechenden Atems in der Nase hatte. Aufgebracht sprang ich vom Stuhl, um zu gehen, doch da tauchte er direkt hinter mir auf. Er bohrte seine Fingernägel in meinen Oberarm, seinen schlaffen Bauch spürte ich an meinem Rücken.

»Lassen Sie mich los!«

»Bitte, Alexandra, ich will nur Ihr Bestes. Ich bin der Auffassung, dass Sie sich bei uns noch ein bisschen erholen sollten. Ihre Psyche muss sich stabilisieren.«

»Das finde ich aber nicht. Ich gehe jetzt, und Sie können mich nicht davon abhalten.«

»Dann muss ich verlangen, dass jemand, der Ihnen nahesteht, die Verantwortung für Ihre Sicherheit übernimmt, damit Sie sich nichts antun. Verwandte haben Sie doch nicht, oder?«

Mir fiel Tante Anita ein, doch die war wie immer verreist.

»Mein Chef kann die Verantwortung für mich übernehmen. Carl Asher von Ash & Coal.«

Dennis Neuman sah mich verwundert an.

»Ash & Coal? Die kennen wir nur zu gut. Dann ist es ja kein Wunder, dass es Ihnen so schlecht geht. Vielleicht sollten Sie mal darüber nachdenken, den Job zu wechseln.«

»Dann sprechen Sie mit meinem Freund, Jim Zander«,

sagte ich, und da verstummten sie. Offenbar hatten sie bis jetzt nicht verstanden, dass ich einen Partner hatte.

Ich schüttelte Levingers Hand ab. Jetzt schämte ich mich, dass ich mich ihm anvertraut hatte. Was hatte ich ihm in unseren Sitzungen eigentlich alles erzählt? Ganz vage erinnerte ich mich, dass ich auch schon von Selbstmordgedanken gesprochen hatte. Er hatte permanent auf mich eingeredet, ich müsse den *Verlust verarbeiten*, von dem er nicht die geringste Ahnung hatte, und dann *nach vorn schauen*. Und jetzt stand er da mit seiner schweißnassen Stirn, roch wie ein Stinktier und war ganz eindeutig der Verrückteste hier in diesem Raum.

Ich griff nach meinem Handy, das auf dem Stuhl liegen geblieben war, und wählte Jims Nummer, während Neuman und Levinger mich misstrauisch musterten.

Jim meldete sich sofort. Ich kann mich nicht mehr genau erinnern, was ich alles gesagt habe, doch am Ende überschlug sich meine Stimme.

»Sie wollen mich in die Psychiatrie einweisen. Bitte, hilf mir!«

»Beruhige dich, Alex. Das können sie ohne deine Zustimmung gar nicht tun.«

»Aber sie behaupten, ich könnte mich selbst verletzen.«

»Blödes Zeug! Ich bin in Göteborg, aber ich werde, so schnell ich kann, zurückkommen. Gib mir mal diesen Psychotypen.«

Ich reichte Mats Levinger das Smartphone. Während er mit Jim sprach, machte er ein bestürztes Gesicht.

»Schon, aber sie ist hergekommen und hat fantasiert …«, erwiderte er, verstummte jedoch gleich wieder. Jim musste ihm ziemlich zugesetzt haben, denn dann gab er mir mein Handy laut seufzend zurück.

»Gehen Sie nach Hause in Ihre Wohnung und warten Sie

da auf Ihren Freund. Alex, ich will Ihnen doch nur helfen«, sagte er und machte eine Geste der Hilflosigkeit.

»Das interessiert mich nicht«, rief ich und rannte aus dem Zimmer.

Als ich auf den Parkplatz vor dem Polizeigebäude kam, konnte ich mich kaum bewegen. Ich fragte mich, ob gerade mein ganzes Leben zusammenbrach – und ob ich als nervliches Wrack enden würde, hinter verschlossenen Türen in der Psychiatrie.

Bei dem Gedanken an das, was sich eben gerade im Vernehmungszimmer abgespielt hatte, lief mir ein kalter Schauer über den Rücken. Mats Levingers hämisches Grinsen, Dennis Neumans verachtender Blick. Ich hatte einen Hass auf alle, die mich aufhalten wollten; Levinger und Neuman und auch Carl, der mich im Stich gelassen hatte, weil er nicht auf die Polizeiwache mitgekommen war. Aber zum Glück hatte Jim dieses Schreckensszenario mit einem kurzen Telefonat einfach beendet. Langsam bewegte ich mich in Richtung Bushaltestelle.

Da klingelte mein Handy. Es war Jim.

»Alex. Was machst du jetzt? Bist du auf dem Nachhauseweg?«

»Ja. Danke, dass du mir geholfen hast.«

»Was denkst du denn? Natürlich helf ich dir. Aber jetzt gibt es ein kleines Problem«, sagte er.

Seine Stimme vibrierte vor Ärger, so kannte ich ihn gar nicht.

»Ich stehe gerade an der Auffahrt zur E6 mit einem Motorschaden und warte auf den Abschleppdienst, das wird sicher noch eine Weile dauern. Kommst du heute Abend allein zurecht? Dann würde ich nämlich hier noch übernachten. Morgen komme ich nach Hause, und dann habe ich drei

Tage frei. Ich hatte gedacht, wir könnten vielleicht einen Kurzurlaub machen und ein paar Tage wegfahren.«

Eigentlich wollte ich antworten, dass ich überhaupt nicht zurechtkäme, dass ich gerade total abstürzte. Im Moment brauchte ich ihn wirklich sehr. Aber ich wollte ihn nicht beunruhigen.

»Alles gut. Dann bis morgen.«

»Ich rufe später noch mal an, dann kannst du mir alles in Ruhe erzählen.«

Ich trottete weiter zum Bus.

Gerade als ich die Straße überqueren und zur Bushaltestelle gehen wollte, tauchte ein schwarzer Wagen auf. Die Fahrerfensterscheibe öffnete sich, und Patrick steckte den Kopf hinaus.

»Carl hat gesagt, ich soll Sie abholen. Er braucht Sie in der Firma.«

»Sie können ihm ausrichten, dass alles völlig schiefgelaufen ist. Die Polizei und mein Psychotherapeut haben sich gegen mich zusammengetan. Und in den vergangenen zwei Tagen habe ich nichts anderes gemacht als gearbeitet, er kann also die letzten Punkte auf seiner To-do-Liste selbst abarbeiten. Richten Sie ihm das gern aus.«

Im Augenwinkel bemerkte ich, dass der Bus kam, und wechselte die Straßenseite. Schnell stieg ich in den wartenden Bus ein.

In meiner Wohnung war es stockdunkel, als ich die Tür öffnete. Ich tastete nach dem Lichtschalter. Das Licht hinter mir ging an und ließ meinen Schatten so riesig erscheinen, dass ich mich furchtbar erschreckte. Als ich die Küche betrat, überkam mich als Erstes ein Gefühl der Erleichterung. Hier war es warm und gemütlich. Aber Zelda begrüßte mich nicht wie gewohnt. Ich fand sie schließlich auf dem Sofa, wo sie mich böse anfauchte, bis sie mich wiedererkannte.

Und da erst nahm ich den Geruch wahr. Diesmal war es kein Weihrauch, es war etwas anderes. Irgendwie süßlich, verdorben, eklig. Ich sah im Mülleimer nach, konnte dort jedoch nichts Vergammeltes finden. Ich drehte mehrere Runden durch meine Wohnung, fand aber nicht heraus, was der Ursprung dieses Gestanks sein konnte. Zelda schien sich wieder beruhigt zu haben und folgte mir neugierig von Zimmer zu Zimmer. Ich öffnete das Fenster im Wohnzimmer und ließ die eiskalte Luft herein. Der Geruch wurde schwächer. Ich ging ins Schlafzimmer, zog mich aus und schlüpfte in mein Nachthemd. Ich hatte das Gefühl, es war gut, heute früh schlafen zu gehen. Völlig erschöpft ließ ich mich aufs Bett fallen und schloss die Augen.

Ein warmer Tropfen traf meine Stirn. Und dann noch einer. Ruckartig setzte ich mich auf, fuhr mir mit der Hand übers Gesicht, spürte etwas Klebriges und sah, dass meine Fingerspitzen ganz rot waren. Erst dachte ich, ich hätte mich gekratzt, und das Blut käme vom Haaransatz, doch genau in dem Moment spürte ich den nächsten Tropfen – mitten auf meinen Kopf. Ich drehte mich um und sah den Fleck auf meinem dunkelblauen Bettüberwurf. Etwas, das wie eine Blutlache aussah. Ich richtete den Blick an die Decke und konnte nicht fassen, was ich sah, da traf mich schon der nächste Tropfen – und erst dann stieß ich den Schrei aus. Ich konnte gar nicht mehr aufhören. Es muss im ganzen Haus zu hören gewesen sein. An der Decke war eine tote Taube festgenagelt. Ein Messer steckte in ihrem Bauch, und von dort tropfte das Blut aus ihrem Körper, ihre Flügel waren ausgebreitet.

Ich sprang aus dem Bett, griff zum Handy, das auf dem Nachttisch lag, und rannte – warum auch immer – zum Kleiderschrank. Ich kroch hinein, kauerte mich zusammen und schloss die Tür hinter mir. Der sargähnliche Raum war kühl und duftete wegen der Kleidung nach meinem Parfüm, was mich irgendwie beruhigte. Doch überall spürte ich, wie mir der Schweiß auf der Haut stand, am Haaransatz, unter den Armen, zwischen den Brüsten und Beinen.

Ich war so durcheinander, dass ich schon zum Handy griff, um Jim anzurufen, obwohl er doch in Göteborg war. Doch dann kamen mir die Ereignisse des Tages wieder in den Sinn. Die Polizei konnte ich unter keinen Umständen anrufen, also wählte ich Carls Nummer. Als er sich nicht meldete, hinterließ ich auf seiner Mobilbox eine Nachricht:

»Jemand hat eine Taube getötet und über meinem Bett aufgehängt. Ich hocke im Kleiderschrank und komme nicht raus, bis du bei mir bist!«

Wie sonderbar meine Stimme jetzt klang.

Ich machte mich noch kleiner. Flüsterte Carls Namen. So saß ich eine lange Zeit da. Begann, vor mich hin zu summen, nur um nicht an die Stille hinter der Tür denken zu müssen. Zelda kam an die Schranktür und maunzte, doch ich traute mich nicht, sie hereinzulassen. Es klingelte an der Tür, aber ich blieb hocken. Schließlich hatte ich die Wohnungstür nicht abgeschlossen. Ich hörte Schritte näher kommen. Carl rief meinen Namen.

»Im Kleiderschrank!«, schrie ich.

Die Tür wurde aufgerissen. Ich hatte so lange im Dunkeln gesessen, dass mich das Tageslicht jetzt blendete. Erst später bemerkte ich, dass mein Gesicht voller Blutflecken war.

Als Carl mich erblickte, traten ihm Tränen in die Augen, ich konnte sie gerade noch sehen, bevor er sie mit der Hand fortwischte.

»Du bist da«, sagte ich.

»Ja, natürlich bin ich hier. Wo sollte ich sonst sein?«

Ich war so unglaublich erleichtert, dass ich die Kontrolle über meinen Körper verlor und der Länge nach auf den Schlafzimmerboden schlug.

44

Sieben Nächte.

Die Angst ist immer am größten in dem Augenblick, kurz bevor sie sie holen. Sie hört diese schleppenden Schritte durch die Krypta. Das Rasseln, wenn sie die Zellentür aufschließen.

Ihre Angst, die ihre Sinneseindrücke entweder verstärkt oder abstumpft, ist mittlerweile normal geworden. Jedes widerwärtige Detail der Vergewaltigungen hat sich ihr eingebrannt. Manchmal versucht sie mit größter Konzentration, ihre Erinnerung auszulöschen, nur um die nächste furchtbare Nacht zu überstehen, ohne zu kollabieren.

Der Hai kommt jeden Morgen zu ihr, um sein Kunstwerk noch einmal etwas auszubessern.

Später kommt dann der Meister.

Er hat sich verändert. Irgendetwas hat ihn aus der Ruhe gebracht, sonst ist er eiskalt. Jetzt betrachtet er sie mit einem fieberhaft sehnsüchtigen Blick. Er ist auch leicht reizbar geworden. Ständig fährt er den Hai genervt an, und mit ihr geht er um wie mit einem störrischen Tier.

Langsam nimmt sie wahr, was während der Ausführung des Rituals um sie herum geschieht. Es ist immer die gleiche Zeremonie. Der Chor stimmt ein Lied an, wenn sie hineingetragen wird. Worte, die ihr nicht mehr aus dem Kopf gehen, am Tag wie in der Nacht. *Ars Omnia Vincit*.

Zwei Männer stehen neben dem Altar und halten sie fest, wenn es nötig ist.

Der große Mann packt sie jedes Mal an den Haaren, während er seine Verkündigung spricht.

Und nach dem letzten Wort penetriert der Meister sie so brutal, dass sie sofort losbrüllen will. Doch die Laute kommen nie über ihre Lippen. Sie darf nicht schreien. Sie darf auch keine Schwäche zeigen. Manchmal beißt sie sich die Unterlippe blutig.

Alles ist so unwirklich und makaber, dass es ihr manchmal gelingt, ihr Bewusstsein von ihrem Körper abzuspalten, und dann hat sie das Gefühl, unter der Kuppel zu schweben. Sie lässt ihre Seele dort ruhen, während ihr Körper diese Vergewaltigung erträgt.

Am Morgen nach der siebten Nacht kommt der Meister in die Zelle.

Der Hai steht in gebührendem Abstand hinter ihm.

Sie muss jetzt alle Kraft sammeln, denn ihr steht die nächste schreckliche Nacht bevor, in der der Meister sie vergewaltigen wird.

Doch das geschieht nicht.

Da bemerkt sie, dass der Meister normale Kleidung trägt. Der Hai auch.

Sie sehen beide so feierlich ernst aus, dass sie Todesangst bekommt.

»Alles ist vollbracht«, sagt der Meister. »Jetzt liegt es an dir, Daniella. Deine einzige Aufgabe ist es nun, dich gut um das Leben zu kümmern, das in dir wächst. Jetzt wirst du neue Freiheiten bekommen. Tägliche Bewegung an der frischen Luft. Gesundes Essen. Und ich werde dir auch ein paar passende Bücher besorgen …«

Er hält inne und sieht sie scharf an.

»Bist du kein bisschen dankbar? Hast du noch immer nicht begriffen, was für ein Glück dir widerfährt?«

»Doch, Meister. Danke für alles, was Ihr für mich getan habt.«

Jetzt macht er ein zufriedenes Gesicht. Eigentlich ist der Meister leicht zu besänftigen.

»Ich muss mich nun eine Weile um meine Arbeit kümmern, aber du wirst hier gut versorgt sein«, sagt er.

Bei der Vorstellung, dass dieser Mann einer ganz normalen Arbeit nachgeht, läuft ihr ein kalter Schauer über den Rücken.

»Innerhalb gewisser Grenzen wird Collin deine Wünsche erfüllen. Nutze dein medizinisches Wissen und sag uns, was du brauchst.«

Die letzten Worte versteht sie kaum.

Ihre Aufmerksamkeit ist an dem ersten Satz hängen geblieben, den er gesagt hat.

Der Hai hat einen Namen. Er heißt *Collin*.

45

»Du kannst rauskommen«, sagte Carl. »Ich habe die Wohnung gecheckt. Hier ist niemand.«

Doch ich konnte meinen Körper nicht bewegen. Carl zog mich sanft am Arm und half mir auf die Beine.

»Sieh mich an, Alex. Auf. Einmal tief Luft holen. Gut. Wird es besser?«

Ich brachte ein gequältes »Ja« heraus, es klang furchtbar kläglich. Der eine Flügel der Taube hing nur noch am seidenen Faden und baumelte von der Decke, sodass der Eindruck entstand, das Tier lebe noch.

»Kannst du die entfernen«, sagte ich und zeigte nach oben.

Carl ging in die Küche und kam mit einer Plastiktüte zurück, er benutzte sie als Handschuh, als er auf das Bett kletterte und die Taube herunterholte. Mit dem Messer in der einen Hand und dem Vogel in der anderen verschwand er wieder.

Ich saß auf dem Boden und starrte ins Leere. Alles fühlte sich so unwirklich an. Wahrscheinlich hatte Carl das tote Tier gleich in die Mülltonne draußen vor dem Haus geworfen, denn er war eine Weile fort. Ich fragte ihn nicht, was er mit dem Messer getan hatte. Es der Polizei zu übergeben, hätte nichts genützt. Ich hatte mein Vertrauen in sie längst verloren. Vermutlich würden sie sagen, ich sei so geistesgestört, dass ich dieses makabre Schauspiel selbst inszeniert hätte.

Ich stopfte den blutigen Bettüberwurf in die Waschmaschine und schaltete sie ein. Dann tat ich auch die Bettwäsche dazu und stellte mich anschließend unter die Dusche. Ich stand lange da, das erste Wasser, das an meinem Körper nach unten lief, war von dem Vogelblut rötlich gefärbt.

Als ich in meinem Morgenmantel aus dem Badezimmer kam, hatte Carl im Schlafzimmer ein paar Teelichte angezündet.

»Leg dich hin«, sagte er, doch nicht etwa sanft, sondern eher dominant und beherrschend. Offenbar war er jetzt wieder der Psychologe.

Ich setzte mich aufs Bett und berichtete von meinem Besuch bei der Polizei. Die Worte strömten geradezu aus meinem Mund. Jetzt kam der ganze Ärger wieder hoch.

»Wenn ich Anzeige erstatte, werden sie behaupten, ich hätte die Taube selbst aufgespießt, und dann weisen sie mich gleich in die Psychiatrie ein«, sagte ich.

»Das können sie gar nicht«, entgegnete Carl. »Aber die Frage ist, ob sie die Sache wirklich ernst nehmen. War die Tür denn aufgebrochen, als du kamst?«

»Nein, alles war ganz normal.«

»Hast du jemandem einen Wohnungsschlüssel gegeben?«

»Nein. Und ich benutze Danis Schlüssel seit einiger Zeit schon als Reserveschlüssel. Er hängt im Flur. Warte mal, ich schau nach.«

Ich ging zum Schlüsselkasten im Flur, doch der Reserveschlüssel fehlte. Carl blickte gerade aus dem Fenster, als ich zurückkam.

»Er ist weg«, sagte ich, als ich zurück war. »Aber vielleicht hat ihn meine Tante. Sie hat Zelda versorgt, als ich in San Francisco war. Obwohl sie mir gesagt hat, sie hätte ihn zurückgehängt …«

Ich war durcheinander, konnte mir offenbar selbst nicht mehr trauen. Bildete ich mir Anitas Worte etwa nur ein?

»Aber wie sind die dann bloß reingekommen?«, fragte Carl. Nach einer kurzen Pause schob er hinterher: »Die müssen kurz vor dir in der Wohnung gewesen sein. Die Taube war noch warm.«

»Ich habe keine Ahnung«, sagte ich.

»Bleib hier, ich habe eine Idee«, sagte er und verließ das Schlafzimmer. Ich konnte seine Schritte verfolgen, wie er durch die Wohnung ging. Mit einem kritischen Blick kam er zurück.

»Die Fenster im Wohnzimmer standen offen«, sagte er. »Da könnten sie eingestiegen sein.«

»Nein, die habe ich erst aufgerissen, als ich nach Hause gekommen bin und diesen widerlichen Gestank rauslassen wollte. Und ich bin mir fast hundertprozentig sicher, dass sie vorher fest verschlossen waren ...«

Mit einem Mal war ich im Zweifel, ob ich die Fenster wirklich zugemacht hatte. Ich wollte Carl mit meinem undefinierbaren Bauchgefühl nicht beunruhigen. Erst musste ich das Chaos in meinem Kopf beseitigen.

»Du darfst nicht so vergesslich sein«, sagte er genervt. »Weißt du, ob es am Haus Überwachungskameras gibt?«

»Keine Ahnung. Und hör auf, mich wie ein Schulkind auszuschimpfen.«

Aber selbst wenn er auf diese Weise den Chef herauskehrte, hatte er noch eine beruhigende Wirkung auf mich. Er fasste meine Handgelenke. Seine angenehm warmen Hände brachten mich zur Ruhe.

»Ich mach mir doch nur Sorgen um dich«, sagte er. »Die Sache ist wirklich ernst.«

»Glaubst du mir jetzt?«

»Das tue ich schon, seit wir mit Lucas gesprochen haben.«

»Aber als ich aus San Francisco zurück war, hast du mehrfach Andeutungen gemacht, dass ich verrückt bin.«

»Du kannst dir doch vorstellen, dass deine Geschichte wie ein Märchen klang, besonders die Sache mit der Prophezeiung. Dogmen und Prophezeiungen können Menschen stark beeinflussen. Es ist möglich, dass die Sekte ihre Prophezeiung benutzt, um ihre Taten zu rechtfertigen, auch wenn die Weissagung schon Jahrzehnte zurückliegt. Vermutlich werden sie davon besessen sein, dass sie sich als wahr erweist.«

»Dann glaubst du also nicht, dass ich geistesgestört bin?«

»Nein, das habe ich nie gedacht, Alex. Aber wir müssen herausfinden, wer dahintersteckt. Kannst du in Erfahrung bringen, ob es hier Überwachungskameras gibt?«

»Ja, ich rufe morgen den Hausmeister an. Hältst du es für möglich, dass sie mich kidnappen und umbringen wollen?«

»Wenn sie das wollten, hätten sie es längst getan. Ich deute das hier eher als eine Art Warnschuss von jemandem, der der Auffassung ist, dass du zu viel herumschnüffelst.«

»Vielleicht einer von diesen Tynell-Brüdern?«

»Damit beschäftigen wir uns morgen, jetzt musst du erst mal schlafen.«

Einen Moment lang sah ich die Zärtlichkeit in seinem Blick, der Psychologe war wieder verschwunden. Er deckte mich zu und setzte sich auf den Stuhl neben dem Bett. Dann fragte er, ob ich Schlaftabletten hätte. Mats Levinger hatte mir welche mitgegeben. Also holte Carl eine aus dem Badezimmer und ließ sie mich mit einem Glas Wasser schlucken.

»Jetzt werde ich dir eine Gute-Nacht-Geschichte vorlesen«, sagte er und holte ein Buch aus seiner Ledertasche. Es war ein neu erschienenes Buch mit dem Titel *Die Kunst, in der Gegenwart Sex zu erleben*. Er las mir ein paar Absätze laut vor und kommentierte den Text, indem er sich darüber lächerlich machte und Witze riss, die mich zum Kichern brachten. *Mit diesen Übungen werden Sie den Stress beim Sex los. Setzen Sie sich einander gegenüber und lassen Sie sich von Ihrem Partner mit Obststückchen füttern. Probieren Sie mal aus, sich beim Sex tief in die Augen zu sehen.*

»Blickkontakt? Das ist ja wirklich originell!«, sagte er. »Ein hervorragendes Beispiel für Pseudopsychologie. Diese Idioten machen alles nur komplizierter.«

»Und du tust das nicht?«

»Niemals.«

Ich brach in Lachen aus, mit einem Mal fühlte sich das Leben so leicht an.

»Wirst du bei mir im Bett schlafen?«

»Nein, ich lege mich auf das Sofa im Wohnzimmer, aber ich verspreche dir, dass ich bei dir sitzen werde, bis du eingeschlafen bist.«

»Kannst du dich auf deine eigene Therapie nicht verlassen?«

»Doch, aber ich habe nicht vor, dich auszunutzen, wenn du dich in einem Schockzustand befindest.«

Da fiel mir plötzlich ein, dass ich das Wochenende eigentlich mit Jim geplant hatte, und wollte Carl noch erzählen, dass ich dann ja in Sicherheit war. Doch mir fielen die Augenlider zu. Wenn es mir doch gelang hindurchzublinzeln, sah ich ihn jedes Mal.

Er saß nach wie vor auf dem Stuhl.

Als ich aufwachte, dachte ich zuerst, er wäre gegangen, doch als ich in die Küche kam, hockte er da und tippte etwas in sein iPad.

»Du hast Patrick gesagt, dass du heute nicht zur Arbeit kommen willst, das ist kein Problem«, sagte er. »Ich schreibe dir ein paar Dinge auf, die du von zu Hause aus erledigen kannst.«

»Ich möchte aber nicht frei haben. Ich will mehr über diese Brüder herauskriegen.«

»Das werden wir auch. Ich werde mich vom Büro aus darum kümmern. Aber ich möchte, dass du zu Hause bleibst und dich ausruhst. Was hast du am Wochenende vor?«

Als ich ihm von dem Kurzurlaub mit Jim erzählte, wirkte er leicht verstimmt, gab aber keinen weiteren Kommentar ab. Er küsste mich flüchtig auf die Wange, dann verließ er die Wohnung.

»Pass auf dich auf. Und vergiss auf keinen Fall abzuschließen. Ich bleibe vor der Wohnungstür draußen stehen, bis ich höre, dass du zuschließt.«

Irgendwas an seiner Einstellung hatte sich verändert, und ich war mir nicht sicher, was ich davon halten sollte. Allein seine Entscheidung, auf dem Sofa zu schlafen, irritierte mich.

Kaum hatte er die Wohnung verlassen, war es mucksmäuschenstill. Die Aufgaben, die er mir per Mail aufgetragen hatte, waren schnell erledigt: Ich sollte ein paar Klienten anrufen und Termine mit ihnen machen und mit Maja das Catering für die Weihnachtsfeier abstimmen. Dann rief ich den Hausmeister an und erkundigte mich, ob das Mietshaus kameraüberwacht sei, doch das war nicht der Fall.

Ich beschloss, das bevorstehende Wochenende zum intensiven Ausspannen zu nutzen und mein Hirn mit neuen Eindrücken zu versorgen. Ich war zu verkrampft gewesen, zu unsystematisch und sollte jetzt etwas für meine Konzentrationsfähigkeit tun. Als ich Jim anrief, nahm er sofort ab.

»Ich bin wieder zu Hause. Ich habe gerade noch ein Brot in den Ofen geschoben, aber wenn es fertig ist, hole ich dich ab. Ich habe ein Schlemmerwochenende im Naturreservat Hovs Hallar für uns gebucht. Pack warme Kleider ein, wir werden viel Zeit draußen an der Küste verbringen.«

Im Wagen wies Jim mich an, das Smartphone auszuschalten. Unser Wochenende sollte ein komplett handyfreies sein, wir wollten einfach nur die faszinierende Natur der Bjäre-Halbinsel genießen. Der Himmel war bedeckt, als wir Lund verließen, doch als wir bei Hovs Hallar ankamen, riss die Wolkendecke auf, und ein strahlendes Herbstblau empfing uns.

Jim hatte die einzige Suite mit Meerblick gebucht. Wir hatten sogar einen Außen-Jacuzzi, in dem ich mich sofort genussvoll niederließ. Anschließend tranken wir Wein und aßen Jims Brot, das er mitgenommen hatte.

An beiden Tagen unternahmen wir lange Spaziergänge durch die Heide, wanderten an den hohen, zerklüfteten Felsen entlang, die steil ins Meer abfielen. Wir stiegen an den Steinformationen ein Stückchen hinab und suchten nach Strandgut und Treibholz. Der Himmel war strahlend blau, aber es war kalt. In der Luft lag schon ein Hauch von Winter. Die Sonnenuntergänge waren fantastisch. Die Felsen und das Meer leuchteten golden. Die Heidesträucher nahmen einen bronzefarbenen Ton an. Und immer hörten wir die Wellen, wie sie tief unter uns an Land rollten.

Das Essen war hervorragend, und zum ersten Mal seit Langem griff ich ordentlich zu. In den letzten Monaten hatte ich einige Kilos abgenommen. Das lag nicht nur daran, dass ich den Appetit verloren hatte, ich hatte das Essen oft einfach vergessen.

Jim erzählte mir von seinen Architekturprojekten und beschrieb das Gefühl, als er zum ersten Mal vor einem Bauwerk gestanden hatte, das er selbst entworfen hatte.

»Es ist etwas ganz Besonderes zu sehen, wie sich die Konturen vor dem Himmel abzeichnen. Fast so, als hätte man die Welt ein kleines bisschen verändert. Irgendwann in der Zukunft, wenn du mich dann immer noch willst, werde ich ein

Haus für uns entwerfen, und das wird auch an so einem schönen Platz stehen«, sagte er und zeigte auf die Küstenlandschaft.

Als er das sagte, kam mir der Gedanke, dass ich verrückt sein musste, auf Carl abzufahren, wenn ich Jim haben konnte. Er war ein kreatives Genie.

Es führte kein Weg drum herum, in der ersten Nacht musste ich mit Jim schlafen. Neue Ausreden fielen mir nicht mehr ein. Also beschloss ich, mich ihm wirklich hinzugeben, doch als wir dabei waren, tat ich mich schwer. Eigentlich hatte ich vor, es richtig zu genießen, trotzdem schweiften meine Gedanken ständig ab. Ich stellte mir etwas Erregendes vor und dachte daran, wie Carl und ich im Büro Sex hatten – auf seinem Schreibtisch. In meiner Fantasie lag ich mit dem Bauch auf der Tischplatte. Er nahm mich von hinten, während seine fantastischen Fingerspitzen über meinen Rücken tanzten. Doch in der Realität berührte mich Jim, und zwar so, als wäre ich aus Glas. Seine Berührungen passten überhaupt nicht zu meiner Fantasie. Als ich ihm sagte, er könne gern ein bisschen kräftiger zupacken, ging es hingegen mit ihm durch, er gebärdete sich wie ein Hund. Indem ich mich ununterbrochen auf Carl konzentrierte, konnte ich Jim komplett verdrängen. Ich schrie auf, als ich spürte, dass er kurz vor dem Höhepunkt war. Es war lächerlich einfach, einen Orgasmus zu simulieren. Jim rollte sich auf den Rücken und sagte nur: »Gott, war das schön!«

Ich fühlte rein gar nichts. Jim war einfach ein fremder Geschmack in meinem Mund, ein komischer Duft in meinem Haar. Mein Körper reagierte auf seine Berührungen nicht. Mit mir musste irgendetwas Grundlegendes nicht stimmen. Ich schämte mich für meine Unehrlichkeit und hasste es, wie ich hier log.

Ich setzte mich auf und begann zu reden. Eigentlich hatte ich vorgehabt, dieses Thema erst später anzusprechen, doch jetzt konnte ich es nicht abwarten.

»Ist es für dich in Ordnung, wenn wir auch mit anderen Menschen Dates haben? Ich bin in Monogamie nicht so gut. Glaubst du, wir könnten eine offene Beziehung führen?«

Von der Begeisterung klang meine Stimme ein bisschen verrückt. Das hätte eigentlich nicht so sein sollen. Ich war nämlich nicht verrückt. Doch sofort fragte ich mich, ob ich unser Wochenende jetzt zerstört hatte. Aber Jim schien gar nicht schockiert zu sein. Er überlegte kurz.

»Ich versteh nicht ganz, wie du das meinst. Ich dachte, nach deinem Zusammenbruch war es schwer für dich, überhaupt wieder Sex zu haben. Willst du damit jetzt sagen, dass du jemanden anders kennengelernt hast?«

»Nein, nein. Ich meine eher den Aspekt, sich zu binden. Das finde ich schwierig. Eine offene Beziehung ist irgendwie natürlicher.«

»Würde dir das helfen, mich als deinen Freund zu akzeptieren?«

»Ja, ich glaube schon.«

»Du schläfst hoffentlich nicht mit deinem Chef? So was endet immer mit einer Katastrophe.«

»Natürlich nicht«, sagte ich, ohne zu zwinkern. »Diese Frage ist rein theoretisch, ich habe zurzeit mit niemandem anders Sex.«

»Du nimmst ja die Pille, oder?«

»Ja, das hatte ich doch schon gesagt.«

»Wenn du mit jemand anderem schläfst, dann musst du aber darauf bestehen, dass er ein Kondom benutzt. Und ich möchte es am liebsten auch gar nicht wissen, sonst werde ich vielleicht eifersüchtig. Aber ich werde dich nicht daran hindern.«

»Bist du dir sicher? Ich meine, ist das wirklich okay für dich?«

»Warum bist du so überrascht? Ich habe mich in dich verliebt, Alex. Wenn ich unter diesen Umständen so oft wie möglich mit dir zusammen sein kann, würde ich das akzeptieren – ja. Stell dir vor, *ich* fahre auf eine andere Frau ab«, sagte er und kniff mich provokativ leicht in die Wange.

Am Ende wiegten uns die brausenden Atemzüge des Meeres in den Schlaf.

Auf einem unserer langen Spaziergänge schnitt Jim plötzlich ganz unerwartet das Thema Carl an.

»Ich habe über deinen Chef mal ein bisschen recherchiert. Weißt du, dass eine Ex von ihm ihn verklagt hat, weil er ihre Geschäftsidee geklaut hat?«

»Was, eine Ex-Frau?«

»Nein, eine Ex-Freundin, mit der er zusammengelebt hat. Sie hat behauptet, diese Datingagentur sei ihre Idee gewesen.«

»Das interessiert mich überhaupt nicht«, sagte ich. »Solange ich meinen Job habe, bin ich zufrieden. Ich werde von diesem Monat an übrigens eine saftige Gehaltserhöhung bekommen.«

Jim strahlte.

»Das ist ja großartig! Da freue ich mich mit dir, aber nimm dich vor Carl Asher ein bisschen in Acht.«

Abgesehen von dem eher mittelmäßigen Sex hatten wir ein sehr schönes Wochenende. Ich konnte die Gedanken an Dani fast vollkommen abschalten, das war aber auch dringend nötig gewesen. Allerdings nur tagsüber. Nachts träumte ich von ihr. Wir lagen nebeneinander im Wald, auf den Händen unter unseren Köpfen, und blickten in den Sternenhimmel hinauf.

Aber als ich mich umdrehte, bemerkte ich, dass neben mir eine Puppe lag, also war es gar nicht meine Schwester. Irgendwo hatte ich gelesen, Träume würden die unterbewussten Ängste aufgreifen. Aber in diesem Traum hatte ich keine Angst verspürt, ich hatte mich nur einsam und allein gefühlt, als ich merkte, dass Dani gar nicht bei mir war. Als ich ein Kind war, hatte ich manchmal geträumt, dass ich fiel und vor verschiedenen Gefahren flüchten musste. Später dann, als unsere Eltern uns verlassen hatten, geisterten sie ständig durch meine Träume. Obwohl es da schon eher bittersüße Erinnerungen an die verlorene Elternliebe waren. Damals erwachte ich oft mit einer Sehnsucht, die mir schier den Hals zuschnürte, und danach war ich nur noch todtraurig. Aber damals hatte ich immerhin Dani. Jetzt war auch sie nicht mehr da, ich war ganz allein. Und so verstand ich, was mir der Traum, den ich in Hovs Hallar hatte, sagen wollte – ich hatte Angst vor dem Alleinsein.

Auf dem Rückweg hörten Jim und ich chillige Musik. Als wir vor meinem Haus ankamen, küssten wir uns im Wagen, dann trennten wir uns.

»Willst du bei mir übernachten?«, fragte er mich. »Mir gefällt die Vorstellung gar nicht, dass du allein in deiner Wohnung bist.«

Ich musste ihm ganz fest versprechen, die Tür abzuschließen.

Als ich die Wohnung betrat, wartete ich kurz und lauschte, doch das einzige Geräusch, das zu hören war, kam von meinen eigenen ängstlichen Atemzügen. Ich hatte extra darauf geachtet, alle Fenster sorgfältig zu schließen. Und Zelda verhielt sich auch ganz normal.

Am Montagmorgen wachte ich auf und hatte Hummeln im Hintern. Nach diesem unbefriedigenden Sex mit Jim ging mir die Fantasie mit Carl einfach nicht aus dem Kopf. Ich zog ein kurzes Kleid an und ließ den BH weg. Für alle Fälle.

Als ich ins Büro kam, saß Carl bereits an seinem Schreibtisch. Er trug das T-Shirt mit dem Motiv von Manet, das ich ihm aus San Francisco mitgebracht hatte. Er wirkte so unbeschwert, dass ich es nicht fassen konnte. Völlig entspannt saß er da, als wäre ihm in seinem Leben bisher alles zugeflogen. Ich konnte mich nicht beherrschen und ging zum Angriff über.

»Am Wochenende habe ich erfahren, dass Ash & Coal gar nicht auf deiner Idee beruht, offenbar ist deine Ex-Lebensgefährtin die Erfinderin.«

Er erstarrte und sah mich an.

»Hast du das aus der Klatschpresse?«

»So ungefähr.«

»Aber das ist nicht wahr. Wenn die Menschen in Geldnot sind, lügen sie das Blaue vom Himmel. Und in meinem Leben hat es mal eine Frau gegeben, die so verzweifelt war. Aber die Idee stammt einzig und allein von Brett und mir. Und außerdem habe ich bisher auch nie mit einer Frau zusammengelebt.«

»Wirklich nie?«

»Nein.«

»Darf ich fragen, warum?«

»Eigentlich nicht, aber wenn du es unbedingt wissen musst: Ich werde mich niemals binden.«

»Warum nicht?«

»Ich würde in einer konventionellen Beziehung kaputtgehen, jeder weiß doch, dass diese Beziehungen enden, bevor sie begonnen haben. Ein geregeltes Leben zu führen, interessiert mich einfach nicht. Alle traditionellen Beziehungen führen dazu, dass man das Eigentum des anderen wird. Meine Beziehungen sind also immer bloß temporär.«

»Meinst du etwa Sex ohne Verpflichtungen? Das ist ja nicht wirklich neu«, sagte ich pampig.

»Nein, das meine ich gar nicht. Aber dieses Funkensprühen verliert sich mit der Zeit einfach. Und dann muss man sich trauen zu gehen.«

»Wenn jemand auftaucht, der interessanter ist?«

»So in der Art. Dann macht man den nächsten Schritt, ohne etwas zu bereuen.«

Seine Augen waren mir ein Rätsel.

»Und was wird sein, wenn du alt bist?«

»Dann kaufe ich mir eine Wohnung irgendwo in der Innenstadt mit Blick auf die Fußgängerzone, wo ich Viagra auf dem Balkon zu mir nehme und die Mädchen auf der Straße angaffen kann. Was willst du, Alex! Wir leben *jetzt*. Es macht doch wirklich keinen Spaß, über Dinge zu mutmaßen, die so weit entfernt in der Zukunft liegen.«

»Weißt du, was für ein Eindruck bei mir entsteht?«, fragte ich ihn.

»Ist mir eigentlich egal, aber lass mal hören.«

»Du scheinst unter Bindungsangst zu leiden, und außerdem klingst du ziemlich chauvinistisch.«

»Du bringst mich dazu, wie ein Dreckskerl zu reden. Bin ich wirklich so übel?«

»Nein, gar nicht. Eher faszinierend. Und wenn ich ehrlich bin, leide ich genauso unter Bindungsangst.«

Er musste lachen.

»Jetzt lassen wir dieses Verhör mal sein. Wir haben nämlich etwas ganz anderes vor.«

Er erhob sich und schloss beide Türen ab.

Da waren meine Fantasien, die ich am Wochenende hatte, sofort wieder präsent. Gleichzeitig tönten die Warnglocken in meinem Kopf:

Das wird nicht ohne Folgen bleiben.

Er setzte sich an seinen Schreibtisch und tippte etwas in die Tastatur.

»Komm mal her und sieh dir das an!«

Als ich mich vorbeugte, um den Bildschirm besser sehen zu können, berührte mein Unterarm seinen. Es entstand ein erotischer, elektrischer Schlag, der gerade mal eine Millisekunde dauerte. Doch dann erblickte ich das Bild auf seinem Computerschirm: ein vergrößertes Schwarz-Weiß-Foto. Den Ort, an dem es aufgenommen worden war, erkannte ich sofort. Die Straßenschilder der Haight und Ashbury Street waren im Hintergrund zu erkennen. Davor stand ein blasser junger Mann mit einem Kurzhaarschnitt und Brille und machte mit den Fingern ein Peace-Zeichen in Richtung Kamera. Auf seinen Lippen trug er ein zynisches Lächeln.

»Wer ist das?«, fragte ich.

»Er heißt Bertil Tynell«, antwortete Carl. »Der Vater von Axel und Viktor.«

46

»Du weißt, was du zu tun hast«, sagt der Meister.

Oh Gott, bitte hilf mir!

Der Anblick des kleinen Stäbchens schnürt ihr den Hals zu. Sie wendet den Blick ab, kann es nicht ansehen. Sie hat ein Gefühl, als tobte in ihrem Brustkorb ein Ungeheuer. Kann man einen solchen Schmerz spüren, ohne laut loszuschreien? Sie beißt sich selbst auf die Zunge und zwingt sich, dem Meister in die Augen zu sehen.

Und in diesem Moment erkennt sie, wie verrückt er wirklich ist. Der Blick, mit dem er sie ansieht, ist durch und durch wahnsinnig. Ein kleiner Gesichtsmuskel zuckt unter seiner Wange. Für dieses Kind würde er alles tun. Und jetzt kommt dieser Gedanke wieder auf. Sie muss gar keinen Test machen. Sie weiß es schon. Hat die kleinen Veränderungen in ihrem Körper längst bemerkt.

»Los jetzt, du lässt den Urin darüberlaufen, und dann gibst du ihn mir«, sagt er. »Ohne ihn vorher anzusehen. Spannend, nicht wahr?«

Sie erschauert und gibt einen Laut von sich, der eine Mischung aus Seufzen und Schluchzen ist.

Als sie auf der Toilette sitzt, kann sie nicht auf Anhieb Urin lassen. Sie ist wie zugenäht. Sie betrachtet ihren bleichen, zitternden Körper. Die Bemalung haben sie ihr wieder abgewaschen, doch die Ringe in der Brust sind noch da. Die Beleuchtung in dem engen Verhau verändert sich, wird zu dunklen Schatten, es wird finster um sie herum. *Nein! Bloß nicht ohnmächtig werden. Verdammt noch mal, jetzt bleib wach.*

»Was machst du da drinnen?«, hört sie die irritierte Stimme des Meisters.

Sie reißt sich zusammen.

»Es geht nicht so schnell. Einen Moment noch.«

Sie presst einen Urinstrahl aus sich heraus. Schließt die Augen. Wischt sich mit einer Hand trocken und hält das Teststäbchen mit der anderen, aber am ausgestreckten Arm, als könnte das Stückchen Kunststoff sie angreifen. Sie stellt sich auf die Knie, kriecht weiter vor bis zur Tür und hält das Stäbchen vor sich, das der Meister ihr ungeduldig entreißt.

Da folgt eine unbarmherzige, ewig lange Pause, und sie hört ein kurzes, zufriedenes Glucksen.

»Du kannst jetzt rauskommen.«

Sie kriecht durch die Tür und sieht ihn vor sich stehen, sieht zu, wie er sie anstarrt.

Seine Augen sind glasklar. Eiskalt. Doch das spastische Zucken in seiner Wange ist stärker geworden. Die Angst wird größer, aber Panik würde verhindern, einen klaren Gedanken zu fassen. Sie muss den Teil ihres Hirns aktivieren, der logisch denken kann. Analysieren. Was wird geschehen, wenn sie diesem Mann ein Kind schenkt? Ihr Kind. Wenn sie überhaupt mit dem Leben davonkommt. *Wenn*. Vielleicht würde sie äußerlich dieselbe sein, doch innerlich müsste sie verfaulen.

»Meinen Glückwunsch, Daniella«, sagt er und grinst schief.

Die Worte treffen sie wie ein Pfeil ins Herz.

Jetzt geht es nicht länger nur um dich.

»Wenn es stimmt, dass ich schwanger bin, brauche ich ein paar Dinge, Meister«, sagt sie mit gekünstelter, ruhiger Stimme. »Ich möchte mich so gut wie möglich um das Kind kümmern.«

Er ergreift ihre Hände, zieht sie auf die Füße und nimmt ihr Gesicht sanft in seine eiskalten Hände.

»Du wirst alles bekommen, was du brauchst«, sagt er. »Und noch viel mehr.«

47

Ich hatte sofort das Gefühl, dass uns dieses Foto weiterbringen würde. Es war nicht der junge Bertil Tynell, der meine Aufmerksamkeit erregte, sondern der Typ, der den Blick abgewandt hatte. Er erinnerte mich an jemanden, aber ich kam nicht darauf, an wen.

Ich bewegte mich um Carls Schreibtisch herum und ließ meinen Gedanken freien Lauf. Und dann hatte ich es. Alles passte zusammen. Stans Geschichte. Die Informationen von Lucas. Und meine immer wiederkehrenden Bilder von dieser Kirche. Das war zwar gruselig, machte mir aber nichts aus. Im Gegenteil, ich spürte Hoffnung aufkommen.

Ein Teil von mir wäre am liebsten losgerannt, ins Auto gesprungen und zu den Brüdern Tynell nach Hause gefahren, wo immer sie heute wohnten – ich hätte an ihre Haustür gehämmert und geschrien: *Wo ist meine Schwester?* In diesem Augenblick fühlte ich mich unglaublich mutig und stark.

»Alex«, sagte Carl zaghaft. »Was ist los mit dir?«

»Ich überlege, was unsere nächsten Schritte sein könnten.«

»Wir wissen nun, dass die Tynell-Brüder ihre Wurzeln in Haight-Ashbury haben. Jetzt passt wirklich zu viel zusammen, als dass wir deine Vermutungen als Fantastereien abtun müssten. Ich habe schon jemanden engagiert, der die Brüder beschattet. So fangen wir erst mal an. Ich kenne den Leiter der nationalen Polizeibehörde, Hans Keller, und werde Kontakt zu ihm aufnehmen, wenn es so weit ist.«

»Aber warum geht alles so langsam?«

Sein tiefes Seufzen war aufrichtig.

»Du solltest dir angewöhnen, die Folgen zu bedenken, bevor du handelst.«

Vielleicht hatte er recht. Ich war viel zu impulsiv.

»Aber ich habe gerade etwas ganz anderes im Sinn«, sagte er und klappte den Laptop demonstrativ zu.

»Das wäre?«

»Rekreation.«

Er ließ das Wort einen Moment lang im Raum stehen.

»Hast du dich für mich so hübsch gemacht?«, fragte er dann.

»Ja, für die Gehaltsverhandlungen.«

»Ich habe deine Gehaltserhöhung schon angewiesen. Hast du gemerkt, dass ich die Türen zum Büro abgeschlossen habe?«

Ich nickte irritiert.

»Siehst du diesen Knopf?«, fragte er und drückte auf einen roten Knopf neben seinem Schreibtisch. »Jetzt weiß Edna, dass wir auf keinen Fall gestört werden wollen.«

Mit stählernem Blick erhob er sich und kam auf mich zu.

»Möchtest du, dass ich dich ausziehe?«

Es hier zu tun, bedeutete, dass all meine Fantasien Wirklichkeit wurden, und das konnte ich kaum fassen. Trotzdem protestierte ich.

»In der Arbeitszeit?«

»Dein lauer Einspruch wird wohl nicht verhindern können, dass es jetzt hier passiert.«

»Und was hast du zu Arbeitsmoral und gesundem Menschenverstand zu sagen?«

»Das wird auch nicht funktionieren, sorry.«

Seine Zielstrebigkeit hatte etwas Hypnotisierendes. Ich

konnte nicht mehr klar denken, atmete nur noch flach, und mir fielen auch keine weiteren Argumente ein.

»Du ziehst dich zuerst aus«, sagte ich.

Er zog sich das T-Shirt über den Kopf, legte es zusammen und platzierte es auf dem Stuhl. Streifte die Schuhe ab. Knöpfte seine Jeans auf, zog sie aus und hängte sie über die Stuhllehne.

Am Ende entledigte er sich auch seiner Boxershorts und stand vollkommen nackt vor mir.

»Besser?«

Das Tattoo, das unter seinen Shirts schon mal zum Vorschein gekommen war, entpuppte sich nun als eine Schlange, die sich rund um seinen Oberarm wand. Es war wirklich sexy, und ich musste lachen. Er war zwar muskulös, hatte aber nicht den Körper eines Models, eher erinnerte er mich an einen Rugbyspieler. Seine Hüften waren breit, und in der Bauchgegend hatte er durchaus eine kleine Speckschicht. Ohne Kleider wirkte er kräftiger, wie ein Körper, der von physischer Arbeit geformt wurde, vermutlich jedoch eher mithilfe der Hindernisbahn. Ich mochte seinen Körper auf Anhieb. Die Rundungen. Wie sich seine Haut wölbte. Gerade das Unperfekte. Eine Erektion, auf dem Weg nach oben. Wellen der Erregung überkamen mich.

»Ja, viel besser, aber diesmal möchte ich dich berühren.«

»Das darfst du gern. Aber davon werde ich nicht steinhart werden.«

»Und wie wirst du das?«

»Wenn ich sehe, wie du es genießt.«

Mir war vor Erregung schon ganz schwindelig, bevor er überhaupt ganz nah bei mir war.

Er legte seine Hände auf meine Arme. Roch an meinem Haar. Küsste die Innenseite meines Arms.

»Das ist jetzt keine Therapie, oder?«

»Natürlich ist es das. Die allerbeste Therapie für dich in deinem Zustand. Schsch, jetzt mach mit deinen unzähligen Fragen nicht alles kaputt.«

Er zog den Reißverschluss meines Kleides nach unten und schob es mir über die Schultern, sodass es zu Boden fiel. Zufrieden stellte er fest, dass ich keinen BH trug. Er ging auf die Knie, streifte meine Stay-ups nach unten und zog mir den Slip aus. Ich war so erregt, dass meine Beine zitterten. Dann stand er wieder auf, berührte mein Kinn ganz zart und kippte meinen Kopf leicht nach hinten. Ich umfasste seine Hüften, um nicht den Halt zu verlieren. Mit seiner warmen Zunge öffnete er meine Lippen und begann mich zu küssen. Er hatte alle Zeit der Welt, ließ seine Zunge spielen, sie an meine stoßen. Vorsichtig tastete ich über seinen Rücken und spürte unter meinen Händen seine angespannten Rückenmuskeln. An seinem Kreuz machte ich Halt und gab ihm einen provokanten kleinen Klatsch auf den Hintern.

»Die Hindernisbahn scheint dir gutzutun.«

Er hörte auf, mich zu küssen. Sein Atem war schwerer geworden. Eine Locke seines dichten Haares war ihm über das eine Auge gefallen. Er bewegte seine Hände nun zu meinen Schultern und ließ sie nach unten gleiten, bis sie meinen Po erreichten. Dann packte er meine Pobacken und zog mich dicht an sich.

»Alex, du willst das doch, oder?«, fragte er.

»Was denkst du?«, brachte ich keuchend hervor. »Auf dem Schreibtisch. Davon habe ich schon geträumt.«

Er drehte mich zum Schreibtisch um und ließ mich los.

Ich schob die Unterlagen zur Seite und legte mich auf den Bauch, die Füße noch auf dem Boden. Mich vor ihn so nackt hinzustellen, erregte wirklich jede noch so kleine Zelle meines

Körpers. Es war, als hätte ich jahrelang in einem Dornröschenschlaf geschlummert und wäre plötzlich erwacht, gesund und wahnsinnig geil. Ich hörte ihn atmen, er kam zögernd auf mich zu. Dann schob er meine Beine mit festem Griff auseinander, und ich dachte *jetzt!*. Aber stattdessen tastete er mit seinen Händen nach meinen Brüsten. Er zog mich ein Stückchen hoch, sodass ich mich auf die Ellenbogen stützte, damit er meine Brüste streicheln konnte, während er küssend an meinem Nacken knabberte. Dann ließ er meine Beine los. Tänzelte mit seiner Zunge meinen Rücken hinab. Streichelte mich mit diesen magischen Händen, die etwas Energisches hatten, aber gleichzeitig so zärtlich waren, überall. Ich hörte, wie er hinter mir auf die Knie ging. Er erforschte mich mit Zunge und Fingerspitzen. Ich versuchte, mein Stöhnen zu unterdrücken, damit Edna uns nicht hören konnte.

»Jetzt!«, sagte ich.

»Du bist noch nicht so weit«, hielt er dagegen.

Dieses Spiel trieb er bis zur Ekstase. Mir blieb fast der Atem weg. Ich konnte mich kaum rühren. Ich konnte auch nicht schreien – hätte ich geschrien, dann hätte Edna ganz sicher die Polizei gerufen.

Als er in mich eindrang, überkam mich sofort ein Muskelzucken, aber daraufhin stoppte er abrupt und liebkoste mich langsam über den Rücken. Und genau in dem Augenblick, als er mich endlich kommen ließ, zog er mich ganz fest zu sich. Ich klammerte mich am Schreibtisch fest, um nicht den Halt zu verlieren. Ein paar unglaublich schöne Augenblicke lang verlor ich mich ganz. Ich glaube, ich habe diese Welt tatsächlich für einen Moment kurz verlassen. Keine Gefühle, Reaktionen, kein Sinnenrausch mehr. Ich fühlte mich losgelöst von allem.

Er sackte über mir zusammen. Einen Moment lang

schnappte ich nach Luft, als meine Lunge zusammengepresst wurde. Dann fühlte er sich auf mir nicht mehr schwer an, nur wohlig und warm.

Ich spürte, wie etwas Sperma an meinem Oberschenkel hinablief, als er sich aus mir zurückzog. Aber er legte sich gleich wieder auf mich, umschloss meine Schultern und hielt mich fest. Er pustete seine vertrauten, tiefen Atemzüge in meinen Nacken. Er legte das Kinn auf meine Schulter und bohrte seine Nase in mein Haar.

Ich wollte nicht sprechen. Ich wollte auch nicht aufstehen. Ich wollte ihn nicht ansehen und diesen wunderschönen Moment zerstören.

So lagen wir schweigend eine ganze Weile lang da. Dann erhob er sich, während er meinen Nacken und Rücken nochmals küsste.

»Und, gefällt dir die Therapie?«, fragte er mich.

»Sie war unfassbar gut. Aber Bilder habe ich nicht gesehen.«

»Das kommt noch, lass dir Zeit. Wenn deine gestressten Nerven zur Ruhe kommen.«

Als ich mich wieder auf die Beine stellte, räumte er bereits unsere Kleider auf. Er legte meine Sachen ganz ordentlich gestapelt auf den Stuhl. Ich nahm sie und ging ins Bad, das sich hinter unserem Büro befand. Unsere Blicke trafen sich. Noch immer war da eine elektrische Spannung zwischen uns.

Ich wusch mich unter den Armen und zwischen den Beinen, ließ mich auf die Toilette sinken und schloss die Augen. Unter den Lidern war es dunkel und ruhig. Mir fiel auf, dass meine Atmung sich verändert hatte, sie war ruhiger geworden. Die Bilder, die mir dann kamen, waren täuschend echt. Sie waren eine lebendige Collage aus einem Wald, von oben aus der Vogelperspektive betrachtet. Wie in Zeitlupe wiegten sich die Bäume im Wind. Ein See. Eine Landschaft, die ich nie zuvor gesehen hatte, doch ich war mir sicher, dass es sie gab. Sie war schön. Und kein bisschen bedrohlich.

Da wird sie also festgehalten. Von dort ruft sie nach mir.

Als die Bilder verschwanden, war ich noch immer ganz ruhig. Ich zog mich an und verließ das Badezimmer.

Carl saß wieder voll bekleidet an seinem Schreibtisch. Ich ging zu ihm und setzte mich.

»Willst du nicht ins Bad?«, fragte ich ihn.

»Ich werde gleich oben in meiner Wohnung duschen und etwas Frisches anziehen. Ich habe einen Termin mit einer Klientin zum Essen.«

»Mir sind Bilder von einem Wald hinter einem See erschienen. Da liegt auch die Kirche. Ich bin mir ganz sicher.«

»Wunderbar. Ich habe keine Ahnung, ob es in Schweden viele Kirchen mitten im Wald gibt, aber das lässt sich ja herausfinden. Ansonsten findet man sicher auch welche im Ausland.«

Er erhob sich, kam auf mich zu und gab mir einen Kuss auf die Wange.

»Eigentlich hatte ich von meinem Job gerade die Schnauze voll. Aber jetzt macht er wieder richtig Spaß.«

Ich musste lachen, auf einmal schien alles so unkompliziert.

»Sollen wir Edna hereinrufen, um festzustellen, wie gut wir schauspielern können?«, scherzte er.

»Lieber nicht. Was für Aufgaben hast du heute für mich?«

»Kümmere dich bitte um alles, was für die Weihnachtsfeier und die Jahresversammlung noch zu erledigen ist.«

»Das hab ich bereits getan.«

»Dann kannst du gern frei machen. Für heute hast du deine Pflicht erfüllt. Was hast du dir gedacht, als du in meiner Anzeige ›Mädchen für alles‹ gelesen hast?«

»Lass deine blöden, sexistischen Witze!«

»Sorry. Was ich eigentlich sagen will, ist, dass du mich so glücklich machst wie einen kleinen Jungen, Alex. Es ist ein Segen, dein Chef sein zu dürfen, in jeder Hinsicht.«

»Trotz all der Probleme, die ich am Hacken habe?«

»Damit weckst du nur meinen Beschützerinstinkt. Willst du jetzt nach Hause gehen?«

»Nein, ich bleibe lieber noch im Büro und surfe ein bisschen im Internet. Vielleicht finde ich eine Kirche in einem Wald.«

»Tu das. Bis morgen.«

Ich blieb sitzen und lauschte der Stille, die entstand, als er fort war. Warum hatte ich Jim gegenüber keine Schuldgefühle? Ich war glücklich. Carls Berührungen konnten mich erden. Unser Körperkontakt war mein Beruhigungsmittel geworden. Was sollte daran falsch sein?

Meine Suche war leider erfolglos. Das einzige Gotteshaus, das ich fand, lag außerhalb von Halmstad, in der Nähe des Schlosses Sperlingsholm, aber es besaß keine Krypta. Und dann gab es noch eine Kirche, die sich in nördlicher Richtung im Wald befand und zum Verkauf stand, aber auf den Bildern, die ich von ihr im Netz fand, war sie vollkommen leer. Nichts von alledem schien zu passen.

Als ich das Büro verließ, kam ich an Edna vorbei, die sich betont laut räusperte. Für einen Moment ergriff mich die Panik. *Sie muss uns gehört haben.*

»Hätte ich fast vergessen. Deine Gehaltsabrechnung für diesen Monat«, sagte sie und lächelte geheimnisvoll. »Ab jetzt wird dir immer diese Summe überwiesen.«

Ich ergriff das Papier, das sie mir hinhielt, und stierte ungläubig auf die Zahlen.

Sechzigtausend! *Sechzigtausend!*

48

Sie haben ihr Papier und Stift gebracht, damit sie aufschreiben kann, was sie braucht. Allein dies – etwas schreiben zu dürfen – ist ein großartiges Gefühl. Sie schreibt extra deutlich, mit großen Buchstaben. Verschiedene Nahrungsergänzungsmittel. Säfte. Ein paar Bücher über Schwangerschaft, deren Titel sie noch im Kopf hat. Kleider. Und ein bisschen Kosmetik: Seife, Lotion, Hand- und Fußcremes, einen Lippenpflegestift. Eine Nagelfeile hat sie auch in ihre Liste gemogelt. Der Meister hat es sofort gemerkt.

»Du sollst hier keine Kleider tragen, und scharfe Gegenstände bekommst du ganz bestimmt nicht.«

»Meister, ich würde mich doch niemals selbst verletzen, jetzt, da ich schwanger bin. Ich möchte mich um meinen Körper kümmern. Es ist so ein sonderbares Gefühl, wenn Ihr meine Nägel feilt. Es gibt auch Nagelfeilen, die vorn nicht spitz sind. Und es tut mir nicht gut, immer nackt zu sein, ich friere.«

Sein Blick ist erbarmungslos.

»Du bist unverschämt geworden.«

Seine Stimme klingt gedämpft, heiser, aber das macht sie nur noch furchterregender. Eine bescheidene Andeutung seiner Macht liegt in diesem Unterton, der nur dazu dient, Angst und Schrecken auszulösen.

Sie fällt auf die Knie und nimmt eine Bittstellerpose ein. Er ist beeindruckt. Eigentlich ist der Meister durchaus berechenbar.

»Gut, Daniella. Es ist wunderbar, dich so anmutig zu sehen.«

Dann spricht er den Hai an. Aber seit sie seinen Namen kennt, hat sie immer »Collin« im Kopf, sobald sie ihn sieht. Allein durch die Tatsache, dass sie jetzt seinen Namen kennt, fühlt sie sich weniger ausgeliefert.

»Kauf ein paar Nachthemden, Hausschuhe und eine runde Nagelfeile. Und es ist wichtig, dass hier alles ganz sauber ist. Lass sie mehrmals in der Woche putzen. Aber überwacht sie dabei.«

Collin wirkt heute besonders lüstern. Er sieht sie schmachtend an. Als der Meister seinen Blick abwendet, streckt er die Hand aus und will sie berühren. Sie kann den Impuls, ihm eine Ohrfeige zu geben, gerade noch unterdrücken. Der Meister nimmt die Szenerie im Augenwinkel wahr.

»Finger weg! Du lässt sie in Ruhe, verstanden? Aber eine Sache kannst du erledigen.«

Collin macht einen Schritt zurück und neigt respektvoll den Kopf.

»In unseren Archiven werden Zeremonien für schwangere Frauen beschrieben. Such danach. Wir müssen sie auf die bestmögliche Weise vorbereiten.«

Er dreht sich wieder zu ihr um. Dann greift er plötzlich in ihre Haare, wickelt eine Locke um seinen Finger.

»Collin wird dich jeden Tag an die frische Luft bringen. Versuch bloß nicht, mein Vertrauen zu missbrauchen.«

»Das würde ich niemals tun. Ich habe doch eine Verantwortung dem Kind gegenüber.«

»Selbstverständlich.«

Sie unterhalten sich. Kaum zu glauben. Mitten in diesem erniedrigenden, abgesteckten Stück Leben fühlt sich das wie ein Sieg über ihn an. Ein Funken Hoffnung wächst.

Ihr Blick wandert zum Fenster, zum Gitter. In ihrem Magen bildet sich ein Klumpen, eine Mischung aus Vorfreude und Enttäuschung. Möglicherweise kann man sich dort hindurchzwängen, aber sollte sich herausstellen, dass es nicht möglich ist, weiß sie keinen anderen Ausweg. Ihre Gedankengänge werden von der kalten Stimme des Meisters unterbrochen.

»Worauf wartest du noch?«, brüllt er Collin an. »Besorge alles, was sie braucht. Setz dich in Bewegung!«

Nach einer Weile kommt Collin mit einer großen Tüte zurück.

Auch das erfüllt sie mit Hoffnung. Sie können nicht allzu weit von einer Ortschaft entfernt sein.

Gemächlich packt er die Tüte aus und legt den Inhalt auf das Bett vor sie hin.

Bücher. Wie sie sich nach neuen Büchern gesehnt hat. Drei weiße Nachthemden. Hausschuhe.

Dann hat er noch eine weitere Tüte in der Hand, aus der Apotheke. Lotion, Cremes, Seife, ein Lippenpflegestift.

Und ganz zum Schluss eine Nagelfeile.

49

Das Matschwetter traf Lund wie ein Schlag ins Gesicht. Bald war Weihnachten, und noch immer lag kein Schnee. Das letzte, fahle Tageslicht war der Dunkelheit schon lange gewichen. Zitternd hastete ich durch eiskalten Regen und Windböen zu Ash & Coals Weihnachtsfeier.

Die letzte Zeit war ziemlich ereignislos verstrichen. Carl hatte mit der Vorbereitung des Geschäftsberichts alle Hände voll zu tun gehabt und arbeitete wie gewohnt fieberhaft daran. Dem Personal hatte er schon einige Standpauken gehalten. Nun waren seine Mitarbeiter sogar äußerst bedacht darauf, in ihren Jahresberichten bloß keinen Tippfehler zu machen.

Also kam es zu keinen weiteren sexuellen Begegnungen mit Carl. Aber ich liebte es, wenn sich die Spannung zwischen uns langsam hochschaukelte und es schließlich so stark knisterte, dass wir es kaum aushielten, im selben Zimmer zu sein.

Der Privatdetektiv, der die Brüder Tynell beschattete, hatte bislang nichts Interessantes in Erfahrung bringen können. Die Geschwister waren häufig in ihren Autos unterwegs. Einmal war einer einen ganzen Tag lang weg gewesen, doch der Detektiv hatte sich gerade zu dem Zeitpunkt auf die Beobachtung des anderen konzentriert. Als ich vorschlug, doch lieber zwei Detektive einzusetzen und einen davon selbst zu bezahlen, hatte Carl widersprochen und gemeint, dass er früher oder später sicher irgendetwas finden würde. Bestimmt, dachte ich. Dieser Typ war offenbar genauso unbrauchbar wie der Detektiv, den Jim beauftragt hatte. Wir mussten eine andere Lösung finden. Etwas Effektiveres, doch wusste ich leider nicht, was das sein konnte.

Ich war ungeduldig und frustriert.

Die Weihnachtsfeier fand in unseren Büros statt. Hunderte von Partylichtern erhellten den Garten der Villa. Überall parkten Luxuskarossen, aber Menschen waren nicht in Sicht. Wahrscheinlich waren alle bereits im Haus. Es goss wie aus Eimern, und die kahlen Bäume kämpften mit dem Wind. Kurze Zeit hatte ich einmal das Gefühl, nicht wirklich hierherzugehören. Der Wind war so kalt, dass ich schlotterte, obwohl ich einen Wintermantel trug. Als ich ins Haus kam, schlug mir eine kuschelige Wärme entgegen. Es duftete herrlich nach Glühwein und Tannenzweigen. Ich hängte den tropfnassen Mantel an der Garderobe auf. Noch in der Empfangshalle hörte ich die Zweige der Bäume ans Fenster schlagen. Ich betrachtete mich in dem bodentiefen Spiegel und musste feststellen, dass ich tiefe Augenringe hatte, in meinem kleinen Schwarzen aber immer noch eine gute Figur machte.

Das Fest war bereits in vollem Gange. Ich erblickte Carl sofort, der mitten im großen Saal stand und sich dort mit einem Mann im Frack und einer anorektisch dürren Frau unterhielt.

Niemand konnte die Leute so charmant bespaßen wie Carl. Er gab jedem das Gefühl, etwas Besonderes zu sein – so zog er die Aufmerksamkeit der Frauen auf sich, schüttelte den Männern die Hände und klopfte ihnen auf die Schulter. Ohne die geringste Anstrengung stand er wie selbstverständlich im Mittelpunkt einer jeden Gesellschaft und hatte allein durch seine bloße Anwesenheit Einfluss auf die Stimmung in einem Raum. Diese Seite an ihm war mir unheimlich, ich fand sie trügerisch. Aber immerhin trug er dieses hässliche, geringelte T-Shirt, das ich ihm geschenkt hatte. Dass er das tat, gefiel mir.

Ich blieb in der Ecke des Zimmers stehen, war nicht imstande, mich von der ausgelassenen Stimmung mitreißen zu lassen. Irgendetwas wirkte sonderbar. Ich war zwar anwesend, aber nur äußerlich. Ich spürte eine große Leere in mir und war mit meinen Gedanken meilenweit entfernt. Und ich wusste auch, warum. Jetzt war es auf den Tag ein halbes Jahr her, dass Dani verschwunden war. Schon seit dem Morgen hatten mich furchtbare Ängste geplagt. Ich zweifelte nicht daran, dass Dani lebte, aber würde sie auch noch am Leben sein, wenn ich sie endlich fand? Bei diesem Gedanken starb ich fast vor Angst. Ich wollte nicht weinen, doch ich war nahezu machtlos. Mein Gesicht führte ein Eigenleben. Ich presste die Kiefer aufeinander, doch es half nichts. Und jetzt spürte ich, wie mir Tränen über die Wangen liefen, ich hatte den Salzgeschmack auf den Lippen. Schnell wischte ich die Tränen weg, ich wollte auf keinen Fall heulend auf unserer Weihnachtsfeier herumstehen.

Carl erblickte mich. Er sagte noch etwas zu dem Paar, das die beiden zum Lachen brachte, und bahnte sich dann einen Weg zu mir.

»Ich habe einen kleineren Durchbruch zu vermelden«, sagte er. »Im Moment muss ich unsere Gäste unterhalten, aber geh noch nicht nach Hause, bevor wir Gelegenheit hatten, miteinander zu sprechen.«

Und dann verschwand er wieder. Er hatte mich unerträglich neugierig gemacht, aber ich musste warten, bis das Fest zu Ende war. Also ging ich zum Büfett, das mit zahlreichen Köstlichkeiten bestückt war, und bediente mich. Dann saß ich gemütlich in einem Sessel und aß, während ich nach

Brett Ausschau hielt, der erst am Nachmittag aus San Francisco angereist war. Irgendwann entdeckte ich ihn, er stand mit dem Rücken zu mir und unterhielt sich mit Cecilia Borgh. Meinen bohrenden Blick in seinem Nacken musste er wohl gespürt haben. Keine Minute, dann war er auch schon neben mir.

»Alex, Darling! Wie umwerfend du heute Abend aussiehst! Komm, wir suchen uns eine ruhige Ecke, dann können wir mal über die Ereignisse der letzten Wochen sprechen.«

Wir gingen in ein Nebenzimmer und setzten uns gemütlich aufs Sofa, doch bevor ich den Mund öffnen konnte, hatte Brett schon zwei Joints aus der Sakkotasche gezogen.

»Gras vom Allerfeinsten. Direkt aus San Francisco.«

»Was? Wie hast du das durch den Zoll bekommen?«

»In einer Zigarettenschachtel. Ein überschaubares Risiko.«

Ich rauche nur selten Hasch, aber in diesem Augenblick war es die perfekte Ablenkung. Die Gedanken an Dani hielten mein Hirn besetzt. Und das Gras war wirklich erstklassig. Schon nach den ersten Zügen war ich so high, dass ich über alles, was Brett erzählte, wie ein Teenager kicherte. Seine Augen waren jetzt witzig rot gesprenkelt, und er nuschelte leicht, aber er war unglaublich unterhaltsam. Alles, was ihm über die Lippen kam, war zum Totlachen. Das Zimmer war bald so zugequalmt, dass mir die Augen tränten. Der Geruch des Haschs, eine Mischung aus flüssigem Teer und grünem Tee, hatte so etwas nostalgisch Befreiendes. Wenn Brett gerade nicht sprach, sah es aus, als wäre das Lächeln in seinem Gesicht festgekleistert. Seine Pupillen glichen nur noch kleinen schwarzen Pünktchen. Ich weiß nicht, wie lange wir dort gehockt haben, doch ein paar Stunden müssen es gewesen sein. Als Carl die Tür aufriss, war ich so high, dass ich das Gefühl hatte, zehn Zentimeter über dem Sofa zu schweben.

»Danke, dass ich die Ehre habe, mich um die ganze Festgesellschaft allein zu kümmern«, sagte er mit einer Stimme, die vor Sarkasmus triefte.

»Keine Ursache. Du machst das einfach so gut«, sagte ich.

Jetzt schien Carl fuchsteufelswild zu sein. Ich und meine Klappe.

»Und ich frage mich, warum ich das Gefühl habe, in einem Kindergarten zu sein«, brüllte er. »Jetzt reißt euch zusammen! Kommt raus und verabschiedet die Gäste wenigstens!«

»Ich glaube, ich bin dazu nicht …«, setzte ich an.

»Tu, worum ich dich bitte.«

»Das klingt kein bisschen, als würdest du ›bitten‹.«

»Okay, dann ist es ein *Befehl.*«

Brett grinste. Er hatte eine Haltung, die bewirkte, dass alles, was unangenehm war, an ihm abprallte. Und ich war viel zu bekifft, als dass ich Carls barschem Ton etwas entgegensetzen konnte.

»Klar, machen wir, Carl«, sagte Brett, sprang auf und torkelte leicht. »Komm, Alex, das kriegst du hin.«

Und wie durch ein Wunder schaffte ich es tatsächlich, mich so zusammenzureißen, dass es mir gelang, noch über hundert Gästen die Hände zu schütteln und sie dabei freundlich anzulächeln. Als nur noch das Personal da war, bestellte Carl mich in sein Büro. *Allein.*

Als ich eintrat, stand er hinter seinem Schreibtisch, die Hände aufgestützt und vorgebeugt wie eine Kobra, die jeden Moment angreifen konnte. Sein Blick tastete mein Gesicht ab, als wollte er mich durchleuchten. Vermutlich waren meine Augen auch rot gesprenkelt, ich war immer noch ziemlich zugedröhnt. Stimmen und Motoren von abfahrenden Autos waren entfernt zu hören.

»Eigentlich wollte ich dir erzählen, was der Privatdetektiv

heute herausgefunden hat, aber du bist vermutlich viel zu bekifft, um mir auch nur zuhören zu können.«

»Hör auf damit. Heute ist es genau ein halbes Jahr her, dass Dani verschwunden ist, und das hat mich total runtergezogen. Brett hat mich etwas aufgemuntert. Was ist daran so schlimm?«

»Schon gut, immerhin wart ihr nicht miteinander im Bett«, brummte er.

»Warum, würde dir das was ausmachen?«

Er lächelte gequält, als wollte er zeigen, dass alles wieder gut war.

»Mir macht mehr etwas aus, als du denkst«, erwiderte er. »Okay, ich werde dir etwas zeigen, aber dann musst du mir versprechen, hier nie mehr zu rauchen. Das ist eine schlechte Angewohnheit von Brett. Etwas, das ich nach und nach aus ihm herausprügeln muss.«

»Versprochen.«

»Und nur dass du es weißt: Ich rauche nie Hasch oder schnupfe Drogen – und auch, wenn ich hin und wieder etwas trinke, wirst du mich nie stockbesoffen erleben. Darauf kannst du dich verlassen.«

»Bewundernswert. Mit anderen Worten: Du verlierst niemals die Kontrolle.«

»Genau.«

Er klappte seinen Laptop auf und loggte sich ein. Ich ging um den Tisch herum und blickte ihm über die Schulter. Wieder ein Bild. Dieses Foto war etwas verschwommen: zwei Männer, in Parkas und Stiefeln, einer von ihnen mit einem Gewehr über der Schulter. Sie standen vor einem Jeep. Den einen kannte ich nicht. Aber die Augen des anderen, des Mannes, der in die Kamera blickte, waren mir vertraut, sodass ich instinktiv einen Satz zurück machte.

»Viktor Tynell und Mats Levinger, dein Psychotherapeut«, sagte Carl. »Gemeinsam unterwegs.«

»Ich hab gewusst, dass mit ihm was nicht stimmt! Wohin sind die denn gefahren?«

»Das weiß ich leider nicht. Allan Frode, der Privatdetektiv, hatte an diesem Tag leider keine Zeit mehr.«

»Im Ernst? Was ist mit den Menschen in diesem Land eigentlich los? Hatten wir diesem Idioten die Überstunden nicht bezahlt?«

»Doch, natürlich. Da hat er sich einen Schnitzer erlaubt. Aber immerhin haben wir jetzt einen Anhaltspunkt.«

»So ein Mist«, sagte ich frustriert. »Wir sollten ihn feuern und jemanden suchen, der die Sache ernst nimmt.«

»Das werden wir nicht tun. Ich kann morgen mit ihm reden. Nächstes Mal werden wir wissen, wohin sie fahren, das verspreche ich dir. Vielleicht ist es auch nur ein Zufall. Vielleicht gehen sie zusammen auf die Jagd.«

»Wohl kaum. Das ist aber auch nicht dein Ernst, oder?«

»Nein, das stimmt. Es sieht aus, als wäre dein Psychotherapeut in die Sache verstrickt. Und das gefällt mir nicht. Willst du heute hier übernachten? Brett schläft in einem Zimmer in der Villa, möchtest du vielleicht das Gästehaus benutzen?«

Das Gästehaus war ein kleines Häuschen, in dem Carls Gäste manchmal über Nacht blieben.

»Nein, ich würde lieber nach Hause.«

»Dann versprich mir, ordentlich abzuschließen. Vielleicht solltest du bei deinem Freund übernachten?«

»Ich hab doch gesagt, ich möchte nach Hause. Meine Katze ist ganz allein.«

Resigniert seufzte er.

»Okay, dann reden wir mit Allan am Montag, wenn du

wieder hier bist. Und jetzt muss ich mich an die Arbeit setzen, denn morgen habe ich ein Meeting.«

»An einem Samstag? Brauchst du da nicht meine Hilfe?«

»Nein, das sind nur die Abstimmungen mit unserem Steuerberater, es geht um den Geschäftsbericht. Aber du hast ja einiges zu tun, was du von zu Hause aus erledigen kannst.«

Er nahm sich einen großen Stapel Unterlagen und würdigte mich keines Blickes mehr. Dass alles immer perfekt sein musste, konnte man bei ihm geradezu als Besessenheit bezeichnen.

Als ich zum Auto ging, um nach Hause zu fahren, hatte es aufgehört zu regnen. Der Wind hatte zugenommen, er wehte garstig in mein Gesicht und zerrte an meinen Kleidern. Ich war noch immer nicht nüchtern, aber die kühle Luft pustete mir den Kopf wieder frei. Gerade, als ich in den Wagen stieg, rief Jim an.

»Alex, bitte feiere Weihnachten mit mir und meinen Eltern. Bitte!«

»Das kann ich nicht.«

»Warum nicht?«

»Alles, was mit Weihnachten zu tun hat, wird mich an Dani erinnern.«

»Aber was willst du denn an den Feiertagen tun?«

»Ich werde mich mit Zelda in der Wohnung einschließen. Alte Spielfilme ansehen, mich betrinken und heulen.«

»Ich kann nicht zulassen, dass du am Heiligen Abend allein da rumhockst.«

»Ich bin müde. Können wir bitte morgen weiterreden?«

»Okay. Sehen wir uns am Wochenende?«

»Ich arbeite an beiden Tagen im Home Office. Es gibt eine Menge Berichte, die ich zusammenfassen muss.« Und das war wirklich nicht gelogen.

»Dieser miese Sklaventreiber.«

»Vergiss meine Gehaltserhöhung nicht. Nicht mehr lange, dann verdiene ich so viel wie du. Gute Nacht, schlaf gut.«

Ich beendete das Gespräch, noch bevor er antworten konnte.

Schon auf dem Weg zur Haustür spürte ich, dass etwas nicht stimmte. Aus irgendeinem Grund war mir seltsam zumute. Sorge? Angst? Nein, es war wieder dieser Geruch. Mir schwante Böses. Im Treppenhaus roch es nach verbranntem Holz, wie auf einer Baustelle. Ich hatte das Gefühl, in die Vergangenheit zurückversetzt zu werden, das war nämlich derselbe Geruch wie damals, als wir renovierten und Latten und Sägespäne kreuz und quer herumlagen. Als ich die Treppe hinaufstieg, bekam ich ein flaues Gefühl im Magen.

Wo der Türknauf zu meiner Wohnung gewesen war, prangte jetzt ein großes Loch. Ich blieb wie angewurzelt stehen, machte auf dem Absatz kehrt und hämmerte wie besessen an die Tür meines Nachbarn. Er hieß Jonas, lebte von Sozialhilfe und war fast immer zu Hause. Außerdem war er handwerklich sehr begabt. Er hatte Dani und mir immer wieder geholfen, hatte tropfende Wasserhähne repariert und Regale angebracht. Er öffnete in Boxershorts und T-Shirt und rieb sich irritiert den Schlaf aus den Augen.

»In meine Wohnung ist eingebrochen worden. Bitte hilf mir! Ich trau mich nicht, allein hineinzugehen.«

Jonas gähnte.

»Ein Typ war hier und hat das Schloss gewechselt. Er hat gesagt, er kommt in deinem Auftrag.«

»Wie bitte? Was sagst du da?«

»Wie? Das stimmt gar nicht?«

»Nein! Bitte geh mit mir zusammen rein.«

Ich griff ihn am Arm und zog ihn mit mir. Jetzt bemerkte

ich, dass eine dünne Kette mit einem Vorhängeschloss an der Tür befestigt war.

»Meine Güte, muss ich jetzt in meine eigene Wohnung einbrechen?«, sagte ich. Gleichzeitig kam mir eine Idee, und ich hob die Fußmatte an, und da lag tatsächlich ein Schlüssel für das Vorhängeschloss.

In der gesamten Wohnung brannte Licht. Der Boden im Flur war verdächtig sauber, als hätte hier jemand geputzt. Ich spürte, wie sich mir die Nackenhaare aufstellten. Das Küchenfenster stand offen und bewegte sich im böigen Wind. Der Wind heulte draußen, laut und sonderbar. Ich sah einen Schatten vorbeiflattern – im nächsten Moment war er fort. Aber es war nur Jonas gewesen, der sich über meine Schulter gebeugt hatte. Ich ging zum Fenster und schloss es. Als ich mich umsah, fiel mir auf, dass die Saftpresse nicht mehr auf der Arbeitsplatte stand, sondern mitten auf dem Küchentisch. Daran lehnte ein Brief. Eiseskälte überkam mich.

Ich ließ Jonas los und holte zitternd einmal ganz tief Luft. Dann riss ich den Brief auf. Derselbe Inhalt wie beim letzten Mal. Aber ein Detail war anders. Das Siegel. Diesmal war es ein zweiköpfiger Falke, zwei Vögel, die wie siamesische Zwillinge aussahen. Einen Augenblick lang drehte sich alles, und ich überlegte, ob es irgendeine irrationale, übernatürliche Erklärung dafür geben könnte. Es war höchst unwahrscheinlich, dass normale Menschen Löcher in Türen bohrten und mysteriöse Briefe hinterließen.

»Was hat das zu bedeuten?«, fragte Jonas verwundert.

»Das ist eine lange Geschichte, ich erklär es dir später. Bitte bleib noch, solange ich nicht in jedem Zimmer war.« Meine Stimme war vor Angst ganz heiser geworden.

Jonas nickte stumm. Ihm war anzusehen, dass auch er Angst bekommen hatte, er war leichenblass im Gesicht.

Mein ganzer Körper fühlte sich leblos an, wie zu Eis erstarrt. Vorsichtig setzte ich meinen Fuß ins Wohnzimmer.

Irgendetwas war anders. Etwas fehlte.

Zelda war fort.

50

Stundenlang hat sie im Dunkeln wach gelegen. Die Schritte der Männer draußen sind schon lange verklungen, aber sie könnten einen Wachposten abgestellt haben.

Der Meister beginnt langsam, ihr zu vertrauen. Wenn sie sich Mühe gibt, kann sie ihn so sehnsüchtig anschauen – als hätten sie beide ein Ziel. Und obwohl sein Gesichtsausdruck so abgebrüht ist wie immer, sieht sie ihm an, wie er innerlich schmilzt.

Das ist seine Achillesferse. Die Vorstellung, dass nun ein Band zwischen ihnen geknüpft ist.

Um herauszufinden, ob sie überwacht wird, macht sie einen Test. Sie wendet der Kamera den Rücken zu und tut so, als würde sie sich die Nagelfeile aufs Handgelenk pressen. Es ist riskant, unbedacht, aber niemand kommt.

Heute Nacht ergreift sie die Chance. Lautlos, nur in ihren Gedanken, wiederholt sie ihr neues Mantra. *Der einzige Weg aus der Angst führt durch die Angst.*

Der Falke ist nicht da. Der Baumstumpf sieht aus, als würde er nur auf sie warten. Sie schleift ihn vor bis ans Fenster und stemmt sich hoch. Erst kommt sie ins Schwanken, doch schnell erlangt sie das Gleichgewicht zurück.

Mit beiden Händen greift sie an das Gitter vor dem Fenster. Es ist stabil, aus Stahl. Die Enttäuschung schlägt ihr auf den Magen. Das Gitter ist viel zu dick, als dass sie es durchfeilen könnte, schon gar nicht mit einer Nagelfeile.

Aber dann sieht sie die Natur da draußen, die Freiheit. Das verschlägt ihr die Sprache.

Der Regen ist vorüber, Wassertropfen glitzern überall an den Bäumen.

Das vom Mond beschienene Heidekraut lockt, ganz in der Ferne.

Nur dieses Gitter zwischen ihr und der Wunderwelt da draußen.

Sie ist überzeugt, in der Kirche allein zu sein.

Es muss einen Weg geben.

Sie fährt mit der Hand zwischen die Gitterstäbe und öffnet das Fenster. Eiskalte Luft schlägt ihr entgegen. Sie hält still, als sich auf ihren Brüsten und Armen eine Gänsehaut bildet. Irgendwo draußen schreit ein Vogel wie am Spieß. Doch selbst das findet sie schön.

Sie versucht nachzuspüren, in welcher Himmelsrichtung sich Alex befindet. Sie meint, dort, wo die Heide ist. Richtung Süden. Mit einem Mal ist sie felsenfest überzeugt, dass sich die Heide südlich von ihr befindet.

Sie schlägt die Augen nieder. Und da sieht sie es.

Das Gitter ist neu. Mit Schrauben befestigt.

51

Es war nicht schwer, den Mann zu finden, der das Loch in meine Wohnungstür gebohrt hat. Er hatte seine Visitenkarte hinterlassen und ging auch sofort an sein Handy.

»Die Bestellung des neuen Schlosses wurde übers Internet getätigt«, sagte er. »Alle Formulare sind auf Ihren Namen ausgestellt. Sind Sie denn nicht Alexandra Brisell?«

»Doch, schon, aber ich habe kein neues Türschloss bestellt.«

Das Schweigen, das darauffolgte, war lang.

»Bitte? Aber Ihr Lebensgefährte hat doch angerufen und alles bestätigt. Er wollte, dass das Schloss heute Abend nach sieben Uhr montiert wird, er meinte, Sie seien dann auf einem Fest. Ich habe ihn darüber aufgeklärt, dass das den Überstundentarif kostet und ich auch so schnell kein neues Schloss geliefert bekomme, doch er bat mich, die groben Arbeiten heute schon zu erledigen. Das neue Schloss kommt am Montag. Ich habe ein provisorisches Schloss eingebaut, der Schlüssel liegt unter der Matte. Ihr Lebensgefährte hat gesagt, das ist so in Ordnung.«

Ein flüchtiger Gedanke schoss mir durch den Kopf. Ganz offensichtlich versuchte Jim immer wieder, mir alles abzunehmen, aber das hätte er doch erzählt, wir hatten ja gerade erst miteinander gesprochen. Und ganz sicher hatte nicht er diesen Brief auf den Küchentisch gelegt.

»Ich habe keinen Lebensgefährten«, sagte ich. »Wer hat Sie angerufen? Wie hat seine Stimme geklungen?«

»Was soll ich dazu sagen? Es war eine ganz gewöhnliche Männerstimme.«

»Können Sie die Bestellung übers Internet zurückverfolgen?«

»Leider nicht, das ist ein Standardformular. So etwas ist mir noch nie passiert. Aber Sie werden die Rechnung schon übernehmen?«

»Ja, aber nur, wenn Sie mir den Schlüssel persönlich übergeben und nachdem Sie meinen Ausweis kontrolliert haben.«

»Entschuldigen Sie. Tut mir wirklich leid. Es war etwas leichtsinnig von mir, die Wohnung nur mit einem Vorhängeschloss zu sichern. Aber Ihr Lebensgefährte … oder sagen wir, der Mann, der mich angerufen hat, hat es sehr dringend gemacht.«

»Warum haben Sie das Licht angelassen?«

»Ich habe das Licht ausgeschaltet, da bin ich mir ganz sicher.«

»Haben Sie einen Brief auf meinen Küchentisch gestellt?«

»Was? Nein, nur meine Visitenkarte.«

Ich hätte ihn gern noch mehr gefragt und weitere Details erfragt, zum Beispiel ob der Mann einen Dialekt gehabt hat. Aber meine Sorge um Zelda hielt mich davon ab.

»Haben Sie meine Katze aus der Wohnung gelassen?«, fragte ich ihn.

»Die Katze? Nein, die war in der Wohnung, als ich das Schloss montiert habe.«

»Sind Sie ganz sicher?«

»Ja, sie hat nämlich ihr Fell gesträubt und mich angefaucht.«

In meinem Kopf drehte sich alles, ich konnte keinen klaren Gedanken fassen. Dieser Übergriff auf mein Privatleben war höchst unheimlich. Irgendein Verrückter hatte sich die Mühe gemacht, das alles zu arrangieren. Jemand wollte mich vollkommen einschüchtern. Aber warum? Den Gedanken an die Polizei verwarf ich sofort wieder, da hätten sie nur den nächsten Beweis, dass ich verrückt geworden war. Aber Carl hatte ja gesagt, dass er einen Kontakt zur Polizei habe. Ich musste ihn bitten, diese Person jetzt zu informieren, damit wir Hilfe bekamen.

»Ich werde Sie eventuell bitten, diesen Vorfall der Polizei zu schildern«, sagte ich zu dem Schlosser. »Ist das in Ordnung?«

»Ja, selbstverständlich. Die ganze Angelegenheit ist … furchtbar.«

Ich beendete das Gespräch und sah, dass Jonas, sofern möglich, jetzt noch blasser aussah.

»Worum geht es hier eigentlich?«, fragte er.

»Tja, es gibt da so eine verrückte Sekte …«

Er erstarrte und sah mich fassungslos an.

Ich verstummte. Zu spät bemerkte ich meinen Fehler. Was mir auf der Zunge lag, würde absolut durchgeknallt klingen. Er musste denken, ich hätte nicht mehr alle Tassen im Schrank. Und ich musste sogar selbst kurz überlegen: Bin ich verrückt? Habe ich das Schloss doch selbst bestellt? Aber dann kam mir dieser Lebensgefährte in den Sinn. Den es ja nicht gab.

»Eine Sekte?«, wiederholte Jonas ungläubig.

Beinahe wäre ich der Versuchung erlegen, mir alles von der Seele zu reden, doch er war ja eine ganz und gar außenstehende Person. Ich durfte nicht wahllos jeden ins Vertrauen ziehen. Ich ermahnte mich, meinen Kopf einzuschalten. Ich *schaltete* meinen Kopf ein.

»Ach was, vergiss es. Vielleicht steckt doch mein Freund dahinter. Er neigt sowieso zum Überbehüten.« Von dieser Lüge wurde meine Stimme ganz zittrig. Ich war so angespannt, dass ich sogar einen Schmerz in der Muskulatur spürte.

»Aber … du kannst doch hier nicht ohne Türschloss übernachten? Willst du zu mir rüberkommen?«

»Nein, danke, ich muss Zelda finden. Und dann fahr ich zu … zu meinem Freund.«

Das sagte ich wesentlich ruhiger, als ich es in Wirklichkeit war. Jonas sah mich entgeistert an, offenbar versuchte er, mein Gefasel zu deuten.

»Okay«, meinte er nur. »Aber melde dich, wenn du was brauchst.«

Er drehte sich um und ging. Kaum hatte er die Wohnung verlassen, holte ich mir eine Taschenlampe und rannte die Treppen hinunter, um nach Zelda zu suchen. Ich irrte durchs ganze Viertel, rief nach ihr und musste immer wieder weinen. Über mir hing eine dichte Wolkendecke unter dem Nachthimmel. Nur ab und zu lugte der Mond durch einen Spalt.

Die Bäume schienen ihre Äste wie Tentakel nach mir auszustrecken, wenn ich den Lichtkegel der Taschenlampe auf sie richtete. Windböen warfen mich immer wieder zurück. Die Kälte war beißend. Als ich auf feuchtem Gras ausrutschte und hinfiel, war ich so verzweifelt, dass ich die Hände vors Gesicht schlug und heulte, bis die Nässe durch meinen Mantel drang. Unbeholfen stand ich wieder auf – jetzt hatte ich das Gefühl in meinen Füßen komplett verloren.

Plötzlich strich mir etwas um die Beine, und da war Zelda und sah zu mir hoch. Vor Erleichterung weinte ich nun noch hemmungsloser. Ich nahm sie in meine Arme und rannte zurück zu meiner Wohnung. Unheimliche Schatten lauerten an der Ecke, hier konnte ich nicht bleiben. Nicht einmal bei Jonas würde ich mich sicher fühlen. Ich war in Panik, gleichzeitig fiel mir ein Stein vom Herzen, dass ich Zelda wiedergefunden hatte. Ich begann, nach meinem Handy zu suchen, konnte es aber nicht finden. Ich hatte es zuletzt benutzt, um den Schlosser anzurufen, nur konnte ich mich beim besten Willen nicht erinnern, wo ich es hingelegt hatte.

Eines hatte ich in den letzten Monaten gelernt. Wenn man unter Schock steht, kann sich das Gehirn aufhängen, dann ist es wie ein Fehler im Programm, und schließlich hat man unerklärliche Gedächtnislücken. Ich würde mich nicht daran erinnern können, wo ich das Handy hingelegt hatte, und ich hatte definitiv nicht vor, wieder hinaus in die Kälte zu gehen, um es zu suchen.

Ich wickelte Zelda in eine Decke ein, trug sie zu meinem Auto hinunter und setzte mich hinters Lenkrad. Ich klickte die Zentralverriegelung an, startete den Motor und schaltete die Heizung ein. Heulend hockte ich da und streichelte Zelda, bis sie anfing zu schnurren. Ich wusste nicht, wohin. Eigentlich wollte ich zu Jim fahren, aber ich konnte mich nicht dazu durchringen. Seine bedingungslose Liebe erstickte mich immer mehr, und im Augenblick hatte ich auch das Gefühl, dass es mir zu viel war, ihm alles zu erzählen – alles, was ich verschwiegen hatte, und alles, was an dem Abend geschehen war. Erst musste ich mich beruhigen, ich hielt die Vorstellung nicht aus, ihn in dieses Chaos hineinzuziehen.

Mit Zelda auf dem Schoß fuhr ich eine Weile ziellos durch die Gegend. Jetzt war es halb zwei. Die Stadt war still und verlassen, die schwarze Dezembernacht deckte alles zu. Ich fühlte mich einsam und klein. Da fielen mir Carls Worte ein, ich könne auch im Gästehaus schlafen, und so beschloss ich, Ash & Coal anzusteuern. Ein entgegenkommendes Auto blendete mich mit seinen Scheinwerfern, gefährlich nah vor mir. Sonst waren die Straßen leer.

Als ich ankam, brannte ich der Villa kein Licht mehr. Ich

tippte den Code am Tor ein, fuhr aufs Grundstück und parkte den Wagen. Lautlos schlich ich über den Hof, Zelda auf dem Arm.

Noch immer war der Wind lausig kalt. Er zerrte an den alten Bäumen im Garten. Aber die Kälte, die mir in die Wangen stach, brachte mich auf angenehme Weise auf andere Gedanken. Das Gästehaus war abgeschlossen, aber ein Fenster war ein Stückchen geöffnet. Ich schaffte es, es ganz aufzumachen, hob Zelda hinein und kletterte selbst hinterher.

In diesem Gästehaus fühlte ich mich geborgen. Es war schlicht möbliert, nur in hellen Farben. Vor dem Fenster war flacher Rasen. Hier herrschte keine bedrohliche Atmosphäre wie in meiner Wohnung. In der Küche roch es gut nach Gewürzen und Zitrone. Ich warf einen Blick ins Badezimmer und fand alles, was ich brauchte: ein Duschhandtuch, eine Zahnbürste, Zahnpasta und Shampoo. Ich zitterte noch so, dass meine Zähne klapperten, deshalb beschloss ich, ein Bad zu nehmen. Ich ließ heißes Wasser in die Wanne und kippte zu viel Shampoo hinein, sodass der Schaum überlief. Der ganze Raum war voller Dampf, und langsam löste sich der Kloß in meinem Hals. Genau in dem Moment, als ich den Fuß ins Wasser tauchte und mich fast verbrannte, klopfte es an der Tür. Ich nahm den Bademantel vom Haken, ging zur Tür und öffnete.

Es war Carl.

»Ich habe deinen Wagen gehört und gesehen, dass hier Licht brennt. Hast du es dir anders überlegt?«

Dann fiel sein Blick auf Zelda.

»Was ist passiert, Alex?«

Ich setzte mich aufs Sofa, und alles sprudelte aus mir heraus. Er stand da und hörte geduldig zu. Er war immer mit seiner vollen Aufmerksamkeit bei mir, wenn ich ihm etwas zu erzählen hatte.

»Das ist vollkommen wahnsinnig«, sagte er, als ich fertig war. »Du solltest vorübergehend lieber hierher umziehen.«

»Aber hier kann ich doch nicht wohnen.«

»Natürlich kannst du das!«, sagte er mit Nachdruck, wie immer, wenn ich eine seiner Ideen infrage stellte. »Morgen fahren wir zu deiner Wohnung und holen deine Sachen. Brett und ich haben noch einiges zu erledigen, aber du kannst die Jahresberichte auch von hier aus sichten. Du glaubst doch nicht, dass ich es hinnehmen werde, dass meine Angestellten derart terrorisiert werden? Jetzt werde ich mich um dich kümmern.«

»Ich habe mein Handy irgendwo draußen verloren.«

»Ich besorge dir ein neues.«

»Und Katzenfutter?«

»Mein Gott. Die Katze bekommt ein paar Reste vom Fest. Sei nicht so umständlich.«

An seinem Gesichtsausdruck war etwas merkwürdig. Er wirkte richtig aufgekratzt. Fast als hätten diese schrecklichen Ereignisse irgendwie eine Art anregender Wirkung.

»Warum siehst du so beschwingt aus?«

»Tu ich doch gar nicht. Das deutest du falsch.«

»Könntest du zu diesem Bekannten bei der Polizei Kontakt aufnehmen? Wie heißt er?«

»Hans Teller, Leiter der Schwedischen Polizei. Ja, morgen ruf ich ihn an. So kann es nicht weitergehen. Und jetzt brauchen wir ein bisschen Schlaf. Schließ die Tür ab.«

Das Badewasser war immer noch ziemlich warm. Ich ließ etwas heißes Wasser dazu, dann gönnte ich mir ein langes Bad. Nach einer Ewigkeit schlief ich zum ersten Mal wieder tief und fest, Zelda dicht an mich geschmiegt.

Als ich aufwachte, stand eine Tüte mit Lebensmitteln an meiner Tür, darunter auch Katzenfutter. Auf dem Küchentisch lag ein Handy, daneben ein Stapel mit Jahresberichten, die ich vermutlich lesen sollte.

Das kleine Häuschen hatte etwas Beruhigendes. Alles, was ich brauchte, war vorhanden, sogar ein hervorragender Espressokocher. Ich nahm das Smartphone in Betrieb, und kurz kam mir der Gedanke, mich bei Jim zu melden, doch ich wusste ja, dass er das ganze Wochenende lang arbeiten würde. Stattdessen rief ich den Schlosser an und bat ihn, am Montag zu Ash & Coals an die Rezeption zu kommen und mir den Schlüssel direkt zu übergeben.

Irgendwann am Nachmittag hörte ich durch das offene Fenster Stimmen. Ein derbes, maskulines Lachen stach hervor. Ich linste zum Garten hinüber und sah, dass Carl sich dort mit einem Mann unterhielt, der mir den Rücken zugewandt hatte. Carl gestikulierte lebhaft. Der Mann lachte wieder. Und dieses Lachen kam mir bekannt vor.

Doch erst als er sich umdrehte, erkannte ich ihn.

Mats Levinger.

Die Männer beendeten das Gespräch, und Levinger verließ das Grundstück. Carl stand noch da und blickte ihm hinterher. Sein Gesicht war mir zugewandt. Ich erkannte, dass er lächelte. Dann kam er mit schnellen Schritten auf das Gästehaus zu. Ich riss die Tür auf und wollte schon herauskommen, doch er hielt mich davon ab.

»Schsch, bleib drinnen. Er darf dich hier nicht sehen.«

»Was zum Teufel macht er hier?«

»Er hat sich nach dir erkundigt. Er hat mir gesagt, du würdest keine Termine mehr bei ihm wahrnehmen. Er hätte schon einige Male angerufen. Heute Morgen war er angeblich vor deiner Wohnung und hat gesehen, dass jemand das Schloss gewechselt hat. Dann ist er hergekommen.«

»Was hast du ihm erzählt?«

»Dass ich mich nicht in das Privatleben meiner Angestellten einmische, dass du frei hast und nach Weihnachten wieder im Büro sein wirst.«

»Oh nein. Denkst du, dass ich zu seinen Terminen erscheinen muss?«

»Überhaupt nicht. Wir haben uns über deine Prognose unterhalten, von der er meinte, sie sei nicht besonders gut. Er wollte mich vorwarnen und hat gesagt, du littest unter Wahnvorstellungen und einer bipolaren Störung.«

»So ein Schwein! Und habt ihr dann über mich so gelacht?«

»Quatsch. Ich habe ihm klargemacht, dass du eine hervorragende Mitarbeiterin bist und von mir persönlich die allerbeste Therapie bekommst. Er wird dich nicht noch einmal belästigen.«

»Und warum warst du so eklig kumpelhaft mit ihm?«

»Auf die Art muss man mit diesen Idioten umgehen. Mats Levinger gehört zu der breiten Masse von Psychologen, die meinen Methoden immer schon mit Skepsis begegnet sind. Gleichzeitig wohnt er in einer mickrigen Wohnung und stinkt nach Gosse, und mir steht alles zur Verfügung, was man sich nur wünschen kann«, sagte er und grinste breit. »Erfolg ist die beste Art Rache, könnte man sagen.«

Mats Levinger war an einem Samstag hier gewesen. Das bedeutete: Herauszufinden, wo ich mich aufhielt, war wichtig für ihn. Was im Klartext für mich hieß: Ich wurde gejagt. Jetzt durfte ich keinem Menschen mehr vertrauen. Und Levinger war ganz sicher in die Machenschaften der Sekte verstrickt.

»Langsam krieg ich eine Riesenangst. Sie wollen mich kidnappen, oder? Genau wie Dani?«

»Kann schon sein. Deshalb musst du bis auf Weiteres auch hierbleiben. Keiner darf wissen, wo du bist.«

»Und was ist mit Jim?«

Carl verzog das Gesicht.

»Ruf ihn an und erzähl ihm, dass du geschäftlich nach San Francisco musst und erst nach Neujahr wieder zurück sein wirst.«

»Ich kann ihm doch nicht eine Lüge nach der anderen auftischen?«

»Doch, das musst du sogar. Wir werden die Dinge klären, aber ohne deinen Freund.«

»Er ist nicht mein Freund. Aber anlügen mag ich ihn auch nicht.«

»Mach doch nicht alles so furchtbar kompliziert. Willst du mit ihm Weihnachten feiern?«

»Eher nicht.«

»Gut, dann haben wir einen Plan.«

In diesem Augenblick hätte ich Carl gern restlos vertraut. Doch irgendetwas an seinem Gesichtsausdruck irritierte mich. Dieses Lächeln nach dem Gespräch mit Mats Levinger. Er hatte so entspannt gewirkt. So beschwingt. Eine andere Frage quälte mich. Warum war es eigentlich Carl, der mir immer aus der Klemme half? Alles, was mit ihm zu tun hatte, der Job, der unglaubliche Sex, die Art, wie er mich beschützte, das alles kam mir mit einem Mal zu gut vor.

Ich stellte fest, dass ich zunehmend auf der Hut war.

Am späten Nachmittag, es war schon dunkel geworden, kam Brett vorbei und klopfte an meine Tür.

»Carl hat mich gebeten, mal vorbeizuschauen. Er kann gerade nicht weg.«

»Aber er hatte mir versprochen, mit mir zu meiner Wohnung zu fahren, um meine Sachen zu holen.«

»Er wird das später allein erledigen. Du solltest das Haus am besten gar nicht verlassen.«

Brett setzte sich aufs Sofa. Ich sah an seinem ernsten Gesicht, dass Carl ihn eingeweiht hatte. Trotzdem kroch ich zu ihm und schüttete ihm mein Herz aus. Ich musste mir Luft machen, dieses Karussell, das sich da pausenlos in meinem Kopf drehte, endlich zum Stoppen bringen.

»Willst du meine Meinung dazu hören?«, fragte Brett, als ich fertig war.

»Warum, glaubst du, habe ich eine halbe Stunde lang geplappert? Carl sagt, die beste Therapie ist ...«

»Ich weiß, was Carl sagt«, fiel Brett mir ins Wort. »Aber ich weiß auch, dass Carl seine eigenen Pläne hat, was dich angeht. Das sieht doch jeder. Aber ich bin wirklich dein Freund.«

Ich spürte, wie mein Herz vor Freude einen kleinen Satz machte, als Brett andeutete, wie sehr Carl mich mochte. Aber dann fragte ich mich, wie viel Carl Brett eigentlich erzählt hatte.

»Was hat Carl gesagt?«

»So was muss man nicht sagen. Ich kenne ihn. Im Grunde ist er ein kaltblütiger Tyrann, weißt du. Diese fürsorgliche, empathische Art hilft ihm nur, dich in die Falle zu locken. Aber jetzt werde ich nicht noch mehr über ihn ablästern.«

Ich konnte mir ein Lächeln nicht verkneifen, das erste seit langer Zeit.

»Wie edel von dir. Verrätst du mir jetzt deine Meinung?«

»Hast du jemals etwas von der Theorie gehört, dass man sich etwas nur intensiv genug wünschen muss, und dann wird es am Ende wahr?«

Er legte eine Pause ein und kam näher. Sanft ergriff er meine Hand und ließ seinen Daumen zärtlich über mein Handgelenk wandern.

»Ich bin vom genauen Gegenteil überzeugt«, fuhr er fort. »Wenn man sich zu sehr anstrengt, geht alles kaputt. Manchmal muss man dem Leben einfach nur erlauben, einen zu überraschen. Überspannte, gestresste Menschen sind wie Magneten, die jeden Mist anziehen.«

»Und wie hilft mir das in meiner Situation? Ich kann doch nicht einfach die Augen vor dem verschließen, was mit Dani geschieht?«

»Natürlich nicht. Aber wenn man sich aufregt, ist man durcheinander und begeht Fehler. Und genau das wollen diese Mistkerle doch. Das ist der Grund dafür, warum sie dir mysteriöse Briefe schicken, in deine Wohnung einbrechen und Vögel an deiner Zimmerdecke aufspießen. Sie wollen dich zu einem Nervenbündel machen, damit du die Dinge, die offensichtlich sind, nicht siehst. Du bist intelligent, Alex. Ich kann verstehen, dass du völlig verängstigt bist, aber wenn du deine Schwester finden möchtest, musst du runterfahren.«

»Du hast leicht reden. *Chill mal.* Hab ich schon tausend Mal gehört. Aber vielleicht bringen sie sie um! Wie ruhig kann ich da sein?«

»Du weißt nicht, was sie mit ihr machen. Fang doch mit einer ganz einfachen Übung an, versuch, das alles für eine Weile auszublenden, jeden Tag. Leg dich hin, schließ die Augen und lass los. Versuch, logisch zu denken, anstatt auf alles emotional zu reagieren, was sie mit dir anstellen. Eine tote Taube ist ja eigentlich nicht gefährlicher als ein blöder Hamburger. Das sind alles nur Einschüchterungsmethoden.«

»Du klingst wie ein Buddhist.«

»*Optimist*«, korrigierte er mich. »Weißt du, dass es heißt, für jedes Sandkorn auf der Erde gibt es zehn Millionen Sterne im Weltall?«

»Nein, das klingt eher utopisch. Aber was willst du damit sagen?«

»Dass es keinen Sinn macht, ständig zu versuchen, alles

unter Kontrolle bringen zu wollen. Wir sind viel zu unbedeutend und klein. Man muss die schönen Momente festhalten, selbst wenn vieles verloren erscheint. Man kann schließlich nicht mehr geben als sein Bestes, und das tust du unentwegt.«

Ich dachte eine Weile über seine Worte nach. Zelda war schon auf seinen Schoß gestiegen und lag dort zusammengekauert und schnurrte. Ich spürte, wie mich eine Welle der Sympathie für Brett, der da so unwiderstehlich entspannt vor mir saß, geradezu überspülte. Er sah mir in die Augen und sog mich in seine Wärme hinein. Und es lag Wahrheit in seinen Worten.

Genau in diesem Augenblick sprang die Tür auf, und zwar so heftig, dass sie gegen die Wand knallte. Carl kam herein, einen Koffer in der einen Hand, ein kleines Päckchen in der anderen.

»Ich bin in der Stadt gewesen und habe einen Abstecher zu deiner Wohnung gemacht und dir ein paar Sachen geholt«, sagte er.

Carl warf Brett einen missbilligenden Blick zu, woraufhin Brett von meiner Hand abließ. Carl stellte den Koffer auf den Boden.

Ich sah fragend auf das Päckchen.

»Ach. Hätte ich fast vergessen«, sagte er und hielt mir das Päckchen hin.

Eigentlich war es eher ein dicker Umschlag.

Ich drehte ihn um und las den Namen des Absenders. Die Sendung war von Stan Goodban.

52

Ein stabiles Gitter. Drei Stangen. Jeweils von vier Schrauben an der Wand fixiert, zwei oben, zwei unten.

Zwölf Schrauben zwischen der Freiheit und ihr.

Die Natur jenseits des Fensters ist karg. Aus dem Nachthimmel sind alle Farben gespült. Sogar die Sterne sehen blass und müde aus.

Sie ist der Freiheit so nah, doch im Grunde bleibt der Gedanke daran reine Illusion, denn die Schrauben sitzen fest, und es wird schier unmöglich sein, sie zu bearbeiten. Schon gar nicht mit einer Nagelfeile.

Freiheit ist jetzt eine reine Utopie. Wenn du überleben und hier rauskommen willst, musst du dreist und berechnend sein.

Das Leben da draußen erscheint ihr inzwischen surrealistisch. Hilflos klammert sie sich an Bruchstücke ihrer vertrauten Welt, eine Wohnung, die einmal ihre war, ein Strand, an dem sie sich frei gefühlt hat, eine Schwester, die sie über alles liebt. Doch all das empfindet sie inzwischen wie vergilbte Erinnerungen an eine unwirkliche Existenz. Und dennoch ist die Sehnsucht nach dem Leben da draußen so stark, dass ihr Herz wehtut.

Das Kind muss ihren Überlebenswillen angefacht haben. Manchmal legt sie sich die Hände auf den Bauch und spricht beruhigend auf den Fötus ein. Inzwischen hat sie das Gefühl, dass sie schon zu zweit sind – zwei, die auf Biegen und Brechen um ihre Freiheit kämpfen – koste es, was es wolle. Der

Hass den Männern gegenüber ist noch gewachsen. In ihrer Fantasie hat sie schon eine Axt in die Finger bekommen und sie erschlagen, bis nur noch Blutlachen von ihnen übrig sind.

Morgens kommt immer einer, um sie zu bewachen, da fehlt ihr die Zeit, das Fenster vor dem Morgengrauen zu öffnen. Jetzt denkt sie fieberhaft nach, bis sich etwas in ihrem Kopf verkrampft. Die Vorderseite ihres Nachthemdes ist inzwischen schweißnass.

Sie setzt an der ersten Schraube an. Schiebt die Nagelfeile in die Ritze. Bewegt sie ganz vorsichtig. Die Feile darf auf keinen Fall brechen. Ihre Hände sind verschwitzt und rutschen immer wieder von dem Griff ab. Nach einer Weile gibt die Schraube nach. Kaum merklich hat sie sich gedreht.

Schnell überschlägt sie die Arbeit im Kopf. Wenn es gut läuft, wird sie pro Schraube eine halbe Stunde brauchen. Wenn sie es schafft, hinauszukommen, muss sie die nächsten Häuser erreichen, bevor die Männer sie mit dem Chip orten können. Sie überlegt kurz, ob sie ihn aus der Hand schneiden soll, doch sie hat kein Messer, und im Wald liegen und verbluten will sie auch nicht.

Denk nach!

Konzentrier dich!

Wenn sie die Schrauben zwar löst, aber noch nicht entfernt, könnte sie alle zusammen in einer Nacht losmachen. Am Tag darauf kann sie dann so tun, als wäre nichts, und die Arbeit beenden, sobald die Männer die Kirche verlassen haben.

Brillant ist der Plan nicht, aber etwas anderes will ihr nicht einfallen.

Sie ist erschöpft und gleichzeitig aufgedreht.

Sie setzt die Feile wieder an, und die Schraube bewegt sich.

Elf Schrauben zwischen der Freiheit und ihr.

53

Ich riss den Umschlag auf und zog den Inhalt heraus: ein handschriftlicher Brief, die Kopie eines Zeitungsartikels und eine in Folie verpackte Videokassette.

»Lies ihn vor«, sagte Carl.

Liebe Alex,
danke für die Blumen. Das ist der erste Blumenstrauß, den ich seit mindestens dreißig Jahren bekommen habe.
Ich habe mein Facebook-Profil gelöscht. Mir wäre es am liebsten, wenn wir unsere Kommunikation ab jetzt per Brief fortsetzen könnten.
Ich habe das Gefühl, ich bin Ihnen mehr Informationen über die Wächter schuldig.
Der Inhalt dieses Briefes ist alles, was ich auftreiben konnte. Sie sollten zumindest erfahren, welche Männer zu den Gründungsmitgliedern gehörten.
Der Film wurde bei der letzten Versammlung aufgenommen, die ich miterlebt habe, sie war für mich der Grund, der Sekte endgültig den Rücken zu kehren.
Solche Versammlungen halten sie jedes Jahr ab.
Diese Männer sind intelligent, aber vollkommen kaltblütig.
Geben Sie sich bloß nicht mit ihnen ab.
Stan

Der Brief wies ganz unten Kaffeeflecke auf, was ich rührend

fand. Ich faltete die Kopie des alten Zeitungsartikels auf. Er trug das Datum 22. März 1969, der Name der Zeitung war *Berkeley Barb*. In diesem Artikel gab es zwei Bilder. Auf einem war ein Auto zu sehen, das in Flammen stand. Das andere war eine Nahaufnahme von fünf jungen Männern, die Anfang zwanzig sein mochten. Ihre Blicke hatten etwas Trotziges und Revolutionäres. »Die Symbole des gesellschaftlichen Verfalls im Tilden Park brennen« lautete die Überschrift. Dann folgte ein Interview mit den Männern, die allesamt an der Berkeley-Universität eingeschrieben waren. Sie bezogen engagiert Stellung gegen die Studentenproteste der Sechzigerjahre und benutzten dabei Begriffe wie *verblödete Paviane* und *verwöhnte Rotznasen*. Einer der Studenten sagte ganz am Ende: »Wir beziehen uns auf Ayn Rands Theorien aus dem Buch *Atlas wirft die Welt ab*. Die Gesellschaft muss von kreativen, intelligenten, verantwortungsbewussten Individuen wieder ganz neu aufgebaut werden, nicht von Idioten, die kaum stubenrein sind.«

Der übrige Text war in einem zynischen Unterton verfasst, aus dem ersichtlich wurde, dass der Reporter keineswegs die Ansichten dieser Gruppierung teilte, sie vielmehr ins Lächerliche zog. Was da brannte, waren linksextreme Zeitungen und Schriften, hieß es in dem Artikel.

Doch das Foto war besonders interessant. Stan Goodban hatte die Namen mit rotem Filzstift unter ihre Köpfe geschrieben. *Dough Marwood*. Ich erkannte den mittlerweile vom Alter gezeichneten, aber sehr beliebten und steinreichen Westernschauspieler sofort. *Willy Buckman*, der Name sagte mir nichts, doch Brett berichtete mir, er sei Schriftsteller und Politiker des rechten Lagers. *Aaron Eastman*, ein bekannter amerikanischer Filmproduzent, der in den USA einige Medienkonzerne besaß. Und dann *Bertil Tynell* und *Josef Levinger*.

»Mist! Das ist doch bestimmt Mats Levingers Vater«, rief ich.

»Stimmt«, sagte Carl. »Josef Levinger war hier in Lund lange Zeit Leiter der psychiatrischen Klinik, bis er in Pension ging. Er hat einige Bücher über Psychiatrie verfasst, seine Thesen sind sowohl widerwärtig als auch menschenverachtend. Bertil Tynell ist Dirigent, wenn ich mich recht erinnere. Er ist auch im Ausland ziemlich bekannt. Seine beiden Söhne, Axel und Viktor, sind erstklassige Musiker, wie du weißt.«

»Was für ein Durcheinander!«, jammerte ich. »Was machen wir jetzt?«

»Jedenfalls werden wir nicht die Polizeiwache in Lund aufsuchen«, sagte Carl. »Sonst weist Levinger uns alle drei in die Psychiatrie ein.«

»Jetzt wissen wir immerhin, mit wem wir es zu tun haben«, meinte Brett.

»Was willst du damit sagen?«, fragte Carl.

»Typen wie Marwood und Eastman dominieren die Filmindustrie in den USA. Sie machen nur kommerzielle Filme und behandeln Frauen und uns Schwarze wie den letzten Dreck. Solche Typen sind mir schon über den Weg gelaufen. Ihnen fehlt jede emotionale Kompetenz. Ihnen ist alles egal, alles dreht sich immer nur um Macht und Geld. Sie hören sich am liebsten selbst reden. Rechtsradikale Verbrecher. Leider verbreiten sich ihre Hassparolen wie eine Seuche. Mit ihnen kann man nicht diskutieren. Mit ihnen kann man nur eines machen.«

»Und was?«, fragte ich.

»Ein richtig tiefes Loch buddeln, sie reinwerfen und einige Tonnen Mist auf sie kippen.«

»Mir ist nicht ganz klar, wie das auf unsere Situation anwendbar ist«, sagte ich.

»Brett meint, dass wir versuchen müssen, sie auf irgendeine Weise zu überführen«, erklärte Carl.

»Hast du noch ein Gerät, auf dem man diese alte Videokassette abspielen kann?«, fragte Brett.

»Nein, aber das können wir organisieren«, sagte Carl. »Jetzt soll Alex erst mal ihre Sachen auspacken, und dann treffen wir uns zum Essen. Ich werde Maja bitten, etwas zu kochen, und wir bleiben hier.«

Vor dem Essen wurde ich fahrig und nervös. Ich hatte die Jahresberichte der Mitarbeiter durchgearbeitet, konnte mich aber im Grunde auf nichts richtig konzentrieren. Stillsitzen konnte ich aber auch nicht. Das Fernsehprogramm war langweilig. Zu lesen … ging gar nicht. Carl hatte meinen Laptop aus der Wohnung mitgebracht, und so checkte ich hin und wieder Facebook, doch die Posts machten mich noch kribbeliger – Bilder von Katzenjungen, Festtagsgerichten und abgrundtief hässlich geschmückten Weihnachtsbäumen – mit Psychopathen in den höchsten Positionen stand die ganze Welt kopf. Am Ende trabte ich so lange ratlos im Kreis herum, bis Brett mit einem alten Videoplayer hereinkam und ihn in Betrieb nahm.

Kurz danach erschien Maja mit einem klappernden Servierwagen und tischte das Essen auf. Eigentlich war es nur ein großer Eintopf, den sie mit Brot und Salat auf dem Tisch herrichtete. Im Zimmer duftete es sofort intensiv nach Knoblauch. Brett entkorkte eine Flasche Wein über der Spüle und reichte mir ein Glas.

Carl wirkte gehetzt, als er eintrat.

»Was riecht hier so?«

Maja starrte Brett an.

»Er hat dieses Gericht bestellt.«

»Was ist das denn?«, fragte ich nach.

Als keiner antwortete, ging ich zu dem Topf und hob den Deckel hoch. Der scharfe Knoblauch stach mir in die Nase. Im Topf lagen bestimmt hundert Schnecken.

»Wie bitte? Sollen wir Schnecken essen?«

»Ja, Alex, genau das werden wir tun!«, sagte Brett. »Wenn du noch nie Schnecken gegessen hast, hast du bislang einen der größten Genüsse des Lebens verpasst.«

Carl zuckte mit den Schultern.

»War nicht meine Idee. Können wir es jetzt hinter uns bringen?«

»Majas Schnecken mit Knoblauchbutter stehen auf meiner Bucket List für Schweden ganz oben«, sagte Brett und sah mich voller Ernst an. »Du hast ja keine Ahnung, wie lecker die sind.«

Und Brett hatte recht. In seiner Gesellschaft kam ich zur Ruhe, unmöglich, sich da nicht wohlzufühlen. Während des Essens konnte ich all die schrecklichen Ereignisse der letzten Tage für einen Moment vergessen. Das wohlig warme Häuschen, die zwei Männer, die beide um meine Aufmerksamkeit buhlten, der trockene Wein und die wunderbaren Schnecken, all das blendete die Welt um mich herum für einen Moment aus.

»Du strahlst ja wieder, Alex!«, rief Brett mit einem Mal. »Ich hatte doch gewusst, dass Schnecken genau das sind, was du jetzt brauchst.«

»Wollen wir uns nun den Film ansehen?«, fragte Carl.

Ich betrachtete die Kassette genauer, bevor Brett sie in den Player schob. *Eucalyptus Drive* stand auf der Vorderseite. Erst dachte ich, dass der Film, der dann auf dem Fernsehbildschirm auftauchte, nur ein schlechter Witz sei. Die Bilder wackelten, und alles war schwarz. Doch dann sah man zwei kleine Lichter glimmen, und ich begriff, dass es sich um

Nachtaufnahmen handelte. Der Atem des Kameramannes war in gleichmäßigen Abständen zu hören, während der Wind immer wieder ins Mikro donnerte. Man konnte weiße Punkte erkennen, doch ich brauchte einen Moment, um zu verstehen, dass das Männer in Kutten waren. Sie bewegten sich über eine große Wiese. Die Erde war grau. Der Himmel war schwarz. Die Perspektive wurde geringfügig verändert, und ein Fluss rückte in den Fokus. Ein Kanu oder auch ein Ruderboot, das mit Fackeln hell erleuchtet wurde, kam näher. Derjenige, der die Aufnahme machte, musste sich irgendwo versteckt halten, denn alles war von derselben Stelle aus gefilmt. Ein paar Figuren stiegen aus dem Boot. Sie hielten etwas hoch, das auf den ersten Blick wie ein Maibaum zu Mittsommer aussah. Zwei Männer trugen ihn und kamen der Kamera immer näher. Erst als sie ganz nah waren, konnte ich erkennen, um was es sich handelte. *Eine Puppe mit zwei Köpfen*. Vermutlich aus Stroh.

Ich erschreckte und griff nach Carls Hand. Dann folgte eine neue Szene, ein großes Feuer war zu sehen. Rund um die Flammen stand eine Gruppe Männer in weißen Kutten im Halbkreis. Große Zypressen flatterten wild im Vordergrund und verdeckten teilweise den Blick. Das Bild ruckelte und wanderte zu der Puppe zurück, die von den Männern zum Feuer getragen wurde. Pause. Das Bild wurde schwarz. Der Kameramann schien das Objektiv nun auf den Boden zu richten. Es rauschte, als hätte der Wind jetzt die Kamera in seinen Fängen.

Film weiter, film weiter!, rief ich innerlich.

Es wackelte, und das Feuer kam wieder ins Bild. Man hörte einen Vogel, der mit einem eigenartigen Geräusch über dieses makabre Schauspiel zu lachen schien. Die Männer, die die Puppe trugen, blieben vor dem Feuer stehen. Es hatte den Anschein, als warteten sie auf etwas, das kurz bevorstand.

Eine laute, tiefe Stimme, die vermutlich aus Lautsprechern kam, begann auf Englisch rituelle Verse vorzutragen. Der Mann sprach klar und deutlich, man konnte jede Silbe verstehen. *The falcon is in its temple. Many are chosen. Only one is called ...*

Ein Schauer ging durch meinen Körper. Bibbernd vor Entsetzen verfolgte ich, was nun kam.

»Oh Gott«, jammerte ich. »Das ist ja total krank.«

Carl machte ein Zeichen, dass ich still sein solle, legte mir aber die Hand in den Nacken und ließ seine Finger auf und ab wandern. Die Zärtlichkeit seiner Berührung trieb mir die Tränen in die Augen.

Gemeinsam warfen die Männer ihr Opfer feierlich auf den Scheiterhaufen. Wortlos starrte ich auf die Puppe, um sicherzugehen, dass es sich nicht doch um einen Menschen handelte, der da verbrannt wurde. Sie Symbolik war einfach nicht zu übersehen. Zwei Köpfe? Zwei Frauen? Zwei Kinder? Zwillinge?

Dann schien es, als wäre der Kameramann gestolpert, denn das Objektiv kippte nach oben, nahm den Himmel und einen Vollmond auf. Dabei waren die Parolen, die die Männer gemeinsam skandierten, weiterhin zu hören. Immer und immer wieder. Worte, die man nicht missverstehen konnte.

Ars Omnia Vincit.

Dann tauchte ganz kurz nur der Schuh des Kameramanns auf, und danach wurde alles schwarz. Das Video war zu Ende.

Zuerst saßen wir drei nur stumm da. Eigentlich wollte ich so viel sagen, doch ich wusste nicht, wo ich anfangen sollte. Carl öffnete als Erster den Mund.

»Die Sache scheint sehr, sehr ernst zu sein. Oder Stan Goodban ist ein Weltmeister im Faken.«

»Die Möglichkeit besteht. Er könnte sich das alles auch

nur ausgedacht haben«, sagte Brett vorsichtig. »Und dann hätte er auch die Briefe an Alex geschickt.«

»Wohl kaum«, fiel ich ein. »Die Briefe sind schließlich nicht mit der Post aus den USA gekommen, sondern jemand ist in meine Wohnung eingebrochen und hat sie da auf den Tisch gelegt. Und der Zeitungsartikel ist auch echt. Und dieses widerliche Opferritual, eine Puppe mit zwei Köpfen. Zwillinge sind doch da gemeint, oder? Wie Dani und ich? Ich hab das Gefühl, ich muss kotzen.«

Carl ließ einen ausgedehnten Seufzer los.

»Beruhige dich«, sagte er und legte seinen Arm um mich. »Du hast recht. Das ist echt. Und bis auf Weiteres behalten wir dich hier bei uns.«

»Begreift ihr jetzt, wie wahnsinnig die sind?«, sagte ich. »So was veranstalten sie jetzt schon seit fünfzig Jahren. Dieses Kind, das auf die Welt kommen soll – ich kann mir aus dem Kopf schlagen, Dani zu finden. Wahrscheinlich ist es utopisch, sie zu retten.«

»Sag das nicht. Vielleicht ist sie wichtig für sie. Wenn das der Fall sein sollte, werden sie sich besonders gut um sie kümmern.«

»Aber was wollen sie dann mit mir? Wollen sie mich auch entführen und Dani und mich auf dem Scheiterhaufen verbrennen? Warum haben sie bisher nur versucht, mir Angst einzujagen? Ich verstehe überhaupt nichts.«

»Ich weiß es auch nicht«, sagte Carl. »Ich meine nur, dass wir die Polizei dazu bringen müssen, die Sache ernst zu nehmen.«

»Was ist mit dem Polizeichef, den du anrufen wolltest?«

»Ich habe Hans Teller noch nicht erreichen können, aber am Montag ist er bestimmt wieder zu Hause. Allerdings stehen dann die Weihnachtsfeiertage bevor. Ich befürchte, dass wir erst nach Weihnachten auf Hilfe hoffen können.«

»Und was machen wir bis dahin?«

»Wir tun so, als wärst du ins Ausland verreist. Ruf morgen deinen Freund an und sag ihm, dass ich dich nach San Francisco schicke und du dort bis nach Neujahr zu tun hast. Sag ihm, du rufst vom Flughafen aus an. Ich möchte nicht, dass er weiß, dass du hier bist. Wenn er herkommt, könnten sie ihm auf der Spur sein.«

»Soll ich vielleicht wirklich nach San Francisco fliegen?«

»Bist du verrückt? Diese Männer scheinen ihre Leute doch überall zu haben. Du bleibst schön hier. Poste überall auf Facebook, Instagram und Twitter, dass du verreisen wirst. Du könntest auch einen Clip posten, in dem du packst und erzählst, wie gespannt du auf die Reise bist. Brett, du könntest Goodban einen Besuch abstatten, wenn du zurück bist. Versuch mal, aus ihm noch mehr herauszubekommen ... über dieses Symbol. Und stell fest, ob diese Sekte hier in Schweden irgendeine Dependance hat.«

Brett nickte.

»Hoffen wir mal, dass Dani sich dort befindet, wo sie ihren kranken Kult betreiben«, sagte Carl. »Und um diesen Ort aufzuspüren, brauchen wir die Hilfe der Polizei.«

Er sprang auf.

»Ich würde sagen, wir sind hier fertig, oder?«

»Stopp! Eine Frage habe ich noch«, sagte ich. »Wie kommt es, dass wir immer noch nicht wissen, wohin die Brüder Tynell mit Levinger unterwegs sind? Die haben wir doch auf dem Bild des Detektivs gesehen ...«

»Allan hat Weihnachtsurlaub«, erklärte Carl. Offensichtlich war es ihm peinlich.

Einen Moment lang verschlug es mir die Sprache. Im nächsten kochte ich vor Wut. Und in der darauffolgenden Sekunde explodierte ich.

»Verdammt, Carl! Das hier ist kein Spiel. Das ist blutiger Ernst!«

Ich schrie. Ich schrie laut. Carl starrte mich verwundert an. Ich begriff sofort, dass ich eine Grenze überschritten hatte. Eine lange, folgenschwere Pause entstand. Und dann begann Brett zu lachen.

»Alex hat wirklich recht«, sagte er. »Jemand muss sich diese Brüder ernsthaft vorknöpfen. Was für Nieten hast du da engagiert? Komm, Carl, wir nehmen uns die Sache mal vor.«

Langsam stieß ich die Luft wieder aus, ich hatte gar nicht bemerkt, dass es mir den Atem verschlagen hatte. Kurz darauf verließen Carl und Brett das Gästehäuschen.

Ich war furchtbar aufgebracht. Entsetzliche Vorstellungen, grausame, pornografische Bilder belagerten meinen Kopf. Dann rückten alle Sinnesbilder, die ich von Dani erhalten hatte, in abgehackten Filmsequenzen in meinem Kopf zusammen – wie in dem Video von Stan. Sie befand sich irgendwo da draußen. Ich wusste es. Doch es gab nichts, was ich tun konnte, um ihr zu helfen.

Die Hilflosigkeit fraß mich geradezu auf. Ich fühlte mich so machtlos. Die Sehnsucht nach Dani war wie eine unheimliche Geschwulst in meinem Körper. Ich sehnte mich so sehr nach dem Alltag mit ihr. Sich zusammen die Zähne zu putzen. Darüber zu diskutieren, wer den Müll rausbringt. Diese unscheinbaren, kleinen Dinge. Die mir so fehlten und von denen ich nicht wusste, ob ich sie je wieder erleben würde.

Das Gefühl von Einsamkeit überkam mich. Ich ging durch das Häuschen und knipste eine Lampe nach der anderen an, nur um dieser kalten Winternacht etwas entgegenzusetzen. Dunkel war es schon lange. Doch mir war, als wäre es in letzter Zeit immer nur trübe, finster und kalt gewesen. Wie sollte jemand wie ich es schaffen, diese geisteskranken Männer zu überführen? Eine junge Frau mit einer bipolaren Störung, die kurz vor dem Zusammenbruch stand.

Mitten in diesem Gedankengang klopfte es an meiner Tür. Brett kam herein.

»Jetzt werden wir zwei uns mal ein bisschen runterfahren, bevor wir schlafen gehen«, sagte er. »Ich kann nach diesen furchtbaren Bildern auch nicht gleich ins Bett.«

Er zog einen Joint aus der Jackentasche. Bevor ich protestieren konnte, hielt er schon eine Hand hoch.

»Das ist mein letzter. Wir werden uns nur ein paar Züge am offenen Fenster genehmigen, Carl wird es nicht riechen. Und dann machen wir uns Musik an.«

Nachdem wir den Joint am Fenster geraucht hatten, holte Brett sein Smartphone heraus und koppelte es mit den Boxen. Er setzte sich auf den Schaffellteppich, der in der Mitte des Zimmers lag, und ich ließ mich neben ihn fallen. Sanfte Reggae-Klänge hüllten uns ein. Eher sacht am Anfang, doch dann wurden sie stärker, bis sie schließlich den ganzen Raum mit einer kindlichen und ungetrübten Freude füllten. Meine Angst wich. Ich legte mich mit dem Kopf auf Bretts Schoß. Jetzt war alles unkompliziert, fast schön.

Die Welt da draußen drehte sich.

Und ich schlief dort auf dem Boden ein, mit herrlich entspanntem Körper, aber wild entschlossenem Geist.

Ich würde mich selbst nicht aufgeben.

Ich war schließlich nicht blöd.

Ich würde herausfinden, was mit Dani geschehen war.

Und dann würde ich sie retten.

54

Es ist bitterkalt in der Zelle. Schlotternd liegt sie unter der Decke, schafft es nicht einmal aufzustehen. Draußen fällt der Schnee in dicken Flocken. Die kahlen Äste der Bäume greifen gierig danach. Die Luft, die durch die Fensterritze dringt, riecht nach Metall.

Jetzt hat sie das Gefühl, dass bald Weihnachten ist, kann aber nicht sagen, warum es sich einstellt.

Erinnerungen an das vergangene Weihnachtsfest erreichen sie. Der Weihnachtsbaum, den sie aus Zeitnot nicht geschmückt hatten und der trotzdem so hübsch aussah, als er vor dem Fenster stand. Der tiefgraue Himmel, aus dem es in Strömen goss. Und dann ihr Besuch in der Galleria, wo sie im obersten Stockwerk saßen und auf die Menschen da unten hinunterschauten. Beobachteten, wie die Menschenmenge größer wurde, kleiner und wieder größer, sich vor und zurück bewegte wie Ebbe und Flut. Der Weihnachtsschinken, den sie zu Hause brutzelten und der in der Mitte noch nicht durch war, als sie ihn anschnitten. Die kitschige Weihnachtsmusik, die Alex unbedingt auflegen musste, nur um sie zu foppen. Das Feuer. Und der Glögg. Anita war wie jedes Jahr verreist gewesen. Und trotz allem hatten sie ein wunderschönes Weihnachtsfest gehabt.

Irgendwo, weit entfernt, wird Alex bald Weihnachten feiern. Hoffentlich nicht allein.

Sie wird aus ihren Tagträumen gerissen, als der Schlüssel

im Schloss knirscht. Der Meister erscheint mit zwei Tüten in der Hand.

Sie steht auf. Verbeugt sich leicht. Alles, um ihn für heute zu besänftigen.

»Ich habe dir ein paar Dinge mitgebracht. Damit kommst du einige Tage aus.«

Er stellt die Tüten auf dem Boden ab, dann packt er sie aus und legt den Inhalt auf ihr Bett.

In Kunststoff verpackte belegte Brote. Nahrungsergänzungsmittel. Sportlerdrinks. Eine Daunendecke – Gott sei Dank.

»Na also. Jetzt komm und gib mir einen Kuss.«

»Wird jemand hier sein, während Ihr fort seid?«, fragt sie ganz unschuldig.

»Du stellst zu viele Fragen. Jetzt küss mich.«

Seine Lippen sind so kalt wie die eines Reptils.

Mit Mühe und Not widersteht sie dem Impuls, ihm ins Gesicht zu spucken.

Giftiger Hass durchströmt ihren Körper. Sie will ihn nicht nur umbringen. Sie will ihn quälen und ihm die Glieder abhacken.

»Pass auf dich auf.«

Er klingt so … normal. Wie ein Mann, der sich von seiner Ehefrau verabschiedet, bevor er sich auf den Weg zur Arbeit macht.

Bevor er zur Tür hinaus ist, kommt ihr noch eine Idee.

»Meister!«

Er dreht sich hastig um.

»Ich weiß, dass Weihnachten ist. Es tut dem Kind nicht gut, wenn ich hier friere und deprimiert bin.«

»Das wirst du nicht. Leg dich unter die Decke.«

»Ein paar Kerzen könnten mir schon helfen. Immerhin ist

Weihnachten. Nur für einen Tag. Das wäre so schön. Ihr wisst, dass ich dem Kind niemals Schaden zufügen würde.«

Wie ein Schatten fliegt der Zweifel über sein Gesicht.

»Es ist kalt hier, und ein paar Kerzen würden mich aufheitern«, fügt sie hinzu.

»Es gibt doch eine Elektroheizung.«

»Die reicht aber nicht für diesen Raum, wenn es draußen so kalt ist.«

Er sagt keinen Ton, geht einfach raus, schließt die Tür hinter sich und dreht den Schlüssel um.

Es wird ganz still. Sie hat die Hoffnung schon beinahe aufgegeben.

Aber dann rasselt es noch einmal im Schloss.

Er kommt mit einem mehrarmigen Leuchter zurück und zündet nacheinander die Kerzen an.

Dann sieht er sie triumphierend an.

Schau, was ich alles für dich tue! Wie gut ich mich um dich kümmere!

Sie bemerkt, dass er die Streichhölzer auf den Tisch in der Ecke legt.

»Morgen schicke ich jemanden her, der nach dir schaut.«

Der Gedanke schlägt wie ein Blitz bei ihr ein.

Dann werde ich nicht mehr hier sein.

55

Es war Montag, ein Tag vor Heiligabend. Brett war am Samstag nach San Francisco zurückgeflogen, und jetzt fühlte ich mich ein bisschen einsam. Müde schien die Abendsonne durch die Jalousien und malte Streifen auf die Wände im Wohnzimmer. Ich stellte mich ans Fenster. Der Garten draußen war verlassen. Der Schatten einer Wolke zog über die Rasenfläche. Hoch am Himmel waren die Wolken tieflila und schmutzig grau. In der Luft lag ein Duft von Schnee, der durch ein gekipptes Fenster im Gästehaus drang.

Es ging mir ziemlich gut, und hinter dem Zaun, der die Villa umgab, fühlte ich mich sicherer. Während ich da am Fenster stand, fiel mir ein, dass ich völlig vergessen hatte, Jim anzurufen und ihm meine neue Handynummer zu geben. Doch zuerst wollte ich einen Blick auf meine Mails werfen, vielleicht hatte er ja versucht, mir zu schreiben.

Ich konnte meine Mails normalerweise mit einem Klick aufrufen, doch dieses Mal verlangte mein Laptop das Passwort. Nach drei Versuchen kam die Meldung, dass alle Versuche fehlgeschlagen seien. Ich versuchte, ein neues Passwort anzulegen, doch als ich es bei einer meiner anderen Mailadressen abholen wollte, passierte exakt dasselbe.

Ich rief den Support an. Nach einer halben Stunde Wartezeit meldete sich endlich ein Mann mit leicht indischem Akzent. Er überprüfte mein Konto und stellte fest, dass es gehackt worden war. Dann verband er mich mit einem Kollegen, der Sicherheitssysteme installierte, die fremde Zugriffe abwehrten. Am Ende teilte er mir mit, dass ich mein Mailkonto nun zwei Tage lang nicht benutzen könne.

Ich beendete das Gespräch und saß ein paar Minuten lang wie versteinert auf dem Sofa. Es fühlte sich an, als würde irgendjemand erbarmungslos die Daumenschrauben anziehen. Klar, dass auch das jetzt geschah. Mich überkam wieder diese Panik, aber diesmal war es, als könnte ich die tatsächliche Gefahr nicht mehr richtig begreifen, es war einfach alles zu viel. Von draußen erklang ein Motorengeräusch. Ich sah aus dem Fenster und blieb wie angewurzelt stehen. Jims Wagen stand auf dem Parkplatz. Schnell duckte ich mich und trat vom Fenster weg. Ich fühlte mich in einer Zwickmühle. Es war gemein von mir, Jim anzulügen, und einfach lächerlich, dass ich mich vor ihm versteckte. Aber Carl hatte zweifellos nicht unrecht mit dem, was er sagte. Wenn die Sekte Jim beschattete, würde er sie zu mir führen.

Ich zog mich ins Wohnzimmer zurück und wartete ab. Dann hörte ich, dass ein Wagen den Motor wieder anließ. Es dauerte keine Minute, da stürmte Carl schon zur Tür herein.

»Das war also dein Freund! Was für ein Blödmann! Durch und durch kleinbürgerlich. Und langweilig. Und so *perfekt*!«

»Hör auf damit! Du kennst ihn doch gar nicht.«

Er lachte hämisch.

»Du musst dich wirklich nicht mit so einem Typen abgeben, Alex. Da könntest du wesentlich interessantere Männer haben.«

Irgendwie war er auf Streit aus, aber ich stieg nicht darauf ein.

»Was hast du ihm gesagt?«, fragte ich ihn.

»Dass du die letzten zwei Tage von hier aus gearbeitet hättest und gerade in ein Taxi zum Flughafen gestiegen bist.«

»Und warum ist er hergekommen?«

»Er hat gesagt, er habe versucht, dich anzurufen und SMS zu schreiben, und als er keine Antwort bekommen hat, ist er an deiner Wohnung vorbeigefahren. Als du nicht zu Hause warst, hat er sich *sooolche Sorgen gemacht.*«

Er ahmte Jims Stimme so lebensecht nach, dass ich mir ein Kichern kaum verkneifen konnte.

»Das ist überhaupt nicht witzig. Ich komm mir ganz schön gemein vor, wenn ich ihn so anlüge.«

»Brauchst du nicht. Er ist es nicht wert.«

»Ist er wohl. Er sorgt sich um mich. Was machen wir jetzt?«

»Ruf ihn in einer Stunde an. Sag, dass du am Flughafen bist. Erzähl ihm, wie sehr du dich auf die Reise freust. Wenn er schimpft, kannst du ihm ja sagen, dass ich dir für die Überstunden das doppelte Gehalt zahle.«

Niedergeschlagen nickte ich. Es war der falsche Zeitpunkt, ein Risiko einzugehen. Die Sekte durfte über Jim keineswegs Zugriff auf mich bekommen.

»Also. Jetzt muss ich noch ein paar Dinge auf den Weg bringen, bevor meine Mitarbeiter heute Abend einer nach dem anderen schnell nach Hause wollen, um Weihnachten zu feiern«, sagte er.

Der Heilige Abend. Ich hatte rigoros verdrängt, dass der Tag allmählich näher rückte. Meine Gedanken wanderten zu unserem letzten Weihnachtsfest zurück. Dani und ich in dieser Einkaufsgalerie, so happy. *Schau dir diese Idioten an. Wie Ameisen auf Speed. Die haben alle ihren Kreditrahmen erhöht. Ist es nicht herrlich, dass wir da nicht mitmachen müssen.* Ich dachte an den Weihnachtsbaum, der so schön gewesen war. Und an den Glühwein, der reichlich floss.

»Ist morgen Heiligabend?«, fragte ich Carl.

»Glaube schon.«

»Aber … was hast du vor? Was machst du am Heiligen Abend?«

»Im Normalfall verbringe ich Weihnachten mit irgendeiner Frau, aber im Moment sieht es ganz danach aus, als hätte ich dich am Hals.«

»Tut mir echt leid für dich.«

Er grinste.

»Totaler Quatsch! Es wird wunderbar werden. Morgen erzähle ich dir mehr. Ruf jetzt den Blödmann an und mach den Rest des Tages frei.«

»Er ist kein Blödmann. Wenn du weiter so schlecht über ihn redest, werde ich meine Sachen packen. Und du darfst dir gern eine *Frau* hierherholen. Ich komme auch allein zurecht.«

Da bekam sein Blick etwas Sanftmütiges.

»Du weißt doch, dass ich nur Spaß mache. Ich möchte Weihnachten mit dir feiern, das ist doch vollkommen klar.«

Er drehte sich um, und schon war er weg.

Als ich den Fernseher einschaltete, erfüllten fröhliche Weihnachtslieder den Raum. Die passende Hintergrundmusik für einen Flughafen, dachte ich und wählte Jims Nummer. Er ließ einen tiefen Seufzer los, als er meine Stimme hörte.

»Alex! Wo bist du gewesen?«

»Das ist eine lange Geschichte, aber ich habe mein Handy verloren und dann den ganzen Tag gearbeitet.«

»Ich bin an deiner Wohnung vorbeigefahren, aber du warst nicht da. Was ist passiert?«

Ich erzählte ihm alles, was dazu führte, dass er sich gleich schrecklich aufregte.

»Jetzt ziehst du ganz zu mir. Das *verlange* ich.«

»Darüber können wir reden, wenn ich zurück bin. Aber im Moment stehe ich auf dem Flughafen und bin auf dem Weg nach San Francisco. Ich mache schon wieder eine Geschäftsreise in die Staaten. Cool, oder?«

Er seufzte verzweifelt.

»Ob das so gut ist, weiß ich nicht. Viele Leute verreisen über Weihnachten und Neujahr. Ich habe Warnungen vor Terroranschlägen im Radio gehört. Ist auf dem Flugplatz richtig viel Rummel?«

»Ja, ich komme mir wie in einer Sardinendose vor, aber sonst ist alles perfekt. Mach dir keine Gedanken. Ich komme im neuen Jahr nach Hause. Wir können morgen noch mal sprechen, oder? Ach so, und richte deinen Eltern schöne Weihnachtsgrüße aus.«

Bei meiner Lügengeschichte fühlte ich mich wieder mies. Er klang wirklich betroffen. Gleichzeitig war ich erleichtert, nicht mit seinen Eltern Weihnachten feiern zu müssen, da draußen auf dem Land, in diesem Museum.

Ein paar Stunden später sah Carl bei mir vorbei.

»Geht's dir gut?«

»Gut? Mir geht's hervorragend! Eine geisteskranke Mördersekte ist hinter mir her, und du hast mich gezwungen, Jim anzulügen, den einzigen Menschen, der sich um mich kümmert. Ansonsten ist alles top.«

»Ja, das ist schlimm. Aber ich komme mit guten Neuigkeiten. Ich habe ein paar Dinge in Erfahrung bringen können. Hör zu.«

Erst jetzt bemerkte ich den Notizblock, den er in den Händen hielt.

»Warum hast du den Block dabei?«

»Ich habe doch gesagt, es gibt viel zu erzählen. So viel, dass ich mir ein paar Stichworte notiert habe, um nichts zu vergessen. Warte einfach ab.«

Ich bat ihn, sich zu mir aufs Sofa zu setzen, doch er fing gleich an zu reden.

»Ich habe heute den Polizeichef, Hans Teller, an die Strippe gekriegt. Wir können ihn am zweiten Weihnachtstag in Stockholm treffen.«

»Im Ernst?«, fragte ich völlig überrascht. »Wie kommt es, dass er mit uns sprechen will?«

»Seine Frau ist eine Klientin von uns. Sie ist wesentlich jünger als er und ziemlich versessen auf Sex. Manchmal sollen wir Reisen für sie organisieren. Auf die Art gibt es in Schweden keine Skandale, wenn du verstehst, was ich meine. Das ist zwischen ihnen so abgemacht. Wie auch immer, jedenfalls sind wir gute Freunde, Hans und ich. Wenn wir mit ihm verabredet sind, sollten wir alles dabeihaben – die Briefe und die Dinge, die Goodban geschickt hat.«

»Das klingt fantastisch.«

»Außerdem habe ich Brett gezwungen, Stan Goodban aufzusuchen, was er gestern auch schon – trotz seines Jetlags – getan hat. Stan hat Brett noch genauer erklärt, wie diese Sekte vorgeht.«

»Setz dich doch hin«, sagte ich noch einmal, denn er stand immer noch mit einem Bein im Flur, als wollte er gleich wieder gehen.

Er setzte sich zu mir, und ich schaltete den Fernseher aus.

»Zum ersten Mal hatte Bretts fürchterliche Angewohnheit, zu rauchen, auch etwas Gutes. Er hatte nämlich ein bisschen Gras dabei, da wurde Goodban gesprächig. Es gibt in der Sekte einen harten Kern von Mitgliedern, etwa um die dreißig Männer. Die meisten von ihnen sind Söhne der Gründungsmitglieder oder zumindest mit ihnen verwandt. Sie wiederum werben Verbündete, schwatzen ihnen ihre radikalen Einstellungen auf und ebnen ihnen den Weg in hohe Ämter.

Danach stehen sie in regelmäßigem Kontakt und unterstützen sie wirtschaftlich.«

Die Ruhe, die ich vorher noch verspürt hatte, war wie weggeblasen. Das Gespräch über die Sekte machte mich wieder ganz nervös. Mir war, als krabbelten Tausende kleiner Insekten unter meiner Haut hin und her. Carl bemerkte meine Anspannung und streichelte mir behutsam über die Wange.

»Willst du nicht darüber sprechen?«

»Doch, red nur weiter.«

»Dough Marwood zum Beispiel ist in dem sogenannten Kampf gegen die gleichgeschlechtliche Ehe in den USA ganz stark in Erscheinung getreten. Aaron Eastman stellte sich offen gegen Schauspielerinnen in Hollywood, die eine Kampagne für Gleichberechtigung bei den Honoraren starteten. Mats Levinger versucht, Gesetze auf den Weg zu bringen, die es Psychiatern erleichtern, Zwangseinweisungen von Patienten vorzunehmen. Willy Buckman ist in Großbritannien der oberste Kopf einer rassistischen, rechtsextremen Partei. Sie sind wie Gift in den Blutgefäßen der Gesellschaft. Viele Mitglieder sind zwar Teil der Kulturelite und haben einen gewissen Einfluss, aber Stan wollte nicht preisgeben, wer das ist. Er hat Angst vor Repressalien, das kannst du dir ja vorstellen.«

Jetzt hatte ich das Gefühl, schlecht Luft zu bekommen.

»Aber offenbar sind sie doch vor allem im Ausland tätig?«

»Das ist nicht gesagt. Stan meinte, sie haben Leader auf der ganzen Welt. Methoden wie im Faschismus.«

»Aber wie können wir so eine Organisation überhaupt überführen? Was sie tun, ist ja nicht einmal gesetzwidrig. Ich hab eine Riesenangst.«

»Wir brauchen die Hilfe der Polizei, um den Ort ausfindig zu machen, wo sie ihre kranken Andachten oder Orgien oder was auch immer sie tun, abhalten. Mach nicht so ein entsetztes Gesicht. Ich werde dir dabei helfen. Das weißt du doch?«

Jetzt sah er wieder so aufgekratzt aus. Sein Blick löste etwas in mir aus. Er irritierte mich hochgradig.

»Macht dir das vielleicht irgendwie Spaß, Carl?«

»Ein bisschen spannend finde ich es schon. Stell dir vor, wir können sie hinter Gitter bringen.«

»Vielleicht haben sie Dani getötet. Ist das auch *spannend*? Dein Geschwätz ist ganz krank. Und dann kommst du her und machst dich über Jim lustig.«

Er umschloss mein Gesicht mit seinen Händen und küsste mich auf die Stirn.

»Entschuldige. Ich sage doch nur, wie es ist. Du verdienst jemanden ganz anderes, nicht so einen durchschnittlichen Typen.«

Ich hatte nicht vor, seiner verführerischen Taktik nachzugeben. Seine Attitüde ging mir langsam auf die Nerven. Ich schlug mit dem miesesten Vorwurf zurück, der mir einfiel.

»Wieso? In Wirklichkeit bist du doch nur ein Zuhälter, während Jim ein berühmter Architekt ist.«

Er zwinkerte erstaunt, und dann lächelte er nachsichtig.

»Ach wirklich? Glaubst du tatsächlich, dass er die Menschen mit seinen hässlichen Bauwerken glücklicher macht? Hör auf, auf mir herumzuhacken. Wir beide spielen in derselben Liga. Ich hab auch noch mehr zu erzählen. Hör zu.«

Er rückte näher an mich heran und warf einen Blick auf seine Notizen.

»Jetzt kommt das Spannendste überhaupt: Stan Goodban hat erzählt, worum es in der Prophezeiung eigentlich geht. Als der allererste Sektenführer krank wurde, drehte er schier durch, weil er nicht wusste, wer die Sekte weiterführen sollte, wenn die Gründungsmitglieder nicht mehr am Leben waren.

Stan berichtete, dass die Sekte glaube, jemand, der die Führung übernehme, verwandle sich in einen Halbgott. Und er hatte ja erzählt, dass sich die Sektenmitglieder von Anfang an mit diversen Lebensanschauungen, Religionen und uralten Lehren auseinandergesetzt haben. Von allem haben sie sich das Beste herausgepickt, daraus eine neue Lehre gemacht und diese dann für ihre kranken Ziele benutzt. Der Anführer war von einer Sage aus der griechischen Mythologie vollkommen fasziniert, in der ein göttliches Kind gezeugt wird. Die Sage lautet, dass, wenn eine Frau von einem Mann und einem Gott gleichzeitig befruchtet wird, sie Zwillinge gebären wird. Einer von ihnen wird ein Gott werden. Der Anführer war vollkommen besessen von der Idee, eine Art Supermenschen zu zeugen, der die Sekte in die Zukunft führen wird.«

»Ernsthaft? Das klingt einfach nur wahnsinnig.«

»Warte, ich bin noch nicht fertig. Der Anführer hat also diese Prophezeiung gemacht. All das sollte geschehen, wenn die Sekte ihr fünfzigjähriges Jubiläum feiert. Dann würden die Gründungsmitglieder in den Siebzigern sein und bei der Erziehung des Kindes noch helfen können, bevor sie starben. Und das Kind, beziehungsweise der Gott, würde die Sekte in die Zukunft führen.«

»Wenn ich das höre, frage ich mich, ob Stan mit Brett zu viel Hasch geraucht hat …«

»Schon, aber es erklärt auch einiges, oder? Zum Beispiel das gruselige Video. Und diese Puppe mit den zwei Köpfen. Die Briefe an Dani und dich. Dass ihr die Auserwählten seid.«

»Warte mal«, sagte ich. »Das muss ich mal nachschlagen. Das ist ganz unglaublich.« Die Informationen hatte ich schnell gefunden. Mit ein paar Klicks auf meinem Laptop hatte ich den Mythos auf dem Bildschirm, von dem Carl gesprochen hatte.

In der griechischen Mythologie glaubte man, dass manche Zwillinge entstehen, wenn eine Frau mit einem Gott und einem menschlichen Wesen zur selben Zeit schlief. Auf eines der Kinder würden dann göttliche Eigenschaften übergehen.

»Mist, das stimmt wirklich«, sagte ich und zeigte Carl den Ausschnitt. »Und diese Typen sollen intelligent sein.«

»Ja, obwohl sie doch längst nicht die Einzigen sind, die an heilige Kinder mit göttlichen Kräften glauben. Zu viel passt da zusammen, als dass wir die Sache als Stans Fantasie abtun könnten.«

»Hat er gesagt, wer jetzt der Anführer ist?«

»Er hat behauptet, er wisse nicht, wer es ist. Der Name des Anführers wird geheim gehalten.«

»Und warum hat Stan mir das nicht schon erzählt, als ich ihn zum ersten Mal getroffen habe?«

»Brett hat gesagt, Stan habe gleich gemerkt, dass du jedes Risiko eingehen würdest, um deine Schwester zu finden. Vielleicht hatte er Angst, dass du völlig ausflippen würdest, wenn du ahnen könntest, was sie mit Dani möglicherweise angestellt haben. Er hat gesagt, er hat dich nur schützen wollen.«

Ich schluchzte verzweifelt auf.

»Glaubst du wirklich, dass sie Dani missbrauchen werden, um ein Kind zu zeugen? Das klingt ja vollkommen durchgeknallt.«

Carl setzte sich wieder und nahm mich in den Arm.

»Ja, es ist schrecklich, aber wenn das stimmt, hieße das auch, dass sie lebt. Und es wäre eine Erklärung, warum sie es auf Dani und dich abgesehen haben.«

»Weil wir Zwillinge sind?«

»Ja, das nehme ich an. Ist dein Vater oder deine Mutter ein eineiiger Zwilling?«

»Meine Mutter.«

»Dann ist die Wahrscheinlichkeit um einiges höher, dass Dani oder du selbst Zwillinge bekommt?«

»Ja, genau.«

»Das passt auch zu dem, was Lucas über die Sekte gesagt hat, dass sie glauben, sie seien übernatürlich, quasi Supermenschen.«

In meinem Hirn klärte sich etwas, doch mein Bauch füllte sich mit einer Eiseskälte. Fieberhaft begann ich, die Monate nachzuzählen. Seit Dani verschwunden war, waren noch keine neun Monate verstrichen. Das hatte nahezu etwas Tröstliches. Wenn es stimmte, hatten sie sie nicht getötet.

»Stell dir vor, sie können mich hier finden«, sagte ich. »Wenn sie kommen …«

Er schüttelte den Kopf, ich sollte aufhören mit diesem Kopfkino.

»Wir haben eine Alarmanlage, die ich heute Abend einschalten werde.«

Er sah mich mitleidig an.

»Weißt du was, schlaf doch heute Nacht bei mir. Ich bin total alle, und ich habe nie Sex, wenn ich so müde bin, aber es wäre schön, wenn du bei mir im Bett schlafen würdest.«

Das wollte ich auch. Dieses Gerede von absurden Prophezeiungen und Sektenmitgliedern in höchsten Positionen machte mich langsam verrückt. Ich stand unter Hochspannung. Hatte schon das Gefühl, draußen eine Gestalt zu erkennen. Sah Schatten im Wohnzimmer, die vorher nicht da gewesen waren. Ich hatte ein flaues Gefühl im Magen, wie eine Vorahnung, dass noch Schlimmeres auf mich zukäme. Sogar das Knarren der Dielen unter unseren Füßen jagte mir Angst ein. Ich packte meine Toilettenartikel ein, das Nachthemd und meine Handtasche, und dann schloss ich das Haus hinter uns ab.

Draußen vor der Tür blieb ich stehen und atmete einmal tief durch. Die eisige Winterkälte hatte die Natur fest im Griff. Die Linden standen kahl und steif da, als würden sie strammstehen. Es hatte angefangen zu schneien. Der Garten sah wie ein unvollendetes Gemälde aus, bei dem manche Teile der Leinwand noch weiß waren. Die Eiben fingen den Schnee auf und wurden zu riesigen Schneemännern.

Ich streckte mein Gesicht nach oben. Von einem kalten dunkelblauen Himmel segelten Hunderttausende von Schneeflocken sanft durch die Luft. So wie sie rasch und dicht auf mich herabfielen, fühlte es sich an, als stürzte der Himmel selbst auf mich herunter. In meinem Magen fing es an zu kneifen.

Carl legte mir eine Hand ins Kreuz und forderte mich auf weiterzugehen.

Die schneebedeckte Rasenfläche fühlte sich weich an, als würden wir auf Watte laufen.

Die Nacht schluckte uns. Sie schluckte alles.

Ich ergriff Carls warme Hand. So schlenderten wir auf die Villa zu. Zwei einsame Menschen in der lautlosen Winterlandschaft, über uns der dunkle Dezemberhimmel.

56

Der Schnee ist in einen Dauerregen übergegangen, der gegen die Fensterscheibe prasselt.

Sie weiß, dass sie in der Kirche allein ist. Ein Gefühl von Verlassenheit überkommt sie. Außerhalb ihrer Zelle ist die Krypta in ein fahlgraues Licht getaucht. Nur der Kerzenleuchter neben ihr strahlt einen Hauch Wärme in die Finsternis.

Der Leuchter ist ihr Rettungsanker. Er ist schwer und hart, vermutlich kann man damit jemanden bewusstlos schlagen.

Ein Licht ist erloschen. Sie benutzt eine andere brennende Kerze, um es wieder anzuzünden.

Jetzt zünde ich ein Licht für dich an, Alex. Auf dass du schöne Weihnachten hast.

Für ein paar Augenblicke gibt sie sich ganz den Gedanken an Alex hin, blendet das Leben in dieser Hölle vollkommen aus.

Die Männer haben ihr Wollpantoffeln gebracht. Sie stellt sich vor, wie es sein wird, nur in Hausschuhen und Nachthemd im Platzregen durch den Wald zu rennen – und sie erschauert.

Wie lange überlebt man bei diesem Wetter im Wald? Flüchtet sie in den Tod? All solche Gedankengänge bohren sich wie kleine böse Kobolde in ihren Kopf. Doch sie lenken sie von ihrem Ziel nur ab.

Nimm deine Gedanken zusammen!

Sie beißt mit den Zähnen fest auf die Nagelfeile. Zieht den Baumstumpf zum Fenster und stemmt sich hoch. Hält sich am Fensterrahmen krampfhaft fest. Durch den Spalt im Fenster ist Regen eingedrungen, die Oberfläche ist feucht geworden, und ihre Hände rutschen ab. Fast verliert sie das Gleichgewicht, sie trudelt, doch dann, als sie nach dem Gitter greift, findet sie wieder Halt. Die Stangen sind schon so lose, dass sie Spiel haben.

Draußen ist es dunkel, doch diese Dunkelheit ist anders als die in der Zelle. Nicht so durchdringend, auch nicht so trostlos. Der Tagesanbruch ist nicht fern, das Morgenlicht ist schon auf dem Weg.

Mit der Vorderseite ihres Nachthemdes wischt sie den Fensterrahmen trocken. Ganz flüchtig erkennt sie ihr Gesicht in der Scheibe. Es ist weiß wie Schnee, sie sieht ganz erschöpft aus.

Dann macht sie sich an die Schrauben, löst eine nach der anderen und legt sie auf dem Fensterbrett ab. Sehr schnell ist die erste Stange lose, und sie lässt sie zu Boden fallen, wo sie laut krachend aufschlägt. Ermutigt macht sie mit der nächsten weiter. Auch die kann sie nach kurzer Zeit entfernen und auf den Boden werfen.

Während sie sich an der dritten Stange zu schaffen macht, muss sie ihren Kopf beschäftigen, die Nervosität unter Kontrolle bringen. Sie wiederholt Lernstoff von ihrer medizinischen Fachliteratur. Am Ende ertappt sie sich dabei, wie sie die Merksätze sogar laut aufsagt. Als nur noch eine Schraube übrig ist, ist sie vollkommen konzentriert. *Fast draußen. Fast schon frei. Fast.*

Ihr Herz klopft rasend schnell. Dabei überschlägt es sich fast.

Als das Gitter weg ist, denkt sie, gleich wird sie vor

Erleichterung in Ohnmacht fallen. Die Welt vor ihr verblasst. Kleine Pünktchen tanzen vor ihren Augen.

Sie öffnet das Fenster. Kalte Luft schlägt ihr wie eine nasse Wand entgegen.

Jetzt peitscht ihr der Regen mitten ins Gesicht. Sie macht gierige, tiefe Atemzüge.

Gott, hilf mir! Ich werde alles tun, wenn du mir nur hilfst.

Als sie den Kopf durch die Fensterluke steckt, wird sie von einer Regenwasserkaskade getroffen. Vor dem Fenster wächst ein dünner Baumstamm, den sie zu greifen bekommt. Sie zieht ihren Oberkörper durch das Fenster, dabei muss sie die Schultern ganz schmal machen, um überhaupt hindurchzugelangen.

Vorsichtig setzt sie beide Hände auf die feuchte Erde.

Einen Moment lang ist die Freude enorm, doch als sie versucht, ihren restlichen Körper herauszuziehen, bleibt sie stecken. Mit den Hüften kommt sie nicht durch die Öffnung. Wie sehr sie sich auch dreht und wendet und versucht, sich wie ein Aal hindurchzuwinden, es ist nicht möglich. Ihre Hüften sind zu breit.

Die Enttäuschung ist so überwältigend, dass sie Heulkrämpfe überkommen. Sie klappert mit den Zähnen, schluchzt und wimmert wie ein Tier, dreht vor Verzweiflung durch.

Mit einem Mal hört der Wolkenbruch auf. Das Regenwasser hat sich mit ihren Tränen vermischt.

Ihre Not ist grenzenlos.

Erst als sie so sehr friert, dass sie schon schlottert, kriecht sie in ihr Loch zurück.

Ungeschickt setzt sie die Füße auf den Baumstumpf und verliert das Gleichgewicht.

In einem Moment, als sich alles um sie dreht, fällt sie schutzlos ins Leere.

57

Carl schnarchte. Kurzes, leises Grunzen durch den offenen Mund und tiefes Ausatmen durch die Nase. Doch es war beruhigend, ihn zu hören. Als wir uns an diesem Abend hingelegt hatten, hatte er meinen Rücken geküsst und mir geholfen, mich zu entspannen, weil ich so aufgewühlt gewesen war. Wenn wir in einem Bett schliefen, fühlte ich mich geborgen. Aber ich fragte mich auch, wohin das Ganze führen sollte. Und ob es überhaupt zu etwas führen musste.

Draußen prasselte der Regen gegen die Scheibe. So viel zum Schnee. So viel zu diesem verfluchten Weihnachtsfest. Es war unmöglich festzustellen, ob es Tag war oder Nacht, aber ich hatte den Eindruck, es sei bereits früh am Morgen.

Carl murmelte etwas im Schlaf, war unruhig und legte seinen Arm um mich. Er berührte meine Brust beiläufig und ließ seine Hand dort liegen. Die Wärme, die von ihm ausging, spürte ich durch den dünnen Stoff meines Nachthemdes sofort. Offenbar war er wach. Zwischen uns entstand ein Knistern, das keine Worte brauchte. Es kribbelte in meinem Bauch.

»Ich gehe duschen«, flüsterte er mir ins Ohr.

Aber seine Hand war noch da. Der Schlafgeruch in seinem Atem, eine leichte Note von Schweiß, der Dreitagebart, der an meinem Hals rieb, das alles erregte mich. Er bohrte seine Nase in meinen Hals und seufzte leise.

»Nein, bleib hier«, bat ich ihn.

Langsam schob er seine Hand unter mein Nachthemd. Er neckte meine Brustwarzen und fuhr mit den Fingerspitzen in kleinen Kreisen über meinen Bauch. Meine Erregung nahm zu. Ich konnte nicht mehr still liegen und drehte mich zu ihm um, sodass unsere heißen Körper dicht aneinanderlagen. Nichts war mehr zwischen uns. Ich strich eine feuchte Locke auf seiner Stirn zur Seite, um ihm in die Augen sehen zu können. Sie waren glasig vor Lust. Seine Hand tastete sich vor und fuhr zwischen meine Beine. Sie schob sie auseinander, doch erst ließ er meinen Schoß links liegen, fuhr mit den Fingern über die Innenseiten meiner Schenkel, streifte die Venuslippen, wanderte weiter zu meinen Pobacken. Am Ende fanden seine Fingerspitzen die glatte Haut zwischen meinen Beinen.

All seine Bewegungen kamen wie in Zeitlupe, wie im Traum. Seine weichen Hände wechselten immer wieder den Rhythmus, mal waren es innige Liebkosungen, mal nur federleichte Berührungen. Mit seinen Fingerspitzen weckte er ganz neue Zellen in meinem Körper. In mir kribbelte und kochte es. Sein Mund war ganz dicht an meinem Ohr. Ich hörte, dass seine Atmung immer schneller wurde. Mein Verlangen ging in äußerste Erregung über, die zum Auftakt eines Höhepunkts wurde. Ich kam in Schüben. Herrliche Schauer liefen mir durch die Muskeln und trieben mir die Tränen in die Augen. Der Orgasmus war überwältigend, ging aber schnell vorbei.

Er hielt mich fest, während mich die kleinen Nachbeben erschütterten.

»Warum bist du immer so still?«, fragte ich ihn.

»Man muss nicht ständig reden. Hör lieber auf deinen Körper.«

An meinem Bauch war er zwischenzeitlich steif geworden.

»Du bist verschwitzt und dreckig, das geht gar nicht«, sagte er, aber an seinem Tonfall konnte ich erkennen, dass er das keineswegs abwertend gemeint hatte.

Er setzte mich im Bett auf und zog mir das Nachthemd aus, dann stand er auf und hob mich hoch. Sein Mund war dicht an meinem Hals. Er trug mich ins Badezimmer und setzte mich auf allen vieren in die Dusche. Ich schloss die Augen und lauschte. Aus dem Wasserhahn drang ein leichtes Quietschen.

Das warme Wasser strömte mir über den Rücken, lief an den Innenseiten der Beine entlang und wurde zu einem Genuss am ganzen Körper. Er richtete den Strahl auf meinen Po und die Rückseite meiner Oberschenkel. Langsam und sorgfältig seifte er mich ein, überall. Es tat so gut, dass ich mich am liebsten hinlegen wollte, doch er fuhr mit seinem Arm unter meinen Bauch, um mich davon abzuhalten.

»Bleib stehen.«

Er spülte die Seife von meinem Körper, stellte das Wasser aus und hängte den Duschkopf wieder an die Stange. Ich stand noch im Vierfüßlerstand da. Langsam taten mir vom harten Fliesenboden die Knie weh. Er bemerkte es und legte mir ein dickes Duschhandtuch hin.

»Knie dich da drauf. Wir sind noch nicht fertig.«

Er fiel hinter mir auf die Knie. Küsste die kleine Talsenke, wo meine Wirbelsäule endete. Dabei pustete er in kleinen Stößen warme Luft auf mich, während er mit der Zunge über meinen Rücken glitt. Ich ging derart ins Hohlkreuz, dass sich mein Po und meine Brüste hoben. Dann begann er, mich von hinten zu lecken. Seine Zunge bewegte sich abwechselnd in streichenden, dann wieder in kreiselnden Bewegungen. Ich stieß kleine Sehnsuchtsseufzer aus, die mir selbst ganz neu waren.

»Ich liebe diesen süßen kleinen Ton«, flüsterte er leise.

Er schob einen Finger in mich hinein und zog ihn wieder heraus, beim nächsten Mal nahm er zwei. Meine kleinen Seufzer wuchsen zu lautem Stöhnen an. Am Ende packte er meinen Hintern. Er drang in mich ein, behutsam und tief. Sanft legte er sich auf meinen Rücken, sodass ich seinen wilden Herzschlag spüren konnte. Nach einer Weile lehnte er sich zurück und zog meine Hüften ganz zu sich, dann bewegte er mich rhythmisch vor und zurück. Dabei hielt er mich ganz fest und steuerte meine Bewegungen, sodass ich nicht schneller werden und zum Höhepunkt kommen konnte. Sobald ich heftiger atmete, verlangsamte er das Tempo und fing wieder an, mein Kreuz und meine Schenkel zu küssen. Meine Haut reagierte inzwischen auf jede Berührung von ihm hochempfindlich. Er ließ mich auf der Grenze balancieren, verhinderte meinen Orgasmus immer wieder. Es war eine Tortur. Doch dann geschah es. Er packte meine Hüften fester, dann stöhnte er auf. Seine antrainierte Selbstkontrolle war ihm wie durch ein Wunder entglitten.

Nach wie vor hielt er mit einer Hand meine Hüfte fest, während er die andere nach vorn streckte und mich streichelte. Ich spannte alle Muskeln um ihn herum an. Sein Körper wurde von Beben geschüttelt, als ob Wellen des Genusses durch ihn jagten. Er zuckte zusammen und stöhnte laut. Ich befand mich in einem Zustand der Auflösung. Auch mir entglitt ein Ton, der halb ein Schluchzen war, halb eine Art Lachen. Am Ende versanken wir beide ineinander auf dem Boden.

Er brach mit seinen unausgesprochenen Grundsätzen und flüsterte mir zärtliche Worte ins Ohr.

Doch dann war die Kraft in seinen Muskeln schon wieder da, viel zu schnell stand er auf, kam mit einem Handtuch zurück und trocknete mir Rücken und Beine ab. Er hob mich hoch, trug mich zum Bett, legte mich auf den Rücken und ging wieder ins Badezimmer. Ich hörte das plätschernde Geräusch des Wassers, als er unter der Dusche stand.

Im Zimmer war es kalt. Ich fror und kroch unter die Bettdecke. Es war, als hätte sich der Regen ins Haus verzogen. Ich fühlte mich irgendwie durchnässt. Die Decke wärmte mich nicht. Auf einmal wurde ich ganz sentimental, mir gingen viele Dinge durch den Kopf. Ich schloss die Augen, aber der Regen prasselte unter meinen Augenlidern immer noch auf mich nieder. Ich fiel, fiel, fiel, und erst Carl, als er zurück ins Bett kam, holte mich aus diesem Taumel.

»Bist du eingenickt?«, fragte er.

»Nein, ich denke nur nach.«

»Woran denkst du?«

»Bist du dominant?«

»Was für eine Frage. Ich habe doch schon erklärt, dass es mich anmacht, wenn eine Frau meine Berührungen genießt. Das ist also eher das Gegenteil.«

»Aber du bist immer derjenige, der die Kontrolle übernimmt.«

»Mein Gott, Alex! Es gibt ebenso viele sexuelle Spielarten, wie Menschen auf der Welt sind. Ich mag es nun mal so. Und du?«

»Ich auch. Unwahrscheinlich. Aber nächstes Mal möchte ich die Kontrolle haben.«

»Dann werde ich schlaff wie ein Gartenschlauch sein.«

»Werden wir ja sehen.«

Er lachte und küsste mich auf den Mund.

»Du kannst nicht abstreiten, dass dein Kontrollbedürfnis ziemlich groß ist«, sagte ich.

»Und wenn schon? Du lässt dich doch gar nicht kontrollieren. Es ist unmöglich, deine ständigen Kursänderungen mitzumachen. Jeder Mensch ist anders.«

»Was wird aus uns?«, fragte ich ihn.

»Kann man nie wissen. Das ist ja gerade das Gute.«

»Mir gefällt die Vorstellung nicht, dass ich die Sexpartnerin bin, oder wie auch immer du mich bezeichnen willst, die du abservierst, wenn du mich satthast. Das verleiht dir Macht, und ich hasse ungleiche Machtverhältnisse.«

»Aber du könntest es doch genauso machen, oder? In dem Moment, wenn du aus meinem Leben verschwinden würdest, wäre ich am Boden zerstört. Aber das ist heute. Wer weiß, was die Zukunft bringt?«

»Genau. Wie man es auch dreht und wendet, es ist anstrengend. Was machen wir hier eigentlich?«

»Ich versuche, besser zu verstehen, was du eigentlich willst. Es macht mich glücklich, mit dir zusammen zu sein.«

»Und was weißt du dann jetzt über mich?«

»Du hast zu viele primitive, schlechte One-Night-Stands gehabt. Kurze, erbärmliche Orgasmen, die dich am Ende nur frustriert haben.«

»Bitte hör auf damit, mich ständig zu analysieren.«

»Okay.«

»Aber ich möchte meinen Job nicht verlieren.«

»Das wirst du auch nicht. Du bist eine hervorragende Assistentin. Können wir die Fortsetzung dieser Seifenoper vertagen?«

Er sah mich an, die Stirn gerunzelt.

»Erzähl mir lieber von Dani.«

An Dani erinnert zu werden, tat zwar weh, aber ich sprach immer noch gern über sie.

»Wir sind total unterschiedlich, aber trotzdem gehören wir ganz eng zusammen. Sie ist die einzige Familie, die ich noch habe, aber mehr Familie brauche ich auch gar nicht«, sagte ich.

Dann begann ich, ihm von meinem Leben mit Dani zu erzählen, von den Zeiten, in denen wir glücklich gewesen waren. Doch mitten in einem Satz stockte ich plötzlich.

»Ich weiß gar nicht, warum ich dir das alles erzähle. Du musst es doch langweilig finden.«

»Nein, gar nicht. Sprich einfach weiter. Ich höre gern zu, wenn mir Menschen aus ihrem Leben erzählen, ich mag es sogar so sehr, dass ich es zu meinem Beruf gemacht habe.«

Als ich irgendwann nicht mehr weiter wusste, rutschte ich näher an ihn heran und griff nach seiner Hand.

»Es vergeht keine Minute, in der ich nicht an Dani denke«, sagte ich. »Außer, wenn ich mit dir Sex habe. Würden wir beide nicht miteinander schlafen, würde ich durchdrehen. Wahrscheinlich wäre ich längst in der Psychiatrie.«

»Das ist doch ein Beweis für meine Theorie, oder? Aber heute sind dir keine Bilder erschienen?«

»Nicht direkt. Nur so ein Gefühl, dass es da, wo sie sich befindet, regnet. Irgendetwas könnte mir entgangen sein. Irgendwas so Selbstverständliches, dass ich daran gar nicht gedacht habe.«

»Zünde eine Kerze für sie an.«

»Wie meinst du das?«

»Es ist Weihnachten. Heute Abend zünden wir ein Licht für sie an und denken an sie. Das ist dann unsere Art, Weihnachten zu feiern.«

Das hatte er so schön gesagt, dass mir die Tränen in die Augen schossen.

»Aber was machen wir denn den ganzen Tag?«, fragte ich ihn und sah mich ungläubig in seiner leeren Wohnung um. »Hier kann man ja nicht viel unternehmen.«

»Aber du hast hier ja noch gar nicht alles gesehen. Zieh dich an, ich will dir was zeigen.«

Ich griff zu seinem T-Shirt, das über dem Stuhl hing. Er hatte sich ein neues Hemd angezogen und war bereits auf dem Weg hinaus. Vor seiner Wohnung gab es eine Treppe, die in die zweite Etage führte. Er ging vor, tippte vor der Tür am Ende der Treppe einen Zahlencode ein und ließ mir den Vortritt, als die Tür aufsprang. Das Licht, das mir entgegenschlug, war überwältigend, wir standen in einem riesigen Raum, bestimmt hundert Quadratmeter groß. An den Wänden hingen überall gemalte Bilder, manche auf Leinwand, andere wiederum auf einer Art gebürstetem Stahl. Und wieder andere waren wohl einfach auf ganz normalem Papier ausgedruckt. Ich starrte sie an und kam aus dem Staunen nicht mehr heraus. Sie stellten erotische Motive dar, an der Grenze zur Pornografie. Sie waren ein Mix aus Fotorealismus und abstrakter Kunst. Männer und Frauen beim Sex. Die leuchtenden Farben verliehen den Bildern Tiefe und Leben. Ziemlich schnell begriff ich, dass das, was sich auf den Kunstwerken abspielte, auch in Wirklichkeit geschehen sein musste.

»Hast du schon mal etwas von iPad-Kunst gehört?«, fragte Carl. »In Schweden ist sie schon bekannt, aber in den USA nimmt sie gerade explosionsartig zu.«

»Hast du die alle gemacht?«, fragte ich und stand kopfschüttelnd da.

»Ja, das ist mein Hobby. Sie zeigen meine Klienten, die ich mit deren Erlaubnis gefilmt habe. Ich habe Standbilder aus den Filmen gezogen und sie auf dem iPad zu Gemälden gemacht. Es gibt einen Haufen Apps, mit denen man das machen kann. Im Grunde lassen sich damit alle Arten von Bildern zaubern. Als Erstes minimiere ich die Kontraste im Foto und verstärke gewisse Details ganz nach meinem

Geschmack. Dann lege ich Farben darüber, die die Gefühle in diesem einen Augenblick widerspiegeln. Ich kann das Bild dann auf allen Materialien, die mir zur Verfügung stehen, ausdrucken.«

Ich betrachtete die Bilder noch einmal. Ein Mann stand mit dem Rücken an eine Wand gelehnt und liebkoste die Brüste einer Frau, ein anderer presste sich an ihren Rücken und küsste ihren Nacken.

Eine Frau ritt einen Mann und warf dabei den Kopf nach hinten, ihre Haare füllten das ganze Bild. Zwei Männer küssten sich vor einem Fenster. Alle Bilder strahlten innige Sehnsucht aus. Ich wusste, dass diese Gemälde allesamt Träume visualisierten, die in Erfüllung gegangen waren. Sie waren so unglaublich schön, dass es mir die Sprache verschlug.

»Ich werde die Bilder nächstes Jahr in Stockholm ausstellen«, fuhr Carl fort. »Alle meine Klienten werden dabei sein. Ich habe ihre Gesichter etwas verfremdet, sodass man sie nicht zuordnen kann. Aber sie selbst werden sich beim Anblick der Kunstwerke an den Augenblick erinnern, in dem das Bild entstanden ist. Die Stimmung in der Galerie wird knistern. Das wird megacool werden. Eine Diashow wird es auch geben, dafür ist eine komplette Wand vorgesehen.«

Ich fuhr herum und merkte, dass er direkt hinter mir stand. Er legte mir seine Hand ins Kreuz und forderte mich auf, ein paar Schritte in den Raum hinein zu machen.

»Deine Bilder sind traumhaft schön. Mir fehlen die Worte.«

Und in diesem Moment erblickte ich es. Ein bisschen am Rande. Es war kleiner als die anderen. Ein Mann presste eine Frau gegen eine Wand und hob ihr eines Bein hoch. Die Frau hatte den Mund offen, und an ihrem Gesichtsausdruck konnte man zweifelsfrei ablesen, dass sie gerade auf den

Höhepunkt zusteuerte. Eine andere Frau lehnte am Rücken des Mannes. Sie machte ein euphorisches Gesicht, verklärt wie nach dem Akt.

Der Rücken des Mannes, das Haar, wie es ihm über die Ohren fiel und sich im Nacken lockte, das Tattoo, das zwar nur verschwommen sichtbar, aber doch am Oberarm zu erkennen war, all das erkannte sie wieder.

»Das bist du!«

Er grinste und nickte.

»Das war mein Erstlingswerk. Eigentlich nur ein Versuch.«

»Und die Frau, die an der Wand steht, ist deine Ex-Freundin.«

»Stimmt.«

Ich spürte es innerlich brodeln. Eine reflexartige Reaktion von Eifersucht.

Das Bild war so intim. Plötzlich fand ich es widerlich.

»Das ist mit Abstand dein schlechtestes.«

»Meinst du? Na ja, es war nur ein Versuch, wie gesagt.«

»Stehst du auf ältere Frauen?«

»Das Alter ist mir vollkommen egal.«

»Stehst du auf Sex mit zwei Frauen?«

»Im Moment stehe ich auf Sex nur mit dir.«

Da schoss mir ein Gedanke durch den Kopf – wie ein Steppenläufer in einer Wüste.

»Ich möchte, dass du ein Bild von uns beiden machst.«

Da wanderte wieder dieses gefährliche Lächeln über sein Gesicht.

58

Zuerst merkt sie gar nichts.

Ihr Hintern fängt den Sturz ab, sie verspürt einen heftigen Schmerz im Steißbein, doch sie ist wie besessen davon, die Spuren ihres Fluchtversuchs zu beseitigen, bevor die Männer zu ihr zurückkommen.

Sie klettert auf den Baumstumpf, die Stangen unter den Arm geklemmt, schließt das Fenster, schraubt die Stangen erst nur lose an, aber fest genug, damit das Gitter wieder an Ort und Stelle sitzt.

Die Übelkeit macht sich erneut bemerkbar. Seit ein paar Wochen leidet sie schon darunter. Das ist das Kind. Das arme kleine Kind.

Vorsichtig steigt sie von dem Baumstumpf ab und schiebt ihn zurück in die Ecke, an den gewohnten Platz. Sie wundert sich selbst, dass ihre Tränen versiegt sind. Vielleicht ist es jetzt einfach zu endgültig.

Die Hoffnungslosigkeit überwältigt sie.

Es ist nicht möglich, hier rauszukommen.

Es geht gar nicht. Es geht nicht.

Ihr Hirn sucht verzweifelt nach Alternativen, aber ihre Gedanken schießen viel zu schnell durch ihren fiebrigen Kopf.

Jemand wird nach ihr sehen. *Schlag ihn nieder. Flüchte durch die Krypta aus der Kirche hinaus.*

Von draußen sind Schritte zu hören, so plötzlich, so unerwartet, dass ihr Herz fast stehen bleibt.

Ist der Meister zurückgekommen?

Der Schlüssel dreht sich im Schloss.

Sie ist auf dem Boden wie festgefroren, versucht, sich zu rühren, doch sie kommt nicht vom Fleck.

Ihr Körper zittert.

Der Untertan steht vor ihr in der Tür.

Sie blickt selbst auf ihren bebenden Körper.

Und genau da bemerkt sie den Blutfleck, der sich auf der Vorderseite ihres Nachthemdes ausbreitet.

Sie spürt, wie ihr ein Rinnsal am Oberschenkel hinabläuft, hinunter zum Saum.

Sie hat nichts, um diesen Anblick zu verbergen.

59

Am Heiligen Abend arbeiteten Carl und ich. Wir saßen an einem Fenster in seiner Wohnung, mit aufgeklappten Laptops einander gegenüber. Draußen war es wolkenverhangen und trüb. Als der Wind zunahm, prasselte der Regen gegen die Scheibe. Nur für eine Sekunde kam die Sonne zum Vorschein, doch da war sie so stark, dass sie uns blendete. Danach verzog sie sich wieder und hinterließ uns einen trostlos grauen, typischen Dezembertag.

Carl schlug vor, Feuer zu machen. Ich beobachtete ihn, wie er Holz im Kamin stapelte und dann Zeitungspapier zusammenknüllte und dazwischenstopfte. Im Nacken lockten sich seine Haare. Seine Rückenmuskulatur war angespannt. Bei allem, was er tat, war er hoch konzentriert. Er legte die Holzscheite mit einer solchen Präzision aufeinander, dass man meinen konnte, er baue eine Pyramide. Ich hatte Lust, mich hinter ihm hinzuknien und seinen breiten Rücken zu umarmen. In diesem Augenblick verspürte ich eine besonders starke Zuneigung zu ihm.

Ich suchte im Internet auf allen möglichen Seiten nach den Brüdern Tynell, Mats Levinger und dem Polizisten Dennis Neuman. Carl nahm sich deren Finanzen vor. Auf diese Weise gelang es uns, einige Querverbindungen zwischen ihnen aufzudecken. Sie alle investierten an der Börse in dieselben Unternehmen, besuchten dieselben Vernissagen oder andere kulturelle Veranstaltungen und standen auch in Kontakt zu

Willy Buckman, diesem rechtsradikalen Politiker. Alle vier waren Mitglieder eines Männerklubs, der den Namen Nobel Knights Club trug. Für jeden von ihnen legten wir einen Ordner an, eine Art Präsentation, die wir für Hans Teller, den Polizeipräsidenten, vorbereiteten.

Das Feuer knisterte heimelig. Auf dem Tisch brannte eine Kerze für Dani. Immerhin war das auch eine Art, Weihnachten zu feiern.

Weil eigentlich keiner von uns auf traditionelles Weihnachtsessen stand, briet Carl eine Frittata, die wir mit einem Glas Rotwein genossen.

»Woher hast du so gut kochen gelernt?«, fragte ich ihn.

Die Antwort kam erst einen Moment später.

»Ich hatte keine Wahl. Ich habe angefangen, Essen zu kochen, als ich sieben war. Da meine Mutter hochgradig depressiv war, hätte es sonst nichts zu essen gegeben.«

Ich stellte mir die Situation vor, wie er sich im Alter von sieben Jahren um ein warmes Essen für die ganze Familie kümmert, dazu die Angst vor dem Vater und die schlimme Verzweiflung. Ich kannte ja das Gefühl, Kind und von allen verlassen zu sein.

»Wie furchtbar«, sagte ich leise.

»Nein, eigentlich nicht. Furchtbar war, was mein Vater meiner Mutter angetan hat.«

Ich strich über seine Hand und versuchte, ihm in die Augen zu blicken, doch er sah weg.

»Hattest du oft Angst?«, fragte ich ihn.

»Ja, aber ich habe meine Angst immer weggemalt. Ich habe auf so ziemlich jeden Untergrund Bilder gemalt, auf Kartons, auf die Rückseiten der Tragetaschen. Mein ganzes Taschengeld habe ich für Farbe ausgegeben. Das war meine Methode, dieses Trauma zu bearbeiten.«

»Und jetzt malst du Bilder, die das genaue Gegenteil von dem abbilden, was damals geschehen ist. Bilder des allerschönsten Augenblicks überhaupt.«

Er sah mich lange gedankenverloren an.

»Stimmt«, sagte er. »Die allerschönsten Augenblicke.«

»Das ist wunderbar.«

Da beugte er sich über den Tisch und küsste mich. Seine warmen Lippen schmeckten süß nach Weintrauben.

»Wir werden Dani finden«, sagte er und klang so felsenfest überzeugt, dass ich einen Kloß im Hals bekam.

Am Abend rief ich Jim an und wünschte ihm und seinen Eltern frohe Weihnachten. Ich log ihm vor, wie schön die Aussicht aus dem Hotelfenster war und wie hervorragend es mit meinem Job in San Francisco lief, und das machte ich wirklich gut. Was jedoch zur Folge hatte, dass ich mich miserabel fühlte. Ich beschloss, mit Jim auf eine schonende Weise nach Silvester Schluss zu machen. Es war besser für ihn, wenn ich ehrlich war. Ich würde ihn ja doch nie lieben können.

Am ersten Weihnachtstag stiegen wir in den Zug nach Stockholm, um schon vor Ort zu sein, wenn wir am darauffolgenden Tag Hans Teller trafen. Es war Carls Idee, gleich ganz früh am ersten Weihnachtstag loszufahren. Er meinte, es wäre dann noch still und leer im Zug, gut zum Arbeiten. Und leer war es auch. In unserem Abteil saß nur ein alter Mann, der ziemlich einsam wirkte – traurig, erschöpft und ängstlich. Carl und ich saßen uns gegenüber auf den Fensterplätzen. Hin und wieder sah Carl von seinem Laptop auf. Wenn sich unsere Blicke trafen, fühlte es sich an, als liebkoste er meinen Schoß. Die ganze Situation war irgendwie strange. Die karge Winterlandschaft, die vor der Glasscheibe vorbeisauste. Das ratternde Geräusch von den Gleisen. Das Gefühl, auf dem Weg zu etwas Unbekanntem zu sein. Im Abteil roch es leicht nach verbranntem Gummi und bittersüßen Kindheitserinnerungen.

Zwischendurch dachte ich mir, dass ich Carl viel zu viel anvertraute. Wenn ich mit Jim Schluss machte, war Carl mein letzter Rettungsanker. Diese Vorstellung jagte mir Angst ein. Nie zuvor war ich von einem Mann abhängig gewesen.

Carl konnte die Wohnung eines Freundes in Nacka leihen, und dort blieben wir über Nacht. Wir würden Hans Teller in seinem Privathaus treffen, das sich ganz in der Nähe befand. Von der Wohnung aus hatten wir einen Blick aufs Wasser. Ein Boot nach dem anderen fuhr vorbei, auch die großen Fähren. Der Kåknästurm blinkte in der Ferne. Als es dunkel wurde, glitzerten noch unzählige Lichter auf dem Wasser.

Am Abend kam Carls Freund Roman vorbei und hatte ein paar neureiche Machotypen im Schlepptau. Carl betitelte sie seine »Stockholmer Gang« und stellte mich ihnen als »Alex, meine Assistentin« vor. Keiner von ihnen hielt es für nötig, mir die Hand zu geben, sie nickten nur kurz. Ein Ausbund an Selbstherrlichkeit und Arroganz. Mancher hätte sie als charismatisch bezeichnet, doch ihre Selbstverliebtheit stellte ihren Charme leider weit in den Schatten.

Während sie da waren, verkniff sich Carl jede zärtliche Geste mir gegenüber. Aus irgendeinem Grund regte mich das auf. Sie tranken, rissen Witze und plusterten sich auf. Auch ihre teuren Markenklamotten und die wertvollen Uhren konnten mich nicht beeindrucken.

Ich zog mich in eine Ecke zurück und beobachtete sie kritisch. Meine Lippen verspannten sich und gaben meinem Gesicht einen genervten Ausdruck, der sich kaum verbergen ließ. In der Regel fand ich es aufregend, die einzige Frau in einer Runde attraktiver Männer zu sein. Doch jetzt kam es mir vor, als wäre das in einem anderen Leben gewesen. Einer der Männer stierte mich ununterbrochen an. Besonders meine Beine gefielen ihm. Einmal trafen sich unsere Blicke zufällig. Er lächelte arrogant. Stück für Stück bewegte er sich auf den Sessel zu, in dem ich saß, erst setzte er sich auf die Armlehne, dann legte er seinen Arm über die Rückenlehne. Es hatte den Anschein, dass seine Bewegungen ganz harmlos waren, doch ihre Intimität war unverschämt. Schließlich bekam ich eine Stinkwut und sprang auf. Er fasste mein Handgelenk, aber ich zog meinen Arm schnell zurück und schüttelte erbost den Kopf.

Ich lief ins Schlafzimmer hinüber und warf mich aufs Bett. Lange lag ich so da und lauschte den Stimmen der Männer. Ihrem Lachen. Dem Klirren ihrer Gläser. Es war kaum möglich, ihre Stimmen zu unterscheiden oder herauszuhören, worüber sie sich gerade unterhielten. Mir kam die Erkenntnis, dass alle Männer, wenn sie im Rudel auftraten, gleich klangen, egal ob sie Millionäre waren oder eher fertige Typen. Das ewige Gegröle.

Schließlich ignorierte ich ihr Gebaren und verlor mich in Gedanken. So wird es nicht weitergehen, redete ich mir ein. Wenn Dani wieder da wäre, hätten solche Abende vielleicht wieder einen Reiz. Aber tief in meinem Innersten wusste ich, dass ich mich verändert hatte und niemals wieder dieselbe sein würde.

Die Männer grölten immer lauter, und meine Nervosität nahm zu. Ich fragte mich, ob Carl inzwischen so betrunken war, dass er vielleicht nicht mehr eingreifen würde, falls einer dieser Männer versuchte, sich über mich herzumachen. Oder ob sie sich alle auf mich stürzen würden. Aber schließlich konnte ich ihre überschwänglich lallenden Abschiedsworte hören und das Geräusch der Wohnungstür, die ins Schloss fiel.

Ich hörte Carl duschen und sich die Zähne putzen. Er kam ins Schlafzimmer und kroch unter die Decke.

»Was für eine primitive Art, zusammen abzuhängen«, sagte ich schmollend.

»Wir haben doch nur Spaß.«

»Wirklich armselig.«

Darauf reagierte er nicht mehr, stattdessen zog er mich an sich. Ich fühlte mich schlecht, schließlich hatte er mir schon so viel geholfen, und ich motzte ihn nur an.

»Da hast recht«, sagte er. »Auf die Dauer wird es eintönig.«

»Ich kann mich an deine Welt anpassen, wenn es um die Arbeit geht, aber in deinem Privatleben bin ich ein Fremdkörper«, sagte ich.

»Meine *Welt* verändert sich permanent. Die Jungs sind nach Hause gegangen und kommen auch nicht wieder. Warum benimmst du dich, als säßen sie immer noch hier?«

Seine Stimme war voller Resignation.

Ich hätte auf der Stelle losheulen können.

»Entschuldigung. Wir haben Weihnachten. Und dann Dani. Danke, dass du mir so viel hilfst. Wenn es wirklich einen Gott gibt, ist er ein sadistisches Schwein, weil er zulässt, dass Dani so gequält wird. Das hat nichts mit Gerechtigkeit zu tun.«

»Das ist die Ungerechtigkeit des Zufalls, es gibt keine höhere Macht. Wir werden Dani finden.«

Ich brauchte ihn so sehr.

Doch dann fiel mir etwas ein.

»Woher wusstest du eigentlich immer, wo ich in San Francisco war?«

»Das musst du schon selbst herausfinden. Wenn du das schaffst, bekommst du die nächste Gehaltserhöhung.«

Er sprach leicht verwaschen. Sein Atem roch nach Zahnpasta mit einer Note von Alkohol.

»Und jetzt schlafen wir«, sagte er, schob mir die Haare aus dem Nacken und küsste mich.

Und wie immer, wenn wir so ineinander verschlungen dalagen, fühlte ich mich geborgen und schlief problemlos ein.

Hans Teller wohnte in einem weiß getünchten Haus mit Blick aufs Meer. Er war auffallend groß, besaß muskulöse Arme, einen etwas aufgedunsenen Bauch und ein rundliches Gesicht mit lederartiger Haut. Seine Augen waren dunkel und sein Blick äußerst aufmerksam und intensiv. Sein Händedruck fühlte sich fest an. Ein Gefühl, als hielte man die Hand in einen Schraubstock. Trotzdem mochte ich ihn auf Anhieb.

Aus dem Haus drang das Gezeter von streitenden Kindern. Zu seiner Entschuldigung zuckte er mit den Schultern.

»Bald wird die ganze Verwandtschaft eintrudeln. Aber ein paar Stunden Galgenfrist habe ich noch. Wir gehen rüber in mein Büro.«

Er hörte sich meine Geschichte an, ohne mit der Wimper zu zucken. Sein Gesichtsausdruck war kein bisschen überheblich, er wirkte empathisch. Nicht mal an der Stelle, als ich ihm von meinen Erscheinungen von Dani berichtete, reagierte er komisch. Am Ende wusste er alles.

Carl zeigte ihm unser Material, die Briefe mit den Siegeln und Stan Goodbans Brief. Es war ihm sogar gelungen, den alten Video-Film auf sein iPad zu laden. Hans Teller stockte der Atem, als wir ihn abspielten. In dem Moment, als die Puppe ins Feuer geworfen wurde, sprang er auf.

»Ich habe genug gesehen. Warum seid ihr damit noch nicht zur Polizei gegangen?«

Ich berichtete ihm, was sich auf der Polizeiwache mit Dennis Neuman und Mats Levinger abgespielt hatte.

Er schüttelte den Kopf.

»Das klingt wirklich ernst.«

»Aber glauben Sie uns denn?«, fragte ich überrascht.

»Ja, absolut.«

»Und warum?«

»Nach dem Verschwinden Ihrer Schwester gibt es keine einzige heiße Spur, das ist wirklich ungewöhnlich. Die Informationen, die Sie zusammengetragen haben, sind beeindruckend. Allerdings ist das keine Sache, die ich an einem Vormittag erledigen kann. Ich muss Kollegen mit weiteren Ermittlungen beauftragen, und an den Feiertagen steht uns leider nicht viel Personal zur Verfügung. Ihr müsst mir ein bisschen Zeit geben. Ist neben Dennis Neuman in Lund und diesem Goodban noch jemand informiert?«

»Brett, mein Partner in San Francisco, aber er ist absolut vertrauenswürdig«, sagte Carl. »Und dann Alex' Freund, der wohl kaum eine Gefahr darstellen sollte. Er hat überhaupt kein Standing.«

Hans Teller wandte sich wieder an mich.

»Glauben Sie, Sie wären zu Hause bei Ihrem Freund besser aufgehoben als bei der Arbeit? Sie sollten in Sicherheit sein, solange ich noch ermittle.«

»Ich weiß nicht …«, setzte ich an, aber Carl fiel mir ins Wort.

»Jim, oder wie der Typ nun heißt, würde die Beine in die Hand nehmen und abhauen, wenn es jemand auf Alex abgesehen hätte«, sagte er. »Du bleibst bei mir. Ich werde ein paar Männer vom Personenschutz organisieren.«

Langsam ärgerte es mich, dass er immer alles allein entscheiden wollte.

»Carl!«, rief ich energisch. »Hör auf, mich zu bevormunden. Ich entscheide selbst, wo ich wohne.«

Doch die Vorstellung, den ganzen Tag bei Jim in der Wohnung zu verbringen, war kein bisschen verlockend. Und außerdem war ich immer noch fest entschlossen, mit ihm Schluss zu machen. Doch das konnte Carl nicht wissen.

»Jim ist völlig in Ordnung, aber er ist zurzeit beruflich in Göteborg«, sagte ich. »Dann wäre ich ja sehr viel allein. Und ich arbeite gern, deshalb macht es mir gar nichts aus, viel Zeit im Büro zu verbringen.«

»Gut. Ich halte dich auf dem Laufenden, Carl«, sagte Hans Teller.

Dann schnitten die Männer private Themen an. Meine Aufmerksamkeit richtete sich inzwischen auf zwei Dinge, die gleichzeitig geschahen. Zuerst fiel mein Blick auf eine kurvige Frau mit mittellangem Haar, die in der Tür stand und uns lächelnd beobachtete. Es war klar, dass das Hans Tellers Frau war, Erica Teller. Ich erkannte sie von einem Foto aus dem Büro wieder, ich sollte ja nach Silvester ein Gespräch mit ihr führen. Und während meine Wangen ärgerlicherweise rot anliefen, wurde ich von einem SMS-Signalton meines Handys abgelenkt. Die Nachricht kam von Jim.

Ich habe in deinem Hotel angerufen, sie haben gesagt, du wohnst da gar nicht. Wo bist du? Mache mir Sorgen.

Sein Kontrollwahn ging mir langsam auf die Nerven. Ich antwortete postwendend.

Du hast wohl das Hotel verwechselt. Mach dir keine Sorgen. Ich melde mich, wenn ich zurück bin.

Nachdem mich Carl Erica Teller vorgestellt hatte und wir ein paar Worte gewechselt hatten, verließen wir Hans Tellers Haus.

Nach diesem Treffen war ich ausgelassen wie ein Kind. Hans Teller würde die Sache voranbringen, da war ich mir ganz sicher. An dem Abend gingen wir essen und unterhielten uns gut. Nach ein paar entspannten Stunden fühlte ich mich fast glücklich.

Als wir am darauffolgenden Tag im Zug saßen, war Carl in die Arbeit vertieft, er hockte vor seinem Laptop und checkte die Mails. Ich besorgte mir am Hauptbahnhof ein Buch, das ich bereits ausgelesen hatte, als wir in Lund ankamen.

Zu Hause in der Villa war es dunkel und kalt. Ich konnte es kaum erwarten, Zelda wiederzusehen, sie war jetzt zwei Tage allein gewesen. Carl schlug vor, dass ich in seiner Wohnung schlafen sollte.

»Ich möchte lieber im Gästehaus bei meiner Katze bleiben«, sagte ich. »Sie hat mich vermisst.«

»Dann bring sie doch einfach mit.«

Ich spürte, dass dieser Stockholmer Abend mit den unsympathischen Männern noch immer an mir nagte.

»Warum hast du es zugelassen, dass mich dieser Wichtigtuer da in der Wohnung anfasst?«

»Alex! Niclas Hedin ist CEO der Handelsbank in Stockholm, er würde niemals …«

Er hatte es also bemerkt.

»Du hast mich als deine *Assistentin* vorgestellt.«

»Aber das bist du ja auch.«

»Und im Privatleben? Genau deshalb hat er gedacht, er kann mich anbaggern. Du hast keinen Ton gesagt.«

»Das ging alles so schnell. Wenn er weiter gegangen wäre, hätte ich natürlich eingegriffen. Niclas hat es nicht böse gemeint.«

»Er ist so ein Oberklassenschwein. Und du benimmst dich auch manchmal so.«

Er lachte und schüttelte den Kopf. Als ich ihn ansah, wie er dastand, mit diesem entwaffnenden Lächeln, von meinem Angriff vollständig unberührt, bekam ich ein komisches Gefühl im Bauch, Übelkeit stieg auf. *Irgendwas stimmt hier nicht.*

Carl zog mich sanft zu sich. Widerwillig ließ ich mich in die Arme nehmen.

»Entschuldige«, sagte er. »Das wird nicht wieder vorkommen.«

»Ich schlafe heute Nacht im Gästehaus«, erwiderte ich. »Das ist besser so.«

»Okay. Komm hoch zu mir, wenn du es dir anders überlegst.«

Als sie mich sah, war Zelda geradezu wild vor Freude. Als mein Blick auf ihre leeren Wasser- und Futterschalen fiel, befiel mich das schlechte Gewissen sofort. Ich füllte beides nach und machte ihr Katzenklo frisch. Packte meinen Koffer aus. Sah nebenbei einen Film an. Überlegte, wie ich Jim davon abbringen konnte, mich nach Neujahr vom Flughafen abholen zu wollen.

Aber an diesem Abend war ich voller Hoffnung. Der Termin mit Hans Teller war vielversprechend gewesen. Über Weihnachten hatte ich Danis Gegenwart intensiv gespürt – zwar nur ganz leicht wie ein zartes Streicheln, aber besonders echt. Ich wusste, dass sie am Leben war.

Gegen elf Uhr ging ich mit Zelda ins Bett, um zu schlafen. Sie lag neben mir, mit einer Tatze auf meinem Bauch. Dann rutschte sie ab, und da wusste ich, dass sie eingeschlafen war. Und das tat ich dann auch.

Ich weiß nicht, wie lange ich geschlafen hatte. Vielleicht eine Stunde, vielleicht zwei. Aber es dauerte keine Sekunde, da riss mich etwas aus dem Schlaf, und ich war auf der Stelle hellwach. Im Zimmer war es plötzlich taghell. Der durchdringende Ton einer Sirene war zu hören. Einen Moment lang war ich völlig verwirrt, dann fiel mir die Alarmanlage wieder ein. Ich setzte mich kerzengerade auf. Zelda sprang auf, stellte sich auf meinen Schoß und machte einen Buckel. Ich wagte es nicht, mich von der Stelle zu rühren. Von der grellen Beleuchtung warfen die Möbel im Zimmer unheimliche Schatten. Die Sirene klang wie ein heulender Wolf.

Es klopfte an der Tür, dann kam Carl mit einem Gewehr über der Schulter hineingestürmt.

»Was ist passiert? Du hast ein Gewehr?«, fragte ich verschreckt.

»Die Alarmanlage ist angesprungen. Es sind aber nur wir beide hier. Ich werde eine Kontrollrunde drehen und nachsehen, ob jemand eingebrochen hat. Schließ die Tür hinter mir wieder ab und bleib hier.«

Und dann stürmte er wieder hinaus. Ich schloss die Haustür ab und kroch unter die Bettdecke zurück. Wartete. Atmete tief durch. *Ein und aus, schön durch die Nase. Langsam!*

Das Sirenengeheul verklang. Das grelle Licht erlosch. Ich fühlte mich klein, ausgeliefert und von irgendjemandem in dieser nachtschwarzen Dunkelheit beobachtet. Es dauerte gefühlt eine Ewigkeit, bis Carl zurück war. Sein Blick war so durchdringend, dass ich Angst bekam.

»Ich kann auf dem Grundstück niemanden entdecken, aber ich gehe rüber ins Büro, da habe ich die Telefonnummer der Security-Firma, die wir beauftragen. Ich werde sie bitten, ein paar Wachleute abzustellen. Geh nirgendwohin. Und verschließ die Tür, Alex, sofort.«

Entweder färbte Carls Nervosität auf mich ab, oder es war mein Bauchgefühl, denn ich spürte, dass es damit noch nicht vorbei war. Die großen Linden im Garten standen mucksmäuschenstill, wie auf einem Foto, ihre Schatten waren lang und gespenstisch.

Ich war viel zu aufgeregt, um mich wieder hinzulegen. Die Angst saß mir im Nacken. Eigentlich überall. Als ich in die Küche ging, stolperte ich über einen zusammengerollten Teppich und fiel hin, sprang aber sofort wieder auf.

Meine Sinne waren hochsensibel. Ich hörte das Brummen des Kühlschranks, das hastige Trommeln meines Herzens gegen den Brustkorb. Die einzige Beleuchtung kam von dem blinkenden Weihnachtsbaum draußen auf dem Hof. Ein Schwarm Vögel hob von einem Baum ab und flog in den Himmel.

Ich presste meine Stirn an die frostige Fensterscheibe, ließ das Eis von meinem Atem schmelzen und hinterließ einen schmierigen Abdruck vor dem Dunkel.

Und da spürte ich es. Da war jemand. Jemand beobachtete mich.

Ich bekam eine Gänsehaut. Erst sah ich gar nichts. Die Nacht war rabenschwarz. Aber dann passten sich meine Augen an.

Vor Schrecken erstarrte ich.

Auf der anderen Seite des Fensters stand ein Mann mit Sturmhaube.

60

Es dauert einen Moment, bis der Untertan begreift, was hier los ist.

Bitte, denkt sie. Bitte, bitte, das darf nicht wahr sein.

Sie kniet sich hin und wimmert. Sie nimmt den Duft von Eisen wahr. Zwischen ihren Beinen fühlt es sich warm und schmierig an. Doch all ihre Gedanken sind bei dem armen Kind, dessen Leben sie so fahrlässig aufs Spiel gesetzt hat. Daran hatte sie gar nicht gedacht.

Der Untertan holt sein Handy heraus und ruft jemanden an. Sie kann seine Worte nicht verstehen.

Es rauscht in ihren Ohren und flimmert vor ihren Augen.

Er packt sie, führt sie aus der Krypta hinaus in ein Badezimmer und setzt sie auf die Toilette. Er überlässt es ihr, sich abzuwischen. Lässt sie duschen. Gibt ihr Unterhosen und eine Binde. Er bewegt sich ganz langsam, reptilienartig. Sein Gesicht spricht Bände. Verzweiflung, Hoffnungslosigkeit. Kann das wahr sein?

Er hat nicht kommentiert, dass sie vom Regen durchnässt war, als er sie gefunden hat. Er scheint unberührt. Seine Augen sehen müde aus.

»Du solltest dich jetzt ausruhen«, sagt er. »Ich kann dich nicht zum Arzt bringen. Aber ich bin da, falls du etwas brauchst. Collin ist auch da. Schade, dass es so gekommen ist. Sonst …«

Er führt sie zum Bett zurück und deckt sie zu. Aber in

ihrem aufgelösten Gemütszustand kann sie seine unerwartete Herzlichkeit gar nicht schätzen.

Das Licht geht aus.

Die Resignation überkommt sie.

Sie überflutet sie wie eine riesige Welle.

Alles ist kaputt.

Ihr Herz kann schlagen, so viel es will, aber sie hat nicht vor, sich jemals wieder vom Fleck zu rühren. Ganz unten im Sumpf der Gleichgültigkeit ist alles egal; der Schmerz im Unterbauch, das Eingesperrtsein, und trotzdem zu atmen und zu leben. Jetzt ist sie eins mit dieser harten Pritsche. Sie wird sich nie wieder davon erheben. Kann nichts mehr denken, nichts mehr fühlen. Sie versucht es, Gott ist ihr Zeuge, doch sie fühlt überhaupt nichts mehr. Sie weiß nicht einmal, ob sie noch lebt.

In der Dunkelheit kauert sie sich zusammen. Die Apathie ist ein unsichtbarer, lautloser Henker.

Der endlose Strom von albtraumhaften Tagen ist vorbei. Nun ist sie tiefer gesunken, jetzt weilt sie an einem Ort, an dem keiner mehr zu ihr vordringen kann.

61

Als ich in diese eiskalten Augen starrte, war jede Sekunde eine halbe Ewigkeit. Ich konnte keinen Finger rühren, wollte schreien, doch ich blieb stumm.

Das Gesicht verschwand. Dann rüttelte jemand an der Klinke der Haustür. Geräusche von heftigen Schlägen ertönten. Ungestüm raste ich zur Tür, schlug der Länge nach hin und sprang wieder auf. Ich schrie. Und wie ich schrie! Ich hatte nur noch einen Gedanken: Jetzt sind sie gekommen und holen mich. *Die Auserwählte*. Und ich würde um mein Leben kämpfen, treten und kratzen, bis nichts mehr von mir übrig war.

Dann krachte es laut von dem Holz, das nachgab. Ein großer, spitzer Gegenstand drang in die Tür ein. Neben dem Knauf war ein tiefes, splittriges Loch geschlagen, und eine mit Handschuh bekleidete Hand fuhr hindurch und tastete nach dem Schloss.

Ich sah mich um, suchte fieberhaft nach etwas, mit dem ich mich verteidigen konnte. Da ich nichts Besseres fand, riss ich ein Bild von der Wand. Wie besinnungslos schlug ich es auf die Hand. Das Glas über dem Bild zersprang und mischte sich auf dem Boden mit den Holzsplittern, die überall lagen.

Weit entfernt hörte ich den Ton einer Sirene. Die Hand war verschwunden. Es war mit einem Mal still. Dann bemerkte ich Schritte, die schnell näher kamen, und jemand schrie: »Stehen bleiben!«

Es war Carls Stimme.

»Alex, mach auf, ich bin es.«

Mit zitternden Händen öffnete ich die eingeschlagene Tür.

Carl stand vor mir. Mit dem Gewehr in der Hand sah er vollkommen wahnsinnig aus.

»Nimm das Gewehr runter, wenn du vor mir stehst«, schrie ich aufgebracht. Meine Stimme überschlug sich.

Er machte ein paar Schritte auf mich zu und stand nun auf den Scherben.

»Alex, beruhige dich. Was ist passiert?«

Mir schossen die Tränen in die Augen, ich konnte nichts dagegen tun. Er legte das Gewehr zur Seite und hielt die Hände hoch.

»Erzähl.«

»Ein schrecklicher Typ mit Sturmhaube. Er hat die Tür fast eingeschlagen, sie sind gekommen, um mich zu holen. Er ...« Aus irgendeinem Grund fing ich an, mit den Zähnen zu klappern.

»Die Polizei ist hier, sie verfolgen ihn schon«, sagte Carl. »Die Security-Firma habe ich auch angerufen. Sorry, dass ich nicht bei dir war.«

Er kam näher und nahm mich in die Arme. Meine Zähne klapperten bald nicht mehr, doch ich zitterte am ganzen Körper.

»Schsch ... Die Polizei wird ihn festnehmen. Wir warten hier, bis sie wiederkommen. Lass uns ins Wohnzimmer gehen.«

Die arme Zelda hatte sich unter dem Sofa verkrochen. Von ihr war nur noch der Schwanz zu sehen. Langsam gewann ich die Kontrolle über meinen Körper zurück. Das Zittern nahm ab. Meine Atmung beruhigte sich. Carls liebevolle Umarmung half mir sehr. Aber wie er da vor mir gestanden hatte, das Gewehr auf mich gerichtet, das hatte mich schockiert.

»Warum besitzt du ein Gewehr? Gehst du jagen?«

Er wandte den Kopf ab, doch im Augenwinkel erkannte ich eine kleine Falte auf seiner Stirn. Irgendwas an meiner Frage gefiel ihm nicht.

»Nur sehr sehr selten. Höchstens Hasen und andere Kleintiere.«

Ich stellte mir Carl und seine Männerfreunde vor, wie sie hilflose Kaninchenjungen im Wald erlegten. Mein Magen fing an, sich zu verkrampfen. Da konnte ich mich nicht mehr beherrschen. Die Worte mussten einfach raus.

»Pfui, ist das scheußlich. Du Mörder.«

Er zog mich ganz fest an sich. Und indem er das wieder auf seine besondere Weise tat, befreite er mich aus meinem Zustand.

»Ich glaube, du hast einen Schock, Alex. Woher wussten sie, dass du hier bist? Ich versteh das nicht.«

Da tauchten zwei Polizisten auf. Völlig außer Atem.

»Er ist entkommen«, sagte der eine. »Er ist über das Tor geklettert, wo die Fitnessgeräte aufgebaut sind.«

»Das ist eine Hindernisbahn«, korrigierte Carl.

Er war knallrot im Gesicht. In seinen Augen brannte es förmlich. Seine Verwandlung war ausgesprochen merkwürdig. Einerseits sah er entsetzt, andererseits wieder so aufgekratzt aus.

Die Polizisten blieben noch eine Weile da. Sie versuchten, eine Personenbeschreibung zu bekommen, doch das war völlig unmöglich. Mehrfach erzählte ich ihnen, was passiert war. Schließlich fiel Carl ihnen ins Wort.

»Jetzt reicht es! Alex steht unter Schock. Sie braucht jetzt Ruhe. Können Sie hierbleiben, bis die Security-Leute kommen?«

Das sagten sie zu.

»Und du kommst mit in die Villa rüber«, sagte er in energischem Ton zu mir.

»Hör auf, mich herumzukommandieren.«

»Ich versuche nur, dir zu helfen, Alex. Das ist alles.«

Als wir hinauskamen, war es beißend kalt. Ich atmete tief durch. Die Luft fühlte sich nun viel dünner an. Die Lichter am Weihnachtsbaum auf dem Gelände waren jetzt aus. Ich blieb still stehen und wartete kurz, bis sich meine Augen an die Dunkelheit gewöhnt hatten. Zwischen all den Schatten wirkten die Eiben plötzlich so sonderbar lebendig, wie Eindringlinge vor dem Zaun.

»Schau dir diesen fantastischen Himmel an!«, sagte Carl und zeigte nach oben.

Ein unglaubliches Sternenmeer strahlte über uns, wie lauter Glitzer auf schwarzem Samt. Mir fiel etwas ein, das ich in der Schule gelernt hatte – dass die meisten funkelnden Sterne eigentlich vor langer Zeit bereits erloschen sind. Und dass uns die flackernden Lichter erreichen, obwohl sie viele Hundert Lichtjahre entfernt sind. Könnte es mit meinen Bildern von Dani genauso sein? Dauerte es Minuten, Stunden oder sogar Tage, bis sie mich erreichten? Die Vorstellung war unheimlich.

Meine Hände waren noch zittrig, als wir in die Villa hineingingen. Die Wachleute kamen kurze Zeit nach uns. Carl verteilte lautstark zahlreiche Befehle an sie, danach telefonierte er lange mit Hans Teller. Anschließend war er mit seiner Aufmerksamkeit wieder bei mir. Er sah mich nachdenklich an.

»Du siehst ziemlich mitgenommen aus. Lass mich dir helfen.«

Er versuchte, mir etwas Angstdämpfendes einzuflößen, doch ich weigerte mich. Stattdessen musste ich Pfefferminztee trinken, weil er meinte, der sei beruhigend. Dann brachte er mich dazu, Atemübungen zu machen. Schließlich wickelte er mich in eine Decke ein und machte eine Suppe warm. Sogar wenn er etwas so Alltägliches tat, war er übertrieben fokussiert. Ich sah ihm gern dabei zu. Aber die Erinnerung, wie er da mit dem Gewehr vor mir gestanden hatte, lag mir immer noch schwer im Magen. Carl jagte also, genauso wie die Brüder Tynell und Mats Levinger. Er war dominanter geworden, und er hatte jetzt auch eine gewisse Macht über mich.

Es war der unkomplizierte, fantastische Sex gewesen, der mich in seine Arme getrieben hatte. Wie ungezwungen wir sein konnten, wenn wir zusammen waren. Wie selbstverständlich es war, dass einer die körperliche Nähe des anderen suchte. Aber jetzt war mein Leben geschrumpft und zu einem Bestandteil von seinem Leben mutiert. Irgendetwas ließ das Bild von dem Mann in der Sturmhaube wieder deutlich werden. Die Hand mit dem schwarzen Handschuh. Die Angst hatte mich fast zerrissen. Der dreiste Versuch des Täters, mich vor Carls Nase zu kidnappen, hatte etwas Verzweifeltes. Oder war er gekommen, um mich zu töten? So konnte es jedenfalls nicht weitergehen. Irgendwann würde das eskalieren.

Alles brach wie ein Tsunami über mich herein. Die Trauer, der Schmerz, die Angst und dann wieder diese schreckliche Leere, die Dani zurückgelassen hatte. Ich konnte mich nicht mehr beherrschen. Das ganze Zimmer verschwamm hinter einem Vorhang aus Tränen. Ich begann, Rotz und Wasser zu heulen. Lautes, schniefendes, klägliches Schluchzen. Carl setzte sich neben mich und nahm mich in den Arm. Ich drückte meine Nase gegen seine Brust. Meine Augen schwollen so stark zu, dass ich kaum noch etwas sehen konnte. Ich legte mir die Hand auf den Mund und versuchte, das Weinen zu unterdrücken. Dann plapperte ich zusammenhangloses Zeug, redete mir meine Angst von der Seele.

In diesem Zustand der Verzweiflung nannte ich Carl »Jim«, vermutlich wegen meiner Schuldgefühle. Carl gefiel das gar nicht. Für einen Moment verfinsterte sich sein zärtlicher Blick. Sein beleidigter Gesichtsausdruck brachte mich unter Tränen zum Lachen.

»Du«, sagte er, als ich mich wieder beruhigt hatte. »Ich kann mir nicht einmal vorstellen, was du durchmachst. Aber mir ist auch mal etwas richtig Schlimmes passiert, als ich das Unternehmen gerade gegründet hatte. Die Medien gingen wie die Hyänen auf mich los, der Berufsverband der Psychotherapeuten wollte mir die Zulassung aberkennen. Die Polizei stellte mit Razzien alles auf den Kopf. Es war, als hätte sich die ganze Welt gegen mich verschworen. Aber zum Glück hatte ich Brett als Freund, und egal, wie viel Mist da draußen auch passierte, es konnte ihm nichts anhaben. Er lachte nur und sagte ›who cares?‹, und am Ende färbte seine Haltung auf mich ab. Und jetzt versuche ich gerade nur, wie Brett für dich zu sein.«

»Ich mag Brett wirklich, er hat dieses gewisse Etwas«, sagte ich. »Schade, dass er nicht hier ist. Aber was machen wir nun?«

»Zuallererst ausschlafen. Dann haben wir für die Silvesterparty einiges vorzubereiten. Es kommen viele Gäste …« Er stockte und zog die Stirn in Falten. »Oder denkst du, ich sollte das Fest absagen, nach allem, was gerade passiert ist?«

Die Silvesterparty hatte ich völlig vergessen. Mit der Vorbereitung war vor allem Edna befasst gewesen.

»Nein, das möchte ich nicht. Dann haben wir doch die Security da, oder? Aber warum gibt es bei dir eine Weihnachtsfeier und eine Silvesterparty?«

»Die Weihnachtsfeier ist für besonders wichtige Gäste und unsere Kooperationspartner. Zur Silvesterparty laden wir all unsere Klienten ein. Da geben wir richtig Gas!«

»Du auch?«

»Einer muss mehr oder weniger nüchtern bleiben, damit nichts aus dem Ruder läuft.«

Immer diese Kontrollsucht. »Und was soll ich bis dahin tun?«, fragte ich.

»Maja und Edna kommen morgen ins Haus. Sie werden die letzten Vorbereitungen für das Fest treffen. Es wäre toll, wenn du ihnen helfen würdest.«

Das klang gut. Es war eine willkommene Ablenkung von lauter schwindelerregenden Gemütszuständen.

Kurze Zeit später gingen wir schlafen. Er zog mich an sich und roch an meinem Haar. Zärtlich streichelte er mir über die Wange. Zu der sexuellen Spannung, die zwischen uns bestand, war noch etwas Neues hinzugekommen, ein unterschwelliges Gefühl. Es war nicht von der Hand zu weisen, dass wir inzwischen eine Art Zusammengehörigkeit empfanden, die nicht von Anfang an da gewesen war. Aber während wir beide dort lagen, fragte ich mich, ob jeder von uns so tiefe, seelische Verletzungen erlitten hatte, dass wir den Trost, den wir beieinander suchten, letztlich nicht finden würden.

Da spürte ich, wie Carls Körper sich entspannte und seine Atmung schwer wurde.

»Wenn du willst, können wir morgen die Filmaufnahme machen«, flüsterte er. »Für das Bild.«

Meine Augenlider waren auch schon schwer.

»Dann wirst du staunen«, murmelte ich und schlief ein.

62

Sie verfällt in Apathie, fühlt sich von innen her aufgefressen. In dieser Isolation, in ihrer Hölle, fällt es ihr schwer zu glauben, dass sie von einer Welt voller Leben gar nicht weit entfernt ist.

Zwei Tage hat sie auf den Meister gewartet. Heute wird er kommen, das steht für sie fest. Und er wird keine Gnade walten lassen. Doch ihr fehlt sogar die Kraft, Angst aufzubringen. Für alles fehlt ihr jetzt die Kraft. Sie ist von jeglichem Gefühl wie abgeschnitten. Auch von dem Schmerz.

Als der Meister die Zelle schließlich betritt, weiß sie nicht, ob es der zweite Weihnachtstag ist oder schon einen Tag später, ob sie Tag oder Nacht haben, wann sie zuletzt gegessen oder geschlafen hat. Und obwohl sie so starken Harndrang verspürt, dass ihre Blase fast platzt, schafft sie es nicht, die Pritsche zu verlassen und auf die Toilette zu gehen.

Doch er ist nicht allein gekommen. Die Männer, die ihm auf Schritt und Tritt folgen, tragen Kutten. Allein ihre Bewegungen deuten etwas Unheilvolles an. Sie sehen aus, als schwebten sie über dem Boden.

Der Meister trägt den Falken auf der Schulter. Sie erkennt den Untertan. Sein Gesicht wirkt bedrückt, zusammengezogen und runzelig wie eine Rosine. Es geht ihm nicht gut. Als berührte ihn ihr Schicksal.

Der Falke sitzt regungslos da und fixiert sie. Sie betrachtet ihn einen Moment lang. Jeder Muskel, jede Sehne, jede Feder hält still, während er seinen Blick auf sie gerichtet hat.

Bevor der Meister den Mund öffnet, weiß sie bereits, dass seine Worte nun auch noch den Rest, der von ihrem kleinen Herzen übrig ist, zerstören werden.

Und jetzt wird sie nervös, denn es geht um Alex.

»Dies ist eine Verkündung«, lauten seine Eingangsworte.

Sie wendet den Kopf ab. Er darf sie gern schlagen. Vielleicht würde sie sich dann lebendiger fühlen.

»Du warst die Auserwählte. Doch du hast unsere Gesetze missachtet. Du hast deinen Meister verraten.«

Er macht ein paar Schritte auf sie zu, packt ihren Kopf und reißt ihn nach hinten, damit sie ihm in die Augen sieht. Sie weiß, dass er eine Antwort erwartet, doch etwas hindert sie daran. Es ist die Art, wie er sie ansieht.

»Jemand, der stärker ist, wird deinen Platz einnehmen.«

Er lässt die Drohung im Raum stehen.

»Ab sofort wird die Finsternis dein Gebieter sein, wir können dich nicht mehr retten. Nur, wenn du dich deiner Strafe unterwirfst, kannst du deine Seele wieder reinwaschen.«

Er dreht sich zu den Männern um.

»Am Silvesterabend wird ihr Purgatorium stattfinden. Jetzt holen wir uns die andere.«

Die Männer nicken ernst.

Als sie dem Meister in die Augen sieht, seine unverhohlene Verachtung, durchfährt sie ein eiskalter Wind.

Es ist so leer in ihrem Herzen.

63

Ich habe immer schon viel geträumt. Doch seit Dani verschwunden ist, wurde mein Schlaf von dem Gefühl des Eingesperrtseins geradezu belagert. In den Träumen ging es immer um Dani, nie um Carl oder Ash & Coal, vielleicht weil mir der Job nach wie vor etwas rätselhaft erschien.

Doch als Carl mich in seinen Armen hielt, schlief ich tief und fest, und die Träume ließen von mir ab.

Am Morgen nach dieser dramatischen Nacht erwachte ich ausgeschlafen und relativ entspannt. In letzter Zeit waren meine Stimmungsschwankungen sichtbarer geworden. Ich tat mich oft schwer, meine Gefühle unter Kontrolle zu halten, aber jetzt schien auf jedes traumatische Erlebnis ein außergewöhnlicher Zustand von Stillstand zu folgen. Vielleicht koppelte sich mein Hirn für eine Weile von allem ab, als Schutz vor der Überbelastung. Eine Art Sicherheitsvorkehrung – wie der Kühler eines Automotors oder eine elektrische Sicherung. Irgendwo tief in mir verlief eine scharfe Grenze zwischen Hysterie und vollkommener Ruhe. Es gehörte nicht viel dazu, und ich wurde hysterisch, doch es war im Gegenzug auch nicht schwer, mich wieder zu beruhigen.

An diesem Morgen duschten Carl und ich zusammen. Wir seiften uns gegenseitig ein und küssten uns lange, während das Wasser über uns lief. Carls Zunge bewegte sich in meinem Mund mit einer solchen Leichtigkeit – wie eine anhaltende Liebkosung, die mich erforschte.

Edna und Maja tauchten am Vormittag auf, und wir arbeiteten gemeinsam an der Vorbereitung des Silvesterevents. Edna begriff schnell, dass ich im Gästehaus wohnte. Ich schob vor, Carl und ich hätten sehr viel Arbeit gehabt, doch ich konnte ihnen ansehen, dass mir keine von beiden diese Ausrede abnahm. Maja kochte Kaffee, und wir hockten in der Küche und planten den Abend. Als ich noch den Job in der Boutique gehabt hatte, hatte ich viele Feste organisiert. Aber die Gäste, die auf der Liste standen, spielten in einer anderen Liga. So viele bekannte Namen, ich hätte beinahe den Kaffee über den Tisch geprustet, als ich sie las.

Hin und wieder drifteten meine Gedanken zu den Ereignissen der letzten Nacht ab, dennoch fühlte ich mich jetzt sicher. Carl hatte ein neues Security-Unternehmen beauftragt. Unzählige Wachleute tummelten sich auf dem Grundstück. Sie hatten die Alarmanlage gecheckt, niemand würde sich nun unbemerkt Zutritt zum Haus verschaffen können.

Gegen fünf Uhr kam Carl und holte mich ab.

»Für heute reicht es«, sagte er zu Edna und Maja. »Ihr könnt jetzt Feierabend machen. Komm, Alex, ich möchte dir mal was zeigen.«

Er nahm mich mit hinauf in sein Atelier und öffnete eine weitere Tür – eine, die mir gar nicht aufgefallen war. Dahinter verbarg sich ein einfaches, beige gestrichenes Zimmer, mit einem großen Bett und ein paar Sesseln bestückt.

»Was soll das sein? Noch ein Raum, in dem du dich mit *Frauen* triffst?«

»Tja, manchmal schon. Aber eigentlich ist das mein Filmstudio.«

»Ach komm!«

»Doch, das stimmt. Ich nehme hier ab und zu Filme auf. Unter anderem.«

Er fuhr mit seinen Fingern in mein Haar und küsste mich.

»Ich habe mich schon den ganzen Tag danach gesehnt«, flüsterte er.

Schnell öffnete er den Reißverschluss meines Rocks, sodass mir das Kleidungsstück auf die Füße fiel. Dann zog er mir den Pullover aus. Ich hatte so etwas schon geahnt und keinen BH angezogen.

»Du hast da was falsch verstanden«, sagte ich. »Weg mit den Pfoten.«

Ich schob ihn von mir fort, stellte mich mitten ins Zimmer und zog mir genüsslich selbst die übrigen Kleider aus.

»Ist deine Kamera an?«

»Warte kurz! Einen Augenblick.«

Er ging zu einem Tisch und schaltete sein Aufnahmegerät ein. Ich schlich hinter ihn und presste meinen nackten Körper an seinen Rücken. Knöpfte seine Jeans auf und schob sie ihm über die Oberschenkel. Er entledigte sich der Hose, indem er jedes Bein leicht schüttelte. Langsam streifte ich seine Boxershorts ab. Er ließ von dem Gerät ab und stand vollkommen still da.

»Ich hatte gedacht …«, sagte er.

»Schsch! Beweg dich nicht vom Fleck. Zieh dein T-Shirt aus.«

Er gehorchte, wenn auch zähneknirschend. Ich stellte mich vor ihn und presste meinen Körper der Länge nach an seinen. Bauch an Bauch. Brust an Brust. Ich bohrte meine Nase in seinen Hals, und indem ich ihn auf diese Art mit allen Sinnen wahrnahm, ertränkte ich alle wirren Gedanken. Sehr lange standen wir nur ganz still da. Sprachen kein Wort. Nur Haut auf Haut, unsere Atemzüge und Herzschläge in gleichmäßigem Takt. Ich fuhr durch sein Haar und hinunter in seinen Nacken. Ließ die Fingerspitzen über seinen ganzen Körper laufen, über die Arme, den Rücken und seinen durchtrainierten Po.

»Leg dich aufs Bett«, forderte ich ihn auf.

Jetzt musste er lachen.

»Du weißt, dass das so mit mir nichts wird.«

»Werden wir ja sehen.«

Er zuckte mit den Schultern, aber in seinem Blick spielte ein Lächeln.

»Wie du willst.«

Er legte sich auf den Rücken. Ich betrachtete ihn eine ganze Weile. In meinem Magen begann es zu kribbeln, denn ich sah, dass er eine Erektion bekam. Er sah zu mir auf. In seinem Blick lag etwas ganz Unerwartetes. Faszination. Die Liebe, die ich für ihn empfand, war jetzt überwältigend. Sie verbreitete sich vom Herzen bis in die Fingerspitzen.

Ich trat zum Bett. Küsste sein Gesicht und seine Lippen ganz sanft.

»Du darfst kein Wort sagen und mich möglichst auch nicht berühren«, sagte ich. »Jetzt werden wir sehen, ob du deine Kontrollsucht überwinden kannst. Es wird eine kleine Herausforderung werden.«

Einen Moment lang wirkte er verwundert, als ich mich rittlings auf ihn setzte. Er versuchte mich anzufassen, doch ich schob seine Hände zurück. Ich ließ meine Zunge über seinen Hals und seinen Brustkorb laufen und wanderte mit der Zungenspitze hinunter bis zu seinem Nabel. Doch dann bewegte ich mich wieder nach oben. Küsste seine Brustwarzen, den Hals, leckte an seinen Ohrläppchen. Ich wusste, wie er verführt werden wollte. Langsam.

Nun nahm ich die Finger hinzu. Erforschte jeden Winkel seines Körpers – die weiche Haut hinter den Ohren, den Nabel, die Haut unter dem Hodensack. Ich war eine gute

Schülerin, schließlich hatte er mich gelehrt, in Slow Motion vorzugehen. Jenseits von Hektik. Jenseits von Zeit. Ich vermittelte ihm das Gefühl, ich könne jederzeit überall auftauchen.

Er setzte an, etwas zu sagen, doch ich fuhr ihm ins Wort.

»Schsch, keine Worte. Nur das.«

Und er verstand, was ich meinte.

Als ich ihn in den Mund nahm, stöhnte er überrascht auf. Er zuckte ein bisschen, widerstand dem ersten Impuls, sich zu rühren. Aber ich erregte ihn noch mehr mit meiner Zunge, bis er zitterte und sich wand. Er versuchte, nach meinen Schultern zu greifen, mich fester auf ihn zu pressen, aber ich entzog mich.

»Na, wie schlaff bist du jetzt?«, flüsterte ich.

Erst als er unkontrolliert zu beben begann, hörte ich auf und setzte mich rittlings auf seinen Bauch. Ich präsentierte mich, verschränkte die Hände hinter dem Kopf und spannte die Brüste an. Seine vernebelten Augen tasteten meinen Körper ab. Ich legte meine Hände auf seine Brust. Spürte, wie sein Herz raste. Alle Gedanken in meinem Kopf waren wie ausgelöscht.

»Setz dich auf mich, bitte«, sagte er mit brüchiger Stimme.

Ich ließ ihn in mich, Stück für Stück, langsam, bis er es nicht mehr aushielt und seinen Schoß fest an meinen presste. Ich beruhigte ihn, begann seine Hüften nur sanft zu schaukeln.

»Jetzt machen wir mal langsam«, ermahnte ich ihn. »Ich gebe den Rhythmus vor.«

Ich hob und senkte mich auf ihn. Drückte seine Handgelenke auf die Matratze, damit er still liegen blieb. Dann hob ich meinen Körper an, glitt wieder nach unten. Er kämpfte, aber schließlich krümmte er sich. Ich beugte mich vor, griff ihn an den Schultern und flüsterte ihm zu: »Komm!«

Er packte meine Hüften, schob sich hart in mich hinein, bebte, und dann kam er. In mir begann es zu brodeln. Ein überwältigender Genuss durchfuhr mich, dann sackte ich auf seinen Brustkorb. Mein Bewusstsein verweilte noch in diesem Orgasmus, blieb da wie zwischen zwei Welten.

Eine Zeit lang lagen wir nur ganz ruhig da.

Unbeschwert. Fast hatte ich vergessen, wie sich das anfühlte.

Sachte setzte er sich in Bewegung und kam zu mir hoch. Er war immer noch in mir. So umarmt, völlig verschwitzt, saßen wir da und schaukelten hin und her. Berauscht von Glück.

»Und was ist es für ein Gefühl, die Macht zu übernehmen?«, flüsterte er, den Mund in meinem Haar.

»Es ging weniger um Macht als darum, die Rollen zu tauschen.«

»Du bist wirklich für Überraschungen gut. Das war das Schönste, was mir seit sehr langer Zeit passiert ist.«

»Meinst du das im Ernst?«

»Ja.«

»Das heißt, wir haben jetzt einen richtig guten Film aufgezeichnet?«

»Ganz bestimmt.«

Er ließ mich los und rutschte auf den Boden.

»Du musst nicht schon wieder duschen«, sagte ich.

»Ich bin total verschwitzt.«

»Ich mag das.«

»Okay.«

Dann ging er zu einem Kleiderschrank, holte zwei Bademäntel heraus und warf mir einen zu.

»Komm, lass uns runtergehen. Ich möchte dir etwas vorspielen.«

Als wir im ersten Stock waren, schob er mich sanft auf eins seiner Sofas.

»Aber erst erzähle ich dir etwas, das bisher nur Brett weiß. Du hast doch mal gesagt, dass Ash & Coal sich vor allem an eine wohlhabende Elite richtet, und da ist was Wahres dran. Ich hatte schon lange vor, das zu ändern.«

Er legte eine Pause ein, dann holte er tief Luft und fuhr fort.

»Mein Traum ist es immer gewesen, ein Frauenhaus zu eröffnen und einen Großteil des Gewinns aus der Firma einfließen zu lassen. Und jetzt habe ich ein Gebot für den Kauf einer großen Villa in Simlångsdalen gemacht. Sie heißt Solvikhof und soll schutzsuchende Frauen aufnehmen, die es geschafft haben, den ersten Schritt aus Beziehungen, in denen häusliche Gewalt stattfindet, zu machen.«

»Das ist ja fantastisch. Und warum Simlångsdalen?«

»Weil das der Geburtsort meiner Mutter ist. Außerdem ist die Natur dort traumhaft schön. Im Frühling, wenn alles blüht, zeig ich dir die Gegend. Jetzt weißt du also schon, was mein guter Vorsatz für das neue Jahr sein wird.«

Er sah stolz wie ein kleiner Junge aus.

»Wie schön. Das gefällt mir.«

»Gut, denn du wirst mir bei einigen Dingen behilflich sein müssen. Aber jetzt im Moment musst du einfach nur still dasitzen und der Musik lauschen.«

Ich lehnte mich zurück. Er ging an eine Vitrine und holte tatsächlich eine Schallplatte heraus.

»Du hast Schallplatten?«

»Außer dieser nur noch ein paar … wenige. Das ist die erotischste Musik, die je komponiert worden ist.«

»Was ist das?«

»Wagners ›Tristan und Isolde‹.«

Ich hatte mich für klassische Musik noch nie begeistern können, daher war ich gelinde gesagt skeptisch.

Er legte die Platte auf und machte es sich auf dem Sofa bequem, den Kopf auf meinem Schoß. Die Musik begann sanft, langsam und bedächtig, doch dann nahm sie immer mehr Fahrt auf, bis sie den ganzen Raum erfüllte. Vielleicht war es mein Gemütszustand, der mich so empfindsam werden ließ. Möglicherweise hätte mich sogar jede andere ergreifende Musik in dieser Situation ähnlich stark berührt. Aber jetzt geschah etwas ganz Besonderes. Die Melodie schwebte nach oben, die Töne wurden in die höheren Sphären getragen, die Dramatik nahm zu, aber gerade, als es am schönsten war, wanderten die Töne wieder nach unten. Die Spannung nahm permanent zu und wieder ab, genau so, wie Carl und ich uns geliebt hatten, um am Ende in einen Höhepunkt zu münden, der unmissverständlich ein Orgasmus war. Und als die Musik immer leiser wurde und schließlich in einer Art dünnem Flüsterton versiegte, war ich so berührt, dass mir Tränen über die Wange liefen.

Carl sah zu mir hoch, strich mir die Haare aus dem Gesicht und lächelte.

Ich sah ihn an. Der Mann, der mich glücklich machen konnte, sogar wenn ich durch die Hölle ging. Ein kompliziertes, geheimnisvolles Geschöpf. Er schwitzte auf der Stirn, der Pony fiel ihm in die Augen. Ich spürte ein Stechen in der Brust, denn mir war klar, dass wir, genau wie Tristan und Isolde, kein glückliches Ende nehmen würden. Es würde nicht halten. Nichts hielt. Hatte ich das immer noch nicht begriffen? Eines Tages würde es vorbei sein. Vielleicht weil er ganz zufällig eine andere Frau kennenlernte, während ich gerade nicht da war. Allein diese Vorstellung wirkte sich auf mein Befinden aus. Wenn so etwas geschah, bevor ich Dani wiedergefunden hatte, würde ich untergehen.

Und genau in diesem Augenblick spürte ich es. Es begann

wie eine Flamme in meinem Herzen. Breitete sich bis in den Bauch aus. Verschlang mein Innerstes wie im Fieber. Sprühte und zischte. Trieb einen Funkenflug durch meinen Körper. Schlängelte sich um meine Eingeweide wie eine gierige Natter. Der Rauch tanzte wie ein Schatten auf meinem Bewusstsein.

»Ich brenne«, sagte ich zu Carl. »Ich verbrenne gerade von innen.«

Er wusste sofort, was los war, und nahm mein Gesicht in seine Hände.

»Das fühlt sich nur so an. Atme weiter. Das wird eine verzögerte Schockreaktion sein.«

Es brannte noch immer in meiner Brust, als das Gefühl von Feuer bereits nachließ. Aber die Gewissheit war noch immer da. Es war Danis Schmerz, den ich gespürt hatte, es fühlte sich wie ein Fegefeuer an.

Und die Zeit, sie zu retten, war knapp.

64

Sie liegt auf dem Rücken im Bett und sieht, wie draußen vor dem Fenster ein grauer Tag anbricht.

In ihrer Zelle ist es so kalt, dass ihr Atem wie weißer Nebel über ihr schwebt. Aus der Apathie ist eine nervöse Unruhe geworden, tief aus ihrem Bauch heraus.

Normalerweise sieht sie der Morgendämmerung so gern zu, wie der Himmel mit dem herannahenden Tag aufklart. Dieser Anblick lässt sie für ein paar Augenblicke auf ganz besondere Weise ruhig werden. Doch heute ist es anders. Warum fühlt sich die Welt gerade viel gefährlicher an? Sie kommt nicht drauf. Noch nicht. Nur ein Wort hat sie im Hinterkopf.

Purgatorium.

Sie steht auf, geht auf die Toilette.

Als sie zurückkommt, bleibt sie in der Mitte des Raumes stehen.

In der Krypta herrscht gespenstische Stille.

Sie zieht den Baumstumpf vors Fenster. Irgendwas ist da draußen los.

Sie hat keine Angst mehr, wenn die Männer sie sehen. Es kann kaum noch schlimmer werden, als es schon ist.

Es ist lange her, dass die Bäume ihre Blätter abgeworfen haben. Wenn sie sich reckt und zwischen den Stämmen hindurchlinst, kann sie einen Blick auf die Wiese vor der Kirche erhaschen.

Heute ist die Natur ein unförmiges Gemälde aus verschiedenen Grautönen.

Sie schiebt die Finger durch das Gitter und öffnet das Fenster einen Spalt.

Erst hört sie gar nichts, nur das Rascheln des Laubes im Wind.

Die Luft, die zu ihr hineinströmt, ist frostig und beißt auf der Haut.

Sie will gerade wieder von dem Baumstumpf absteigen, als ein schrilles Lachen durch die Stille klingt. Danach ist es für ein, zwei Sekunden ruhig, dann hört sie erneut jemanden lachen.

Unten an der Wiese kann sie die Konturen einiger Männer erkennen.

Sie tragen etwas, schleppen Dinge hin und her. Holzscheite? Äste?

Sie ist plötzlich ganz mutig, reckt sich noch höher, um so viel wie möglich durch den Fensterspalt erkennen zu können.

Noch einmal eine derbe, primitive Lachsalve, die im Tal widerhallt.

Ihre Augen sehen schärfer.

Irgendetwas haben sie auf der kleinen Wiese aufgestellt.

Sie erstarrt und muss einen Schluchzer unterdrücken.

Die Männer errichten einen Scheiterhaufen.

65

An dem Tag vor Silvester schien Carl sehr abwesend und zerstreut zu sein. Ich nahm an, dass ihn die Vorbereitungen für das Fest so beschäftigten. Er erwähnte auch, dass er bereits an dem Bild von uns beiden arbeite. Doch erst, wenn es fertig wäre, dürfte ich es sehen.

Edna, Maja und ich hatten noch einen Termin mit der Cateringfirma. Alles andere war schon erledigt, daher vertrieben wir uns die Zeit und tratschten ein bisschen über die zu erwartenden Gäste.

Später am Abend, Maja und Edna hatten inzwischen Feierabend gemacht, kam Carl, um mich abzuholen.

»Ich habe unser Bild noch nicht auf Leinwand gedruckt, das kann ich im Büro nicht. Aber ich habe es auf die Wand projiziert.«

Es war ein Standbild und fing exakt den Moment nach dem Höhepunkt ein, als wir ineinander verschlungen dasaßen. Ich lehnte meinen Kopf nach hinten, die Lippen halb geöffnet. Carl drückte seine Nase in meinen Hals. Er hatte starke Farben benutzt, Rot, Orange, Gelb. Das Bild war leicht unscharf, man konnte erkennen, dass wir hin- und herschaukelten. Nur ich wusste, dass er zu dem Zeitpunkt noch in mir war, das wirkte besonders sexy. Mein Gesicht hatte er nur unwesentlich verfremdet. Die Leute würden mich sicher erkennen. Aber das machte mir nichts aus. Es war nicht die

Erotik im Bild, die einen ansprach. Es war die Intimität. Das Bild hatte sie sichtbar gemacht, und das berührte mich sehr.

»Ich würde das Bild bei meiner Ausstellung gern in den Mittelpunkt bringen und entsprechend präsentieren«, sagte Carl. »Ist das für dich okay?«

»Wenn du nicht auf die Idee kommst, ihm einen blöden Titel zu verpassen. *Ekstase* oder *Euphorie* oder so was Bescheuertes.«

»Ich wollte es *Alex* nennen, ganz schlicht.«

»Das finde ich sehr schön.«

»Im neuen Jahr werde ich es auf gebürsteten Stahl drucken lassen. Die Gefühle, die dieses Bild hervorruft, werden im ganzen Saal zu spüren sein.«

Er war gut drauf, doch als ich mich an ihn kuscheln wollte, wich er aus. Irgendetwas zwischen uns schien verändert zu sein. Sahen mich seine Augen jetzt eine Spur kühler an, oder bildete ich mir das nur ein? Er schien mich genau zu beobachteten, ging aber irgendwie auf Distanz. Mich beschlich das unangenehme Gefühl, irgendetwas Ungutes bahne sich an.

»Ich habe noch unheimlich viel zu tun«, sagte er. »Wahrscheinlich werde ich erst ziemlich spät ins Bett gehen. Ich bin im Büro, falls du mich brauchst.«

Als ob ich das nicht wüsste.

Als ich am Silvestermorgen aufwachte, war Carl schon aufgestanden. Ich war traurig, wusste aber nicht genau, warum. Vielleicht lag es an dem bevorstehenden Fest und der Tatsache, dass das neue Jahr vor der Tür stand, ohne dass Dani wieder bei mir war.

Ich machte einen Spaziergang durch den Garten. Der Regen während der Weihnachtsfeiertage hatte aufgehört. Nun war es kalt und windstill. Eine fast weiße Sonne hing an einem bleichen Himmel. Mein Atem hinterließ eine deutliche Wolke in der eisigen Luft. Ich legte ein Versprechen für das neue Jahr ab.

Dani, ich verspreche dir, ich werde niemals aufgeben, ich verspreche dir, ich finde dich.

Den restlichen Tag war ich mit den Vorbereitungen für unser Event beschäftigt. Mehrmals lief mir Carl über den Weg, doch er wirkte immer gehetzt und nahm kaum Notiz von mir. Dann rief er mir zu, er habe noch ein paar Erledigungen zu machen und sei ein paar Stunden außer Haus. Gegen vier Uhr ging ich in die Wohnung hinauf, um mich umzuziehen. Carl war hier gewesen, denn seine Kleider lagen kreuz und quer auf dem Bett, was gar nicht seine Art war. Die Gäste würden gegen fünf Uhr kommen, zum Empfang mit Drinks und Fingerfood. Für den späteren Abend war ein Abendessen vorgesehen. Ich war noch nicht umgezogen. Am Vorabend hatte ich mir Gedanken gemacht, was ich anziehen könnte. Die Cocktailkleider hingen alle noch in meiner Wohnung im Schrank. Aber freundlicherweise hatte mir Maja am Morgen ein Kleid mitgebracht, das sie mir leihen wollte. Ich beschloss, erst unter die Dusche zu gehen, und genau da tauchte Carl wieder auf.

Ich sah es ihm sofort an, etwas stimmte nicht. Ohne dass er ein Wort sprach oder mich ansah, war ich auf der Hut. Er hielt mich irgendwie auf Abstand, und das war völlig neu. Außerdem sah er ziemlich attraktiv aus, wie er da in seinem Frack stand.

»Warum hast du dich so in Schale geschmissen?«, fragte ich erstaunt.

»Es ist Silvester.«

»Und warum ist der Tag für dich so wichtig?«

»An einem Silvesterabend habe ich beschlossen, Ash & Coal zu gründen. Die Idee hatte ich genau um Mitternacht.«

Er betrachtete mein Outfit, die Jeans und den Wollpullover.

»Willst du das anlassen?«, fragte er irritiert.

»Natürlich nicht. Warum bist du heute so gereizt?«

Er setzte sich neben mich. Vermied jeden Blickkontakt. Druckste herum.

»Du, ich hätte dich sehr gern heute Abend als Frau an meiner Seite dabei, aber in einer so großen Menschenmenge bist du nicht in Sicherheit. Und außerdem bist du ja meine Assistentin. Das würde auch einen sonderbaren Eindruck machen.«

Erst dachte ich, ich hätte mich verhört. Carl war es normalerweise völlig egal, was die Leute dachten. Hier musste noch etwas anderes eine Rolle spielen. Seine unleidliche Art ging mir langsam auf die Nerven.

»Was für eine blöde Ausrede. Es wäre ja wirklich eine Katastrophe, wenn uns deine Freunde zusammen sehen würden. Schämst du dich für mich?«

»Wie kannst du so was nur sagen?«

Er sprang auf, konnte mir aber immer noch nicht in die Augen sehen.

»Weil es so klingt«, sagte ich. »Glaubst du vielleicht, es interessiert mich, was diese aufgeblasenen Typen von mir halten?«

Ich stand auch auf, doch wir sahen uns nicht in die Augen. Er heftete seinen Blick an etwas oberhalb meines Kopfes.

»Natürlich kannst du kommen, wenn du willst. Es war doch nur ein Vorschlag. Schließlich habe ich ja auch eine Vorbildfunktion.«

»Schau mich an, wenn wir miteinander reden! Vorbildfunktion? Das ist ja total crazy. Hörst du nicht, wie bescheuert das klingt? Ich habe nie darum gebeten, die *Frau an deiner Seite* zu sein. Verpiss dich.«

Jetzt sah er mich an. Seine Augen waren feucht und emotionslos.

»Du hast mich falsch verstanden. So habe ich es nicht gemeint. Unsere Gefühle füreinander sind temporär, Alex. Mach bitte nicht das kaputt, was wir jetzt füreinander empfinden.«

»Blödes Geschwätz! Von wem willst du nicht mit mir gesehen werden? Antworte mir!«

Ich knuffte ihn in den Brustkorb, dass er an den Nachttisch stieß, der daraufhin scheppernd umfiel.

»Niemand! Jetzt beruhig dich mal. Mit eifersüchtigen Frauen kann ich überhaupt nichts anfangen, das weißt du.«

Ich fühlte mich von seinen klaren Worten regelrecht aufgespießt.

Er beugte sich hinab und stellte den kleinen Tisch wieder auf die Beine. Das brachte mich zur Weißglut. Es hatte so etwas Zurechtweisendes. Der Ordnungstyrann. Alles an seinem Platz. Instinktiv griff ich nach dem nächsten Kissen, das auf dem Bett lag, und schleuderte es ihm ins Gesicht.

»Lügner!«

»Vielleicht solltest du etwas länger als eine Tausendstelsekunde nachdenken, bevor du so böse Dinge von dir gibst. Ich habe dich noch nie angelogen!«

Jetzt war er auch laut geworden. Seine Augen funkelten rabenschwarz.

»Ich glaube, ich kündige«, sagte ich.

»Bist du verrückt geworden? Jetzt hör mir mal zu. Hör mir gut zu! Ich kann verstehen, dass es schwer auszuhalten ist, warten zu müssen, bis Hans mit seinen Ermittlungen fertig sein wird. Deine Welt steht kopf. Versuch heute Abend, ein bisschen runterzukommen. Das Chaos in deinem Kopf einmal *selbst* zu beseitigen.«

Sein Mund verzog sich verächtlich.

»Verpiss dich«, schrie ich ihn an. »Aber glaub nicht, dass ich noch hier bin, wenn du zurückkommst.«

»Doch, das wirst du. Das musst du!«

Jetzt schrie auch er. In seinen Pupillen sah ich die Wut explodieren.

Wir hatten richtig Streit. Nicht so wie sonst, wenn wir herumfrotzelten. Jetzt war es ernst. Aber ich wusste genau, was er sagen wollte. *Temporär*. Wie ein Schmetterling, der von Blume zu Blume flattert. Und gerade jetzt war ich mal dran. Was würde passieren, wenn es für Carl an der Zeit war weiterzufliegen, zur nächsten Blüte? Hätte ich dann überhaupt noch einen Job? Jetzt bereute ich es, dass ich Jim angelogen und mich auf diese oberflächliche Beziehung zu Carl verlassen hatte. Am liebsten hätte ich mich einfach gehen lassen und losgeheult. Und mit den Tränen alles weggespült – den Frust, die Liebe, die ich für Carl empfand, die Leere, die Dani hinterlassen hatte, die Angst vor dem Feuer, das jetzt in mir loderte. Aber ich unterdrückte meine Tränen. Vor Carls Augen würde ich mich sicher nicht in eine schluchzende Märtyrerin verwandeln.

Lebensgefährlich. Das war mein Gedanke gewesen, als ich ihn zum ersten Mal gesehen hatte. Er war intelligent. Er wusste, was passiert, wenn man eine Frau, mit der man im Bett war, klein macht. Das war wohl ein Hinweis. Und blöd war ich auch nicht. Das Bild war unser großes Finale. Der Abschluss.

»Geh einfach. Ich komm schon zurecht. An deinem Fest werde ich nicht teilnehmen.«

Die Wut verschwand aus seinen Augen. Seine Pupillen

wurden wieder klar. Er machte einen Schritt auf mich zu und wollte meine Hand nehmen, doch ich zog sie weg.

»Tut mir sehr leid, wenn ich dich verletzt habe«, sagte er.

»Das kannst du gar nicht. Ich bin innerlich sowieso schon ganz leer. Von meinem Herzen ist nichts mehr übrig. Geh auf dein Fest!«

Er zuckte mit den Schultern.

»Egal, was ich sage, alles ist verkehrt. Du hörst nur das, was du hören willst. Jetzt muss ich mich um meine Gäste kümmern.«

»Tu das.«

Aufgebracht verließ er das Zimmer. Ich stand nur da und sah ihm hinterher. Er spürte meinen Blick im Nacken und schüttelte verärgert den Kopf.

Meine Wut verdampfte. Alles, was übrig blieb, war eine riesige Enttäuschung. Ich versuchte mir einzureden, dass er es sich nach dem Fest anders überlegen würde. Doch ich kannte seine Willensstärke und seine Sturheit. Er konnte so wahnsinnig hartnäckig sein.

Ich war außer mir, gleichzeitig sehnte ich mich mit jeder Faser meines Körpers nach ihm. Ich wünschte, er käme zurück, nähme mich in seine Arme und wiegte mich sanft an seiner Brust. Und das Schlimmste an allem war: Ich hätte es zugelassen. Der Drang, ihm hinterherzurennen, war enorm stark, doch ich hielt stand. Stattdessen legte ich mich aufs Bett. Ich roch am Kopfkissen, suchte nach Spuren von ihm, seinem Duft. Der Kloß im Hals war inzwischen riesengroß. Mittlerweile hatte ich überhaupt keine Lust mehr, auf das Fest zu gehen. Den Tränen nahe lag ich da und starrte die Decke an.

In meinem Bauch wurde es wieder warm. Erfolglos versuchte ich, ihn anzuspannen, die Hitze, die sich in meinem

Körper verteilte, unter Kontrolle zu bringen. Schon wieder hatte ich das Gefühl, tief in mir würde es brennen. Der Schweiß trat mir auf die Stirn, mein Puls hämmerte an die Schläfen. Es war, als hätte mich jemand mit glühender Kohle gefüttert und mir den Mund gestopft. Am Ende rief ich wimmernd um Hilfe. Doch keiner hörte mich. Niemand kam. Es dauerte einige Minuten, bis das Feuer verging.

Ich lag da und konzentrierte mich eine Weile nur auf meine Atmung. Jetzt war ich mir ganz sicher, dass dieses Gefühl von Hitze mit Dani zusammenhing. Ich fragte mich, ob sie sich in einem brennenden Haus befand. Konnte eine Kirche, die aus Stein gebaut war, überhaupt brennen?

Wenn alles wie immer und Carl nicht so ein Scheißkerl gewesen wäre, hätte ich bei ihm Trost gesucht. Doch an diesem Abend wollte ich ihn gar nicht mehr sehen. Trotzdem weckten die Geräusche, die vom Fest aus dem Erdgeschoss heraufdrangen, meine Neugier. Ich beschloss, mich hinunterzuschleichen und Carl zu beobachten, ohne dass er es merkte.

Die Party fand in dem großen Saal statt, der sich hinter der Rezeption befand. Leise ging ich die Treppe runter und öffnete wie ein Spion die Tür einen kleinen Spalt. In dem schummrigen Licht sah ich sehr viele Menschen. Ein starker Duft nach teurem Parfüm schlug mir entgegen.

Sie fiel mir sofort auf – eine Frau Mitte zwanzig, dunkelhaarig, dunkelhäutig und schlank. Das bekannte Model Klara Wolfe. Sie war schmal und wirkte mit ihren Rehaugen zerbrechlich, ihr Mund hingegen war riesig und erinnerte an einen Goldfisch. Selbstsicher strich sie sich das Haar hinters Ohr und legte graziös den Kopf leicht schräg, während sie den Brustkorb vorschob. Eine Standardpose, ich kannte sie nur zu gut. So setzt man sich in Szene, bevor man zum Angriff übergeht.

Und jetzt erkannte ich auch, wer die Beute war. Carl stand lässig an die Bar gelehnt, den Blick an sie geheftet. Er hielt sein Smartphone in einer Hand, das er jedoch schnell wieder in der Tasche verschwinden ließ.

Klara stakste auf ihren High Heels zu ihm hin und küsste ihn rechts und links auf die Wangen. Dann tat sie so, als würde sie das Gleichgewicht verlieren und suchte an seinen Schultern Halt. Er legte seine Hände auf ihre Hüften. Einen Moment lang war ich völlig perplex. Dann war mir alles klar. Die Eifersucht bohrte sich wie ein Korkenzieher in mich hinein. Obwohl ich lieber nichts mehr gesehen hätte, konnte ich die Augen nicht von ihnen lassen. Auf gewisse Weise war ich fasziniert, viel mehr allerdings angewidert. Am liebsten wäre ich auf Carl zugegangen und hätte ihm eine runtergehauen. Doch der Impuls verging. Danach kam mir eine Idee, die wesentlich primitiver und finsterer war, nämlich hoch in Carls Wohnung zu gehen, sein Gewehr zu holen und ihm den Schwanz wegzuschießen. Zumindest ging mir dieser Gedanke durch den Kopf, während ich dastand.

Ich machte mich auf und ging ins Büro rüber.

Bald wäre ich mutterseelenallein auf der Welt. Dani verbrannte gerade. Ich verging fast vor Sorge. Alles war so dermaßen ausweglos, dass ich auf den Boden sank und heulte. Ein neues Jahr. Gute Vorsätze. Carl hatte offenbar schon neue Herausforderungen ins Auge gefasst. *Genau so hatte er sich das alles vorgestellt.* Die Erkenntnis ereilte mich wie ein elektrischer Schlag und schloss die Trauer kurz. Mit einem Mal war ich davon überzeugt, dass er schon seit einiger Zeit mit Klara Wolfe flirtete. Aber mit mir würde er sich nicht mehr herumstreiten müssen. Ich schloss mich im Büro ein und drückte auf den roten Knopf, für den Fall, dass Edna auf die Idee kommen könnte, hereinzukommen. Ich setzte mich an den Schreibtisch, klappte seinen Laptop auf und tippte sein lächerliches Passwort ein, das ich schon lange kannte. Symmetrie. Dass mich ein Mann, der so drauf war, überhaupt interessierte!

Auf dem Bildschirm erschienen jede Menge Dokumente. Ich erschrak. Alle drehten sich um Jim. Kontoauszüge. Kopien aus dem Polizeiregister. Eine Auflistung seines Vermögens. Zahlungsaufforderungen. Warum? Ich war mir vollkommen sicher, dass Carl nicht eifersüchtig war, das hatte er gerade unter Beweis gestellt. Also musste er irgendeinen Grund haben, in Jims Geschäften herumzuschnüffeln.

Ich klickte Carls Posteingang an, der bereits geöffnet war. Doch ich konnte nichts Interessantes finden. Dann rief ich sein Konto bei hushmail auf, seinen privaten, verschlüsselten Account, auch dafür kannte ich das Passwort. Die oberste Mail war erst vor einer Stunde gekommen. Die Absenderadresse bestand einfach nur aus einer Reihe von Zahlen. *Planänderung. Lass nicht zu, dass die Zielscheibe das Grundstück verlässt! Verstärkung ist unterwegs.* Keine Grußformel, kein Name. Nur das. Zielscheibe? Meine Hände zitterten derart, dass ich beinahe eine halb volle Kaffeetasse umkippte, die auf dem Schreibtisch stand. Trotzdem überflog ich noch die anderen Mails, doch keine wirkte interessant. Ich druckte die anonyme Mail aus und verstaute das Papier in meiner Hosentasche. Leise sperrte ich die Tür wieder auf, doch entsicherte ich den roten Knopf nicht. Von draußen hörte ich Schritte näher kommen. Ich musste raus. Der Türgriff bewegte sich schon. Schnell huschte ich durch die Hintertür, ließ sie aber einen Spalt offen. Carls aufgebrachte Stimme ertönte. Er sprach Englisch. Er brüllte. Noch nie hatte ich gehört, dass er mit seinen Angestellten so umsprang. Das war ein ganz neuer Carl, ein völlig Fremder.

»Aber das habe ich doch schon hundert Mal gesagt. Nein,

sie wird hierbleiben, überall ist Wachpersonal. Im Moment liegt sie in meinem Zimmer und schmollt. Verdammt ja, ich habe sie im Blick, hör auf zu nerven. Wenn du mich noch mal mitten in der Party störst, flippe ich aus.«

Ein zu frühes Neujahrsfeuerwerk explodierte in meinem Kopf. Er meinte wirklich *mich*. Sprach von mir wie einer Gefangenen. Einem Tier in der Falle. Ich war außer mir. Atemlos lief ich die Treppe wieder hinauf und schickte ein leises Gebet zum Himmel, Carl dürfe nicht die Hintertür benutzen. Seine Stimme war immer noch von unten zu hören, jetzt wieder etwas ruhiger, aber wenigstens eine Oktave höher als normal. Er sagte etwas wie: »Jetzt muss ich mich wieder um meine Gäste kümmern«, und ich wusste genau, welchen Gast er damit meinte.

Der Korkenzieher in meinem Körper drehte sich brutal weiter, ein letztes Mal.

Als ich oben in der Wohnung war, griff ich nach meinem Handy und dem Wagenschlüssel und verstaute beides in meiner Schultertasche. Den Laptop ließ ich liegen. Ich warf meine Winterjacke über, zog Handschuhe und Stiefel an. Ich traute mich nicht, die Treppe noch einmal zu benutzen, doch es gab ja auch noch den Hinterausgang, der zur Hindernisbahn führte. Da hätte eigentlich auch ein Mitarbeiter der Security stehen sollen, doch als ich einen Blick aus dem Fenster warf, war niemand da. Carl hatte erwähnt, dass er wegen der Sicherheit der Gäste mehr Personal vor dem Gebäude postieren wollte.

Draußen auf dem Hof war es dunkel und einsam. Das einzige Licht kam von der Beleuchtung des Weihnachtsbaumes und aus den Fenstern der Villa. Ich lief über den Rasen, dachte überhaupt nicht nach, wurde nur von einem primitiven Fluchtinstinkt vorwärtsgetrieben. Als die Tränen auf meinen

Wangen festfroren, bemerkte ich erst, dass ich weinte. Bis zum Parkplatz waren es einige Hundert Meter. Erst rannte ich, doch dann wurde ich langsamer und ging das letzte Stück. Es war so eisig, dass mein Wagen nicht gleich ansprang. Ich fror so sehr, dass ich schlotterte. Als der Motor endlich lief, machte das Auto einen Satz nach vorn. Meine Hände, Gedanken, Reflexe – nichts war mehr koordiniert.

Ich fuhr bis ans Tor und wollte gerade den Zahlencode eintippen.

Mit einem Mal wurde ich von einem extrem grellen Licht geblendet.

66

Die Männer haben verkündet, dass es heute stattfinden soll.

Das Purgatorium.

Heute ist Silvester.

Das Alte wird hinausgeworfen. Das Neue tritt ein.

Genau das wird mit Alex und ihr geschehen.

Sie jault wie ein Tier, kratzt, tritt und schlägt wild um sich.

Sie müssen sie zu dritt festhalten, um sie aufs Bett zu legen und ihre Füße am Bettgestell festzubinden.

Sie spuckt ihnen ins Gesicht.

Der Meister steht mit verschränkten Armen da und sieht zu.

Auf seinen Lippen ein hämisches Lächeln.

Die Fußknöchel ans Bett gekettet wirft sie sich vor und zurück, bis ihre Kräfte schwinden.

Sie sieht den Meister flehend an.

»Bitte, ich tu doch alles. Ich kann noch mal schwanger werden. Ich verspreche, ich werde alles dafür tun.« Ihre Stimme ist wild und verzweifelt.

»Du hast deine Chance vertan und die Grenzen dessen, was wir tolerieren, überschritten. Du hast ein göttliches Kind umgebracht. Mein Kind. Nimm deine Strafe an.«

»Nein! Bitte!«

»Alex wird es besser machen als du. Sie wird schwer zu bändigen sein, aber sie hat eine ganz andere Stärke in sich.«

Bevor sie darauf antworten kann, tritt Collin an ihr Bett und legt ihr die Hand auf den Mund.

»Kein Wort mehr. Das Urteil ist endgültig.«

Der Meister kommt zu ihr und zeigt ihr seine offene Handfläche, in der mehrere weiße Pillen liegen.

»Das ist Morphium. Nimm es in etwa einer Stunde«, sagt er. »Ich lege die Tabletten hier auf den Tisch. Wenn du dich beruhigt hast, kommt jemand und nimmt dir die Fesseln ab. Und keine dummen Ideen. Du wirst ununterbrochen videoüberwacht. Die Tabletten werden dein Leiden verkürzen.«

Wutschnaubend schlägt sie ihm die Pillen aus der Hand, sodass sie auf den Boden fallen.

»Du hast dir das selbst zuzuschreiben. Du weißt, dass wir nur darauf warten, deine Schreie zu hören. Wir zelebrieren dieses Ritual sonst mit Strohpuppen. Auf diese Weise erhalten wir uns das Wohlwollen der Götter. Du wirst unser erstes menschliches Opfer sein, also kannst du dir vorstellen, wie sehr wir dieser Zeremonie entgegenfiebern.«

Dabei funkeln seine Augen bösartig. Es macht ihn an, ihr Angst einzujagen, jede Sekunde kostet er aus.

Er will gerade gehen, aber dann stockt er und dreht sich noch einmal hastig um.

»Willst du, dass Alex zusieht, wie du verbrennst? Wir könnten sie jetzt schon holen. Das würde sie vermutlich auf der Stelle gefügig machen.«

Da brüllt sie los, schreit ohrenbetäubend laut.

Denn es lodert bereits. Ihr Herz steht in Flammen. Es knistert und zischt in ihrem Bauch. Das Feuer schlängelt sich um ihre Eingeweide.

Von innen verbrennt sie schon jetzt.

67

Der Wachmann richtete die Taschenlampe direkt auf mein Gesicht. Einen Moment lang war ich völlig irritiert, weil ich überhaupt nichts mehr sah. Doch dann stellten meine Augen seinen prüfenden Blick scharf.

»Wer sind Sie?«, fragte er.

»Nehmen Sie die Taschenlampe runter!«, fauchte ich ihn an. »Warum wollen Sie das wissen?«

»Würden Sie mir bitte Ihren Namen sagen«, erwiderte er und ließ die Taschenlampe sinken.

»Evelyn Allander.«

Er warf einen kurzen Blick auf ein Papier.

»Okay. Und Sie wollen jetzt nach Hause fahren?«

Ich sah ihn böse an.

»Das ist ja wohl meine Sache.«

»Selbstverständlich. Ich öffne das Tor für Sie.«

»Wieso kontrollieren Sie hier?«

»Auf dem Fest ist eine Dame, die die Villa nicht verlassen soll. Carl Asher hat mir mitgeteilt, es wäre möglich, dass sie es versucht.«

»Aber das ist doch kein Gefängnis.«

»Nein, natürlich nicht«, sagte er und lächelte zu seiner Entschuldigung. »Die Person, um die es geht, ist psychisch instabil.«

»Meinen Sie vielleicht Alexandra Brisell?«

Er nickte konspirativ. Mit einem Mal brach mir der

Schweiß derart stark aus, dass meine Handflächen fast vom Lenkrad abgeglitten wären, doch immerhin gelang es mir, den Wagen durch das Tor hinaus auf die Straße zu lenken. Ich fragte mich, wie spät es war. Vermutlich ungefähr sieben Uhr, aber offenbar hatte ich mein Zeitgefühl völlig verloren. Zuerst hatte ich gar kein Ziel im Kopf, ich wollte einfach nur weg. Aber dann überkam mich die Sehnsucht nach einem Ort, an dem ich mich sicher fühlen konnte. Nur vier Wände, ein Dach, ein Ort, wo es Raum zum Atmen gab und ich meine Gedanken sortieren konnte. Um einen Überblick über die Situation zu gewinnen. Ich beschloss, zu einem kleinen Hotel am Rande der Stadt zu fahren, das Check out hieß, das war ein Ort, an dem Carl mit seinem Upper-Class-Gehabe nicht nach mir suchen würde. Vor langer Zeit hatte ich dort mal ein paar One-Night-Stands gehabt, damals, als das Leben noch unkompliziert und planbar gewesen war.

Der Himmel über der Stadt war schwefelgelb, als wäre die Nacht erst im Anflug. Die Lichter der Straße spiegelten sich in den Wolken. Als mir einfiel, dass ich den ganzen Tag über noch nichts gegessen hatte, verkrampfte sich mein Magen, und mir wurde schwindelig, ich dachte schon, ich würde gleich ohnmächtig werden. Doch auf den Schwindel folgte rasch eine Art Leere in meinem Hirn. Die konfusen Gedanken verzogen sich und machten einigen Erkenntnissen Platz. Während der Autofahrt sah ich plötzlich klarer, ich konnte meinem Gedankengang folgen wie der Wagen der Straße, von der Stück für Stück im Scheinwerferlicht sichtbar wurde.

Manipulation. Ein einziges, großes Schauspiel.

Und das alles, um mir Angst einzujagen und mich in der Villa festzuhalten, bis sie kamen und mich holten, mich, *die Auserwählte*. Inzwischen war ich mir ganz sicher, dass Carl mich angelogen hatte. Die Bilder, die vor meinem inneren

Auge vorbeizogen, ängstigten mich derart, dass ich mich fest ans Lenkrad klammerte. Carl, der so sonderbar aufgekratzt gewesen war, als dieser maskierte Mann aufgetaucht war. Und wie schnell der Mann wieder verschwunden war, wie auf Bestellung. Auf die Art hatte Carl den Helden spielen und mich retten können, als er mit seinem blöden Gewehr ankam. Und wenn ich dann *wirklich* verschwand, hätte er den Rücken frei.

Und dann das Treffen mit Lucas Ulvman. Wenn jemand auf alle Fälle Mitglied in der Sekte war, dann war er es. Ich erinnerte mich noch gut an die vielsagenden Blicke, die sich die beiden zugeworfen hatten. Und dann fiel mir Carls komische Gang in Stockholm ein, diese Machos, mit denen er befreundet war.

Oder der Einbruch in meiner Wohnung. Was hatte Carl eigentlich mit dem Messer gemacht, das er aus der Taube gezogen hatte? Hatte er den Beweis vernichtet?

Auf einmal passte alles zusammen. Irgendetwas Furchtbares würde geschehen, und ich war ein Teil des Puzzles. Und aus irgendeinem Grund sollte es am Silvesterabend so weit sein. Bislang hatten sie mich mit verschiedenen Methoden eingeschüchtert, damit ich bei Carl in Sicherheit blieb. Hans Teller in seiner Luxusvilla in Nacka war sicherlich auch Mitglied in der Sekte. Seit Danis Verschwinden war mein ganzes Leben zu einem perfekt choreografierten Thriller geworden.

Warum hatte ich Carl nicht zur Rede gestellt, bevor ich geflüchtet bin? Ich hatte Angst bekommen. Diese unheimliche Mail und die Wut in seiner Stimme hatten Todesangst in mir ausgelöst. Wäre ich nicht so eifersüchtig gewesen, hätte ich möglicherweise anders reagiert. Aber innerlich hatte ich gekocht. Glück für mich, dass ich auf meinen Instinkt vertraute.

Das Einzige, was überhaupt nicht dazu passte, war unser

unglaublich guter Sex. Seine Küsse, die Orgasmen. Wie geborgen ich mich in seinen Armen fühlte. Und wie er mich immer wieder zum Lachen gebracht hatte. Bei dem Gedanken daran verschwammen meine Augen, ich musste die Geschwindigkeit drosseln. Ich hatte das Bild von uns vor Augen. Die Ausstellung. Wahrscheinlich würde er bei der Vernissage noch eine Träne verdrücken. *Unsere Mitarbeiterin Alex Brisell, die spurlos verschwunden ist, genau wie ihre Zwillingsschwester. Sie war ein großer Gewinn für Ash & Coal.* Ich fragte mich, ob er mit mir ins Bett gegangen war, um mich aus dem Gleichgewicht zu bringen. In schöner Regelmäßigkeit von der Ekstase auf direktem Weg in die Hölle.

Er war einfach zu gut gewesen. Ich glaube, schon von Anfang an hatte ich geahnt, dass ich dafür einen Preis bezahlen müsste. Es gibt Menschen, die äußerlich unwiderstehlich sind, aber wenn man sie in sein Leben lässt, versprühen sie Gift. Jetzt war mir klar, dass Carl auch so ein Mensch sein musste. Sein Vater war ein Frauenschänder. Ich hatte gelesen, dass sich so etwas vererben konnte. Und jetzt zog ich in Betracht, dass er eine gespaltene Persönlichkeit haben könnte. Die eine empathische Seite, aber dann die des jähzornigen Tyrannen, den ich im Büro toben gehört hatte.

Ich checkte in dem Hotel ein. Die Uhr an der Rezeption zeigte halb acht an. Eigentlich wollte ich mit Bargeld bezahlen, aber der Typ am Empfang sagte, sie akzeptierten nur Karten. Zähneknirschend schob ich meine Mastercard über den Tresen und hatte sofort den Gedanken, dass man mich jetzt orten konnte. Aber dieses Hotel sollte vorerst nur als Zufluchtsort dienen, bis ich wieder klar denken konnte, maximal eine Nacht wollte ich hier bleiben.

»Wollen Sie anonym einchecken?«, fragte er und zwinkerte mir indiskret zu.

»Wieso? Würden Sie denn – für den Fall, dass sich jemand nach mir erkundigt – meinen Namen herausgeben?«, fragte ich und sah ihn skeptisch an.

»Nein, natürlich nicht«, erwiderte er und lächelte schräg. Was bedeutete, dass ich mich nicht auf ihn verlassen konnte. Er erklärte mir, dass mein Zimmer im ersten Stock zum Innenhof hinaus liege. Ich bekam den Schlüssel. Plötzlich stand ich vor der Tür des Zimmers, ohne zu wissen, wie ich dorthin gekommen war. Meine Angst nahm langsam paranoide Züge an. Ob der Typ an der Rezeption auch ein Sektenmitglied war? Er hatte breite Schultern und war muskulös, das konnte passen. Normalerweise arbeiteten Männer, die wie Gewichtheber aussahen, doch nicht am Empfang, und schon gar nicht an einem Silvesterabend.

Ich war dabei, die Kontrolle zu verlieren. Mir war schlecht. Dieses heruntergekommene Hotelzimmer fand ich eng, erdrückend und gefährlich. Die Luft war trocken, das kam von der Elektroheizung, die in einer Ecke stand und unaufhörlich knackste. In der Deckenleuchte war eine Birne kaputt, die nervös flackerte.

Ich konnte nicht aufhören, an Carl und Klara Wolfe zu denken. Wie sehr ich mich auch bemühte, die Bilder zu verdrängen, sie waren immer wieder da. Außerdem beflügelten sie meine Fantasie. Ich fühlte mich völlig zerschlagen, mein Kopf war matschig, mein Hals wie zugeschnürt. Das Herz schien aus der Brust gerissen. Die ganze Welt draußen war still, wie zu Eis gefroren. Die Sekunden verstrichen nur langsam. Durch das dreckige Fenster drang die Dunkelheit herein. Die Stille war wie ein finsteres Loch. Dieses Gefühl kannte ich schon seit meinem Zusammenbruch im Sommer. Ein schwarzes Loch, das mich verschluckte, wenn ich mich nicht mit aller Kraft zusammenriss.

Das Gefühl, innerlich zu brennen, machte sich wieder bemerkbar. Jetzt fühlte es sich noch heißer, schmerzhafter und beißender an. Ich merkte, dass ich mich übergeben musste, rannte ins Bad und spuckte nur Galle. Ich stand auf und spülte mir den Mund aus. Biss mir fest auf die Unterlippe und krallte die Fingernägel in die Handflächen. Von dem Schmerz wurde mein Kopf wieder etwas klarer.

Ich musste Jim anrufen. Ihm alles gestehen, meine Lügen und Geheimnisse, und ihn dazu bringen, herzukommen und mich zu retten. Ich griff zum Handy und wählte seine Nummer, er ging sofort dran.

»Alex!«, keuchte er. Seine Stimme klang furchtbar. Atemlos und besorgt. »Ich habe bestimmt hundert Mal versucht, dich anzurufen. Jetzt hätte ich beinahe schon angefangen, jedes Hotel in San Francisco abzutelefonieren. Warum hast du dich nicht gemeldet?«

»Ich bin gar nicht in San Francisco.«

»Aber wo bist du dann?«

»In Lund. Ich sterbe fast vor Angst. Bitte komm her und hol mich zu dir!«

»Was ist denn passiert?«

»Ich bin mir fast ganz sicher, dass Carl auch Mitglied in dieser Sekte ist. Und jetzt sind sie hinter mir her, oh, Gott …«

»Alex, beruhige dich. Sag mir, wo du bist. Ich fahre sofort los.«

»Ich glaube, sie halten Dani in einer Kirche mitten in einem Wald gefangen, irgendwo in der Nähe. Ich werde sie finden.«

»Was? Ach Alex. Ich habe schon mein ganzes Leben hier in Schonen verbracht. Hier gibt es keine Kirchen mitten im Wald. Versuch mal eine Weile, ganz tief durchzuatmen, bis ich komme. Weißt du noch, was dein Psychotherapeut gesagt hat? Du hast eine Tendenz zu einer bipolaren Störung. Sag mir die Adresse, dann komme ich.«

Bipolare Störung? Hatte ich Jim davon erzählt? Mir kam der furchtbare Gedanke, dass vielleicht all das in meinem Kopf nur Einbildung sein könnte – und dass ich möglicherweise ernsthaft psychisch krank war.

»Wo bist du, Alex?«

Ich wollte antworten, aber die Worte blieben mir im Hals stecken. Ich bekam keinen Ton heraus.

Jims Atmen zischte durch die Leitung, und jeder seiner Atemzüge versetzte mir einen Stich.

Warum antwortete ich nicht? Die Paranoia hatte sich in meinem Kopf festgesetzt. Vorher hatte ich nie verstanden, was das eigentlich ist, und erst an diesem Abend begriff ich es. Sie ist wie die Hydra aus der griechischen Mythologie – sobald man dem Ungeheuer einen Kopf abschlägt, wachsen ihm zwei neue. Am Ende hat man ein riesiges Monster vor sich. Und genau das passierte mir, die früher über Konspirationstheorien nur gelacht hatte. Jetzt war ich mir sicher, dass sie alle hinter mir her waren, sogar Jim. Konnte es vielleicht sein, dass Carl und Jim zusammenarbeiteten? Unmöglich war es nicht. Mats Levinger hätte Jim den Hinweis geben können, bevor er mir im Krankenhaus wie zufällig über den Weg gelaufen war. Sie wussten, dass ich einen Job suchte, also hatte Carl mich mit der Annonce geködert. Lund ist ein Dorf. Es war nur eine Frage der Zeit, bevor ich von der freien Stelle erfahren hätte. Und wenn es angeblich so viele Bewerber gegeben hatte, warum hatte ich dann keinen von denen an der Rezeption getroffen, als ich kam?

Die Vorstellung, dass sich Carl und Jim über meine Bilder und Eindrücke zu Dani halb tot gelacht haben mussten, trieb mir die Tränen ins Gesicht, so gedemütigt fühlte ich mich.

»Was hast du damals eigentlich im Krankenhaus gemacht?«, fragte ich Jim.

»Was faselst du da?«

»Als ich dich fast umgerannt hätte. Als wir uns kennengelernt haben.«

»Ich habe einen Freund besucht. Alex, jetzt reiß dich zusammen! Wo bist du? Ich mache mir wahnsinnige Sorgen. Sag mir, wo du bist, dann kann ich dich abholen. Ich verspreche, ich helfe dir.«

Es wäre so leicht gewesen, mich von ihm retten zu lassen, ich sehnte mich so danach, einem einzigen Menschen über den Weg trauen zu können. Doch ich konnte mich nicht dazu durchringen.

Sie haben ihre Mitglieder auf der ganzen Welt. Ihre Augen sind überall. Du musst Dani allein finden. Bisher hat dir keiner helfen können. Das wird auch keiner tun.

Ich klickte Jim weg. Das Display leuchtete sofort wieder auf, sein Name erschien, als er versuchte, mich zurückzurufen, doch ich meldete mich nicht.

Meine Welt schrumpfte, dabei sah ich gleichzeitig immer klarer. Wie es jetzt schien, gab es nur eines, worauf ich mich verlassen konnte. Mein Bauchgefühl. Und das bedeutete: Der Wald. Die Krypta. Das Feuer.

Ich stürzte mich wieder auf das Smartphone und ging ins Internet. Jim versuchte weiter, mich anzurufen. In meinen letzten Recherchen hatte ich nach Krypten und Kirchen in Wäldern gesucht, aber jetzt kombinierte ich die Schlagworte neu. »Krypta« und »Wald« zusammen brachte mich erst nicht weiter, doch dann scrollte ich nach unten zu den verwandten Suchanfragen. Der Artikel, der da gelistet wurde, war fast zehn Jahre alt und stammte aus einer Lokalzeitung in Mittelschonen. Schon nach dem ersten kurzen Blick darauf liefen mir kalte Schauer über den Rücken. Während ich las, verspürte ich eine Wahnsinnsangst und gleichzeitig ein Gefühl von Triumph. *Die Provinzialregierung sieht sich nicht in der Lage, für den Erhalt der Kapelle aufzukommen. Ein Abriss wäre mit hohen Kosten verbunden, da die Kapelle aus Kalkstein besteht und eine Krypta besitzt, heißt es.*

Tränen schossen mir in die Augen. Das Display verschwamm. Jetzt versagte jeder Kontrollmechanismus. Ich zitterte, heulte, jaulte. Dann wurde ich ganz still. An die Stelle des Gefühls von Triumph trat eine eiserne Entschlossenheit. Es war, als hätte mir jemand einen Chip ins Gehirn gepflanzt, der all meine Gefühle blockierte. Nur eines war noch da – die Dankbarkeit den Demonstranten in Höör gegenüber, deren Proteste vor zehn Jahren der Anlass für diesen Zeitungsbericht gewesen waren.

An alles, was dann geschah, würde ich mich im Nachhinein auf zwei unterschiedliche Arten erinnern. Auf der einen Seite befand ich mich außerhalb meines Körpers und lotste ihn kaltblütig und vollkommen abgebrüht weiter. Auf der anderen Seite war ich vor Schreck wie gelähmt, und in meinen Ohren donnerte es wie in einem Flugzeug, das in Turbulenzen gerät. Aber beides führte schließlich zum Ziel.

Inzwischen erschien Jims Name mindestens zum zehnten Mal auf meinem Handy. Ich klickte das Gespräch nicht nur weg, ich blockierte ihn. Beim Blick auf eine Karte von der Gegend rund um den Syrkhultasee im Smartphone konnte ich die Kirche mit ziemlich großer Wahrscheinlichkeit lokalisieren. *Auf einer Anhöhe oberhalb der Sumpfgebiete am Syrkhultasee.* Ich markierte das Gebiet im Navigationssystem des Handys und warf mir die Schultertasche über. Ich war auf dem Sprung, noch immer atemlos. Doch als ich den Türgriff herunterdrückte, ließ sich die Tür nicht öffnen. Ich trommelte mit beiden Fäusten dagegen und zog und riss an der Klinke, doch nichts bewegte sich.

Die Tür war von außen verbarrikadiert.

68

Der Tag ist gekommen und wieder gegangen.

Der Himmel war bedeckt, es war windstill, und auf dem Boden hat sich nun eine dünne Schicht Raureif gebildet.

In ihrer Zelle ist es dunkel. Es ist Abend geworden, aber die Männer haben die Deckenbeleuchtung nicht angeschaltet. Stattdessen haben sie die Kerzen im Leuchter entzündet. Ihr letzter Wunsch.

Die letzten Kerzen für Alex.

Sie spürt den Tod wie eine Gewitterwolke im Raum, die sich über ihr zusammenbraut.

Ihr ganzes Leben ist jetzt auf das hier geschrumpft, eine letzte einsame Stunde in einem muffigen Zimmer.

Ich will nicht sterben, ich will nicht sterben.

Obwohl sie sich immer als Agnostikerin bezeichnet hätte, verspürt sie jetzt ein ganz überwältigendes Bedürfnis zu beten, Gott anzuflehen. Doch Gott hat ihr bislang auch nicht geholfen, warum sollte er es jetzt tun?

Ein Baum vor dem Fenster reckt seine kahlen Zweige in Richtung Himmel und tut das mit einer Kraft und einer Beharrlichkeit, die all jene überleben wird, die ihn betrachten.

Wie gern wäre sie dieser Baum. Käme zwischen den harten Zweigen zur Ruhe. Würde vor all diesen Gefühlen und diesem Kampf ums Überleben ausreißen.

Innen in der Krypta verteilen Hunderte von Fackeln ihr unruhiges Licht.

All das ihr zu Ehren.

Ihr Herz ist schwer wie Blei, doch ihre Gedanken schwirren wie Motten umher.

Sie wird das Morphium nicht nehmen. *Nein.* Tabletten bedeuten Verletzlichkeit, dann wird sie die Konzentrationsfähigkeit verlieren. Die Männer haben sie schon genug verletzt. Das ist ihre letzte Entscheidung, die einzige, die sie ihr nicht verwehren können.

Da kommt ihr plötzlich ein Satz aus der Fachliteratur in den Sinn. *Äußerst schmerzhaft ist es, wenn das Feuer langsam lodert, bis der Blutverlust und die Verdunstung der Körperflüssigkeiten sowohl einen Schock als auch einen Lungenkollaps auslösen.*

Sie wird um sich schlagen, kratzen, treten, spucken und so laut schreien, dass Alex sie hört – Alex muss sie hören können.

Jetzt kann sie nicht mehr aufhören, an Alex zu denken.

Sie sieht ihre hübschen Augen vor sich, doch sie kann sich an ihre Stimme nicht mehr erinnern.

Sie hat keine Angst mehr vor dem Tod, aber bei dem Gedanken an diese schrecklichen Qualen, die ihr bevorstehen, gerät sie in Panik.

Noch tiefer sitzt die Angst, dass Alex ihr Leben vielleicht nicht fortsetzen und für sie beide richtig leben kann.

Das Lachen der Männer lässt draußen ein Echo entstehen.

Ein kalter Windstoß trägt Brandgeruch mit sich.

Sie haben den Scheiterhaufen angezündet.

Da hinein mischt sich ein weiterer Geruch, es riecht fettig und angebrannt, wie von einer Bratpfanne. Sie weiß, dass es nur Einbildung sein kann, trotzdem kriecht ihr der Geruch in die Nase.

Draußen vor dem Fenster knackst etwas. Vermutlich ein Fuchs oder ein Kaninchen.

Wie sie doch alle da draußen beneidet, die da frei durch

den Wald laufen, die noch leben werden, wenn der Tag anbricht. Sie lauscht knackenden Zweigen, Vögeln, die sich hastig in die Höhe schwingen.

Und noch einmal dieses Geräusch. Ein dunkler Schatten bewegt sich an ihrem Fenster vorbei. Dann kommt er zurück und hält an. Ein Kratzen an ihrer Fensterscheibe.

Da draußen ist jemand in der Finsternis.

69

Ich warf mich gegen die Tür des Hotelzimmers, trat dagegen, schrie und rüttelte an der Klinke. Nichts geschah, nur dass ich mir einen Zeh blutig schlug. Ich rannte zum Fenster und blickte hinaus. Ein Mann stand im Hof mit dem Rücken zu mir und rauchte. Der Rauch ringelte sich in den klaren Abendhimmel hinauf. Das war der Blödmann von der Rezeption.

Ich öffnete das Fenster und pfiff auf zwei Fingern. Er fuhr herum.

»Lassen Sie mich raus!«

Er kam über den Hof gelatscht, bis er genau unter meinem Fenster stand.

»Ihre Kreditkarte funktioniert nicht. Die Belastung ging nicht durch. Ich bin zu Ihnen hochgekommen, um Ihnen das mitzuteilen, und da hab ich gehört, dass Sie herumgeschrien haben wie eine Geisteskranke.«

Eine Spur von Verachtung stand ihm ins Gesicht geschrieben. Er hielt eine Bierdose in der Hand, aus der er jetzt schlürfend den nächsten Schluck nahm.

»Ja, und jetzt? Was machen Sie da? Lassen Sie mich raus!«

Ich griff zu den Scheinen, die ich ihm beim Einchecken schon hatte geben wollen, und ließ sie fallen, sodass sie wie Nachtfalter auf den Asphalt segelten.

»Jetzt habe ich das Zimmer bezahlt. Machen Sie die Tür auf.«

»Ich hab ein bisschen Schiss gekriegt, als Sie so geschrien haben. Ich hab gedacht, Sie sind vielleicht kollabiert oder so.«

»Haben Sie Hilfe geholt?«

»Noch nicht.«

»Gut. Dann kommen Sie jetzt hoch und sperren Sie die Tür auf, sonst stürze ich mich aus dem Fenster.«

Das brachte ihn auf Trab. Es dauerte keine Minute, dann war er auf meiner Etage und hatte die Tür geöffnet, die er zuvor mit einem Stuhl verrammelt hatte. Da stand er, keuchend, und grinste blöd. Eigentlich hätte ich ihm eine runterhauen sollen, doch dafür war keine Zeit.

Stattdessen sah ich ihn mit einem vernichtenden Blick an. Er stand immer noch da und glotzte. »Aufwachen!«, wollte ich ihn anschreien, schubste ihn aber bloß weg.

»Aus dem Weg!«

Als er sich nicht vom Fleck bewegte, quetschte ich mich an ihm vorbei, sodass er die Bierdose fallen ließ, die dann zischend über den Flur rollte. Obwohl ich die Treppe hinunterrannte, kamen mir meine Bewegungen zäh vor, wie in Zeitlupe, aber dann stand ich mit einem Mal vor meinem Auto. Es war furchtbar kalt draußen. Die Windschutzscheibe war überfroren, und ich versuchte, das Eis mit den Handschuhen zu beseitigen. Immerhin sprang der Motor ohne Probleme an. Bevor ich das Stadtgebiet verließ, hielt ich an einer Tankstelle, füllte Benzin nach und kaufte mir eine Taschenlampe.

Irgendwo habe ich gelesen, dass es sich anfühlt, als würde die Zeit stillstehen und gleichzeitig vorgespult werden, wenn man sich in einem Zustand von Panik befindet. So erging es mir an diesem Abend. Die Stimme meines Navis war das Einzige, was mich wieder in die Wirklichkeit zurückholte. *Biegen Sie rechts ab. In fünfhundert Metern links abbiegen.* Alles andere war nur noch wie dichter Nebel. Ich dachte, ich komme kein bisschen vom Fleck und ganz bestimmt niemals an, und plötzlich war ich da – mitten im Wald, auf einem Schotterweg, der vor großen Büschen plötzlich zu Ende war. Ich machte die Scheinwerfer aus. Versuchte, die Taschenlampe anzuschalten, doch sie funktionierte nicht. Als ich sie aufschraubte, sah ich, dass das Batteriefach leer war. Ich fluchte laut und warf sie auf den Rücksitz. Mir fiel ein, dass mich die Innenraumbeleuchtung im Wagen verraten könnte, und schaltete das Licht sofort aus. Ich legte die Stirn aufs Lenkrad und sammelte meine Gedanken, bevor ich aus dem Wagen stieg.

Weil in der Stadt immer irgendwo Licht brennt, egal um welche Tages- oder Nachtzeit, unterschätzte ich die Finsternis da draußen. Ich hatte eigentlich schwarze, nackte Bäume erwartet, die sich in einen dunkelblauen Himmel reckten, und Mondschein, der sein Licht auf Boden und Wege warf. Doch in Wirklichkeit verschluckte mich die Dunkelheit sofort. Sie umgab mich von allen Seiten. Ein paar schreckliche Augenblicke lang sah ich gar nichts. Ich hatte keinerlei Orientierung, doch mir war, als hätte ich auf einmal die Ohren eines Wolfes. Meine ersten vorsichtigen Schritte auf dem Schotter erschienen mir schrecklich laut. Auch mein Geruchssinn war plötzlich feiner. Der Frost und der Schnee rochen nach Kalkstein. Ein Hauch von Verwesung, wie er manchmal von einem Sumpf ausgeht, drang in meine Nase … und mit einigen Windstößen kam auch noch Brandgeruch hinzu.

Der Ausnahmezustand, in dem ich mich seit einem halben Jahr befunden hatte, war wie weggeblasen. Alle Gefühle wie ausradiert. Es war mir egal, ob ich da draußen im Wald überlebte oder starb, ich war fest entschlossen. Der Schrei einer Eule, ein Geräusch, das mir normalerweise Angst einjagte, ließ mich vollkommen kalt. Was meine Identität gewesen war, existierte nicht mehr. Dem Ziel, Dani jetzt zu finden, ordnete sich alles andere unter. Ich stand ganz kurz davor. Und ich wusste es.

Jetzt richtete sich meine ganze Aufmerksamkeit auf diesen Brandgeruch – den es hier mitten im Wald normalerweise nicht gab. Meine Augen hatten sich inzwischen an die Lichtverhältnisse gewöhnt, und ich konnte den Hügel ein Stückchen vor mir erkennen. Weil ich so rannte, stolperte ich über eine Wurzel und fiel, doch zum Glück konnte ich mich mit den Händen abfangen und landete sanft auf der frostigen, harten Erde.

Ich kroch den Hang hinauf. Die durchdringende Kälte biss sich in meinen Wangen fest und fuhr mir in die Glieder. Der Brandgeruch wurde stärker. Er war nicht unangenehm, erinnerte mich an die Walpurgisnachtnacht und die Osterfeuer. Oben angekommen, richtete ich mich auf. Das Handy in meiner Jackentasche vibrierte. *Carl.* Ich drückte ihn weg. Beim Blick von diesem Hügel herunter entschloss ich mich, das Smartphone ganz auszuschalten. Jetzt brauchte ich kein Navi mehr. Jenseits eines Waldstücks unterhalb des Hügels befand sich eine weite Ebene, die im Kontrast zu den schwarzen Konturen der Bäume hellgrau schimmerte. Das war eine Wiese … oder wirklich ein Sumpf. An einer Seite brannte ein Feuer.

Mucksmäuschenstill stand ich da, während sich meine Augen fokussierten. Die Luft war so eisig, dass ich sie in meiner Lunge brennen spürte. Mein Atem hinterließ solche Dampfwolken, dass sie mir zeitweise die Sicht nahmen. Ich suchte nach etwas, blieb aber an den dunklen Silhouetten der Baumkronen hängen. Irgendwo krächzte eine Krähe. Da kein Wind ging, warfen in der Stille noch andere Töne ihr Echo ins Tal. Fröhliches Lachen. Am Feuer waren Menschen, aber dorthin zog es mich nicht.

Und jetzt endlich sah ich das, wonach ich Ausschau gehalten hatte, die schwachen Umrisse eines Bauwerks streckten sich zum Himmel.

Eine Turmspitze. *Die Kirche.*

Ich orientierte mich nun an der Kirchturmspitze, benutzte sie als Kompass. Sie war keine hundert Meter entfernt, aber ich musste in direkter Linie auf sie zugehen, um mich in dem Labyrinth aus Nadelbäumen nicht zu verirren. Der Mond stieg langsam über die Tannenspitzen. Ich heftete meinen Blick an einen hohen Baum, der genau vor der Kirchturmspitze stand. Es war vollkommen still, nur mein Keuchen war zu hören. Ich fixierte die Fichte vor mir, ging auf sie zu und berührte ihre Rinde.

Für einen kleinen Moment sah ich auf und ließ mich verzaubern. Der Himmel hatte jetzt eine matte Farbe, wie Holzkohle, mit Millionen von kleinen funkelnden Pünktchen. Dieser besondere Anblick besänftigte mich für einen Moment. Ich spürte noch etwas anderes, einen Puls. Ich nahm Dani wahr. Mein Herz schlug immer schneller, und ich wusste sicher, in welche Richtung ich mich aufmachen musste. Meine Schritte wurden federleicht. Ohne jede Anstrengung war ich plötzlich da. Die Kirche lag vor mir. Sie erhob sich mächtig, mit erleuchteten Fenstern. Der Ort hätte mir eine Heidenangst einjagen müssen, doch das Einzige, was ich spürte, war die Nähe zu Dani. An diesem Abend fühlte ich sie auf eine ganz neue Weise. Vorher war sie eine Erinnerung gewesen, ein Funken in mir, der nie verschwunden war. Jetzt war sie ein Teil meines Körpers, Teil jeder Bewegung, die ich machte.

Die Stimmen von der Wiese waren verklungen. Nun herrschte vollkommene Stille.

Um zur Kirche zu gelangen, musste ich über Laubberge steigen, die vor einer Mauer lagen. Das Licht aus den Fenstern brachte den Raureif zum Funkeln. Es sah so schön aus, dass ich kurz innehielt. Für einen Moment dachte ich, dass ich träume. Es gab weder Wetter noch Wind noch Wolken, nur diese bezaubernde Stille und den schimmernden Frost. Die Wände der Kirche glitzerten wie weißer Quarz. Der Brandgeruch war so stark, dass er mir in die Nase stach.

Ein schwaches Licht flackerte in einem Fenster, das sich auf Bodenhöhe befand.

Eine Krypta?

Da musste es sein.

Mit ein paar Schritten war ich dort.

Mein Fuß stieß an etwas Hartes.

Ein paar Spatzen flatterten auf und flogen in den Himmel.

Ich hielt mich an einem Baum fest, der direkt vor der Wand stand, und hockte mich hin.

Unter mir in dem Laubhaufen raschelte es.

Mit der einen Hand klammerte ich mich an den Baum, mit der anderen schirmte ich meine Augen ab, um mehr erkennen zu können.

Ein spärlich beleuchteter Raum.

Ein Bett.

Die Umrisse eines Menschen.

Dani.

Unser gemeinsames Herz schlug sacht.

Die Welt hielt den Atem an.

70

Verblüfft öffnete Dani den Mund. Unsere Blicke trafen sich, hakten ineinander fest. Einen Moment lang muss sie geglaubt haben, sie sähe ihr Spiegelbild in der Fensterscheibe, so verwirrt sah sie aus.

Ich musste heftig weinen. Auch Dani liefen die Tränen übers Gesicht. Wir starrten uns durch das Fensterglas an. Ich wusste, dass ich mich in Lebensgefahr befand, dass es wichtig war, still zu sein, doch ich konnte mein kratziges Schluchzen nicht unterdrücken.

Dani verschwand aus meinem Blickfeld. Ich sah sie unten im Kellerraum, wie sie eine Art abgesägten Baumstamm vor sich herschob. Dann tauchte sie plötzlich auf meiner Höhe auf. Das Fenster öffnete sich einen Spalt breit.

»Du musst verschwinden! Versteck dich!«

Sie schob drei Finger durch die Lücke, ich ergriff sie und konnte ihre Wärme spüren. Es war eigenartig, dass ihre Fingernägel mit silbernem Nagellack lackiert waren. Ich zwang mich weiterzuatmen, um nicht in Ohnmacht zu fallen. Meine Lunge wollte sich nur zur Hälfte füllen. Es dauerte eine Weile, bis ich wieder einen Ton herausbekam.

»Ich hol dich hier raus … Oh Gott, Dani …«

Sie biss sich auf die ausgetrocknete Unterlippe. Sie war kaum wiederzuerkennen. Ihr Blick wirkte verändert, ganz finster, und sie hatte dunkle Ringe unter den Augen, die wie Halbmonde aussahen. An ihren Oberarmen waren Blutergüsse.

Vorsichtig schob ich das Fenster weiter auf. Drei stabile Eisenstangen waren das Einzige, was sich zwischen uns befand.

»Das habe ich schon versucht. Ich komme nicht durch. Hast du ein Handy? Lauf weg und versteck dich und ruf die Polizei.«

»Das kann ich nicht. Die Polizei steckt mit denen unter einer Decke. *Ich* hole dich hier raus.«

»Aber hinter *dir* sind sie her. Lauf weg. Sie werden mich sowieso auf dem Scheiterhaufen verbrennen.«

»Dann müssen sie mich mitverbrennen. Ich komme runter zu dir. Ich quetsche mich da durch.«

All das gab ich vollkommen atemlos von mir. Ich war so enthusiastisch, konnte kaum noch zwischen Traum und Wirklichkeit unterscheiden.

Dani schlug sich die Hände vors Gesicht und brach in Heulkrämpfe aus.

Ich rüttelte an dem Gitter, das schnell nachgab. Es saß gar nicht fest. Eine Stange ließ sich lösen. Dani schraubte die zweite auf, während ich die dritte abmontierte. Jetzt war nur noch Luft zwischen uns. Alles fühlte sich so unwirklich an.

»Steig von dem Baumstumpf runter«, forderte ich sie auf.

Sie zögerte noch, doch dann hatte ich schon meine Füße durch das Fenster geschoben. Ich stieß sie leicht an, sagte noch mal, sie solle absteigen. Dann hielt ich mich am Fensterrahmen fest, ließ meinen Körper hinunter, zwängte die Hüften durch das Fenster und spürte, wie meine Füße auf dem Holz landeten. Ich sprang weiter auf den Boden, kam schräg auf und fiel hin. Als ich mich aufrichtete, lag Dani in meinen Armen. Sie zitterte schrecklich. Ich ließ Rotz und Wasser auf sie nieder.

Nach unserer innigen Umarmung sprachen wir kaum ein Wort.

Schnell überblickte ich Danis dürftiges Gefängnis, das Bett, die weiß getünchten Wände, das Zimmer, das ich schon so oft vor meinem inneren Auge gesehen hatte. Alles stimmte.

Dann hörten wir Schritte von draußen.

Ohne wirklich nachzudenken oder zu begreifen, warum, lief ich zum Bett, legte mich hin und zog die Decke hoch. Dani griff nach einem Leuchter mit brennenden Kerzen und versteckte sich hinter der Tür.

Die Schritte kamen näher.

Die Tür sprang auf. Das Zimmer wurde plötzlich in gleißendes Licht getaucht. Vorsichtig linste ich über den Rand der Decke.

»Es ist so weit.«

Was macht Jim hier? war mein erster Gedanke. *Warum hat er so was Komisches an?* Und dann: *Er ist hergekommen, um uns zu retten.*

Seine Augen waren sonderbar leer, knopfartig wie bei einer Puppe. Er lächelte. Doch dieses Lächeln war mir vollkommen fremd, es hatte nichts mit dem Lächeln des Mannes zu tun, den ich kannte. Es war unmenschlich und unheimlich. Und es war hier so fehl am Platz, dass ich einen Moment lang glaubte, ich hätte mich getäuscht. Das konnte doch nicht Jim sein. Er sah mich an, doch er sah mich nicht wirklich. Aber er *war* es – verkleidet. In einer eigentümlichen, unheilverkündenden Kutte.

»Jim?«, sagte ich.

Für den Bruchteil einer Sekunde spiegelte sich alles, was mir durch den Kopf ging, in diesen merkwürdigen Augen. Wie erst die Erkenntnis in ihm wuchs: *Irgendwas stimmt hier nicht.* Und dann ein Gefühlschaos, Staunen, Entsetzen und Scham, wie es jemanden überkommt, der bei etwas sehr Peinlichem erwischt wird. Aber gerade als er den Mund öffnen wollte, sah ich Danis Arme, als sie hinter der Tür vortrat und den Leuchter in die Luft hob.

In einer schwungvollen Bewegung schlug sie ihn Jim gegen die Schläfe. Die brennenden Kerzen fielen auf den Boden und rollten über den Steinboden.

Ich sprang vom Bett auf. Über Jims Gesicht lief das Blut, doch er hatte nur eine oberflächliche Verletzung. Er machte einen Schritt zur Seite und gab einen Laut von sich, als wollte er Schleim aus der Brust abhusten.

Rein körperlich fühlte es sich an, als ob ich schrie, ich konnte die Vibrationen in meinem Hals spüren, doch ich hörte keinen Ton. Ich wollte schon auf Dani losstürmen, um sie davon abzuhalten, doch dann hielt ich inne, endlich begriff ich. *Er ist es*. Ich verstand es intuitiv, und ich konnte es in Danis Augen sehen. *Das darf nicht wahr sein*, dachte ich. *Bitte, das darf nicht wahr sein!* Die Panik überkam mich, während meine Gedanken gleichzeitig glasklar waren. *Er ist es, der uns das alles angetan hat.*

Dani schlug in blinder Wut auf Jims Schädel ein, auf sein Gesicht und seinen Brustkorb, während er brüllte und fluchte. Er machte ein paar Schritte auf sie zu und schlug ins Leere. Er wollte etwas sagen, doch es kam nur Blut aus seinem Mund. Dani schlug noch einmal zu, direkt auf die Stirn. Ihm entfuhr ein unmenschlicher Laut. Blut lief ihm aus der Nase. Auf der Vorderseite seiner Kutte machte sich ein großer Fleck Pisse bemerkbar. Langsam ging er in die Knie, und das Gewicht seines Oberkörpers brachte ihn zu Fall, sodass er mit der Stirn voraus auf dem Boden landete. Wie im Wahn schlug Dani weiter auf seinen Rücken.

»Hör auf, hör auf, er ist tot«, wimmerte ich.

Doch das war er nicht.

Dani ließ den Leuchter los und griff nach meiner Hand.

Sie zog mich zur Tür, aber etwas Hartes hielt mich an der Wade fest, ich kam nicht vom Fleck. Als ich mich umdrehte, sah ich Jims Hand wie eine Vogelkralle an meinem Bein. Dani ließ mich los und verschwand. In einem Moment der Verwirrung dachte ich, sie hätte mich zurückgelassen. Ich strampelte, versuchte vergeblich, mich aus Jims festem Griff zu lösen. Seine Hände zuckten spastisch, wie im Todeskampf, aber er war überraschend stark. Meine Haut kochte, ich war schweißnass. In der Luft stand der metallische Duft von Blut, gemischt mit dem herben Geruch nach Urin.

Da tauchte Dani mit einer Fackel auf.

»Da hast du deinen Scheiterhaufen, jetzt kannst du verbrennen!«

Und genau in dem Augenblick verstand ich. Ich reagierte gewissermaßen zeitverzögert. Eine leise Stimme in meinem Hinterkopf leierte klar und deutlich: *Du hast ihm geglaubt. Du hattest nicht die geringste Ahnung*. Etwas in meinem Kopf explodierte. Obwohl er da am Boden lag, in seinem eigenen Blut, wollte ich ihn am liebsten noch mit Füßen treten.

Ohne auch nur einen Moment zu zögern, knallte ihm Dani die Fackel mitten ins Gesicht. Seine Augen waren vor Angst weit aufgerissen, bis das Feuer ihm das Augenlicht nahm.

Dann seine Schreie. Nie hatte ich etwas Vergleichbares gehört. Sie schnitten durch die Luft wie zerbrochenes Glas und setzten sich unter dem Gewölbe der Krypta fort. Er schrie mit dem ganzen Körper. Der Ton bohrte sich in mein Hirn, und ich war vor Schreck wie gelähmt.

Dani hielt die Fackel an Jims Kutte, die lichterloh aufloderte. Der Griff um mein Fußgelenk ließ nach, doch ich konnte meinen Körper nicht in Bewegung setzen. Ich spürte den Druck meiner eigenen Schreie im Brustkorb, doch Jims Anblick war so entsetzlich, dass mir der Ton im Hals stecken blieb.

Dani fasste meine Hand und riss mich mit sich. Jetzt stand ich erst recht unter Adrenalin. Wir stolperten durch einen unterirdischen Saal voller brennender Fackeln, mit hohen Säulen und glänzendem Kalkstein. Es war wie ein surrealistischer Albtraum. Ich ritt auf einer schwindelerregenden Welle von übermenschlicher Kraft.

Jetzt erklangen Schritte und hitzige Stimmen irgendwo über uns. Dani stöhnte und zog mich an die Wand, dort standen wir, dicht aneinandergepresst. Wir sahen uns in die Augen, sie legte einen Finger auf die Lippen. Dani sah wie eine Verrückte aus, mit dem Blut in den Haaren, auf ihrem Gesicht und an den Armen. Ihre Augen glühten.

Die Schritte und die Stimmen kamen näher.

Gestalten stürmten durch die Tür.

Mit einem Mal war die Krypta voller Männer in Kutten.

71

Ich habe keine verlässliche Erinnerung mehr an das, was dann geschehen ist. Manches von diesem Abend sehe ich noch glasklar vor mir, besonders die Bilder, wie Dani Jim in der Zelle erschlug, lassen mir keine Ruhe. Auch an die Minuten, in denen wir uns versteckten, als Danis Körper an meinem zitterte, ihr Atem, ihr Puls, das weiß ich alles noch, als wäre es gestern gewesen. Anderes, wie unsere Flucht, weg von der Kirche und durch den Wald, ist in meinem Kopf nur wie ein diffuses, verschwommenes Durcheinander. Am Ende, als alles vorbei war, war mein Körper von blauen Flecken und Schnittwunden übersät. An Schmerz kann ich mich trotzdem nicht erinnern.

Als die Männer Jims Körper entdeckten, entstand ein Tumult. Sie rannten zu seiner Leiche, schrien und klagten laut.

Der Gestank von verbranntem Menschenfleisch und schweißnassem Haar war ekelerregend.

Dani krallte ihre Nägel in meinen Arm. In dem Moment merkte ich, dass meine Schwester sich verwandelt hatte. Sie benahm sich wie eine Gazelle, die soeben dem gierigen Maul des Löwen entkommen war. Ihr Überlebensinstinkt dominierte alles. Das Einzige, was ich jetzt tun musste, war, mich auf sie zu verlassen.

Die Männer standen mit den Rücken zu uns. Dani zupfte mich am Arm und schleifte mich mit zum Ausgang. Wir rannten die Treppe hinauf. Ich sah Danis nackte Füße, das Blut an ihrem Schienbein und am Saum ihres Nachthemds, mich überkam das Bedürfnis, ihr meine Kleider zu geben. Flüche schallten von der Krypta zu uns hoch. Jemand schrie: »Da ist sie!« Wir hörten sie rennen. Sie hatten uns entdeckt.

Die kalte Luft draußen schlug uns wie eine Eiswand entgegen. Dani zog mich mit sich und lief um die Kirche herum, wo sie mir ein Zeichen gab anzuhalten. Sie wies auf ein ausgebuddeltes Loch direkt vor der Kirchenwand, das von einer Steinmauer umgeben war.

»Vielleicht passen wir da rein«, flüsterte sie, so leise, dass ich Mühe hatte, sie zu verstehen.

Der Frost hatte die Grashalme spröde gemacht, es knisterte unter unseren Füßen. Das Loch hinter der Steinmauer war ziemlich tief. Unzählige alte, schiefe Grabsteine standen auf dem Friedhof vor uns und sahen unheimlich aus.

»Spring da rein!«, rief sie. »Wir müssen hierbleiben, bis sie nicht mehr nach uns suchen.«

Ich stieg als Erste in das Loch. Als ich mich hinhockte, war mein Gesicht kaum auf Höhe der Grasnarbe. Mein ganzer Körper war von raschelndem Laub bedeckt. Die Schreie der Männer schallten durch die Luft, als sie aus der Kirche kamen. Dani schob sich auch ganz unter das Laub. Ich umklammerte sie. Dann versuchte ich, meine Jacke abzustreifen und ihr überzulegen, aber ich spürte, wie sie den Kopf schüttelte.

»Still«, sagte sie sanft.

Noch nie bin ich derart still gewesen. Dicht, ganz dicht aneinandergepresst lagen wir da, mucksmäuschenstill. Sie legte mir ihre kalte Hand an den Hals. Es knisterte und zischte von dem Scheiterhaufen, der nicht weit war. Immer wieder konnten wir beobachten, wie ein Funkenflug zum Himmel aufstieg. Mir drang der Brandgeruch in die Nase, doch da war auch noch etwas anderes, ein Duft, der fast zu schwach war, um ihn wahrzunehmen – der Geruch von Danis Haut.

Ich wusste, dass es uns gelingen musste, zum Auto zu kommen, doch ich hatte nicht die geringste Ahnung, wie. Ich hatte das Gefühl dafür verloren, in welche Richtung wir laufen müssten, ich war vollkommen desorientiert. So würden wir nie zum Wagen zurückkommen. Diese Erkenntnis war wie ein Faustschlag in die Magengrube. Zur Kirche hatte ich gefunden, weil Dani dort gewesen war. Andere Anhaltspunkte hatte ich nicht gehabt. Wir würden bestimmt erfrieren, wenn wir blindlings in den Wald liefen. Aber dann kam mir der Gedanke, dass ich es vielleicht komplizierter machte, als es war. Wir mussten nur von der Kirche aus losrennen und auf dasselbe Bauchgefühl vertrauen, das mich auch hierhergeführt hatte.

Die schrillen Stimmen der Männer und ihre Schritte wurden leiser.

Dani atmete erleichtert auf. Sie schob auch den Kopf durch das Laub und hielt Ausschau.

»Sie stellen immer einen Wachposten ab. Wir rennen am besten direkt in den Wald.«

»Da lang«, sagte ich und zeigte zur Vorderseite der Kirche. »Von da bin ich gekommen.«

Sie wollte sich gerade aufrichten, da hielt sie inne. Ihr Gesicht sah plötzlich ganz verzweifelt aus.

»Ich hab einen Chip unter der Haut«, flüsterte sie und hielt mir ihre Hand hin. »Du musst ihn rausschneiden. Oder rausbeißen, wenn du nichts Scharfes findest. Los, mach schon.«

Entsetzt starrte ich sie an. Allein die Vorstellung, in Danis Körper zu beißen, löste einen Würgereflex bei mir aus. Ich sah immer noch die Bilder von Jim vor mir. Doch dann fiel mir etwas ein. Es war ein Versuch, aber etwas anderes kam mir nicht in den Sinn, und ich hatte nicht vor, ihr ein Loch in die Hand zu beißen. Trotzdem wusste ich, dass sie es ernst gemeint hatte. Ich fuhr in meine Schultertasche, holte das Handy heraus und hielt es auf die Wölbung an ihrem Handrücken.

»Wenn wir Glück haben, dann deaktiviert es den Chip.«

In der Dunkelheit konnte ich erkennen, wie sie die Augen verdrehte. Das war das erste Mal, dass mich ihr Gesichtsausdruck wieder an die alte Dani erinnerte. An die, die mir vertraut war.

Ich fühlte mich sonderbar, als wir da in diesem Loch lagen. Vollkommen überdreht, völlig neben der Spur. Dani war am Leben. Wir waren zusammen.

»Jetzt«, flüsterte sie. »Jetzt laufen wir los!«

Hand in Hand rannten wir über den Friedhof und dann hinein in den Wald. Es war ein Gefühl, als ob wir durch einen endlosen Nadelwald liefen. Danach verschwimmt meine Erinnerung. Das Einzige, was ich noch klar vor Augen habe, ist, dass ich gestolpert bin. Dass dieser Warnschrei aus meinem Inneren ertönte. Dass mein Kopf vor Schmerz schier explodierte. *Das ist* … dachte ich noch. Aber ich konnte den Satz nicht zu Ende denken, dann krachte ich bereits durch etwas Weiches hindurch.

Ich stürzte kopfüber in ein schwarzes Loch und zog Dani mit mir in die Tiefe.

72

Ein paar Augenblicke lang waren unsere Körper ein einziger Wirrwarr aus Armen, Beinen und rasenden Herzen. Ich blinzelte hilflos in die Dunkelheit. Es roch bitter nach Erde.

»Oh Shit, mein Fuß«, wimmerte Dani.

Ich löste mich von ihr und stellte mich auf meine wackligen Beine. Wir waren in eine Grube gefallen, die so tief war, dass ich nicht an die obere Kante kam. Die Fetzen eines zerrissenen Netzes flatterten über meinem Kopf. Eine Wildfalle.

»Ich habe mir den Fuß verstaucht«, sagte Dani und weinte sofort hemmungslos, sie hörte gar nicht mehr auf zu schluchzen.

Das wilde Tier in ihr war in die Falle gegangen.

Eigentlich hätte ich sie trösten müssen, doch ich war wie besessen davon, aus dem Loch zu kommen. Ich versuchte, nach oben zu kommen, auf Erdhöhe, und krallte meine Nägel in die Erde, doch es war unmöglich. Das Loch war einfach zu tief. Ich beschloss, die Polizei anzurufen. Etwas anderes konnte ich nicht tun, sonst würden wir hier erfrieren. Ich hockte mich hin und legte meinen Arm um Dani, mit der anderen Hand tastete ich in meiner Tasche nach dem Smartphone. Als ich es erwischt hatte, stellte ich fest, dass das Display schwarz war und der Akku leer.

Dani war jetzt wie in Trance. Wenn sie nicht schluchzte, murmelte sie monoton: »Komme hier nie weg, komme hier nie weg …«

Ich nahm ihren Kopf in meine Hände. Ihr Gesicht konnte ich kaum noch erkennen, ich sah nur ihre irrenden Augen.

»Dani, schau mich an. Wir schaffen es. Ich verspreche es dir.«

Doch ihr Blick war leer. Arme Dani. Ich konnte sie nicht trösten. Dabei wollte ich doch so stark für sie sein. Die Anstrengung, das Weinen zu unterdrücken, und die kalte Luft machten das Atmen schwer.

Dann knackste etwas über uns, und eine monotone Stimme rief:

»Wir haben ein Beutetier in der Falle. Ich wiederhole, wir haben ein Beutetier in der Falle.«

Äste brachen, Schritte kamen näher. Am Rande der Grube erschienen zwei Stiefel.

Der Mann hockte sich hin. Vor uns tauchte ein Gesicht auf, das von der Kapuze einer Kutte umrahmt war. Seine großen Augen waren trotz der Dunkelheit gut zu erkennen, und dazu war ein Grinsen zu sehen, das mit hervorstehenden Zahnreihen glänzte.

»Zwei Beutetiere! Am besten kommt ihr gleich her. Und bringt alle mit.«

Er verschwand aus meinem Blickfeld.

Dani war nur noch ein lebloses Häuflein Mensch. Die Stimme des Mannes hatte bewirkt, dass sie nun nicht mehr ansprechbar war.

»Kommt her! Helft uns«, schrie ich so forsch wie möglich.

»Das werden wir«, erklang seine Stimme.

Dann hockte er sich wieder hin und sah mich scharf an.

»Ihr habt unseren Meister getötet. Welche Strafe habt ihr *deiner Meinung nach* verdient?«

Er wartete nicht auf meine Antwort, sondern sprang auf und wachte an der Falle, bis die anderen Männer da waren. Es dauerte ein paar Minuten, bis weitere Gesichter von Männern in Kutten über uns auftauchten. Die Luft schien voller Testosteron zu sein. Jetzt war ich außer mir vor Angst. Todesangst.

»Ich habe schon den Geruch von gegrilltem Hexenfleisch in der Nase«, sagte einer der Männer.

»Frisch durchgewichste, gegrillte Hexe«, korrigierte der Mann mit den großen Augen.

Jedes einzelne Wort triefte vor Verachtung. Dann lachten sie widerwärtig selbstherrlich. Mir kam die unheimliche Idee, dass das vielleicht ein Spiel für sie war. Ihr Silvesterspiel.

Ich legte mich mit dem ganzen Körper über Dani, um sie zu beschützen. Atmete sie eigentlich noch? Erst glaubte ich, wenn wir ganz flach auf den Boden lägen, reichten die Männer nicht an uns heran. Doch innerhalb von Sekunden waren zwei Männer in die Grube gesprungen. Sie rissen uns voneinander los und hoben mich hoch, wo sofort viele gierige Hände an mir zerrten. Es war sinnlos, sich zu wehren, trotzdem schrie ich und trat um mich. Sie brauchten zwei Männer, um mich zu bändigen. Einer hielt mir die Arme auf den Rücken, der andere stand vor mir und klemmte meine Beine zwischen seine. Mit einer Hand hielt er mein Kinn fest, die andere schob er mir zwischen die Beine. Ich spuckte ihm ins Gesicht, doch er drehte den Kopf weg und grinste nur hämisch. Der Mann hinter mir riss meine Arme hoch, was so wehtat, dass ich laut aufschrie.

»Versuch nur, dich mit uns anzulegen«, sagte der Mann, der vor mir stand. »Jetzt darfst du erst mal zusehen, wie deine Schwester gefickt wird. Dann bist du an der Reihe. Das ist doch schön, oder?«

Der Brandgeruch war so durchdringend, dass er mir in Nase und Rachen stach. Sie hatten Dani inzwischen auf die

Erde gelegt. Die Männer stellten sich in einem Halbkreis um sie herum. Sie lag da, zusammengekauert und regungslos wie eine Stoffpuppe. Der Mann, der uns gefunden hatte, ging auf die Knie und hob Dani grob hoch, um sie auf alle viere zu stellen. Er zerriss ihr Nachthemd, was ein Geräusch durch die ruhige Winternacht schnitt, wie wenn man durch verharschten Schnee läuft.

Ich schrie, bis meine Stimme versagte. Ich schrie, bis keine Luft mehr übrig war.

»Lasst sie! Lasst sie los! Nehmt mich!«

Der Mann, der hinter Dani stand, öffnete seine Kutte. Darunter war er vollkommen nackt. Dani zuckte, als bekäme sie einen epileptischen Anfall.

Ich brüllte mir die Seele aus dem Leib:

»Nein!«

Genau in dem Moment, bevor er in sie eindringen konnte, als sie den Rücken rund machte, um ihn daran zu hindern, war eine Explosion zu hören. Der Mann wurde nach hinten geschleudert, brüllte und fasste sich ans Bein. Der Griff um meine Arme lockerte sich. Der Mann vor mir ging in Deckung.

Ich drehte mich um und sah: Da stand Carl und hielt das Gewehr in der Hand. *Jetzt wird er mich erschießen,* war mein erster Gedanke. Carl machte einen vollkommen wahnsinnigen Eindruck. Lebensgefährlich, doch diesmal nicht auf seine charmante Art. Wir starrten uns an, doch dann schnitt eine scharfe Stimme durch die Luft.

»Carl! Ich hab dir doch gesagt, du sollst nicht schießen!«

Hans Teller kam aus dem Gestrüpp.

Dann ging alles wahnsinnig schnell. Von überall her tauchten Männer in Kampfanzügen, mit Helmen und Maschinenpistolen in der Hand auf und übermannten die Sektenmitglieder. Es war ein riesiges Durcheinander, aber davon nahm ich kaum noch Notiz. Carl hatte uns gefunden. Jetzt würde alles gut werden.

Dani hatte sich zu einem kleinen Ball zusammengekauert und lag schutzlos auf dem Boden. Vorsichtig ging ich zu ihr und beschützte sie mit meinem Körper. Ich hielt sie ganz sanft und wiegte sie in meinen Armen. Ich flüsterte ihr ins Ohr, dass jetzt alles vorbei sei. Sie war ganz apathisch. Fühlte sich an wie tot. Ich presste mich an ihren Rücken – und da konnte ich ihren Herzschlag spüren. Als ich einen Blick an den Nachthimmel warf, sah ich Feuerwerk, irgendwo, ganz weit entfernt. Und nun bohrte ich mein Gesicht in Danis Haare und weinte vor Glück. Von jetzt an würde alles gut werden.

Dann spürte ich starke Arme an meinem Rücken. Ich wusste, dass das Carl war.

Er rief meinen Namen. Mehrmals tat er das.

Irgendetwas tropfte auf meinen Hals, und ich dachte noch, dass das seltsam war, denn wir hatten doch Minusgrade hier im Wald. Doch dann war ein leiser, unterdrückter Schluchzer zu hören, und ich begriff, dass Carl auch weinte. Seine warmen Tränen tropften mir in die Haare.

Ich wollte mich umdrehen, ihn trösten und sagen, dass jetzt alles gut werden würde. Aber ich hielt Dani noch ganz fest, und ich wollte sie um nichts auf der Welt wieder loslassen.

73

Man brachte uns mit Rettungshubschraubern ins Krankenhaus. An den Flug kann ich mich kaum noch erinnern. Das Gefühl der Trage unter meinem Rücken. Die Decke, die mir übergelegt wurde. Danis kalte Hand in meiner. Es war laut, ruckelte. Dani bekam schlecht Luft, sie gaben ihr Sauerstoff. Erst als das Pflegepersonal sie im Krankenhaus aus meinen Armen zog, bekam Carl die Gelegenheit, mir zu erzählen, was eigentlich geschehen war.

Brett hatte ihn am Silvesterabend angerufen, er war total high gewesen und hatte versucht, ihm klarzumachen, dass ich in Gefahr sei. Stan hatte nämlich Kontakt zu ihm aufgenommen und ihn informiert, irgendetwas Großes sei bei der Sekte in Schweden im Gange, er hatte einen Tipp bekommen.

Nach Bretts viertem Anruf war Carl ausgetickt. Da habe ich ihn offenbar im Büro toben gehört. Er hatte das Handy weggelegt und war wieder in den Festsaal gegangen. Hans Teller, der Carl nicht erreichen konnte, weil Brett ständig die Leitung blockiert hatte, hatte ihm die Mail geschickt, die ich auf seinem Computer gesehen und für die Message eines Sektenmitglieds gehalten hatte. In der er schrieb, dass Verstärkung unterwegs sei. Als Carl sie schließlich las, waren Hans Teller und seine Leute längst auf dem Weg nach Lund.

Es stellte sich heraus, dass die örtliche Polizei einen anonymen Hinweis erhalten hatte, den Mann, dem die Kirche am

Syrkhultasee gehörte, zu überprüfen, und dieser Mann war Ernst Zander, also Jims Vater. Der hochbetagte Kunstsammler in diesem Haus auf dem Land, das wie ein Museum aussah, hatte damals die Rolle des Sektenführers übernommen, nachdem der erste Führer an Syphilis gestorben war. Er war der Mann, der auf dem alten Foto mit Bertil Tynell zusammen abgebildet war, das Carl mir auf dem Computerbildschirm gezeigt hatte. Ernst Zander hatte schon lange darauf hingearbeitet, Jim auf die Nachfolge vorzubereiten, damit er sich zur Ruhe setzen konnte.

Der Tipp war von Viktor Tynell gekommen, dem Mann, den Dani – wie sie später berichten würde – als Untertan bezeichnet hatte. Ihn hatte das schlechte Gewissen gequält, nachdem ihm klar geworden war, dass Jim ernsthaft vorhatte, Dani auf dem Scheiterhaufen brennen zu sehen.

Carl hatte Jims Geschäfte schon länger verfolgt und längst herausgefunden, dass er in Wirklichkeit gar kein Architekt war. Tatsächlich war Jim schon seit einem Jahr arbeitslos gewesen, vermutlich um sich ganz auf die Sekte und ihre absurde Prophezeiung zu konzentrieren.

Dann legte Carl eine Pause ein. Er wirkte etwas verlegen.

»Ich habe einen Chip in deiner Handtasche angebracht, um dich im Auge zu behalten, als du nach San Francisco geflogen bist. Nur aus Sorge um dich, schließlich wusste ich ja, dass du alle Spuren, die dich zu dieser Sekte führen, weiterverfolgen würdest.«

Ich griff nach meiner Schultertasche, meiner ständigen Begleiterin an diesem Wahnsinnstag, und fand tatsächlich ein kleines metallenes Teil, das in einem Innenfach festgenietet war. Eigentlich hätte ich auf Carl stinksauer sein müssen, weil er mich gestalkt hatte und das wirklich nicht in Ordnung war, doch am Ende hatten er und Hans Teller mich ja gerade mithilfe dieses Chips ausfindig machen können, schon als ich auf dem Weg zur Kirche gewesen war. Dank dieses kleinen Metalls war Dani und mir der sichere Tod erspart geblieben.

Die ersten Wochen in der neu gewonnenen Freiheit verbrachte Dani in einer psychiatrischen Klinik, um schrittweise zurück ins Leben zu finden. Die ersten zwei Tage waren am schlimmsten. Manchmal faselte sie völlig unzusammenhängendes Zeug, als durchlebte sie all diese schrecklichen Augenblicke immer wieder. Sie ertrug Zittern, Schüttel- und Magenkrämpfe. Oft lag sie nur still da und war ganz weit weg. Ich saß an ihrem Bett und hielt ihre Hand, redete ihr gut zu und versuchte, sie zu trösten. Am dritten Tag begann sie verzweifelt zu weinen und hörte kaum wieder auf. Ich hielt sie in den Armen. Irgendwann beruhigte sie sich und sah zu mir auf.

»Ich habe versucht, in diesem Höllenloch nicht zu heulen«, sagte sie. »Ich wollte keine Schwäche zeigen.«

Diese Vorstellung schnürte mir den Hals zu. Ihr Gesicht verschwamm. Aber nachdem sie sich ausgeweint hatte, wurde sie ruhiger, kam zu sich und war auch sich selbst wieder ähnlicher.

Das Personal ging mit Dani äußerst behutsam um. Sie bedeckten ihren Körper, wenn sie Proben nahmen, aber beim ersten Mal riss sich Dani das Tuch vom Leib und zeigte ihre Brüste. Die Ringe waren ein schreckliches Symbol für all das, was man ihr angetan hatte.

»Machen Sie sie raus!«, schrie Dani die Krankenschwester an. »Machen Sie sie raus. Sofort!«

Es war eine schreckliche Szene, aber ich fasste mich schnell und konnte auf Dani beruhigend einreden, während die Schwester die Ringe entfernte.

Und dann erfuhren wir, dass Dani doch noch schwanger war. Ihre Blutung war nur eine Zwischenblutung gewesen, die Männer und sie selbst hatten sich getäuscht, sie hatte gar keine Fehlgeburt erlitten. Als man ihr einen Schwangerschaftsabbruch nahelegte, lehnte sie entschieden ab und sagte, es sei *ihr* Kind. Das würden ihr diese Verbrecher nicht nehmen.

Danis Psychotherapeut war sehr vorsichtig, wenn er in ihren Sitzungen auf das, was in der Gefangenschaft geschehen war, zu sprechen kam. Anfangs war Dani auch noch verschlossen und wortkarg. Doch dann veränderte sich etwas. Aus dem Schock und der Lähmung wurde eine Wut, die in jede Richtung sprühte. Dani wurde verbittert und hart. Jetzt wollte sie darüber reden. Sie spuckte die Worte geradezu aus, wenn sie von den Männern sprach. Als sie den Gipfel ihrer Wut erreichte, erkannte ich sie fast nicht mehr wieder. Aber manchmal fehlte ihr auch die Kraft dazu, und in diesen Momenten klang sie einfach nur sehr, sehr erschöpft.

»Wut ist hilfreich«, erklärte mir ihr Psychotherapeut im Vertrauen. »Dagegen ist die Apathie das, was lebensgefährlich ist. Dass sie Mordfantasien hat und die Männer, die sie gequält haben, umbringen will, kann heißen, dass sie unterbewusst anfängt, sich die Kontrolle über ihr Leben zurückzuholen. Sie beschuldigt die Täter und nicht sich selbst. Das macht gesund.«

An diesen Tagen pendelte Dani zwischen Wut, Verzweiflung und Erleichterung. Manchmal war sie still und wirkte wie zugeschnürt. Aber in den besonderen Momenten, in denen es ihr gelang, aufzutauchen und sich Stück für Stück von ihren traumatischen Erlebnissen zu befreien, schien sie wie neugeboren und freute sich wie ein kleines Kind.

Am Anfang schlief sie unglaublich viel, manchmal fünfzehn Stunden am Tag. Wir teilten uns ein Zimmer im Krankenhaus, niemand konnte mich von ihr fernhalten. Manchmal träumte ich von all den Ereignissen der Silvesternacht und wachte kaltschweißig daraus auf. Ich glaubte dann immer noch, in dieser Falle im Wald gefangen zu sein.

Draußen vor den Mauern des Krankenhauses tobte der Medienrummel. Völliges Chaos. Journalisten von Presse- und TV-Redaktionen hatten auf der Rasenfläche vor der Klinik ihre Lager aufgeschlagen. Ein paar Reporter versuchten sogar, zu Danis Fenster hinaufzuklettern. Die Sekte war überall in den Medien Thema Nummer eins. Zahlreiche Bilder von uns, von der Kirche und den Männern flimmerten kreuz und quer über den Fernsehbildschirm. Und dann die vielen Spekulationen. Eine schlimmer als die andere. Irgendwann führte ich in unserem Krankenzimmer ein Fernsehverbot ein.

In den ersten Tagen sah ich Carl überhaupt nicht, denn ich wich keine Sekunde von Danis Seite. Aber eines Morgens, als Dani eine Untersuchung hatte, stand er plötzlich mit Blumen in der Tür. Der Strauß war eine extravagante Komposition aus Margeriten, Lilien und Disteln.

»Edna hat die Blumen ausgesucht«, sagte er zu seiner Entschuldigung und lächelte. »Sie meinte, du seist nicht der Typ für rote Rosen. Im Übrigen kümmert sie sich gerade um deine Katze.«

Zelda hatte ich tatsächlich ganz vergessen. Unglaublich.

Er setzte sich dicht zu mir. Ich spürte die Wärme seines Oberschenkels an meinem Bein. Erst in diesem Augenblick fiel mir wieder ein, dass ich eigentlich sauer auf ihn war.

»Kannst du mir eine Frage bitte ganz ehrlich beantworten?«

»Ich werde es versuchen.«

»Warst du mit Klara Wolfe im Bett? Gibt es ein Bild davon?«

Seine Augen wurden feucht. Er schlug die Augen nieder.

»Nichts … nein. Meine Gefühle für dich …. Das Bild von uns … es war so schön. Hat mich überwältigt. Ich wollte mir irgendwie beweisen, dass ich auch ohne dich zurechtkomme. Ach Shit, ich bin nicht besonders gut darin, über so was zu reden.«

Ich spürte, wie mir die Tränen in die Augen schossen.

»Was habt ihr gemacht? Ich habe euch gesehen.«

»Wir haben eine Weile miteinander geflirtet, aber es hat nichts in mir ausgelöst. Ich war traurig, weil wir beide Streit hatten. Und dann entstand dieses Chaos, so wie immer, wenn du die Finger im Spiel hast.«

»Du hast mich abblitzen lassen. Du hättest auch gleich sagen können, dass du dir jetzt die Nächste suchst.«

»Das hab ich nie vorgehabt. Das wusste ich schon, als ich gesehen habe, wie du an meinem T-Shirt gerochen hast. Du bist in meine Wohnung eingebrochen, weil du auf der Suche nach meinem Duft warst, du wolltest nichts klauen oder in meinen Sachen schnüffeln. Das war wirklich berührend. Da hab ich mich Hals über Kopf in dich verliebt. War das nicht offensichtlich?«

»Nicht am Silvesterabend.«

»Ich kann dir nicht sagen, was da in mich gefahren ist. Es muss ein Anfall von Bindungsangst gewesen sein. Du und ich, wir zwei sind noch nicht fertig miteinander.«

Und sein Blick war nun eindeutig. Davon würde er sich so schnell nicht abbringen lassen.

»Doch, für den Moment schon«, erwiderte ich. »Keine Chance. Ich werde Dani keine Sekunde allein lassen.«

»Nimm dir die Zeit, die du brauchst. Du weißt doch, dass ich es nie eilig habe«, sagte er.

Wir unterhielten uns noch lange. Es war früh am Morgen

und draußen noch stockfinster. Er hielt meine Hand und wollte sie einfach nicht loslassen. Manchmal lehnten wir Stirn an Stirn aneinander. Ich sah auf, blickte ihm über die Schulter durchs Krankenhausfenster. Da war die Morgendämmerung. Ein Sonnenstrahl stahl sich in unser Zimmer und tanzte auf der gräulichen Wand. In diesem Augenblick begriff ich, dass diese Nacht da draußen am Syrkhultasee für mich noch nicht zu Ende gewesen war. Aber nun, nun endlich, war der Morgen gekommen.

Im Krankenhaus sprachen Dani und ich viel miteinander, besonders über diese magischen Momente, in denen wir Zugang zur Gedanken- und Gefühlswelt der anderen hatten. Wir fragten uns, welche Rolle das für ihre Rettung gespielt haben mochte. Doch wie wir es auch drehten und wendeten, immer fiel die Antwort gleich aus. *Eine große Rolle*. Denn unabhängig von der Gedankenübertragung hatte zweifellos unsere unendliche Geschwisterliebe gesiegt.

Meine Eltern wurden von der Polizei verständigt. Fast zeitgleich entdeckten sie ein Bild von Jim im Internet. Er war tatsächlich der Mann gewesen, der an dem Tag der offenen Tür bei Ammata Kumar so viele Fragen über Dani und mich gestellt hatte. Vielleicht hatten sie deshalb ein schlechtes Gewissen, denn sie flogen sofort nach Schweden und besuchten uns.

»Er war Architekt«, waren die ersten Worte meiner Mutter.

»Was? Wer?«

»Jim Zander.«

»Ich weiß.«

»Das war nämlich der Grund, warum er zu uns gekommen ist. Wir haben jemanden gesucht, der ein Gebäude für uns entwerfen könnte. Und dann ist er aufgetaucht, als wir diese Veranstaltung hatten.«

»Warum hast du das nicht früher gesagt? Dann hätten wir ihn von der Polizei überprüfen lassen können.«

»Das hatte ich völlig vergessen. Tut mir leid. Mein Gedächtnis hat mich in letzter Zeit häufiger im Stich gelassen.«

Mir lagen ein paar richtig gemeine Kommentare auf der Zunge. Etwas in dem Stil, sie könnte es doch mal mit ein bisschen weniger Opium probieren. Aber ich hielt den Mund. Es hätte sowieso nichts gebracht.

Ich versuchte, zu meinen Eltern höflich zu sein, aber Dani sah sich noch nicht in der Lage, ihnen überhaupt zu begegnen. Und mir fiel es schwer, meiner Mutter in die Augen zu sehen. Eigentlich gehört es zu meinen Stärken, jede Art von Konfrontation auszuhalten. Aber den beschämten Blick meiner Mutter ertrug ich nicht. Ein paar Tage später machten sie sich bereits auf den Heimweg nach Indien.

Nach ein paar Wochen entließ man Dani und mich nach Hause. Das Erste, was wir taten, war, alle Spuren von Jim zu beseitigen. In unserer Wohnung durfte nicht ein Haar von ihm übrig bleiben. Wir schrubbten jeden Quadratzentimeter. Wuschen die Bettwäsche und verstauten sie im Schrank. Dani rannte mit Putzlappen und Desinfektionsmittel in der Hand durch jedes Zimmer und wischte die Türklinken ab, putzte sogar die Buchrücken in den Regalen. Als wir damit fertig waren, ließen wir uns auf den Boden sinken und lachten. Ein überwältigendes Gefühl von Erleichterung überkam uns – alle seine bösen Zellen zu beseitigen, wirkte heilsam.

Carl wollte mir bis zur Gerichtsverhandlung frei geben, aber ich wollte unbedingt im Home Office arbeiten. Insgeheim hegte ich die Befürchtung, er könne sich eine neue Assistentin zulegen, aber das erwähnte ich nicht.

Dani nahm ihr Studium wieder auf und lernte von zu Hause aus. Ich traute mich nicht, sie aus den Augen zu lassen. Manchmal tat die Stille in ihrem Zimmer fast schon weh. Aber wenn ich nach ihr sah, saß sie immer an ihrem Computer und lernte.

In den Nächten spürte ich das starke Bedürfnis, über sie zu wachen. Stundenlang konnte ich am Fenster stehen und hinausblicken. Manchmal bildete ich mir ein, eine Gestalt hinter den Büschen zu erkennen, und bekam solche Angst, dass ich eine Gänsehaut bekam. Aber nicht ein einziges Mal war wirklich jemand da. Es waren immer nur optische Täuschungen von den Schatten der Bäume. Ich wurde überempfindlich, was Geräusche anging. Ich nahm das Ticken der Wanduhr wahr, das Surren des Kühlschranks, eine Dachrinne draußen, die dezent klapperte. Den ganzen Tag lang fühlte ich mich von dem heiseren Krächzen der Krähen auf dem Hof gestört. Ich stand unentwegt unter Hochspannung – war aber trotzdem unsagbar glücklich.

Manchmal fiel es mir schwer einzuschlafen. In diesem trüben Moment, kurz bevor der Schlaf einen übermannt, fühlte ich mich oft in die Nacht in der Kirche zurückversetzt. Ich wurde dieses Gefühl nicht los, das mich überkommen hatte – in dem Augenblick, als ich Jim erkannte. Ein Blitz nach dem anderen schoss durch meinen Kopf, gerade als Dani den Leuchter hochschwang. In diesen Moment ging ich meistens zu Dani hinüber und kroch in ihr Bett. Sie murmelte leise, wenn ich mich dicht an sie schmiegte. Durch das Nachthemd konnte ich ihre Atmung und die Wärme ihres Körpers spüren. Ich nahm den Zahnpastaduft von ihren Lippen wahr. Und dann war ich ganz von überbordender Dankbarkeit und Liebe erfüllt. Sie war nun etwas ganz Besonderes für mich, war aber nicht mehr selbstverständlich, sondern ein kostbares Geschenk. Meine Schwester.

Wenn sie an ihrem Schreibtisch saß und lernte, konnte ich stundenlang in ihrer Nähe sitzen, sie beobachten und auf den Moment warten, in dem sie aufblickte. Meistens war alles gut, manchmal aber bemerkte ich es sofort, dann war ihr Gesicht leichenblass. Die Stirn hellglänzend vom Schweiß. Die Pupillen so weit gestellt, dass sie die Iris fast verdrängten. Dann redete ich ihr gut zu.

»Ich hol dir die Medizin, Dani.«

»Kein Problem. Kannst du lassen.«

»Willst du dich nicht lieber hinlegen und ein bisschen ausruhen?«

»Ich hab doch gesagt: *Kein Problem*. Mach dir keine Sorgen. Das sind nur die Flashbacks.«

»Aber ich möchte dir helfen, erzähl mir, was los ist.«

»Du kannst sowieso nichts dagegen tun. Im Moment hilft es auch nicht, darüber zu reden. Aber, Alex, kannst du einfach noch ein Weilchen dableiben?«

»Na klar.«

In diesem Moment musste ich mich zwingen, den Blick abzuwenden, um ihr verzweifeltes Gesicht nicht anzusehen.

Sie jammerte wirklich nie. Kein einziges Mal. Manchmal hätte ich gewünscht, sie hätte um mein Mitgefühl gebeten.

»Sieh mich nicht so mitleidig an«, sagte sie einmal zu mir.

»Ich kann doch nichts dagegen tun, dass du mir leidtust. Ist das so merkwürdig?«

»Man hält fast alles aus, Alex. Das habe ich jetzt gelernt. Was uns nicht umbringt, gibt uns Kraft, wie man so schön sagt. Ich lebe, und ich bin nicht so zerbrechlich, wie du denkst.«

74

Es dauerte nicht lange, bis der Prozess begann. Das Verfahren wurde beschleunigt. Die Zeit drängte. Die Entlarvung dieser brutalen Sekte sorgte für Aufruhr unter der Bevölkerung. Solche widerwärtigen Verbrechen auf diesem herrlichen Fleckchen Erde. Vor den Augen der Justiz. Sektenmitglieder in allerhöchsten Positionen. Von den News in diesem spektakulären Fall wurde auf jedem Sender berichtet. Jetzt schlossen die Menschen ihre Haustüren ab, installierten Alarmanlagen und beauftragten Wach- und Sicherheitsunternehmen. Viele waren erbost, dass die schwedische Polizei zehn Millionen Einwohner nicht vor dieser gemeingefährlichen Sekte gewarnt hatte. In der Polizeizentrale stand das Telefon nicht mehr still, weil permanent Leute mit Hinweisen auf ominöse Sektenmitglieder anriefen. Jemand erstellte eine Facebook-Gruppe, die hieß »Unterstützt Dani Brisell«. Sie sammelten Geld, wofür, weiß ich auch nicht.

Doch als die Polizei die Männer verhört hatte, die in Untersuchungshaft saßen, hatten diejenigen, die an dem besagten Abend nicht in der Kirche gewesen waren, Zeit genug gehabt, ihre Handy- und Mailkontakte zu löschen, ihre Facebook-Profile zu deaktivieren und sonstige Spuren zu beseitigen. Und mit Sicherheit gab es Sektenmitglieder in den USA, die in dieser Nacht nicht anwesend waren. Das gesamte Knäuel zu entwirren, war unmöglich.

Das war das, was mir die größte Angst einjagte.

Nicht einmal Axel Tynell konnte man überführen. Er gab an, er sei mit seinem Bruder Viktor nur einige Male dort im Wald auf der Jagd gewesen. Axel Tynell sah ich im Verhandlungssaal nur ganz kurz. Er kam mir irgendwie bekannt vor, aber Beweise, dass er vor Ort gewesen war, gab es keine.

Mats Levinger war am Silvesterabend auch nicht dort gewesen und wurde freigesprochen. Aber Ernst Zander wanderte hinter Gitter. Er hatte den Männern die Waffen besorgt und sie finanziell unterstützt. Collin Delphi, der Mann, den Dani als den Hai bezeichnete, wurde auch zu einer Gefängnisstrafe verurteilt. Er war Künstler, ein echtes Machoschwein, dessen eigentliches Talent Body Painting und Tattoos waren.

Oft musste ich daran denken, wie sehr ich mich in Jim getäuscht hatte. Seine einschmeichelnde Art, seine verlogene Hilfsbereitschaft. Diese Einschüchterungstaktik, die er eingesetzt hatte, um mich von ihm abhängig zu machen, diese kranken Opferrituale mit der Krähe und der Taube. Noch immer jagten mir bei den Bildern von seinen Augen, seinen Händen und Lippen kalte Schauer über den Rücken. Bei der Erinnerung, dass er in mir gewesen war, schämte ich mich in Grund und Boden. Die ganze Zeit lang war ich sein Plan B gewesen, für den Fall, dass es mit Dani nichts wird. Es war unbegreiflich, doch alles passte zusammen. Er war derjenige gewesen, der meine Mailkonten gehackt hatte, als er vor Weihnachten nicht gewusst hatte, wo ich war. In seinem Wagen fand die Polizei mein Handy, mit dem er meine Passwörter geändert hatte. Ich musste das Smartphone draußen auf der Straße verloren haben, als ich nach Zelda gesucht hatte. Natürlich hatte auch er den Schlosser bestellt und sich als mein Lebensgefährte ausgegeben, um mir einen Schrecken einzujagen und mich dazu zu bringen, bei ihm einzuziehen. Der Ersatzschlüssel zu unserer Wohnung wurde im Handschuhfach seines Wagens gefunden. In seinem Abstellraum wurden mehrere Kartons mit Weihrauch sichergestellt. Mithilfe von Radarfallen und des Kilometerzählers in seinem Auto fand man heraus, dass alle Reisen, die er nach Göteborg und Stockholm gemacht haben wollte, nichts als Bluff gewesen waren. Stattdessen war er regelmäßig an der Kirche im Wald gewesen. Das Einzige, was die Polizei nicht in Erfahrung bringen konnte, war, wer dieser Mensch mit der Sturmhaube gewesen war, der mich zwischen Weihnachten und Silvester so zu Tode erschreckt hatte. Möglicherweise hatte er da auch einen von seinen Männern geschickt.

Ich selbst habe nie Verdacht geschöpft. Diese Vorstellung ist immer noch schwer zu ertragen. An dem Tag vor Silvester hatte er offenbar das Bild auf seinem Bildschirmschoner gewechselt und nun ein Foto von Dani und mir ausgewählt. Das Foto, wo wir am Strand standen.

»Du warst die, die nie aufgegeben hat«, sagte Dani. »Du warst die, die mich gerettet hat. Und nichts anderes zählt.«

Schließlich konnte sie mich überzeugen, dass Schuldgefühle sinnlos waren.

Erst während der Gerichtsverhandlungen wurde mir alles nach und nach klar, erst da verstand ich sämtliche Zusammenhänge. Da machte Dani jedes Detail öffentlich. Und Dani verwandelte sich wieder in ein wildes Tier. Haarklein gab sie mit zittriger Stimme alles wieder, was die Männer ihr angetan hatten. Manchmal musste sie sich unterbrechen und sich die Tränen vom Gesicht wischen. Als sie fertig war, war kein Auge im Gerichtssaal mehr trocken. Dani wegen des Mordes an Jim anzuklagen, stand nie zur Debatte. Möglicherweise übertrieben wir etwas bei der Beschreibung, wie Jim uns an diesem Abend angegriffen hatte, aber im Grunde genommen war es tatsächlich reine Notwehr gewesen. Die Männer, die in der Silvesternacht dabei gewesen waren, bekamen alle lebenslänglich. Nur Viktor Tynell, der Untertan, sollte eventuell eine Strafmilderung erhalten, weil er der Polizei den anonymen Tipp gegeben hatte. Aber Dani fand, dass man Collin Delphi eigentlich nach Kalifornien ausliefern müsse, wo es die Todesstrafe noch gab.

Nach dem Prozess gab es für die Medien kein Halten mehr. Sie waren alle heiß auf ein exklusives Interview mit Dani, was sie jedoch nie bekommen würden. Ein Reporter kletterte auf einer Leiter zu unserer Wohnung hoch und klopfte ans Schlafzimmerfenster. Einmal, als es in Strömen goss, zelteten mehrere Journalisten auf dem Rasen vor unserem Haus, um uns abzufangen. Meist war es ein heilloses Chaos – Kameras mit riesigen Objektiven und Journalisten überall. Wir konnten die Wohnung nicht mehr verlassen. Oft sehnten wir uns einfach nur nach Normalität, nach einem Ort, an dem uns niemand kannte und an dem wir unsere Ruhe hatten.

Und an einem solchen Tag hörten wir plötzlich aufgeregte Stimmen von draußen. Dani und ich gingen zum Fenster. Da unten stand Carl, jemand hielt ihm das Mikrofon direkt unter die Nase. Wir konnten gerade noch erkennen, wie er einen Reporter auf dem Rasen zu Fall brachte und dem Fotografen das Teleobjektiv aus der Hand riss. Als er schließlich zu uns hochkam, konnten wir uns vor Lachen kaum halten. Seine Haare standen in alle Himmelsrichtungen ab, und von seinen Wangen dampfte es.

»Hört auf zu lachen. Das ist überhaupt nicht komisch. So kann es doch nicht weitergehen. Ihr müsst hier raus.«

»Wo sollen wir denn hin?«, fragte ich.

»Geht doch in eins unserer Häuser in Kalifornien. Wir haben auch ein Häuschen am Meer in Half Moon Bay, etwas außerhalb von San Francisco. Da könnt ihr wohnen, bis sich die Lage beruhigt hat. Und du kannst von da aus mit Brett zusammenarbeiten, Alex.«

»Kalifornien? Ist das nicht ein bisschen riskant? Mit Blick auf die Sekte …«

»Das würde ich nicht sagen. Die meisten sind ja hinter Schloss und Riegel. Und im Augenblick haben die vermutlich andere Sorgen.«

»Heißt das … du willst mich loswerden? Wirst du dann eine neue Assistentin einstellen?«, fragte ich bestürzt.

Da musste er herzlich lachen.

»Niemand, Alex, wirklich *niemand* könnte so unterhaltsam sein wie du.«

»Aber, soll ich da in Kalifornien dann Bretts Assistentin sein?«

»Nein, ihr arbeitet einfach bloß zusammen. Ich könnte mir ehrlich gesagt auch vorstellen, dass du als Partnerin bei uns einsteigst.«

Die Idee gefiel mir.

»Dann müsst ihr aber den Namen des Unternehmens ändern, dann heißt ihr ab sofort *Ash, Coal & die Verrückte*«, sagte Dani.

Carl war so klug, nicht darüber zu lachen.

Ich musste an Kalifornien denken, an das Versprechen, das ich mir selbst gegeben hatte, dort eines Tages zu leben, und dann an den positiven Einfluss, den Brett auf Dani haben würde. Manche Menschen schaffen es einfach, jeden zu erden. Und genau solche Menschen taten Dani jetzt gut.

Ein Haus am Meer.

Vor Freude machte mein Herz einen Satz.

Epilog

Wie viel weiß man eigentlich von einem Menschen?

Ein auffällig attraktiver Mann bietet sich an, einen nach Hause zu bringen. Er hat treue Augen, trägt Markenkleidung, hat einen gut bezahlten Job. Ein wahrer Schwiegermuttertraum.

In Wirklichkeit entpuppt er sich aber als Soziopath, eiskalt und manipulativ. Er täuscht menschliche Gefühle nur vor. Backt sogar Sauerteigbrot. Und ist doch böse bis ins Mark.

Und der Mann, der anfangs hinterlistig ist, kontrollsüchtig und berechenbar, verschafft einem den besten Orgasmus überhaupt.

So viel zu meiner Intuition.

Aber in einem Punkt hat mich mein Bauchgefühl nie getäuscht.

Dani war am Leben.

In Half Moon Bay ist der Nebel dicht. Wie eine weiche Decke liegt er über dem Meer. Der Strand ist verlassen, keine Picknickausflügler und auch kein Surfer in Sicht. Vom Anlegesteg sieht man nur noch Umrisse. Winzige, klare Tröpfchen Feuchtigkeit dringen mir in die Nase. Der Nebel springt auf, ein Seevogel kommt angeflogen und landet geräuschlos auf dem Meer. Der Vogel taucht ein und hinterlässt auf der Wasseroberfläche feine Kreise. Ein perfektes Zusammenspiel von Licht, Schatten und Farbe. Irgendwo weit entfernt – das Geräusch eines

Wagens, der bremst, jemand hustet auf einem Balkon, ein Hund bellt. Der Puls des Lebens. Mit jedem einzelnen Atemzug kann ich spüren, welche Kraft in mir existiert. Ich bin vollkommen ruhig, und ein solches Gefühl habe ich seit einem halben Jahr nicht mehr gehabt. Doch in diesem Augenblick bin ich es. Dani schläft. Half Moon Bay schläft. Aber ich bin wach.

Ich drehe mich um und gehe zum Haus zurück. Mit etwas Abstand kommt es mir wie ein Aquarellbild vor, mit seinen verschwommenen Konturen. Es ist ein stabiles Holzhaus, geschliffen vom Wind und vom Meersalz. Hier haben wir einen Rhythmus gefunden. Ein neues Leben hat begonnen. Vor unserem Wohnzimmerfenster breitet sich der mächtige Ozean aus. Wenn die Sonne untergeht, segeln die Pelikane hinaus. Danis Seele heilt im Takt mit der Ruhe, die wir hier gefunden haben und die uns Geborgenheit gibt. Und immer, wenn Brett zu Besuch kommt, bringt er uns zum Lachen. Dani ist dick und rund geworden. Zum ersten Mal im Leben ist es leicht, uns auseinanderzuhalten. Für die Ankunft des Kindes treffen wir kaum Vorbereitungen. Machen uns keine Sorgen. Nehmen die Tage einfach, wie sie kommen.

Ich habe keine Ahnung, ob Dani jemals wieder normal sein wird. Auf plötzliche Geräusche reagiert sie überempfindlich, hat jetzt Angst vor dem Unbekannten im Schlaf und kann sich über Kleinigkeiten aufregen. Ich versuche, den Hass zu verstehen, den sie immer noch in sich hat. Der sie getrieben hat, als sie den Leuchter hob und wie eine Wilde auf Jim eingeschlagen hat, immer und immer wieder. So viele Male hatte er sie spüren lassen, wie machtlos sie war. Doch als sie ihm die Fackel ins Gesicht gerammt hat – da war sie diejenige gewesen, die die Macht hatte. Ich kann nur hoffen, dass sie mit der Zeit lernen wird, mit dem Abgrund, den diese Monate in der Krypta in ihr gerissen haben, zu leben.

Der Nebel lichtet sich nach und nach. Die Wolken reißen auf, und ein goldener Sonnenstrahl scheint auf die etwas entfernten Berge. Der Sonnenschein taucht das Meer in Licht. Jetzt höre ich das leichte Rauschen des morgendlichen Verkehrs in Richtung Stadt. Das sanfte Plätschern der Wellen. Ich liebe diese Geräusche so früh am Morgen an diesem Strand. Sie sind sanft, das tut gut.

Das Handy klingelt. Eigentlich habe ich keine Lust dranzugehen und die Stille zu brechen, doch instinktiv weiß ich, wer mich sprechen will.

Carls Stimme hat einen besonderen Unterton.

»Wie ist die Lage bei euch?«

»Gut. Richtig gut.«

»Du, ich komme nach Kalifornien. Brett hat große Lust auf Schweden, wir werden für einige Zeit die Stühle tauschen.«

»Was? Davon hat er gestern kein Wort gesagt.«

»Du kennst doch Brett. Er ist ziemlich impulsiv.«

Ich sehe Carl vor mir, wie er lächelt, während er spricht. Wie er sich mit der Hand durchs Haar fährt und in seinem Büro auf und ab geht. Für einen Augenblick sehne ich mich so sehr nach ihm, dass mein Magen fast anfängt, sich zu verkrampfen. Ich setze mich auf eine Bank und bin eine Weile still.

»Hallo, Alex, bist du noch da?«

»Du bist wirklich grottenschlecht darin, das zu sagen, was du eigentlich sagen willst, weißt du das?«

»Okay, du fehlst mir.«

»Sag das noch mal.«

»Du fehlst mir wahnsinnig, Alex.«

»Noch mal.«

Manchmal denke ich darüber nach, was wohl geschehen wäre, wenn Carl mich in dieser Silvesternacht am Syrkhultasee nicht gerettet hätte. Diese Gedankenspiele treiben mir den kalten Schweiß auf die Stirn, sogar wenn die Sonne scheint in Half Moon Bay. Aber an diesem Ort kommt mir diese Nacht so fern vor, als sei sie etwas, was ich mir nur einbilde oder geträumt habe.

Manchmal möchte ich fast glauben, dass das alles nicht wirklich geschehen ist.

Manchmal zwingen mich die Erinnerungen in die Knie.

Aber wenn sich der Gedankenkreisel wieder dreht, wiederhole ich einfach mein neues Mantra.

Dani lebt

Dani lebt

Dani lebt

Über die Personen und Ereignisse im Buch

Sämtliche Personen und Ereignisse in diesem Buch sind fiktiv.

Das Unternehmen Ash & Coal ist das Produkt meiner Fantasie, und die Sekte *Wächter des Wanderfalken* gibt es nicht. Ähnlichkeiten zwischen seinen Mitgliedern und real existierenden Personen sind nicht beabsichtigt.

Bei der Beschreibung der Gegend um den Syrkhultasee in Schonen habe ich mir gewisse Freiheiten erlaubt. Es gibt dort keine Kirche. Annika Berg im Tiefbauamt der Gemeinde Höör existiert auch nicht. Ich bin mir sicher, dass der Gemeinderat in Höör niemals zustimmen würde, einer Privatperson eine Bauerlaubnis im Naturschutzgebiet zu erteilen. Dass die Handlung des Romans dort spielt, ist meinem Cousin Martin Larsson zuzuschreiben. Er hat mir von diesem wunderschönen Wald und den Sumpfgebieten erzählt.

Danksagung

Danke an alle, die mich ermutigt haben, dieses Buch zu schreiben, auch als es noch eine fixe Idee gewesen ist. Und ein großes Dankeschön an alle, die mir dabei geholfen haben!

An Dan, meinen Mann: Dein Name müsste eigentlich auf dem Titel stehen.

An meine Familie: John, seine Frau Noha und meine Enkelkinder Layla und Selene.

An meine Eltern Ella und Olle Westam.

An meine fantastische Mentorin Ann-Catrin Sköld Pilback.

An meine Agenten Maria Enberg und Edith Enberg von der Enberg Literacy Agency – ihr seid Superagenten!

An meine Verlegerinnen Karin Linge Nordh und Ebba Östberg. Danke für eure Unterstützung und eure hervorragenden Tipps, und dafür, dass ihr von Anfang an an *Der Kult* geglaubt habt.

An meine Lektorin Lisa Jonasdotter Nilsson, Gott, wie gern arbeite ich mit dir zusammen!

An die fantastischen Leute in meinem Verlag Forum: Sara Lindgren, Marie Björk, Emelie Forsdahl, Adam Dahlin und viele andere.

Ann Lagerström danke ich für die Hilfe bei dem Zeitungsartikel.

Ein Dank dem Model Roger Dupé, denn du hast mich mit deinem tollen Style zu dem Charakter Brett Cole inspiriert. *Not just a model, but a role model.* Um Missverständnissen vorzubeugen, möchte ich hinzufügen, dass Bretts Unart, Hasch zu rauchen, allein meine Erfindung ist.

Geniveve Ruskus, danke für deine Tipps zu den trendigsten und schönsten Spots in San Francisco und dafür, dass du immer eine wunderbare Freundin für mich warst.

Danke an meine Testleser: Edith Enberg, Sara Johansson, Jennifer Lehman, Frida Halling, Maria Halling, Erika Hindborg, Johan Zillén und Amanda Palmqvist.

Ein dickes Dankeschön an all meine lieben Schriftstellerfreunde: Tove Alsterdal, Rebecka Aldén, Caroline Eriksson, Therese Eriksson, Anne-Marie Schjetlein, Emilie Schepp, Jenny Rogneby, Caroline Kepnes, Charlotta von Zweigbergk, Lina Bengtsdotter, Annika Bengtsson, Joanna Björkkvist, Lotta Modin, Mats Ahlstedt, Sara Bergman Elfgren, Anders de la Motte, Hans Lundin, Helena Dahlgren, Pia de Legion, Tomas Erikson, Christina Erikson, Samuel Karlsson und viele weitere.

Danke an alle Leser, die meine Bücher über *Die Sekte* gelesen und mich um weitere Geschichten gebeten haben.

Ein besonderes Dankeschön an Sara Johansson, die Autorin des Buches *Krisenhilfe bei Unglücken, Katastrophen und Schicksalsschlägen* (Natur & Kultur). Dank dir konnte ich einen Einblick in diese Hölle der Machtlosigkeit gewinnen und begreifen, welche Wärme und Fürsorge die Menschen, die Krisen durchgemacht haben, verdienen. Ich kann allen nur empfehlen, das Buch *Krisenhilfe* zu lesen, das in einer von Unglücken heimgesuchten Welt leider zunehmend an Aktualität gewinnt.

Ich möchte an dieser Stelle auch die Gelegenheit nutzen, all meinen Freunden zu danken, die es sich zur Aufgabe gemacht haben, vor Sekten zu warnen. Håkan Järvå, Anna Lindman, Noomi Andemark, Magnus Utvik, Erika Hindborg, alle in dem Verein Hjälpkällan und ROS (Hilfestellung im Umgang mit Sekten) und viele andere mehr.